文學評論叢書 06

詩美學

東大圖書公司

李元洛 著

國家圖書館出版品預行編目資料

詩美學／李元洛著.——二版二刷.——臺北市：東大，2009
面；　公分.——(文學評論叢書)

ISBN 978-957-19-2868-5　(平裝)

1.詩—哲學，原理
2.文學與藝術

812.1　　96011595

© 詩　美　學

著作人	李元洛
責任編輯	吳仁昌
美術設計	陳健茹
校對	吳叔峰
發行人	劉仲文
著作財產權人	東大圖書股份有限公司
發行所	東大圖書股份有限公司 地址　臺北市復興北路386號 電話　(02)25006600 郵撥帳號　0107175-0
門市部	(復北店)臺北市復興北路386號 (重南店)臺北市重慶南路一段61號
出版日期	初版一刷　1990年2月 二版一刷　2007年7月 二版二刷　2009年1月
編號	E 810540

行政院新聞局登記證局版臺業字第〇一九七號

ISBN 978-957-19-2868-5 (平裝)

旁徵博引　精分細析

——李元洛《詩美學》序

大陸著名詩歌評論家李元洛先生的《詩美學》，一九八七年由江蘇文藝出版社出版。此書共有十四章，厚逾七百頁，內容豐富，融匯古今，貫通兩岸，為多年來中文出版界罕見的美學力作。

近年大陸雖然仍有「反精神污染」、「反資產階級自由化」等運動，但一九七八年以來的十年間，無疑較前開放得多。人文科學和社會科學的新書，大量湧現，其中不乏有份量的作品。在美學方面，李澤厚、劉再復等，先後有重要新作問世。就詩歌美學而言，李元洛是突起的異軍。

李元洛為湖南長沙人，北京師範大學中文系畢業後，從事教學工作，撰寫詩歌評論，曾任《湘江文藝》編委，現為湖南作家協會副主席。其著作有《詩卷長留天地間》、《楚詩詞藝術欣賞》、《臺港與海外新詩欣賞》等多種。曾任「全國詩歌評獎委員會」委員，並為湖南湘潭大學兼職教授。《詩美學》是他的新書。一九八四至八六兩年，他埋頭苦幹，「蟄居斗室，向屈原請教，與李白、杜甫為伴，和西方詩人談心」，終於完成此書。此書分章論詩的思想、感情、意境、語言等等，成一體系。

李元洛的詩觀，如果用簡明的語言來概括，那就是：「中國的新詩應該縱向地繼承傳統，橫向地向西方借鑒，以中為主，中西合璧；解決好社會學與美學、小我與大我、傳統與現代，中國與西方，再現與表現，作者的創造與讀者的再創造的辯證關係；力求民族化、現代化、藝術化和多樣化。」好一個「四化」理論！《詩美學》一書難能可貴的是作者旁徵博引、精分細析，而且文筆活潑，絕無枯澀之弊；作者在中國古今詩歌中浸淫多年，最近十年間又大量吸收西方和臺、港二地的文學藝術理論，雖然也引一些馬克思學說，但無政治色彩。

近年來海峽兩岸互相出版對方書籍，二地文化交流。《詩美學》在數年前屬稿，而所徵引的臺、港二地詩學論著約有二、三十種，數量之多，在大陸同類書籍中，是空前的。此書是交流的結晶，也是一個突破。

以上是一篇評介文字的基本內容。元洛兄的大著《詩美學》出版後，我寫了上述短文，以「舒桐」為筆名，發表在《聯合文學》一九八八年七月號上。舒桐者，書僮也。

元洛兄的這本書，面世後甚得各方好評，臺北東大圖書公司決定把這本「洛書」在臺灣印行，以饗廣大讀者。對於讀者和作者，這都是一大喜訊。元洛兄為此東大新版，花費了不少時間，在內容上增刪損益，以求盡善盡美。他的修訂，最大的特色是舉例時，在原有基礎上，增加更多臺灣及海外地區的現代詩篇章。「不薄今人愛古人」，是元洛兄向來詩論的通達處。《詩美學》一書的讀者，當可藉此書的兼顧古典與現代，而印證中國詩歌的源遠流長，以及華夏江山的代有才人出現。

承元洛兄厚愛，囑我為東大新版寫序。這本來是我愧不敢當的。盛情難卻，乃撿出上述短文，並增綴數言，算是讀後感的後記。於此預祝元洛兄此書洛陽紙貴。

——一九八九年十二月二十日

香港中文大學中文系　黃維樑

編按：李元洛先生《詩美學》一書實為詩歌美學扛鼎之作，自面世以來便廣受各界好評。然而舊版幾經印刷已漸漫漶，故特地重新排校，以饗讀者。

詩美學

目次

第一章　詩人的美學素質

——論詩的審美主體之美

古往今來，懷著熱切心情去朝拜詩的殿堂的人何止萬千，但只有少數人才能叩響它的門環，而在這少數人中，大部分的造訪者又只能擁擠在門坎內外，而登堂入室卓然成名家或大家的卻寥寥可數。這，究竟蘊藏著一種怎樣的詩的祕密？

翻開中國詩歌史，在屈原以他的如椽之筆抒寫了中國詩歌史的第一章之後，在詩史上能留下名字的已經是時間的大浪淘盡黃沙的結果。《全唐詩》所收錄的唐代詩人有二千餘人，但真正為後代所熟知的也不過二、三十人，在這二、三十人中，他們的作品也只有小部分為後人所傳誦。這，究竟說明了詩學上一個什麼樣的問題？

站在今天的山峰上瞻望未來的歲月，後代仍然會有無數少男少女來向詩的殿堂奉獻他們的一瓣心香，他們渴望在他們的青春夢中尋覓到詩的珍寶。但是，詩，需要才華，他們是否有自知之明？是否認識到詩歌創作者這一審美主體必須具備的內在素質？是否認識到有無詩的藝術感覺（或稱「詩感」）是進入詩的國土的第一張通行證呢？

過去，我們總是強調包括詩歌在內的文學是對生活的反映，但往往忽視了文學也是對生活的表現，更加忽視甚至否定了作家或詩人這一審美主體的能動作用，以致在我們的詩歌美學理論中，對審美主體的探討與研究至今仍是一個薄弱的環節。在希臘帕爾納索斯山的南坡，有一個馳名古希臘世界的戴爾波伊神托所，在該所的入口處矗立的大石碑上，幾個大字赫然鐫刻其上：「認識你自己。」我的詩美學，就是想從「審美主體」這一起點出發，在沒有終點線也沒有邊界的美學領域裡，去認識詩作者這一「自己」，進而去探尋那無窮的詩美的祕密。

一

社會生活永遠是文學創作的源泉，詩，是詩作者對於作為審美客體的生活的一種藝術反映和表現，而不是詩作者在象牙塔中的顧影自憐，或是封閉在蝸牛角裡的自彈自唱。但是，詩歌又是詩作者這一審美主體對生活的一種積極的精神審美觀照，它所反映和表現的生活，是生活的心靈化，或心靈化的生活，是生活與心靈交會的閃光。詩的才能的大小與高下，詩作的平庸與傑出，除了受到其他種種因素的制約之外，詩作者主觀的內在心理素質（或稱「審美心理結構」），實在有著十分重要的作用。

對審美主體在文學創作中的作用與表現，存在過一些否定審美感受之客觀內容與社會性質的唯心主義或神祕主義的解釋。例如柏拉圖認為文學創作是「靈魂在迷狂狀態中對於美的理念的回憶」，普洛丁認為是神賜的「專為審美而設的心靈的功能，對最高本原的美的觀照」，康德認為它

「不涉及對象中的任何東西，只涉及主體如何受到表象的影響而自己有所感受」，至於精神分析學派的創始人佛洛伊德，他把審美感覺看成純然是人的一種生理本能，是一種潛意識，或者是人的性慾的滿足的願望，如此等等。在中國古代，對於創作中主體的奇異作用與表現無法給予科學的解釋時，往往就用「殆有神助」、「神來之筆」來為那些美妙的創作現象加冕，一半表示讚美，一半表示無以名之的神祕。

馬克思曾經指出：「任何人類歷史的第一個前提無疑是有生命的個人的存在。」❶如果這一論斷還只是一般地就人與歷史的關係肯定人這一主體的作用，那麼，他在談到英國十七世紀偉大詩人彌爾頓的《失樂園》時，他所指出的則毫無疑問是指創作中審美主體的主導作用了。馬克思說：「彌爾頓出於同春蠶吐絲一樣的必要而創作《失樂園》。那是他的天性的能動表現。」（著重號原有——引者注）❷彌爾頓四十歲以後雙目失明，他晚年還憑藉口授而完成三部多卷體的長篇傑作，即《失樂園》、《復樂園》和《騎士參孫》。《失樂園》是詩人五十九歲時所作，分十二卷，長約一萬行。詩人如果不是依仗他內心的詩的感覺來創作，這種憑藉內心的藝術感受來創造形象系統的能力，即阿．托爾斯泰在《致青年作家》中所說的「內心的視力」，那麼，失明的彌爾頓完成長篇巨製的《失樂園》是不可想像的，因此，馬克思的「天性」一詞充分肯定了詩創作中審美主體能動的積極的作用，可以給我們許多有益的啟示，只是由於我們以往過於強調馬克思主義的經典作家另一方面的論述，而對他們這一方面的見解視而不見，這樣就妨礙了我們對藝術規律作

❶《馬克思恩格斯選集》第一卷第二四頁。

❷馬克思：《剩餘價值理論》第一卷第四三二頁。

全面的深入的探討。

在中外文學史和詩歌史上，有許多奇異現象一直得不到充分的科學的解釋，如果不從審美主體的「才能」、「天性」這些方面去深入探究，許多問題恐怕還是只能陷入不可知論，繼續成為「斯芬克斯之謎」。我們不妨舉述一些著名的作家作品為例證，說明文學創作中確實有一些奇異的現象有待我們深思和解釋，而不能僅僅只將其看成一種古代的不可稽考的傳說，或是朦朧而神祕的美談。

建安時代的曹植，有「若成誦在心，借書於手」的天生異稟，十歲時就能誦讀詩論及辭賦數十萬言。他在〈與楊德祖書〉中就說自己「少小好為文章」，又說「少而好賦，其所尚也，雅好慷慨，所著繁多」，謝靈運還曾說「天下才共一石，曹子建獨得八斗，我得一斗，自古及今共用一斗」。他的著名的〈七步詩〉，在七步之內脫口成章。

南北朝時「大謝」（謝靈運，號「康樂公」）、「小謝」（謝惠連）並稱，才思富捷的謝朓是被李白稱美為「中間小謝又清發」的，而「興多才高」的謝靈運〈登池上樓〉一詩中的名句是「池塘生春草，園柳變鳴禽」，金代元好問〈論詩絕句〉讚美為「池塘春草謝家春，萬古千秋五字新」，而鍾嶸《詩品》引用了今已佚傳的《謝氏家錄》的記載：「康樂每對惠連，輒得佳語。後在永嘉西堂，詩思竟日不就，寤寐間，忽見惠連，即成『池塘生春草』。故嘗云：『此語有神助，非我語也。』」

初唐四傑之冠的王勃，六歲即能作文而詞情英邁，九歲讀大學問家顏師古所注《漢書》，寫了十卷《漢書注指瑕》，十四歲即寫出流傳千古的〈滕王閣序並詩〉。據說他寫詩作文時「先磨墨數升，擁被而睡，忽起疾書，不改一字」，時人謂之「腹稿」。「腹稿」是古人用語，按現代心理學或「心靈學」，應該屬於「直覺」或「超覺」一類思維過程。

名字排在初唐四傑之末的駱賓王，七歲能文。「鵝，鵝，鵝！曲項向天歌，白毛浮綠水，紅掌撥清波」，這一首不俗的〈咏鵝〉詩，就是他兒時出遊隨口吟成的。他曾作有名的〈討武曌檄〉，武則天讀後都不得不佩服他的膽識與才氣。

「詩仙」李白一生極富傳奇性，行將退休的賀知章在長安紫極宮初見李白，即驚呼為「謫仙人」，而杜甫對他也備極讚美與推崇：「李白斗酒詩百篇」（〈飲中八仙歌〉），「世人皆曰殺，吾意獨憐才」（〈不見〉），「白也詩無敵，飄然思不群，清新庾開府，俊逸鮑參軍」（〈春日憶李白〉），可以說，李白是詩國天才，有了李白，我們無論如何也不能不承認寫詩要有傑出的才華。

晚唐詩壇與李商隱齊名而號稱「溫、李」的溫庭筠，少年聰慧，文思敏捷，他作文均不起草，「但籠袖憑几，每賦一韻，一吟而已」（《唐摭言》）。唐代自文宗以後，考場作賦以八韻為常，溫庭筠「八叉手而成八韻」，人美稱為「溫八吟」或「溫八叉」。

李賀在詩史上被稱為「鬼才」，他早慧，七歲能詩。據新、舊《唐書》記載，著名文學家韓愈與皇甫湜不相信，聯騎造訪，李賀童裝出迎，二位老前輩面試他，他援筆立成〈高軒過〉一首，使韓愈、皇甫湜大為驚喜，「親為束髮」。他年僅十五時，「樂府數十篇，雲韶樂工，皆合之管弦」，竟與詩壇高手李益齊名，被稱為「樂府二李」。

清代短命詩人黃仲則（景仁），七、八歲時就能寫文章，尤迷於詩。毛慶善《黃仲則先生年譜》引《印人傳》記載，黃仲則「九歲應學使者試，寓江陰小樓，臨期猶蒙被臥，同試者趣之起，曰：

『頃得「紅樓一夜雨，樓上五更寒」句，欲足成之，毋相擾也。』」他後來如靈珠煥發的才華，在幼年時就已經初現光彩了。

以上是舉述中國古典詩歌史上幾位著名的詩人為例，說明他們都具有一個共同的特徵，就是早慧而富於詩才。中外皆然，這種情況在外國詩歌史上也不鮮見：

十九世紀英國後期浪漫主義三位詩人有許多共同之處，早熟而成就輝煌，早逝而結局很慘，這就是當時號稱詩壇「三傑」的拜倫、雪萊和濟慈。拜倫與雪萊人所熟知，終年僅二十五歲的濟慈，同樣是一位幻想豐富、對外界感覺敏銳的天才詩人。他兒時就常常押著別人提問的最後一個韻腳回答問題，十七歲時就寫下處女作〈仿斯賓塞〉，表現了他對英國文藝復興時期詩人斯賓塞清新優美的詩風的嚮往。「阿童尼」是希臘神話中才華秀發的美少年，雪萊在〈哀濟慈〉的輓詩裡，就以「阿童尼」來稱呼濟慈，而臺灣學者陳紹鵬在〈論濟慈的才智〉一文中也說：「濟慈的才智，應歸功於超人的才智，有的批評家把這種才智稱為『敏悟力』。」❸

享年只有三十七歲的拜倫，是世界詩壇一顆光芒耀眼的明星。他十九歲時出版處女詩集《悠閒的時光》，二十二歲出版成名作《恰爾德·哈洛爾德遊記》。他敏感而熱情，充滿青春活力，文思迅捷，文不加點。奧地利大音樂家莫扎特創作即使如交響曲那樣複雜的樂曲，也是一氣呵成，不需修改，人們美稱為「莫扎特型」，拜倫也屬於這一類型，他說過：「我不能修改，我不能，而且也不願意修改，不管修改得多或少，沒有人可以修改得好的。」❹這，雖不可一概而論，但也

❸ 陳紹鵬：《詩的欣賞》第一一三頁，臺灣遠景出版社一九七六年版。

❹ 轉引自《林以亮詩話》第七〇—七一頁，臺灣洪範書店一九七六年版。

可以看出他的才情過人。

普希金，被稱為「給俄羅斯語言開一新紀元」的偉大天才，他的穎慧之思如花怒放。一八一五年十一月，皇村中學舉行低級生的升班考試，主考者有被稱為當時俄國最有才能的詩人傑爾查文，十五歲的普希金應考的是一首愛國頌詩〈皇村回憶〉，傑爾查文聽後十分激動，竟含淚衝到場中親吻普希金，他讚嘆說：「將來接替傑爾查文的，一定是這個孩子！」

在中國現當代詩歌史上，也有這樣的藝術事實。如郭沫若寫《女神》那些汪洋恣肆的時代樂章時，只有二十七歲；聞一多的詩集《紅燭》出版時只有二十四歲；臧克家出版頗有影響的詩集《烙印》時，也只有二十八歲；艾青許多代表作都是寫於三十歲以前，如《大堰河》、《向太陽》、《北方》等等。臺灣成就最大的詩人余光中和洛夫，前者二十六歲時出版第一部詩集《藍色的羽毛》，後者二十九歲出版第一部詩集《靈河》；臺灣著名詩人鄭愁予，初中二年級開始寫詩，十五歲正式發表作品，處女詩集《夢土上》出版時，也才過了弱冠之年。

古今中外優秀詩人的作品啟示我們，詩美，是審美客體的生活美與審美主體的心靈美之綜合藝術表現，要感受、提升和表現生活的美，作為詩人這一審美主體的審美心理素質有決定性的作用。詩歌，在所有的文學樣式中是一種主情的和擅於抒情的樣式，駕馭這種樣式的審美主體，它的表現、作用和特點，就值得作專門性的探索。在建立詩美學的理論架構之初，我認為要突破過去思維的封閉性與求同性的狀態，在承認詩美的客觀性的同時，要充分認識和肯定表現詩美的審美主體的能動性。可以說，從事文學創作需要才能，而詩歌創作則更需要藝術才能，這種才能，表現為審美主體的主導素質。如果說，詩首先應該是詩，然後才是別的什麼，那麼，詩人首先應該是詩人，而真正意義的詩人，它的主觀心理機制必然有不同於常人之處。

過去，文藝理論與詩歌理論往往只強調生活的決定性作用，反覆說明文學是生活的反映，卻很少探討審美主體的奧祕，這實際上無法解答詩史上為什麼有大詩人和小詩人之分，有優秀詩人與平庸作者之別。過去如果提到詩人的主觀才華，彷彿前面就有一個唯心主義或別的什麼深淵在等待論者的陷落，五十年代後期有人提出「創作，需要才能」，不就遭到群起而攻之的持久批判嗎？於是，長期以來，我們就習慣了思維的同一性，異口同聲地去重覆那重覆了千百遍的教言，而不敢去對詩的審美主體的不無神祕的領域，去作哪怕是冒險的遠征。

二

詩是美文學，是文學的精華。分行排列是一般人都可以做到的，而詩的峰巒卻不是人人都可以攀登的。詩的創作，需要才華，不否認直覺，常常召喚靈感的翩然降臨。

早在兩千多年前，莊子就曾經讚美和慨嘆道：「渺乎小哉！以屬諸人。謷乎大哉！獨游於天。」天文學上有所謂「黑洞」，如銀河系中就發現「黑洞」，深邃無比，玄祕莫測。以彼類此，當代心理學家就形象地把人的大腦稱為「黑箱」，因為現代科學宏大到能探測遠離地球達一百億光年的河外星系，也能細微到能研究物質結構的夸克層次，但對大腦奧祕的了解，頂多還只是處於物理學的牛頓時代，或者天文學的伽利略時代。從詩歌創作的角度來認識審美主體的心理機制，現代心理學的成就，還是可以給我們一些有益的啟發，例如才能、思維類型以及年齡和心理的關係，都可以寫出心理學與詩學相結合的啟示錄。

才能，或者說特殊能力，直接涉及到人的天賦和生理機制。

才能，是使人圓滿地完成某些活動的各種能力的完備結合，又可指一個人進行一種特殊活動的潛在能力，它以先天的素質為基礎，經過後天的實踐活動形成和發展起來。不同的人，他們的才能的個體差異是客觀存在的，這種差異在一定意義上是指天資的差異。天資是能力發展的自然前提，是指發展能力的先天素質。天資有高有低，一個人的能力表現有所謂「特殊能力」之說，這種特殊能力的兩端或稱兩極，一端稱為「低能」，一端稱為「天才」。「天才」的本義，是「天賦之才」或「生而即具之才」，現代一些心理學著作的解釋則是「高水平的能力」。我則認為，「天才」是指先天與後天的聯姻所誕生的高度發展的才能。在這裡，先天素質是不可否認的，它包括遺傳因素和神經系統的天賦特性。可以斷言，詩歌創作是需要特殊才能的，如果一個人有不同一般的先天素質，加上具備客觀的其他必要的條件，那麼，詩歌的天宇將亮起一個耀眼的星座。

現代心理學為我的上述觀點提供了充分的科學根據。心理學的實驗證明，古人所說的「心」，其實就是大腦，大腦是思維的物質基礎，是認識的器官，靈感的誕生地。心理學實際上應該是「腦理學」，大腦的研究，成為揭示思維規律和心理機制的重要途徑，近些年來，一門新興的前沿科學——腦科學正在興起。心理學學者認為有一百二十多種因素構成了人的智力，智力極高的人就是「超人」或「天才」，智力特別低下的，當然就是「白痴」了。心理學家所發明的智力測驗方法，大致包括言語方面和操作方面，通過被測試者對智力測驗表的回答情況，得出被試者的智力商數。「智商」，由美國心理學家推孟在修訂比納量表時提出，是用以標示智力發展水平的用語。如果以科學測定的「智商」為標準，「天才」即是指智商在一四〇以上的人。據美國科學界研究的結果，美國人智商在一四〇以上的占全國人口百分之一．五，「優秀」或「很聰明」的人智商在一二〇至一三九之間，占百分之十一，「聰明」的人智商在一一〇至一一九之間，占百分之十八，「正常」的人智商在九〇至一〇九之間，占百分之四十八，「遲鈍」的人智商在八〇至八九之間，占百分之十四，「很遲鈍」的人智商在七〇至七九之間，占百分之五，「低能」的人智商在〇至六九之間，占百分之二．五。根據我國心理學工作者對二十萬人調查的結果，智力特高的人約占千分之三，智力特低的人同樣約占千分之三。又據有關材料，華盛頓智商為一二五，拿破崙為一四五，而詩人歌德則高達一八五[5]。由此可以推論，中外詩史上那些傑出的或者是優秀的詩人，其智商一定很高，中國的詩人如屈原、李白、杜甫、李賀、李後主、蘇軾、黃仲則等，大約是屬於「天才」型，而杜牧、李商隱、辛棄疾、陸游、李清照、龔定盦等，至少應該屬於「優秀」型或「很聰明」型（如果天假以年，李賀和黃仲則的成就還會大得多）。我想，從事詩歌創作的人，其智商至少也應該屬於「聰明」型，這樣才可望獲得一些成績，寫出某些較好的作品，如果智商僅僅處於「正常」狀態，那恐怕就只能寫出一些平庸的缺乏較高美學價值的篇章而永無出頭之日了。

詩歌創作者的影響其能力形成和發展的重要因素——先天素質，他的智力商數，在很大程度上決定了他的創作的高低成敗，同時，作為審美主體的詩歌作者，也可以在創作實踐中認識自己的氣質和思維類型，以便較科學地而不是一廂情願地作出自己對事業的選擇。

氣質，是個性的重要心理特徵之一。早在古希臘時代，醫生兼學者希波格拉弟認為人體內有

---

[5] 參見史美煊譯：〈天才初期的心理特徵〉，《教育雜誌》第二〇卷第四號。

四種體液，正是這四種體液「形成了人體的性質」，這便是氣質論的最早的來源。西元二世紀，希臘醫學家卡倫發展了希波格拉弟的「體液」說，他認為：「如果心性不基於身體的氣質，或促進或阻礙，那麼，性格的差異，有勇敢的，有怯懦的，有聰明的，有蠢笨的，都不能說出理由來了。」❻卡倫對人的氣質進行分類，從開始的十三種最後簡化為四種，即膽汁質、多血質、黏液質、抑鬱質。膽汁質的特徵是熱情積極，生氣勃勃，易感情用事，心理過程具有迅速而爆發的色彩；多血質的特徵是感情豐富，發生迅速，靈活好動，興趣廣泛，易外露，多變化；黏液質的特徵是沉著冷靜，穩重踏實，注意穩定而難於轉移，精神狀態外部表現不足；抑鬱質的特徵是行動遲緩，個性孤獨，情緒體驗深刻持久而不外露。這四種氣質的名稱為一般學者承認並沿襲至今，它們雖然不一定絕對科學，因為一個人的氣質可以變化，同時一個人也許可以兼有幾種氣質，即氣質的兼類，但我們一般所說的「詩人氣質」，除了具有黏液質與抑鬱質的優點及其他內涵之外，大多是指多血質與膽汁質。以俄羅斯文壇四位傑出的文學家而論，普希金的氣質明顯地屬於膽汁質，而萊蒙托夫明顯地具有多血質的特徵，寓言大家克雷洛夫的氣質明顯屬於黏液質，而喜劇小說家果戈理則明顯具有抑鬱質的特徵。在中國詩人中，李白的氣質當然是屬於典型的膽汁質，屈原、杜甫、李商隱、李賀等人，雖然由於時代變亂和個人遭際而使他們有抑鬱質的某些氣質因素，但他們的主要氣質特點，無疑主要是屬於膽汁質和多血質。郭沫若創作《女神》時的審美心理，不也說明了這位新詩人的氣質特色嗎？

對藝術氣質的心理類型和思維類型，前人還作了不少的探索和說明。尼采區分為「酒神型」

---

❻ 轉引自陳孝禪：《普通心理學》第四八四頁，湖南人民出版社一九八三年版。

（旁觀型）和「日神型」（參與型）；容恩根據內外傾原則，認為藝術家主要是屬於「內傾感覺型」與「外傾感覺型」；康·卡夫卡的歸納是三種類別，即同情和適應良好的創作個性（莫扎特，拉斐爾），沉著穩健的創作個性（歌德，達·芬奇），落拓不羈的創作個性（貝多芬，波特萊爾）。（貝弗里奇在《科學研究的藝術》一書中曾劃分科學家的四種類型：「精測型」、「積累型」、「古典型」、「浪漫型」，此說可資參考。）在四十年以前，蘇聯生理學家巴甫洛夫提出了高級神經活動學說，為氣質研究提供了自然科學基礎。巴甫洛夫的更重要的貢獻，還在於他曾經提出人在思維類型方面，有「藝術型」、「思維型」和「中間型」的區別。他說：「由於兩種信號系統，由於早期的連續不斷的多種多樣的現實生活方式使人們區分為藝術型、思維型和中間型。」❼不難想像，「藝術型」的人更適宜於主要運用形象思維的詩歌創作，而「思維型」的人則更適合在邏輯思維的天地裡去開創他的英雄用武之地。後來，梅拉赫依據巴甫洛夫的分類原則，又將思維類型劃為「理性型」、「主觀——富於表情型」、「分析——綜合型」，此說也有助於探求創作個性的生理之謎。美國哈佛大學教授斯佩爾發展了巴甫洛夫的思維類型學說，一九八一年，他以對大腦的研究榮獲諾貝爾醫學生理學獎。斯佩爾首先證實人腦兩半球在功能上具有高度專門化的特點。左半球與抽象思維、象徵性關係和對細節的邏輯分析有關，具有語言的、概念的、分析的和計算的能力；右半球與知覺空間有關，具有對音樂、圖形、整體性映象和幾何空間的鑒別能力。它們的優勢因人而異，有些人左半球占優勢，有些人右半球占優勢。右半球占優勢的人，擅長文學、繪畫、音樂及文科的形象思維，左半球占優勢的人，在數理、理論及理科的抽象思維方面，顯然就更會表現出他們

---

❼ 轉引自李孝忠：《能力心理學》第一七九頁，陝西人民教育出版社一九八五年版。

的才能。出於同樣的道理，右半球占優勢的人，想要向繆斯奉獻他們的熱情和心力，成功的希望遠比左半球占優勢的人為大，哪怕後者忠誠不二，恐怕也難以得到繆斯更多的青睞。

從年齡與心理的角度來考察詩作者這一審美主體，我們雖絕對不能否認大器晚成或老樹著花的詩歌藝術現象，但文學創作特別是詩歌創作，更是和青春結下了不解之緣，許多人在青年時代就已經有了令人刮目相看的成就。

大器晚成的在詩史上當然可以尋求到一些例證。唐代著名邊塞詩人高適據說在五十歲才開始寫詩，但也取得了重要的成就。另一位唐代詩人劉長卿，年輕時任校尉之類的職務，到中年以後才折節讀書，但也在詩史上取得了一席地位。老樹著花或鳳凰火浴的詩人，在中外詩史上也不是絕無僅有，歌德的名著《浮士德》的第二部，完成於詩人逝世前一年的一八三一年。愛爾蘭詩人葉慈的詩情也是年既老而不衰，到晚年還寫出一些佳篇，被美譽為「老得好漂亮」的詩人。杜甫晚節漸於詩律細，他的詩的火焰，到暮年還燃燒在江湘之間。中國當代著名詩人艾青，年輕時就表現了他詩的才華，一旦抖落了北大荒的冰雪和大西北的風沙，他青春的詩泉仍然沒有凝固或乾涸，他以六十餘歲的高齡唱起他的《歸來的歌》，歌聲在清新俊逸之中又顯示了沉鬱蒼涼。正如同黑格爾所說：「通常的看法是熾熱的青年時期是詩創作的黃金時代，我們卻要提出一個相反的意見，老年時期只要還能保持住觀照和感受的活力，正是詩創作的最成熟的爐火純青的時期。以荷馬的名字流傳下來的那些美妙的詩篇正是他的晚年失明時期的作品，我們對於歌德也可以說這樣的話，只有到了晚年，到了他擺脫一切束縛他的特殊事物以後，歌德才達到他的詩創作的高峰。」

但是，從根本上和總體上來說，詩，畢竟屬於青春，它和青春訂下的是一代一代永不相負的山盟海誓。

創建美國心理學會的心理學家霍爾認為：天才是創造的，勇敢的，天才是青年的延續，青年的能力在他們年輕時就表現出來。現代心理學曾分門別類地作過研究，對年齡與能力顯示時期的關係，列出如下圖表：

五〇名藝術家平均在十七歲

一〇〇名戲劇家平均在十八歲

五〇名詩人平均在十八歲

一〇〇名科學家平均在十九歲

每項前面的數字是被調查的人數，後面的數字是他們初露才氣的年齡。從這一圖表，可以看到青春與創造，有如樹木之開花與結果，有密不可分的關係。舉例而言，與詩關係最密切的是音樂與繪畫，大音樂家莫扎特十歲開始作曲，同年寫歌劇《簡單的偽裝》，十四歲作《密特里特泰》，十七歲作《盧西奧西利亞》，他在少年時就使歐洲音樂界投來欣羨而驚喜的目光。在十三歲作曲的還有貝多芬和海頓，而舒伯特自小就擅長鋼琴、風琴和小提琴等多種樂器，他的名作《魔王》寫成時年方十八歲。詩人在青春年少時就飛光耀彩的不在少數，除我在第一節中舉述過的以外，李白是「開口成文，揮翰霞散」，杜甫是「七齡思即壯，開口咏鳳凰」，白居易九個月就識「之」、「無」二字，五、六歲時就能作詩。在我們的國境線以外，西方的詩神同樣鍾情於青春，希臘的詩神阿波羅，同時也是青春之神。意大利的但丁七歲就給阿特麗斯寫戀詩，德國的席勒十四歲時寫史詩《莫澤》，十八歲著成《海盜》，法國的雨果十八歲作悲劇《厄拉曼》，二十歲作《比雅加》，而《冰島的漢斯》與《歌謠集》第一卷，則是剛過弱冠之年的作品。英國華滋華斯的佳作，多在三十七歲以前完成，四十五歲以後就江郎才盡了，柯勒律治與安諾德也差不多是這樣。寫詩與寫小說的最佳年齡，據我國一些心理學家的研究結果表明，寫詩是廿五歲至廿九歲之間，寫小說則是卅歲到卅四歲之間，這雖不可一概而論，但由此更可以看到青春與詩的牢不可破的友誼，應該是由詩神繆斯而不是作家王蒙發出「青春萬歲」的呼聲。

我們固然可以從青年人的生理與心理的特點，來論證青春與詩的關係，但是，我們也可以從青年的反面——老年來看詩的審美主體的心理特徵。按照世界通例，一般以六十歲作為劃分老年的分水嶺，「經事還諳事，閱人如閱川」（劉禹錫：〈酬樂天咏老見示〉），老年人在生活閱歷和判斷比較的能力等方面雖然超過青年，但由於生理上新陳代謝能力的降低，心理上也出現了相應的變化，首先是對外界五官感受力的遲鈍和退化，杜甫不是說「老年花似霧中看」，陸游不也說自己「病骨支離又過秋」嗎？在記憶方面，老年人的機械記憶和近事記憶的能力，已遠遠低於青年。因此，雖然說「莫道桑榆晚，為霞尚滿天」，但黃昏的落霞畢竟比不上黎明時早霞那樣生氣勃勃而充滿創造力。晚霞是悲壯的，早霞是豪壯的，從根本上和大體上說來，詩歌創作屬於青年，屬於早霞一樣美好的青春！

三

除了與生俱來的天賦，也就是那不可否認的遺傳因素、氣質類型以及詩與青春的天然聯盟之外，作為審美主體的詩作者，還應該具備哪些主體審美素質，才有可能對生活美與心靈美有美的體驗與表現呢？我以為，那就是詩才，而詩才是一種綜合美的概念，是多種能力的奇妙結合。

關於繪畫能力，蘇聯心理學家基列揚科作一系列實驗研究的結果，手的動作靈巧與否是繪畫能力的組成部分，此外，垂線和水平線的視力尋求，對大小比例的判定，對亮度比值的評定，對對象有無完整的知覺和表象，都與繪畫能力有密切關係；美國心理學家西霜對音樂活動作了系統的科學研究，他提出音樂能力由「音樂的感覺和知覺」、「音樂的動作」、「音樂的記憶與想像能力」、「音樂的智力」、「音樂的情感」等五個方面構成，分門別類包括二十五種能力，而蘇聯心理學家捷普洛夫在《音樂才能的心理學》這一專著中，他認為音樂能力由一般因素和特殊因素兩部分構成，而主要能力則是「曲調感」、「聽覺表象」與「音樂的節奏感」。迄今為止，對於詩歌能力尚沒有系統的科學研究，我認為，詩歌創作能力（詩才）主要就是敏銳的形象感受力、高強的情緒與形象的記憶力、豐富多采的想像力、生生不已的創造力，以及對語言文字的敏感力和高強的驅遣力，五美並具，可以期望在詩的審美創造中，得到繆斯的巧笑倩兮與美目盼兮。

馬克思曾經指出：「人在對象世界中得到肯定，不僅憑思維，而且要憑**一切**感覺。」（著重號原有——引者注）❽他還說：「只有通過人的本質力量在對象界所展開的豐富性，才能培養出或引導出主體的（即人的）敏感的豐富性，例如一種懂音樂的耳朵，一種能感受形式美的眼睛。」❾詩感，或稱詩的感覺，或稱詩的敏感，是詩的審美主體的最可寶貴的素質，這種素質薄弱，不可

❽ 轉引自《美學》第二期第一〇頁，上海文藝出版社一九八〇年版。

❾ 同上，第二三頁。

能成為出色的詩人，缺乏這一素質，絕對不可能成為詩人。詩感，是一種非邏輯推理的思維方式，在很大程度上就是詩作者五官開放的形象感受力，就是詩人對大千世界敏銳的直覺的訴之於形象的思維，詩人對生活的感覺，應該像印象派畫家那樣講求迅速、鮮明的印象，是具象而非抽象，首先不是作理念的思考與邏輯的推理。

感覺，是指客觀事物的個別屬性在人腦中的直接反映。客觀事物直接刺激人的感覺器官的神經末梢，所產生的神經衝動傳導到腦的相應部位，便產生感覺。人的感覺主要有視覺、聽覺、味覺、嗅覺、觸覺，此外還有運動覺、平衡覺、機體覺等等。人的感受性，就是指對適宜刺激的感受能力。詩人的藝術感覺，在生理機制上同常人的感覺沒有什麼區別，但藝術的感覺又不同於一般的感覺和常人的感覺，其特徵就是更迅捷地在大腦皮層構成鮮明突出的審美初象，並由此而飛躍地展開系列性的審美聯想，它開始並不受明顯的理性的制約，而是對形象的一種直覺的思維。如同回憶有「直接回憶」，興趣有「直接興趣」，詩人的這種藝術敏感，常常表現為「直覺思維」的形態，是心靈對宇宙萬象最直接最迅速的感受，也就是對客觀的事物立即作出形象的感受、定形與判斷。可以說，這種詩感，是作為一個詩審美者最初的也是必具的美質。

可貴的藝術感受性，曾經為許多詩人所體驗過，也為許多文藝理論家所論述過。清代的詩人兼詩評家袁枚，是一位重「表現」的「性靈論」者，他在《隨園詩話》中稱道別人的作品時，常常用「性靈」一詞，有時也用「靈機」一語，如「今人浮慕詩名而強為之，既離性情又乏靈機」即是。美籍華人學者劉若愚對此曾經表述過如下精闢見解：「我們還記得，他的一些前人，將這個詞當做『性情』(personal nature) 的同義詞，可是在袁枚的用法裡，這兩個詞並不表示相同的概念：『性情』是指一個人的一般個性，而『性靈』是指一個人的天性中具有的某種特殊的藝術感受性。」❿對於這種特殊的藝術感受性，許多外國作家與文藝理論家都有論述。歌德在與愛克曼談話中，曾提到一種「精靈」，他說這種東西在詩創作中常常出現，特別是在無意識狀態中，這時一切理性和知解力都失去了作用。他在〈詩與真〉中又說：「直到今天還沒有人能夠發現詩的基本原則；它是太屬於精神世界，太縹緲了。」⓫法國十八世紀最傑出的啟蒙運動家和思想家狄德羅，他在〈天才〉一文中說：「精神的浩瀚、想像的活躍、心靈的勤奮：就是天才。……有天才的人心靈更為浩瀚，對萬物的存在全有感受。」⓬義大利美學家克羅齊則強調「直感」，認為「藝術就是直覺的表現」。而與直感或直覺緊密聯繫的就是「靈感」，俄國大詩人普希金在他的詩文信札中，曾多次談到靈感，他說：

> 靈感是一種易於感受印象和理解概念，因而易於闡述這些概念的一種心靈狀態。幾何學和詩歌一樣需要靈感。⓭

對於靈感，愛因斯坦也明確宣稱：「我相信直覺和靈感。」⓮古希臘數學家阿基米德在浴盆洗澡

---

❿ 劉若愚著：《中國文學理論》（杜國清譯）第一七五頁，臺灣聯經出版事業公司一九八〇年版。

⓫ 《西方文論選》（上冊）第四四五頁，上海譯文出版社一九七九年版。

⓬ 《西方古典作家論美和美感》第一一一頁，春風文藝出版社一九八〇年版。

⓭ 《普希金論文學》第一二八頁，漓江出版社一九八三年版（張鐵夫、黃弗同譯）。

⓮ 轉引自姚詩煌著：《科學與美》第一三五頁，遼寧科學技術出版社一九八四年版。

時想出浮力比重原理，解決了比重問題，他跑到街上高呼「發現了！發現了！」，這正可以證明普希金所說幾何學也需要靈感的道理，但是，普希金強調的是詩的靈感，而且他把靈感和「感受印象」的心理狀態聯繫在一起，也可以證明我所說的「詩感主要是形象的感受力」的觀點。對普希金的詩歌作過許多卓越評論的大批評家別林斯基，也多次強調過「直感」對詩歌創作的意義，他說過「藝術是對真理的直感的觀察，或者說是用形象來思維」，他認為：

> 現象的直感性是藝術的基本法則，確定不移的條件，賦予藝術崇高的、神祕的意義。一切現象的直感條件都是靈感衝動；一切現象的直感結果都是有機體。只有靈感才可能是直感的，只有直感的東西才可能是有機的，只有有機的東西才可能是有生命的。⑮

別林斯基不僅看到了詩創作中直感的作用，而且將直感和靈感聯繫起來考察，他的這些觀點發表在一百四十多年以前，真是令人驚嘆。中國的禪宗講求所謂「只可默，不可說」的禪宗趣味，以及對突然領悟的心理狀態名之為「頓悟」，可以和上述西方的有關理論參照匯通。

一九八二年夏天，我在北京與詩人賀敬之談到詩歌創作，他回憶他十七歲到延安後報考魯迅藝術學院時的情景，他說他的文藝理論和文學知識的試卷答得不好，他交的是幾篇詩歌習作，主試者、詩人何其芳說：「賀敬之這個小青年有詩的感覺。」於是便被錄取了。由此可見，何其芳也是看重詩的感覺的。在中國當代有成就的新詩人中，臧克家的《甘苦寸心知》是談自己的詩創作的一本專著，從中可以看到老詩人的詩心，也可以總結一些詩美學的規律，在證明詩的藝術感

---

⑮《別林斯基選集》第三卷第一〇七頁，上海譯文出版社一九八〇年版。

受力方面，也有許多生動的材料。如〈洋車夫〉一詩：

一片風嘯湍激在林梢，
雨從他鼻尖上大起來了，
車上一盞可憐的小燈，
照不破四周的黑影。

他的心裡是個古怪的謎，
這樣的風雨全不在意，
呆著像一隻水淋雞，
夜深了，還等什麼呢？

這首意象突出、精鍊深沉的詩，是詩人在青島大學當學生時，看到洋車夫悲苦生涯有感而發的結果。詩人說：「回到石頭樓上，電燈熄了，我眼前的那盞小油燈還在黑暗中發亮，那個像隻水淋雞的洋車夫的形象，清晰地立在我的眼前。我思索，我悲憤，我失眠。經過痛苦的醞釀，精心的推敲，產生了〈洋車夫〉這八行詩。」臧克家是屬於「苦吟型」的詩人，他寫詩反覆推敲，很少一揮而就，但從上述的夫子自道，也可看到他年輕時形象感受的迅速和強烈，沒有詩感和靈機，沒有在感受和捕捉形象時敏銳地予以「直覺」的素質，他就不可能寫出〈洋車夫〉這一動人的篇章。

高強的情緒記憶與形象記憶力，是詩創作審美主體不可缺少的素質。對於記憶，傳統心理學認為是大腦中所保持的從外界得到的經驗，經典生理心理學則認為是神經組織有關暫時聯繫的痕跡的保持，現代心理學則認為是神經系統內信息的獲得與保持，以及貯存於腦內的信息的總和。總之，記憶的基本過程是識記、保持、回憶和認知，記憶的種類可以分為形象記憶、邏輯記憶、情緒記憶和運動記憶。從詩歌創作的審美過程來看，詩的審美主體的記憶主要是形象記憶與情緒記憶，詩人所縈繞或銘刻於心的，不是有關的數字、圖表和公式，也不是某一事物發生和發展的運動過程，而是通過藝術的感情的觀察得來的生動鮮明之外部印象，和那種特定的情緒、氣氛與氛圍。

詩人對生活進行藝術觀察，動員他的全部感覺器官感受生活，特別是通過眼睛這個「靈魂的窗戶」吸收對外部的印象，但是，假如詩人對生活的形象感受是敏銳的，然而卻過目即忘，讀後如失，藝術的初感都在忘川中沖刷得無影無蹤，那怎麼可以想像能進入具體的創作過程呢？西方有句格言：「記憶力乃智力之母。」在古希臘神話傳說中，有一位專司記憶的女神名叫尼摩西尼，她生了九個文藝女兒來專管文藝，由此可見包括詩歌創作在內的文藝創作與記憶的關係。

記憶的敏捷性、準確性和長久性，是衡量記憶力好壞強弱的標尺。達·芬奇是文藝復興時期義大利的著名畫家，他十餘歲時到一個寺院遊玩，那美麗的壁畫給他的心靈以強烈震撼和深刻印象，他回家後，默畫那些壁畫，竟然可以亂真，不僅物像的輪廓比例酷似原作，色彩、光線和明暗也如出一人之手，如果達·芬奇沒有驚人的觀察力與形象記憶力，那就是不可想像的。美國詩人惠特曼，參加了於四月舉行的林肯的喪禮，棺木兩旁的紫丁香散發著芬芳，詩人說他以後多年中「由於一種難以解釋的奇怪的想法，我每次看見紫丁香，每次聞到它的香味，我就想起了林肯的悲劇。」⑯這種難以解釋的想法，實際上正是由於巨大的心靈震撼所保留下來的一種特定的感情和情緒，如果出現了同樣的外部條件，這種情緒和感情就會油然而生。一百多年以前的一個陽春三月，英國湖畔派詩人華滋華斯偕其妻子在露絲沃特湖畔散步，湖邊金黃的水仙花迎風而舞，彷彿許多仙女在輕盈地舞蹈。華滋華斯夫人當時建議詩人寫如下的詩句，大意是說水仙花在詩人心靈空虛寂寞或沉思默想時突現於內在的眼前。時過幾年，華滋華斯憑記憶寫成〈水仙〉這一名詩。詩中「水仙」的意象，就是詩人當時對客觀的水仙花的感受形成了視覺記憶的「心象」，再憑著心靈活動喚醒了往昔所儲藏的審美經驗的結果。

在中國古典詩話、詞話中，我們常常可以看到對於優秀詩人的記憶力的讚美之辭，如「博聞強志」、「過目成誦」等等。確實，詩作者的審美感官的感應性與外界事物相撞擊，不僅構成了一種心象，而且也激發了一種審美的情緒和情感，這種情緒記憶與形象記憶，常常是詩創作的原料和動力，詩思往往就由於它們的激發而像噴泉般噴發出來，如唐詩人崔護的名作〈題都城南莊〉：

去年今日此門中，人面桃花相映紅。

人面不知何處去，桃花依舊笑春風。

孟棨《本事詩》記載：「崔護於清明日獨遊長安城南，見一莊園，花木叢萃，而寂若無人。護口渴，扣門求飲，有女子以杯水至，開門設床命坐，獨倚小桃斜柯而立，意屬殊厚。久之，崔護去，

⑯ 轉引自荒蕪：〈惠特曼與林肯〉，《外國文學研究》一九八一年第一期。

女送至門，如不勝情而入；崔亦睠盼而歸。來歲清明，護復往尋之，門牆如故，而已鎖扃，因題詩於左扉。」前兩句追憶以往，後兩句感慨當今，今昔交感，不勝惆悵。崔護當時如果沒有強烈的審美反應，這種反應又未能構成刻骨銘心的形象與情緒記憶，後代有關唐詩的選本就會要減少一顆小小的珍珠了。

亞理斯多德說過：「一切可以想像的東西本質上都是記憶裡的東西。」⑰信息儲存是神經組織的固有特性，信息的儲存、分析與綜合是人的心理活動的實質。新詩作者的許多作品，也充分證明信息儲存到大腦中去以後，可以憑活躍的聯想進行追憶，從而創造出詩的意象與意境。一九三三年春天，艾青寫他的〈大堰河——我的保姆〉時，年僅二十三歲。在上海的監獄裡，艾青曾經回憶說：「一天早晨，我從窗口看到外面下雪，想起了我的保姆，一口氣寫下了這首詩。我完全是按照事實寫的，寫的全是自己的真情實感，寫完之後也沒有什麼改動。因為看守所的生活也不允許你反複修改。」艾青在鐵窗內「想起了」而寫成這首詩，這正可以說明是情緒記憶與形象記憶攜手，才養育了這樣一個詩的寧馨兒。

想像，是形象思維的核心，是藝術才能的身分證。豐富多采的脫俗的想像力，也是詩的審美主體必具的素質，沒有豐富的不平凡的想像力，絕不能成為一個出色的詩人，就像鳥兒沒有一雙翅膀，它就不能飛翔一樣，而許多詩作之所以平庸，根本原因之一就是想像的平庸。對於詩的想像之美，我將另有專章探討，我這裡只想著重說明，想像是外部生活與內心生活相結合所開放的花朵，沒有對外部生活的美感體驗，就沒有富於生活實感的想像，沒有豐富的高層次的內心生活，

⑰《外國理論家作家論形象思維》第八頁，中國社會科學出版社一九七九年版。

也沒有富於空靈之趣與創造之美的想像。

詩的想像，一方面要表現包括自然界和人類社會生活的客體之美，同時也必然顯示審美主體的審美心理之美，換言之，詩人要發現生活之美，而以想像的方式表現出來，同時，這種想像的方式和形態也顯示了美的審美心理，是想像表現的生活之美與想像本身之美的綜合表現。這樣，我認為想像一方面是對審美客體的一種審美觀照，想像力是一種感受生活美的機能，它是以現實中存在的美為前提的，沒有這一前提，想像就是創作者精神內部的自我封閉，就只能是一種純主觀理念的產物，必然流於蒼白的空想或不知所云的玄想，如金絲籠中小鳥的啁啾，如夢遊患者的囈語；另一方面，詩歌不是生活美的複寫，它還要充分表現審美主體的靈智之美，要對現實美進行高層次的靈心慧悟的再創造，詩歌如果只是臨摹和複製現實，缺乏主觀審美的不同凡俗的想像力，這種作品必然缺乏刺激讀者想像的詩意，流於令人厭倦的俗套和平庸，而只有將現實與超現實、人間與天上、外界與心靈、現實的想像與心智的形而上的想像作美妙的交流，才可能產生美妙的作品。阿赫瑪托娃是蘇聯著名女詩人，一九四五年蘇聯反德國法西斯衛國戰爭勝利之日，她寫了一首〈悼友人〉：

勝利日蒙著一片柔和的霧，
昇起猩紅的霞光，如火如荼。
遲到的春天像一個寡婦，
在無名墓旁忙忙碌碌。

她雙膝跪著，依依不捨，
吹拂著嫩葉，撫摸著草葉，
把肩上棲息的蝴蝶放到地上，
讓第一朵蒲公英展開絨毛如雪。

阿赫瑪托娃的詩素以情致委婉而想像豐富著稱。〈悼友人〉寫對陣亡將士的哀思，在開篇兩句實寫之後，全詩飛揚起動人情腸的想像：「遲到的春天像一個寡婦，在無名墓旁忙忙碌碌。」這種現實與超現實、外觀與內在相結合的想像，既表現了為祖國而戰者的精神之美，也顯示了詩人悼亡的審美感情與審美想像之美。

想像力與創造力是一母所生的親姐妹，她們雖然不能互相等同而有各自的面貌，但她們的血管裡流動的卻有相同的血液。想像力豐富的作者，其創造力一定是旺盛的，而生生不已的創造力的標誌之一，就是想像力。沒有想像，就沒有創造，就沒有發明。美國科學家愛迪生被譽為「發明大王」，他一生有一千三百多項發明，也就是一千三百多項創造，真正優秀的詩人的創造力，應該和傑出的科學發明家比美，在不同的考場上一試高低。

天才人物的重要特徵之一，就是具有生生不已層出不窮的創造力，他們的生命是不熄的焰火，可以在創造的天空噴放出永不凋落的禮花。詩的創造力，絕不完全表現在作品的數量，而首先是以質量來顯示的，名詩人王之渙流傳至今而被《全唐詩》收錄的只有六首詩，但比那些連篇累牘卻沒有一首傳世之作的作者，他不是層次高出許多嗎？蘇聯老詩人施帕喬夫有一首詩題為〈把所有的詩句連成一行〉：

把所有的詩句連成一行，
世界上的任何道路也沒有那麼長。

這條詩行穿過大陸，越過海洋，
也許能一直通到月球上。

這句話是否需要我來講，我不知道，
寫詩的人黑壓壓一片。詩人有多少？

寫詩的人不一定都是真正意義上的詩人，同理，在報刊上發表或成集出版的分行的文字，也並不都是詩。數量固然可以表現創造力，但嚴格意義的詩的創造力，根本上卻應該是指詩人對生活有獨到的既不重覆別人也不重覆自己的審美體驗與審美發現，他的內心世界孕育不竭的妙想奇思，他以美的文字將上述一切定型為作品，給詩的寶庫增添精神與藝術俱勝的美的珍寶。如果只是不斷地重覆別人的足跡，不疲倦地重覆自己的歌聲，對生活美與詩之美沒有什麼新的發現和新的表現，那不能稱之為有創造力，而審美主體如果缺乏創造力或創造力貧弱，那他就無力走進詩的殿堂，因為詩的殿堂並不像公園的大門，後者是向所有的遊客敞開的。一九六四年，嚴陣陪詩人郭小川遊黃山，郭小川在人字瀑之前沉思良久，這一條形態特殊的瀑布觸發了他的詩思，他表示他要寫一首詩，但終未能寫成。在此前後，以黃山人字瀑為題材的詩不少，而後來嚴陣所寫的〈人字瀑〉是頗有創造的：

三百里黃山啊，步步是勝景，面面有奇觀，
多少人曾登臨觀瀑樓，把人字瀑細細觀看，
可是，究竟有多少人能夠真正認識這個「人」字？
有多少人能夠聽懂它那滔滔不絕的語言？

黃山的雲霧，一直在不斷幻映著歷史的畫卷，
那個大寫的「人」字，就是在這不斷變幻的雲霧中顯現，
暴風雨越猛烈，它那「人」字的形象便越高大，
雨過天晴，它便很自然地把自己隱入陽光中間。

你看，——不管是春夏秋冬，也不論白天夜晚，
它一直按照自己的規律，不停地向前，向前，
切莫看輕，切莫看輕它那跳動不息的水流呵，
任何寬闊的大海，都少不了它那奔騰的源泉。

你看，——不管是彩雲繚繞，或者是山花爛熳，
它經過任何懸崖峭壁，從來都不畏艱險，
它把生命的每一分鐘，都安排在生命的征途上，
不管它站得多麼高，眼光和腳步都始終向著下面。

呵，當你不遠千里，來到黃山人字瀑前，
難道不應該思索：人應該怎樣活在世間？
人應該怎樣才能像人那樣，保持自己的尊嚴？
大自然給我們的寶貴啟示，怎麼可以視而不見？

三百里黃山呵，步步是勝景，面面有奇觀，
多少人曾登臨觀瀑樓，把人字瀑細細觀看，
不過，只有目中有人的人，才能真正看到這個「人」字，
而且，也才能夠聽懂它那永遠傾吐不盡的語言……

這是嚴陣的「人字瀑」，它重認了人的價值和尊嚴，思想上不同於任何其他詩人寫同一題材的作品，藝術上也不同於他以前的〈江南曲〉，它有屬於嚴陣自己的審美發現和審美創造。可以說，從同題詩作中，我們更可以看到詩人創造力的強弱和高低。

在美學創造力的範疇中，有這樣一條客觀存在的規律：一般的詩作者創造力較低，不能拓展思想、題材和表現藝術的領域，常常是自覺或不自覺地重覆自己和重覆別人，缺少廣度，也缺少發展和變化，他們的創作呈現出凝固化和規範化的弊病。規範化，就是習慣地沿襲一種求同性的思維方式，就是缺乏個性色彩地千篇一律，而只有面容刻板的模式；凝固化，就是沒有那種創造的活潑生機和「變態」，不能給讀者以新穎的美的刺激。富於創造力的詩人，他們的思維是開放的而不是封閉的，是多向與逆向的而不是單向與順向的，是求異性的而不是求同性的，是動態多變性的而不是靜態超穩定性的。有創造性的詩人，能夠衝破陳舊的思維模式，把思維從狹窄、封閉、陳陳相因的體系中解放出來，作創造性的輻輳與輻射。輻輳性思維，能把各種信息作有機聚合而得出一個最佳的意象結構，在多種設計與構想中尋覓一個最好的方案。輻射性思維又稱發散性思維，即藝術思路成扇形展開，所謂「文思泉湧」、「思路開闊」、「浮想聯翩」等等，就是對這種思維狀態的形容。相反，那些缺乏創造力的詩人，不能充分利用思維定勢的積極作用，而只能受到思維定勢的消極作用的束縛，因為思維定勢是以往活動中所形成的一種心理準備狀態，對同類的後繼心理有定向作用，缺乏創造力的詩人，他們囿於過去創作中的思維定勢而無法開拓，所以常常只能大同小異地重覆由於定勢而形成的感知、記憶和思維的模式。總之，富於創造力是詩的審美主體最重要的心理素質之一，富於創造力的詩人豐富而多變，創造力貧弱的作者則單調而凝滯，缺乏變化和發展的活力。

有強大創造力的詩人，即使是描繪同一事物，他的審美方式也絕不會僵化和凝固，他的審美觀照和感受也會呈現出發散式的多維狀態。李白，這位絕代歌手，永遠活在捉月而死的傳說裡。

明月，和他以及他的詩歌創作結下了不解之緣，從《詩經・陳風・月出》篇升起的月亮，在李白的詩中閃耀著奇幻的清輝。春月、夏月、秋月、冬月、山月、水月、半月、滿月、彎月、霜月、峨嵋月、邊塞月等等，百態千姿。「小時不識月，呼作白玉盤，又疑瑤臺鏡，飛在青雲端」、「我寄愁心與明月，隨風直到夜郎西」、「舉杯邀明月，對影成三人，月既不解飲，影徒隨我身」、「峨嵋山月半輪秋，影入平羌江水流」，千變萬化。據統計，李白現存詩約一千餘首，提到月亮的約占二百五十首左右，占總數的四分之一，不同美學形態的月亮意象共有八十多種，這位詩國天才真可以說是「明月肺腸」了。

對文字的敏銳感受力和高強的驅遣力，是作為藝術主體審美心理機制的又一個十分重要的素質。如果一個詩作者已經具有如上幾個方面的素質，那麼，它就可以認為是最後的具有決定意義的環節了。因為前面幾項都可以說是詩人的心靈對外部生活的敏感，對外部生活的審美感受、觀照與思維。所謂思維，是高級神經活動的一系列暫時聯繫，是藉詞語所進行的高級的分析和綜合的活動，而語言是思維的物質外殼，沒有語言，就無所謂思維。詩歌作品是藝術思維的結晶，而沒有藝術的語言文字，任何思維都無法進行，任何作品都無法具形。生理學家進行科學解剖的結果，認為人腦有專門管理語言的區域，它們分別叫「感覺性言語中樞」和「運動性言語中樞」。語言文字是思維的載體，也是交流思想的工具，對文字的敏感程度和驅遣能力的高低，最終決定了詩人才具的高下。

詩語應為智慧之語。對文字的感受和驅遣，是由審美主體心意指揮的一種心靈創作活動，對詩的語言之美，我將另有專章闡述。我這裡只想說明，一個學力深厚而心靈敏感的詩人，對文字的性能會有靈敏度很高的感覺，對文字的各種排列組合，能夠運用之妙，在乎一心，總之，以獨特的語言組織結構，展示一個獨特的世界，排除習慣性與陳腐性，表現出語言的原創性。清人錢泳在《履園談詩》中說：「詩文一道，用意要深切，立辭要淺顯……但看古人詩文，不過眼面前數千字搬來搬去，便成絕大文章。」⑱今天的詩人常用字也不過數千，包括古典詞語、口語和外來詞語，但「搬來搬去」卻有高手和低手之分，即對語言的敏悟和功力的高下之別。如李賀，他對語言文字十分敏感，而且他「搬來搬去」的排列組合，也極具創造性，他早夭而成為優秀詩人，在盛唐的高峰與中唐的群山之後，他進入詩史而一峰獨秀，重要原因之一就在於他特異的語感和創造性的語言運用。如「踏天磨刀割紫雲」、「幾回天上葬神仙」、「酒酣喝月使倒行」、「羲和敲日玻璃聲」、「桃花亂落如紅雨」、「一雙瞳人剪秋水」、「黑雲壓城城欲摧」等等，遣詞用字可謂破天心，揭地膽，奇思噴湧而異彩怒發，是富於獨創與新力的語言表現方式。唐宋時代那些傑出詩人的作品，其語言藝術固然值得我們今天的詩作者借鏡，後世某些知名度相對較低的詩人的作品，語言也時見閃光，我從清詩中略舉數例：

珍重游人入畫圖，亭臺繡錯似茵鋪。
宋家萬里中原土，換得錢塘十頃湖。（黃任：〈西湖雜咏〉）

千家笑語漏遲遲，憂患潛從物外知。

---

⑱《清詩話》（下冊）第八七三—八七四頁，上海古籍出版社一九六三年版。

悄立市橋人不識，一星如月看多時。（黃景仁：〈癸巳除夕偶成〉）

黃金華髮兩飄蕭，六九童心尚未消。

叱起海紅簾底月，四廂花影怒于潮。（龔自珍：〈夢中作四絕句〉）

在唐宋兩代之後，清詩在難以為繼的情況下仍有其特殊的成就。上面所引，是用長焦距鏡頭掃視清代詩苑而折取的花枝，園林雖已是晚春，但花光仍然照眼。從語感和語言的運用，可以看出這些詩人高強的語言審美感知的能力。

在新詩作者之中，有很多人對語言文字缺乏敏銳的感知和較深的修養，鍛鍊、驅遣語言文字的本領不高明，所以很難希望他們寫出好的作品。例如一位有些名氣的中年詩人，在他的〈創業大街〉中寫道：「設計、改裝，哪能沒有爭議，都得考慮能源、市場問題；有難題難解的躁悶、愁緒，還要有擺脫壓力的魄力」。以詩的外形去羅列這種枯燥乏味的三流散文語句，其語言的毫無詩質一望可知，奇怪的是，它還被編進我們一年一度的詩選集裡。與直白、枯燥的弊病相反，臺灣許多詩作者前些年走向另一個極端，他們隨意運用、切割、扭曲語言文字，常常完全不顧語法規範，表現出極大的隨意性。而著名詩人洛夫，以〈石室之死亡〉一詩成名，近些年來佳篇俊句更是絡繹而出，語言的運用也頗見創造的功力，如〈邊界望鄉〉一詩：

說著說著

我們就到了落馬洲

霧正昇起，我們在茫然中勒馬四顧
手掌開始生汗
望遠鏡中擴大數十倍的鄉愁
亂如風中的散髮
當距離調整到令人心跳的程度
一座遠山迎面飛來
把我撞成了
嚴重的內傷

病了病了
病得像山坡上那叢凋殘的杜鵑
只剩下唯一的一朵
蹲在那塊「禁止越界」的告示牌後面
咯血。而這時
一隻白鷺從水田中驚起
飛越深圳
又猛然折了回來

而這時，鷓鴣以火發音
那冒煙的啼聲
一句句
穿透異地三月的春寒
我被燒得雙目盡赤，血脈賁張
你卻豎起外衣的領子，回頭問我
冷，還是
不冷？

驚蟄之後是春分
清明時節該不遠了
我居然也聽懂了廣東的鄉音
當雨水把莽莽大地
譯成青色的語言
喏！你說，福田村再過去就是水圍
故國的泥土，伸手可及
但我抓回來的仍是一掌冷霧

詩人一九七九年在香港落馬洲通過望遠鏡眺望故國的山河，心態可謂百感交集，激盪難平，而既明朗又含蓄，既有古典風韻又有現代作風的語言，以及長短參差恰到好處的句式，就動人地表現了詩人此時此刻獨特的內心感受和審美體驗。

詩語言，是詩的基本的也是最後的存在。詩人，只有腰纏萬貫語言的財寶，並且善於用財，他才可能進入詩國的領土並作一次輝煌的遠遊。

四

沒有詩才，就沒有詩，就沒有詩人，因為上蒼賜給人的智力確實有高下強弱之別，不承認這一點，實際上其本身就是唯心主義的。同時，詩人的才能在很大程度上又是靠後天的培養和鍛鍊得來，即使是得天獨厚，但如同一顆良種，如果沒有土壤、雨露和陽光，它也無法抽枝發葉，成長為一株參天大樹，王安石著名的〈傷仲永〉一文，說明的不正是這一道理嗎？

對於詩人這一藝術主體的良好構成，後天起決定作用的條件是豐富的生活（包括內心生活）、深厚而能靈活運用的學識以及高尚的思想感情。

對詩歌創作而言，生活應該是一個外在與內在兼有的包容性的美學概念。生活，既指獨立於詩人主體之外的人類社會大千世界的生活，這是創作的源泉，詩的乳母，沒有這種生活，也就沒有詩的受孕和誕生，同時，生活也應該包括作為審美主體的詩作者的內心生活，這種內部生活是由外部生活所引起，但較之外部生活有相對的獨立性，而且有十分豐富和深邃的內涵。詩人，要有豐富、深廣而獨特的對生活的審美感受與體驗，這種審美感受與體驗，既不是純粹客觀的外在，也不是純粹主觀的內在，它是主客觀的和諧統一。主觀唯心主義的詩學觀，否定客觀世界的第一性，主張詩只是個人情感或情緒甚至潛意識的抒發，只強調詩人向所謂的內心世界進軍，詩人的內心世界是唯一的表現對象，這樣，導致詩作者走向狹窄的個人化的羊腸小道，或封閉在純粹自我的蝸角裡；機械唯物主義的詩學觀則走向另一個極端，只主張詩是生活的反映，而忽視了審美主體對生活經由內心感受之後的表現，否定了詩人審美的內心生活也應該是生活的一部分，而且是一個重要的組成部分。詩，是生活的心靈化，也是心靈的生活化，詩人對生活敏銳的藝術感覺，正是外部世界與內在心靈的撞擊所迸發的藝術火花。日本著名的小說家兼散文作家小泉八雲，以為古今文學藝術的名作無不「靈味十足」[19]，美國公爵大學心理學教授雷因也認為：「文藝方面大多數纖美細緻以及才氣四溢的創作要受心靈條件的一定影響。」[20]的確，沒有豐富的多方面的生活，缺乏審美主體對生活的敏銳感知與激情體驗，詩創作只能是鏡花水月。

黑格爾在《美學》中說得好：「在藝術裡，感性的東西是經過心靈化了，而心靈的東西也借感性化而顯現出來了。」[21]這就說明了外部生活與內部生活的交織，編成了詩的搖籃。審美體驗是對外界生活的一種感受和體驗，沒有外界生活的積累和觸發，主觀審美的電光石火就不會產生，同樣，如果沒有那種如醉如迷的審美心態，在一顆麻木的或遲鈍的心靈面前，外界生活也無從激

[19] 轉引自黃炳寅著：《文學創作新論》第五頁，臺灣幼獅文化事業公司一九七〇年版。
[20] 轉引自黃炳寅著：《文學創作新論》第五頁，臺灣幼獅文化事業公司一九七〇年版。
[21] 《美學》第一卷第四九頁，商務印書館一九七九年版。

發他的美感反應。臺灣詩人羅門和余光中是同齡人，他們年輕時離開大陸，而今早已過了知天命之年，一九八四年五十六歲的羅門到港，余光中其時正在香港中文大學教書，陪他出遊海濱。兩位詩人童心勃發，以石子打水漂為戲，相約以〈漂水花〉為題作詩：

我們蹲下來
天空與山也蹲下來
看我們用石片
對準海平面
削去半個世紀
一座五十層高的歲月
倒在遠去的炮聲裡
　　沉下去
六歲的童年
跳著水花來
找到我們
不停的說
石片是鳥翅
　不是彈片

要把海與我們
　都飛起來
一路飛回去（羅門：〈漂水花〉）

在清淺的水邊俯尋石片
你說，這一塊最扁
那撮小鬍子下面
綻開了得意的微笑
忽然一彎腰
把它削向水上的童年
害得閃也閃不及的海
連跳了六、七、八跳
你拍手大叫
搖晃不定的風景裡
一隻白鷺貼水
拍翅而去（余光中：〈漂水花〉）

這兩首詩都可以說是上乘的詩的小品。詩人們的想像是豐富的，文字的運用各有千秋，而且也都表現了各自的原創性，但是，他們如果沒有現實的與歷史的生活的積累，而這積累在一剎那間被他們的心靈活動的火花所照亮，就不可能產生這種「想得又妙，寫得又妙」的作品。

「詩是一切知識的菁華，它是整個科學面部上的強烈的表情。」（華滋華斯語）㉒深厚的學識修養，並且學而化之，是建設詩的審美主體的必要工程。學富五車的人，不一定能成為詩人，因為「詩有別才，非關書也」，嚴羽的話有他一定之理，但是，優秀的詩人，毫無疑問應該是一位飽學之士，是一個有深厚的文學藝術修養的人，是一個對自己國家的詩學傳統入而復出有所繼承也有所發揚的人，是一個對外國詩學入而復出有所借鑒也有所回歸的人，這，可以說是中外古今詩歌史的事實所證明了的客觀規律。

以中國唐代兩位最偉大的詩人而論，傳統的說法是杜甫「以學力勝」，李白「以天才勝」，這自然不無道理，但即使如詩仙李白，他的成就也絕不是完全依靠與生俱來的稟賦，而是與後天的學養分不開的。「五歲誦六甲，十歲觀百家」，他兒時就開始苦讀，根基深厚，非當今一些尚不知傳統為何物就高喊反傳統的先進之士可比。「懷經濟之才，撫巢由之節，文可以變風俗，學可以究天人」（〈為宋中丞自薦表〉），「白上探玄古，中觀人世，下察交道」（〈送戴十五歸衡岳序〉），他的學習不是堆積材料，而是與致用和創造結合起來。是的，學問到了有才華的人手裡，就可以指揮如意，如同有將才的人指揮千軍萬馬，行兵布陣而屢操勝券。例如，南朝謝朓有一首〈玉階怨〉：「夕殿下珠簾，流螢飛復息。長夜縫羅衣，思君此何極。」傾心謝朓而一再致以讚美之辭的李白，也有一首〈玉階怨〉：「玉階生白露，夜久侵羅襪。卻下水晶簾，玲瓏望秋月。」李白的詩當然

㉒《十九世紀英國詩人論詩》第一七頁，人民文學出版社一九八四年版。

有出藍之美，但是，李白不正是踏著前人足跡而去開闢新的天地的嗎？方弘靜《千一錄》說：「太白讀書匡山，十年不下山；潯陽獄中，猶讀〈留侯傳〉。以彼仙才，苦心如此。今忽忽白日而嘐嘐古人，是自絆而希千里也。」㉓以古證今，真是可令「忽忽白日而嘐嘐古人」者深省！陸游也是如此，他的父親陸宰是著名藏書家，陸游小時即開始苦讀，年既老而不衰。在他的詩集中，以「讀史」、「讀書」、「讀陶詩」等等為題的詩不少。由此可見，只有先天稟賦加上後天學力，才可能培育出詩國的高手。古代詩人如此，中國新詩史上有成就的詩人，如郭沫若、聞一多、徐志摩、臧克家、艾青、朱湘、戴望舒等等，有誰不是博古通今並且吸取過西方詩歌藝術精華的呢？

外國的傑出詩人，也莫不是博覽群籍而精益多師的。但丁是絕代天才，但他學問深廣，天文、地理、歷史、宗教、文學、藝術諸方面幾乎無所不窺。德國大詩人歌德也是這樣，他從小就學習各種外語，八歲時除德語外，還通曉法語、義大利語、拉丁語和希臘語，他早年不但學習歷史、地理、數學、作文、修辭學，還學習美術、音樂、舞蹈、騎馬、擊劍、彈琴、吹笛，總之，他全面發展，知識結構如連綿的群山，他把筆為詩，自然也就層巒聳翠了。莎士比亞的學問也十分廣博，正是多方面的學識，幫助他建造了劇本與詩的不朽的殿堂。前文所述英國詩人濟慈，也是熱愛學習而博學多才的，他認為「淵博的學識是慎思者必備的條件」。即如今天經常為人所稱引的法國現代詩人梵樂希，他也說過：「法國的詩歌只不過是法國的地理和歷史的綜合，法國的天才和傳統在法國文字中的表現。」可見，一個不學無術的作者，一個學識淺薄的作者，一個所知不多偏偏又目高於頂的作者，想去摘取那詩歌王國的青青桂葉，那不是做白日夢，就是患單相思。

㉓ 轉引自黃國彬：《中國三大詩人新論》第九六頁，香港學津書店一九八一年版。

高尚的思想感情，一方面既是詩人這一審美主體的心理結構的必具內涵，一方面也是詩作者各種才能的催發劑。

沒有高尚的思想感情，沒有那種對生活、人民、民族、時代的深厚的關懷和熱愛，沒有對藝術本身而不是藝術之外的執著與追求，總之，沒有高尚而博大的心靈，就不可能對生活有敏銳的藝術感受，就不可能長期保有詩的青春，就不可能孜孜以求而作詩歌藝術的殉道者。思想，是指引方向的羅盤，感情，是吹動征帆的勁風，只有從平庸與瑣屑中提升，具備高層次的思想感情，才可能在詩的海洋上乘長風而破萬里浪。在我的《詩美學》中，闢有專門的兩章論說詩的思想美與感情美，就像兩位重要的主講人，他們先在這裡和讀者匆匆一面，待以後再作詩的長談。

我們要尊重審美主體價值，發揮審美主體力量，但對藝術的主體的研究，在我們的美學或文藝心理學中仍是一個薄弱的環節。對創作者心理世界的窺探，僅僅還只是開始，有如一個未曾開發的天地，我們現在只是叩動了它的門環，登堂入室探勝尋幽還有待來日。

對藝術主體研究的深入，有賴於心理學、腦科學、優生學、教育學、靈感學、超心理學（心靈學）等學科的進一步發展，這些學科有如一支支探險隊，可以有助於我們揭開創作者審美心靈的奧祕。

我是主客體的統一論者。寫詩必須要有才華，詩歌創作的才華需要先天稟賦，也需要後天培養；詩歌創作當然要以客觀現實生活作為它不盡的活水，同時，這活水又要在詩作者靈異的心海上才能激起詩的波瀾。詩，是客觀的活水與主觀的波瀾交匯，通過詩人的筆管所噴發的五彩泉！

第二章　如星如日的光芒

——論詩的思想美

在詩歌作品中，美的思想，像夜空中指示方向的北斗，撫慰人心的月光，像黎明時令人振奮的早霞和光芒四射的朝陽。沒有美的思想的詩作，就猶如天空中沒有北斗和月亮，沒有霞光和太陽，天地間只剩下一片灰暗或者漆黑。

詩的思想美，是詩的靈魂，是詩美最重要的美學內涵之一，也是詩美學絕不可輕忽的論題，在論述了審美主體的構成之後，且讓我就從這裡奮力前行，繼續我的詩美學艱難而沒有終點線的征途。

一

重視思想，追求詩的思想之美，是古今中外優秀詩人的共同美學主張，也是古今中外優秀詩作的共同美學特色。

我們先對中國詩歌史與中國詩論史作一次匆匆的巡禮。在中國詩論史上，最早提出詩歌創作應該重視思想的，是成書於春秋、戰國時期的《尚書・堯典》，它高標三個大字：「詩言志」。雖然後人對「志」的內涵的解釋各有不同，雖然不同時代不同遭遇的人所言之志也會大不相同，但是，「志」包括了或者說主要是指思想，這卻是沒有疑義的。從中國詩歌史的發展來看，「詩言志」之說產生的，主要是進步的積極的作用。中國古老的「詩言志」的旗幟，被一代一代的詩人和詩論家高舉和傳遞下來。屈原繼承了《詩經》的「言志」傳統，「惜誦以致愍兮，發憤以抒情」（〈惜誦〉），司馬遷在〈屈原賈生列傳〉中說：「屈平疾王聽之不聰也，讒諂之蔽明也，邪曲之害公也，方正之不容也，故憂愁幽思而作〈離騷〉。」這裡的「憂愁幽思」，是指屈原創作的動機和基礎，當然也是指思想。後來，魯迅在〈摩羅詩力說〉中稱讚屈原「放言無憚，為前所不敢言」，更說明了屈原思想的尖銳和大膽。在中國古典詩學的審美概念中，「志」與「意」是相通的，它們基本上是同義語，只是「意」比「志」更具體化而已。建安時代，是中國古典詩歌繼《詩經》與楚辭之後進一步繁榮並取得重要成就的時代，李白艷稱為「蓬萊文章建安骨」。以「建安風骨」為標誌的建安詩歌，強調反映現實，抒寫自己的理想和抱負，所以情文並茂、文質合一就成了它的基本特徵。建安詩歌的代表人物之一的曹丕，就曾經說：「文以意為主，以氣為輔，以詞為衛。」（見宋人魏慶之：《詩人玉屑》）這是相當有價值的美學見解，也可以使我們從理論這一側面窺見建安詩歌取得顯著成就的重要原因。在中國詩論史上，「文以意為主」的美學主張，大約就是由曹丕最早提出，後代優秀的詩人和詩論家，都不同程度地就此作了進一步的豐富和發揮。如唐詩人杜牧的

〈答莊充書〉：

凡為文以意為主，以氣為輔，以詞彩章句為之兵衛，未有主強盛而輔不飄逸者，兵衛不華赫而莊整者。四者高下圓折步驟隨主所指，如鳥隨鳳，魚隨龍，師眾隨湯武，騰天潛泉，橫裂天下，無不如意。苟意不先立，止以文彩辭句繞前捧後，是言愈多而理愈亂，如入闤闠，紛紛然莫知其誰，暮散而已。是以意全勝者，辭愈樸而文愈高；意不勝者，辭愈華而文愈鄙。是意能遣辭，辭不能成意。大抵為文之旨如此。❶

與曹丕一樣，杜牧所說的是「文」，其實也包括詩歌。杜牧的看法並不完全是前人的重複，而是有自己的發展，他以顯示了中國文論傳統特色的形象生動的語言，從正反兩方面說明有無思想在作品中所產生的不同效果，並說明了思想與文辭（語言）之間的關係。他所指的那種徒然在詞句上堆金砌玉而缺少思想的情況，亦即「意不勝者，辭愈華而文愈鄙」，在時隔一千多年後的今天的詩歌創作中，也仍然可以常常看到它們的蹤跡。

元金兩代，論詩中之意者代不乏人，但多是前人比喻的重複，或稍加變化而新意不多。明代的詩歌理論有了長足的發展，在談到詩中之意時，謝榛《四溟詩話》的有關見解值得特別注意。謝榛用的是古希臘常見的論文問答體：

有客問曰：「夫作詩者，立意易，措辭難，然辭意相屬而不離。若專乎意，或涉議論而失於宋體；

❶ 郭紹虞、王文生編：《中國歷代文論選》第二冊第一八二頁，上海古籍出版社一九七九年版。

工乎辭，或傷氣格而流於晚唐。竊嘗病之，盍以教我？」

四溟子曰：「今人作詩，忽立許大意思，束之以句則窘。辭不能達，意不能悉。譬如鑿池貯青天，則所得不多；舉杯收甘露，則被澤不廣。此乃內出者有限，所謂『辭前意』也。或造句弗就，勿令疲其神思，且閱書醒心，忽然有得，意隨筆生，而興不可遏，入乎神化，殊非思慮所及。或因字得句，句由韻成，出乎天然，句意雙美。若接竹引泉而潺湲之聲在耳，登城望海而浩蕩之色盈目，此乃外來者無窮，所謂『辭後意』也。」❷

謝榛絕不是否定詩中之「意」的重要性，而是認為「意」應該由外物，即由作為審美客體的生活所感發，同時，它還必須和形象的感受與描繪緊密結合在一起，他所不主張的是「辭前意」，用我們今天的語言，就是主題先行，從概念出發。謝榛更多地看到了文藝創作的特殊藝術規律，他是從詩的藝術來看詩「意」的，這實質上是對思想的真正的重視，因為在詩歌創作中，思想只有藝術地表現而不是直接地陳述，才真正具有打動人心的美學力量。

唐宋以後，詩歌創作似乎難以為繼，但經歷了元明兩代相對的低潮，清代的詩歌創作卻掀起了一個新的高潮，雖然聲威不及唐代，然而也可以說人才輩出，佳作不少，總的成就在元、明之上。在詩歌理論方面，清代的詩話、詞話盛極一時，集前人之大成而有新的發展。清代的詩論，一脈相承了前人對「意」的看法又有許多獨到之見。如清代詩論家葉燮就倡導著名的「才、識、膽、力」之說，他並且強調四者之中「識」居於第一的地位。「識」，在很大的程度上也就是指思

❷ 丁福保輯：《歷代詩話續篇》第一二一九頁，中華書局一九八三年版。

想。在《原詩》中，葉燮還說：

志高則其言潔，志大則其辭弘，志遠則其旨永，如是者，其詩必傳，正不必斤斤爭工拙於一字一句之間。❸

葉燮所說的志的「高」、「大」、「遠」，是他對詩中思想的幾項具體要求。當然，他的所謂「高」、「大」、「遠」，是有其特定的時代內涵的，和今天我們運用這些概念自然有所不同，但作為詩的思想美的總原則，葉燮不僅發展了前人的理論，而且也提供了值得我們參考的思想資料。

中國詩歌史的源頭是《詩經》，在風雅頌這三道泉流匯成了《詩經》這一中國詩史的江河源之後，中國詩歌的長河源遠而流長，流過了兩千多年的時間，許多詩人揚帆於這河流之上，佳作之多有如翻騰不息的浪花。但是，只要我們認真檢視，就可以得到這樣一個結論：中國古典詩史上那些第一流的或者說最優秀的歌手，他們都無一例外地站在他們時代最先進的思想水平上，他們不僅是以自己的詩藝推動了詩歌藝術的發展，而且也以自己心靈的歌唱和對理想的追求，感動了一代又一代的讀者，並豐富了人類思想史的寶庫。《詩經》，大都是無名氏的集體創作。而屈原，則是中國詩史上第一位大詩人。司馬遷說：「余讀〈離騷〉、〈天問〉、〈招魂〉、〈哀郢〉，悲其志。」司馬遷在這裡明確地提出了屈原之「志」，可見他對於屈原作品的思想的重視。〈天問〉是中國詩史上最為瑰奇壯麗並且富於哲理思考的詩篇，屈原一連提出了一百七十多個問題，表現了他對宏觀世界的探索和博大的宇宙意識，其哲理思辨的高度和深度，在世界詩史中都是不多見的。中國

❸ 葉燮：《原詩》第四七頁，人民文學出版社一九七九年版。

古典詩史上最長的抒情詩〈離騷〉，集中地表現了屈原的美政理想，在這首長詩的結尾他信誓旦旦：「既莫足與為美政兮，吾將從彭咸之所居。」如果我們不苛求先哲，如果我們承認人類思想史是一個對前人既有揚棄也有繼承的發展過程，我們同時也就不會否認，屈原「美政理想」中所包括的對國家統一的憧憬，實現「有德在位」、「舉賢授能」、「勤儉治國」的民本主義的思想和願望，以及主張「法治」而反對「心治」的主張，是他所處的那一個大變革時代的最先進的思想，直到今天也還值得我們肯定和追慕。李白，這位盛唐時代繼承屈原的積極浪漫主義傳統的偉大歌者，他千百年來為人民所崇敬，是因為他的藝術，也是因為他的思想。在唐代詩人的軍陣中，他和杜甫是並肩而立的兩大旗手，他所達到的思想的高度和深度，那種對理想和自由的嚮往，對國事的關懷和對人民的同情，對黑暗腐朽的現實政治的否定，在中國古典詩人中並不多見。杜甫，這位對李白「憐君如弟兄」的詩人，不更是如此嗎？「乾坤含瘡夷，憂虞何時畢」（〈北征〉），「濟時敢愛死，寂寞壯心驚」（〈歲暮〉），「窮年憂黎元，嘆息腸內熱」（〈自京赴奉先詠懷五百字〉），「戎馬關山北，憑軒涕泗流」（〈登岳陽樓〉），他的人格淳厚崇高，思想深厚博大，中國詩史上能和他相比的詩人，寥寥可數。他以如椽之筆抒寫時代的動亂，社會的貧富對立，從那些時代風雲圖中，我們固然可以看出他的思想不是一般詩人所可以企及，即使是他對平凡的生活情景的描繪，我們的心魄也會被他的博大所征服。至於南宋，並世而立的兩位大詩人一是辛棄疾，一是陸游。他們生當南宋末造，正是所謂國家多事之秋，風雨飄搖之日，他們的作品的思想內涵極為豐富，但其中突出的主調就是強烈的愛國主義精神，對當權者荒淫誤國的憎恨，對祖國統一的渴望。特別令千載以下的讀者感動的是，就像屈原為了自己的理想而「九死其猶未悔」一樣，他們經受重重挫折，但上述這種思想至死而不改。「袖裡珍奇光五色，他年要補天西北。且歸來，談笑護長江，波澄碧。」（〈滿江紅・建康史帥致道席上賦〉），「可惜流年，憂愁風雨，樹猶如此！倩何人，喚取紅巾翠袖，揾英雄淚！」（〈水龍吟・登建康賞心亭〉），「莫望中州嘆黍離，元和盛德要君詩」（〈定風波・莫望中州嘆黍離〉），「道『男兒到死心如鐵』。看試手，補天裂」（〈賀新郎・同甫見和，再用韻答之〉）——這是辛棄疾慨當以慷的豪唱；「枕上屢揮憂國淚」（〈送范舍人還朝〉），「一身報國有萬死」（〈夜泊水村〉），「諸君可嘆善謀身，誤國當時豈一秦」（〈追感往事〉），「公卿有黨排宗澤，帷幄無人用岳飛」（〈夜讀范至能攬轡錄〉），「胡未滅，鬢先秋，淚空流。此生誰料，心在天山，身老滄洲」（〈訴衷情〉）——這是陸游出自肺腑的悲歌。陸游，他曾經多次表示了自己身後的願望，以下均為他七十歲以後的作品：

細雨春蕪上林苑，頹垣夜月洛陽宮。
壯心未與年俱老，死去猶能作鬼雄。（〈書憤〉）

老去轉無飽計，醉來暫豁憂端：
雙鬢多年作雪，寸心至死如丹。（〈感事六言〉之一）

詩品出於人品，不論時代如何發展，詩風怎樣變化，這是千古不易的美學原理。我們只要將與陸游同時代的某些詩人的詩作，與陸游的上述作品作一比較，就可以看到詩人的人格和思想對於詩歌創作有何等重要的意義。南宋之時，言詩必曰尤（袤）、楊（萬里）、范（成大）、陸（游），尤衰的詩集湮沒無存，可以不論，楊萬里和范成大雖各有成就，但他們卻不能和陸游相提並論，更不要說那些等而下之的作手了。陸游在〈讀杜詩〉中說：「……看渠胸次隘宇宙，惜然千萬不一施。……後世但作詩人看，使我撫几空嗟咨。」他評論杜甫的話，我們不是可以借用來讚美他自己嗎？是的，深厚博大的時代感和莊嚴的歷史使命感，憂國憂民，是從屈原以來的中國詩人的可貴精神，如果沒有這種精神，是不能被稱為詩人的，如果僅僅只是以一般意義的「詩人」去衡量那些真正的詩人，那只能是一種誤解或是一種不敬。真正的詩人，並不僅僅是一個詩人，而應該同時也是胸懷博大的思想家和站在時代前列的戰士。思想家與戰士的內涵可能因時代的不同而有所不同，但無論什麼時代，它都應該是衡量真正的詩人或傑出詩人的重要標尺。

世界詩史上進步的詩人和作家，他們也十分看重詩的思想，形成了一個可貴的傳統，如果把他們關於詩的思想美的言論輯錄起來，可以成為一本厚厚的專書。下面是掛一漏萬的引述：

在藝術和詩裡，人格確實就是一切。但是最近文藝批評家和理論家自己本來就虛弱，卻不承認這一點，他們認為在文藝作品裡，偉大人格不過是微不足道的多餘的因素。❹（歌德）

有兩類毫無意義的作品：一類是由於用詞語代替感情和思想的不足；另一類是由於感情和思想的充沛，卻缺乏達意的詞語。❺（普希金）

---

❹ 愛克曼輯錄：《歌德談話錄》第二二九頁，人民文學出版社一九七八年版。

❺ 張鐵夫、黃弗同譯：《普希金論文學》第一一七頁，漓江出版社一九八三年版。

詩句難道不是詩嗎？你這樣問。僅僅是詩句不是詩。詩存在於思想中，思想來自心靈。詩句無非是美麗身體上的漂亮外衣。❻（雨果）

一首完美的詩，應該是感情找到了思想，思想又找到了文字，……始於喜悅，終於智慧。❼（佛洛斯特）

如果再煩瑣地列舉，那將是「名言錄」的工作，而不是我這篇文章所能夠擔負的任務。我只想以此說明：對思想的重視，是古今中外有正確價值觀念的詩人的共同美學主張。否定思想的詩人，其實他們也表現了某種思想，但他們的思想往往缺乏美學價值。下面，我想從世界詩史中請幾位傑出的詩人作證，以證明我上述的看法符合詩歌創作的客觀規律。

即以拜倫而論，魯迅在〈摩羅詩力說〉中曾給予他以極高評價。拜倫，人稱「世界詩壇上的一顆光芒奪目的彗星」，又是一個「震撼舊世界的自由與正義的禮讚者」，他不僅以他的詩作批判了舊社會的種種弊病，而且也以他的篇章讚美了法國大革命和席捲全歐的民族民主革命運動。他逝世前最後一首詩題名為〈今年我度過了三十六歲〉，詩人寫道：

若使你對青春抱恨，何必活著？
使你光榮而死的國土

❻ 段寶林編：《西方古典作家談文藝創作》第三三六頁，春風文藝出版社一九八〇年版。

❼ 轉引自王逢吉：《文學創作與欣賞》第九頁，臺灣學海書局一九七三年版。

就在這裡——去到戰場上，
把你的呼吸獻出！

拜倫，他在〈普羅米修斯〉一詩中曾經讚頌普羅米修斯有「不屈不撓的偉大靈魂」，而從拜倫自己一生的經歷來看，他何嘗不是如此？普希金讚美拜倫是「思想界的君王」，正是從詩人應是思想家的高度著眼的，而他稱拜倫為思想界的「君王」，可見評價之隆，也可見他對詩人要求之高。至於拜倫的友人、英國的另一位積極浪漫主義詩人雪萊，其〈西風歌〉中的名句是：「如果冬天已經來臨，春天還會遠嗎？」正因為如此，有人才稱讚他是「天才的預言家」。試想，如果沒有進步的崇高的思想，怎麼能成為預言家呢？十九世紀俄羅斯詩人普希金，被稱為「俄羅斯詩歌的太陽」、「俄羅斯文學之父」，他之所以成為俄羅斯文學的創始人，重要原因之一，就是因為他是他所處時代的一位最先進的人物。一八二五年，十二月黨人舉行了反對沙皇尼古拉的起義，五人被判處絞刑，一百多人被流放到苦寒的西伯利亞。沙皇問詩人說：「普希金，如果你在彼得堡，你也會參加十二月十四日的那次起義嗎？」普希金的回答出乎沙皇的意料之外，他說：「一定的，陛下，我所有的朋友都參與其事，我是不會不參加的。」正因為如此，別林斯基說「普希金的詩歌是充實的，它的充滿內容，正像多棱形的水晶充滿陽光一樣」，而盧那察爾斯基也說他「把自己的血化為紅寶石，把自己的淚化為珍珠，……他的詩充滿感情，富於思想，可是感情和思想幾乎總是包括在具體的、浮雕式的、因而吸引人心的形象之中。」❽

❽ 盧那察爾斯基：《論文學》第一五四頁，人民文學出版社一九七八年版。

在世界文學史上有重要地位的德國三大詩人，是歌德、席勒與海涅。活動於十九世紀上半葉的海涅，在四十年代攀上了他創作的高峰，他的世界觀中雖然也有矛盾，但由一般的抒情詩人進而為時代的鼓手，他總是隨著時代一起前進，他的筆鋒總是朝向黑暗腐朽的現實和反動的封建統治。「我是劍，我是火焰」，這是他以詩的形式所作出的自我期許。法國象徵主義詩人波特萊爾，生活的時代和海涅大致相同，但是，當波特萊爾在〈醉吧〉一詩中說什麼「應當一輩子醒醉著，如是而已。不管別的，如果你不願感著那可怕的『時間』之壓迫得你無可如何，你就永遠地醉吧」的時候，海涅卻在〈覺醒〉一詩中高唱：「不再是柔和的笛簫，不再是田園的情調，你是祖國的喇叭，是大砲，是重砲，吹奏、轟動、震撼、廝殺！」一邊是「醉吧」，一邊卻是「覺醒」，一邊以自我感情為絕對價值，一邊卻關注社會與人生，我無意否定波特萊爾詩藝的貢獻及其詩作的意義，但他和海涅思想境界之不同卻顯而易見。

十九世紀美國的傑出詩人惠特曼，是一位畢生為民主政治而謳歌的歌手。「一切，都要為了活著的人呵，群眾，應當是一切主題的主題」（〈我曾不斷地探索〉），他的作品歌唱人民是主人、官吏是公僕的民主政治，讚頌歐洲各國反對封建君主制度的革命鬥爭，宣揚廢奴主義，表現了就美國當時來說所能達到的最先進的思想。「真正偉大的詩常常是民族精神的結晶」，他服膺海爾德這一見解並予以引用。惠特曼之所以被稱為「美國的莎士比亞」，他之所以終其一生只出版了一本《草葉集》就奠定了自己在美國詩史上的地位，最根本之點不正是在於他的思想是先進的，他的作品是「民族精神的結晶」嗎？是的，平庸的詩歌首先是由於思想的平庸，一般化的詩歌，首先是由於思想的一般化。歷史上那眾多平庸的一般化的詩作，都像浮雲輕煙一樣消散了，而真正的詩歌，總是高尚、進步、深刻的思想的驕子。任何時代的傑出詩人，必然是他那一時代思想的先驅。那些崇高的或優美的詩章，將長久地活在讀者的心頭，永遠銘刻在歷史的記憶裡。

二

詩的思想之美，總是和真與善攜手同行的，沒有真與善，也就沒有美。在這個前提下，衡量思想之美還有一些其他的尺度。因此，詩的思想的美與不美，有正誤、善惡、高下、深淺之分。

美與真是一對孿生兄弟。真雖然並不就等於美，但是，沒有真就沒有美，凡是虛假的東西，都絕不可能引起人的美感。社會生活是如此，藝術創作也是這樣。法國古典主義者波瓦洛說：「只有真才美，只有真才可愛。」❾羅曼．羅蘭在《約翰．克利斯朵夫》中，通過他的人物之口宣傳了他的觀點：「假如藝術不能和真理並存，那就讓藝術去毀滅吧！真理是生，謊言是死。」羅曼．羅蘭是把「真」提升到「真理」這個高層次來認識的，這樣就使如何看待「真」有了一個較為客觀的標準。我以為，並不是生活中任何表面現象和人的任何性質的感情，都可以稱之為「真」。「真」，是美的基礎，它是一種「合規律性」，在詩歌創作中，「真」包括兩個方面的內涵，一是指作品所反映的客觀現實內容，一是指主觀反映的形式，也就是詩作者對生活的認識和評價。那麼，怎樣才是真正意義的而且是藝術上的「真」呢？從原則上說來，它是指詩人對生活的認識和藝術表現，要符合生活的本質和規律，要符合大多數人的利益、要求和願望。就思想而言，也是如此。真實

❾ 波瓦洛：《詩的藝術》第六四頁，人民文學出版社一九五九年版。

的思想不一定是美的，而美的思想一定是真的，因為它合乎社會發展的規律和方向，它反映了大多數人的願望和意志。用這一標準去衡量，詩的思想就有了正誤之分，而正確與錯誤，就構成了思想的美與不美的最初的分界線。

在文化大革命的十年中，詩歌被迫參加了風行於大陸的造神運動，淪為「四人幫」篡黨奪權的工具。有的詩人出於義憤三緘其口，有的詩人無所適從而隨波逐流，有的詩人不甘寂寞而像風信標一樣隨風唱影。但是，除了老一輩詩人郭小川的〈團泊窪的秋天〉等作品之外，青年詩人北島寫於一九七六年四月亦即「四五」運動時的〈回答〉，無疑應該肯定：

卑鄙是卑鄙者的通行證，
高尚是高尚者的墓誌銘。
看吧，在那鍍金的天空中，
飄滿著死者彎曲的倒影。

冰川紀已過去了，
為什麼到處都是冰凌？
好望角發現了，
為什麼死海裡千帆相競？

我來到這個世界上，
只帶著紙、繩索和身影。
為了在審判之前，
宣讀那些被判決的聲音。

告訴你吧，世界，
我——不——相——信！
如果你腳下有一千名挑戰者，
那就把我算作第一千零一名。

我不相信天是藍的，
我不相信雷的回聲；
我不相信夢是假的，
我不相信死無報應。

如果海洋注定要決堤，
就讓所有苦水都注入我心中；
如果陸地注定要上升，

就讓人類重新選擇生存的峰頂。

新的轉機和閃閃的星斗，
正在綴滿沒有遮攔的天空。
那是五千年的象形文字，
那是未來人們凝望的眼睛。

這首詩特定的歷史背景，是轟雷怒潮般的天安門「四五」運動。這首詩的基本思想傾向，是對「四人幫」的統治以及他們種種宣傳的懷疑和否定，同時表現了對新的歷史轉機的希望，和對祖國的光明未來的預言。它也許沒有天安門詩歌中其他一些詩作那樣直截明快，因為它採用的是新詩的形式，用的是比較現代的手法，思想內容以含蓄的方式表現。詩的內容和風格本應是多種多樣的，我們不必以一種模式來要求所有的作品，在「四人幫」高壓之下的那萬馬齊喑的時代，北島這首詩所表達的思想不僅是正確的，而且需要相當的勇氣，我們不能輕易否定這種詩的思想美。

美與善的關係，是美學中一個十分古老而又常青的重要問題。在古希臘，不僅蘇格拉底認為美與善不可分割，亞理斯多德也說過：「美是一種善，其所以引起快感正因為它是善。」❿而德謨克利特的看法是：「永遠發明某種美的東西，是一種神聖的心靈的標誌。」⓫當然，美也並不

❿《西方美學家論美和美感》第四一頁，商務印書館一九八〇年版。
⓫《西方古典作家談文藝創作》第二頁。

等於善，因為「善」是一種「合目的性」，是一種倫理道德的觀念和規範，但是，美是以「善」作為它比「真」更為重要的基礎的，因為事物普遍都具有的屬性是「真」，而「善」並不是所有的事物都必然具有的屬性，而只是一部分事物具有的屬性。如果說，「真」是美的不可缺少的條件，那麼，「善」就是決定性的條件。思想，本質上是一種審美判斷，也是一種審善判斷。作品中所表現的思想，就其道德倫理性質來說，如果是卑下的，那它即使是真實而並非虛假的，也不能構成我們所說的美，因為藝術作品中的思想之所以為美的思想，倫理道德上的規範——「善」有著十分重要的作用。所以，藝術作品一旦違背了善，就不可能構成美感。《紅樓夢》中薛蟠那些所謂的詩作，大約也真實地表現了靈魂卑污的花花公子的真實思想吧？但是，有誰能說他那些作品是「美」的呢？在詩歌創作中，揚善抑惡，褒美貶醜，是詩人神聖的使命。

時窮節乃見。讓我們看看中外詩史上那些仁人志士的絕命之作吧：

天地有正氣，雜然賦流形：
下則為河嶽，上則為日星；
於人曰「浩然」，沛乎塞蒼冥。
……
哲人日已遠，典型在夙昔。
風檐展書讀，古道照顏色。（文天祥：〈正氣歌〉）

望門投止思張儉，忍死須臾待杜根。
我自橫刀向天笑，去留肝膽兩崑崙！（譚嗣同：〈獄中題壁〉）

假如要用我的鮮血去增添黎明的絢彩，
拿了它罷，為著你的寶貴的需要，
讓它的丹紅染上那令人覺醒的光芒！（〈菲律賓〉何塞・黎塞爾：〈絕命詩〉）

民族英雄文天祥被俘後解到大都（今北京），〈正氣歌〉是他犧牲前不久的作品。譚嗣同是戊戌六君子之一，是中國近代史上維新變法的傑出人物。何塞・黎塞爾是菲律賓的民族英雄。他們這些作品都有強大的打動人心的力量，閃耀著思想之美。這種思想之美，都無一例外地是和善聯繫在一起的，雖然這些「善」所包容的政治倫理道德的具體內涵有所不同，但它們同為「善」則一。由這裡可以看到，與思想之真相對，假不成其為美，與思想之善相對，惡不成其為美，思想不僅有真假之分，而且也有善惡之別，總之，惡與假形影不離，都屬於醜的範疇。

思想，除了因真假而有正誤之分，因善惡而有美醜之別以外，還有高下深淺的不同。托爾斯泰說：「一切的藝術是宣傳。」我們可以反過來說，並不是一切宣傳都是藝術，但是，衡量一首詩的美學價值，最高的也是最終的標準畢竟還是藝術地表現出來的美的思想。俄國大詩人萊蒙托夫在〈詩人〉一詩中說過：「你的詩，好像神靈從人群上掠過去，對那崇高思想的迴響，好像古老塔上的鐘，在莊嚴而貧困的人民中間鳴響。」萊蒙托夫提出的「崇高思想」的看法，值得我們深思。所謂崇高思想，並不是人為地拔高的口號，也不是純粹主觀的理念，而是從時代生活中來而附麗於形象之充滿激情的美的思想，它的特徵就是閃耀著善的理想的光芒，給人以一種名為「崇高感」的美的感受。

這種思想的高下深淺的不同層次，從不同詩人寫同一題材的詩中，可以更明顯地看出。杜甫與高適、岑參、儲光羲、薛據等人，在安史亂前同登長安近郊的慈恩寺塔，憑高臨眺，各有抒發懷抱之作，但憂國憂民的杜甫，他思深慮遠，已預見到時代的動亂即將到來，在盛唐的烈火烹油的盛景之中，他的琴弦上已然有時代的哀音鳴奏。因此，他的作品，在思想的高度和深度上，就遠遠超出和他同時登臨的詩人之作了。鸛雀樓，原在山西永濟縣西南城上，樓高三層，前可瞻望磅礴的中條山，下可俯瞰奔騰的黃河，在唐代，它是登臨勝地，有不少詩人登臨詠唱，如：

白日依山盡，黃河入海流。
欲窮千里目，更上一層樓。（王之渙：〈登鸛雀樓〉）

城樓多峻極，列酌恣登攀。
迴臨飛鳥上，高榭代人間。
天勢圍平野，河流入斷山。
今年菊花事，並是送君還。（暢諸：〈登鸛雀樓〉）

鸛雀樓西百尺牆，汀洲雲樹共茫茫。
漢家簫鼓隨流水，魏國山河半夕陽。
事去千年猶恨速，愁來一日即為長。
風煙並起思歸望，遠目傷春亦自傷。（李益：〈同崔邠登鸛雀樓〉）

高樓懷古動悲歌，鸛雀今無野燕過。
樹隔五陵秋色早，水連三晉夕陽多。
漁人野火成寒燒，牧笛吹風起夜波。
十載重來值搖落，天涯歸計欲如何？（張喬：〈題河中鸛雀樓〉）

王之渙的詩，所站者高，所見者遠，所懷者大，一派盛唐之音，時空意識強烈，蘊含的哲理崇高深邃。暢諸之詩，《全唐詩》誤為其兄暢當所作，且只載中間兩聯四句，今據《中華文化論叢》有關考證文章改正。雖然宋代胡仔說：「天勢圍平野，河流入斷山」之句「雄渾絕出」，清人沈德潛也認為「不減王之渙作」，這也許是見仁見智各有不同吧，我以為暢諸的詩不僅沒有後來居上，而且較之王之渙所作，在思想境界上要遜色得多。儘管以後中唐著名詩人李益以及張喬等人也跟蹤而來，各有題詠，但如果要作一番評比，仍然相形見絀，一等獎是非王之渙莫之他屬的。一千多年來，這些詩作在群眾閱讀中的不同反響，以及在民族審美心理上的不同影響力，就是歷史所作出的公正的審美判斷。

愛情，這可以說是文學藝術的永恆主題了，中國最早的詩歌總集《詩經》，古希臘荷馬的史詩《伊里亞特》與《奧德賽》，都有歌詠愛情的篇章，或有關於愛情的歌唱。中外古今的詩人，不知有多少作者向愛神奉獻過他們的心曲，而在中外詩歌史上，那眾多優秀的愛情詩，的確是人們精神生活的珍品。英國女詩人伊莉莎白・芭蕾特癱瘓二十多年，因為英國詩人羅伯特・白朗寧堅貞的愛情，她居然奇蹟般地恢復了健康，並且寫出了四十四首優美的愛情詩，並總題為《葡萄牙人的十四行詩》，其中的〈我是怎樣地愛你〉，被認為是最有名的英語愛情詩。但是，在眾多詩人所作的可以稱為佳品的愛情詩中，我特別欣賞匈牙利偉大愛國詩人和革命家裴多菲的愛情詩。他們的這些愛情詩不僅寫得極其真摯和熱烈，而且在思想的高度上也是許多詩人難以企及的。他們把對愛情的傾訴與抗擊外來侵略以及祖國人民的解放事業聯繫起來，表現出一種嶄新而崇高的思想境界，這在西方的愛情詩中，具有不同凡響的開創性的意義，由此，我不禁聯想到詩人聞捷的愛情詩。如〈葡萄成熟了〉：

馬奶子葡萄成熟了，
墜在碧綠的枝葉間，
小伙子們從田裡回來了，
姑娘們還勞作在葡萄園。

小伙子們並排站在路邊，

三弦琴挑逗姑娘心弦，
嘴唇都唱得發乾了，
連顆葡萄子也沒有嚐到。

小伙子們傷心又生氣，
扭轉身又捨不得離去：
「慳吝的姑娘啊！
你們的葡萄準是酸的。」

姑娘們會心地笑了，
摘下幾串沒有成熟的葡萄，
放在那排伸長的手掌裡，
看看小伙子們怎麼挑剔……

小伙子們咬著酸葡萄，
心眼裡頭笑瞇瞇：
「多情的葡萄，
她比什麼糖果都甜蜜。」

愛情詩，當然不止聞捷的作品這樣一種思想境界，也不只是聞捷的這一種寫法，生活與藝術的天地和境界，本來應該是無限廣闊和無限多樣的，但是，有的人說「可以發一點性意識的詩作，愛情詩光寫情而迴避人類的本性就顯得簡單膚淺」，這種意見我不敢苟同。我近年來讀過一些所謂的愛情詩，如專寫女人願做「黃色的放蕩的女兒」，「我要在妳的隧道裡不停地掘進」等等，我認為這並不是什麼「創新」，純感官、純生物的所謂「性意識」描寫，雖然也許是出自作者的真情實感，可是它並不能給人以美的感受，更談不上思想的啟示。

杜勃羅留波夫說得好：「了解真理，每個智慧的人都可以這樣做到；對善表示嚮往，也是每一個還沒有喪失靈魂的高潔的人，應當而且正要這樣做的。然而要強烈地體會到真，又是善，又能在其中尋到生活與美，把它們在美麗而明確的形象中表現出來——這只有詩人，或者一般說來，所謂藝術家才能這樣做。」（著重號原有——引者注）⓬是的，詩的思想之美和真與善緊緊相連，我是真、善、美的統一論者，我所強調的是真、善、美的和諧統一。真與善，是美的兩翼飛翔的翅膀。「真」，受真理觀的制約。「善」，受道德觀的規範。在詩歌創作中，有了真和善的思想，同時又有美的感情與形象來表現，我們就有了真正的完全意義上的思想美。

三

我所說的思想美，不是哲學、倫理學等著作以概念、判斷和推理的邏輯形式表現出來的思想，

⓬《杜勃羅留波夫選集》第一卷第四二六頁。

而是藝術中的思想美。在詩歌創作中，離開強烈的感情、個性化的體驗和形象的表現，而去作抽象的理念宣示與道德說明，哪怕這些宣示和說明是正確的，然而它卻不可能有思想之美，因為它不是藝術，而詩歌，則正是所有文學形式中的最高形式，是所有藝術中的一種高難度的藝術。詩的思想美，和飽滿強烈的感情交融在一起，沒有詩情，就沒有思想美。

在藝術創作中，審美感情具有極其重要的作用。在一般的工作如科學研究中，感情主要表現為一種推動力，而在藝術創作領域裡，感情不僅僅是強大的動力，而且還是創作的重要內容，主張「唯情論」的人，甚至還認為「藝術的本質就是審美感情」，或者主張「藝術是情感的象徵」。如法國大雕塑家羅丹就說過：「藝術就是感情。」⓭總之，感情是創作中一種不可缺少的動力與內涵，同時又幫助作者提煉和豐富形象，激發與豐富想像。就感情與思想的關係而言，因為審美主體的作者對審美客體的生活的審美觀照，實際上是一種認識過程與感情過程的統一體，正確深刻的思想，可以激發與規範作者強烈的審美感情，中國古典美學所說的「理以導情」，就是這個意思，另一方面，感情的深化也有助於加深對事物內在意義的認識，中國古典美學所說的「理在情中」，含意大略如此。在詩歌創作中，思想是一種審美意識，感情是一種審美感情，它們是感情與理智、感性與理性的統一，對讀者來說，要動之以情，服之以理，脫離了對審美感情的傾注，而只作理念的抽象表達，理念則不可能發揮任何說服理智的作用，而只能使讀者厭倦，精神上處於抗拒狀態，反之，深刻的思想由於有飽滿感情的溶入和滲透，讀者在感動之餘就會樂於接受，這正是藝術的「潛移默化」的功能。清代劉熙載在《藝概・詩概》中說：「詩或寓義於情而義愈至。」

⓭《羅丹藝術論》第三頁，人民美術出版社一九七八年版。

我以為他的看法相當精闢，說明了感情對思想的有效表達的作用。有的詩作者缺乏強烈的從生活中引起的感情激動，自己的感情世界總是處於平淡甚至枯竭的狀態，沒有對生活的感情化的體驗和認識，卻偏偏要去寫詩，或去求助於抽象的概念和一般性的政治理論常識，結果，失敗總是在非詩的窮途上等待著他們。

彭浩蕩是一位作品不多詩名不彰的中年詩人。自一九五七年開始，他艱苦備嘗，在人生的懸崖絕壁上和命運之神搏鬥了二十多年。在年復一年的風霜雨雪之後，他終於迎來了春暖花開的今天，正如土耳其詩人希克梅特的詩句所說：「我還是那顆心，還是那顆頭顱。」他對於祖國和人民仍然懷著烈火般的摯愛，他對於民族的繁榮強盛仍然懷著忠誠的渴望：

我曾是折斷了翅膀的鷹
你曾是擱淺在沙灘的船
我曾是乾枯的苗
你曾是凋零的田園
啊，祖國，這不是我個人的不幸
我在流淚，你也在受難
我們緊緊相依
顛簸在狂風惡浪中間

我是重開的鮮花
你是再次升起的征帆
我是一條得水的游魚
你是一江奔騰的春瀾
啊，祖國，這不是我個人的歡樂
我在歌唱，你也在蹁躚
我們緊緊相依
微笑在十月的陽光下面

這是兒子依戀在祖國母親懷中的心之歌，我相信，作為審美主體的讀者讀這首詩時，定然能夠產生「崇高感」這種美感反應，而它的思想美和抒情美是結合在一起的，全詩做到了「情理交融」。審美激情由思想和生活所激發，建立在理性的基礎之上，但思想又不是乾巴巴的概念和說教，而是融化在審美感情之中。情理交至的結果，這首題名為「我們緊緊相依」的詩就獲得了以情動人、以高尚的道德倫理的內蘊服人的審美力量。相反，我們讀到一些感情淡薄的作品，這些作品的思想毫無例外是膚淺的，缺乏深度，而且常常求助於概念的直接宣示。

詩的思想，是從生活中提煉出來的飽含感情的思想，同時，它又應該是有詩人自己獨特發現的新鮮的思想。

詩的思想，不是人云亦云不厭其煩的互相重複和自我重複，也不是一般的政治常識的分行說明，或是不論誰都可以說出的一般的概念。詩的思想，從真正的意義來要求，它應該是詩人對生活不但是正確的而且是獨特的認識、發現和評價，它應該帶有新鮮獨創的個性色彩，只有這樣，它才可能給讀者以有益的啟示，也才能真正地加強詩的思想美。近幾年來關於新詩發展的討論和爭論，對於創作起了推動作用，但是，有一個明顯的偏向是：有不少人主要著眼點是在於形式與手法的變革創新，而相對地忽視了思想的變革和創新，而不論革新或者創新，我以為總是包括內容與形式兩個不可分割的方面。在一個特定的時期，或一個作家創作歷程的一個特定的階段，對某一方面可以有所側重，但一般來說，思想的創新卻應該居於主導的地位。思想的創新之於詩，有如火車的車頭之於車廂，飛機的螺旋槳之於機身。真正優秀的作品，必然具有高尚的道德感和高度的美學價值，但同時也必然具有獨到的認識意義，是真、善、美三者的統一體。正如車爾尼雪夫斯基所說：「只有那些在強大而蓬勃的思想的影響之下，只有能夠滿足時代的迫切要求的文學傾向，才能得到燦爛的發展。」[14]

郭沫若的〈女神〉，聞一多的〈紅燭〉與〈死水〉，艾青的〈火把〉與〈黎明的通知〉，臧克家的〈烙印〉與〈罪惡的黑手〉，田間的〈給戰鬥者〉，光未然的〈黃河大合唱〉等等發生了重大影響的作品，既相當概括地反映了時代社會生活，又具有詩人對生活獨到的美學認識、發現和評價。這些詩人的優秀作品，既表現了時代精神，同時在思想上也打上了個人的印記，表現了他們自己而不是別人的對生活的理解與發現。如楊牧〈我是青年〉歌唱道：「我是鷹——雲中有志！我是馬——背上有鞍！我有骨——骨中有鈣！我有汗——汗中有鹽！」詩人表現當今一代人雖已人到

---

[14]《車爾尼雪夫斯基論文學》（上卷）第五四八頁，上海譯文出版社一九七八年版。

中年卻仍有青年人的淩雲壯志，顯示了他對於生活的屬於自己的審美判斷。青年詩人張學夢與駱耕野，分別以〈現代化和我們自己〉與〈我不滿〉而初露頭角。這兩首詩，在藝術上自然有它們的長處和特色，但它們之所以造成相當強烈的反響，主要還是因為它們表現了作者與時代精神息息相通然而卻又是自己獨到地體驗的思想。這兩首詩，同時發表於一九七九年五月號的《詩刊》。這個偶然的巧合，更使讀者感到它們是異曲而同工的姐妹篇。在相當長的時間內，「不滿」似乎已成為絕對的貶義詞，人如果有所「不滿」，就往往會被認為是政治上的一種錯誤，或是宣揚一種異端邪說，因此，駱耕野的詩題為「我不滿」，其新穎與鋒銳就已經聳動讀者的視聽了。「像鮮花憧憬著甘美的果實，像煤核懷抱著燃燒的意願：我心中孕育一個『可怕』的思想，對現狀我要大聲地喊叫出——『我不滿』！」——這一詩的主旋律激蕩於全詩的字裡行間，而且在詩的結尾復奏了一次。不滿，難道就是異端和背叛？其實，英國詩人愛默生早就說過：「不安就是不滿，而不滿就是進步的首要條件。你指給我一個心滿意足的人，我就告訴你，他是一個倒霉透頂的人。」駱耕野歷數了古今中外有所不滿才有所前進的事實，他說：

不滿：茹毛飲血的人猿才去尋覓火種，
不滿：胼手胝足的祖先才去摸索種田，
不滿：「精巧」的石斧才讓位於青銅和冶煉，
不滿：才產生了妙手回春的華佗，
不滿：才造就了巧奪天工的魯班。

啊，不滿正是對變革的希冀，
啊，不滿乃是那創造的發端。

詩人認為「不滿」是改變不合理與不理想的現狀的思想動力，這種詩的思想不僅無可非議，而且相當敏銳而大膽，因為它同時還要衝破長期以來政治領域中對「不滿」所持的成見。是的，詩人的「不滿」正是一種對美好生活與美好理想的追求。不滿與理想，有如太陽和月華，是互相對立而又相輔相成的兩面。在詩中，理想的色彩可以加強作品的美學價值，煥發出感人的光輝，如同高爾基所說：「我們文學家的任務是研究、體現、描寫，並從而肯定新的現實。」⓯駱耕野的〈我不滿〉，不滿於生活的種種弊端和不足，正是表現了對理想的渴求。這種思想是具有時代感的，是一種強烈的當代意識，在〈我不滿〉中，又是屬於駱耕野個人的，是他對生活的理解與發現，不是抄襲別人現成的思想和結論。藝術以創造為美，藝術中的思想美何嘗不是這樣？法國《世界報》創始人伯夫・梅里先生來華訪問，有記者問他：「你寫了多少文章？」他回答說：「我寫文章不計算字數，而計算思想。」一般的記者和作家尚且如此，何況本應是思想家的詩人！

詩的思想美，不僅飽含詩情，新鮮獨到，而且要和新穎生動的意象結合在一起，沒有新穎生動的意象，就沒有思想美。

在藝術中，美與形象結下的是不解之緣，這樣，美才具有可以被人的審美器官直接感知並引起愉悅感的形象性。美的共同特徵之一，就是具體可感性，沒有形象就沒有藝術之美，同樣，社

⓯ 高爾基：《論文學》第二三四頁，人民文學出版社一九七八年版。

會意識形態的思想美要轉化為藝術中的思想美，也必須通過意象。必須化為意象，這是為藝術美以形象表現現實的根本特點所決定的。從真、善、美的關係來說，美是真與善相統一的形象，如同法國美學家狄德羅在《繪畫論》中所說：「真、善、美是些十分相近的品質。在前面兩種品質之上加以一些難得而出色的情狀，真就顯得美，善也顯得美。」⑯在詩歌創作中，不同樣也是如此嗎？

上面所述，是從藝術對生活的審美反映的規律，論證詩歌作品的思想美必須借助於形象來表現，沒有形象美就沒有詩的思想美。另一方面，我們還要看到：誰若是真正想要發揮詩的思想教育作用，他就必須注意美感教育的特殊性。美感教育是一種教育，但它絕不同於說教，哪怕那種教義正確而有益。因為說教是通過非藝術的形式表現出來的，而美感教育則必須通過審美的形式，換言之，美感教育是讓讀者通過對鮮明生動的藝術形象的欣賞，既得到感情的愉悅，又受到理智的啟發，在形象的愉悅中受到教育。因此，詩作者如果想獲致真正的思想之美，就必須寓教於樂，努力尋求和創造生動的不一般化的形象。我反對那種公式化、概念化的直陳思想的作品，因為思想和形象應該結合和融化在一起。思想，不是要作者唯恐讀者不懂地指而明之，而是要讓讀者通過形象思而得之。可是我們的許多詩歌作者，卻偏偏忘記了這一美學原則，於是他們就製造了許多令人頭痛的非詩的文字，而讀者讀詩，首先是想獲得藝術的愉悅和美的享受，並不願意聽到板起面孔的訓誡。

別林斯基說：「思想滲透形象，如同亮光滲透多面體的水晶一樣。」這使人聯想北島的〈宣

⑯ 見《文藝理論譯叢》一九五八年第四期第七〇頁。

告——給遇羅克烈士〉：

也許最後的時刻到了
我沒有留下遺囑
只留下筆給我的母親
我並不是英雄
在沒有英雄的年代裡
我只想做一個人

寧靜的地平線
分開了生者和死者的行列
我只能選擇天空
絕不能跪在地上
以顯得劊子手們的高大
好阻擋那自由的風

從星星般的彈孔中
流出了血紅的黎明

對北島的詩是頗多爭議的。我以為他的一些詩作寫得比較晦澀，但前面所引的〈回答〉和這首詩，卻是他的上乘之作，顯示了詩的光彩和才華。「從星星般的彈孔中，流出了血紅的黎明」，如同〈回答〉的結尾一樣，仍然表現了對「四人幫」黑暗統治的詛咒，和對祖國新的黎明的期待，而且他所創造的形象驚動而具創造性，思想也完全滲透在新創的形象之中，引人深思。

詩的思想之美，要求思想和形象的相互滲透。詩的思想，從生活中孕育出來，由生活中的景象所激發，而不是關在書齋中的蒼白的玄想。詩的形象，從生活中提煉出來，是生活形象的概括與昇華，而不是作者主觀生硬的比附。生活與形象之間，要求自然地水乳交融的滲透，而不是見人工斧鑿痕跡的生拉硬扯，因為自然而真實是美的品質，也是發揮詩的思想力量的條件。印度詩人泰戈爾的詩，是以哲理見長的，如「真理愛它的界限，因為它在邊界上遇到美」（《流螢集》），「為什麼弦索斷了？我硬要彈奏出弦索不能勝任的高音，這就是琴弦為什麼綳斷的緣故」（《園丁集》），「我跳進形象的海洋的深處，希望能得到那無形象的完美的珍珠」（《吉檀迦利》）等等，他對於宇宙人生的哲理思考總是和生活中觸發他思考的形象交織在一起，自然無跡，呈現出一種和諧美。在近幾年來的詩歌創作中，思想的深度和廣度比以前大大地加強了，但是，我們仍然可以看到以前曾風行過的「主題先行」、「唯理主義」等等文藝思潮的影響並沒有完全消失，不少作者先有一個主觀意念再尋找一個形象來解說，如熱鬧一時的植物詩、動物詩就是如此。這樣，我們就可以看到思想與形象之間的不和諧狀態，那種人為的雕琢削弱了詩的真實性，當然也就削弱了詩的思想力量。

詩，長於抒情。取消了抒情，也就取消了詩。詩，也貴在有美而深刻的思想。只有平庸的人云亦云的思想，那只是詩的描紅，而沒有思想，就等於人沒有靈魂，只剩下形形色色毫無美感的軀殼。

真正的詩，是美好的感情的產兒，也是美好的思想的驕子。

珠貝，是大海的寶藏，感情化、形象化與個性化的高尚而深刻的思想，是詩的珍珠。

思想的領域是天高地闊的，只要是美的能夠引領讀者精神昇華的思想，都應該受到歡迎，但我同時也堅信：真正的大詩人，必然是他的時代的思想家；傑出的詩篇，必然出於傑出的思想家之手！怎麼可以設想，思想上一貧如洗的人，或是思想在水平線以下的人，能寫出精神上富有的燦爛詩篇呢？

第三章　五彩的噴泉　神聖的火焰

——論詩的感情美

在詩國的天空中，為什麼許多詩篇就像一閃即逝的流星，也許一剎那間它也光耀一時，但很快就熄滅在人們的記憶裡，為什麼許多詩篇卻像永恆的星座，千年萬載也輝耀著它們的光芒？在詩國的大海上，為什麼許多詩篇就像那翻騰不已的泡沫，儘管一瞬之間它也眩人眼目，但很快就隨波而散，而只有那經得起時間考驗的作品，才像那萬古不息動人心魄的波濤？這是詩的祕密，而詩的祕密的一個重要方面，就是詩的感情美的領域。在探討了詩的思想美之後，就讓我進入這一眾說紛紜頗多爭議的天地，去作一番以管窺天、以蠡測海的工作吧。

一

情感，是藝術創作的動力，也是藝術創作的核心。

在所有的文學樣式中，詩是一種最長於抒情的文學樣式，可以說，詩，是一種主情的或表情的文學樣式，情感，不僅是詩的活動的原創力，也是詩的生存價值的主要依據之一。感情對於詩的重要作用，就像水之於魚，空氣之於鳥，陽光之於植物，沒有感情就沒有詩。感情美，是詩的美感的重要源泉。

說明感情對詩的生命線的意義，在中國最早見於漢代毛萇的〈詩序〉：「詩者，志之所之也；在心為志，發言為詩；情動於中而形於言。」中國最早的詩歌理論，高揚的就是一面「詩言志」的旗幟。到了西晉時期，陸機在〈文賦〉中沒有沿襲傳統的說法，他創造性地提出了一個新的口號：「詩緣情而綺靡。」「詩言志」與「詩緣情而綺靡」，有它們之間的繼承和發展的關係，但它們的內涵卻同中而有異。「詩言志」雖然並不排斥情的重要作用，「志」與「情」也是相通的，但它產生在中國古典文藝理論批評史上強調文學的社會政治作用的階段，它畢竟是主知的，主理性作用的，而主要不是主情，只有到了詩歌有了長足的發展以後，只有文學從文史中分離出來而成為獨立的門類，表現了不可混同的獨立性之後，文學包括詩歌自身的特徵才逐漸為人們所認識，陸機「詩緣情而綺靡」的觀點，正是讀者與作者的審美經驗發展到一定歷史時期的產物，表明了詩的審美本質得到了應該給予的界定和確認，這，不能不說是中國古典美學思想的重要收穫。自此以後，中國歷代詩人和詩論家都繼承了中國美學傳統的「詩主情」的思想，而加以發揮和發展。唐代白居易〈與元九書〉以比喻論詩十分精闢：「感人心者，莫先乎情，莫始乎言，莫深乎義。詩者：根情，苗言，華聲，實義。」他的話至少有兩點值得注意，一是對創作者這一審美主體而言要求「根情」，也就是說，情感既是詩人創作的內容，也是詩人創作的動力，詩的創作活動必須始終處於飽滿的感情狀態之中，沒有「情」這個根本，詩創作就是無源之水，無本之木；另一方面，對作品的欣賞者這一審美主體而言，要使他們得到「感動」——靈魂的淨化，思想的昇華，也必須「莫先乎情」，以「情」的投入作為最先決的條件。由此可見，白居易對詩情的看法，是從主、客體兩方面著眼，頗富於美學的辯證法。此後，近似白居易的這種觀點的議論，在中國古典詩歌理論著作中比比皆是，如金代劉祁在《歸潛志》中說：「夫詩者，本發其喜怒哀樂之情，如使人讀之無所感動，非詩也。」劉祁的觀點，分明是白居易有關詩觀的一脈相承。直至清代的金聖嘆，這位不僅以小說評論見長而且對詩學也頗多貢獻的批評家，他也認為：「詩非異物，只是從心頭舌尖所萬不獲已必欲說出之一句說話耳。」總之，可以看到，陸機所提出的「詩緣情」之說，在中國美學思想史上占有十分重要而影響深遠的地位。

在中國新文學史上，詩主情的美學傳統得到了繼承和發展。最著名的是魯迅的議論：「從我們的外行人看起來，詩歌是本以發抒自己的熱情的，發訖即罷。」(《集外集拾遺・詩歌之敵》) 魯迅新詩創作的成就雖然不大，我們不必因為作者是魯迅而非科學地揄揚，但他的舊體詩卻是新文學家中寫得最好的一位，只有郁達夫、田漢等極少數的作家才可以比併。因此，他的話不僅是一般的理論性說明，也是他詩歌創作美學經驗的總結。至於新詩史上占有重要地位的郭沫若、聞一多、臧克家、艾青等人，他們無一不議論過感情對於詩美的作用。「詩的本質專在抒情。抒情的文字便不採詩形，也不失其為詩。」「詩人是感情的寵兒，哲學家是理智的驕子，詩人是『美』的化身，哲學家是『真』的具體。」(〈論詩三札〉) ❶——這是郭沫若的看法。「現在春又來了，我的詩料又來了。我將乘此多作些愛國思鄉的詩。這種作品若出於至性至情，價值甚高，恐怕比那些

---

❶ 《沫若文集》第一〇卷第二〇八、二一一頁。

無病呻吟的情詩又高些。」（〈致聞家騮〉）❷——這是聞一多的自白。「我從二十年代起，就想用詩的形式來表現、記錄我的生活經歷，我的難以抑制的情感。」（《甘苦寸心知》）❸——這是臧克家的甘苦之言。「人們歡喜讀詩，最重要的是想從詩裡獲得感情上的啟發或幫助。當一首詩缺少感情的時候，人們就開始對詩失去了信任。」（〈詩與情感〉）❹——這是艾青在《詩論》中一再形象地表述過的觀點。可以說，在新詩人之中，古老的「詩緣情而綺靡」的美學觀，得到了普遍的承認。

對中國古今詩論作了如上的簡略巡禮之後，我們也不妨眺望一下外國的詩壇，即使是匆匆一瞥，也許能起到「他山之石，可以攻玉」的作用。古希臘的德謨克利特，就不承認某人可以不充滿熱情而成為大詩人，他還將詩的熱情與詩的美感聯繫起來，他說：「一位詩人以熱情並在神聖的靈感之下所作成的一切詩句，當然是美的。」❺英國大詩人雪萊在〈為詩辯護〉中說：「詩與快感是形影不離的，一切受到詩感染的心靈，都會敞開來接受那摻和在詩的快感中的智慧。」❻雪萊所說的「快感」，就是與美感相聯繫的詩情。至於俄國大批評家別林斯基，他也很強調情感在詩歌中的作用，他認為：「情感是詩的天性中一個主要的活動因素（著重號原有——引者注）；

---

❷《聞一多論新詩》第二二九頁，武漢大學出版社一九八五年版。

❸《甘苦寸心知》第二頁，四川人民出版社一九八二年版。

❹《詩論》第八八頁，人民文學出版社一九八〇年版。

❺《西方古典作家談文藝創作》第二頁，春風文藝出版社一九八〇年版。

❻《十九世紀英國詩人論詩》第一二七頁。

沒有情感就沒有詩人，也沒有詩。」❼也許無須再繁瑣地列舉，我們已經可以看到中外美學思想在詩主情這一點上，能夠匯通在一起，就如同不同的河流，雖然它們各有不同的河道與水系，卻仍然可以匯聚於同一湖泊或海洋。

二

情感，在詩創作中確實有在其他文學樣式中不可比擬的重要作用，它既是詩作最重要的美學內容，「藝術即情感」的唯情論在詩中可以找到它廣闊的用武天地，同時它又是詩創作的原動力，而且詩的感染力也絕不能脫離它而產生。一言以蔽之，詩情與詩美有密不可分的聯繫，詩情是構成詩美的主要內在因素，詩之美，從內容美這一角度來說，主要就是詩情之美。那麼，怎樣的情感才稱得上是美的情感呢？從最基本的層次來衡量，作為詩美的情感應該是真實的、強烈的、深刻的，也就是說，真實、強烈、深刻，是美的情感的三原色，可以稱為詩的美學情感的三維性原則。

真實，是詩的情感美的第一個要素。所謂「真者，精誠之至也。不精不誠，不能動人。故強哭者雖悲不哀；強怒者雖嚴不威；強親者雖笑不和」（《莊子．漁父》）真實，當然並不能與美完全等同起來，因為美的涵意、範疇和表現形態，大大地超越了真實這一概念所表述的內容，但是，可以肯定的是，真實是美的基礎，或者說至少是美的基礎之一，而虛假，則只能引起厭惡的感情，

❼《別林斯基論文學》第一四頁，新文藝出版社一九五八年版。

而絕不可能激發審美的愉悅感。因此，十八世紀法國古典主義者波瓦洛就曾說過：「一個賢明的讀者不願把光陰虛擲，他還要在欣賞裡能獲得妙諦真知。」「只有真才美，只有真可愛，真應統治一切，寓言也非例外；……因為詩的真實，毫無謊言，能感動人心，並且一目了然。」❽黑格爾在他的《美學》中，一方面說明「真」與「美」是有區別的，但另一方面他又指出：「美與真是一回事。這就是說，美本身必須是真的。」❾由此可見，真與美雖然分屬於不同的領域，它們的內涵各不相同，但是，虛假不成其為美，真實則是美的始發站，美，就是從真實的起點出發開始她美妙的行程，正像春天是從立春這一天開始一樣。

在詩歌創作中，感情的真實性的含意是什麼呢？我以為包含兩個不可或缺的方面，即內在的真實與外在的真實。內在的真實，是指詩人所抒發的感情，確確實實是他所體驗過並為之激動過的感情，不是搔首弄姿的矯揉造作，不是為賦新詩強說愁的無病呻吟，不是為了發表或其他目的而弄虛作假，而是發自肺腑，出自胸臆，正如普希金所說：「沒有這個特點就沒有真正的詩歌，這個特點就是**靈感的真實性**（著重號原有——引者注）。」❿這，可以說是詩人感情的內在真實。但是，感情的內在真實，還必須與感情的外在真實結合起來考察。情感，是道德學的根基之一，詩通過感情活動產生補償、淨化、提升的功能，因此，感情的外在真實，就是看詩人的這種感情或感情體驗，是否符合客觀事物的真實以及客觀事物的規律性，對社會和個體是否起肯定的積極

❽《西方美學家論美和美感》第八〇、八一頁，商務印書館一九八〇年版。
❾《美學》第一卷第一四二頁，商務印書館一九七九年版。
❿《普希金論文學》第一一二頁，漓江出版社一九八三年版。

的作用，亦即心理學中所說的「正情感」。在兩者之中，感情的內在真實是最重要的，因為真實的內在情感表現在詩中往往可以不符合事物的表面狀態，甚至可以對客觀事物作變形的處理，達到「無理而妙」或「愈無理而愈妙」的詩的境界，換言之，詩遵循的是感情的邏輯，為了強烈地動人地抒發真情，它有時可以不顧物理學的邏輯，也不願受科學尺度的約束，但是，從一般的意義來說，詩學並不是故意要求詩的情感悖於外在的物理世情，恰恰相反，它原則上要求詩的情感的外在真實。

只要重溫一下中外詩史上的名篇，回顧一下有關詩人的創作歷程，我們就可以提出如下一個問題：有哪一位真正的詩人不是情動於中才形於言的呢？有哪一篇傳世之作不是以感情的真摯性叩動讀者心弦的呢？屈原的創作，按照司馬遷在〈屈原賈生列傳〉中的說法，是「屈平疾王聽之不聰也，讒諂之蔽明也，邪曲之害公也，方正之不容也，故憂愁幽思而作〈離騷〉」，中國古典詩史上震古鑠今的最長的抒情詩，就是屈原的真摯感情的藝術噴發，正因為如此，千百年來它才傳唱不衰。南宋的陸游，是中國古典詩史上的傑出歌手，也是艱難時世中的絕代愛國詩人。他的詩作之所以感人，主要原因就是他的作品充滿真摯的愛國激情，「諸公誰聽芻蕘策，吾輩空懷畎畝憂。急雪打窗心共碎，危樓望遠涕俱流」，這是他早年〈送七兄赴揚州帥幕〉中的詩句，從少年時代起就跳躍在他胸中的報國雄心，真是年既老而不衰：

北征談笑取關河，盟府何人策戰多。
掃盡煙塵歸鐵馬，剪空荊棘出銅駝。

史臣歷紀平戎策，壯士遙傳入塞歌。
自笑書生無寸效，十年枉是枕雕戈！（〈書事〉）

久住人間豈自期，斷砧殘角助淒悲。
征人忽入夜來夢，意氣尚如年少時。
絕塞但驚天似水，流年不記鬢成絲。
此身死去詩猶在，未必無人粗見知。（〈記夢〉）

漁村樵市過殘春，八十三年老病身。
殘虜游魂苗渴雨，杜門憂國復憂民。（〈春晚即事〉）

上面所引述的，都是陸游八十歲以後的作品。這些作品，因為它們的感情的真摯美，在七百年後的今天，仍然具有強大的感染力和提升意志的撞擊力量。「詩界千年靡靡風，兵魂消盡國魂空。集中十九從軍樂，亙古男兒一放翁。」「辜負胸中十萬兵，百無聊賴以詩鳴。誰憐愛國千行淚，說到胡塵意不平。」梁啟超〈讀陸放翁集〉對陸游詩的評價，不也是從詩人的「淚」與「意」——感情的真摯性著眼的嗎？

詩的感情的真摯性，和一首詩的具體創作過程聯繫在一起。詩人在創作過程中如果不經歷真實的往往不能自已的情緒激動，而是無動於衷，或感情處於波瀾不興的平靜狀態，他絕不可能寫出感情真摯的作品。不到沸點，水怎麼會沸騰？不經撞擊，燧石怎麼會迸發火星？同樣，詩作者自己在創作過程中不經過心靈的火山爆發，怎麼會有感情真摯的作品噴薄而出？那些對生活缺乏真正的熱情而寫詩時必然缺乏真摯感情的人，儘管他們努力在形式和藝術上下功夫，也無法挽救作品因貧血症而必然導致的失敗。正如拜倫所說：「難道熱情不是詩的糧食，詩的薪火麼？」沒有真摯的感情，詩不會有灼人的光和熱，徒然在形式與技巧上花費心思，巧婦終究難為無米之炊，工匠只能製造出假花。古往今來優秀詩作的共同特色之一，就是抒情的真摯性，而矯情或偽情，則是詩歌的致命傷，也是詩美的大敵。在生活中，一個巧言令色的偽善者，一個鼓舌如簧的說謊家，你能夠對他產生美感麼？詩也是同樣的道理，缺乏真情，得到的結局就是失敗，其他的任何努力都是枉然！十九世紀匈牙利大詩人裴多菲說：「我寧願以誠摯獲得一百名敵人的攻擊，也不願以偽善獲得十個朋友的讚揚。呵，在我的心目中，誠摯是一個人最高的品格。」《詩歌全集・序》❶魯迅也曾經強調詩作者必須有真摯的感情，認為這是寫出好詩的必具條件，他在《兩地書・三四》中對那些矯情與偽情之作痛下針砭：「先前是虛偽的『花呀』『愛呀』的詩，現在是虛偽的『死呀』『血呀』的詩，嗚呼，頭痛極了！」魯迅所貶斥的，前者是脫離人民群眾的純個人的風花雪月，後者則是虛張聲勢的架空的喊叫。詩，是詩作者感情的測謊器，不論是寫什麼題材，哪怕是所謂重大題材，如果在感情上墮入虛偽之途，那就無可救藥，任何現代手法也無法起死回生。袁枚在《隨園詩話》中批評王漁洋，說他「主修飾不主性情，觀其到一處必有詩，詩中必用典，可以想見喜怒哀樂之不真」。這種現象，在今天的新詩作者中難道還少嗎？可以說，感情的真摯性

---

❶《西方古典作家談文藝創作》第四六五頁。

缺乏或薄弱，正是我們當前一些詩作缺乏美學力量的根本原因之一。一些作者不是「為情而造文」，而是「為文而造情」，在這種失血的作品面前，詩美早就避之唯恐不及了，怎麼還能期望它翩然光臨呢？

「詩從肺腑出，出則愁肺腑。有如黃河魚，出膏以自煮！」這是蘇東坡的〈讀孟郊詩〉，雖說這首詩評價的是孟郊詩的風格，但也揭示了詩歌創作的一個不可違背的法則：「詩從肺腑出」。從肺腑出來的詩，它的感情必然是真摯的，同時往往又是「強烈」的。

詩的感情，應該強調在真摯性的前提之下的「強度」。詩的感情具有真摯性，這就保證了詩情獲得了美的基本素質，但是，同是真摯的感情，也還有強烈或不強烈之分。強烈，就是強度，借用物理學的解釋，就是材料或物體受力時抵抗破壞的能力，材料的強度，可用它的極限應力值如屈服點、強度極限和持久極限來表示。在詩的感情中，強烈性就是指這種感情的運動幅度及其震撼力。在詩歌創作中，只有真情才能動人，才能引發欣賞者的美感，但也只有真摯而強烈的真情，才更具有打動人心的美學力量。古往今來的優秀詩人，他們的感情性質也許有時代的、民族的、個人的差別，他們抒發感情的方式，也許會因藝術個性之差異、創作方法和創作流派的不同而呈現出各異的面貌，然而，感情的強烈性，卻應該是古今中外優秀詩人抒情的共同特色。

我想，不應該是偶然的巧合吧，中外一些著名詩人談到抒情詩創作的時候，都不約而同地提到感情的強烈性，或是對感情的強烈性作過形象的描繪。英國湖畔派詩人華滋華斯說過：「一切好詩都是強烈感情的自然流露。」（《抒情歌謠集》序言）⑫聞一多表示他寫詩時的強烈情感，在

---

⑫《十九世紀英國詩人論詩》第六頁。

〈紅豆篇第十七〉中說自己連「心頭肉」也剜出還詩債，在〈紅豆篇第十八〉裡，他說「我是吐盡明絲的蠶兒，死是我的休息。」早在一九二六年，他就說過：「……並且同情心發達到極點，刺激來得強，反動也來得強，也許有時僅僅一點文字上的表現還不夠，那便非現身說法不可了。所以陸游一個七十衰翁要『淚灑龍床請北征』，拜倫要戰死在疆場上了。所以拜倫最完美，最偉大的一首詩，也便是這一死。」(〈文藝與愛國——紀念三月十八〉)⑬聞一多對詩的執著而強烈的感情，在新詩人中是極為突出的。新詩的先驅者之一劉半農寫詩時，「覺也睡不著，飯也不想吃」。郭沫若的《女神》是雄渾而強烈的，他說他有「火山爆發式的內發情感」，說自己寫詩時衝動起來如「一匹野馬」，在談到〈地球，我的母親〉一詩的創作受到「詩興的襲擊」時，他「覺得有點發狂」，脫掉木屐赤著腳在石子路上來回疾走，甚至倒臥在地和「地球母親」親吻。在〈我的作詩的經過〉中，他述說了〈鳳凰涅槃〉的創作情況：「〈鳳凰涅槃〉那首長詩是一天之中分兩個時期寫出來的。上半天在學校的課堂裡聽講的時候，突然有詩意襲來，便在抄本上東鱗西爪地寫出了那詩的前半。在晚上行將就寢的時候，詩的後半的意趣又襲來了，伏在枕上用著鉛筆只是火速地寫，全身都有點作寒作冷，連牙關都在打顫。就那樣把那首奇怪的詩也寫了出來。」⑭從他作於一九一九年的收入《女神》中的詩〈立在地球邊上放號〉，可以看到他的激情像汪濤一樣洶湧澎湃，又如火山一樣轟然噴發，這種激情，基於詩人的革命民主主義思想，顯示了詩人徹底反帝反封建的精神，同時，它又是五四時代狂飆突進的時代精神的反映。是的，對燃燒在《女神》中的烈火般

---

⑬《聞一多論新詩》第七八頁。

⑭《沫若詩話》第一三五頁，四川人民出版社一九八四年版。

的激情，我們至今仍然可以感受到它的並沒有消失的熱力。

「一事能狂便少年」，這是王國維的詩句。詩人郭小川晚年也有一首五律：「原無野老淚，常有少年狂。一顆心似火，三寸筆如槍。流言真笑料，豪氣自文章。何時還北國？把酒論長江！」他說自己的「心似火」而常有「少年狂」，這「火」與「狂」，不就是他的性格與詩作具有強烈激情的寫照嗎？郭小川的許多詩作在當時之所以那樣激動人心，在今天之所以仍然為讀者所懷念，其最可寶貴的特色之一，就是抒情的真摯性和強烈性，他的詩作抒情的真摯與強烈的程度，在當今的新詩人中並不多見。他的詩，以思想的深度和感情的力度見長，讓我們重溫〈西出陽關〉中的開篇吧：

　　聲聲咽喲，
　聲聲緊，
風沙好像還在怨恨西行的人；
　重重山喲，
　重重雲，
陽關好像有意不開門。
　莫提起呀——
周穆王、漢使臣……

他們怎麼是邊風塞曲的真知音！
莫提起呀——
唐詩人、清配軍……
他們怎肯與天涯地角共一心！
……

肋生翅喲，
腳生雲，
不出陽關不甘心！
血如沸喲，
心如焚，
誓到陽關以外獻終身！

何必「勸君更進一杯酒」！
再會吧，鄉親！
哪裡的好酒不芳芬？
什麼「西出陽關無故人」！
再會吧，鄉親！

哪裡不一樣度過戰鬥的青春？

從詩中，我們可以感受到強烈的詩的激情如烈火一樣燃燒，如大江一樣奔瀉！「血如沸吶，心如焚」，這是詩人對於開發邊陲志壯雲天的建設者的讚美，不也是對他自己的內心情緒的寫照嗎？是的，沒有真情，沒有強烈的真情，就不可能有詩之美，就不可能有強烈的詩之美。強烈的詩情是感情美一種本質的自然流露，缺乏強烈的真情而捨本求末，任何化妝術不僅都無濟於事，反而更加讓美的對立物——虛偽，得到更徹底的暴露，就像濃妝艷抹的脂粉脫落之後，更顯出裝扮者的本來面目一樣。

詩的感情美，除了真摯性與強烈性這兩種品質之外，居於殿軍位置的就應該是深度了。強烈，一般是指感情波動的幅度和力量，即覆蓋面和作用範圍，猶如石頭投入水中，因石頭以及投擲力量的大小而向四周擴散大小遠近不等的波紋，它是成橫向面展開的，感情真摯而強烈的作品，其感人力量當然不及感情真摯、強烈而有深度的作品。深度，則是對感情的縱向的衡量，是對感情的縱深化和立體化的表達，是個體對感情世界的深刻體驗，是對生活與人的心靈的深入探測和表現。

特別值得提出的是，有些感情強烈的作品，例如浪漫主義詩人的作品，如果不同時注意加強感情的深度，則往往容易流於濫情和濫感，粗疏浮泛，缺乏持久的美的魅力，而如果同時具有感情的深度，則可以更大地加強作品的美質。在中國古代大詩人中，一般地說，感情真摯、強烈而更具有深度的，當數屈原和杜甫，李白真摯而強烈，他的強烈有時甚至超過了屈原和杜甫，但一般而言，他在感情的深刻程度上卻趕不上他們。至於南宋的愛國詞人如劉克莊等人，大戟長槍，志在恢復故土失地，感情之強烈，直逼辛稼軒、陸放翁之藩籬，但感情的深度畢竟不夠，所以難免「略無餘蘊」的譏評。在中國新詩史上，郭沫若《女神》的感情強度可和美國詩人惠特曼的《草葉集》比美，在中國新詩人的作品中也是不可多見的，它在表現五四時代的時代精神方面，確有其突出之處，的確不愧是中國新詩史上的一座豐碑，但是，今天從抒情美的角度看來，我們可以公允地說，《女神》的感情強烈有餘而深度不足。例如〈晨安〉一詩，總共三十八行，行行都是「呀！」字煞尾的句法，「呵呵」連用六處之多，感嘆詞六十五個，驚嘆詞八十八個，這在詩作發表的當時以及其後的一段時間內，它還是有相當的震撼力的，但時日遷流，年深月久，就不免使人感到粗放有餘而深雋不足了。

在西方的詩壇上，古典詩往往流於說理，如十八世紀的詩人大都「主知」，他們強調「知」的一面，理性有餘而感性不足，而十九世紀浪漫主義詩人們大都「主情」，他們強調「情」的一面，但抒情往往流於直露淺白，放縱無餘。艾略特就認為在文藝復興時期，歐洲文學並沒有感性與理性的分裂，在十七世紀英國玄學派詩人鄧約翰的作品之中，偏於知性的「機智」和偏於感性的「激情」，和諧一致地交融在一起，而十八世紀的古典詩人，則壓抑激情而張揚理性，作品容易流於乾澀，十九世紀的浪漫詩人則恰恰相反，放縱感情而易流於濫情[15]。艾略特的這一見解頗有道理。浪漫主義詩人的作品，以激情洋溢的抒情為其特色，但往往感情強烈有餘而深度不足，不耐咀嚼與回味，這一點，即使如浪漫主義大詩人拜倫和雪萊之作，也難免此病。等而下之的詩人的作品，

---

[15] 參見艾略特：《詩的效用與批評的效用》，臺灣純文學出版社一九七二年版。

就往往流於濫情了。

由此可見，藝術的感情要講求深度，即感情的深刻性，這是詩美的內容構成的重要因素。偏於深度的感情，一般呈現為柔婉之美或沉鬱之美，或稱「冷抒情」；而強烈的感情一般呈現為奔迸之美，或稱「正抒情」。例如同是《詩經》中的戀歌：

采采卷耳，不盈頃筐。嗟我懷人，寘彼周行。
陟彼崔嵬，我馬虺隤！我姑酌彼金罍，維以不永懷。
陟彼高崗，我馬玄黃！我姑酌彼兕觥，維以不永傷！
陟彼砠矣，我馬瘏矣，我僕痡矣，云何吁矣！（〈周南・卷耳〉）

泛彼柏舟，在彼中河。髧彼兩髦，實維我儀。之死矢靡它。母也天只！不諒人只！
泛彼柏舟，在彼河側。髧彼兩髦，實維我特。之死矢靡慝。母也天只！不諒人只！（〈鄘風・柏舟〉）

〈周南〉中的〈卷耳〉篇，寫的是一位妻子思念遠行的丈夫，這大約是中國古典抒情詩思婦懷人的交響曲中的第一個音符。詩中的主人公提著「頃筐」在野外採摘卷耳，久久都採不滿，因為她思念遠人而無情無緒，後來乾脆把筐子放在大路上，自己則呆呆地癡想起來。她想到她的良人奔波在外，處處都在思念著她。這種「從對面寫來」的方法，深情濃至，委婉動人，啟發了後代不少詩人的詩思。如《古詩十九首》中的〈明月何皎皎〉、杜甫的〈月夜〉、王維的〈登高〉、李商隱的〈夜雨寄北〉等篇，都是出自相似的詩心，感情之美也都屬於有深度的深婉之美的範疇。〈鄘風・

柏舟〉則是另一種情況，這首詩的特點有二，其一是表現女子對男子愛戀的熱情和心理，這在《詩經》中是不難看到的，可見在封建儒家思想未占統治地位之時，女方在感情生活上還比較開放，和男方處於平等的地位。其二是這首詩的感情雖然也是深摯的，但卻更顯外露奔迸，他「呼母告天」，激越之情自有感發人心的力量，不過總略嫌單一和直露。在古代的民間戀歌中，深婉與強烈兼而有之，最具有強烈而持久的美學力量的，長篇是樂府中的〈孔雀東南飛〉，短篇則捨〈上邪〉而莫之他屬：

上邪！我欲與君相知，長命無絕衰。山無陵，江水為竭，冬雷震震，夏雨雪，天地合，乃敢與君絕！

詩中的抒情主人公信誓旦旦，她表現她對意中人的一往深情，首先是直抒胸臆，然後用了五個遞升式的比喻，把她的一腔深情表現得如此強烈，而又如此刻骨銘心！

雷電轟鳴，雖然動人耳目卻瞬息即逝，瀟瀟春雨，雖然力度不夠卻能滋潤萬物。詩情，應該是與理性交織的詩情，是感性與知性的統一，這樣，就可以強烈而不浮泛，真摯而不淺薄，不致流於浪漫主義的「濫傷」與「濫感」，如古羅馬文藝理論家郎吉弩斯所說：「那些巨大的激烈情感，如果沒有理智的控制而任其為自己盲目、輕率的衝動所操縱，那就會像一隻沒有了壓艙石而漂流不定的船那樣陷入危險。」（《論崇高》）[16]魯迅有一個極精闢的見解，他認為「詩歌較有永久性」，他說：「滬案以後，周刊上常有極鋒利肅殺的詩，其實是沒有意思的，情隨事遷，即味如嚼蠟。

⓰《文藝理論譯叢》一九五八年第二期，人民文學出版社出版。

我以為感情正烈的時候，不宜做詩，否則鋒芒太露，能將『詩美』殺掉。」（《兩地書・三二》）與此令人驚異地相似的是，十八世紀法國啟蒙運動的思想家和作家狄德羅，也表達過如下的見解：「你是否趁你的朋友或愛人剛死的時候就做詩哀悼呢？誰趁這種時候去發揮詩才，誰就會倒霉！只有等到激烈的哀痛已經過去……當事人才會想到幸福遭到折損，才能估計損失，記憶才和想像結合起來，去回味和放大已經感到的悲痛。」⑰詩情強烈的詩人聞一多，他寫〈長城下的哀歌〉是「悲慟已逝的東方文化的熱淚之結晶」，他又曾給〈醒呀〉一詩下如下的注腳：「這些是歷年旅外因受盡帝國主義的閑氣而喊出的不平的呼聲。」但是，詩人在將自己的作品整理成集時，對於上述篇章中因愛國熱情衝動而抒寫的呼號詞語，卻刪去了大半，這就說明了詩的一條美學原理：感情的節制和控制，感情的內聚與昇華，對詩的感情美而言至關重要，它對讀者心靈的撞擊力是強烈而持久的。德國大詩人歌德，二十五歲時寫出《少年維特之煩惱》，但從他的成名之作到長詩《浮士德》第一部的完成，先後用了二十六年，直到七十六歲那年，他才開始寫第二部，他的激情像地下泉突然奔瀉而出。《浮士德》第二部開頭一句詩就是：「生命呵你又像歡騰的奔泉噴湧而出。」可見有深度的感情，經過幾十年的封閉仍然不會凝固，反而更加醇美。在蘇聯衛國戰爭時期，西蒙諾夫寫過一首題為〈等著我吧〉的詩，風傳一時，至今讀來仍覺深婉動人：

等著我吧——我會回來的，
只是你要苦苦地等待，

---

⑰《西方古典作家談文藝創作》第一〇五頁。

等到那愁煞人的春雨，
勾起你的憂傷滿懷，
等到那大雪紛飛，
等到那酷暑難挨，
等到別人不再把親人盼望，
往昔的一切，一古腦兒拋開。
等到那遙遠的他鄉，
不再有家書傳來，
等到一起等待的人，
心灰意懶——都已倦怠。

等著我吧——我會回來的，
不要祝福那些人平安：
他們口口聲聲地說——
算了吧，等下去也是枉然！
縱然愛子和慈母認為——
我已不在人間，
縱然朋友們等得厭倦，

在爐火旁圍坐，
啜飲苦酒，把亡魂追薦……
你可要等下去啊！千萬
不要同他們一起
忙著舉起酒盞。

等著我吧——我會回來的：
死神一次一次被我挫敗！
就讓那不曾等待我的人
說我僥倖——感到意外！
那沒有等下去的人不會理解——
虧了你的苦苦等待，
在炮火連天的戰場上，
從死神手中，是你把我拯救出來。
我是怎樣死裡逃生的，
只有你和我兩人明白——
只因為同別人不一樣，
你善於苦苦地等待。

西蒙諾夫這首著名的詩，以感情的深摯美動人，它不是那種一飲即醉的烈酒，而是沁人心脾、中人欲醉的陳年佳釀，它的滋味，會長久地留在你的心頭和記憶裡。正如英國詩人華滋華斯所說：「詩是強烈情感的自然流露，它是起源於在平靜中回憶起來的情感。」⓲是的，詩的感情應該是真摯的、強烈的、有深度的，同樣重要的是，詩的感情也必須是新鮮獨特而極其個性化的，這一點，我且留待後面來論述。

三

詩的情感，和人在日常生活中的情感有聯繫，但它又絕不完全等於人在日常生活中的一般情感，就如同幾朵浪花並不能代表整個江流，幾片葉子不能代表整株花樹一樣，詩的情感，是日常生活中的情感提純、昇華和藝術提煉的結果，是一種高層次的美學的情感。

審美，是人與現實世界的關係最重要的特徵之一，詩歌作為一門藝術，集中地體現人對自然和社會的審美把握，這種審美把握，主要又是通過詩情的提煉與抒發來表現的。前面論及感情的基本素質時，我已經說明真情實感——也即感情的真摯性，是表現藝術美的首要條件，也是詩對現實的審美把握的基礎。但是，真善美是緊密聯繫而不可分割的朋友，美，在最深刻的意義上不僅與真形影不離，而且與善更是結下了不解之緣。我之所以說詩的情感是一種高層次的美學的情

⓲《抒情歌謠集》一八〇〇年版序言〉，見《西方文論選》（下冊）第一七頁，上海譯文出版社一九七九年版。

感，首先是因為它是一種符合「善」的規範的情感。

真與善雖然並不能就和美劃一個等號，但可以稱為美的，也必然是真的。那麼，「善」是什麼呢？古希臘哲人蘇格拉底認為善就是「益」，他把人的德行和物的適用統稱為善，並且認為這種善就是「美」。他的學生亞理斯多德問他：「那麼，糞筐，能說是美的嗎？」蘇格拉底的回答是：「當然，一面金盾卻是醜的，如果糞筐適用而金盾不適用。」（克賽諾封：《回憶錄》）而古希臘的另一位哲人柏拉圖則以知識作善的標準，他說：「善的範型是最高的知識。」（引自《西方論理學名著選輯》）在西方哲學史上，康德把所謂先天的善良意志的「絕對命令」，作為評價善惡的標準，而伊壁鳩魯、斯賓諾莎、費爾巴哈等人，他們衡量善惡的標準則是快樂和幸福，如伊壁鳩魯就說：「我們認為幸福生活是我們天生的最高的善，我們的一切取捨都從快樂出發；我們的最終目的乃是得到快樂，而以感觸為標準來判斷一切的善。」斯賓諾莎的看法是大同小異的：「所謂善是指一切的快樂和一切足以增進快樂的東西而言，特別是指能夠滿足願望的任何東西而言。所謂惡是指一切痛苦，特別是一切足以障礙願望的東西而言。」（引文出處同上）在中國美學思想史上，孔子、孟子等哲學家認為善惡以是否合於「義」作標準，這就是孔子在《論語》中所說的「君子喻於義，小人喻於利」，而以「利」為準繩的哲學家，則以有利或有害作為衡量善惡的尺度，即所謂「利，所得而喜也，害，所得而惡也。」（《諸子集成》）從以上對中外美學史掛一漏萬的舉述，可以看到對善的解釋紛繁而歧異。

我們考察詩的感情的善，必須首先對怎樣看待「善」有一個明確的同時是正確的尺度。亞理斯多德說過：「美是一種善，其所以引起快感正因為它是善。」[19]德國古典哲學家康德還作了進一步的發展：「美是一對像的合目的性的形式（著重號原有——引者注）。」⑳參考前人提供的思想資料，我以為「善」是屬於倫理學的範疇，它是在道德領域內分辨好與不好的標尺，它依存於人與人的社會關係，指人的品性、行為和感情的道德倫理性質。如果說，詩的感情要具有真摯性，虛假的感情不成其為美，而且只能引起讀者的厭惡，那麼，美的感情也必須合於善的規範，低下庸俗乃至醜惡的感情即使真實也不成其為美，它不僅缺乏美學意義，而且只能歸於醜的範疇中去。因此，在詩歌創作中，並不是所有真實的感情都具有美學的意義，詩的感情既應當是真的，同時又應該是善的，這樣，才能二美兼具，構成詩的感情的完全的美。

在藝術中，在詩歌創作中，善對美起著規範作用，也就是說，感情之真能否化為感情之美，還要看這種感情是否符合一定的道德倫理標準。那麼，以「善」的標準來衡量，古代的「宮體詩」就必須逐出詩的門庭之外了。宮體詩，是南朝以梁代的簡文帝為首所倡導的詩體與詩風，延續至陳後主、隋煬帝、唐太宗之時，內容是描繪聲色，主要是寫艷情乃至色情。這裡略引兩首，以見一斑：

北窗聊就枕，南檐日未斜。
攀鉤落綺障，插捩舉琵琶。
夢笑開嬌靨，眠鬟壓落花。

---

⑲《西方美學家論美和美感》第四一、一六二頁。

⑳同⑲。

簟文生玉腕，香汗浸紅紗。
夫婿恆相伴，莫誤是倡家。（梁簡文帝：〈咏內人晝眠詩〉）

大婦年十五，中婦當春戶，
小婦正橫陳，含嬌情未吐，
所愁曉漏促，不恨燈銷炷。（陳後主叔寶：〈三婦艷詞〉之一）

很清楚，這些作品所抒寫的，都是他們那荒淫無恥的生活和他們的真情實感，在感情的真實性方面是無可懷疑的，但是，僅僅只要是真實的感情就可以被認為是詩情嗎？聞一多在〈宮體詩的自贖〉一文中，以現代的觀點，從詩歌發展史的角度，對宮體詩作了嚴正的批判，他說：「這專以在昏淫的沉迷中作踐文字為務的宮體詩，本是衰老的貧血的南朝宮廷生活的產物。」「墮落是沒有止境的，從一種變態到另一種變態往往是個極短的距離。」[21]從美學的角度看來，凡是符合人的正當目的的功利行為與思想感情，都是「善」，而美則是對善的肯定，也即是對實踐的合目的性的肯定，宮體詩所表現的，是封建統治階級荒淫腐朽的生活及其頹廢沒落的思想感情，它毫不作偽的真，不但不能走近美神的身旁，而且只能更暴露出它自己的醜態。

詩情，是一種高層次的審美的情感，它的主要標誌是合於美的規範，是道德上的善的高度自覺表現，是「精神美」的一個重要方面。「善」的要求是「合目的性」，衡量善惡的客觀標準尺度

㉑《唐詩雜論》第一二、一三頁，北京古籍出版社一九五六年版。

是無可否定的，按照這一標準，凡是符合社會發展方向的行動，表現了廣大人民意願的思想感情，就是善的，否則就是惡的，而真正善的感情，可以陶冶人的高尚情操，加強人對生活的熱愛。由此可見，善不僅是美的前提，而且是美的歸宿。值得強調的是，在人稱之為「善」的感情中，最主要和最重要的是對國家民族命運的熱切關注，對社會對時代的莊嚴的責任感與使命感，以及對人民博大深厚的熱愛。正因為如此，車爾尼雪夫斯基才認為藝術是「人的一種道德的活動」。且讓我從這一基點出發，對中外詩歌的史實作抽樣式的表述。

只要稍微回顧一下中國的歷史，我們就可以發現那些最傑出最動人的詩篇，往往表現了詩作者與民族、與人民深切的感情關係，他們的詩情是一種合於「善」的規範的詩情，因而也就是一種閃耀著「美」的光彩的詩情。屈原，是中國詩史上繼《詩經》的集體創作之後的第一位大詩人，他在〈離騷〉中說：

朝飲木蘭之墜露兮，夕餐秋菊之落英，苟余情其信姱以練要兮，長顑頷亦何傷！

屈原在他的詩篇中高標出「余情」二字，「余」者，我也，「情」者，感情也，可見詩人所重視的就是屬於他自己的獨特的感情。他對自己的感情的審美判斷是「信姱」和「練要」，「信姱」就是真實而美好，「練要」則是精誠而堅定。這，確實是屈原的思想感情的自白，也是洋溢於其詩篇之中的美學感情的寫照。在屢受打擊而遭流放的艱難境遇中，他仍然信誓旦旦：

欲高飛而遠集兮，君罔謂汝何之；欲橫奔而失路兮，蓋志堅而不忍。（〈惜誦〉）

數惟蓀之多怒兮，傷余心之憂憂。願搖起而橫奔兮，覽民尤以自鎮。結微情以陳詞兮，矯以遺夫美人。（〈抽思〉）

中國的詩人是有幸的，因為屈原早在兩千年以前就為他們樹立了一個榜樣，昭示出一個真理：只有與人民與時代有深厚的感情聯繫，才可能有永不衰竭的高尚的詩情，這一光輝的傳統，為後代的許多詩人所繼承，如南宋的並世而出的辛棄疾和陸游：

老大那堪說，似而今，元龍臭味，孟公瓜葛。我病君來高歌飲，驚散樓頭飛雪。笑富貴千鈞如髮。硬語盤空誰來聽？記當時、只有西窗月。重進酒，換鳴瑟。　事無兩樣人心別。問渠儂：神州畢竟，幾番離合？汗血鹽車無人顧，千里空收駿骨。正目斷關河路絕。我最憐君中宵舞，道「男兒到死心如鐵」。看試手，補天裂。（辛棄疾〈賀新郎·同甫見和，再用韻答之〉）

當年萬里覓封侯，匹馬戍梁州。關河夢斷何處？塵暗舊貂裘。　胡未滅，鬢先秋，淚空流。此生誰料，心在天山，身老滄洲！（陸游：〈訴衷情〉）

他們的琴弦上彈奏的，是憂國憂民的心靈八重奏。那對祖國、對民族、對人民的愛，是高層次的審美的情感，也是一種永恆的感情，它和形象交融在一起而進入詩中，構成了強烈的詩的感情美，如同飛瀑，沖擊著我們民族一代代人的心潭；如同鼓點，鼓舞著我們民族一代代人不屈和向上的意志。這感情的瀑布和鼓點，也以新的色彩與聲音閃耀並響徹在聞一多的詩裡：

有一句話說出就是禍，
有一句話能點得著火。
別看五千年沒有說破，
你猜得透火山的緘默？
說不定是突然著了魔
突然青天裡一個霹靂
　爆一聲：
「咱們的中國！」

這話教我今天怎麼說？
你不信鐵樹開花也可。
那麼有一句話你聽著：
等火山忍不住了緘默，
不要發抖，伸舌頭，頓腳，
等到青天裡一個霹靂
　爆一聲：
「咱們的中國！」

這是聞一多收於一九二八年出版的《死水》中的詩〈一句話〉。在詩中像火焰一樣燃燒的，是他對祖國的滿腔熱愛之情，這種感情是崇高的，永恆的，它表現在聞一多獨具的構思和形象之中，呈現為一種高層次的美學的情感，有如一支永不熄滅的「紅燭」。

在西方的詩歌史上，我們也可以看到那些影響巨大而深遠的詩作，在感情性質上大都表現了和時代、人民的緊密聯繫，這樣，所抒發的情感才能引發當代及後代讀者的美感。一八〇三年，奧地利軍隊侵入法國，為了挽救國家的危亡，少年工兵李賽爾一夜之間創作了一首歌曲，第二天在義勇軍的誓師大會上歌唱，被命名為〈萊茵河戰歌〉。因為它表現了法國人民熾烈的愛國熱情，旋律雄壯而優美，後來被選為法國國歌，更名為〈馬賽曲〉（馬賽是法國第二次革命的根據地）。在美國，民主歌手惠特曼的《草葉集》的出現，使整個美國社會大為震動。詩人在序文中說：「最渴望自由或最歡迎自由的是詩人……他們是自由的喉舌和自由的代言人，一切偉大詩人的態度都應該是使奴隸得到鼓舞，使暴君感到恐懼。」如他的名篇〈呵，船長，我的船長喲〉：

呵，船長，我的船長喲！我們可怕的航程已經終了，
我們的船渡過了每一個難關，我們追求的錦標已經得到，
港口就在前面，我已聽見鐘聲，聽見了人們的歡呼，
千萬隻眼睛在望著我們的船，它堅定，威嚴而且勇敢，
　只是，呵，心喲！心喲！心喲！
　　呵！鮮紅的血滴，

就在那甲板上，我的船長躺下了，
他已渾身冰涼，停止了呼吸。

呵，船長，我的船長喲！起來聽聽這鐘聲，
起來吧——旌旗正為你招展——號角為你長鳴，
為你，人們準備了無數的花束和花環——
為你，人們擠滿了海岸，
為你，這晃動著的群眾在歡呼，轉動著他們殷切的臉面；
這裡，船長，親愛的父親喲！
讓你的頭枕著我的手臂吧！
在甲板上，這真是一場夢——
你已經渾身冰涼，停止了呼吸。

我的船長不回答我的話，他的嘴唇慘白而僵硬，
我的父親，感覺不到我的手臂，他已沒有脈搏，也沒有了生命，
我們的船長已經安全地下錨了，它的航程已經終了，
從可怕的旅程歸來，這勝利的船，目的已經達到；
呵，歡呼吧，海岸，鳴鐘吧，鐘聲！

只是我以悲痛的步履，
漫步在甲板上，那裡我的船長躺著，
他已渾身冰涼，停止了呼吸。

這是惠特曼悼念被反動派暗殺的美國總統林肯而寫的詩，歌頌了民主和自由，讚美了戰士的英雄氣概，抒發了對奴隸制的憎恨。一八三七年一月，當俄國偉大的民族詩人普希金剛剛死於沙皇政府的陰謀與罪惡之手，一首悼詩風傳在彼得堡全城：

詩人死了！這一榮譽的俘虜，
倒下了，為流言蜚語所中傷，
他垂下他那高傲不屈的頭顱，
胸中藏著鉛彈和復仇的希望。

幾天後這首詩增加到十六行，這就是年方二十三歲的青年詩人萊蒙托夫的成名作〈詩人之死〉。在此之前，萊蒙托夫從來沒有發表過詩作，他悼念普希金的這首詩，表現了人民的感情和願望，具有高度的美學價值，所以立即為人民所承認，奠定了他在俄國詩史上的地位。匈牙利民族文學的奠基人、傑出的愛國歌手裴多菲，他有一首題名為〈我的最美麗的詩〉：

我已經寫了……許多的詩，
這一些也並不全白費；

可是那首決定我的名聲的
最美麗的詩，我還不曾寫。

那最美麗的詩是，當我的祖國
為了復仇，起來向維也納反抗，
那時，我就用輝煌的劍鋒，
在一百條心裡寫著：死亡！

裴多菲二十六年短暫的一生，在匈牙利人民反抗外國侵略和爭取民族自由中度過，他最後死於沙俄哥薩克的長矛下。詩人將他這首詩題名為「我的最美麗的詩」，毫無疑問表現了他的詩歌美學觀點。照他看來，為了祖國和人民的自由而獻身的感情是最美的感情，將這種美的感情化而為詩是美的詩。這正如詩人在另一處地方所說的：「縱使世界給我珍寶和榮譽，我也不願離開我的祖國，因為縱使我的祖國在恥辱之中，我還是喜歡、熱愛、祝福我的祖國。」從這裡可以看到，日常生活中的道德感情並不就完全等於詩的美學感情，但詩的美學感情畢竟是高尚的道德感情的提煉、昇華和概括。

感情需要是詩的重要價值目標，多樣性原則是詩的感情抒發的重要原則。多樣性，主要是指感情體驗的全面性和豐富性，建立多層次的主導性與補償性的感情結構。現實生活是豐富多采的，人的感情世界也同樣是豐富多采的，對作為詩的重要內涵的美學感情，也不能作狹窄的單一的理解，像過去在「左」的思想影響下人為地設置許多禁區那樣，造成詩情的單調、劃一和枯萎。詩的感情美，應該有十分廣闊的天地。任何一個時代的詩歌，如果它說得上繁榮昌盛，或者稱得上豐富多采，它必然具有多樣而統一的特徵，這種多樣而統一的特徵，不僅表現在題材、體裁、風格、流派、手法等諸方面，也表現在作品的感情美這樣一個重要的領域，也就是說，與題材、體裁、風格、流派、手法的多樣化一樣，詩的美學感情也應該是多樣化的，除了對祖國、民族和人民的熱愛這一支重要旋律之外，詩的感情美的交響曲，還應該有許許多多美的音調。

詩的感情美，包括人對生活所有的有價值的美感體驗，這是一個十分寬廣的領域。例如對美的自然的欣賞所產生的美感，就是詩的感情美的一個重要方面。法國著名雕塑家羅丹說過：「自然總是美的。」（《羅丹藝術論》）這一句話雖然不夠完整，但它畢竟也說明了大自然客觀上存在著美，以及人觀賞大自然而產生美感這樣兩個方面。在小說中，我們可以看到許多對自然美的感情體驗的描寫，如俄國作家屠格涅夫對俄羅斯的森林和草原，如印度作家泰戈爾對印度的山脈與河流，如法國司湯達《巴馬修道院》中寫阿爾卑斯山，如德國托馬斯·曼《托尼奧·克勒格爾》之寫海洋，英國哈代《卡斯特橋市長》寫小溪等等。在中國的《詩經》中，在古希臘的史詩《伊里亞特》和《奧德賽》中，就已經有了對自然景物的描寫，在東方與西方的詩歌發展到一定的歷史時期，也都分別產生了風景抒情詩這一詩的品種。今天如果排斥了風景抒情詩，排斥新時代的詩人對自然美更新的美感體驗，那詩的感情美也會失色不少。

除了對自然美的美學感情之外，人類社會中一切有美學價值的感情，一切對美好事物的快性怡情的美感體驗，都可以進入詩的感情美的天地而占有自己的位置。車爾尼雪夫斯基說：「美感的主要特徵是一種賞心悅目的快感。」（見《美學論文選》）詩的感情美當然比一般的「快感」高級得多，但是，形象地表現出來的美的感情，當然也要能夠賞心悅目，引起讀者的審美愉悅，因為美的感情不僅僅是對審美對象本身的反映，而且也表現為對審美對象的肯定或否定的態度，這樣，美的感情往往表現為愉悅性和功能性的統一，它不是那種狹隘簡單的赤裸裸的功利，而是潛移默化地給人以教益和啟迪，淨化和提高人的精神世界，它不僅僅是止於耳目之間的生理快感和享受，而主要是在審美活動中引起喜怒哀樂的強烈感情波動，以及得到一種精神上的愉悅和薰陶。因此，在詩歌創作中，詩的感情美向我們展示的就絕非狹窄的單一的天地。

在思想境界闊大而高尚的詩人的筆下，不論是什麼感情對象，不論是抒寫什麼題材，諸如友誼、愛情、離別、登山臨水、草木蟲魚，生活情趣、哲理凝思等等，都能表現出美的感情，給人以審美的喜悅。中外古今的詩作中有豐富的例證，下面所引述的，僅僅只是片羽吉光：

流水通波接武崗，送君不覺有離傷。
青山一道同雲雨，明月何曾是兩鄉？（王昌齡：〈送柴侍御〉）

池光天影共青青，拍岸才添水數瓶。
且待夜深明月去，試看涵泳幾多星。（韓愈：〈盆池〉）

我愛過你，也許這愛情的火焰

還沒有完全在我心裡止息，
可是，讓這愛情別使你憂煩——
我不願有什麼引起你的悒鬱。
我默默地，無望地愛著你，
有時苦於羞怯，又為嫉妒暗傷，
我愛你愛得那麼溫存，那麼專一，
呵，但願別人愛著你，和我一樣。（普希金：〈我愛過你〉）

夜霧像大鳥的翅膀拍呀拍呀
遮住樹梢、煙囪、水塔頂
慢慢地聚攏，夜霧成了牆
誰也鑽不出一個小洞
螢火蟲提著燈籠飛呀飛
在夜霧上鑽出漏光的小孔
它們一定是約好了地點
從小孔飛往遼闊的星空（駱曉戈：〈螢火蟲提著燈籠〉）

王昌齡被貶謫湖南，〈送柴侍御〉是他在龍標（今黔城鎮）時所寫的送別詩，在古代的送別詩中獨具一格。他被放逐邊荒，但詩情毫不消沉頹廢，反而是健爽豪放的，不平的遭遇，不凡的詩情，因而具有特別動人的美學力量。韓愈的詩，所寫的是小小的盆景，題材並不重大，但寫來卻寓大於小，頗具氣象。黃鉞認為「『且待夜深明月去，試看涵泳幾多星』，小中見大，有於人何所不容氣象」（《昌黎詩增注證訛》），我以為，韓愈這首詩既是寫生活小景，重在情趣，也寓含哲理，蘊蓄著美的詩情。普希金作品是寫愛情，然而卻不像有些作者寫同類題材那樣庸俗，而是洋溢著高尚而溫柔的情感，如同別林斯基所說：「普希金的詩——特別是他的抒情詩——的總色調是人的內在的美和撫慰心靈的人情味。……普希金每首詩的基本情感本身就是優美的，雅緻的，嫻熟的；它不僅僅是人的情感，而且是作為藝術家的人的情感。在普希金的任何情感中，永遠有一些特別高貴的、溫和的、柔情的、馥郁的、優雅的東西。就這一點說，閱讀他的作品是培養人性的最好方法，特別有益於青年男女。」㉒駱曉戈的詩寫一個平凡的生活小景，並非什麼重大題材，有所寄寓但又很難確指，然而作品卻表現了對可愛的小生物的憐愛，以及對「追求」與「昇華」的一種肯定性情感，抒情的風格委婉而細膩。由此可見，我們強調詩情應該是高層次的美學感情，主張詩人應該加強和時代、人民的聯繫，我們認為詩情不能等同於生活中一般所說的感情，更反對去抒寫那些消極頹廢、醜惡腐朽的感情，但是，應該肯定的是，實現詩的感情的對象、渠道和手段是多樣化的，具有美學價值的感情，是一個如同生活一樣天高地廣豐富多彩的領域。

詩的情感是審美情感，還因為它具有審美理性，既包含了對客觀事物的感受、理解和認識，也包含了主觀上道德的、美學的意向、要求和理想。換言之，美的情感不是脫離理性的抽象的存

㉒《別林斯基論文學》第五九頁，新文藝出版社一九五八年版。

在，而是有理性參與其中的，沒有理性參與活動的感情，談不上是美的感情，因為美學感情比一般性的感情高級，就是由於它在對事物的感情態度中包含了偏於理性的審美判斷和審美評價，在感性的形式中沉澱了理智和思想這種社會觀念性的內容。詩的美學情感，是感性與理性的統一，感情與思想的統一，美的感情與美的形象的統一。當然，我所說的審美感情中的理性因素，絕不是抽象概念的陳述和赤裸裸的說教，而是自然地滲透在情感之中，理性的內容和諧地溶化於感性的形式之中，同時，理性的作用，可以使感情更為強烈與深刻。以我國古典詩歌對松竹梅的描寫為例：

亭亭山上松，瑟瑟谷中風，
風聲一何盛，松枝一何勁。
冰雪正慘淒，終歲常端正。
豈不罹凝寒，松柏有本性。（劉楨：〈贈從弟〉）

竹生空野外，梢雲聳百尋。
無人賞高節，徒自抱貞心。
恥染湘妃淚，羞入上宮琴。
誰能製長笛，當為吐龍吟！（劉孝先：〈竹〉）

折花逢驛使，寄與隴頭人。
江南無所有，聊贈一枝春。（陸凱：〈贈范蔚宗〉）

對松竹梅的詠唱，早就出現在遠古的《詩經》之中，但那只是作為自然環境描寫的一部分，或是以之作為比興，還不具有獨立的美學意義。上述三首詩，是中國詩歌史上產生時間最早的詠松竹梅的作品，作者劉楨是魏時人，劉孝先是梁代人，陸凱是南朝宋時人。從這些詩篇可以看出，詩的創作雖然絕不能用理性來代替感情，但在長期的審美歷程中，詩人們對松竹梅的美的屬性有了更深入的體驗和認識，並且從中寄寓了自己的審美感情和審美評價。情與理，是緊密地結合在一起的，情，使理具有動人以情的形式，而不致枯燥乏味；理，使情更為飽滿和深刻，而不致浮泛淺薄。

詩美學的規律昭示我們，真正的詩的情感來自生活孕育與激發，同時又建立在理性的基礎之上，情理交融，所謂「理之在詩，如水中鹽、蜜中花，體匿性存，無痕有味」。因此，我反對詩歌創作中非理性主義的主張。有的人強調詩只是寫一種「潛意識的衝動」，只是表現一種「意象直覺感」，只是抒寫一種「情緒和感覺」，這是我所不能同意的。當然，我絕不反對而且肯定藝術直覺，藝術直覺也離不開豐富的美感體驗和理性思維，詩歌不排斥而且十分需要對生活的藝術敏感，需要對生活的形象感受力，然而，在西方有些倡導直覺主義的美學家中，在當前的一些詩作者和詩歌評論者中，有的人對美感的直覺性片面地誇大，他們否認理性的作用，把詩的美學感情降低為一種本能的、生物的感情，降低為心理學中稱之為「情緒」的低級情感。杜勃羅留波夫說：「詩人的品質，一方面，取決於在他的心裡的詩的感情，究竟強烈到什麼程度；另一方面，也取決於究竟面向哪種對象，並且面向這種對象的哪些方面。後面一種是要看智力發展而定的。」㉓在同一篇文章中，杜勃羅留波夫還認為，「還有一些詩人，例如吧，在許多詩章中，老是訴說著一種模模糊糊的哀愁，可是他們究竟悲哀些什麼，——連他們自己都沒有好好弄清楚。……這樣的詩人，在他們的詩中，是很少有什麼思想的」（著重號原有——引者注），但是，我們今天某些詩作者與詩歌理論工作者，竟也認為「詩只是一種感覺和情緒的表現」。在十九世紀八十年代，法國象徵派詩歌的代表人物是魏爾倫、蘭波和馬拉美。魏爾倫認為夢想是詩歌的國度，是個人奧祕感情和細微感官的直接表現。蘭波則要求詩人徹底脫離現實，成為一個「幻覺者」，從夢幻世界中尋詩。而馬拉美從一八九七年寫《愛羅第亞德》與《一個田神的午睡》開始，其作品就晦澀不明，排斥知性。於是，我們在中外詩歌創作中，都可以看到如下的作品：

都走了，說著走出了教堂，
拒絕加入去墓地的僵硬行列，
讓死者獨自坐在柩車上，
這是六月，我厭倦於做勇者。
我們駕車去鱒角，我休養自身，

㉓《杜勃羅留波夫選集》第一卷第四二八頁，新文藝出版社一九五七年版。

當融融的太陽自天空下降，
當海水揮舞像一扇鐵門，
而我們相觸，有人在另一種國度死亡。

情人呵，風刮進來，像陣陣石塊，
從心臟發白的海水，當我們相撫，
我們便完全進入愛撫。無人孤獨。
男人殺人為此，或與此相當的事物。
死者又怎樣呢？他們赤足而眠，
在石舟之中。死者比海水
更像頑石，比停止的海。死者
拒絕祝福，喉，眼，指節骨。（安妮・賽克絲敦：〈死者所知〉）

鳥兒在疾風中
迅速轉向
少年去撿拾
一枚分幣

葡萄藤因幻想
而延伸的觸鬚
海浪因退縮
而聳起的山脊（顧城：〈弧線〉）

安妮・賽克絲敦，是美國現代女詩人。她的這首〈死者所知〉，一九六〇年獲普利澤詩獎。這首詩似乎只是所謂「潛在意識」的反映，缺乏理性的規範和控制，放逐理性，晦澀難懂，可以隱約看出這種詩與象徵主義以來的詩歌的血緣關係。顧城的〈弧線〉發表之後毀譽參半，攻之者說它不知所云，辯之者說它有深度而耐回味，有人說什麼「主觀與客觀、自由與必然、意志與環境、內力與外力，因矛盾而合一，在對立中發展，留下鬥爭的痕跡，留下社會與自然裡觸目可見的無窮組弧線。——這正是貫串〈弧線〉一詩的閃光理念」，這種微言大義，只能是釋詩者的想當然而已。我以為，顧城敏於感受，有可貴的詩的感覺，但如上述這種作品，有一些片斷的意象，純為直覺感受，缺乏理性的融鑄和昇華，不可能有多高的美學價值，那些辯之者儘管巧舌如簧，我想會經不起時間這位最公平嚴峻的評論家的評判。

是的，不能降低詩的感情的身分，庸俗低下的感情固然與詩的感情背道而馳，日常的一般的情緒和情感，也並不都能獲得進入詩的國度的通行證。詩的情感的旗幟上，大筆書寫的是「高層次、多樣、理性」的字樣。

詩的情感，是典型化的感情，或者說感情的典型化。它應該有鮮明的個性，同時又有廣闊的概括，是個性與共性的統一，獨特性與普遍性的統一。

四

通過個別表現一般，通過特殊表現普遍，通過個性表現共性，是文學藝術的根本規律之一。創作個性，是這一作家區別於另一作家的滲透到作品之內容與形式諸方面的個人獨創性和獨特性。有了多彩多姿的創作個性，才有多彩多姿的文學藝術，如同是秋天的菊花，就有千數以上的品種，它們有菊花之所以是菊花的大家族的共性，又有異彩紛呈各不重複的風姿，沒有鮮明的創作個性，文學藝術就必然走向單一化和公式化，用一個不太確切的比喻，假如造化只允許中國大地上泰山獨尊，而取消了其他的山岳，雖然泰山峻極於天，但大自然將會顯得多麼失色。因此，作家藝術家的個人獨創性和獨特性，是文學藝術得以存在的前提，是文學藝術發展和繁榮絕對不可缺少的條件，尊重與倡導作家的創作個性，是繁榮文學包括詩歌的具有戰略意義的措施。

在詩歌創作的領域裡，藝術個性更有不可忽視的特殊重要的意義。這，不僅是因為有多少個真正的詩人，就會有多少各不相同的藝術個性，他們的思想感情、性格氣質、美學觀點和藝術情趣，都會表現出鮮明的差異，顯示出屬於個人的獨創性和獨特性，同時，也因為詩歌這種文學體裁的本質在於抒情，詩人是通過他自己的心靈來感受和歌唱生活，詩歌中所表現的自然和社會，可以說是詩人心靈的外化和物象化，而不像其他的敘事性的文學作品那樣，主要是通過人物的塑造來敘述生活。在詩中表露的詩人的精神世界，比其他任何文學樣式中作者的精神世界都直接、鮮明和充分，詩人不僅表現了客觀存在的世界，也塑造了自己的靈魂和形象。詩人的藝術個性，表現在作品的內容與形式的各個方面，但最主要的是表現在感情的個性化和個性化的抒情方式方面，這是與詩本身的根本藝術規律相一致的。別林斯基說：「詩人的個性越是深刻有力，就越是一個詩人。」（《別林斯基論文學》）列夫．托爾斯泰在〈論藝術〉中也曾經指出：「藝術作品只有當它把新的感情（無論多麼微細）帶到人類日常生活中去時，才能算是真正的藝術作品。」㉔這對於詩歌創作，是不可移易的至理箴言。如前所述，詩人的藝術個性主要表現為個性化的感情和個性化的抒情方式，如果取消了詩人獨特的、新穎的個性化的感情，而讓一些人感亦感、人云亦云的缺乏個性的感情所充斥，就等於取消了詩歌的抒情，也就從根本上取消了詩歌藝術。是的，凋零了樹上的綠葉和花朵，枯黃了離離的原上草，哪裡還能尋覓到春天的足跡呢？

在中外詩歌史上，每一位堪稱優秀的詩人，都有獨特的個性化的感情，以及獨特的個性化的抒情方式。正因為如此，正因為「每一個作家都確實是鮮明地個性化的」（高爾基語），所以他們儘管有大詩人、名詩人和小詩人之別，但卻像天空中的星星，雖然大小和光度各異，但閃耀的卻是它們自己的而不是別人的光彩。在中國詩歌史上，《詩經》大都是民間的集體創作，除個別篇章的作者可考之外，絕大部分是無名氏的作品，而《詩經》之後的楚辭的代表者屈原，卻是中國詩歌史上第一個有鮮明藝術個性的大詩人，他的詩情和他抒情的方式，都是充分個性化的，他沒有重複前人和同時代人，同時代人和後人也不能重複他，因為如果是真正個性化的感情，那是屬於

㉔《西方古典作家談文藝創作》第五一八頁。

詩人自己獨到的美感體驗，所以是不可重複和抄襲的。屈原的作品，表現了屬於屈原自己的人格美，也表現了他的感情美。例如：

后皇嘉樹，橘徠服兮。
受命不遷，生南國兮。（〈橘頌〉）

民生各有所樂兮，余獨好修以為常。
雖體解吾猶未變兮，豈余心之可懲！（〈離騷〉）

吾不能變心以從俗兮，固將愁苦而終窮。
余將董道而不豫兮，固將重昏而終身。（〈涉江〉）

余聞之：新沐者必彈冠，新浴者必振衣。安能以身之察察，受物之汶汶者乎？寧赴湘流，葬於江魚之腹中，安能以皓皓之白，而蒙世俗之塵埃乎？（〈漁父〉）

屈原作品中「吾」與「余」的字眼特別多，這和《詩經》比較就一目了然。屈原在許多詩篇中所表現的「獨立不遷」的感情，是屈原人格美的核心，他的「獨立不遷」，顯示的是他對於故土和人民的依戀，對他心目中的「美政」理想的追求與堅持，對奸佞的毫不妥協的鬥爭精神。在屈原的時代，這種感情完全是屬於屈原個人的，也是屬於楚國人民的，同時又澤被深遠地滲透在中華民族的氣質和性格之中，好像長江、黃河之水滋潤著中華大地一樣。中國的〈離騷〉與義大利的《神曲》有許多相似之處，屈原和但丁同是被放逐的偉大詩人，他們在各自的作品中都指斥奸佞，嚮往光明，抒寫積憤。但是，他們畢竟又是不同的，這不僅表現在屈原比但丁早十五個世紀，分屬於不同的國度，而且他們感情的個性以及抒情的方式又各有不同。如果說，沒有藝術個性的詩人是不成熟的詩人，那麼，屈原和但丁正是由於有各不相同的個性化的感情，才使他們分別屹立於不僅是優秀的而且是偉大詩人的行列。屈原和但丁的感情個性化的差別，尚且可以說是因為不同國度所致，那麼，同是中國詩人，而且同屬於積極浪漫主義的流派，我們也很容易將屈原和李白區別開來，而區分的一個重要依據，就是他們的感情的個性化。李白詩感情的廣泛性和多樣性超過了屈原，同時，他似乎更看重「自我」的形象，屈原的作品中時見「眾人皆醉我獨醒」、「謇吾法夫前修」之句，而在李白的作品中那就比比皆是了：

太白與我語，為我開天關。（〈登太白峰〉）

夜臺無李白，沽酒與何人？（〈哭宣城善釀紀叟〉）

口銜雲錦書，與我忽飛去。（〈以詩代書答元丹丘〉）

遙傳一掬淚，為我達揚州。（〈秋浦歌〉）

吾當乘雲螭，吸景駐光采。（〈古風．十一〉）

我來竟何事，高臥沙丘城。（〈沙丘城下寄杜甫〉）

棄我去者昨日之日不可留，

亂我心者今日之日多煩憂。（〈餞別校書叔雲〉）

據有關統計，李白直接提到「余」、「吾」、「我」、「予」、「李白」等字樣的詩，在《李白全集》中達半數以上。由此可見，雖然同是積極浪漫主義的大詩人，李白的感情更加強烈而奔迸，不像屈原那樣強烈而沉鬱。在抒情的方式上，屈原多以美人香草之屬來比附寄託，而李白則更注重直抒胸臆，抒情意象也比屈原更為豐富多樣。

翻開外國詩歌史的篇頁，那些優秀的詩人無一不是具有鮮明藝術個性的詩人，無一不是在詩中抒發了新鮮獨特的個性化感情的詩人。惠特曼《草葉集》的豪放，泰戈爾《新月集》的幽遠，裴多菲《愛情的珍珠》的熱烈，海涅《詩歌集》的輕柔和《羅曼羅采》的鋒銳，拜倫《恰爾德．哈洛爾德的遊記》的奔放，歌德的《浮士德》的深邃，普希金的詩「像多稜形的水晶充滿陽光」（別林斯基語），雖然我在這裡只能以速寫式的筆法，為他們的詩風和詩情的特色作一個匆匆的剪影，但我們也會體認到感情的新鮮感和個性化，是詩歌創作的起點，是一個詩人是否成熟的標誌，也是一位詩人區別於另一位詩人的表徵，就像國境線上區別國界的界標一樣。近幾年來中國的詩歌創作，突出的美學特徵之一，就是抒情個性的恢復與回歸，詩情的新穎性和個性化，如李發模的〈給妻〉：

我用小詩吟誦養育我的故土，
你在地裡灑汗，春播夏鋤；
我，伏在紙上寫下詩行，
你，弓腰爬上崎嶇的山路；
我，下班走進輝煌的劇院，
你，收工又忙著擔水進屋。

妻呀，此刻月亮正照我窗戶，
在你枕畔的幼兒可又夜哭？

失眠和疾病拖瘦了我的軀體，
風雨和烈日贈你以黝黑的皮膚；
我在知識的原野採摘花朵，
你在落後的山鄉承擔重負；
我勤奮鑽研為奔美好前途，
你日夜操勞卻沒親人照顧。

妻呀，我想把思念注入家書，
可你目不識丁，又叫我躊躇！

你，平平常常不引人注目，
像一朵無名的野花開在深谷；
你，不懂書本上柔情的愛，
卻像山鄉的泥土謙虛質樸；
你靠一滴滴汗水掙得收入，
帶繭的雙手就是全部財富。
妻呀，每當我看見異鄉的農婦，
眼簾呵總是有你的面孔映出！

李發模所抒寫的這種純真的人性與夫妻之愛，當然超出了他個人美感體驗的範圍而具有普遍的概括意義，但是，普遍經驗的提升是以個性化的體驗為基礎的，李發模詩作的情感純樸如同山野，有充分的個性化的形態，他以娓娓的呼告為自己的抒情方式，也絕不同於其他作者的同類題材的詩作。

在詩的感情的典型化中，最初的和貫串始終的應該是詩人對生活獨特的感受，是在個性化的前提下的普遍性與特殊性的統一。但是，長期以來，特別是十年動亂期間，由於極左思潮對社會政治生活和文藝創作的干擾與衝擊，由於對哪怕是正確的原則如「抒人民之情」的片面性的強調和誇大，詩歌創作的一些藝術規律得不到應有的尊重，表現在詩的抒情性方面，嚴重弊端之一，就是只強調「大我」而否定「小我」，強調詩情的普遍性而否定詩情的獨特性，一談到感情的「自我性」，甚至詩中一出現「我」字，都一概而論地當成「資產階級人性論」、「小資產階級的個人主義」來進行批判，正是由於不尊重詩歌創作的客觀藝術規律，所以就出現許多問題，至少表現在：一些原來具有鮮明藝術個性的老詩人失去了自己的抒情個性，或者由於減產而至於封筆，如「無奈夢中還采筆，一花一葉不成春」的何其芳即是；一些有獨立的藝術見解與執著追求的詩人，他們頑強地在詩中抒寫自己獨特的感情和感受，表現了鮮明的藝術個性，但卻往往受到不應有的指責和批判，郭小川〈白雪的讚歌〉、〈望星空〉和〈一個與八個〉的遭遇就是這樣；真正有藝術個性的詩人出現得不多，更談不上形成詩創作上的不同流派，詩壇上普遍的情況是共性多而個性少，倒是四十年代中國詩壇還出現了「晉察冀」、「七月」、「九葉」三個詩派。我們要深切地記取詩歌創作中的歷史教訓，再不能重複個性消融到原則中去的失誤。

詩人對生活獨特的審美感受，詩人的個性化的感情，換言之，詩人的「自我」，是詩歌創作的出發點，消泯了詩的個性化的感情，也就無異於取消了詩歌，有如熄滅了盞盞星光，星空也不成其為星空。但是，我以為肯定詩中的「自我」，並不等於肯定創作就完全是「自我表現」，那麼，我們怎麼看待西方的「自我表現」的理論呢？

「自我表現」或云「表現自我」，無論是創作上或理論上都是西方現代派文學最重要的美學原則。西方現代派文學的「自我表現」，從強調藝術個性而言有其合理的積極的意義，它幫助我們了解西方心理也有一定的認識意義，其藝術表現手法也有值得借鑒之處，但是，「自我表現」說在理論基礎上受到現代心理學特別是唯心主義哲學的影響，走向極端的「自我表現」論者，唯心地顛倒主觀與客觀的關係，否定客觀世界的可知性，宣揚非理性、虛無主義、自我中心主義和玩世不恭的犬儒主義等等精神糟粕。早在一八七八年，法國美學家魏朗就在他的《美學》一書中提出了「自我表現」的主張，對現代詩歌有重要影響的德國詩人里爾克，也主張詩人要「沒入自我」，他認為「必須自己構成一個世界，從自身內部，從他所從屬的自然中找到一切」㉕。一八八二年，巴黎出現了一個反現實主義的「頹廢派」，他們的表現手法是「象徵主義」，哲學理論基礎是不可知論的「神祕主義」與思維創造世界的「唯我論」，在創作原則上是下意識與潛意識的「自我表現」，如其代表人物之一，比利時的梅特林克就認為，作者的潛意識才是「真正自我」，而客觀現實生活是潛意識這個「深海」中泛起的「泡沫」，藝術不是要表現那「泡沫」而是要表現那個所謂的「真正自我」。意大利未來主義派詩人帕拉采斯基在〈我是誰〉中也寫道：「我的心靈之筆／僅僅描寫一個奇怪的字眼——『瘋狂』／我的心靈的畫布／僅僅反映一種色彩——『憂愁』／我的心靈的鍵盤／僅僅彈奏一個音符——『悲哀』。」㉖這也正是「自我表現」論的詩的自白。

西方現代派所強調的「自我表現」的美學原則，並不是毫無積極意義的。文學是人學，它的積極意義就是強調作者這一審美主體在創作中的地位和作用，強調對於創作個性的尊重，因此，在中國五四新文學運動之初，一些作家和詩人就曾經借用這一口號，來表達他們反對封建專制主

㉕《現代西方文論選》第一六五頁，上海譯文出版社一九八三年版。
㉖見《外國現代派作品選》第一冊（下）第八五六—八五七頁。

義的要求。近幾年來，「自我表現」說在中國文壇特別是詩壇上風行一時，我並不認為它毫無現實意義，它是對過去輕視甚至否定藝術個性的作法的一種反彈，是對創作主體的能動作用的一種呼喚。回顧五四時期的文學創作，我不妨將孟加拉詩人伊斯拉姆和郭沫若的有關詩作加以比較：

我是龍捲風，
我是動亂的魔王，
我是飄浮的水雷，
我是颶風，
我是旋風，
我是狂舞的旋律，
我是驚濤駭浪，
我是狂人，
我是瘟疫，
我是霹靂，
我是勁吹的海螺，
我是猛捶的大鑼，
我是吞食十二個太陽的天狗……〈伊斯拉姆：〈叛逆者〉〉

我是一條天狗呀！
我把月來吞了，
我把日來吞了，
我把一切的星球來吞了，
我把全宇宙來吞了，
我便是我了！
……
我飛奔，
我狂叫，
我燃燒。
我如烈火一樣地燃燒！
我如大海一樣地狂叫！
我如電氣一樣地飛跑！（郭沫若：〈天狗〉）

伊斯拉姆的成名作〈叛逆者〉發表於一九一九年，郭沫若的〈天狗〉寫於一九二〇年初，國度有異，時代相同，兩首詩都是表現了在特殊的歷史時期中反對封建主義、追求個性的自由解放的精神，它們都是直接的自我抒情，甚至語言結構方式都極為相似，這是一個令人饒有興味的美學現象。

我並不反對詩中的「自我」，如果它是指詩人對生活獨特的審美體驗和獨特的藝術表現，如果詩人的自我和廣大的人生與世界息息相通，那麼這種「自我」對於詩歌就太可寶貴了。高爾基和羅曼・羅蘭在一九二三年的通信中，高爾基說他自己「還不善於以足夠的力量並令人信服地表現我的真正的『我』，即充滿我頭腦的個人印象重荷的真實感」㉗，而羅曼・羅蘭則要求作品中「始終是真實的『我』，始終保持自己的本色」㉘。十九世紀後期以「無我詩派」標榜的巴拿斯派，實際上也是不可能不有他們的「自我」的。但是，必須看到的是，走向極端的「自我表現」說畢竟是一種偏於「唯我論」的藝術觀，如同十八至十九世紀之交德國著名的唯心主義哲學家弗希特說：「自我設定自身」、「『自我』是世界的創造者」、「除了你所意識者而外，沒有別的東西，你自己就是事物」㉙。由此可見，極端的「自我表現」說是用自我代替現實，用主觀代替客觀，用抽象代替典型化。因此，我以為如果將這種「自我表現」捧為「新的美學原則」，並且作為詩人創作的指南，那就有脫離現實、脫離人民、脫離時代的危險，不僅不能「指南」，而且可能「敗北」。我不是全盤否定法國象徵主義詩人波特萊爾，他的前期詩集《惡之華》自有它的現實和藝術的價值，連文學大師雨果也說他的詩充滿「明亮得像星星般」的光輝。但是，這位信奉「自我表現」說的詩人，他晚年常用鴉片和印度大麻來麻醉自己，他的散文詩〈醉吧〉所「自我表現」的，就是那種逃避現實的頹廢的主觀情感：

㉗《三人書簡》第二三、二八頁，湖南人民出版社一九八〇年版。

㉘同㉗。

㉙參見《西歐哲學史稿》第三三七—三四三頁，河北人民出版社一九八五年版。

應當一輩子酲醉著，如是而已。不管別的，如果你不願感著那可怕的「時間」之壓迫得你無可如何，你就永遠地醉吧。

但是以什麼來醉呢？以酒，以詩，或以德，聽憑你自己。總之醉而已。

如果你有時，在宮殿的瑤階上，或在綠草的溝邊，或在你自己房間的凄涼的孤寂裡，你醒來覺得醉意半消或全消，那麼且問風，問水，問星，問鳥，問鐘，問一切飛者，問一切唏噓者，問一切行動者，問一切歌唱者，問一切談話者，問是什麼時候了，於是風啊，水啊，星啊，鳥啊，鐘啊，都會回答你道：「這是求醉的時候，醉吧！如果你不願為殉於『時』的奴隸，不斷地醉！以酒，以詩，或以德，聽憑你自己。」

波特萊爾的詩，連他的同胞、法國的格蘭吉斯在其所著《法國文學史》中都曾經指出：「極其曖昧難懂。」而波特萊爾也稱自己的作品是「精美的廢話」。當波特萊爾醉意朦朧的時候，和他時代大致相同的海涅，卻在〈覺醒〉中發出「不再是柔和的笛簫，不再是田園的情調，你是祖國的喇叭，是大砲，是重砲，吹奏、轟動、震撼、廝殺」的呼聲，哪一種作品的美學價值為高，是顯而易見的。繼波特萊爾之後被稱為象徵主義「怪傑」的詩人蘭波，更認為幻覺和曖昧的主觀世界構成詩的真實，他以別人不能理解他自己「內心的境界」和「徹悟」為榮耀。如他的〈沉醉的船〉中如下片斷：

壯麗的雌狗，離開呀，我所崇拜的！

當微笑如牧童的孤獨者，我久久餵飼神祕的羊們，

那白色的，我的安靜的墳墓的獸群，

使那些白鴿離開呀，

那些虛空的夢，那些好奇的天使！……

如此「自我表現」的「傑作」，怎麼能夠得到更多的讀者的欣賞和共鳴呢？我引述如上一些詩例，其意絕不在於全盤否定西方現代派詩歌，我只是想提供「極端的自我表現」的詩作的若干樣品，意在說明走向極端的「自我表現」說，絕不是什麼「新的美學原則」，對於那些熱衷於「自我表現」而吟唱一己之悲歡的作者，我們可以借用萊蒙托夫的話來回答說：「你痛苦不痛苦，於我們有什麼關係？」

近年來，「自我表現」說風行一時，「寫我」、「表現我」的主張也屢屢見諸一些人的文字。如果說這也是「美學原則」，那只能是「唯我論」的美學原則。從中外詩歌史來看，傑出或偉大的詩人的創作都具有這樣一個美學特徵，即：以極為鮮明的藝術個性，以自己獨特的審美感受和審美感情，「我寫」了或「我表現」了生活的廣闊性和多樣性，又相當深刻而廣闊地「我寫」了或是「我表現」了他們所處的時代和時代精神，表現了廣大人民的或與廣大人民相通的感情與意願。因此，我不贊成「寫我」而主張「我寫」，不贊成「表現我」而贊成「我表現」。「寫我」或「表現我」，「我」即是創作的全部表現對象和目的，那自然只有關進象牙塔或鑽入蝸牛殼的前途，而「我寫」或「我表現」，則是通過「這一個」的「我」，來抒寫生活的心靈化與心靈化的生活，表現現實、人民和時代，表現審美主體所感受和認識的客觀世界，達到主觀和客觀的統一，再現與表現的統一。從詩的感情的典型化的角度看來，就是要求感情不僅要具有鮮明獨特的個性，同時也要有高度的概括性與普遍性，對今天的詩人而言，這就是詩人內心世界的豐富性和外在世界的多樣性的高度統一，「大我」與「小我」的高度統一，抒個人之情與抒人民之情的高度統一。

如果說，敘事性的文學作品要求塑造典型環境中的典型性格，敘事性作品中的典型人物是共性與個性的結合，那麼，我們所要求於抒情詩的，則是感情的典型化。抒情詩中的典型情感，既是每一個詩人的個別感受和獨特情感，同時又在一定程度上概括和表現了時代和人民的情感，同樣是個性與共性、特殊性與普遍性在審美形象中的交融和統一。沒有感情的個性，必然導致概念化和公式化，變成只具有抽象共性的「時代精神的單純號筒」，排斥感情的普遍性而單純強調「自我」，也必然缺乏深廣的社會和時代的審美內容，變成個人的顧影自憐或搔首弄姿，陷入「惡劣的個性化」的泥潭。這裡，且讓我們重溫一下西方進步詩人的審美見解，對於極端「自我表現」論者也許是並不過時的清醒劑。海涅曾自許「我的心胸是德國感情的文庫」㉚，雨果也說過：「在我們這世紀裡，藝術的視野已經大大地擴充。過去，詩人說：『公眾。』今天詩人說：『人民』。」㉛裴多菲在〈致十九世紀詩人〉一詩中也如此歌唱：「誰也不能再輕飄飄地彈奏著他的和諧的歌！誰要是拿起了琴來，誰就承擔了極為重大的工作，假如心頭只能歌唱著自己的悲哀和自己的歡笑，那麼，世界並不需要你，不如把你的琴一起摔掉！」普希金自許「我的永遠正直的聲音是俄羅斯人民的回聲」，而涅克拉索夫也早說過「世界上再沒有繆斯和人民的聯盟更牢固更美好的了」。外

㉚《波羅的海》第一二八頁，新文藝出版社一九五八年版。

㉛〈盎杰羅的序〉，見《外國文學參考資料》（十九世紀部分）第二三八頁，高等教育出版社一九五八年版。

國進步的詩人都是如此看待主觀與客觀、自我和人民的關係，我們當今時代的詩人，怎麼能「只歌唱『我』」而認為從事神聖的詩歌事業就僅僅是「自我表現」呢？可以肯定的是，詩中不能「無我」，但也不能「唯我」，同時，也並不是任何「我」都具有詩美的意義，不同的思想境界的詩作者的「我」，它們的社會價值和美學價值並不相同。古今中外的詩歌實踐證明，抒情詩中的「我」只有和時代、民族、人民有不同程度的聯繫，能夠在感情上為廣大的群眾所理解和接受，才具有詩美學的價值和以情動人的力量。進一步說，「我」的感情的根鬚越是深深植根於生活與歷史的土壤，「我」越是與廣大人民群眾脈搏與共，呼吸相通，作品才越具有社會意義和詩學的價值。在這個意義上說，詩創作又是「自我」與「超自我」的統一，既要從自己獨特的審美感受出發，又要努力超越自我而走向廣闊的世界和人生。

美國詩人惠特曼的《草葉集》中，有一首詩就題為〈自己之歌〉，他通過歌唱自我以及自己的詩作，表現了發展中的美國當時的民主與自由的時代精神，反映了美國人民蓬勃向上的感情和意願。惠特曼在〈民主展望〉一文中曾經批評說：「嚴格地講，文學從來沒有承認過人民，而且，不管怎麼說，在今天也仍然沒有承認。」[32]他曾多次解釋，《草葉集》就是要通過一個普通美國人的生活、感情和思想，去表現他的國家和他的時代的一般人民。正如捷克斯洛伐克的著名作家亞伯・恰彼克在《惠特曼評傳》中所說：「我們在《草葉集》中所常看到的『我』字，並不單是指詩人自己，而常常是被用來代表他那一時代的普通人民的。」[33]是的，任何時代的優秀詩歌，都

---

[32] 轉引自亞伯・恰彼克：《惠特曼評傳》第四〇頁，作家出版社一九五五年版。
[33] 同上書，第四一頁。

不能不與它所產生的時代和人民有著某種程度的聯繫，它的個性化的感情，是和對時代與人民的感情的美學概括融合在一起的。我們珍視個人獨具的美學感受和美學感情，但個人的感情需要淨化、提煉和昇華，做到高度的典型化；古今中外的優秀詩人追求詩的永恆性和大同性的道路，就是把個人經驗提升到普遍性的情境。科學家愛因斯坦在〈我怎樣看待世界〉一文中說：「我評定一個人的真正價值只有一個標準，即：看他在多大程度上擺脫了『自我』，他擺脫『自我』又是為了什麼。」文學批評家顏元叔也認為：「文學的功用在擴大自身。所謂擴大自身，也就是超越小我，認識大我。而所謂大我，並不止於某一國家或某一民族，文學中的大我是全人類。」㉞這，不是可以引起詩人的深思嗎？詩人葉文福在〈楚地端陽賦〉的開篇與結尾歌唱道：

到底三楚故地
鄉風尤醉端陽
詩魂縷縷繞房梁
先人情似海
後人水流長
南山採竹葉
竹有節

㉞ 葉維廉主編：《中國現代文學批評選集》第二七六頁，臺灣聯經出版事業公司一九七六年版。

葉茹香
竹是楚人
葉是楚妝
一年四季
楚人楚地楚風光
生死在家邦
……
笑迎端陽
哭送端陽
先人遺澤遠
後人涕淚長
秦磚漢瓦皆可破
忠魂毅魄永馨香
楚人楚地唱楚歌
一曲未罷
淚掩星月
千聲相和
慟撼天罡

魂兮歸來
魂兮歸來
千江咽
萬木傷
悲兮……
壯兮……
——好淒涼

屈原以他獨特的歌，歌唱了他的時代和那一時代的人民的心聲，作為詩人也作為楚人的葉文福，也以他獨具的音調，讚美了民族史與詩歌史的這位先賢先哲，抒寫了他個人的也是屬於中國廣大人民的詩情，寄慨遙深，令人一唱而三嘆！泰戈爾在《園丁集》中說：「我的心不是我自己的僅僅獻給一個人的心，我的心是獻給許多人的。」高爾基曾經要求詩人「不要把自己集中在自己身上，而要把全世界集中在自己身上」，他還說過：「詩人是世界的回聲，而不僅僅是自己靈魂的保姆。」㉟（著重號原有——引者注）古今中外的那些優秀詩篇，不都是如此嗎？

詩的感情，是詩的血液與生命。

詩的感情是高層次的審美感情，它以真摯、強烈、深沉為特徵，以善為規範，是個人之情與時代、人民之情的統一。沒有這種美的感情，詩就失去了生命，就像已經枯死的樹木，就像已經

㉟《文學書簡》（上冊）第四九七頁，人民文學出版社一九六二年版。

乾涸的河床，就像沒有生機的紙花。

但丁在他的名作《神曲》中有一句警言：「他是詩人，不是寫詩的人。」羅曼・羅蘭也說過：「心為一切人而跳動的人，才是真正的偉人。」假如你要做一個名副其實的詩人，就要努力培養自己廣闊的胸懷，豐富而高尚的情感。詩人，不是象牙塔中的自彈自唱者，他既要有自己的慧眼靈心，又要和時代同呼吸，與人民共命運！

第四章　詩國天空繽紛的禮花

——論詩的意象美

在詩的神奇的國土上，那美不勝收的意象，是早春的嫣然初展的蓓蕾，是晚秋的永遠開不敗的花朵。

然而，「蓓蕾」或者「花朵」，畢竟只是一種形象的比擬而已，而遠遠不是文藝科學上的說明或美學上的表述。詩的意象的內涵究竟是什麼？或者說，究竟什麼是詩的意象呢？近幾年來，隨著文化上的門戶開放，本世紀初期活躍在英美詩壇並被認為是英美現代詩的開端的意象派，也早已在中國的海岸登陸，對西方的這一詩歌流派，中國的讀者已經不再是陌生的了。意象派詩人高舉的當然是「意象」的旗幟，早期的修姆認為，詩歌必須是「視覺上具體的……使你持續地看到有形的東西，阻止你滑進抽象的過程中去」；中期的龐德曾起草意象派的「三原則」，提出「絕對不使用任何無益於表現的詞，即用純意象或全意象」，他還認為詩是「情緒等式」，而意象則是「智力與情緒在瞬間的複合體」；後期，由理查德·奧爾丁執筆，經艾米·洛厄爾修改的意象派《宣言》，提出了「六原則」，其中之一是：「要呈現一個意象（所以有意象派這個稱號），我們不是一個畫派，但我們相信，詩歌應該恰切地表現個別事物，而不應當處理模糊的一般的概念，不論它們如何華麗或響亮。」儘管如此，儘管意象派詩人在詩藝上有所追求和創新，而且他們的作品在五四時期還曾經給予我國尚在搖籃中的新詩以某些營養，今天也還值得我們的新詩去批判地借鑒，但是，他們似乎還是沒有能夠給「意象」作一個明確的為我們所能清晰地理解的界說，同時，由於某些介紹性文章的片面性，以及我們對自己本民族的美學傳統研究不夠等原因，使得我們的讀者甚至還產生了這樣一種錯覺，以為意象藝術完全是舶來品，是西方意象派詩人的獨擅。其實，連意象派的主將龐德，也承認他所運用的意象藝術的方法，是從中國古典詩歌學習而來的。龐德曾經改作屈原的〈山鬼〉、漢武帝劉徹的〈落葉哀蟬曲〉以及漢代班婕妤的〈怨詩〉，並翻譯李白、王維的作品，而名之曰《漢詩譯卷》。他說：「因為中國詩人從不直接談出他的看法，而是通過意象表現一切，人們才不辭煩難地迻譯中國詩。」❶龐德譯詩之後的五年內，中國古典詩歌的英譯本紛紛出版，至少不下於十種之多，如艾米．洛厄爾就與人合譯中國古典詩歌一百五十首，名為《松花箋》，而西方的文學史家有見及此，在他們的文學史中曾經驚嘆「中國詩淹沒了英美詩壇」，而龐德也被艾略特稱為「為當代發明了中國詩的人」。因此，為了促進當代詩歌創作的進一步繁榮，為了建立與發展具有民族特色的現代中國詩歌美學理論，我們完全有必要在站立國門遙望異邦的同時，也收回我們的視線，從我國豐富的詩學遺產中去追尋意象理論發展的軌跡，並在我國古今詩歌意象的花苑中流連觀賞一番。

❶ 轉引自趙毅衡：〈意象派與中國古典詩歌〉，《外國文學研究》一九七九年第四期。

一

意象，在我國古典詩歌與詩論中，有著深遠的淵源。「象」這個概念，早就出現在我國遠古的典籍之中。「道之為物，惟恍惟惚，惚兮恍兮，其中有象」（老子：《道德經》）。《易・繫辭上》也記載了孔子的有關看法：「子曰：『書不盡言，言不盡意。』然則聖人之意，其不可見乎？子曰：『聖人立象以盡意，設卦以盡情偽，繫辭焉以盡其言。』」然而，什麼是「象」呢？《易・繫辭上》的回答是：「夫象，聖人有以見天下之賾，而擬諸形容，象其物宜，是故謂之象。仰則觀象於天，俯則觀法於地，觀鳥獸之文，與地之宜，近取諸身，遠取諸物。」晉時的王弼，在《周易略例・明象》中解釋說：「夫象者，出意者也，言者，明象者也。盡意莫若象，盡象莫若言。言生於象，故可尋言以觀象。象生於意，故可尋象以觀意。意以象盡，象以言著。故言者所以明象，得象而忘言；象者所以存意，得意而忘象。」（見《王弼集校釋》）——上述這些說法雖然夾雜著宗教的觀念和唯心的色彩，而且與詩學無關，它們所說的象是八卦之象或象形文字之象，但卻可以認為包孕了後來的意象理論的某種胚芽，對後世的有關美學思想的發展，有著重要的影響。以後，晉代的摯虞，在《文章流別論》中提出了「假象盡辭，敷陳其志」的觀點，陸機在〈文賦〉中也提出了「雖離方而遁圓，期窮形而盡相」的看法，而且說明創作中「恆患意不稱物，文不逮意」，他們把意象的理論置於文學創作的範疇中來考察，在認識上比前人大大前進了一步。然而，最早標舉「意象」這一美學概念的，畢竟是西元五世紀至六世紀之交的南朝的劉勰，他在《文心雕龍．神思》篇中主張：「然後使玄解之宰，尋聲律而定墨，獨照之匠，窺意象而運斤，此蓋馭文之首術，謀篇之大端。」他所說的「意象」，雖不完全同於後代詩學中的「意象」，但卻包括了詩學中的「意象」的某些重要內涵，因此，他的首創之功不可磨滅。我國最早的詩歌理論著作，是和劉勰大致同時的梁代鍾嶸所著的《詩品》，在《詩品．序》中，鍾嶸提出了「指事造形，窮情寫物」，從意象理論的角度看，這一主張雖不如劉勰明確，但卻指明了詩歌創作中「形」與「情」兩個方面，至少比陸機的看法又有所發展。唐代，是我國古典詩歌的黃金時代，也是詩的意象新穎獨造而又五彩紛呈的時代，繁榮的創作必然有相應的理論攜手結伴而行，或者有理論的旗幟在前進的道路上飄揚，成為創作的前導，於是，在詩的意象創造成為詩人的一種自覺藝術追求的同時，盛唐的王昌齡在《詩格》（見《詩學指南》卷三）提出了「詩有三格」，他說：「一曰生思。久用精思，未契意象，力疲智竭，放安神思，心偶照鏡，率然而生。二曰感思。尋味前言，吟諷古制，感而生思。三曰取思。搜求於象，心入於境，神會於物，因心而得。」這位「詩家天子」不僅重複提出了「意象」之說，而且也從詩學的角度作了劉勰所未曾作過的發揮。之後，中唐白居易的《金針詩格》也有如下的主張：「詩有內外意，內意欲盡其理，理謂義理之理……外意欲盡其象，象謂物象之象。」（見陳應行：《吟窗雜錄》）他看到了詩歌創作中的主觀（內意）與客觀（外象）之間的關係。晚唐的司空圖，總結了前人創作實踐所積累的藝術經驗以及理論研究的成果，把「物象」與「心意」聯繫起來考察，在他的《二十四詩品》中從詩學的角度標舉「意象」之說：「是有真跡，如不可知。意象欲出，造化已奇。」（〈縝密〉）如果說，「意象」一詞最早見於《文心雕龍》，那麼，這就是中國詩歌理論批評史第一次明確提出的意象論。自此以後的宋代及明清時期，對詩的意象有了更多的雖然是點評式然而卻是專門的論述，如宋代梅聖俞在《續金針詩格》中說：「詩有內外意，內意欲盡其理，外意欲盡其象，內外意含蓄，方入詩格。」他雖然是將「意」與「象」分說，但他對意象的分析特別是在強調意象的含蓄方面，有其獨到之處。明代前七子之一的王廷相，在〈與郭價夫學士論詩書〉中認為：「夫詩貴意象透瑩，不喜事實黏著，古謂水中之月，鏡中之影，可以目睹，難以實求是也。……嗟呼，言徵實則寡餘味，情直致而難動物也。故示以意象，使人思而咀之，感而契之，邈哉深矣，此詩之大致也。」同是明代的胡應麟，也說「古詩之妙，專求意象」，他讚嘆「大風千秋氣概之祖，秋風百代情致之宗，雖詞語寂寥，而意象靡盡」，他批評宋代一些詩人學杜甫是「得其意，不得其象」（《詩藪》）。清代沈德潛《說詩晬語》指出「孟東野詩，亦從風騷中出，特意象孤峻，元氣不無斲削耳」。方東樹《昭昧詹言》認為「意象遠近大小皆令逼真」。——這些論說，都是對劉勰與司空圖的「意象」論的一脈相承的發展。

我國古典詩歌美學雖然遠較西方為早地提出了意象之說，然而，由於我國古代詩論家點到即止的印象式、啟發式的批評方式的局限性，不可能對意象作出細緻的解釋與充分的科學說明，而這一任務，就歷史地落在了我們這一代詩歌理論工作者的肩上。

為了能形象地而不首先是純理念地論證「意象」的美學內涵，讓我們從古典詩歌與當代詩歌中分別舉例，作一番簡略的分析：

晨起東征鐸，客行悲故鄉。

雞聲茅店月，人跡板橋霜。
槲葉落山路，枳花明驛牆。
因思杜陵夢，鳧雁滿迴塘。（溫庭筠：〈商山早行〉）

這是一首頗負盛名的詩。全詩的「意」，集中在第二句「客行悲故鄉」作了比較直述的說明，但這首詩之所以動人，還是因為寓意於象，描繪了一幅征人早行的圖畫，寄寓了自己的懷鄉之思和落寞之感。其中，第二聯歷來更是為人們所稱道，它每句用三個實體性的名詞組合，省去了其間的連接詞語，不僅意象鮮明突出，而且密度很大，能引發讀者強烈的美感與不盡的遐思。清代薛雪《一瓢詩話》本來不乏灼見，但他卻一時失手竟然批評這一聯是「村店門前對子」，除此之外，其他的詩人和詩論家對它都讚賞備至。歐陽修曾仿作「鳥聲梅店月，野色柳橋春」，雖然比溫庭筠的詩句遜色多了，但可見他對溫作的傾心，他在《六一詩話》中，還對之發出過「道路辛苦，羈愁旅思，豈不見於言外乎」❷的讚嘆。明代李東陽對於溫庭筠這一聯的評論則完全是從「意象」著眼的，同時他還看出了溫詩的意象組合技巧的特色：「人但知其能道羈愁野況於言意之表，不知二句中不用一二閑字，止提掇出緊關物色字樣，而音韻鏗鏘，意象俱足，始為難得。」❸他認為這一聯詩是充分意象化的，不是訴之於演繹性和分析性，而具有意象的鮮明性與暗示性。又如艾青的〈盼望〉：

❷ 歐陽修：《六一詩話》第一〇頁，人民文學出版社一九六二年版。
❸ 李東陽：《麓堂詩話》第四頁，商務印書館一九三六年版。

一個海員說
他最喜歡的是起錨所激起的
那一片潔白的浪花……
一個海員說
最使他高興的是拋錨所發出的
那一種鐵鏈的喧嘩……

一個盼望出發
一個盼望到達

這是一首構思奇妙的詩，它基本上由「起錨所激起的那一片潔白的浪花」與「拋錨所發出的那一種鐵鏈的喧嘩」兩個意象構成，前一個主要是視覺意象，後一個主要是聽覺意象，結尾的兩句分別是這兩個意象的畫龍點睛之筆，但是，雖然是點睛之筆，卻仍然是含蓄的，而且和前面的兩段構成一個水乳交融的意象整體，它的含蘊不是偏狹的、單一的，而具有豐富的美學內涵和解釋的多樣性。

那麼，究竟什麼是意象呢？西方早期的心理學稱之為「表象」或「心象」，也就是指頭腦中所保持的對事物的映象，直到十七世紀荷蘭哲學家斯賓諾莎的《倫理學》中，「意象」仍然只是「表象」的同義語。十八世紀，康德在《判斷力批判》中論述了「審美意象」這一美學概念，《判斷力批判》有如一座橋樑，「意象」從心理學、哲學的彼岸走到了美學的此岸，但「意象」究竟是什麼，在西方文藝理論界和美學界依舊眾說紛紜，沒有準確的界說。一九五六年，美國密西根大學教授葆爾丁出版《意象》一書，他自人類行為科學基礎來探討意象問題，將意象歸納為空間的意象、時間的意象、感情的意象、確定的或不確定的意象、真實的與不真實的意象、公眾的意象與個人的意象等十大類，但卻未能專門探討詩的意象構成❹。意象，如同詩歌創作與批評中的興象、氣象、情景、意境等詞一樣，在漢語的構詞法中，都是先抽象後具象的複合名詞，它包括抽象的主觀的「意」與具體的客觀的「象」兩個方面，是「意」（詩人主觀的審美思想與審美感情）與「象」（作為審美客體的現實生活的景物、事象與場景）在文學的第一要素——語言中的和諧交融和辯證統一，這種交融和統一，就是意象美所誕生的搖籃。在這一點上，明代何景明〈與李空同論詩書〉中的一段議論，還是可以給我們以啟發的：「夫意象應曰合，意象乖曰離。是故乾坤之卦，體天地之撰，意象盡矣。……譬之樂，眾響赴會，條理乃貫；一音獨奏，成章則難。」❺他指出了意象的美學內涵的兩個側面及其關係。從上述溫庭筠及艾青的詩作我們也可以看到，所謂詩的意象，就是主觀的心意和客觀的物象在語言文字中的融匯與具現，它是詩歌所特有的審美範疇。

然而，我們要進一步探究的是，意象，與詩學中常說的情景、意境有什麼聯繫與區別呢？十九世紀意大利著名美學家克羅齊在他的《美學綱要》中認為：「詩是意象的表現，散文則是判斷和概念的表現。」❻他在《美學》中還表述了如下觀點：「藝術把一種情趣寄託在一個意象裡，

❹ 參見姚一葦：《欣賞與批評》第五五——六一頁，臺灣遠景出版社一九七九年版。

❺ 《中國歷代文論選》第三冊第三七頁。

情趣離意象，或是意象離情趣，都不能獨立。」❼朱光潛先生在他早期所著的《詩論》中的〈詩的境界——情趣與意象〉這一章裡，發揮的正是克羅齊的學說，他說：「每個詩的境界都必須有『情趣』和『意象』兩個要素，『情趣』簡稱『情』，『意象』即是『景』。」❽克羅齊把「意象」與「情趣」分割開來看待，朱先生也認為「意象」即是「景」，而我認為意象之中的「意」即包括了「情趣」，詩的意象，就是在情與景的相互作用中產生的，它的本身就包括了情與景兩個要素，而不能把意象簡單地視為與情無關的「景」或與情趣無關的物象。是的，意象是意與象的融合，是生活的外在景象與詩人的內在情思的統一，它的含義與「情景」，「意境」同而不同。「情景」，基本上是一個限指性的批評用語，它是指詩歌作品中「情」與「景」兩個方面的要素，而「意象」則是一個涵意較「情景」為廣的批評用語。它包括情景，也就是說，「意」比「情」、「象」比「景」的內涵都要廣闊，「意」不僅包括「情」，也蘊含著「理」，而景一般是指外在的自然景物，而「象」則可以囊括整個客觀世界的物象。此外，「意象」與「意境」雖然只有一字之差，但它們的美學內涵也有所不同。意境，是情、理、形、神融合一致而引人聯想和想像的藝術世界，在詩歌美學中，它是一個關於藝術整體及其美學效果的概念，而意象只是一首詩作的基本的構成單位，是一首詩作中具體的單一的形象。所謂「境生於象外」（劉禹錫語），即是指意境只有在意象的總和與整體的基礎上並通過讀者的想像這一藝術再創造之生發，才可能形成，正如同一座引人入勝的園林，

❻《美學綱要》第二六四頁，外國文學出版社一九八三年版。
❼轉引自朱光潛：《詩論》第五一頁，生活．讀書．新知三聯書店一九八四年版。
❽同上書，第五〇頁。

是一些亭臺樓閣花塢假山按照一定的美學設想建築而成的一樣。王昌齡《詩格》在「詩有三思」之中提出「意象」之後，緊接著又提出了「詩有三境」，三境之中就包括了「意境」。可見意象之「象」只是指一種事象、物象或心象，而意境之「境」則是一種具有深度和廣度的境界。總之，意象比意境的內涵要小，它是構成意境的條件和基礎，而意境則是意象的綜合與昇華，前者是單一美，後者是整體美。

意象，是詩歌美學的一個基本理論範疇。在詩歌創作中，能否在生活的廣袤原野上和主觀感受的無邊天地裡追逐與捕捉到美的意象，有著十分重要的意義。

就詩人的創作過程來看，意象，是詩歌創作構思的核心，是詩的思維過程中的主要符號元素，對意象的融鑄貫串詩的形象思維的始終，具有關係到一首詩的高下成敗的價值。詩的創作或詩的構思，不是不著邊際毫無依憑的純粹主觀化的空想，而是和意象的尋覓、融鑄、定形與深化聯繫在一起的，脫離或排斥意象的思維，是一種「無意象思維」，這種思維，是明顯地缺乏意象而進行的思維，或者說，是意象在其中不起重要作用的思維，如一般的理論說明與科學概括就是如此。這種無意象思維如果表現在詩歌創作中，其結果就是標語口號或理念化、概念化的出現，因此，古今中外的詩人與詩論家不論他們的觀點如何分歧，但大都十分重視意象在詩歌創作中的特殊作用，在意象問題上往往有許多共同語言。

我國古代詩論家與英美意象派詩人的有關觀點，前面已經論及，此處不再贅述，這裡，只援引現代和當代一些中外詩論家的看法。英美現代詩的宗師艾略特，他在一九一九年評論莎士比亞的《哈姆雷特》時提出了有名的「意之象」的理論，他說：「表情達意的唯一藝術方式，便是找出『意之象』，即一組物象、一個情境、一連串事件；這些都會是表達該特別情意的方式。如此一來，這些訴諸感官經驗的外在事象出現時，該特別情意便馬上給喚引出來。」❾美國詩人麥克雷殊在一九二六年出版的詩集中，有一篇題名為〈詩的藝術〉的詩，他說「一首詩應該具體而且沉默/像一只渾圓的水果」、「一首詩應該不落言筌/像鳥群的翩飛」、「一首詩不應該示意/它應該全等」，這就是認為詩應可捉可摸，不可直詠，應該實存，不可指稱，這種看法，與艾略特的「意之象」的理論一線相傳。在日本，學者村野四郎曾著有《現代詩的探求》一書，他就曾經將詩分為「音樂性的構造」與「意象性的構造」❿。在我國，評論家劉西渭早在一九三五年評論卞之琳《魚目集》的一篇文章中，在指出李金髮詩作的問題的同時，他曾說：「我們說過，李金髮先生彷彿一陣新穎過去了，也就失味了。但是，他有一點可貴，就是意象的創造。對於好些人，特別是反對音樂成分的詩作者，意象是他們的首務。」⓫一九三九年，艾青在他的名著《詩論》中曾經以五節文字論及意象，其中一節純粹是詩意的描寫：「意象：翻飛在花處，在草間，在泥沙的淺黃的路上，在靜寂而又炎熱的陽光中……它是蝴蝶——當它終於被捉住，而拍動翅膀之後，真實的形體與璀璨的顏色，伏貼在雪白的紙上。」⓬加拿大籍華人學者葉嘉瑩，在她的著作中也多次論及意象，她說：「中國文學批評對於意象方面雖然沒有完整的理論，但是詩歌之貴在能有可

❾ 轉引自黃維樑：《中國詩學縱橫論》第一四〇頁，臺灣洪範書店一九七七年版。

❿ 村野四郎：《現代詩的探求》（陳千武譯），臺灣田園出版社。

⓫ 《李健吾文學評論選》第八四頁，寧夏出版社一九八三年版。

⓬ 艾青：《詩論》第二〇〇頁，人民文學出版社一九八三年版。

具感的意象，則是古今中外之所同然的。在中國詩歌中，寫景的詩歌固然以『如在目前』的描寫為好，而抒情述志的詩歌則更貴在能將其抽象的情意概念，化成為可具感的意象。」〈從比較現代的觀點看幾首中國舊詩〉⑬余光中在他的〈論意象〉一文中指出：「詩人內在之意訴之於外在之象，讀者再根據這外在之象試圖還原為詩人當初的內在之意。」「意象（imagery）是構成詩的藝術之基本條件之一，我們似乎很難想像一首沒有意象的詩，正如我們很難想像一首沒有節奏的詩。」⑭學者李瑞騰在他的《詩的詮釋》一書中也認為：「在詩學研究的範域中，意象研究是具有獨特地位且是相當重要的一個部門，它是直接指向詩的內在本質所做的探索。」⑮——從上述諸家的論述中，我們可以看到意象創造對於詩歌創作具有何等重要的生命線的意義，無意象思維固然與詩無緣，那種缺乏強大而新創的意象思維能力的作者，也絕不可能寫出優秀的詩篇。莎士比亞的作品，意象層出不窮，極為豐富多彩，是因為他具有強大的意象感受力與捕捉力，也正是因為如此，歌德才以「說不盡的莎士比亞」為題寫文章去讚美他。老詩人艾青今年七十四歲，在他這種高齡詩情還能「年既老而不衰」，這在中外古今的詩史上都是不可多見的奇蹟。在西方，希臘的詩神阿波羅，同時也是青春之神，英國的華滋華斯，四十五歲以後就江郎才盡了；在中國，像陸游這樣八十五歲還詩思不竭的詩人，也並不多得。艾青之所以歷經磨難而老樹著花，重要原因之一，就是他的思維中充滿著具有生機活力的意象。他的詩作與文章都是如此，只要和他接觸

⑬ 葉嘉瑩：《迦陵論詩叢稿》第二四〇頁，中華書局一九八四年版。

⑭ 余光中：《掌上雨》第一七頁，臺灣時報出版公司一九八〇年版。

⑮ 李瑞騰：《詩的詮釋》第一四三頁，臺灣時報出版公司一九八二年版。

過或者讀過他的作品的人，都會領略到他的機智與幽默，他傾吐著不絕的妙趣橫生的意象，就像不竭的噴泉噴射著繽紛的水花，你真會不禁為之驚嘆：長達二十多年的北大荒的寒冰、西北沙漠的熱風，都未能凍結或炙乾這位一代歌手意象的清泉！

一篇完成了的作品，對於作者是創作的終點，而對於讀者則是欣賞的起點。詩中美的意象的重要，另一方面的原因就是因為詩是主抒情的美文學，它主要不是訴之於理智而是訴之於感情，不是訴之於知性而是訴之於感性，不是訴之於被動的接受而是訴之於主動的觸發。在美的意象裡，詩人的內在之意融化於外在之象，讀者也正是根據詩人所創造的外在之象，去尋索與領會詩人原來的內在之意，不僅如此，欣賞不是被動的消極的接受，而是主動的積極的參與和創造。美的意象還可以刺激讀者的生活經驗、藝術修養和想像能力，讓讀者在審美活動中去補充、豐富和發展詩人所完成的意象，在再創作與再評價中和作者共同進行意象的創造，這是詩的藝術欣賞的規律。原作的意象可以稱為「原生性意象」，讀者這種根據原作意象而在自己的審美欣賞活動中所構成的意象，我認為可以稱之為「再生性意象」、「再造性意象」或「繼起性意象」。試想，如果詩作只有一些概念的堆積或陳舊形象的拼湊，而沒有鮮明獨特的內涵豐厚的意象，熱衷於抽象直說法而疏遠具體呈現，這種作品只能讓讀者感到厭煩，被動的接受尚且困難，那當然就更談不上轉化為主動自由的美的再創造了。

在詩歌美學中，意象與美結下的是不解之緣，因為美是有形象的，可以說美的形象性是美的第一個特徵。有形象的東西雖然不一定都美，但美必然有形象，具有美的性質的必然是可感的訴之於人的直覺的形象事物，自然美是這樣，生活美是這樣，作為自然美與生活美的反映的藝術美當然更是如此。只有形象，只有那種能夠引起人們的美感的具體鮮明的形象，才具有審美的屬性，才能成為人們的審美對象，才能成為詩美學探討的客觀對象。相反，任何自然科學與社會科學上的抽象的概念、判斷和推理，儘管它們符合客觀事物的發展規律，具有科學的邏輯性與嚴謹性，然而，我們完全可以承認它們在理念上的正確，能引導人們得到關於客觀世界的規律性的理性認識，卻不能承認能夠激發人的美感，因為這些抽象思維的概念、判斷和推理，它們缺乏美之所以為美的基本的條件，即具體可感的形象。車爾尼雪夫斯基說：「美感的主要特徵是一種賞心悅目的快感。」[16]要能夠悅之於「目」而賞之於「心」，就必須有賴於鮮明生動的創造性的形象，而人們正是在對藝術形象的審美欣賞活動中，產生審美的愉快與喜悅。我們常常指責的詩歌創作中公式化、概念化的弊病，就是因為這些作品不是借助於鮮明獨創的意象去表現詩人自己所發現的生活，而是搬用一些現成的抽象的概念，作直線式的演繹與說明，哪怕是內涵正確的標語口號的分行排列，在詩審美中也只能引起讀者的厭倦，而無法激起美感。形象，是一個適用範圍較意象為大的文學用語，兩者的內涵與用法均有不同，但意象的具體可感性與鮮明生動性則是和形象相同的。我國古典詩歌很講究創造美的形象，如同是寫長江，初唐的王勃是「長江悲已滯，萬里念將歸；況屬高風晚，山山黃葉飛」（〈山中〉），盛唐的李白是「登高壯觀天地間，大江茫茫去不還。黃雲萬里動風色，白波九道流雪山」（〈廬山謠寄盧侍御虛舟〉），中唐的張祜是「金陵津渡小山樓，一宿行人自可愁。潮落夜江斜月裡，兩三星火是瓜洲」（〈題金陵渡〉），晚唐鄭谷的「揚子江頭楊柳春，楊花愁殺渡江人。數聲風笛離亭晚，君向瀟湘我向秦」（〈淮上與友人別〉），意象雖各有不

[16] 車爾尼雪夫斯基：《美學論文選》第九七頁，人民文學出版社一九五七年版。

同，甚至可以約略窺見唐詩的初、盛、中、晚的分別，然而卻都意象豐盈而能引發讀者的美感。我國古典詩歌重意象美的創造，從鍾嶸《詩品》以來的我國詩歌批評，何嘗不是如此？明代注重意象的詩論家胡應麟在《詩藪》中說：「杜〈風急天高〉一章五十六字，如海底珊瑚，瘦勁難名，沉深莫測，精光萬丈，力量萬鈞。」他不正是以生動鮮明的意象，去解釋和評論杜甫〈登高〉詩的意象嗎？

詩，始於悅目動聽而歸於動心和想像，具有視覺美與聽覺美的意象，是構成一首完美的詩的元件，而一首具有美學價值的詩，無一不是一些美的意象按照美的秩序組織而成的藝術整體，而那些沒有意象美感的詩，像我們經常可以在報刊上讀到的某些作品，或是一般的概念附加一般的形象，只能稱之為拙劣的形象圖解，或是將不入流的散文的文字披上詩的外衣，人們譏之為蹩腳的分行散文，或是堆砌許多支離破碎不知所云的圖景，如同一塌糊塗的泥潭，總之，它們絲毫也不能給人以美的享受。因此，詩人能不能從紛繁萬狀的生活中，在自己所積累的感性的表象材料的基礎上，敏銳地感受、發現和捕捉詩意，並經過分析、取捨、提煉、概括，鑄煉出主客觀統一的富有美學意義的意象，就成了詩作者是否具有詩的才華的標誌之一，也是一首詩能否真正成其為詩的一個重要條件。確實，美的意象，是詩才的試金石，是好詩的證明書，是詩人的心與讀者的心之間所架設的七彩的長虹！

二

意象，只是一首詩的元件，單一地來看，即使意象本身新穎而內涵豐厚，但如果不是在一個統一的主題和構思之下巧妙地組合起來，而是各自為政地處於孤立的狀態，或是缺乏內在的有機聯繫，那充其量也只是一些斷金碎玉而已，並不能保證建成一座耀彩輝光的詩的殿堂。在詩歌創作中，美的具有強烈藝術感染力的意象，其構成方式是多種多樣的，有如秋日晴空上的流雲，雖然同是雲，卻能開出千姿萬態的雲的花朵，因此，我也不能窮盡意象的所有美學結構，而只能給一些主要的構成方式描繪一個大概的輪廓。杜甫說：「詔謂將軍拂絹素，意匠慘淡經營中。」（〈丹青引〉）「慘淡經營」者，苦心構思也，精心安排意象的美學結構也，這是詩聖的經驗之談，也反映了詩歌藝術的一種規律。這裡，且讓我們在詩的國土上作一番匆匆的巡遊，去領略詩人們對意象慘淡經營的詩心吧：

動態性的化美為媚的意象。《拉奧孔》，是十八世紀德國著名文藝理論家萊辛的名著，阿里奧斯陀，是文藝復興時期義大利詩人，他在敘事詩《瘋狂的羅蘭》中描繪了美女阿爾契娜的形象，詩人多方面表現她的容貌和體態，博得了義大利學者道爾齊的讚賞，認為讀者「會認識到在什麼程度上高明的詩人也是高明的畫家」，而萊辛則提出不同的看法，他在《拉奧孔》中提出了「化美為媚，媚就是動態中的美」的著名觀點，他認為「媚比起美來，所產生的效果更強烈。阿爾契娜的形象到現在還能令人欣喜和感動，就全在她的媚」，就在詩人對她的眼睛所作的「嫻雅地左顧右盼，秋波流轉」的描寫⑰。因此，所謂化美為媚的意象創造和組合，就是從動態中去描寫物象，或者描繪物象的動態，而避免純靜止的描寫。世界上的萬事萬物都在運動之中，靜止則是相對的，

⑰ 萊辛：《拉奧孔》（朱光潛譯）第一一五、一二一頁，人民文學出版社一九七九年版。

這是化美為媚的生活依據，同時，具有流動之美的意象，較之靜態的意象更富於生命力，更能調動讀者的本身就是處於流動狀態的聯想。我國古代的無名詩人早就知道其中奧妙，如《詩經》中描寫人物的名作〈衛風・碩人〉篇：「手如柔荑，膚如凝脂，領如蝤蠐，齒如瓠犀，螓首蛾眉，巧笑倩兮，美目盼兮。」前面五個意象斤斤於形似，都十分平板，後面兩個意象一以寫笑，一以寫目，燦然嫣然，顧盼神飛，真是畫龍點睛之筆，動態性的意象使全詩頓然光彩煥發。杜甫的「薄雲岩際宿，孤月浪中翻」，白居易的「風翻白浪花千片，月點波心一顆珠」，辛棄疾的「疊嶂西馳，萬馬回旋，眾山欲東」，王觀的「水是眼波橫，山是眉峰聚。欲問行人去那邊，眉眼盈盈處」等等，都是出自同一化美為媚的機杼。抒情詩，長於寫景狀物，抒情寄慨，刻劃人物形象並不是抒情詩之所長，但如果善於經營動態意象，卻可以獲得不同凡響的美學效果。試看同是以「少年行」為題的三首詩：

新豐美酒斗十千，咸陽遊俠多少年。
相逢意氣為君飲，繫馬高樓垂柳邊。（王維）

馬上誰家白面郎，臨階下馬坐人床。
不通姓氏粗豪甚，指點銀瓶索酒嘗。（杜甫）

弓背霜明劍照霜，秋風走馬出咸陽。

未收天子河湟地，不擬回頭望故鄉。（令狐楚）

王維與令狐楚的上述作品絕不是平庸之作，他們所寫的少年遊俠意氣或報國豪情，都還是相當感人的，但兩首詩的共同不足是靜態描述過多，而動態的描摹與呈現較少，每首詩都只有一個典型性不足的動態意象，即「繫馬高樓垂柳邊」與「秋風走馬出咸陽」，因而顯得不是十分生動傳神，而杜甫則不然，他絕不滿足於靜止的凝定畫面，而是著力於動態的連續演示。「臨階下馬坐人床」與「指點銀瓶索酒嘗」的兩個動態意象組合在一起，便使那貴介子弟旁若無人的神情意態躍然紙上。仇兆鰲《杜詩詳注》說：「此摹少年意氣，色色逼真。下馬坐床，指瓶索酒，有旁若無人之狀，其寫生之妙，尤在『不通姓氏』一句。」⑱仇兆鰲看到了杜詩的寫生之妙，但他還不能說出妙就妙在化美為媚的意象經營。又如饒慶年和香港詩人王良和的詩的片斷：

怕踩痛了多情的三月
——牧童抓牢了牛繩
壯實的山野，馱不動
嬌嫩的陽春
江南少女的紅潤
紫雲英
紫雲英（〈紫雲英〉）

---

⑱ 仇兆鰲：《杜詩詳注》第八八四頁，中華書局一九七九年版。

蟬聲一靜，蟲鳴驟起
似斷還連晨昏不止的天籟
南風一拂滿山皆回應
是哪個懵懂山神胡亂在揮棒？
指點一群昆蟲歌手聒聒地吟唱（〈天籟〉）

「山野」與「山神」本來都是靜態或虛有的，但是在詩人飛舞的筆花下，它們都變成了化美為媚的意象。這種動態美的清新脫俗的意象，是現實的心靈化，也是心靈的現實化。

比喻式意象。比喻，是詩國的奇葩，是詩之驕子，沒有新穎的奇妙的比喻，我們就不難想像詩歌園地將是多麼蕭索和荒涼，而中國的屈原、李白、杜甫，外國的荷馬、莎士比亞、普希金等詩人，無一不是巧於用喻的第一流的高手。古希臘哲人亞理斯多德在他的名著《修辭學》中認為，比喻是修辭學的三大原則之一，世間唯比喻大師最為難得，因為善用比喻是天才的標誌。他讚嘆道：「詩與文之中，比喻之為用大矣哉！」而英國浪漫主義大詩人雪萊也說：「詩的語言的基礎是比喻性。詩的語言揭示的，是還沒有任何人覺察的事物的關係，並使其為人永記不忘。」[19]在有些詩作中，許多作者用單一的比喻來比況一個事物，在全篇的美學結構中還只是一個獨立的單一意象，而在有些詩作裡，則是從全詩的美學結構出發經營比喻意象，比喻意象不僅僅具有單一美而且具有整體美。如詩人曾卓的〈我遙望〉：

[19] 轉引自黃維樑：《清通與多姿》第一一二頁，香港文化事業有限公司一九八一年版。

當我年輕的時候
在生活的海洋中，偶爾抬頭
遙望六十歲，像遙望
一個遠在異國的港口

經歷了狂風暴雨，驚濤駭浪
而今我到達了，有時回頭
遙望我年輕的時候，像遙望
迷失在煙霧中的故鄉

全詩圍繞兩個置於每段之後的中心意象結撰成章，「異國的港口」是前瞻，「煙霧中的故鄉」是後顧，奇思妙想，婉曲回環，包含了多麼深沉的滄桑之感與青春之戀！而有的詩作，全篇都是由比喻所構成，即我國古代詩論所說的「博依」，可以稱之為博喻意象，或全喻意象，或「莎士比亞式比喻」意象（在西方文學批評中，因莎士比亞劇作中的比喻層出不窮，描寫同一個對象時，風采各異的比喻累累如貫珠，所以稱之為「莎士比亞式比喻」）。「扇骨是噴湧的光芒／扇緣是彩虹的光環／太陽，新鮮的太陽／正噴薄而出／長江三角洲／一把洒金的耀眼折扇／折扇，是開放的圖案」，這是劉祖慈〈長江三角洲，一把洒金的折扇〉的結尾，全詩就是由比喻意象所構成，又如梁南的〈比……比……〉：

比殘酷到極點的刑具她更強硬，
比千百扇滯重的鐵門她更沉靜，
比嚙透她膝蓋的刺藜她更銳利，
比屠夫割斷喉頭的尖刀她更鋒鞘，
比兇手奪殺她生命的子彈她更熱熾……
比一切深重的迫害她更堅定不移，
比所有驚人的壓力她更力大千鈞；
比端莊絕美的雕像更令人留戀，
比百鳥合奏的凱歌要高亢動心，
比火中鳳凰典雅，比風下萬花芳馨，
比煉鋼爐熾烈，比珍珠泉純淨，
比真理的赤金璀璨，比寶石的靈魂華煒，
比所有英雄中的英雄要無比絕倫！

這是詩人獻給被「四人幫」殺害的烈士張志新的頌歌。在「精言不足以追其極」的情況下，詩人激情的火山一連噴發出十四個比喻，凝結而成他的對比強烈的詩篇。在這裡，正如美國學者勃魯克斯與華倫在他們的《現代修辭學》中所說的：「比喻是首要的表達手法。……用比喻往往是最精密最活潑的說話方式，而且是述說某事某物的唯一方式。」⑳應該說明的是，比喻是以「彼物」

喻「此物」，象徵則是以一個「物象」去「表徵」某種含意或某種情思，比喻與象徵固然有所區別，但它們都是建立在「彼」與「此」的異中悟同的基礎上，所以比喻意象有時又可以是象徵意象，曾卓的「港口」與「故鄉」之喻，不是也可以看作是象徵麼？

象徵性意象。我這裡所說的象徵，指的不是詩歌中的象徵主義流派，而是限定於它的修辭學的和詩美學的意義。象徵，一般可以分為內涵與媒介兩個方面，內涵，就是指象徵的對象往往是一種抽象的觀念，不具形的情感，或是不可具見的事物；媒介，則是文字所描摹的一種物象。因此，詩學上的象徵，就是以某種具象去暗示一種抽象的觀念、情感或不可見的事物，而象徵主義大師、法國詩人馬拉美所說的「說出是破壞，暗示才是創造」，就成了象徵主義詩人的座右銘。美籍華人學者劉若愚認為：「象徵是意圖具有普遍的意義的。『我的戀人是一朵紅紅的玫瑰』……做為愛之象徵的玫瑰則具有普遍的適用性。……象徵是被選來表現某種抽象意義的一個具體的事物」[21]。象徵性意象在中外古今詩歌創作中屢見不鮮，在現代派詩歌中更為多見，可以說，富於象徵意象，是現代派詩歌主要藝術特色之一。在我國古典詩歌和新詩中，明月之於李白，梅花之於陸游，光之於艾青，甘蔗林、青紗帳之於郭小川，在他們的作品中往往是一種象徵性意象。在當前的新詩創作中我們可以看到，一些詩人既繼承了古典詩藝的象徵手法，也向西方現代派詩歌中借鑒了象徵的藝術，他們注重象徵性意象的創造，其中的優秀作品，既有象徵意象所具有的內涵的深度、廣度與暗示性，能激發讀者的聯想和想像，又避免了西方象徵派不少詩作反理性的虛

---

[20]《清通與多姿》第一四一頁。

[21] 劉若愚：《中國詩學》（杜國清中譯）第一五三頁，幼獅文化事業公司一九七七年版。

無與反邏輯的晦澀的弊病。任洪淵的〈船〉就是如此，因篇幅關係，我只能摘引第一節以見一斑：

我沉一半——憑藉著海
我浮一半——嚮往著天
我終於載起了我的世界
海，裝滿了被壓碎的波瀾
我願載我尋求的一切
　我是船

任洪淵筆下的船，既是寫實的，又是象徵的。它是寫實，因為它描繪的畢竟是生活中實有而為人們所熟悉的船，它是象徵，因為詩人賦予它的遠不是一般實用價值的船的形態與意義，而是暗示著新時代的不斷探求和進取的精神，暗示著不斷追求和發現的人生。梁小斌的〈中國，我的鑰匙丟了〉，全詩也是以丟失的鑰匙這一象徵性意象結撰成章，重現了「文革」那一瘋狂的年代，表達了作者的價值判斷。又如羅智成的〈觀音〉：

柔美的觀音已沉睡稀落的燭群裡
她的睡姿是夢的黑屏風；
我偷偷到她髮下垂釣，
每顆遠方的星上都大雪紛飛。

羅智成的〈觀音〉是小詩中的上品之作。「觀音」本是佛界的菩薩，據說她有求必應，普渡眾生，在富於哲思與玄想的羅智成詩中，她化而為一個象徵性的意象，全詩具有一種朦朧而神祕的美，只可意會而難以言傳，不同的讀者可以尋求不同的解釋，因為象徵意象常常是確定性與不確定性的矛盾統一。

通感性意象。所謂通感性意象，就是五官開放和交流的意象。人的五官的感受力本來都是各司其職的，但是，在一定的條件下，視覺、聽覺、味覺、觸覺、嗅覺卻可以彼此互相溝通與轉化，用這種通感的藝術技巧去經營意象，就可以使意象顯得不同常態，活潑而奇妙，從而給讀者以強烈的新奇之美的享受，同時，由於通感意象不是單一的平面的直敘式意象，而是使五官的感受力交流的意象，具有美的豐富性和婉曲性，因此，這種意象還能強烈地刺激和極大地調動讀者想像的積極性。應該承認，在西方現代派詩歌中，通感意象的經營占有十分突出的地位，但這並不等於通感藝術就是舶來品，在中國古典詩歌中，我們無須特別地尋覓，就可以看到許多出色的通感意象。李賀，這位中國古典詩人中最善於組合通感意象的高手，他的詩中的通感意象是十分豐富多彩的，在意象的經營上真是一掃凡庸，分外新警。顧城的〈生命幻想曲〉，也運用了意象的通感組合：

讓陽光的瀑布
洗黑我的皮膚……

太陽是我的縴夫
它拉著我
用強光的繩索……

陽光可以像水流一樣地「洗」，又可以像繩索一樣地「拉」，視覺意象轉化為觸覺意象，新鮮而奇特，這樣，就讓讀者在審美活動中獲得強烈的新奇的美感。

意象，與電影藝術中的「蒙太奇」頗為相似。蒙太奇，是電影藝術的特殊表現手段，它來源於法文的建築學上的一個術語，本意就是構成和裝配，後被借用為電影藝術中說明鏡頭組接與剪輯的技巧。詩創作中的意象組合，和蒙太奇的藝術處理有許多相似之處，事實上，蒙太奇的發明，也是它的創始人蘇聯名導演艾森斯坦從中國古典詩歌中受到啟發有關。世界上的萬事萬物，都運動在一定的時間與空間之中，詩歌反映現實與抒發感情，也都必須著意於時空意象的布置。詩中的時空意象組合，大約和電影中表現鏡頭的時空轉換的時空蒙太奇相似，而詩中時空意象組合的藝術方式是非常多樣的，這裡只能列舉「交替式意象」、「疊映式意象」、「並列式意象」、「語不接而意接式意象」等數端：

交替式意象。詩作者對同一時間發生在不同地點的事情的描繪所構成的意象，交替地組接在一起，有如電影中的「平行蒙太奇」，使讀者產生事態「同時」發生的感覺。這種意象組合，往往具有強烈的藝術對比的美學作用，由於意象之間的相互對照和加強，就如同狄德羅所說的可以「給我們以動人心魄的印象」。杜甫的名句「朱門酒肉臭，路有凍死骨」是如此，李約〈觀祈雨〉的「桑條無葉土生煙，簫管迎龍水廟前。朱門幾處看歌舞，猶想春陰咽管弦」是如此，高適的〈燕歌行〉中也有許多這樣突出的例子：

校尉羽書飛瀚海，單于獵火照狼山。
戰士軍前半死生，美人帳下猶歌舞。
少婦城南欲斷腸，征人薊北空回首。

如同電影中平行對比的「平行性蒙太奇」，將同一時間而不同空間的鏡頭交接在一起，對照強烈，風雨分飛，具有令人心悸而魄動的美。

疊映式意象。所謂疊映式意象，又稱「意象疊加」。意象派詩人龐德有一天在巴黎地鐵車站的人潮中，忽然見到一個美麗的女郎，她的面影給他以深刻的印象，他寫下三十行詩，半年後壓縮為十五行，一年後凝鑄為兩行，這就是他發表於一九一三年的〈地鐵站上〉：

出現在人群裡這一張張面孔
濕的黑樹枝上的一片片花瓣

龐德自稱他這種技巧是「意象疊加」，並說明他是從中國古典詩歌中學習而來的。對於龐德所說的「意象疊加」，我稱之為「疊映式意象」，它不一定如龐德所說只用於比喻關係，或者只有這種意象才能稱之為真正的意象，它只是時空意象中的一種，它的特徵就是把兩個不同時間與空間的意象巧妙地疊合在一起，而新穎豐富的含意就包孕和誕生在兩個互相映照滲透的意象之間，以及它們復疊之後所構成的藝術圖景裡，如同意象派早期理論家赫爾姆所說：「兩個視覺意象構成一個視覺和弦，它們結合而暗示一個嶄新面貌的意象。」如菲華詩人和權的〈橘子的話〉：

咱們恆是一粒粒
酸酸的橘仔
分不清
生長的土地
是故鄉還是異鄉
想到祖先
移植海外以前
原是甜蜜的
而今已然一代酸過一代
只不知
子孫們
將更酸澀
成啥味道

「橘子」在詩中是海外華僑的象徵。現在的「酸酸的」，過去的「甜蜜的」，將來的「更酸澀」，在三節詩中，三個時空不同內涵有異的橘子的意象疊合在一起，焦點集中，構思頗具匠心，筆力也相當概括。

並列式意象。對於許多時空不同的意象，詩人不是採取交替式或疊映式的綰合，而是讓許多斷片的意象按照一定的構思意圖組接在一起，構成一幅完整的新美的圖畫。如孟浩然的〈春曉〉和柳宗元的〈江雪〉：「春眠不覺曉，處處聞啼鳥，夜來風雨聲，花落知多少。」「千山鳥飛絕，萬徑人蹤滅，孤舟蓑笠翁，獨釣寒江雪。」四句詩分別是四個意象，它們彼此有一定的獨立性而又有緊密的內在聯繫，這是典型的意象並列的方式。而唐代于季子詠劉邦的「百戰方夷項，三章且代秦，功歸蕭相國，氣盡戚夫人」（〈咏漢高祖〉），雖然分別說了四件事，但卻缺乏鮮明的意象，也沒有內在的有機聯繫，純粹是一種史料的拼湊，毫無藝術構思可言。這裡，我們不妨欣賞余光中的〈鄉愁〉：

小時候
鄉愁是一枚小小的郵票
我在這頭
母親在那頭
長大後

鄉愁是一張窄窄的船票
我在這頭
新娘在那頭

後來呵
鄉愁是一方矮矮的墳墓
我在外頭
母親在裡頭

而現在
鄉愁是一灣淺淺的海峽
我在這頭
大陸在那頭

這首詩的整體美學構思，是依據時間結構法而展開的，四部分的意象即「郵票」、「船票」、「墳墓」、「海峽」，它們圍繞「鄉愁」這一主旨而呈現，採取「小時候」、「長大後」、「後來呵」、「而現在」這種並列中有遞進的構成方式，這樣，全詩就有如一闋鄉愁四重奏，反之復之，情韻濃至！

語不接而意接式意象。清代詩論家方東樹《昭昧詹言》分析中國古典詩歌的藝術時，獨創性地概括了一種藝術手段，他稱之為「語不接而意接」，對此他雖然沒有具體闡述，卻可以引發我們對於意象藝術的深入思索。「日月籠中鳥，乾坤水上萍」，杜甫在十個字中寫了六種實物，省略了其間的表面聯繫而一氣流轉；「樓船夜雪瓜洲渡，鐵馬秋風大散關」，陸游兩句詩分別寫了三個物象，意象密度很大，概括了廣闊的空間景象。我國古典詩歌這一意象綰合的藝術，似乎還沒有被新詩人所普遍地注意，所以賀敬之二十多年前所寫的〈放聲歌唱〉的如下片斷，今天似乎仍然是空谷足音：

……春風。
　　秋雨。
晨霧。
　　夕陽。……
……轟轟的
　　車輪聲。
踏踏的
　　腳步響。……
……
五月——
　　麥浪。

八月——
海浪。
桃花——
南方。
雪花——
北方。……

由這裡可以看到，「語不接而意接」的意象，常常是多用名詞構成詩句，省略其中的介詞、連詞之類的關連詞語，語言表現形態上不如常態那樣邏輯嚴密，甚至有時不合一般的語法習慣與規範，但它卻有情意的線索貫穿，而且能強烈地刺激讀者的想像，在似斷實連的意象之間架起聯想的橋梁。對於中國古典詩歌這種富於彈性的意象藝術，英美意象派詩人像哥倫布發現了新大陸那樣欣喜，他們稱之為「意象脫節」並在創作實踐中廣泛地運用，這，實在可以給我們當代中國詩人一點值得深思的啟示。

時空意象在以上諸種組合形式之外，還有一種常見的意象綰合，可以稱之為「輻輳式意象」。例如漢樂府的〈江南〉：「江南可採蓮，蓮葉何田田，魚戲蓮葉間。魚戲蓮葉東，魚戲蓮葉西，魚戲蓮葉南，魚戲蓮葉北。」全詩單純而明朗，以「蓮葉」作為意象構思的中心，魚之戲於蓮葉的東西南北四個方位，都是朝向這一中心意象（或稱主意象）的分意象，有如車輪上的輻條都向車轂集中一樣。再如〈陌上桑〉中的「行者見羅敷，下擔捋髭鬚；少年見羅敷，脫帽著帩頭；耕者忘其犁，鋤者忘其鋤；來歸相怨怒，但坐觀羅敷」，素來被稱為描寫羅敷形象的出色的側面描寫之筆，但從詩的意象的組合方式來看，側面的效果乃是羅敷之美的外射的結果，「行者」、「少年」、「耕者」、「鋤者」的美的觀感，都是朝向羅敷這一中心。古典詩歌中這種向心凝聚的意象美學結構，在紀弦的名作〈你的名字〉中也是如此，全詩以「你的名字」作為輻輳的核心，共分五節：

用了世界上最輕最輕的聲音，
輕輕地喚你的名字每夜每夜。
寫你的名字。
畫你的名字。
而夢見的是你的發光的名字：

如日，如星，你的名字。
如燈，如鑽石，你的名字。
如繽紛的火花，如閃電，你的名字。
如原始森林的燃燒，你的名字。

刻你的名字！
刻你的名字在樹上。

刻你的名字在不凋的生命樹上。
當這植物長成了參天的古木時，
呵呵，多好，多好，
你的名字也大起來。

大起來了，你的名字。
亮起來了，你的名字。
於是，輕輕輕輕輕輕地喚你的名字。

如同四面八方的河流都奔向一個容納眾川的湖泊，如同四面八方的火力都指向一個決心攻陷的城池，詩人的一切想像與比喻都是為了他所愛的（狹義的或者是廣義的）人的名字，情之所鍾，顛之倒之，落想新奇，構圖獨特，是典型的輻輳式意象結構。

輻射式意象。輻射式意象與輻輳式意象相反，它雖然與輻輳式的意象一樣同是一首詩的構思核心，但它的意象結構卻不是向內凝聚的，而是採取一種向外輻射的形態，具有如美學中所說的外向的張力，即由內而外的延展與擴張的美學力量。蓉子的〈傘〉就是如此：

鳥翅初撲
幅幅相連　以蝙蝠弧形的雙翼
連成一個無懈可擊的圓

一把綠色小傘是一頂荷蓋
紅色朝暾　黑色晚雲
各種顏色的傘是載花的樹
而且能夠行走

一柄頂天
頂著艷陽　頂著雨
頂著單純兒歌的透明音符
自在自適的小小世界

一傘在握　開闔自如
闔則為竿為杖　開則為花為亭
亭中藏一個寧靜的我

蓉子是一位頗具才華的女詩人，從〈傘〉一詩也可窺見她的詩藝。全詩以「傘」為中心意象，反之覆之地描繪和比喻，如同「傘」本身一樣，呈現的是輻射狀的意象結構，色彩繽紛，令人目不暇給。

意象組合，對於詩歌創作是十分重要的。據意象的構成狀態來分析，在一首詩中，一些單一的即使是符合詩學要求的意象，也只具有單象之美，並不具備複象之美，也就是說，就單一的意象來看也許是美的，但卻不能保證一首詩的藝術整體的成功。我所謂的單象美，是指作為全詩一個構成元件的意象的美，它有如一座藝術殿堂的一塊基石，好像一首樂曲的一個樂音，相對的獨立性決定了它本身的地位和價值，它是一首詩能否打動人心的基本因素，因此，詩中每一個意象的捕捉與融鑄都是很重要的，如前面所述余光中詩中的「一枚小小的郵票」、「一張窄窄的船票」、「一方矮矮的墳墓」、「一灣淺淺的海峽」四個意象，獨立看來都是單象美，即詩中的個體之美或部分之美，沒有這些單象美，詩的整體之美就不可想像。然而，一首詩的勝利，畢竟是整體的美學的勝利，因此，在單象美的基礎上，複象美——也就是諸多意象服從於統一的藝術構思呈現出內在聯繫與本質的綜合美，卻不能不說是較之單象美高一級的美。我國傳統的詩歌美學理論不贊成詩創作「有句無篇」，即不贊成有佳句可摘而無全篇可誦，而要求「有句有篇」，這種既看重單象美同時更看重複象美的美學思想，是一種有價值的有生命力的美學思想。如上述余光中詩中的那些意象，只有在「鄉愁」這一主旨的光照下藝術地組合起來，形成新穎而巧妙的美學結構，強烈而動人地表現出有社會價值的內容，才使全詩呈現出整體的複象的綜合之美。因此，詩的意象的綜合美，可以說是詩人們必須奮力攀登而上的一個較高的美學峰巒。

三

意象，在詩歌創作特別是抒情詩創作中有極為重要的作用，它的美學結構方式也是豐富多采的。在詩歌評論與詩歌理論的探討中，運用我國詩歌美學傳統中的「意象」這一概念，要比運用「形象」這一概念更切合詩歌本身的藝術實際，在理論上也更富於民族的特色，但是，並不是任何表現於文字的意與象的融合都可以稱之為詩的意象，美妙的詩意象的創造，應該依據如下美學原則：

新穎獨創。獨創性，是所有的文學樣式的創作都要奮然登攀的高峰，尤其是詩的生命旗幟。小說與戲劇的篇幅較長，它的獨創性如何，要在一定的時間幅度裡才能看出來，而詩歌由於高度的集中和凝煉，它的新穎獨創與否迅速而直接地訴之於讀者的審美感受。意象新鮮的詩，一入眼就可以激發讀者的新鮮感與驚奇感這兩種特殊的審美感情，使他們在詩的審美活動中獲得四月天一般的生機蓬勃的喜悅，而意象陳舊的詩，就絲毫也不能刺激讀者的藝術感受力，如同萬物蕭索的冬日引不起春意蔥蘢的想像，只能使讀者望而生厭。可以看到，許多詩作之所以平庸乏味，重要原因之一就是藝術感受與藝術表現的鈍化，而二者又互為因果，因為藝術表現不過是藝術感受的語言的外延而已，作者藝術感覺遲鈍，對生活沒有新鮮獨特的與眾不同的感受、認識和發現，而只停留在抽象的概念或膚淺的表象的階段，那自然就會由於慣性或惰性的作用，滑進陳辭濫調的泥潭。只有對生活、對藝術、對語言文字有敏銳的感覺而又不甘平庸的詩人，才能鑄煉出新穎獨創令人耳目一新的意象，從心理學的角度來說，這種意象稱之為「創見意象」。例如祖國，古往今來有多少詩人描繪和禮讚過她呵！「陟陞皇之赫戲兮，忽臨睨夫舊鄉。僕夫悲余馬懷兮，蜷局顧而不行」，屈大夫在〈離騷〉中讚美他的故土，在中國詩歌史上第一次出現關於祖國的形象；「你又貧窮，你又富庶，你又強大，你又孱弱，親愛的母親俄羅斯！」涅克拉索夫的〈在俄羅斯誰能快樂而自由〉歌唱他的祖國，那矛盾修辭法（「矛盾語」）構成的鮮明意象，至今仍然撼人心旌！在新詩創作中，歌頌祖國的作品不少，其中自然有許多佳作，不乏戛戛獨造的意象，如未央〈祖國，我回來了〉中的「祖國，我回來了，祖國，我的親娘！我看見你還在向你遠離膝下的兒子招手」，如賀敬之〈桂林山水歌〉中的「桂林的山來灕江的水，祖國的笑容這樣美」，都能給人以歷久不衰的美的印象。但是，無庸諱言，詩創作中也有相當多的陳腔濫調與陳舊落套的形象，而那些毫無新意的俗而且濫的文字，至今仍像渾濁的水流一樣在我們的詩壇上泛濫。舒婷的〈祖國，我親愛的祖國〉，是這位女詩人創作中的上乘之作，是一首感情健康而深沉、意象鮮明而獨特的好詩。「我是你河邊上破舊的老水車，數百年來紡著疲憊的歌，……是『飛天』袖間千百年未落到地面的花朵」，詩人回顧了祖國所走過的苦難的歷程，抒發當代的兒女們對於祖國的深沉之戀：

我是你簇新的理想
剛從神話的蛛網裡掙脫；
我是你雪被下古蓮的胚芽；
我是你挂著眼淚的笑渦；
我是新刷出的雪白的起跑線；
是緋紅的黎明
　正在噴薄
——祖國啊！

一個分句描繪一個意象，在這一節裡，一共有五個比喻性意象，這些比喻構成了詩中的博喻。單就每一個比喻意象來看，不僅一個比一個壯闊，而且都是相當新穎的，綜合起來，它們又圍繞「祖國」這一中心匯成了一個輻輳式的總意象。由此可見，「喜新厭舊」是藝術創造也是藝術欣賞的一條客觀規律，只有去俗生新、去熟求創的「創見意象」，才能真正給人們以美的享受。

單純而豐富。詩歌，有多種多樣的美的境界，而我總以為單純而豐富是詩的美學境界中一般作者難以達到的境界。單純，絕不是單薄和簡單，不是一覽無餘，毫無深度和厚度，單純，是刪汰與提純的結果，是經過淨化之後通體光華明淨的結晶；豐富，也不是意象的繁複的堆積，不是生活的面面俱到的鋪陳，豐富，是單純的攜手同行的朋友，是一首好詩的標記，是講求詩的密度而千錘百煉的產物。單純而豐富的詩，具有集中而強烈的外形與一以概萬的深厚內蘊。這裡應該著重指出的是，意象的蕪雜與篇幅的冗長不僅不能代表豐富，反而是豐富的敵人，因為蕪雜冗長本身不能具有意象的概括性與典型性，同時又像淤泥和枯枝敗葉堵塞了河床一樣，堵塞了讀者想像的通路。英美意象派詩人，不僅要求意象鮮明具體，給人以雕塑感，同時也要求藝術的洗煉，文字簡潔而內蘊含蓄。如佛靈特的〈天鵝〉原為六十九行，後來龐德編選《意象派詩選》時，為了全詩的集中凝煉，竟然痛加刪削，去掉五十七行，只剩下十二行，結果不但與全詩無損，而且做到了文字向內緊凝，內蘊向外延展，意象更加鮮明突出。〈在京思故園見鄉人問〉，是初唐詩人王績的一首詩，共二十四行，其「鄉人」朱仲晦的〈答王無功問故園〉詩，也是二十四行，兩首詩分別引述如下：

旅泊多年歲，老去不知回。忽逢門前客，道發故鄉來。
斂眉俱握手，破涕共銜杯。殷勤訪朋舊，屈曲問童孩。
衰宗多弟侄，若個賞池臺？舊園今在否？新樹也應栽？
柳行疏密布？茅齋寬窄裁？經移何處竹？別種幾株梅？
渠當無絕水？石計總生苔？院果誰先熟？林花哪後開？
羈心只欲問？為極不須猜。行當驅下澤，去剪故園菜。（王績：〈在京思故園見鄉人問〉）

我從銅州來，見子上京客。問我故鄉事，慰子羈旅色。
子問我所知，我對子應識。朋游終強健，童稚各長成。
華宗盛文史，連牆富池亭。獨子園最古，舊林間新垧。
柳行隨地勢，茅齋看地形。竹從去年移，梅是今年榮。
渠水經夏響，石苔終歲青。院果早晚熟，林花先後明。
語罷相嘆息，浩然起深情。歸哉且五斗，餉子東皋耕。（朱仲晦：〈答王無功問故園〉）

問者不厭其煩，幾乎可以說是「每事問」，答者有問必答，幾乎可以說是「寸步不遺」，堆砌了許多生活場景，貌似豐富而實為煩瑣，詩質稀少而詩意淡薄。同類的主題和題材，到盛唐高手王維的筆下就頓然改觀了：

君自故鄉來，應知故鄉事。

來日綺窗前，寒梅著花未？（王維：〈雜詩〉）

黃叔燦《唐詩箋注》說：「寫來真摯纏綿，不可思議。著『綺窗前』三字，含情無限。」㉒王績問了十一個問題，而王維只寥寥一問，以少少許勝多多許，那「綺窗寒梅」的意象單純而豐富，刺激讀者的想像，這正是經過詩的淨化而達到詩的強化的結果，也透露出詩藝的發展與提高的消息。從這裡可以看到，詩的意象的單純而豐富，就是要刪汰一般性的平庸意象，而力求提煉和熔鑄出普遍性與獨特性相融合的典型意象，因為那種堪稱為典型意象的意象，集中地表現了客觀事物與詩人主觀情思之美，有使人一見難忘聞之動心的美學力量。

意在象中，因象悟意。意象，包含著意與象這一對矛盾，真正具有美學意義的詩的意象，絕不只是對客觀事物外在形象作哪怕是新穎獨到的描摹，當然也不是脫離物象的赤裸裸的陳述和空喊，有象無意或有意無象都是不可取的，而應該是象中見意，意在象外，思想感情與社會生活的內涵隱蔽在生動的圖景裡，規定聯想的線索與範圍，強烈地刺激、充分地調動讀者想像的積極性，讓人們在審美活動中去探索那深遠的象外之象與象外之意，也就是在讀者的欣賞這一藝術再創造的活動中，去延伸、擴展詩所包容的美學領域（詩當然允許直抒胸臆的精闢議論，這是詩美學當中的另一個問題，此處不具論）。從美學欣賞的角度來看，「象」是作品與讀者的中介，是讀者的欣賞——美學再創造的起點，而根據自己的生活體驗與藝術修養去探索那多樣的「象外之象」與「象外之旨」，則是讀者的美學再創造的終點。艾略特也曾經認為：「讀（詩）時應專心一致於詩

㉒ 轉引自《千首唐人絕句》（上冊）第一〇七頁，上海古籍出版社一九八五年版。

之所指，非詩之本身；這似乎是我們應該經營的。要超出詩之外，一如貝多芬後期作品之超出音樂之外。」㉓所謂「詩之所指」與「詩之外」，無非是中國傳統詩論的「象外之意」、「弦外之音」、「味外之味」的西方式說法而已，它們的精神有通似之處。中國古典的意象論，十分強調象內之意與象外之旨，詩人與詩論家很多都是把對生活底蘊和美學內容的追求放在首要位置，同時，又把只描摹景象不直述情意而情意見於象外，看作是詩藝的高難境界。然而，無論是在古典詩歌或新詩創作中，我們都可以看到不少只追求外形美或美的畫面而缺乏深刻的思想內蘊的作品，那種作品如同只訴之於概念與說教的詩的贋品一樣，經不起咀嚼，不能真正打動人心。西方的意象派詩人，他們往往重「象」而輕「意」，有時外在的形象雖然新穎奇特，表現手法也有所創新，但卻沒有深刻的內涵像堅實的支柱支撐著高華的殿堂。如英國詩人休爾慕的〈秋〉，向來被認為是意象派的發端和先聲，極負盛名，全詩如下：

秋夜裡一點寒意，
我到外面散步，
看見赤色的月倚在籬邊，
如一紅臉的農夫。
我沒有停下來說話，只點點頭，
四周有沉默的星

㉓ 葉維廉：《秩序的生長》第二一六頁，臺灣志文出版社一九七一年版。

臉色蒼白，如城市裡的孩童。

這首詩文字凝煉，不像有些詩那樣拖沓臃腫，兩個比喻性的意象相當新奇，也不像有些詩的比喻那樣缺乏新鮮感。但是，它的內蘊是什麼呢？它能給讀者哪些思想感情上的陶冶和啟示呢？香港學者林以亮的一段話是頗有見地的：「它有一個致命的弱點，經不起咀嚼。這個弱點也就是意象派詩的弱點，所以無怪乎批評家要說意象派的詩只是浮面的詩，為眼睛看的詩。」[24]是的，英美意象派的詩作大都沒有深刻的思想內容和豐富的生活內涵，格局與氣度都比較狹小，同時，他們強調景象的描摹而絕對反對旨意的直接表達，也有其明顯的片面性，因為意在象中而使人因象悟意，只是意象經營的一個主要美學原則，而非絕對的教條，如果只主張所謂「全意象」或「純意象」而一概反對直接表明情意，一概反對詩中精闢的議論，那就可能導致藝術表現的單調和乏味。因此，約翰．弗萊契在《意象派詩選》中對意象派的批評，可以說是深中肯綮之論：「意象派的缺點是不允許詩人對於人得出明確的結論……使詩人進入無內容的空洞的唯美主義。詩只描寫自然不行，一定要加入人們對自然的判斷和評價。」由此看來，我們的詩人不僅要力求意象的獨創和單純，也要去追逐意象的內在的深廣，否則就容易流於為意象而意象，只在語義的表面層次上浮動，缺乏思想和感情的深度，甚至墮入晦澀的泥潭。

美好的意象，是詩人對生活獨特的感受、發現和表現的結晶，而不是什麼絕對化的「潛意識」

---

[24] 林以亮編選：《美國詩選》第一四七頁，香港今日世界出版社一九七八年版。

或超現實的玄想的產物；

美好的意象，並不排斥直接的抒情和議論，那精闢而富於感情的不脫離形象的議論，常常可以增強詩的思想力量；

美好的意象，以健康強烈的感情和深刻的思想作基礎，我們不能因為講求意象而去建造曖昧甚至晦澀的迷宮。

講究意象和意象經營，是中國詩歌美學傳統的民族特色之一，中國詩史上的任何優秀詩人，無一不是以他們的才華，追逐了許多獨特而美好的詩的意象，創造了屬於他們自己的詩的意象世界。他山之石，可以攻玉，英美意象派詩人隔海尋求到中國的這一瑰寶，他們的貢獻與創造應該借鑒，但是，「魂兮歸來，返故居些」，我們當今的新詩人呵，讓我們縱向批判地繼承傳統，橫向獨立自主地借鑒西方，進一步發展我們的新詩吧！

第五章 如花怒放 光景常新

——論詩的意境美

意境，是中國古典詩論中一個十分重要的美學範疇，也是當代詩歌美學中一個像生活之樹一樣長青的美學命題。進一步研究和發展意境的美學理論，是促進我國詩歌民族化、現代化、藝術化、多元化的一項重要工作，也是建立我們當代的同時又具有民族特色的詩歌美學的重要組成部分。

在多年來的閉關鎖國之後，我們今天要廣開門戶，借鑒西方詩歌與詩歌理論中的精華，以促進新詩以及詩歌理論的發展，這是毫無疑義的。但是，有的人卻一味主張「用外來的美學原則改造我們的新詩」，有的人對於民族詩歌和民族詩歌理論的傳統，則一概斥為「保守」、「僵化」。例如詩歌中的「意境論」，就遭到一些人的指責和反對。最有代表性的是孫紹振，他在〈新的美學原則在崛起〉一文中寫道：「他們老是把我們的古典詩歌的意境的概念無限制地運用。其實新詩的很大一部分是講究激情的抒發的，早已衝破了意境的美學原則。」❶我認為革新和創造是永遠需

---

❶《詩刊》一九八一年三月號。

要的，就像鳥的飛翔需要空氣，就像火車的奔行需要動力。但是，「意境」是否就是一個一成不變的固定框框，束縛了新詩的發展而需要「衝破」呢？回答應該是否定的，就像事物的鐵的客觀規律對所有空幻之主觀臆斷的回答一樣。

近些年來探討意境的文章不少，如果讓這些作者在一起開一個圓桌會議討論意境問題，那氣氛必然極為熱烈。我這篇文章，就權當發言吧，我只希望在一些不可避免的陳腔之外，也能有若干新意，雖然意境論確實並不是什麼新崛起的美學原則，但我還是力求不至於完全老調重彈。

一

從中西文論比較這一角度看意境，意境論，是中國重在表現的美學思想的結晶，是中國美學對於世界的美學思想獨特而卓越的貢獻。

學者姚一葦〈論境界〉一文開始就說：「『境界』或『意境』一詞是我國所獨有的一個名詞，作為藝術批評或文學批評的一個重要術語。但是它的語意非常抽象而曖昧，因此在比較實際的西洋的美學或藝術學的體系中，幾乎找不出一個同等的用語來傳達，至少我在西文中找不出一個可以概括它的所有的內含的一個用語。」❷美籍華人著名新聞記者梁厚甫，他並不是專攻文學的，但是他在〈民族自大狂〉一文中也說過：「中國詩詞的意境，有時外國最好的文學作品也不能及萬分之一。」這就說明熟悉西方文學的海外學者，他們也認為「意境論」為西方所無而為中國所

❷ 姚一葦：《藝術的奧祕》第三一四頁，臺灣開明書店一九六八年版。

獨有，中國古典詩歌意境的魅力，西方的優秀文學作品往往難以企及。然而，「意境」說這一株鳳凰木，為什麼植根萌發在東方中國的土地上，而在異國殊方卻沒有它的戶籍呢？這就不能不從中西文學及其理論的特質來探索它的根源了。

中國和西方的美學觀，在藝術思維方式、審美方式和表現手法等方面，都存在著明顯的不同。從一般而不是絕對的情況來看，西方的古典美學思想重在再現，「再現說」至少在西方現代派文學勃興之前，占有主導地位。西方第一個文學批評家是古希臘的柏拉圖，他強調「理念」，認為藝術是理念的影子，他從理性的角度否定文學的價值，提出了唯心主義的模仿的藝術觀，要求把文學驅趕出他的「理想國」。亞理斯多德是柏拉圖的學生，是書寫西方文學批評史的第二頁的人物，雖然他反對他的老師的唯心主義文學觀，但他的文學思想的核心，仍然認為文學是模仿藝術，因此，他主張「模仿自然」，以為文學是由模仿而提供並讓讀者求得知識。文藝復興時期的作家、理論家，大都贊成古希臘哲人的「鏡子」說。法國十八世紀啟蒙運動的先驅者之一、古典主義最後的一個代表人物費納隆，他在〈致法蘭西院士書〉中也認為：「詩毫無疑問是一種模仿和繪畫。……藝術一旦過分，就是不完美的了；它應該努力做到近似。」他的這種觀點，就是亞理斯多德等人「模仿說」的遙遠的回聲。降及近代，黑格爾老人視藝術為認識理念的感性階段，認為美和藝術是「理念的感性顯現」，別林斯基以為「藝術是對於真實的直接觀照」，車爾尼雪夫斯基在他的著名美學著作《美與生活》中，也認為藝術是生活的「再現」，而「美是生活」，文藝是生活的「教科書」。正因為西方「再現」的理論和「再現」的藝術比較發展，所以藝術典型的塑造就成為了西方美學理論注意力輻輳的中心，而從西方詩歌史來看，其肇始之篇就是古希臘以敘事和刻劃人物為主的荷馬史詩，即著名的《伊里亞特》與《奧德賽》。它們各分二十四卷，前者長達一萬五千多行，後者長達一萬二千多行，以再現古希臘社會生活與塑造典型為其主要特色。如同十九世紀法國史學家兼批評家丹納所概括的：「他講到特洛亞特、伊薩卡島和希臘的各處海岸；我們至今還能追尋那種景色，認出山脈的形狀，海水的顏色，飛湧的泉水，海鳥棲宿的扁柏和榛樹；荷馬的藍本是穩定而具體的自然界；在他的詩歌中，我們覺得處處腳踏實地，站在現實之上。」❸如果說，從亞理斯多德時期的古典主義到新古典主義時期的「模仿說」，西方的古典美學理論都是注重模仿，重在敘事和再現，西方的文學在現代派文學興起以前，除了浪漫主義文學思潮主張主觀抒情以及克羅齊傾向直觀表現以外，「再現論」一直雄踞西方文壇幾千年之久。那麼，中國的古典美學思想則一開始就注重物感說，重在抒情和表現，認為藝術的本質在於創造形象以寫意抒情。這裡，我們且從中國文學史與歐洲文學史的長河溯流而上，在它們各自的江河源，舀一瓢水來品嚐：

可是那珀琉斯的兒子憑他的腳力快，一個閃電似的就追上去了。輕得像羽族當中最最快的山鷹打著迴旋去追一隻小的鴿子，一路尖叫著緊緊追隨，偶爾還突然來一個猛撲，那阿喀琉斯也就這樣前去緊緊追趕的。（《伊里亞特》）

蒹葭蒼蒼，白露為霜。所謂伊人，在水一方。溯洄從之，道阻且長；溯游從之，宛在水中央。
蒹葭淒淒，白露未晞。所謂伊人，在水之湄。溯洄從之，道阻且躋；溯游從之，宛在水中坻。

❸ 丹納：《藝術哲學》第二八三頁，人民文學出版社一九六三年版。

蒹葭采采，白露未已。所謂伊人，在水之涘。溯洄從之，道阻且右；溯游從之，宛在水中沚。（《詩經・秦風・蒹葭》）

月出皎兮，佼人僚兮，舒窈糾兮，勞心悄兮。
月出皓兮，佼人懰兮，舒懮受兮，勞心慅兮。
月出照兮，佼人燎兮，舒夭紹兮，勞心慘兮。（《詩經・陳風・月出》）

《伊里亞特》寫阿喀琉斯追趕赫克托爾的情景，用了許多比喻，著力予以具體細緻的再現，從中可以看到西方最早的詩歌，著重故事情節的敘述與人物形象的刻劃，相當細膩地再現客觀的現實生活場景。這種重在再現的美學思想，給以後的作家如但丁、彌爾頓、托爾斯泰等人以很大的影響。而中國最早的詩歌，卻是以強烈的主觀抒情為主，而客觀環境的描繪，也成了抒情的客體化，浸染了濃郁的感情色彩。我以為〈蒹葭〉與〈月出〉這兩首詩，是《詩經》中不多見的具有朦朧之美的兩首詩，也是《詩經》中最具意境美的兩首詩。——從以上簡略的敘述和詩海一瓢的比較中，我們可以看出西方的古典美學思想重在再現，而中國古典美學思想則重在表現。中國古典文藝是偏於表現的藝術，如果說戲劇、小說等文學作品中尚且有強烈的「表現」傾向，如《西廂記》、《竇娥冤》、《紅樓夢》、《聊齋誌異》等就頗有詩的境界，金聖嘆批點《西廂記》，他認為有意境的地方就達二十多處，脂硯齋評《紅樓夢》，也多次說到境界，以至有人說在中國文學中詩是無處不在的，那麼，詩詞、音樂、繪畫和書法就更是如此了。重在客觀再現的美學以藝術典型為它的中心論題，重在表現的美學必然會以對意境的探求作為主要的鵠的。也就是說，意境，是在中國美學思想的土壤上成長起來的鳳凰樹。意境這株鳳凰樹，有它萌芽破土、抽枝發葉而至於花蕾繽紛的過程，我們有必要剖視它的年輪，作一番縱的歷史的敘述。

在先秦時期，中國古典美學思想史在第一頁就提出了「詩言志」的發抒之說，同時也提出了「言不盡意」而「立象以盡意」（《周易・繫辭》）的觀點：

詩言志，歌永言，聲依永，律和聲。（《尚書・虞書・堯典》）

中國詩歌傳統的「詩言志」這一面旗幟，在遠古時代就迎著原始的風而招展了。除了《尚書》所記之外，《左傳》中也有「詩以言志」的說法，《荀子・儒效》篇中也有諸如「詩言其志也」的議論。對於「志」，有許多大同小異的解釋，但一般認為「志」既包括思想也包括感情，這和西方古典美學史一開始就提出「模仿說」是大異其趣的。《周易》中所說的「言」與「象」，當然還不是指文學語言和文學形象，但卻包含有文學語言和文學形象的某些雛形，啟發了後代對於文學形象的感受和認識。

在兩漢時代，《毛詩・大序》、〈樂記〉及《史記》中幾段話頗值得注意：

詩者，志之所之也。在心為志，發言為詩。情動於中而形於言，言之不足，故嗟嘆之；嗟嘆之不足，故咏歌之；咏歌之不足，不知手之舞之足之蹈之也。（《毛詩・大序》）

詩，言其志也；歌，咏其聲也；舞，動其容也。三者本於心，然後樂器從之。凡音之起，由人心生也，人心之動，物使之然也。（〈樂記〉）

《詩》三百篇，大抵賢聖發憤之所為作也。此人皆意有所鬱結，不得通其道也，故述往事，思來者。（《史記．太史公自序》）

「在心為志」及「三者本於心」，仍是先秦時期「表現」說的一脈相承的發展，與此同時，「人心之動，物使之然也」，進一步明確說明審美主體的思想感情，是作為審美客體的客觀物境作用於審美主體的結果，而司馬遷的「發憤」說，實際上也就是認為藝術的本質是抒發情意的「發抒」說，這和他在〈屈原列傳〉中認為屈原「憂愁幽思而作〈離騷〉」的看法，並無二致。

在魏晉南北朝時期，「表現」說的理論有了長足的發展，因為先秦兩漢時期文史哲三位一體，詩、樂、舞親如一家，文學還沒有取得它獨立存在的地位和價值，到魏晉時期，文學已從其他方面的影響下獨立出來，而成為所謂「純文學」，它自身必然要求得到理論上的說明和保衛。另一個不可忽視的方面，是魏晉時期從印度傳入中國的佛學禪宗的強大影響，佛學中最早並普遍運用「境界」一詞，《三藏法數》卷二十，列舉五種般若，其四曰「境界般若」，而禪家的藝術哲學是以心為宗，所謂「百千法門，同歸方寸；河沙妙德，總在心源。」（見《傳燈錄》）禪家說明學人對禪的了悟程度，也常用「境界」一語。總之，中國詩歌中「意境」這一美學觀念，從佛學禪宗中也可尋索到部分淵源，這是不必諱言的。這樣，文學的表現理論之樹，得到了獨立的國土和充足的陽光雨水，自然就要發芽抽葉了。其中，最值得注意的是如下各家：

文以氣為主，氣之清濁有體，不可力強而致。（曹丕：《典論・論文》）

詩緣情而綺靡，賦體物而瀏亮。（陸機：《文賦》）

人稟七情，應物思感。感物吟志，莫非自然。神用象通，情以變孕。物以貌求，心以理應。（劉勰：《文心雕龍》）

凡斯種種，感蕩心靈，非陳詩何以展其義？非長歌何以騁其情？

文已盡而意有餘，興也；因物喻志，比也；直書其事，寓言寫物，賦也。宏斯三義，酌而用之，幹之以風力，潤之以丹采，使味之者無極，聞之者動心，是詩之至也。（鍾嶸：《詩品》）

在魏晉南北朝時期，理論上是非此四大家而莫之他屬了。曹丕所說的「氣」，雖然比較抽象，但大略是指作者的氣質才情，明顯地是從創作中的審美主體方面著眼；陸機的「詩緣情」說較之「詩言志」說，是中國詩歌美學理論的一個重大發展，他強調詩歌中感情的地位和作用，更為符合抒情詩這一文體的要求和特徵，也更接近藝術的本質。而他同時認為「緣情」必須「體物」，情不能無所附麗而作抽象的抒發，而「體物」就是對客觀物象作主觀的審美觀照。至於劉勰和鍾嶸，既都強調創作中審美感情的作用，同時又對表現主觀的「意」的客觀之「境」給予了足夠的重視，在他們的理論中，雖然還沒有提出「意境」一詞，但是，藝術認識和掌握世界的審美方式，集中到一點，就是如何創造藝術形象以抒發主觀的審美情思，他們的理論的共同特點，就是將主觀與客觀、審美主體與審美客體、審美的主觀情思與審美的客觀物象作為一個整體來思考，這可以說抓住了藝術創作的根本環節。此外，在中國第一部詩歌美學理論著作《詩品》中，鍾嶸還提出了「文已盡而意有餘」和使「味之者無極」的觀點，獨具慧眼地看到了詩創作中的「含蓄」和「詩味」問題，這更是「意境」的理論將要產生的先兆。是的，魏晉南北朝時期創作的理論為「意境」說的誕生作了進一步的準備，枝幹已經長成，綠葉已經紛披，花蕾就要吐出芳信了。

唐代的詩論，對於意境的主客觀兩方面的因素有了進一步的探討，正式提出了「意境」一詞。「意境」之說，雖經清代詩人、學者再三強調，王國維在《人間詞話》中作了比較充分的多方面的闡述，但它早已經在唐代的理論與詩歌創作中確立了自己的地位。之所以如此，原因有三：一是詩歌創作空前的發展與繁榮，為理論的概括提供了豐富的資料；二是前人「表現」說的理論積累了對於主觀情思與客觀物象探討的成果；三是佛教在中國的進一步廣為傳播，除了消極意義之外，積極的方面是促進了唐詩流派的豐富和發展，如王維的詩作及唐詩中的山水詩派，如寒山、王梵志等人時見佛理的詩作，同時又促進了唐人對詩的意境的思考與探討。因為佛教儘管派別各異，但都是鼓吹因心生境，把通過「佛理」所希望達到的某種境地，稱之為「境界」或「意境」。因此，在佛教的經典中，意境特別是境界之說，可謂屢見不鮮，如「覺通如來，盡佛境界」（《成唯識論》），「心存佛國，聖境冥現」（《楞嚴經》），「色等五境為境性，是境界故。眼等五根，名有境性，有境界故」（圓暉：《俱舍論頌疏論本》）等等，都提出了「境界」之說。這無疑是唐人思考詩中意境的思想資料。這裡，我按年代先後，摘取唐人對於意境的有關議論：

詩者其文章之蘊耶？義得而言表，故微而難解，境生於象外，故精而寡和。（劉禹錫：〈董氏武陵集記〉）

夫境象非一，虛實難明。有可睹而不可取，景也；可聞而不可見，風也；雖繫乎無形，而妙用無體，心也；義貫眾象，而無定質，色也。凡此等，可以偶虛，亦可以偶實。

繹虎於險中，采奇於象外，狀飛動之趣，寫冥奧之思。（皎然：《詩議》）

詩有三境，一曰物境。欲為山水詩，則張泉石雲峰之境極麗艷秀者，神之於心，處身於境，視境於心，瑩然掌中，然後用思，了然境象，故得形似。二曰情境。娛樂愁怨皆張於意而處於身，然後馳思，深得其情。三曰意境，亦張之於意而思之於心，則得其真矣。（王昌齡：《詩格》）

詩家之景如藍田日暖，良玉生煙。可望而不可置於眉睫之前也，象外之象，景外之景，豈容易談哉？（司空圖：〈與極浦書〉）

劉禹錫「義得言表」與「境生象外」，明顯地受到佛學中「得意忘言」、「得意忘象」的理論的影響，他強調的是詩的形象之外所引發的「意」與「境」，這無疑抓住了意境的美學核心，像出色的射手一箭中的。託名王昌齡所作的《詩格》，正式在中國詩美學史上第一次提出了「意境」之說，在它所說的詩的「三境」中，「物境」即客觀的景象之境，「情境」即主觀的感情之境，「意境」則是客觀物境與主觀情境的融合，脈絡十分鮮明。詩僧皎然不離本行地以禪論詩，除上述《詩議》之外，他在《詩式》中還提出有關意境的許多看法，如「取象曰比，取義曰興，義即象下之意」，「至近而意遠」，「取境之時，須至難、至險，始見奇句」，「兩重意以上，皆文外之重旨」等等，都是頗有價值的見解。至於司空圖，他主張詩歌創作中主觀的「思」要與客觀的「境」相諧和，他認為引人聯想和想像的「象外之象」、「景外之景」，是極為重要而不容易達到的境界，這就涉及到詩的意境的重要美學特徵以及意境的典型化問題。綜上所述，「意境」說這一株鳳凰樹，在唐代已經初長成而含英吐秀了。

宋代嚴羽的《滄浪詩話》，繼承和發展了司空圖的理論主張，強調「興趣」和「透徹之悟」，攻擊以理為詩、堆垛學問的江西詩派，他的理論仍然是主情的表現理論，張炎《詞源》也認為「詞原當如此作，全在情景交煉，得言外意」。明代，朱承爵《有餘堂詩話》認為「作詩之妙，全在意境融徹，出聲音之外，乃得真味」，王世貞《藝苑卮言》認為作詩要「神與境合」，做到「信手拈來，無非妙境」，謝榛《四溟詩話》也說「詩本乎情景，孤不自成，兩不相背」。但是，「意境」說得到更廣泛的重視，並在理論上得到進一步的發展，那還是在清代。此處略舉數端：

神智才情，詩所探之內境也；山川草木，詩所借之外境也。（鹿乾岳：〈儉持堂詩序〉）

詩與文不外情境二字。

詞或前景後情，或前情後景，或情景齊到，相間相融，各有其妙。（劉熙載：《藝概》）

耆卿詞善於鋪敘，羈旅行役，尤屬擅長，然意境不高。容若《飲水詞》在國初亦推作手，較《東白堂詞》（佟世南撰）似更閑雅，然意境不深厚，措辭亦淺顯。（陳廷焯：《白雨齋詞話》）

歐洲之意境語句，其繁富而瑋麗，得之可以凌轢千古，涵蓋一切。（梁啟超：〈夏威夷遊記〉）要新意境。

上面所引各項，大多數作者的生活年代均在王國維之前，即使是與王國維同時代的陳廷焯與梁啟超，他們有關意境的議論也都在《人間詞話》之前。王國維〈人間詞乙稿序〉於一九〇七年寫成，第一次運用「意境」一詞，而梁啟超的〈夏威夷遊記〉則寫於一八九九年。由此可見，在清代的早於王國維的詩學理論中，主表現的意境說有了更加廣泛的影響力，詩論家們沿著「情」與「景」這兩個路標的指引，紛紛深入到意境的國土去探索它的奧祕，在他們之後，王國維接踵而來，他吸收了西方的一些學說，中西融匯，在前賢開闢的道路上，他自然有了更大的收穫與發現。王國維的《人間詞話》對於「意境」雖然沒有首創之功，但是，他卻能以意境問題為他的美學體系的綱領，並融入西方哲學與文學的某些觀點，比較有系統地探討了意境說的諸般方面，對中國詩學作了屬於他自己的貢獻。「詞以境界為最上。有境界，則自成高格，自有名句」，他以「境界」（也即意境）作為詩歌批評的「最上」準繩，以樸素的二分法，兵分六路，向境界之有無，造境與寫境之分別、有我之境與無我之境、境界的大與小、境界之隔與不隔、境界之高與低等六個方面開邊擴土。他的學說雖然有某種唯心主義的色彩，限於時代的局限和詩話這種點到即止的印象式批評的局限，他的論述也不夠細緻和周延，但是，他對於詩學的貢獻，使他的《人間詞話》在中國詩歌理論批評史上占有了重要地位。

從以上簡略的敘述中可以看到，王國維《人間詞話》以前的中國古典文學理論特別是詩歌理論，雖然其中有各種各樣的主張，或截然不同，或大同小異，或大異小同，但是，主情的表現理論卻是中國古典美學理論的主要傾向，它主要是表現在詩歌創作中，但也滲透到舞蹈、音樂、書法、繪畫、小說、戲劇等文學樣式之中。意境論的產生，是中國古典美學思想發展的必然產物，也是中國美學對世界美學的獨到的貢獻。如前所述，「意境」的一個重要方面就是作為審美主體的詩人的審美感情抒發，脫離了情意的抒發，就失去了意境所由存在的一個重要方面。成功的詩作的成功原因之一，就是具有美學價值的「激情的抒發」。古今中外所有優秀詩作都是如此，不獨以當前的新詩為然，也不獨以「一部分」新詩為然。即使如孫紹振所說，當前「現代化」的新詩「很大一部分是講究激情的抒發」的，那怎麼就必然要「早已衝破了意境的美學原則」呢？這不是自相矛盾而不能自圓其說嗎？而且，中國古典詩美學的「意境」說雖然是主情的表現理論，但它不僅絕不排斥反而主張對「境」的生動傳神的描繪，那麼，所謂「激情的抒發」衝破「意境」，難道「激情」是不依附於客體的描繪而以赤裸裸的概念出之嗎？如果那樣，那倒是不但「衝破」了意境，而且連詩本身也都給「衝破」了。除了孫紹振之外，有的人為了否定「意境」說，竟然不是從美學思想上去考察它的歷史演變，而是謚之以「理學」與「中庸」的名號，而且和封建主義連繫在一起。如有人說：「隨著政治上的反封建主義，藝術上的這種『樂而不淫，哀而不傷』、『溫柔敦厚』、『發乎情，止乎禮義』多少染有理學和中庸色彩的『意境』說，終於被擱置一邊。」這種見解看來激進和解放，實際上仍然是庸俗社會學的變種。我以為，所謂「樂而不淫，哀而不傷」等等，是儒家的詩教，與古典美學思想所概括的「意境」說並不是一回事，不能一廂情願地給它們之間劃上等號。而「五四」時代的新詩作者為了在政治上反對封建主義，思想上宣揚科學和民主，文學上確立新詩的地位，自然不免過激地喊出「打倒舊詩」的口號，那時的古典詩歌都在「僵化」、「打倒」之列，遑論「意境」說？但是，「終於被擱置一邊」並不見得就是歷史的公正裁決或最後裁決，正如同不久之後詩人就認識到新詩要向古典詩歌學習，要繼承民族的詩歌傳統一樣，今天我們討論並力圖重新認識「意境」說，乃是進一步繁榮詩歌創作的必然結果，並不如有的人所云：「在我們的一些作者和批評家那裡，胎兒和洗澡水一起被倒掉，自覺或不自覺地又將『意境』說請回來，仍將其捧為詩美的最高境界。」

我這裡並不想與「意境」說的否定者展開深入的辯論，這不是本文的主要任務，但是，我要著重指出的是，持民族虛無主義觀點或受其影響的人，他們對於傳統的否定是雙管齊下的，不僅包括那源遠流長豐富多采的作品，也包括我們民族傳統的有價值的美學理論。其中的更為激進的分子，他們聞西風則欣然色喜，對傳統則棄若敝屣，向西天取經的唐僧，從長安出發仍然回到了長安，但今天的詩界的某些唐僧，他們似乎一向西天出發就不準備再返回他們的故土。

二

正如同那個古老的瞎子摸象的笑話一樣，摸到象耳朵的說象如蒲扇，摸到象腳的說象如肉柱，一偏之見，都不能導致對事物全面的理解和認識。對「意境」說也是如此。我以為，要全面地把握詩的意境，必須從作為對生活的審美主體的作者的藝術創造，以及作為作品的審美主體的讀者之藝術再創造這兩個方面，以及它們之間的相互作用去理解。只有這樣，才能真正認識意境的內涵與外延，也才能真正認識意境不僅是古典詩歌創作的美學原則，在今天的新詩創作中，也絕不如有些人所說的是一種「桎梏」，而具有不可磨滅的美學效用與光芒。

意境，既不是客觀現實的簡單再現，也不是主觀情理的抽象論說，而是意與境的矛盾對立的統一。意境，自以形傳神的獨創的形象之基礎上產生，它包括形象之「境」，但其美學內涵和外延都遠遠大於形象；意境，離不開情與理的主導作用，「意」的高與下、特出與平庸，對意境的高下與平庸有決定性的作用。在當代對意境作理論探討的美學家中，李澤厚是最早而且是頗具卓見的一位。他在一九五二年發表的〈「意境」雜談〉中，正確地指出意境的重要意義。他說：「『意境』是中國美學根據藝術創作的實踐所總結的重要範疇，它也仍然是我們今日美學中的基本範疇。」他對「意境」的內涵作了如下的界定：「意境，有如典型一樣，如加以剖析，就包含著兩個方面：生活形象的客觀反映方面和藝術家情思理想的主觀創造方面。為簡單明瞭起見，我們姑且把前者叫做『境』的方面，後者叫做『意』的方面。『意境』是在這兩方面有機統一中所反映出來的客觀生活的本質真實。」「『境』和『意』本身又是兩對範疇的統一：『境』是『形』與『神』的統一，意是『情』與『理』的統一」，「藝術的意境是形神情理的統一」❹。李澤厚繼承王國維的觀點並有所發展，對新的歷史時期的「意境」說有開拓之功，二十多年來許多有關「意境」的文章，包括筆者一九七九年發表在《詩刊》題名〈詩的意境〉的文章，都受到他的影響。但是，李澤厚的「意境」論看來還有兩點值得研究之處，一是藝術形象乃至藝術典型都是主觀與客觀的統一，如果能進一步將一般文藝理論上所說的「藝術形象」與作為特殊的審美範疇的「意境」區別開來，將有助於意境探討的深入；二是對「意境」的認識，似乎不能局限於作者對意境的創造，而應該兼及欣賞者對意境的再創造，這樣才能全面把握意境的真諦。對於後一點，我將在下面較詳細地闡明自己的看法。

作者與生活，作者是審美主體，生活是審美客體；讀者與作品，讀者是審美主體，作品是審美客體。「意境」，不是一個一元的概念，而是一個二元的概念，意境不能脫離欣賞者的審美活動而存在，意境美，應該是作者所創造的意境在欣賞者頭腦中再創造的結果。長期以來，大家習慣於只從作者的藝術創造的角度論意境，而忽略從讀者的藝術再創造的角度論意境，然而，對於意境如果不同時從讀者審美活動的角度去認識和把握，而只從作者的藝術創造的角度去追索，那麼，就有如要達到一個既定的目標，行到中途就自以為走完了全程一樣。

為什麼說既要從作者的藝術創造，也要從讀者的藝術再創造來認識「意境」，才能對意境作全面的把握呢？根本原因在於詩歌在所有的文學樣式之中，較之小說、戲劇、散文等其他重要文學

❹ 李澤厚：《美學論集》第三二四頁，上海文藝出版社一九八〇年版。

樣式，是一種獨特的具有豐富想像力與強烈啟示力的文學樣式。詩歌想像豐富這一特點，只從詩作本身具有豐富的想像去理解還不夠，還必須看到它刺激與誘發讀者豐富的審美聯想和想像這樣一個重要方面。意境，原本是詩歌所特有的審美範疇（後來旁及到詩歌的近親音樂、繪畫、書法也講求意境，而自覺地將「意境」的尺度去衡量小說、散文和電影，則是近些年來出現的新趨勢），作為豐富的美學想像的產物，它具有直接性與間接性的特點。意境的直接性，就是指作者通過作為藝術媒介的語言所創造的意境，這又可稱為實的意境，因為它通過文字的表現而具形，沒有文字這一工具，任何意境也無法實實在在地具現在讀者的視聽之前；意境的間接性，好似魚離開了水就不能生存，意境也不能離開讀者的審美聯想和想像而存在，它誕生於作者的創造，延續生命於讀者的想像之中，從特定的意義上來說，它是源於作品而活躍在讀者的聯想和想像之中的美學境界。換言之，意境萌發於欣賞者對作品的直接性意境的感知，展開於對直接性意境的聯想，最後完成於對直接性意境的再創造。比喻往往是跛腳的，在詩歌的創作與欣賞中，如果說作者與讀者是兩支軍隊，那麼，意境就是他們勝利會師的廣場。這裡，用得著托爾斯泰的一句話，他說：「一件藝術品能夠作為真正的藝術品，只有當人們看它的時候，好像——不，不但是好像，而且真正地能夠實在喚起人們的愉快，覺得作者完成了一件美的作品。這在音樂中特別明顯。再也沒有比這個更可說明藝術的要旨了，就是說藝術家的『自我』和鑒賞者的『自我』融合為一。」❺托爾斯泰所說的並不就是我們所論的意境，但他主張從作者的審美創造與欣賞者的審美再創造的結合來理解藝術品，對我們理解意境不無啟示。如唐代七絕聖手王昌齡的〈春宮曲〉：

❺《西方古典作家談文藝創作》第五三二頁，春風文藝出版社一九八〇年版。

昨夜風開露井桃，未央前殿月輪高。
平陽歌舞新承寵，簾外春寒賜錦袍。

這首詩一般讀者都耳熟能詳。作者生動地描繪了一幅宮廷生活的畫面，他的審美判斷並沒有直接表現出來，詩的景象鮮明而意蘊深邃，即所謂景顯而情隱，全詩的意境，還有待讀者根據自己的生活經驗和藝術想像去完成。明代的陸時雍，曾這樣概括地評論過這位「詩家天子」：「王龍標七言絕句，自是唐人騷語，深情苦恨，襞積重重，使人測之無端，玩之不盡，惜後人不善讀耳。」❻清代的沈德潛，也如此具體評論過這篇作品：「王昌齡絕句，深情幽怨，音旨微茫。『昨夜風開露井桃』一章，只說他人之承寵，而己之失寵，悠然可思，此求響於弦指外也。『玉顏不及寒鴉色』兩言，亦復優柔婉約。」❼這兩位古典詩評家，實際上都是從「意境」的角度去衡量王昌齡的作品，而沈德潛的具體評論，更是他在欣賞中參與自己的美感經驗，和作者一起共同完成意境創造的結果。

在中國古典詩論中，雖然並沒有「意境的完成需要讀者的藝術再創造」這樣的文字，但是，我們還是可以看到中國古典詩論充分表述了如下的意境規律，即：不能只從作者一方孤立地理解意境，不能只從作品本身靜止地就事論事地認識意境，而要聯繫作為審美再創造的讀者一方，從作品的形象對讀者想像力的刺激和感發，去理解和把握意境。中國古典詩學的有關議論，我在後

---

❻《歷代詩話續篇》第一四一二頁，中華書局一九八三年版。
❼沈德潛：《說詩晬語》第二二〇頁，人民文學出版社一九七九年版。

文論述意境的美學特徵時還將談到，這裡只想大略引述西方和海外學人的一些類似的見解，以證明我的上述看法，並幫助我們全面理解究竟什麼是詩的意境。我先掛一漏萬地引述西方美學家和詩人的有關看法：

> 從以上的分析引申出來的總結，可以見到一切都歸宿於鑒賞的概念：鑒賞是關連著想像力的自由的合規律性的對於對象的判定能力。（康德）

> 遇到一件藝術品，我們首先見到的是它直接呈現給我們的東西，然後再追究它的意蘊或內容。前一個因素——即外在的因素——對於我們之所以有價值，並非由於它所直接呈現的，我們假定它裡面還有一種內在的東西——即一種意蘊，一種灌注生氣於外在形狀的意蘊。那外在形象的用處就在指引到這意蘊。（黑格爾）

> 藝術家的全部技巧，就是引起讀者審美再創造的刺激物。（克羅齊）

> 作者只有激發讀者的想像，才有希望使他全神貫注，從而實現他作品本文的意圖。文學的本文也是這樣，我們只能想見本文中沒有的東西；本文寫出的部分給我們知識，但只有沒有寫出的部分才給我們想見事物的機會；的確，沒有未定成分，沒有本文中的空白，我們就不可能發揮想像。（沃爾夫岡・伊塞爾）

前面幾位美學家的看法，依次引自康德的《判斷力批判》、黑格爾的《美學》和克羅齊的《美學原理》，他們雖然不是直接就意境而言，但他們事實上卻一無例外地指明：讀者對於作品是審美主體，讀者的審美再創造，對於作品內在意蘊的豐富和擴展，是一個不可缺少的條件。這，與我們對意境所作的解釋，有許多通似之處。接受美學，又稱讀者反應美學，是本世紀六十年代在西方興起的一個美學分支，也是文學研究中一種新興的方法論。其代表人物之一——德國的沃爾夫岡・伊塞爾的上述觀點（轉引自《讀書》一九八四年第三期），表達了接受美學的要旨，就是充分肯定讀者在文學活動中的地位與作用，作品的社會意義和美學價值，只有在讀者的閱讀過程中才能顯示。這，對於我們理解「意境」，顯然也是有力的「他山之助」。

意境，既是作者創造的結果，也是讀者參與再創造的結晶。作者將他所體驗的生活以及他的審美體驗具形於讀者之前，而讀者欣賞作品時被引發的豐富美感聯想，則活躍和延續了形象的生命，這樣，意境就成了作者與讀者的共同創造，沒有讀者的參與創造，意境美的產生是不可想像的。除了西方的美學家之外，接觸到一些海外中國學人的著述，我欣喜地發現在意境問題上，我們有許多不謀而合之處。如林雨華在〈試論王國維的唯心主義美學觀〉一文中說：『「意境」或「境界」是藝術形象及其藝術環境在讀者心中所引起的共鳴作用；「意境」或「境界」又是讀者藝術欣賞時的心理狀態。』（見《中國近三百年學術思想論集》，香港崇文書店一九七四年版）我以為，這在對意境的解釋上，可謂探驪得珠之論，至少可以給我們以啟發，使我們的視野開闊一些，不是只就作者的創造來看待意境，一條路走到黑。在《中國詩學縱橫論》（臺灣洪範書店一九七七年版）一書中，黃維樑以溫庭筠〈商山早行〉中的「雞聲茅店月，人跡板橋霜」為例，從鑒賞時的想像力這一角度談到意境，發表了很好的見解。他說：「創作固然需要想像力，鑒賞也需要想像力。想像力的作用有二：一是歸納，一是演繹。鑒賞者應把雞聲、茅店、月、人跡、板橋、霜這六樣物象歸納成一可感的『境』，然後得知其『意』；他也應能演而繹之，把此意境和其它現象、經驗聯綴起來，比較其異同，觀賞其趣致。」黃維樑從思維方法論來看讀者的審美欣賞對意境的創造，他所射的雖然同是意境這一紅心，但他張弓的角度與箭矢行進的路徑卻有所不同。美籍華人學者劉若愚，是《中國詩學》與《中國文學理論》這兩本有相當影響的著作的作者，他在〈中西文學理論綜合初探〉一文中認為：「在作者方面通過創造想像的境界而擴大現實，在讀者方面由再創造想像的境界而擴大現實。」❽他談的雖然是文學的主要藝術功用，但實際也與藝術意境有關。他在《李商隱的詩》一書中，更直接地談到了詩的意境問題，他認為：「當詩人尋求表現一個境界於詩中，他在探索語言的種種可能性，而讀者，依照詩的字句結構的發展，重複這過程而創造了境界。」隨即他作了進一步的申述：「在我看來，一首詩一旦寫成，在有人讀它，且根據讀者再創造那首詩的能力而多少加以實現之前，只具有可能的存在。」❾這就說明，詩作者對生活所作的審美表現的「意境」，並不是對生活的模仿而是一種「創境」，讀者對作者的「創境」所作的發現、補充和創造，是又一重「創境」（亦可稱為「悟境」）。讀者的「悟境」，以作者的「創境」為基礎和依據；作者的「創境」，以讀者的「悟境」為完成和指歸。真正的詩的意境，是內情與外景水乳交融、情理形神和諧統一、能引發讀者豐富的審美聯想和想像的藝術世界，是作者的

❽ 劉若愚：《中國文學理論》第三〇七頁，臺灣聯經出版事業公司一九八〇年版。

❾ 轉引自《中國文學理論》第三〇七頁。

創境與讀者的悟境互為條件和補充的二重境界，是作者的創造與讀者的再創造聯姻之後所誕生的寧馨兒。

三

意境的美學特徵是什麼？人言言殊。有如去朝拜一座幽奇博大的名山，我雖然不一定會有多少新的發現，但我努力不在登山大道上去重複前人的足跡，而力求從山林間另闢一條小徑，企望從那裡拾級而上，直薄金頂。

讀古今中外的優秀詩篇，我感到獨創美是詩的意境最可寶貴的素質。所謂獨創美，就是唯一性，即不可重複性。詩的意境只有是唯一的，不可重複的，生生不已不斷創新的，才能夠傳之久遠，具有永不衰老的藝術生命。文學創作本來就是不斷發現、不斷創新的事業，它所反對的就是令人窒息的保守，而重複和模仿，則是它誓不兩立的天敵。文學中的詩，詩中的意境，就更是如此。所謂「意境」，從唯一性的意義上說，就是「創意」與「創境」，就是這二者的完美結合。意境，所創造的應該是一種嶄新而引人玩味的美學秩序，而不是一般化形象的組合，不是生活表象的翻版，前人作品的重複，而是獨出心裁的藝術世界。可以說，獨創美雖並不等於意境，但有意境的詩作，總是有獨創美的詩作，沒有獨創美的詩作，必然是沒有意境的詩作，獨創美，是意境的必不可少的第一張身分證。如前所述，獨創美就是唯一性，也就是不可重複的獨特性，展開一點，就是作為「這一個」的詩人為別人不可模仿而自己也不可重複的對生活的獨特發現和獨特藝術表現。明代謝榛《四溟詩話》說：「賦詩要有英雄氣象，人不敢道，我則道之；人不肯為，我則為之。厲鬼不能奪其正，利劍不能折其剛。」詩作者有這種「英雄氣象」，就有可能創造出詩的意境。清人袁枚倡導「性靈」說，他的理論屬於表現理論的範疇，所以他也很重視意境的創造與獨創性的發揮，他在〈與洪稚存論詩書〉中，有一段對意境的精到議論：「足下前年學杜，今年又復學韓。鄙意以洪子之心思學力，何不為洪子之詩，而必學韓子、杜子之詩哉？無論儀神襲貌，終嫌似是而非，就令是韓是杜矣，恐千百世後人，仍讀韓、杜之詩，必不讀類韓類杜之詩。使韓、杜生於今日，亦必別有一番境界，而斷不肯為從前韓、杜之詩。」[10]袁枚所說的，就是藝術創新，就是意境應與時俱新的至理。意境，是以獨創美為準繩，而不是以作品數量之多寡為轉移的，盛唐的王之渙，今天可以說是大名鼎鼎的了，可是他流傳至今的作品總共只有六首，最著名的就是〈登鸛雀樓〉詩。唐代其他詩人還有不少寫鸛雀樓的詩，但都不及王之渙遠矣，原因就在於王之渙詩的意境完全是獨創的。王之渙即使沒有「黃河遠上白雲間，一片孤城萬仞山。羌笛何須怨楊柳，春風不度玉門關」（〈出塞〉），僅僅有這一首〈登鸛雀樓〉，他的名字也可以不朽了，加上同樣具有獨創意境的後者，他便擁有了兩塊詩中的和氏之璧。盛唐之初的崔顥，他流傳至今的也只有四十二首詩，其中的〈黃鶴樓〉更是千百年來傳唱不衰，關鍵也就是在於它的意境具有不可無一、不可有二的唯一之美。才高氣盛、睥睨當代的大詩人李白，不是先寫〈鸚鵡洲〉再寫〈登金陵鳳凰臺〉來和崔顥一較高低嗎？這位詩仙之作雖然有些地方超過了前人，但仍然不免留下模仿的痕跡，影響力仍然比不上崔顥的作品。清代文學批評家金聖嘆，在《選批唐才子詩》中對那些富有

[10] 乾隆刻本《小倉山房文集》卷三一。

萬篇而無一可以傳世的作者多所諷刺，而對崔顥卻備極推崇，他說：「作詩不多，而令太白公擱筆，真筆墨林中大丈夫也。」是的，「筆墨林中大丈夫」是最富於獨立性與獨創精神的，他們的筆下，最可能出現具有唯一之美的意境。下面，我想引述不同詩人所寫的幾首題材相同的詩作，從意境的獨創美方面作一些縱的透視與橫的比較：

滿街楊柳綠絲煙，畫出清明二月天。
好是隔簾花樹動，女郎撩亂送秋千。（唐・韋莊：〈丙辰年鄜州遇寒食城外醉吟〉）

竹笋才生黃犢角，蕨芽初長小兒拳。
試挑野菜炊香飯，便是江南二月天。（宋・黃庭堅：〈觀花〉十五首之一）

春水灘頭鳧鴨眠，牽絲弱柳拂蒼煙。
遙岑一抹清如洗，知是江南二月天。（清・王鳴韶：〈水村〉）

多畫春風不值錢，一枝青玉半枝妍。
山中旭日林中鳥，銜出相思二月天。（清・鄭板橋：〈折枝蘭〉）

上面這幾首詩，雖然題目和具體內容有所不同，但「二月天」同是它們的藝術描寫的指向。從意境的有無來看，它們都是有意境之作，從意境的創造美而言，它們也還是可以分出次第來的。試評判如下：黃庭堅的「二月天」，承襲晚唐韋莊的「二月天」而來，雖描摹有細緻獨到之處，但畢竟過於落實，供人聯想的空間不夠舒展。王鳴韶的詩空間比較開闊，但寫景較一般化，結句只是黃庭堅的結句的一字之改，創造性不夠。四首詩比較起來，意境最富獨創之美的，還是韋莊和鄭板橋的作品。韋莊之「畫出」，戛戛獨造，結尾也使人作有餘不盡之想。鄭板橋詩如其人，詩如其畫，意境的創造頗有一股「奇氣」和「逸氣」，「山中旭日林中鳥，銜出相思二月天」，虛實相參，意象超雋，手法和語言運用都頗為「現代」。

生活的長河無盡，時代的風光不窮，民族的土壤各異，詩人的個性不同，這樣，詩的意境的創新也沒有止境。可以說，意境之不窮，就有如時間與空間之無盡，意境這一片無垠的國土，永遠也沒有最後的邊疆，它又好像日月，雖然日月只有一個，但卻光景常新。是的，生活、時代、民族、個性這四元素，給意境的創新提供了無限寬廣的天地，意境的豐富性與多樣性不可窮盡。例如唐代的邊塞詩，是盛唐詩歌最富於特色與創造性的一頁，然而，清人陳玉齊的〈出關〉還是另有新意的：「憑山俯海古邊州，旆影風翻見戍樓。馬後桃花馬前雪，出關爭得不回頭？」前人認為這是「唐人邊塞詩未曾寫到者」，正說明它具有創意和創境。晚唐有兩位無名詩人，他們各以「雲」為題寫了一首絕句：「盡日看雲首不回，無心都大似無才。可憐光采一片玉，萬里晴天何處來？」（諸載），「片片飛來靜又閒，樓頭江上復山前。飄零盡日不歸去，點破清光萬里天。」（鄭准）這兩首寫雲的詩的意境，與俄國詩人萊蒙托夫的〈雲〉的意境是多麼不同。問題並不在於有無寄託，萊蒙托夫的〈雲〉是有寄託的，唐代詩人來鵠的〈雲〉也是有寄託的：「千形萬象竟還空，映水藏山片復重。無限旱苗枯欲盡，悠悠閒處作奇峰。」但仍是兩種具有不同時代、民族特點以及詩人個性印記的意境。以上的不同作品的意境比較，還可以說主要是不同民族與不同時代的原因所形成的，但同一時代的詩人寫大致相同的對象，由於作者個性的獨立性，其作品的意境也迥然有異。例如同是詠洞庭湖，劉長卿有「疊浪浮元氣，中流沒太陽」（〈岳陽館中望洞庭湖〉），白居易有「春岸綠時連夢澤，夕波紅處近長安」（〈題岳陽樓〉），釋可朋有「水涵天影闊，山拔地形高」（〈賦洞庭〉），孔武仲有「飄然一葉乘風渡，臥聽銀潢瀉月聲」（〈乘風過洞庭〉）等等。名篇傑句，如大珠小珠，但最突出的還是孟浩然〈臨洞庭湖上張丞相〉和杜甫的〈登岳陽樓〉，兩首詩雖然齊名，但就意境的深邃博大以及引人共鳴的強度與廣度而言，杜甫的詩自然要高出孟浩然之上。宋代的蔡絛就曾說孟詩對洞庭的描寫「氣象雄張，如在目前」，而杜甫的詩氣象更大，「不知少陵胸中吞幾雲夢也」。雖然如此，孟浩然詩的整體意境不及杜甫詩之高，但孟浩然這首詩之所以也流傳千古，也是與它的意境有獨創性分不開，前人不斷地稱讚孟詩前四句「亦自雄壯」、「亦為高唱」，所說的正是此中消息。在新詩創作中，寫洞庭湖的詩作不少，其中也不乏可誦之篇，如邵燕祥寫洞庭湖的〈蘆〉一詩，詩前有小序云：「洞庭湖君山有蘆葦場，供應岳陽和各地的造紙廠。」詩如下：

> 我來洞庭湖，望四月的蘆葦
> 趁波光雲影泛一片鵝黃。
> 我問連天的蘆葦為誰而綠，
> 蘆葦向我說千古的興亡。

說周瑜的水師，楊么的水寨，
張孝祥的詞，范仲淹的文章，
說八百里雲夢澤水消水長，
說青草沙洲在春風秋雨裡拋荒……

終於到了千百萬文盲識字的年代，
茫茫的蘆葦化作了滾滾的紙漿；
已經學會寫「社會主義」的父母，
誰情願兒女再成為新的文盲？

蘆葦快快長吧，我們需要紙張。
蘆葦說：好。但歷史的進退，要你們仔細思量！

詩人從日常生活中捕捉了蘆葦的形象並作了深入的開掘，他不滿足於生活表象的摹寫，而寄寓了自己富於歷史感的思索。一「問」一「說」，感興無端，俯仰古今，全詩具有比較闊大而深遠的意境。因此，認為意境的美學原則只適用於古典詩歌，新詩不要講求意境，這都是無視意境的美學本質特徵的一偏之見。我以為，如果說「詩」這個詞在古希臘語源中就是「創造」之意，那麼，詩的意境就更是不斷創新的，意境，永遠是創新的事業。

重複自己或重複別人的沒有創造性的詩，沒有意境可言。同樣，想像力貧弱的缺乏想像美的詩，也是和意境絕緣的。想像美，是衡量詩作是否有意境的又一個標尺，也是意境所必具的一個美學特徵。

意境之美，就美在它能以有限的形象，引發欣賞者無限的想像，以文字所描摹的有形形象，引發欣賞者想像中的無形形象，從而以想像出來的空間景象和意緒，充分滿足欣賞者的藝術再創造的審美心理和欲望。意境，是有限的具體形象和無限的抽象形象的融合，是詩人之情和他所描繪的實境，與欣賞者之情與他所想像的虛境的統一，意境之美，就誕生在作者與欣賞者的共同的想像活動之中。不能給欣賞者的審美心理以充分滿足，不能向讀者提供想像的廣闊空間，怎麼談得上具有意境之美？我國古典詩美學，雖然沒有我們今天這樣明確的表述，但那些傳統的精闢的見解，卻可以幫助我們認識意境的想像美。自鍾嶸《詩品》肇其端，而經唐代詩家進一步闡發之後，「弦外之音」、「味外之味」、「象外之象」、「境外之境」，就成了中國古典詩論品評意境的一個共同原則，不管古典詩人和詩論家們的詩觀有多少分歧，門戶之見如何深刻，但在這一點上，他們可以說具有驚人的一致。

我這裡所說的意境的想像美，不僅是指詩作者的想像美，這可以說是客觀的想像美，因為這種表現在具體作品之中，同時，也是指欣賞者的想像美，這可以說是主觀的想像美，它表現在客觀的想像美所提供的再創造的無限可能性。這種意境的客觀的想像美，是以意蘊的深遠性與空間的廣闊性為其特色的，也就是說，詩人所創造的意境提供了聯想的線索，使欣賞者的聯想具有方向，同時又規定了想像的範圍，使欣賞者的想像雖有廣闊空間而又不致空無所依，或者想入非非。

音樂與詩都屬於時間藝術，它們有許多通似之處，在意境的想像性方面也是如此，如貝多芬寫好《F大調弦樂四重奏》的第二樂章後，在鋼琴上彈給阿門達欣賞，問他聽後有何想像。阿門達說他聯想到一對情人的離別，而貝多芬告訴他：「我是想像著羅密歐和茱麗葉的墳墓場面寫這段音樂的。」這裡，試看兩首清人絕句：

曉覺茅檐片月低，依稀鄉國夢中迷。
世間何物催人老？半是雞聲半馬蹄。（王九齡：〈題旅店〉）

淺深春色幾枝含，翠影紅香半欲酣。
簾外輕陰人未起，賣花聲裡夢江南。（舒瞻：〈為朱蘊千題杏花春雨圖〉）

歲月催人，人生易老，尤其是經常在外奔波的旅人，更容易觸發這種感慨。在許多前賢的詠唱之後，康熙時代詩人王九齡的〈題旅店〉也並不遜色，他前兩句描繪了羈旅他鄉的典型畫面，在「世間何物催人老」的直抒胸臆和設問之後，忽然接上實以虛之的「半是雞聲半馬蹄」。這首詩，意境雋永，又能調動讀者的想像來最終完成和極大地豐富這一意境。前人曾經評論說：「人生事業，都從雞聲馬蹄中得來，喚醒名利中人不少。」我們雖然不必完全同意這一解釋，但這也是這位評論者對詩的意境參與創造的結果。舒瞻是乾隆時代的詩人，他的上述作品是題畫詩，題一幅〈杏花春雨圖〉。談到杏花春雨，我們自然會想到陸游〈臨安雨霽〉詩中的名句「小樓一夜聽春雨，深巷明朝賣杏花」，以及元代詩人虞集〈風入松〉中的名句「報道先生歸也，杏花春雨江南」，後人想要再在這個題目上爭奇鬥勝，是很不容易的了。但是，舒瞻在前兩句實寫之後，卻以虛寫開啟了一個引人聯想的境界。王文濡在《清詩評注》中說：「末句俊極趣極，入唐人絕句中，亦稱上駟。」唐人絕句是以言短意長、有餘不盡見長的，舒瞻的詩，也確實提供了再創造的廣闊空間，顯示了意境的想像之美。

西方的詩論強調作者的想像，但對詩作如何激發讀者的想像則似乎注意不夠，西方詩論家在這方面的見解，遠不如中國詩美學的豐富。然而，現、當代西方的一些詩人和詩論家，他們在這一方面的觀點，逐漸有了和中國詩美學的相似之處。西方象徵派詩人重暗示，暗示就要調動讀者的想像力，龐德就曾經說過：「（詩）乃一種靈感的數學，予人一列等式；這些等式非為抽象的形體、三角形、平面等而設，乃為人類感情而設。」馬拉美則認為品詩的樂趣，是在於慢慢猜想細細思忖。這，雖不是詩的全部真理，但卻頗有道理。當代法國美學家杜夫潤一再認為：「只有當被讀者所認知，且被讀者的認知所神聖化（consecrated）時，一首詩才真正地存在。」理克爾在〈本文的模型〉一文中提出了「境界」問題，並從讀者的角度去理解，令我欣然色喜，他說：「對於我們，境界是由文學作品所揭開的涉指（references）的全體。……對我而言，這是一切文學的涉指：不再是對話所固定涉指的環境（Umwelt），而是我們所讀的、了解的、喜愛的每一篇文學作品的非固定的涉指所投影的『世界』。了解一篇文學，是同時點亮我們自己的情況，或者，可以說是，在我們的情況的敘述句中，加進使我們的『環境』變成『境界』的一切意義。」⑪理克爾的主旨是，作品的境界與讀者讀作品所再創造的境界是不可分的。——從東西方美學觀點的比較中，我們也

⑪ 見劉若愚：《中國文學理論》第三〇一、三一七頁。

可以反證中國美學的意境說的源遠流長，並且具有強大的生命力。美籍華人學者、詩人葉維廉，在中西比較文學的研究方面造詣很高，頗有成就，他嘗試將中國的文學理論與西方的文學理論參照探討，在〈語法與表現——中國古典詩與英美現代詩美學的匯通〉一文中，他談到孟浩然的作品及其他一些唐詩時說：「孟詩和大部分唐詩中的意象，在一種互立並存的空間關係之下，形成一種氣氛，一種環境，一種只喚起某種感受但並不將之說明的境界，任讀者移入、出現，作一瞬間的停駐，然後溶入境中，並參與完成這強烈感受的一瞬之美感經驗……。」⑫他所說的「參與美感經驗」，實際上就是意境的再創造的條件和過程。這種意境的想像美，在新詩創作中是經常可以見到的，如新加坡女詩人淡瑩的〈傘內・傘外〉：

玲瓏的三摺花傘
一節又一節
把熱帶的雨季
乍然旋開了

我不知該往何處
會你，傘內，還是傘外
然後共撐一小塊晴天

⑫ 葉維廉：《比較詩學》第四〇頁，臺灣東大圖書公司一九八三年版。

讓淅瀝的雨聲
輕輕且富韻律地
敲打著古老的回憶

聽雨的青澀年齡
管它是否已尾隨
喧噪了一小夏季的
蟬叫，陷進泥潭
只要撐著傘內的春
我們便擁有一切，包括
沼澤地裡笨拙的蛙鳴

二月底，三月初
我摺起傘外的雨季
你敢不敢也摺起我
收在貼胸的口袋裡

黃昏時，在望圓樓

看一抹霞色
如何從我雙頰上飛起
染紅湖上的一輪落日

詩人以「傘」作為全詩意象結構的中心，圍繞「內」與「外」的空間作集中的抒寫，有豐富的想像力和強烈的暗示力，同時，它們又能誘發讀者的想像，對詩的意境進行一番再創造。從這裡可以看到，從想像美的角度而言，所謂意境，也可以說是詩作者的藝術想像與由它所觸發的讀者的藝術想像的總和，沒有這種總和，就沒有意境。詩人白萩在〈論詩的想像空間〉一文中說：「詩的創作和欣賞的過程，恰成相反。創作是由內而外的，欣賞是由外而內的。創作是美的發射，欣賞是美的吸收。由觀照而浮現的境界，詩人將其表現，而欣賞者借由表現窺探詩人的內心。創作者是將宇宙的美使成具體，而刺激或喚醒欣賞者對於相同美的記憶。……本文所要討論的乃是詩的想像空間，而非詩人的想像空間，蓋詩人的想像空間乃指詩人完成作品時，所付出的絕對個人的情緒，而詩的想像空間是指經過詩人的內心所過濾出來的世界的欣賞，也就是側重於由外而內的深入。」⑬他的這一意見和我有不謀而合之處，值得參考。

綜合美，是意境的又一個重要的美學特徵。

有人說：「一首較完美的好詩，它應該是有『意境』的，但有『意境』的詩它僅僅標明在某一具體方面達到了好詩的要求。『意境』，只是一首好詩中的具體藝術屬性。」⑭而我以為，有意

⑬ 白萩：《現代詩散論》第四二頁，臺灣三民書局一九七二年版。

境的詩，它不只是在「某一具體方面」達到了好詩的要求，也不只是一首好詩的「具體藝術屬性」，而是在多方面達到了好詩的要求，是一首好詩的多元之美的集中體現，也就是說，意境所表現的不是單一美，而是綜合美。

美的分類是多種多樣的。從事物的性質來分類，有自然美、社會美和藝術美三大類的美；從事物使人產生不同的美感狀態來分類，可分為雄偉美、秀婉美、悲劇美、喜劇美四個門類的美；從事物的構成狀態來分類，可分為單象美、個體美、綜合美三個方面的美。單象美雖然和整個對象的其他部分不可分割，它也不可能離開個體而孤立地存在，但單象畢竟不是就一個完整的個體之美而言的，它是指個體中的一個部分的美，如外形美中的黃金分割線和波浪線，音響美中的韻律、和聲、對位，色彩美中的調和色與對比色等等，都是屬於單象美的範疇。個體美，是比單象美高一級的美，它是指一個完整的、能夠獨立存在的個體所顯示的美，是內容與形式較完美的結合所呈現的美。在詩歌創作中，如一個巧妙的比喻，一個出眾的意象，一個諧和的詩節，一個動人的構思，等等，能夠引起欣賞者強烈而集中於某一方面的美感，這就是個體之美。在現實生活中，事物都是互相聯繫而不是各自孤立的，在任何藝術裡，個體之美也只能是相對獨立而存在，它們的價值更在於對藝術整體的綜合美起作用。綜合美，是個體與個體的有機關連所表現的美，它不是各個個體美的簡單相加，而是個體美的總和、融合與昇華，因此，它是藝術中最高一級的美，是內容與形式完美統一的美。為了說明的方便，我們舉幾個為讀者所熟知的例子：

⑭ 劉靜生：〈探意境〉，載《文藝理論研究》一九八三年五月號。

雞聲茅店月，人跡板橋霜。（溫庭筠：〈商山早行〉）

樓船夜雪瓜洲渡，鐵馬秋風大散關。（陸游：〈書憤〉）

枯藤老樹昏鴉，小橋流水人家，古道西風瘦馬。夕陽西下，斷腸人在天涯。（馬致遠：〈天淨沙・秋思〉）

溫庭筠的詩，繼承前人的成就而有所創新，他以相當現代的意象並列的手法，在兩句詩中列舉了六個實體名詞，六個具體的形象，這些形象單獨地看，只是單象之美與個體之美，但是，詩人卻巧妙地將它們組合在一起，以旅人的愁思為紅線，穿珠一般將它們聯繫起來，構成了一種綜合的意境之美。陸游的詩也是如此，他在六十二歲時於家鄉山陰寫的這首詩中，回憶當年宋軍在瓜洲和大散關擊退入侵金兵的往事，兩句詩也運用了六個實體性名詞，那些名詞所構成的形象也是具有個體之美的，但是，「塞上長城空自許，鏡中衰鬢已先斑」，在詩人所書之「憤」的審美觀照之下，那些個體之美都融匯昇華為一種綜合之美了，即悲壯的意境之美，就像從各個角度照來的水銀燈柱，共同構成了新的光華閃耀的世界。馬致遠的名作裡，三句詞寫了九種景物，由「斷腸人在天涯」一線貫穿，構成了全詞的具有綜合美的意境，可以設想，如果不是對整體意境的追求與創造，前面的出色描寫充其量也只是一些散珠碎玉。

從以上的分析我們可以得出這樣一個結論：綜合美，是詩的意境的美學特徵之一。這裡，我想結合意境的內涵與外延，對這一美學特徵補充論證。意境，就其內涵而言，是內情與外景在以形傳神的形象之中的水乳交融，是情、理、形、神的統一，是詩的內容與藝術表現完美結合所呈現的美學狀態；就其外延來說，它又是欣賞者的審美聯想與想像的結果，是欣賞者參與美感經驗的藝術世界。因此，詩的意境就必然具有綜合美的藝術特徵：既有情理交融的思想內容之美，又有形神結合的藝術表現之美，既有作者主觀的審美之美，又有欣賞者主觀的再審美之美，這樣，意境就是多種詩美綜合而成的一種化境，意境美就是詩的美神。很明顯，意境包括了美的內容，但它絕不僅僅只是一首好詩的「具體藝術屬性」，這種看法只看到意境的形式美的一面，而忽略了主導的內容美的一面，同時，真正有意境的詩，也不是只在「某一具體方面達到了好詩的要求」，而是在多方面的綜合之美上達到了好詩的要求，如郭小川的代表作之一〈鄉村大道〉：

一

鄉村大道呵，好像一座座無始無終的長橋！
從我們的腳下，通向遙遠又遙遠的天地之交；
那兩道長城般的高樹呀，排開了綠野上的萬頃波濤。

哦，鄉村大道，又好像一根根金光四射的絲縧！
所有的城市、鄉村、山地、平原，都叫它串成珠寶；
這一串串珠寶交錯相連，便把我們的錦繡江山締造！

二

鄉村大道呵，也好像一條條險峻的黃河！
每一條的河身，至少有九曲十八折；
而每一曲，每一折呀，都常常遇到突起的風波。

哦，鄉村大道，又好像一道道乾涸的溝壑！
那上面的石頭和亂草呵，比黃河的浪濤還要多；
古往今來的旅人喲，誰不受夠了它們的顛簸！

三

鄉村大道呵，我生之初便在它上面匍匐，
當我脫離了娘懷，也還不得不在上面學步；
假如我不曾在上面匍匐學步，也許至今還是個侏儒。

哦，鄉村大道，所有的山珍土產都得從此上路，
所有的英雄兒女，都得在這上面出出入入；
凡是前來的都有遠大的前程，不來的只得老死狹谷。

四

鄉村大道呵，我愛你的長遠和寬闊，
也不能不愛你的險峻和你那突起的風波；
如果只會在花磚地上旋舞，那還算什麼偉大的生活！

哦，鄉村大道，我愛你的明亮和豐沃，
也不能不愛你的坎坎坷坷、曲曲折折，
不經過這樣的山山水水，黃金的世界怎會開拓！

這是一首特異的景物抒情詩，其所以說特異，就是它不僅有強烈而高尚的詩情，而且也寄寓了引人思索的哲理，閃耀著詩人人格美的光輝。這種深刻的有血有肉的人生哲理，是當前的新詩創作所不可多見的，也不是那種膚淺的借什麼植物、動物來發抒一通感慨的詩作所可比擬的，同時，詩人的深情與至理，又是附麗於對鄉村大道以形寫神的描繪表現出來，詩人以四個比喻構成的博喻寫鄉村大道，這既是現實的鄉村大道，又是人生的大道，向上者的大道，真正的人的大道。這首詩，充分表現了詩情之美、哲理之美、意象以及意象結構的整體之美，如前所述，脫離了對讀者的作用去看詩美，這種詩美是不完全的，意境之美尤其如此，因此，不同的讀者又會以各自的審美經驗，去參與這首詩的意境的創造，使詩的意境具有更豐富多面的綜合之美，如多稜形鑽石，閃耀出絢麗的光輝。

上面，我從山間小路攀援而上，對意境美作了一些管窺蠡測，也許我仍然徘徊在意境美的門牆之外，但是，我確信我至少已經在並不遙遠的地方，瞻望了意境之美的金色的殿堂。

四

虛與實，是中國美學思想的重要範疇之一。虛實相生，是飄揚在文學藝術各個門庭的一面藝術旗幟，更是飄揚在詩歌領域中的一面重要藝術旗幟。就詩歌的意境創造而言，虛與實的巧妙結合，是意境構成的最重要的藝術手段。

虛與實，在詩歌中的原則意義與具體內涵是什麼？我以為，從原則上來說，實，就是詩人對生活具體而真實的形象描繪，即形象的直接性；虛，即留給讀者的聯想與想像的再創造空間，即形象的間接性。然而，在詩歌作品的具體藝術描寫中，虛與實各自所包括的具體內涵究竟又是什麼呢？古典詩論家們對於詩的虛實關係及其重要作用，留下了許多寶貴的見解，我在後面還要詳細論列，但他們囿於傳統的印象式的評點方法和文字，對虛與實的具體內涵卻往往略而未及，而一些談新詩的虛與實的文章，也往往只是籠統地談到實是具體可感的事物與形象，虛是指情志與抽象的觀念，而未能作深一層次的探討。我以為，除了上面的原則性的說明之外，就虛與實的具體內涵而言，至少應該包括情景、今昔、時空、有無這四個重要的方面。下面，擬分別舉例作一些說明。

在情與景這一對美學範疇中，情為虛，景為實。高適「怨別自驚千里外，論交卻憶十年時。

雲開汶水孤帆遠，路遶梁山匹馬遲」（〈東平別前衛縣李寀少府〉），清詩人謝烜的「旅人本少思鄉夢，都被秋蟲暗織成」（〈嘉禾寓中聞秋蟲〉），一情一景，先情後景；唐詩人姚合的「我住浙江西，君去浙江東。日日心來往，不畏浙江風」（〈送薛二十三郎中赴婺州〉），清詩人黃景仁的「年年此夕費吟呻，兒女燈前竊笑頻。汝輩何知吾自悔，枉拋心力作詩人」（〈癸巳除夕偶成〉），一景一情，先景後情。很清楚，在這些詩句裡，寫情之句為虛，寫景之句為實，虛實相參，自成妙境。在新詩創作中，如劉犁的〈背完這一犁就放你〉：

玫瑰色的晚霞漸漸地變黑變濃
春水盈盈的田野裡泡滿了黃昏
只聽一個聲音枯燥又清晰：
背完這一犁就放你

蠟黃的月芽被犁頭磨蝕了口
蒼白的星斗在泥浪裡沉浮
只聽一個聲音枯燥又清晰：
背完這一犁就放你

像一句唱詞反複咏嘆

你這聽的可要耐煩
　安慰安慰還是有用的
　背完這一犁就放你

這首詩令人想起臧克家的名作〈老馬〉，但卻並不等同於前賢之作，它有新的可使讀者想像得之的美學內涵。從情與景來看，實以寫景，虛以寫情，這首詩的情景分寫頗為分明，讀者可以感受得到它們在詩中各自所起的美學作用。需要說明的是，詩中的情景一般是交融在一起的，但情景分寫也說明了詩歌美學手段的多樣化。

在今昔這一對美學範疇中，今為實，昔為虛。陸游的「一千五百年前事，唯有灘聲似舊時」（〈楚城〉），清詩人莧以寧的「留得當時臨別淚，經年不忍浣衣裳」（〈閨怨〉），昔為虛，今為實，前虛後實；李商隱的「此日六軍同駐馬，當時七夕笑牽牛」（〈馬嵬驛〉），明詩人李攀龍的「曲罷不知青海月，徘徊猶作漢宮看」（〈塞下曲〉），今為實，昔為虛，前實後虛。總之，今昔交錯，虛實互轉，構成了雋永的詩境。在新詩作品中，如任洪淵〈秭歸屈原墓〉的片斷：

我不信
那以前額叩開過天庭的門扉的頭顱
　再也撞不破地下死亡的門戶
那雙手臂，那雙抱起過崦嵫山
　匆匆落日的手臂

能平靜地抱住墓上一天一天的黃昏

我不信

那對天發出的一連一百七十多問

就這樣被一堆泥土填滿

地上給他的最後回答和最後一問

竟是這樣一座問也無聲的墳

詩中今昔對映，實以寫今，虛以寫昔，當今的現實為實，昔日的追懷為虛，既懷想民族的詩魂，中華的先哲，又昭示著不斷進取和革新的精神，詩的意境富於深沉的歷史感。

在時空這一對美學範疇中，時間為虛，空間為實，時間無可捉摸，空間可憑想像。柳宗元的「一身去國三千里，萬死投荒十二年」（〈別舍弟宗一〉），宋詩人樂雷發的「流鶯應有兒孫在，問著隋朝總不知」（〈汴堤柳〉），空間為實，時間為虛，先實而後虛；黃仲則的「幾回契闊喜生還，人老淒風苦雨間」（〈別內〉），清詩人孫原湘的「昨夜江南春雨足，桃花瘦了鱖魚肥」（〈觀釣者〉），時間為虛，空間為實，先虛而後實。時空交感，有助於詩之深遠或闊大的意境的構成。在新詩中，如光未然的〈黃河頌〉的片斷：

我站在高山之巔，望黃河滾滾，奔向東南。

金濤澎湃，掀起萬丈狂瀾；

濁流宛轉，結成九曲連環；
從崑崙山下奔向黃海之邊，
把中原大地劈成南北兩面。

啊！黃河！
你是我們民族的搖籃！
五千年的古國文化，從你這兒發源，
多少英雄的故事在你的身邊扮演！

在抗日戰爭的時代，詩人登高山而望黃河，實寫黃河奔騰萬里的雄偉空間景象，氣壯聲宏，使人神為之揚而血為之沸。實寫之後，繼之以對中華民族歷史的追懷，訴之於讀者深遠的歷史感的想像，如此虛實互用，就自然使得意境宏偉而深邃了。

在有與無這一對美學範疇中，有為實，無是虛。李商隱的「縱使有花兼有月，可堪無酒又無人」（〈春日寄懷〉），蘇東坡的「人似秋鴻來有信，去如春夢了無痕」（〈正月二十日與潘、郭二生出郊尋春，忽記去年是日同至女王城作詩，乃和前韻〉），實以寫有，虛以寫無，先實而後虛；許裒的「學劍雖無術，吟詩似有魔」（〈冬日歸陵陽別業〉），鄭啟的「未見山前歸牧馬，猶聞江上鼓征鼙」（〈嚴塘經亂書事〉），虛以寫無，實以寫有，先虛而後實。虛實相倚，互為對照，使得意境靈妙多姿。在新詩創作中，如回族詩人丁文的〈九星聯珠——贈久別重逢之友L〉：

都期待著一次聚首，
可誰也不肯放慢腳步。
多麼浩渺的天宇啊，
多麼漫長的路。
各自煎熬著烈焰般的心，
快要負載不住相思的苦。
終於盼來了輝煌的時日
——神奇的九星聯珠。

我們是兩粒沒有隕落的星。
在這個日子裡
和它們一起，
分享了——
運行中相會的幸福。

這是一首意境清新、構思巧妙的詩。「九星聯珠」是一種實有而罕見的天體現象，但它們期待著「相會的幸福」卻是純屬子虛烏有，那不過是有情的詩人對無情的星體的一種想像而已。但是，詩人和他的友人契闊多年之後，終於在一九八二年「九星聯珠」的那一天相會，卻是一個實有的事實。

「九星聯珠」期待幸福的相會是虛，人間的故友盼望重逢是實，這樣上天下地，虛擬與實寫交織，巧妙的構思營造了雋永的意境。

簡潔地說，虛偏於寫意，實偏於寫境。虛與實的關係以及它們在藝術中特別是詩歌創作中的作用，中國古典美學有相當充分的論說，是我們民族美學思想的一筆十分寶貴的遺產。在繪畫中，所謂「尺幅而有泰山河岳之勢，片紙而有秋水長天之思」，固然說的是小中見大的典型化的美學原則，但前人對「勢」與「思」的看重，也說明畫除了要有「泰山河岳」與「秋水長天」之「實」外，也要有飛動之勢與思而得之的「虛」，所以，清代笪重光在《畫筌》中說：「空本難圖，實景清而空景現；神無可繪，真境逼而神境生。」虛實相生，無畫處皆成妙境，笪重光以為對現實生活的描繪所構成的實景和真境是基礎，是藝術的出發點，但藝術的指歸並不在於實景和真境，而是在於「空景」和「神境」，那才是藝術的妙境，這是頗富於辯證觀點的精闢見解。方熏在〈山靜居畫論〉中所舉的實例，很能說明這個道理，他說：「石翁〈風雨歸舟圖〉，筆法荒率，作迎風堤柳數條，遠沙一抹，孤舟蓑笠，宛在中流。或指曰：『雨在何處？』僕曰：『雨在畫處，又在無畫處。』」這就是虛實相參的妙境，如果畫家真的為了表面的真實，在畫面上竟塗抹許多雨絲風片，那該是何等大煞風景？在中國的民族傳統中，繪畫和詩歌是姐妹藝術，宋代范晞文《對床夜話》中的一段話，雖是兼論詩文，但卻是中國古典文論中論虛實最早的文字，他說：「不以虛為虛，而以實為虛，化景物為情思，從首至尾，如行雲流水，此其難矣。」他看重的還是意境中的情與景的關係，以虛為虛，就是從理念到理念，從知性到知性，從抽象到抽象，缺乏感性，缺乏生活的實感和具體的形象，以實為虛，則可以做到以景傳情而情景交匯。明代的謝榛，在《四溟詩話》

中指出寫詩「妙在虛實」之後，他又舉例說明：「貫休曰：『庭花濛濛水泠泠，小兒啼索樹上鶯。』景實而無趣。太白曰：『燕山雪花大如席，片片吹落軒轅臺。』景虛而有味。」所謂「無趣」以及與之相反的「有味」，證明這位詩論家論虛實時著重從欣賞者的審美感受著眼，因為排斥了欣賞者的審美感受，意境不可能單方面地構成。清代另一位頗具卓見的詩論家方東樹看到了這一點，他在《昭昧詹言》中說：「凡詩寫事境宜近，寫意境宜遠。近則親切不泛，遠則想味不盡。作文作畫亦然。」他所說的「事境」所指為「實」，他所說的「意境」所指為「虛」。他心目中的「虛」，不單是指它的情志的內涵，也包括了它的作用於欣賞者的想像的外延，他標舉的「想味不盡」，就說明了這一點，這也正是他的見解的彌足珍貴之處。——對中國古典美學中虛實論這一筆遺產我只匆匆作了如上的檢視，雖然入目的只是片羽吉光，但已經覺得光彩照眼了。我們的任務是，在前人的基礎上前進一步，對虛實與意境的關係作出哪怕是一點點新的探究。

虛實結合，無論從作者或欣賞者的角度來說，都是創造意境的基本美學原則，或者說基本美學方法，因為只有虛實結合，才得以構成並大大加強意境的生活實感與空靈感。可以說，沒有虛與實以及它們之間的諧和的美，就沒有詩的意境。虛實結合的方式是多種多樣的，或化虛為實，或化實為虛，或虛中有實，或實中有虛，或先虛後實，或先實後虛，或虛實分寫，或虛實交融，或虛實反襯，如同清人吳景旭在《歷代詩話．錄品》中所說：「詩有虛有實，有虛虛，有實實，有虛而實，有實而虛，並行錯出，何可端倪？」虛實的手段是多種多樣的，有如眾多的羽箭射向同一個紅心一樣，它們也都指向同一個目標：實感與空靈兼而有之的意境的創造。實感，就是偏於感性，有現實場景的生動描繪，富於生活氣息，使人感到真實可信而不是虛無縹緲，或玄幻莫測；空靈，就是偏於理性，有高遠情思或深邃哲理的抒寫，使人感情淨化，思想昇華，聯想到超越字面的更深遠的思想藝術世界。質實令人感，靈感令人思。詩歌創作，只有立足於生活而追求實感，才能避免因缺乏生活體驗而純粹從主觀意念出發的抽象化與概念化，同時，詩歌創作也只有追求空靈，才符合詩歌本身的富於想像力與啟示力的藝術規律，才能使讀者思之無盡，味之愈長，充分發揮作品提升意志的感化力量。在中國古典詩歌中，虛實結合而創造出美好意境的作品，多如夏夜的星斗，使一代一代的讀者痴痴地仰望。在新詩創作中，郭小川的〈望星空〉也是詩國天空一顆永遠也不會熄滅的星光。在藝術上，我以為它是郭小川的詩藝達到了最佳競技狀態的作品。香港的文學評論家璧華編著的《中國現代抒情詩一百首》（香港天地圖書有限公司一九八二年版），即選錄了郭小川這首詩，並作了頗高的評價。

詩的意境，從虛實相生中誕生。然而，過實與過虛，卻是詩歌創作常見的走向相反極端的兩大弊病。從廣義來說，實，本來是一切文藝創作的基礎，也是詩歌創作的基礎，任何真正的創作都是從現實生活出發，同時又是為了應該如此的美化了的生活；從狹義而言，任何作品也不能沒有對生活具體的直接描繪，實以形見，「實」能給人以真切的感受，也只有「實」才能在欣賞者的想像中觸發聯想性的形象，所謂「凌波仙子，俱於實地修行得之，可悟為文之法也」。但是，過實，就一定會流於平庸臃腫，堵塞讀者想像的通路，鐘厚必啞，耳塞必聾，缺乏有意境的好詩所必不可少的靈動之趣。新詩長期以來的嚴重弊病之一，就是許多作品寫得太實太死，斤斤於生活的形似，而且在描寫上囉嗦拖沓，形象與形象之間擁擠得密不透風。抒情詩，長於點的表現，而不長於線的敘述或面的鋪陳，詩的韻味，產生在實與虛的巧妙結合之中，過實過死的詩，不僅不能達到高明的藝術所能達到的單純化與感情化的境界，而且它們所贈給讀者的只能是四個字：索然無味。藝術表現上的虛，是藝術表現的重要手段，也是藝術表現的重要組成部分。從本質上說，「虛」，也是屬於另一種特殊表現形態的內容，國畫中的「計白當黑」，書法中的「稀能走馬」，電影中的「切出切入」，音樂的「休止符」，戲劇的「潛臺詞」等等，都是各類藝術中對「虛」的顯示。虛以思進，詩歌作品只有加強詩的感情化，注意構思和筆法的虛，才能產生靈動之美，才能導致形象在欣賞者審美想像中的豐富和擴大，才可能產生「意境」這種藝術的化境。英國哲人培根說：「讀詩使人靈秀。」這可以啟發我們認識「虛」的美學效果。但是，正如詩創作中過實過死的弊病十分嚴重一樣，詩創作中另一嚴重的弊端，就是過虛過空。一些詩作者缺乏廣泛而深刻的生活體驗，而只是在他們的象牙塔中顧影自憐，自說自話，從虛到虛，他們的筆自然只能製造一些蒼白貧血的形象了。另一種情況是，生活基礎本來就不很豐厚，但又偏於對所謂藝術創新的追求，而那種脫離時代生活與詩人使命感的追求，就往往只能孵出一些虛玄莫測的文字遊戲，或新的公式化、概念化的詩的贗品。在反對了前些年流行的「假、大、空」之後，這種遊戲與贗品，在近幾年來的詩壇上也曾洶湧一時，直到近年來才開始有退潮的跡象。明代韓廷錫〈與友人論文書〉說：「文有虛之神，然當從實處入，不當從虛處入。」「尊作滿眼覷著虛處，所以遮卻實處半邊，還當從實處用力耳。」雖是論「文」，不是也可以說詩嗎？雖說古人，不也可以啟示今人嗎？過實則死，過虛則空，過實與過虛，雖然有如南北兩極，各執一端，但卻都是詩的絕症，它們從反面說明，只有虛實結合和轉化，才能創造出美妙的詩的意境。

生活的長河永遠奔流，浪花千疊，源於生活的詩的意境也不會只有一個模式，而且也同樣永遠不會枯竭。

詩作者的藝術個性各有不同，出於藝術創造的意境也就各異，那些具有強烈的獨創性的詩人，他們更會致力於意境的創新。

有的詩作「以意勝」，有的詩作「以境勝」，某一作品在意境的創造中有所側重，這種情況是存在的，那並不妨礙它成為好詩，但是，只要以形象表現生活這一文藝創作的一般規律仍然起作用，那麼，有些人所說的「完全寫意」是不可想像的。意境，這一詩歌創作的特殊規律，並不是那麼輕易地就可以被否定。

我們當然應該有開放的心胸，有古今中外博采眾長的氣魄，有不斷革新和進取的精神，但是，是不是「傳統詩歌理論」就一定都「僵化」和「過時」了呢？「傳統詩歌理論」還可不可以發展和豐富呢？傳統難道不是活的流水而是靜止的泥潭嗎？我們可以運用西方的某些文學理論來合理地解釋中國的古典詩歌，賦古典以新貌，難道本民族對於世界美學思想的獨特貢獻，就那麼不值一顧嗎？

意境，是詩人們考試才華的競技場，是詩歌的無限廣闊的審美領域，是詩歌創作與詩歌美學永遠沒有邊疆的國土！

第六章　雲想衣裳花想容

——論詩的想像美

勞動者春天播種，夏日耕耘，給大地帶來了果實纍纍的金秋；藝術家立足於生活的沃土，飛騰起想像的彩翼，給文學藝術的寶庫創造了光芒灼灼的瑰寶。

聖伯納山隘是阿爾卑斯山脈的兩大山峰之一，當年拿破崙就是通過這裡揮師東征。歷史上許多畫家都曾表現過這一題材，但都趕不上法國十八世紀至十九世紀之交大畫家大衛的〈跨越阿爾卑斯山的拿破崙〉。占據這幅名作的畫面中心的，是前蹄高舉、振鬣長嘶的白色駿馬和騎在馬背上的拿破崙，拿破崙紅色的大氅迎風飛揚，有如白雪皚皚的阿爾卑斯群山間一團燃燒的火焰。他一手握韁，一手向前高舉，在召喚著畫面上沒有直接出現在他身後的千軍萬馬。這裡，我無意評價作為歷史人物的拿破崙，我只是想說明，想像，在繪畫這門藝術中具有何等重要的作用。

被稱為「樂聖」的貝多芬，在耳朵全聾之後的一八一〇年前後數年間，他還完成了許多今日最為世人所知的名曲。法國大作家羅曼．羅蘭在《貝多芬傳》裡稱之為「傑作的森林」。貝多芬少年時讀了德國名詩人席勒的〈寄歡悅〉，他深為感動，多年來想把這首詩的詩意寫進交響曲之中。

他一直到逝世前的一八二三年才動筆，歷時一年，完成被視為交響曲的藝術巔峰的《第九交響曲》，首次演出時，對群眾狂熱的呼聲與掌聲全然不覺的貝多芬，謝幕達五次之多。從事音樂創作，需要有比常人更敏銳的聽覺，貝多芬的作品，正是非凡的音樂想像力所創造的奇蹟。

音樂與繪畫，是詩的姐妹藝術，它們比鄰而居，互相從對方的門庭中吸收長處，用來光耀自己的門楣。如果說，優秀的音樂作品和繪畫作品，都是藝術家豐富的想像力的驕子，那麼，出色的詩作當然更是奇異的想像力的寧馨兒了。「雲想衣裳花想容」，李白〈清平調〉三章中的這句詩，雖是說從輕盈飄動的雲彩，想像楊貴妃的霓裳羽衣，由枝上的花朵想像楊貴妃的花容月貌，但不也令我們思考想像在詩歌創作中舉足輕重的作用嗎？

一

想像在文學創作包括詩歌創作中的重要作用，中外的文論家和詩論家都有過許多論述，如果以「論想像」為題，請異代不同時的他們來開一個國際性筆會，這個筆會一定是十分熱烈的，即使記錄員手不停揮，也無法毫不遺漏地記下他們的精彩意見。因此，我在這裡也只能走馬觀花地描繪一個大概的輪廓。

在西方，一般人認為西方文學批評史的肇始者是柏拉圖的學生亞理斯多德，他的《修辭學》與《詩學》寫下了西方文學批評史的第一章。「想像」一詞的提出，亞理斯多德有首創之功，他在《心靈論》、《記憶和回憶》、《修辭學》等著作中都多次論及想像。亞理斯多德雖然是一個理性論者，他的主要論述層面是戲劇，主要論述方向是作品的知性與結構，但是，除了他認為「想像就是衰退了的感覺」這一觀點顯然經不起推敲之外，在談論想像時，他的下述觀點還是頗有價值的，尤其可貴的是，這些觀點的提出遠在二千多年以前：

想像不同於感覺和判斷。想像裡蘊蓄著感覺，而判斷裡又蘊蓄著想像。顯然，想像和判斷是不同的思想方式。……一切感覺都是真實的，而許多想像是虛假的。（《心靈論》）❶

顯然，記憶和想像屬於心靈的同一部分。一切可以想像的東西本質上都是記憶的東西。（《記憶和回憶》）❷

在亞理斯多德之後，接踵而來的是羅馬古典主義的代表人物、詩人兼批評家賀拉斯。賀拉斯在《詩藝》一書中談到了想像和真實的關係，他要求詩人的想像要符合生活的真實，雖然「畫家和詩人一向都有大膽創造的權利」，但他認為「不能因此就允許把野性的和馴服的結合起來，把蟒蛇和飛鳥、羔羊和猛虎，交配在一起」❸。文藝復興時期的偉大天才、英國的詩人與戲劇家莎士比亞，在他的《仲夏夜之夢》中更讚美了想像的魅力，他通過劇中人物提修斯之口說：「瘋子、情人和詩人，都是空想的產兒。……詩人的眼睛在神奇的狂放的一轉中，便能從天上看到地下，從地下

❶ 引自《外國理論家作家論形象思維》第八頁，中國社會科學出版社一九八〇年版。
❷ 同❶。
❸ 賀拉斯：《詩藝》第一三七頁，人民文學出版社一九六二年版。

看到天上。想像會把不知名的事物用一種形式呈現出來，詩人的筆再使它們具有如實的形象，空虛的無物也會有了居處和名字。」❹——這是一段關於想像的有名的詩人議論，但是，在這個以及以後一個相當長的時期內的理論著作中，對於想像的理論研究沒有突出的進展。文藝復興時期以後的新古典主義者，他們和賀拉斯一樣繼承了古典主義的文學傳統，他們承認想像在詩歌創作中的作用，但是，他們和亞理斯多德以及賀拉斯一樣，在他們的理論體系中，都未能將想像提到十分突出的地位，他們偏重的是詩的理性，強調的是判斷力、鑒別力以及詩的構成的設計。

十八世紀以來，文學藝術中的「想像」，在西方文藝理論中獲得空前的重視。在作品或論文書信中，詩人們不斷地發表他們的經驗之談，文藝批評家們也有了更多的專門性論述。他們的說法儘管形形色色，例如柏勒克在注釋華滋華斯的詩時說：「只有一種能力可造就一個詩人：想像，神性的視力。」❺這句話的前半句是對的，而「神性的視力」則仍不免神祕主義的色彩。但是，想像畢竟被更深入地論證了，而且更廣泛地運用於作品的創作之中。如英國哲學家、心理學家洛克在《人類理智論》一書第四版中所談到的「觀念的聯想」，和今天我們一般所說的「聯想」的涵意已經大致相同，深受洛克影響的愛迪森，於一七一二年連續發表十餘篇統稱為「談想像力的快感」的文章，他從心理學的角度來解釋想像，他強調「想像的樂趣」，並且認為這種樂趣是由於將想像作為一種聯想的能力而產生的，同時又是引起讀者共鳴所產生的一種官能的快感。這樣，在十八世紀美學家和文學家群的詞典中，「聯想」和「想像」就成了時髦的常用名詞。如狄德羅在〈論

❹《莎士比亞全集》第二集第三五二頁，人民文學出版社一九七八年版。

❺轉引自姚一葦：《藝術的奧祕》第二三頁，臺灣開明書店一九六八年版。

戲劇藝術〉中就說：「想像，這是一種特質，沒有了它，一個人既不能成為詩人，也不能成為哲學家。」他又說：「詩人假想，哲學家推理。」❻被車爾尼雪夫斯基稱為「德國文學之父」的萊辛，他在《漢堡劇評》中論及想像時，就不單從作品對生活的審美表現這一個方面去理解，而同時也看到想像在讀者的欣賞活動中的作用，他認為：「詩人不只想要被人了解，他的描寫不只要清晰而已——他還想給我們喚起生動的概念，要我們想像，彷彿我們親身經歷了他所描繪的事物之實在的可觸覺的情景。」❼

十八世紀末至十九世紀初期，浪漫主義的文藝思潮洶湧澎湃於歐洲大陸，在這種主情的強調心靈世界直白的時風時雨影響之下，關於想像的理論有了進一步的拓展，想像的觀念也發生了重大的變化，詩人和理論家們不再斤斤拘守於想像是對現實的摹仿，以及推崇想像中的知性這一傳統觀念，而是更多地從創作者的主觀世界著眼，強調創作者心靈的審美能動作用，也就是主觀的感性的充分發揮。德國最偉大的詩人之一的歌德，就主張知性與感性的統一，並且強調藝術家的內在心靈的活動：

> 繪畫是將形象置於眼前，而詩則將形象置於想像力之前。《歌德自傳》

> 作為一個詩人，努力去體現一些抽象的東西，這不是我的作法。我在內心接受印象，並且是那類

---

❻ 轉引自《外國理論家作家論形象思維》第二七頁。

❼ 萊辛：《漢堡劇評》，上海譯文出版社一九八一年版。

感官的、活生生的、媚人的、豐富多彩的印象，正如同一種活潑的想像力所呈現的那樣。《歌德談話錄》

除了歌德的詩論之外，英國十九世紀第一個積極浪漫主義詩人拜倫，在他的《恰爾德・哈洛爾德遊記》的序言中，反駁了別人懷疑他在作品中影射某一個真人的說法。他直言不諱：「哈洛爾德只是我幻想的產兒。」而雪萊，這位英國十九世紀著名的革命浪漫主義詩人，他在沒有寫完的〈為詩辯護〉一文中，詳盡地闡述了他對於詩的想像的看法，他的留傳後世的名言是：

一般說來，詩可以解作「想像的表現」。

英國「湖畔派」詩人之一的威廉・華滋華斯，鑒於「想像」與「幻想」在十七世紀時差不多被視為同義語，而在十八世紀則褒前者而貶後者，他在《抒情歌謠集》的腳注中嘗試將想像與幻想加以區分，認為「想像是簡單元素所產生的印象效果」，而幻想是「意象累積與多變情況所激起的……快感與驚訝。」在《抒情歌謠集》一八一五年版的序言中，他與他的朋友、另一位湖畔派詩人柯勒律治展開關於想像的有名的討論，華滋華斯認為寫詩所需要的能力有五種，第一是觀察和描繪的能力，第二是感受性，第三是沉思，第四是虛構，另一個重要的能力則是「想像和幻想，也就是修改、創造和聯想的能力」，他還強調想像與幻想的聯繫及其區別，他說：「一首詩中想像多於幻想，它就排列在想像這一項目之下。一首詩中幻想多於想像，它就排列在幻想這一項目之下。」❽

---

❽ 見《古典文藝理論譯叢》一九六一年第一冊。

這裡，且看華滋華斯的名作〈水仙〉：

我好似一朵孤獨的流雲，
　高高地飄遊在山谷之上，
突然我看見一大片鮮花，
　是金色的水仙遍地開放，
它們開在湖畔，開在樹下，
它們隨風嬉舞，隨風波蕩。

它們密集如銀河的星星，
　像群星在閃爍一片晶瑩；
它們沿著海灣向前伸展，
　通往遠方彷佛無窮無盡；
一眼看去就有千朵萬朵，
萬花搖首舞得多麼高興。

粼粼湖波也在近旁歡跳，
　卻不如這水仙舞得輕俏；

詩人遇見這快樂的旅伴，
又怎能不感到歡喜跳躍；
我久久凝視——卻未領悟
這景象所給我的精神至寶。

後來多少次我鬱鬱獨臥，
感到百無聊賴心靈空寞；
這景象便在腦海中閃現，
多少次安慰過我的寂寞；
我的心又隨水仙跳起舞來，
我的心又重新充滿了歡樂。

這首詩，是他和夫人有一天出遊湖畔，見到盛開的水仙花後寫成的。詩人將自己比作高空的流雲，將虛實真幻交織在一起，想像空靈，清新可誦，如同詩人自己所說的，想像可以「使日常的東西在不平常的狀態下呈現在心靈面前」，「想像也賦形和創造」。在西方浪漫主義文學思潮盛行的時代，在想像的理論方面作出了重要貢獻的，還有另一位湖畔派詩人、著名的文藝批評家柯勒律治，他被西方文學批評史家視為「浪漫主義想像力理論的代言人」。他企圖闡明「想像力的淵源與本質」，他的有關想像的理論，分別表述在《欣賞批評的原理》、《談詩或藝術》以及他的主要理論著作《文學傳記》中。柯勒律治強調創作時特殊的心理狀態和心理活動，將具有特殊心理狀態的這種想像力稱之為天才的表現。他認為想像力第一是一種連接的能力，也就是合成事物和變成其他事物的能力；第二是自我變化的能力，也就是被描繪的事物自身的具體化的能力；第三是化可能為真實的能力。他認為「想像力在本質上富於活力」，而想像力分為兩種，「第一性的想像，是一切人類知覺的活動功能和原動力……。第二性的想像，是第一性想像的回聲。它溶化、分解、分散，於是重新創造。如果這一步辦不到，它還是不顧一切，致力於理想化與統一化。」❾他所說的「第二性想像」，也就是我們所說的「藝術想像」。總之，柯勒律治認為靈感與天才就是想像力的主觀根源，這種浪漫主義的想像觀，與華滋華斯的看法有許多共同之處。

在西方，十九世紀中葉以後在「實證哲學」影響之下的左拉，他的文學觀是藝術上的自然主義代表，如同學者姚一葦在《藝術的奧祕》一書中所指出的：「他們絕對忠實於自然，是自然的最謙卑的奴僕。……左拉的論點與浪漫主義的想像觀正好形成兩個極端：自浪漫主義的神性的、天才的、靈感的、不自覺的一變而為科學的、實驗的、實證的，但卻機械的想像觀。」左拉曾說：「我們再也用不著想像了。」從左拉亦步亦趨的摹擬生活的自然主義觀點，我們也可以反證創造性想像的重要性。十九世紀末，佛洛伊德將意識分為意識、前意識與潛意識，他的精神分析學對西方現代派文學產生了極重要的影響，如一九二四年柏列頓發表〈超現實主義宣言〉，主張想像不受一切理性的控制；新天主教批評家馬力頓，認為藝術家的活動完全是一種「創造的直覺」，如此等等。綜觀西方現代派有關想像的理論，他們比浪漫主義的詩人和作家更其強調主觀的作用，他

❾ 見《外國理論家作家論形象思維》第四三頁。

們強烈主張藝術品是藝術家心靈的表露，是主觀的表現而不是客觀的再現。他們的理論當然也有其可取之處，但其通病則是排斥對生活的深入體驗和理性指引，這是為我們所不取的。

中國的古典文學理論批評史，基本上是一部中國詩歌理論批評史。中國的古典詩論至王國維的《人間詞話》為止，雖然沒有出現過「想像」這一字眼，但卻有許多與「想像」通似的術語，同時也留下了許多關於想像的精闢見解。限於篇幅，我們不能作細緻的掃描，而只能擇其要者作舉一隅而三隅反的羅列。

在魏晉南北朝時期陸機的《文賦》以前，先秦與兩漢的文學理論批評關於想像還來不及有更多的建樹。其中值得注意和肯定的，是孟子在〈萬章〉篇中提出的詩歌欣賞中的想像原則：

> 故說詩者，不以文害辭，不以辭害志；以意逆志，是為得之。如以辭而已矣，〈雲漢〉之詩曰：「周餘黎民，靡有孑遺。」信斯言也，是周無遺民也。

他所說的「以意逆志」的欣賞原則，就是說詩人從生活中有所感發，表現在以文辭構成的藝術形象之中，這是詩人創造的過程，而讀者則相反，他們要從文辭所描繪的形象入手，去想像和體認作者所蘊含的思想感情與創作意圖。孟子在這裡所說的，實際上已接觸到文學欣賞中讀者的想像這一藝術再創造這個重要美學課題。此外，在《詩經》中廣泛運用的賦、比、興，是我國詩歌傳統的重要表現方法，除「賦」屬於鋪陳的藝術手段之外，「比」與「興」實際上都是想像中的聯想活動的產物。它們運用得好，能夠寄託言外之意，加強含蓄之美，並激發讀者豐富的聯想。對於賦、比、興，漢代儒家的詩歌理論作過許多說明。

文學創作中有關想像的理論，在先秦兩漢時有如一顆剛破土而出的樹種，還只有些許嫩芽，隨著文學創作的發展，到魏晉南北朝時期就抽枝吐葉了。西晉的陸機，在《文賦》中有如下精彩的論述：

其始也，皆收視反聽，耽思旁訊，精騖八極，心遊萬仞。其致也，情曈曨而彌鮮，物昭晰而互進。……謝朝華於已披，啟夕秀於未振。觀古今於須臾，撫四海於一瞬。

陸機在這裡描繪創作過程中的形象思維活動，在形象思維過程中起主要作用的就是超越時間與空間的想像。可以說，陸機把握了具體創作過程中的美學核心。他的這一段本身極富想像美的文字，是中國文學批評史上對於想像最早的完整描述。在陸機之後，梁代劉勰的《文心雕龍》，自然是中國文學批評史上最周延最有理論系統的煌煌大著了。這部著作的〈神思〉篇，討論的就是文學創作的構思和想像。劉勰認為，想像就是主觀的神思與客觀的物境的交融：

故思理為妙，神與物遊。神居胸臆，而志氣須其關鍵；物沿耳目，而辭令管其樞機。樞機方通，則物無隱貌，關鍵將塞，則神有遯心。

在〈神思．贊曰〉中劉勰又寫道：「神用象通，情所變孕。物以貌求，心以理應。」他看到了感情對想像的激發作用，也估計到了理性對想像的制約作用，而感性與知性相融合的想像，在創作者的藝術思維中是和形象的捕捉、熔鑄結合在一起的。由此可見，劉勰關於想像的理論較之《文賦》又有了進一步的發展。與劉勰同時而成書稍晚的梁代的鍾嶸，他的《詩品》是中國文學批評史上第一部詩論專著，他在品鑒詩人詩作和理論建樹方面，有獨到的貢獻，對於與聯想和想像密不可分的「比興」，他也有了比前人進一步的認識：「文已盡而意有餘，興也；因物喻志，比也。」他在《詩品・總論》一開始就說：

> 氣之動物，物之感人，故搖蕩性情，形諸舞詠。照燭三才，輝麗萬有；靈祇待之以致饗，幽微借之以昭告。動天地，感鬼神，莫近於詩。

中國詩論史上第一位批評家，他看到比是「物」與「志」之間一種聯想作用，同時他又強調「意有餘」，作品是創作者形象思維的結果，而又要訴之於讀者的想像。對文學創作總的看法方面，他堅持了唯物主義原則，承認了客觀的「氣」與「物」的第一性，也充分肯定了思想感情與藝術想像（「性情」、「靈祇」）的作用。他的觀點與陸機、劉勰一脈相承，強調文學的「表現」作用，很值得重視。

以鍾嶸的《詩品》開端，隨著詩歌創作的走向成熟，唐宋兩代的詩歌理論與批評也有了進一步的發展，在詩人們談自己的創作經驗的文章中，在有關詩歌創作的專門著作中，在以詩論詩的作品中，我們都可以看到，想像在詩歌理論與批評上述這三種主要形式裡，都得到了普遍的重視。如中唐詩人劉禹錫，在〈董氏武陵集記〉中說：「片言可以明百意，坐馳可以役萬景，工於詩者能之。」這就是指想像的廣闊性與自由性。司空圖《二十四詩品》對於二十四種詩的風格的描繪，就是將創作者的藝術想像與讀者的再造想像作為自己立論的出發點，而且本身也極富於想像之美。他的〈與極浦書〉中著名的「象外之象，景外之景」的理論，也完全是著眼於創作與欣賞兩方面的想像作用。宋代的詩歌理論與批評，在形式上大都受到歐陽修《六一詩話》的影響，多以詩話的形式出之。姜夔《白石道人詩說》所論「有四種高妙」的詩中，其中一種就叫做「想高妙」。嚴羽的《滄浪詩話》提出詩的「一唱三嘆之音」、「詩道亦在妙悟」，他認為無論是從創作或者是欣賞的角度來看，想像都不可缺少。除此之外，在宋代眾多的詩話裡，只要稍一檢視，就不難發現關於想像的片羽吉光。

在明清兩代的文學理論與批評中，最引人注目的一個方面是「表現理論」的抬頭和興盛。有一些文學批評家和詩論家，他們十分強調主觀精神對客觀現實的能動作用，強調主觀的感受和作者的個性，認為文學不單是對現實的如實反映，而是主觀的積極的審美觀照，這樣，「想像」在創作中也就具有更為活躍的積極的素質。這一派批評家的代表人物，是晚明的思想家李贄、「公安派」的三袁兄弟特別是其中的袁宏道、清代的金聖嘆，以及標舉「性靈說」的袁枚。李贄在他的著作《童心說》中主張「童心」，不論是哪一種文學樣式，他認為「天下之至文，未有不出於童心」，因此，他就對文學創作中的想像過程及其作用作了如下的描述：「蓄極積久，勢不能遏，一旦見景生情，觸目興嘆，奪他人之酒杯，澆自己之壘塊，訴心中之不平，感數奇於千載。」（〈雜說〉）袁宏道在為其弟袁中道的詩集寫的序文〈序小修詩〉中說：

> 大都獨抒性靈，不拘格套，非從自己胸臆中流出不肯下筆。有時情與境會，頃刻千言，如水東注，令人奪魄。❿

---

❿ 鐘伯敬增訂本《袁中郎全集》卷一。

袁宏道是「三袁」中更激進的一位，他更加注意文學創作基於感情與個性之上的活躍的想像。至於金聖嘆，世人大都以小說批評家來看待他，其實，他也是一個相當出色的至今尚未得到應有重視的詩論家，他在許多書信中闡述了他的重個性、重主觀的表現理論，對詩中的想像也作了諸如「無情猶尚弗能自已，豈以人而無詩也哉？離乎文字之間，極於惆悵之際，性與情為挹注，往與今為送迎，送者既渺不可追，迎者又欻焉善逝，於是而情之所注無盡，性之受挹為不窮矣」⑪的精彩議論。他所批點的唐詩與杜甫詩，對詩藝作了廣泛的探討，時時可見智慧的閃光。金聖嘆的「性靈」說，延續到袁枚得到了充分的發揮。在袁枚的詩文中，他的所謂「性靈」，一方面是指創作者彼此不同的藝術個性，一方面是指創作者基於真實而強烈的感情的基礎上，對現實生活敏銳的藝術感受性。他說自己的創作是「以為詩寫性情，惟吾所適」，而批評別人則是「今人浮慕詩名而強為之，既離性情又乏靈機」。袁枚主張「性靈」，自然就重視詩的清新獨到的想像，如他在《隨園詩話》中所說：

> 左思之才，高於潘岳；謝朓之才，爽於靈運。何也？以其超雋能新故也。齊高祖云：「三日不讀謝朓詩，便覺口臭。」宜李青蓮一生低首也。

袁枚所說的「超雋能新」，重要含義就是超拔脫俗的想像，即使像李白那樣詩思如天馬行空的大詩人，也不得不「一生低首謝宣城」。可以看到，中國古典文論與詩論中重主觀想像和表現的理論，到袁枚的著作中已經發展到一個新的階段。

---

⑪ 參見《金聖嘆選批唐詩》，浙江古籍出版社一九八五年版。

對於中外文學理論批評史上所論說的想像，我在匆匆地勾畫出一個極粗疏的輪廓之後，就要繼而對想像本身以及詩的想像美的諸方面，作進一步的探險了。

二

想像，是藝術家創造力的最高表現，是詩人的才能最重要的表徵之一。高度發展的想像力，是藝術家必具的徽章，更是詩人驕傲的冠冕。現代心理學將想像分為幾個門類，一類是「無意想像」和「有意想像」，前者又稱為「不隨意想像」，後者又稱為「隨意想像」；另一種分類就是「再造性想像」與「創造性想像」；還有一種分類就是「幻想」。想像的藝術創造，既包括了作者所體驗的生活原型和表象，又包括了作者突破個人直接經驗的局限，憑藉其主觀作用所創造出的事物的美的秩序，因此，從本質上說，想像就是藝術創造。

審美想像，是藝術創造和欣賞的獨特心理活動形式，同時，也是詩美的重要表現方式。在詩歌創作中，詩美的構成是多元的，但審美想像是不可缺少的重要元素。康德在《判斷力批判》中談到想像時，他認為「想像力是一個創造性的認識功能；它有本領，能從真正的自然界所呈供的素材裡創造出另一個想像的自然界」⓬，而車爾尼雪夫斯基在《當代美學概念批判》中也說，藝術美「是想像力的創造物」⓭。是的，詩歌創作中的審美想像，集中表現為詩美，詩歌如果沒有

⓬《外國理論家作家論形象思維》第三三頁。

⓭《美學論文選》第五二頁，人民文學出版社一九五九年版。

清新脫俗而豐美的想像，詩的美神絕不會翩然來臨。詩的審美想像通過藝術的語言定型之後，它的美質主要表現在如下兩個方面：

體現在審美想像中的審美感受與審美感情之美。詩的想像，是一種特殊的心理活動，離不開審美主體的作者對生活的審美感受與審美感情，在這一點上，它和科學的想像有嚴格的分野。科學也需要想像，但科學的想像是一種感情靜止的抽象，它需要的是嚴格的數據與邏輯，科學家也召喚獻身事業的熱情，但他的想像卻必須遵循自然的辯證法，而絕不能感情用事。詩的想像則不同，詩本來就是一種最擅於抒情的文學樣式。因此，詩的想像的整個過程，不僅浸透了作者的審美感受和審美情感，而且這種審美情感也成為詩的想像的動力、材料和客體，也就是說，詩的想像是一種伴隨著強烈審美感情的思維活動，它表現了作者的審美觀和審美理想，想像的自身就沉澱著濃烈的審美感情，是審美主體的美學體驗與想像世界的和諧統一，這種統一，往往構成了詩創作中有我之境的情景交融，以及無我之境的物我同一的藝術世界，從而強烈地刺激讀者的想像，引起讀者美感的共鳴，與此相反，科學的想像，它能夠使人按照理性的指引，去抽象地把握對象的本質，但卻不能使人得到美感的愉悅和陶冶。朱光潛在《文藝心理學》中引用法國象徵派詩人波特萊爾的話說：「你聚精會神地觀賞外物，便渾忘自己存在，不久你就和外物渾成一體了，你注視一棵身材停勻的樹在微風中蕩漾搖曳，不過頃刻，在詩人心中只是一個很自然的比喻，在你心中就變成一件事實：你開始把你的情感欲望和哀愁一齊假借給樹，它的蕩漾搖曳也變成你的蕩漾搖曳，你自己也就變成一棵樹了。同理，你看到在蔚藍的天空中回旋的飛鳥，你覺得它表現『超凡脫俗』一個終古不磨的希望，你自己也就變成一隻飛鳥了。」[14]波特萊爾所描繪的，正是詩歌創作和欣賞中的「移情」現象，也就是詩的想像中審美感受和審美情感的投入與外射。正因為詩的想像具有包容審美感情這樣的審美特徵，而想像的奇特美妙與感情的強烈深刻往往成正比，所以那些缺乏想像之美的過於平實的作品，就難以激動讀者的情感，並激發讀者的審美聯想，這種作品，就難免不是缺乏詩意和詩味的，而那種想像新奇的詩作，就像風吹海面激起洶湧的波濤一樣，能在讀者的心海上掀起感情的巨浪。如余光中的〈尋李白〉：

那一雙傲慢的靴子至今還落在
高力士羞憤的手裡，人，卻不見了
把滿地的難民和傷兵
把胡馬和羌馬交踐的節奏
留給杜二去細細地苦吟
自從那年賀知章眼花了
認你做謫仙，便更加佯狂
用一隻中了魔咒的小酒壺
把自己藏起，連太太都尋不到你
怨長安城小而壺中天長
在所有的詩裡你都預言

⑭《朱光潛美學文集》第一卷第四三頁，上海文藝出版社一九八二年版。

會突然水遁，或許就在明天
只扁舟破浪，亂髮當風
——而今，果然你失了蹤

樹敵如林，世人皆欲殺
肝硬化怎殺得死你？
酒入豪腸，七分釀成了月光
餘下的三分嘯成劍氣
繡口一吐就半個盛唐
從開元到天寶，從洛陽到咸陽
冠蓋滿途車騎的囂鬧
不及千年後你的一首
水晶絕句輕叩我額頭
噹地一彈挑起的回音

一貶世上已經夠落魄
再放夜郎毋乃太難堪
至今成謎的是你的籍貫

隴西或山東，青蓮鄉或碎葉城
不如歸去歸那個故鄉？
凡你醉處，你說過，皆非他鄉
失蹤，是天才唯一的下場
身後事，究竟你遁向何處？
猿啼不住，杜二也苦勸你不住
一回頭囚窗下竟已白頭
七仙，五友，都救不了你了
匡山給霧鎖了，無路可入
仍爐火未純青，就半粒丹砂
怎追躡葛洪袖裡的流霞？

樽中月影，或許那才是你故鄉
常得你一生癡癡地仰望？
而無論出門向西笑，向西哭
長安都早已陷落
這二十四萬里的歸程
不必驚動大鵬了，也無須招鶴

只消把酒杯向半空一扔
便旋成一隻霍霍的飛碟
詭綠的閃光愈轉愈快
接你回傳說裡去

余光中依據的是李白的形象、事蹟和詩篇，但作為審美主體，他對他所抒寫的題材有強烈的感情體驗，作了深刻的美的融鑄，他以他脫俗的飛騰的想像，表現了他對中國詩史上傑出天才的仰慕以及對祖國傳統文化的吸收。它所引起的讀者美感共鳴的強度，與它想像的奇妙不凡密切相關，也和它審美感情的強烈獨到分不開。

詩的想像之美，還在於詩的想像是再現性與創造性的統一，那種新穎的創造性的想像，能夠創造出新鮮的意象，引發欣賞者的審美聯想活動，使欣賞者的審美感受處於愉悅與驚奇的狀態。可以說，一切優秀藝術作品都是審美主體的審美感情和審美想像的產物，同時，又都能夠既作用於欣賞者的感情，又作用於欣賞者的想像，使欣賞者在審美活動中得到精神的愉悅和滿足。詩歌在所有的文學形式中，既是一種長於抒情的樣式，同時又是一種最富於想像力與啟示力的藝術，因此，它特別要求富於想像之美，以新穎奇美怡情悅性的境界去征服讀者的心靈和理智，也就是激動讀者的審美情緒，點燃他們心中神聖的思想的火花。那些平庸的缺乏想像力的作品，暗淡無光而沒有美的刺激性，它們不能使讀者在審美初覺中產生激動的情緒，當然就更談不上引起強烈的美感共鳴和心靈震撼了。如下面引述的菲華詩人的三首作品：

很抱歉
一裝進信封裡就全融了
看來只許想想，沒可能
寄去，你畢生未見而渴於一見的
祖國皚皚的
白雪

讀完信時，太陽
正以熟悉的眼神
讀著我
且奇怪，為什麼
我竟如此固執地去愛
祖國的嚴寒？（雲鶴：〈雪〉）

街旁各棵大小樹
枝已參天葉已落地
還是想不透

移民局的上空
一簇雲
要來就來
要去就去（月曲了：〈大小樹〉）

指向前面
嚮導說：
「那就是邊界，
不可擅越。」

站在落馬洲的瞭望臺上
我偷問蒼鷹
凜風、鳴蟲
他們都說：
「不懂。」（莊垂明：〈瞭望臺上〉）

以上三首菲律賓華人詩人的作品，角度與構思雖有所不同，具體情境也迥然有異，但表現的卻是相同的或者說是近似的主題。它們都十分精煉，想像清超，能強烈地刺激讀者的想像力。

在古典詩歌史上，不同詩人的同一題材的詩作，也可以給我們以詩美學的有關啟示：

日照香爐生紫煙，遙看瀑布掛前川。
飛流直下三千丈，疑是銀河落九天。（李白：〈望廬山瀑布〉）

虛空落泉千仞直，雷奔入江不暫息。
千古長如白練飛，一條界破青山色。（徐凝：〈廬山瀑布〉）

中晚唐之交的徐凝，曾經得到元稹和白居易的讚許。《全唐詩》有他的詩一卷，絕句占了十分之九，其中不乏可誦之作，如「蕭娘臉下難勝淚，桃葉眉頭易得愁。天下三分明月夜，二分無賴是揚州」（〈憶揚州〉）即是。但是，宋代大詩人蘇軾卻對徐凝的上述〈廬山瀑布〉詩作了批評，見於他的遊廬山後的〈戲作一絕〉：「帝遣銀河一派垂，古來唯有謫仙詞。飛流濺沫知多少，不與徐凝洗惡詩。」我大致同意蘇軾的看法，但並非震於李白與蘇軾的赫赫名聲，而是就詩論詩，李白的詠廬山瀑布之作，確實是落想天外，匪夷所思，詩人以雄奇之筆，狀雄奇之景，那「反常合道，奇趣橫生」的審美想像與審美境界，給予讀者以強烈的美的震撼，這種美的境界和效果，的確是後來者所難以企及的，就像運動場上一名天才的跳高選手，在征服了一般人所難以達到的高度之後，後來人想再跨越那根橫竿，就真是「談何容易」了。徐凝之作，說是「惡詩」也未免詆評太過，它的後兩句形象感還比較強，有如黑白分明的版畫，對照鮮明，刀法遒勁，但是，它畢竟缺乏振翼騰飛的想像，加之和詩仙之作比較，等於是以己之中駟比彼之上駟，自然就不免相形見絀了。

其實，自李白之後直到清代，追蹤他的足跡的還大有人在，這裡僅從絕句中略舉數例：

豁開青冥巔，寫出萬丈泉。
如裁一條素，白日懸秋天。（施肩吾：〈瀑布詩〉）

瀉霧傾煙撼撼雷，滿山風雨助喧豗。
寧知不是青天闕，撲下銀河一半來！（諸載：〈瀑布〉）

雲間瀑布三千尺，雲外迴峰十二重。
滿耳怒雷飛雨急，轉頭紅日在青松。（明・陳沂：〈瀑布泉〉）

稍晚於徐凝的施肩吾，他的「如裁一條素」之句與徐凝的「千古長如白練飛」大致相同，其他數句都是以實寫實之筆，缺乏空靈之趣。明代陳沂的「雲間瀑布三千尺」，也只能說是李白瀑布遙遠而微弱的回聲，全詩沒有自己的想像和更多的新意。倒是晚唐詩人諸載的〈瀑布〉還值得稱道，以瀑布喻銀河，雖然可以看得出他仍踵武李白之後，但是，如果只此而已，他這首詩也只能是落入抄襲的窠臼而沒有什麼美學價值了。然而，他在幾乎完全失去獨立而向李白俯首稱臣的情況下，又發揮了他獨立不倚的想像力，寫出了頗有審美激情與審美理想的後兩句。女媧補天，只是初民的神話，時至晚唐，人們是不會相信青天缺損的。可是詩人卻一反常理，出之以青天崩潰、銀河半瀉的奇妙景象，看似違反物態常情，卻更深刻動人地表現了自然美，給人以強烈新奇的美學感受，這樣，它的美學效果自然就比施肩吾與陳沂之作高出多多了。

可見，詩的想像，本身是藝術美的重要表現形態，又是通向藝術美的一座必經的橋樑。

三

我們從心理學的角度，結合詩歌創作檢視了一番藝術的想像及想像之美，但是，詩的想像的主要特徵是什麼？詩的想像與其他文學形式的想像有什麼區別？我們卻還來不及詳加論列，這猶如遊覽一座名山，還只是從山腳仰望了它的輪廓，它的動人的佳勝，還有待有心人拾級而上，並穿幽入仄地加以探尋。

詩的想像的獨特形態之一，是比喻；想像之花開放得使萬方矚目的，是比喻。在中外文論和詩論中，比喻，過去或是只作為與「賦」和「興」連類而談的一種藝術手段，或是只作為修辭學書籍中的一種辭格，這樣來認識比喻是遠遠不夠的。從詩美學的角度來看比喻，它絕不僅僅是一種手段或一種辭格，它是一種有普遍美學意義和高度美學價值的聯想，它是詩的想像美的寵兒。是的，我認定比喻是一種不可缺少的詩美，是詩的想像美的一種重要表現方式。詩的想像如果離開了比喻，那倒真是不可想像的了。翻閱中外古今的詩歌，想像之美在內涵上溝通作者與讀者的美感體驗，在形象與意境構成上給予讀者豐富的美感享受，怎麼可以設想能無視比喻的美學作用呢？我要強調指出，比喻，不僅是一種辭格或一種詩藝，而且是想像之美的一種十分重要的表現形態，是詩美的一個重要範疇。比喻的理論架構，是以心理學中的「類化作用」為其基礎的，即大腦皮層上建立的暫時性聯繫，它利用作者與讀者原有的美感體驗，引發新的美感體驗，因此，比喻從本質上說，它是想像的外化，是審美想像中的審美聯想。

近代審美心理學中審美聯想的理論，從古希臘亞理斯多德的「聯想三定律」的基礎上發展而來。亞理斯多德在《記憶論》中初步提出了後世所說的三大聯想定律，即相似律、對比律、接近律，也就是接近聯想、對比聯想、相似聯想。聯想論，是十七世紀英國心理學家洛克的哲學心理學的重要內容，在歐洲心理學史上，「聯想」一詞最先由洛克在他的《人類理智論》中提出。什麼是聯想？從心理學的角度來說，聯想，是指由一事物想到另一事物的心理過程，是指在某一特定的事物或情景之前，重新回憶起有關的生活經驗與思想感情，是由這一事物聯想到另一事物的心理活動。從形象美的創造這一角度考察，聯想是一種想像，是感物連類由此及彼生發出同類或與之有直接間接聯繫的藝術形象的想像。詩歌園地的比喻，就是想像之樹的聯想枝椏上結出的纍纍碩果，我們不妨徘徊其下，品賞它們的美色和滋味：

接近聯想的比喻。接近聯想，是指時間或空間上相接近的事物之間的聯想，時間一般是指季候和節令，空間則常常是指事物的外形。兩種不同而有類似之點的事物，在生活經驗所構成的回憶表象中容易形成某種聯繫，在想像活動中就會由某一事物的觸發，形成對另一事物的回憶和聯想。這種聯想可稱「同時性聯想」，在詩歌作品中，不一定表現為比喻，如「桃之夭夭，灼灼其華，之子于歸，宜其室家」（《詩經．桃夭》），由紅白桃花之盛開，聯想到青春貌美的新嫁娘；「秋風吹渭水，落葉滿長安」（賈島：〈憶江上吳處士〉），一葉落而知天下秋，反之，詩人由秋風蕭瑟而聯想到長安城的紛紛落葉。但是，接近聯想也常常孕育和誕生比喻，在小說中給人印象極深的是魯迅的〈故鄉〉對豆腐西施出場的描寫：「兩手搭在髀間，沒有繫裙，張著兩腳，正像一個畫圖儀器裡細腳伶仃的圓規。」在詩中，也有絕妙的圓規之喻，這就是十七世紀英國玄學派詩人鄧恩的〈臨別勸卿勿悲傷〉：

如果我們的靈魂是兩個，則雙魂
像兩腳圓規，豎直而且成對；
你的靈魂是站穩的腳，寸步不移，
但另一腳動時，你會跟隨。

此腳雖然固定在圓心上，
另一腳出門遠行時，
它便俯身前望，側耳傾聽，
等到另一腳回家，便再挺立起來。

你我之間也如此，我必像
那另一腳，斜斜地行走；
你的堅定，使我的圓分厘不差，
並使我始終如一，都在那裡。

上述是鄧恩這首詩的後三節，抒情主人公是即將出門遠行的男子。圓規與男女的愛情本來毫無關連，但圓規與人的雙腳卻有相似的「共相」，於是鄧恩忽發奇想，接近聯想就構成了全詩的這一巧喻。巧喻即英文中的 conceit，在西方修辭學史上有悠久的歷史，中文翻譯有巧喻、奇喻、妙喻、曲喻等說法。十七世紀英國詩壇的「玄學派詩人」，倡導「想像主義」，許多作者如馬維爾、赫伯特、福罕、克萊曉等，都是巧於用喻的高手，他們追求奇幻意象的詩藝是值得借鑒的。又如女詩人席慕蓉的〈青春〉：

所有的結局都已寫好
所有的淚水也都已啟程
卻忽然忘了是怎麼樣的一個開始
在那個古老的不再回來的夏日

無論我如何地去追索
年輕的你只如雲影掠過
而你微笑的面容極淺極淡
逐漸隱沒在日落後的群嵐

遂翻開那發黃的扉頁

命運將它裝訂得極為拙劣
含著淚 我一讀再讀
卻不得不承認
青春是一本太倉促的書

此詩採取回溯式的寫法，一開篇就詩意盎然，引人遐思，在第二節的回敘和鋪墊之後，第三節出之以「發黃的扉頁」、「太倉促的書」的巧喻。人生是一本大書，青春更應該是一本黃金之書，詩人從二者的近似之點取喻，這是對青春的詠嘆，也是對人生的能引起許多人共鳴的感慨。

相似聯想的比喻。相似聯想又稱「類似聯想」，它的生理基礎是蘇聯生物學家巴甫洛夫所說的「條件反射」的泛化，指兩個不同的事物之間，由於某些特徵與屬性的相似而作用於審美主體的經驗記憶，使作為審美主體的詩人的想像在它們之間架設起相通的橋樑，組合為新的形象。值得特別注意的是，相似聯想不僅是事物一般性的表象的相似，即聲音、顏色、形狀上的形似，更重要的是神似，即事物的內在精神和人物的思想感情方面的一致。相似聯想當然不一定構成比喻，如「春蠶到死絲方盡，蠟炬成灰淚始乾」（李商隱：〈無題〉），以蠶絲與燭淚來表現堅貞不渝誓同生死的愛情，它雖然有比的因素，但主要卻是一種詩意的象徵；「流光容易把人拋，紅了櫻桃，綠了芭蕉」（蔣捷：〈一剪梅・舟過吳江〉），由櫻桃之紅與芭蕉之綠而聯想到流光如駛，以色澤及其變化表時間，這就更只能說是「神似」而非「形似」了。然而，相似聯想在詩中卻有許多時候是以比喻出之的，如于沙的〈過青浪灘〉：

水底，千股橫衝直撞的潛流，
水上，萬座齜牙裂嘴的礁山，
浪，是離弦的響箭，抖鬃的野馬，
灘，刻下多少傳奇和哀嘆！

人有識，篙就有目，槳就有眼，
漩渦裡，飛出流星似的小船：
回頭看，浪像被射落的白天鵝，
埋葬在艄公豪壯的號子裡面！

青浪灘，今天我算認識了你，
你是懦夫的墳場，勇士的搖籃。

在這首詩裡，浪如「礁山」、「響箭」、「野馬」、「白天鵝」，小船是「流星」，青浪灘是「墳場」、「搖籃」，全是相似聯想所構成的比喻，除了因為「白天鵝」是美的象徵，以被射落的白天鵝喻浪有待斟酌之外，整首詩的審美聯想還是豐富動人的，特別是結尾的「墳場」與「搖籃」之比，由「懦夫」與「勇士」的有關哲理生發而來，具有相似性聯想比喻與對比性聯想比喻的雙重性，警醒有力，是詩中精彩的一錘定音的筆墨。又如土耳其現代詩人哈辛的〈噴水池〉：

日落時，歡愉從樹上消隱。
鳥變成紅寶石，葉變成火焰。
我的噴水池變成熊熊的赤光，
反響著鳥和樹葉的明艷。

哈辛詩的意象，上承土耳其古典的「帝範」詩體，同時又學習法國象徵詩派的長處。正如譯者余光中在《土耳其現代詩選》一書中所說，哈辛的詩「意象生動，餘韻不絕，頗有中國七言絕句的味道」。上述這首〈噴水池〉寫日落時分噴水池的景色，全詩運用了幾個相似聯想所構成的比喻，如果抽去了這些比喻，不僅全詩會黯然失色，整首詩的藝術架構也會坍塌了。

在中國古典詩歌中，以相似聯想為基礎所構成的妙喻也不少，如唐詩人張九齡的〈自君之出矣〉與宋代詞人呂本中的〈採桑子〉：

自君之出矣，不復理殘機。
思君如滿月，夜夜減清輝。（張九齡：〈自君之出矣〉）

恨君不似江樓月，南北東西，南北東西，只有相隨無別離。
恨君卻似江樓月，暫滿還虧，暫滿還虧，待得團圓是幾時？（呂本中：〈採桑子〉）

以月亮比離情和比離人，遠遠已不是張九齡或呂本中的創造，可以說前人之述備矣，但這一詩一詞在相似聯想上卻有十分佳妙之處。唐汝詢《唐詩解》說：「不理殘機，見心緒之已亂，思君如滿月，見華容之易凋。」李鍈《詩法易簡錄》認為：「若直言消減容光，便平直少味，借滿月以寫之，新穎絕倫，其思路之巧，全在一『滿』字。」我要說，張九齡的詩以女子的口吻寫出，將自己的容光比為清輝漸減之月，是極為巧妙的相似聯想所構成的比喻。這首詩如果沒有這一比喻，也就會清輝頓減，不，清輝頓失了。與張九齡的詩一樣，同是仿擬女子的口吻，呂本中的詞以月喻離人，不同之處是，張九齡詩中的月是以女子自喻，而呂本中詞中的月卻是女主人公用以喻她遠行的丈夫，「恨君不似」是反說，「恨君卻似」是正說，比張詩更多一層曲折，是現代詩法中所謂「深層結構」，而不論「似」與「不似」，實際上都是相似聯想所構成的妙喻，正如英國批評家瑞恰慈所說：「比喻是不同語境的交易。」

對比聯想的比喻。對比，原來是指把兩種相反的事物對列在一起，以強調比較它們之間的差異。審美想像中的對比聯想，就是指由對某一事物的經驗回憶，觸發與它的特徵相反相對的事物的回憶，它的美學價值絕不只是形式上的對列所造成視聽效果，更在於內在的感情與意義的尖銳表達。中國古典詩歌中的律詩，其中的頷聯與頸聯要求對仗，對仗雖不一定都是對比，但有許多對仗卻採取了對比的方式，因此，律詩中的對仗是對詩人對比聯想的強弱的挑戰，那眾多的對比聯想所構成的對句，也是對詩中對比聯想的檢閱。對比聯想，很多不一定化為比喻的形式，如臧克家名作〈有的人〉的「有的人活著，他已經死了；有的人死了，他還活著」，就是運用「矛盾語法」和對比聯想的範例。在中國古典詩歌中，如剛柔對比聯想：「江間波浪兼天湧，塞上風雲接地陰」（杜甫：〈秋興八首〉）；人我對比聯想：「詩句對君難出手，雲泉勸我早歸家」（蘇軾：〈答友人求書與詩〉）；有無對比聯想：「學劍雖無術，吟詩似有魔」（許裳：〈冬梢歸陵陽別業〉）；動靜對比聯想：「眾鳥高飛盡，孤雲獨去閒。相看兩不厭，只有敬亭山」（李白：〈獨坐敬亭山〉）；今昔對比聯想：「此日六軍同駐馬，當時七夕笑牽牛」（李商隱：〈馬嵬驛〉）；時空對比聯想：「蝴蝶夢中家萬里，子規枝上月三更」（崔塗：〈春夕旅懷〉）；巨細對比聯想：「一去紫臺連朔漠，獨留青塚向黃昏」（杜甫：〈咏懷古跡〉）——像這種對比聯想所開放的繁花，在古典詩苑中不勝採摘，這裡摘取數枝，就可以想見滿園春色了。由對比聯想所構成的比喻，在古典詩歌中也不罕見，略舉數例：

自在飛花輕似夢，無邊絲雨細如愁。（秦觀）

人似秋鴻來有信，事如春夢了無痕。（蘇軾）

鬢邊霜雪秋催白，山勢龍蛇雨洗青。（張之洞）

水聲粗悍如驕將，山色凄涼似病夫。（王國維）

蘇軾和秦觀詩是虛實對比聯想的比喻，張之洞詩是人物對比聯想的比喻，王國維詩是剛柔對比聯想的比喻，對照鮮明，各呈異彩。

在想像之美中，除了上述幾種主要的聯想之外，我以為還有一種十分重要的聯想，可以稱之為「虛實聯想」，這種聯想不是在兩個具體的事物之間展開，而是在一個或一個以上的具體事物與抽象的意念、情思之間飛翔。具體形象是實，抽象情思是虛，這種由虛實聯想所連接與組合而成的形象，既富於生活實感，又富於空靈之趣，對讀者的審美聯想具有強烈的刺激力。一味從具體事物聯想到具體事物，所形成的意象容易流於直露和質實，而一味從抽象到抽象，那就容易墮入晦澀難明的泥潭，或空洞無物的虛空，而只有虛實相兼，才能別饒妙趣，可以說，所謂詩意，常常就誕生在虛實之間，如同點燃鞭炮的引線使鞭炮開花，虛實聯想也好比是詩意的引線，使得詩花怒放。「客子光陰詩卷裡，杏花消息雨聲中」，是南宋詩人陳與義〈懷天經智老因以訪之〉詩中的名句，據說這一聯頗為高宗所喜愛，清代高步瀛在《唐宋詩舉要》中也稱之為「佳句」，原因之一就是「客子光陰」是時間之虛，「詩卷」是視覺之實，「杏花消息」是意念之虛，「雨聲中」是聽覺之實，虛實之間，由詩人的聯想活動聯結起來，既有實景的描繪，又有對年華如水的留戀，所以就別具靈趣了。當然，許多虛實聯想的外在形式，往往又表現為比喻：

問君能有幾多愁？恰似一江春水向東流。（李後主）

試問閒愁都幾許？一川煙草，滿城飛絮，梅子黃時雨。（賀鑄）

舊恨春江流不盡，新恨雲山千疊。（辛棄疾）

古代詩人長於寫愁情，從上面三例可以看到，不論詩人所處的時代與愁情的內容如何不同，也不論是運用單喻或複喻，但是，虛情實寫、以實比虛的虛實聯想則一。比喻，有許多是「以實比實」的，聯想均在實體之間也就是具體事物之間進行。然而，以實比虛的比喻，或以虛比實的比喻，是虛實聯想的結果，其意象常常比以實比實的意象更為飽滿而又空靈。如雍陶的詩：「兩山開處水回環，一葉才通石隙間。楚客莫言山勢險，世人心更險於山。」（〈三峽〉）三峽之山是「實」，世人之心是「虛」，虛實攢合，顯示奇思。如黃庭堅的詩：「花氣薰人竹破禪，心情其實已中年。春來詩思何所似？八節灘頭上水船！」，「詩思」是虛，「上水船」是實，虛實相比，便開妙境。新詩中如馮至寫於一九二六年的〈蛇〉：

我的寂寞是一條長蛇，
靜靜地沒有言語。
你萬一夢到它時，
千萬啊，不要悚懼。

它是我忠誠的侶伴，
心裡害著熱烈的鄉思；
它想那茂密的草原——
你頭上的、濃郁的烏絲。
它月光一般輕輕地

從你那兒輕輕走過；
它把你的夢境銜了來，
像一只緋紅的花朵。

「寂寞」是虛有的不具象的感情，「長蛇」是實在的可觀的形象，「寂寞」是無語的，悠長的，「長蛇」是無聲的，修長的，「鄉思」是「相思」的諧音，茂密的草原與戀人的秀髮也有通似之處，詩人以實比虛，寫自己寂寞的相思可謂十分巧妙。因為馮至巧於用喻，將生活之真與想像之美結合起來，因此學者許芥昱在他的中國新詩的英文譯著裡，稱馮至為玄學派詩人，似乎並非全無道理。

又如焦桐的〈燈塔〉：

流離的風帆莫停靠
回憶的港灣
那善於眺望的燈塔
每逢夜晚
就點亮了鄉愁

這首短詩多用虛虛實實的比喻，如以「流離的風帆」比詩中沒有出現的遊子，以「港灣」與「眺望的燈塔」比回憶及其情狀，有了這些虛實相比的巧喻，加之結尾具象之「點亮」與抽象之「鄉愁」的巧妙配合，不僅抽象的意念化成了視聽兼美的意象，而且也獲得了令人遐想的韻味。

「比喻之作用大矣哉！」兩千多年前亞理斯多德在《修辭學》中對比喻的詠嘆，在後代的詩作裡激起了經久不絕的回聲。作為審美聯想表現的比喻，在詩中的作用遠比在小說、散文、戲劇中為大，因為在其他文學樣式中的比喻，往往只有表現某一具體形象的作用，只是作為整部作品中的某一細節而存在，如同一座園林中的一處假山、一泓流水、一座臺榭。然而，比喻在詩中卻往往有牽一髮而動全身的美學效果。如在荷馬的史詩《伊里亞特》與《奧德賽》中，詩人大量地使用比喻，多用動物作喻體，把比喻和描寫融為一體。據統計，《奧德賽》用喻有四十多處，而《伊里亞特》則多達一百八十多處，所以後來的評論家稱之為「荷馬式的比喻」。莎士比亞的作品中用喻極多，生動而新奇，如同滾滾智珠，西方文論稱之為「莎士比亞式比喻」，如果去掉了那些比喻，莎士比亞的作品就會頓然失色了。在新詩創作中，如駱之的〈題大步車站〉：

三間土房像三個火柴盒，
孤零零地被擲到了戈壁灘；
火車鳴叫著從房前駛過，
才曉得還有個小小的車站。

地圖上找不到「大步」的名字，
周圍百里也絕少人煙；
好像地平線是乾涸的死海，

唯有三條魚兒跳出水面。

隨時都有狂風光顧，
把地上僅有的水分舔乾，
不允許綠色在這裡站腳，
連耐旱的芨芨草也渴得發蔫。

自從蘭新鐵路通過這裡，
遷走了帳篷，留下了幾條好漢；
小小土房像是燕子銜泥般築起，
一盞信號燈燃燒著堅定的信念。

這裡沒有鮮花，沒有酒筵，
飲一口苦鹹的水也覺得格外香甜；
但這裡有美的音響，新的樂趣，
聽閃亮的鋼軌日夜吟唱動人的詩篇。

每次我乘車經過大步，

都把深深的敬意悄悄奉獻；
那三間土房儘管十分矮小，
在我心中卻似巍峨的天山！

在大西北的荒原上，僅有三間土房的大步車站是引人矚目的，「三間土房像三個火柴盒」、「唯有三條魚兒跳出水面」、「小小土房像是燕子銜泥般築起」、「那三間土房儘管十分矮小，在我心中卻似巍峨的天山」，詩人用博喻來描繪和頂禮大步車站，實比與虛喻交織。這首詩，如果去掉了其中巧妙的比喻，就難以維持全詩的整個藝術架構了。

在某些詩歌作品中，比喻甚至就是全詩美學結構的同義語，因為那些作品是依靠一個或者幾個比喻結撰成章的，如果沒有那些比喻，全詩也就不復存在。《詩經》中的〈摽有梅〉與駱之的〈題大步車站〉就是其中二例。馬雅可夫斯基在〈怎樣做詩〉一文中說過：「創造形象的原始方法之一是比喻。我初時的詩作，例如〈穿褲子的雲〉全部建設在比喻上，一切是『好比，好比和好比』。」⓯清代王夫之在《薑齋詩話》中也曾經指出：「〈小雅・鶴鳴〉之詩，全用『比』體，不道破一句，三百篇中創調也。」也就是說，〈鶴鳴〉一詩全詩皆比，詩如下：

鶴鳴于九皋，聲聞于野。魚潛在淵，或在于渚。
樂彼之園，爰有樹檀，其下維蘀。它山之石，可以為錯。

⓯ 轉引自陳宋成、張鐵夫著：《馬雅可夫斯基》，第一四六頁，遼寧人民出版社一九八三年版。

鶴鳴于九皋，聲聞于天。魚在于渚，或潛在淵。
樂彼之園，爰有樹檀，其下維穀。它山之石，可以攻玉。

《詩經》中的作品，全用比體的並不罕見，如「南有喬木，不可休思。漢有游女，不可求思。漢之廣矣，不可泳思；江之永矣，不可方思。……」〈周南・漢廣〉篇表現一位男子對意中人求而不得的心理，就是全用比體。〈小雅〉中的詩，大都出於奴隸主貴族之手，〈鶴鳴〉一詩，是周代的奴隸主貴族諷喻其代表人物要招賢納士，全詩沒有一句點明題旨，卻用「鶴」、「魚」、「樹」、「石」的博喻出之，構成了全詩的美學整體。又如英國十七世紀詩人坎賓的〈她的臉上有座花園〉（又名〈櫻桃熟了〉）：

她的臉上有一座花園
園裡盛開著玫瑰與白蓮
那是一個極樂的天堂
有各樣的美果生長
還有櫻桃，但誰也休想買到
除非她自己叫「櫻桃熟了」！
有兩排明亮的珍珠
被櫻桃完全遮住

巧笑時顆顆出現
像玫瑰花蕾上面霜雪蓋滿
可是王公卿相也休想買到
除非她自己叫「櫻桃熟了」！

在我國，白居易有「櫻桃樊素口，楊柳小蠻腰」之句，李後主也有「一曲清歌，暫引櫻桃破」之辭，但這些比喻畢竟還只是詩詞中的一個單式意象，而坎賓的這首詩，卻以多樣的比喻組成了全詩的意象結構，可謂巧喻紛呈，結構精美。又如匈牙利偉大愛國主義詩人裴多菲的〈我願意是樹〉：

我願意是樹，如果你是樹上的花，
我願意是花，如果你是露水；
我願意是露水，如果你是陽光……
這樣我們就能夠結合在一起。

而且，姑娘，如果你是天空，
我願意變成天上的星星；
然而，姑娘，如果你是地獄，
為了在一起我願意永墮地獄之中。

裴多菲是巧於用喻的能手。他的〈穀子成熟了〉、〈你愛的是春天〉、〈雲在低低地壓下〉、〈我的愛情是咆哮的海〉等詩章，就都是「全用比體」。〈我願意是樹〉也是這樣，全詩的比喻如節日之夜繽紛的焰火，使人神為之搖，全詩的結構如彎曲回環的流水，令人心為之奪。

呵，比喻，想像的寧馨兒，繆斯的驕子！

四

詩貴想像之美。然而，美的想像究竟具有怎樣的美學特徵呢？如果說美的想像是一頂冠冕，那麼，新穎性、創造性、奇異性就是鑲嵌在冠冕上的三塊寶石。

新穎性，是詩的想像的第一個美學特徵。

創新，在詩歌創作中是一個常青的命題，不會因時間的流逝而衰老或失色。一首真正的詩，總要在內容上給人以思想感情的新的啟迪，在藝術上給人以新鮮的美感享受，這樣才能在讀者的欣賞這一藝術再創造的審美活動中，獲得永久的藝術生命。可以說，詩的真正意義就是創新，沒有想像的新意，就沒有詩的新意。且讓我們聽聽詩人的「創作談」吧。李白稱許好詩是「清水出芙蓉，天然去雕飾」。而詩聖杜甫呢，除了「不薄今人愛古人，清辭麗句必為鄰」的自許外，他說孟浩然是「吾愛襄陽孟浩然，清詩句句盡堪傳」（〈解悶十二首・孟浩然〉），說嚴武是「清詩句句好，應任老夫傳」（〈贈嚴武〉），說薛能是「清文動哀玉，見道發新硎」（〈酬薛十二〉），而對如兄如弟的李白，他的「白也詩無敵，飄然思不群，清新庾開府，俊逸鮑參軍」（〈春日憶李白〉）的讚美之辭，更是人所熟知的了。此外，如韋莊讚美許渾是「江南才子許渾詩，句句清新字字奇」，皮日休說自己是「欲清詩思一焚香」。可以看出，古典詩家們都異口同聲地肯定詩的「清」或者「清新」，而他們所說的「清」或「清新」，在很大程度上就是指審美想像的新穎性。杜甫讚美李白「飄然思不群」，不就是推崇李白想像的超凡脫俗嗎？新意是一首好詩不可缺少的標誌，而新意，又往往表現在想像的新穎上。如：

湖光秋月兩相和，潭面無風鏡未磨。
遙望洞庭山翠色，白銀盤裡一青螺。（劉禹錫：〈望洞庭〉）

煙波不動影沉沉，碧色全無翠色深。
疑是水仙梳洗處，一螺青黛水中心。（雍陶：〈題君山〉）

滿川風雨獨憑欄，綰結湘娥十二鬟。
可惜不當湖水面，銀山堆裡看青山。（黃庭堅：〈雨中登岳陽樓望君山〉）

這三首詩，同是寫洞庭湖及湖中的君山，中唐劉禹錫是月夜遙望，他想像君山是「白銀盤裡一青螺」；晚唐雍陶是白天遠望，這位比劉禹錫小三十三歲的詩人在以青螺比君山這一點上，雖然受了先行者的影響，但劉詩以白銀盤比月夜的湖面，以青螺比君山，比喻不俗，但卻全是以實比實，而雍陶卻融化古代的神話傳說，又故作疑問之辭，虛實相比，想像空靈超雋，意象似幻實真，詩的想像的新穎，使得他這首詩有出藍之美。北宋黃庭堅是雨中登樓眺望，作為後來人，劉禹錫與雍陶的詩，他當然是溫習過的，從他這首詩可以隱約看出前人影響的淡若無痕的痕跡，但是，作為蘇門四學士之一的他，自然不會甘於做前人的臣僕，他面對湖光山色，想像飛騰而別開新境。劉拜山在《唐人絕句評注》中說：「劉詩清麗，雍詩新奇，黃詩雅健，要以黃為後來居上矣。」我認為，三首詩的風格固然各異其趣，但三首詩的想像各有其新穎之處，這正是它們都獲得成功的保證。不妨再舉三例：

死時我聽見一蠅營營
　室中那份沉寂，
有如空中大氣的肅靜
　當暴風雨暫歇。

四周的眼睛都全已擰乾
　鼻息都蓄勢威嚴，
待最終的攻擊，待那君王
　在室中赫然顯現。

我分遺罷紀念品，又簽罷

屬我而又可遺贈
的東西——而就在這時候
插進來一隻蒼蠅。

帶著莽撞的營營，青青無定，
在天光和我之間；
然後是窗戶的消隱，然後
是我的視而不見。（狄瑾蓀：〈當我死時〉）

葬我在荷花池內，
耳邊有水蚓拖聲，
在綠荷葉的燈上
螢火蟲時暗時明——

葬我在馬纓花下，
永作著芬芳的夢——
葬我在泰山之巔，
風聲嗚咽過孤松——

不然，就燒我成灰，
投入氾濫的春江，
與落花一同漂去
無人知道的地方。（朱湘：〈葬我〉）

當我死時，葬我，在長江與黃河
之間。枕我的頭顱，白髮蓋著黑土
在中國，最美最母親的國度
我便坦然睡去，睡整張大陸
聽兩側，安魂曲起自長江，黃河
兩管永生的音樂，滔滔，朝東
這是最縱容最寬闊的床
讓一顆心滿足地睡去，滿足地想
從前，一個中國的青年曾經
在冰凍的密西根向西瞭望
想望透黑夜看中國的黎明
用十七年未饜中國的眼睛
饕餮地圖，從西湖到太湖

到多鵜鴂的重慶，代替回鄉（余光中：〈當我死時〉）

在新詩史上，除朱湘的〈葬我〉與余光中的〈當我死時〉之外，寫死亡的詩，著名的還有三十年代陳夢家的〈葬歌〉和戴望舒的〈致螢火〉。余光中一九六五年受聘在美國密西根州立大學英文系任副教授，年方三十七歲。他二十歲離開大陸至那時已有十七年，去國懷鄉之感，發而為一系列傷離念遠的遊子之詩，〈當我死時〉即其中之一。熟諳詩史的余光中，當然也熟悉朱湘的詩。「葬我在荷花池內」、「葬我在馬纓花下」、「葬我，在長江與黃河之間」，從余光中詩與朱湘詩的比較可以看到在藝術想像上的一脈相承之處，但余光中的想像畢竟是屬於他自己的。美國現代女詩人狄瑾蓀有一首詩也名〈當我死時〉，與余光中詩題相同，寫人之彌留將逝這一點完全一致。這當然不是偶然的巧合，余光中曾翻譯了英美許多現代詩作，出版有《英美現代詩選》，其中就包括多首狄瑾蓀的作品，上述狄瑾蓀一詩，就是余光中的譯筆，他的詩自然受到狄瑾蓀詩的影響。但是，同一題目，同是寫死亡，余光中詩的想像也完全是新穎的，與狄瑾蓀的詩絕不雷同。如果說，狄瑾蓀的詩是西方的小提琴拉出來的安魂曲，那麼，余光中詩則是一管東方的洞簫吹出來的如怨如訴的望鄉之歌。簫聲咽，詩人望斷鄉關月，他的這一心曲與新曲，是在異國的寒夜倚窗遠望故國時從他的簫管裡流出來的。

想像的新穎性的反面，就是想像的鈍化，對於想像的新穎這一審美特徵，我不擬再從正面來說明，而只想從它的反面作如下的論證。

詩，對於創新者是永遠沒有邊疆的國土，而「鈍化」，則是詩的難以醫治的重症。物理學上的

「鈍化」，是指金屬經陽極氧化或強氧化劑等化學方法處理，由活潑態轉為不活潑態（鈍態）的過程；詩的「鈍化」，則是指作品從內容、形式到藝術手段的陳套、老套、沒有新鮮感，缺乏詩之所以為詩的新穎藝術素質，對讀者的審美心態毫無刺激性。賈誼在〈弔屈原文〉中說：「莫邪為鈍兮。」借用他的比喻再引申比喻一下，我們說，詩，本來應該像光芒四射的寶劍，但由於「鈍化」的結果，鋒利的寶劍上已經蒙上了厚厚的一層鐵銹，照眼的光芒已經成為歷史的記憶，那紫電青霜及鋒而試的威力，也早已蕩然無存了。「鈍化」，在鈍化的詩中是侵蝕到各個方面的，伴隨藝術感受鈍化而來的想像的鈍化，是詩的鈍化的一個突出方面。

想像的鈍化，是藝術感受與藝術思維鈍化的必然產物。對生活敏銳的藝術感受，對心靈活動的詩的敏感，是一位詩人必具的重要素質，也是新穎活躍的想像的起點。從心理學的角度來說，感覺是認識生活的開端，知覺則是對生活認識的深化。詩人的藝術想像力，不完全是什麼非理性的純粹的「直覺」；它也不完全是一種天賦，雖然我們必須承認一個人的藝術素質有高下、厚薄之分。詩的想像，屬於藝術心理學的範疇，是一種感性與理性、感情與理智相統一的借意象以展開的精神創造活動。一個富於新穎的詩的想像的詩人，他對自己的美感經驗能迅速地敏悟和深思，能敏銳地把握住新鮮生動的生活印象，構成新穎的詩的想像。如同但丁在《神曲・淨界》中所說：「你的感覺從實物抽取一種印象，並展開在你心裡，使你的心轉向於它，轉向以後，假使你傾心於它，這傾心就是心和物之間經過喜悅而發生的新聯繫。」但丁所說的「新聯繫」，就是新穎的聯想和想像。詩的想像的鈍化，一種是先天性的，先天性的想像鈍化，就是先天性的藝術感覺遲鈍，缺少藝術的細胞，缺乏活躍而充滿生機的形象思維的能力，他們的筆下，只能製造一些蒼白、重複與老化的形象。在古典詩論史上，有的批評家批評某些人的詩作「百首如一首，卷初如卷終」，按我們今天的語言表述，不就是毫無新意的「鈍化」嗎？前些年的新詩創作，許多作品千篇一律，彼此雷同，存在著嚴重的鈍化現象。近幾年有些所謂「創新」的詩作，在語言和意象方面又互相重複，如出一轍，這是一種新的鈍化現象。除了先天性的想像鈍化之外，另一種是後天性的想像鈍化。這種鈍化又可分為兩種情況，一種是感受力與想像力衰退，原來出眾的才華已逐漸失色，這就是古典詩人所說的「江郎才盡」，當代詩人何其芳晚年自云的「無奈夢中還彩筆，一花一葉不成春」，也是屬於這種類型。古典詩史上許多雷同重複的詩，是鈍化的，即使是大詩人陸游，他也未能避免這種自我鈍化現象，他「六十年間萬首詩」，產量太多，也有令人觸目的詞意的重複，清代的趙翼在《甌北詩話》中早就指出了這一點。另一種則是由於惰性的模仿所造成的鈍化，例如一位詩人創造了一個新穎的比喻，創造了一種新鮮的意象組合，於是同輩效顰，後輩效法，而不去努力發揮自己的創造性，這樣，即使是有才華的詩作者也難免在「模仿鈍化」的沼澤中失足了。如：

大海中的落日
悲壯得像英雄的感嘆
一顆心追過去
向遙遠的天邊（覃子豪：〈追求〉）

大海的日出
　引起多少英雄由衷的贊嘆；
大海的夕陽
　招惹多少詩人溫柔的懷想。（舒婷：〈致大海〉）

但晨空澹澹如水
那浮著的薄月如即溶的冰（鄭愁予：〈召喚〉）

殘月像一片薄冰
漂在沁涼的夜色裡（舒婷：〈落葉〉）

舒婷是一位想像豐富頗具才華的女詩人，她寫過一些為人稱道的優秀作品，但她的〈致大海〉與〈落葉〉中的兩個想像比喻，卻不能不認為缺乏新穎性，因為不論自覺與否，它基本上是對詩人覃子豪〈追求〉與另一詩人鄭愁予〈召喚〉中的想像的模仿，因而也就是一種想像鈍化的現象。在新詩創作中，這種想像鈍化的現象是屢見不鮮的，有的詩人佳句佳篇一出，群起而仿之，你也如此，他也這樣，眾口一辭，千喙一唱，造成詩歌創作中所最忌諱的「疲勞鈍化」。

創造性，是詩的想像的又一美學特徵。

為了說明創造性的想像在詩歌創作中的美學價值，我們不妨先看看它對於科學家的重要性。

十九世紀著名的荷蘭化學家范特霍夫，他在對許多科學家調查研究之後的結論是，其中最傑出的人物都有高度發達的想像力。德國大數學家希爾伯特，似乎認為創造性的想像力對於科學家比對詩人更重要，他是如此對別人評價他的一個成績不佳的學生的：「他已去當詩人了。對於數學家來說，他太缺乏想像力了。」對於他的說法的前一部分，我當然不敢苟同，但後一部分卻不是沒有道理的。英國現代數學家布羅諾夫斯基也認為：「所有偉大的科學家都自由地運用他們的想像，並且聽憑他們的想像得出一些狂妄的結論，而不叫喊『停止前進』！」關於數學與詩，希爾伯特未免因為賣瓜的說瓜甜而失之過偏，倒是法國大文豪雨果的說法比較折衷。他說：「科學到了最後階段，便遇上了想像。在圓錐曲線中、在對數中、在微分法與積分法中、在或然率計算中、在微積分的計算中、在有聲波的計算中，在運用於幾何學的代數中，想像都是計算的係數，於是，數學也成了詩。對於思想呆板的科學家的科學，我是不大相信的。」⑯科學的想像在內涵、方式、作用等方面當然與詩的想像大不相同，但是，這不也可以雄辯地說明：科學家尚且需要大膽的創造性的想像，何況是以想像見長的詩，何況是以想像取勝的詩人呢？

在文學藝術中，讀者十分厭惡那陳陳相因的構思，似曾相識的形象，人云亦云的語言。對以創造為美的詩人來說，尤其是如此。黑格爾老人在《美學》中說：「真正的創造就是藝術想像的活動。」他對藝術想像與創造同等看待。所謂詩的想像的創造性，就是不依據原有和現成的描述而獨立地創造出新的形象的心理過程，這種心理過程，是一種創造性的綜合，把經過審美感情浸潤與改造過的各個生活表象，經過藝術構思的組織，變為新美的意象結構與藝術意境。英國大詩

---

⑯ 引自《西方古典作家論創作》第三七〇頁，春風文藝出版社一九八〇年版。

人雪萊說：「想像是創造力，亦即綜合的原理。它的對象是宇宙萬物與存在本身所共有的形象。」⑰現代心理學的一個分支就是創造心理學，創造心理學的研究成果告訴我們，人有一種思維叫創造性思維，這種思維孕育的意象稱之為創見意象，它是對於客體的一種主觀體驗，而這個客體對於產生這種體驗的人來說，還沒有作為一種刺激實物而存在過，它是一種想像出來的客體。詩歌創作，主要是運用創造性的形象思維，審美主體把生活表象與自己的審美體驗重新組織安排，進行藝術加工，從而創造出新的形象。在科學研究中，所謂創造性，就是能夠用新穎的或者異常的方法去解決問題，而藝術作為審美創造，是獨創性很強的精神生產，詩歌尤其如此。在詩歌創作中，所謂創造性，則主要表現為創造性的想像，也就是令人耳目一新的對生活獨特的藝術表現。文藝創作最忌一般化，那種思想平庸、內容淺薄而毫無藝術光彩的作品，早已敗壞了讀者的胃口，也無權進入藝術的門庭。而是否能發現別人未曾發現過的生活真諦，有沒有對生活屬於自己獨到的審美體驗，能不能具有創造性的藝術把握力，是區別詩人與詩匠、大詩人與小詩人的一個重要標誌。如頤和園裡昆明湖邊的那座石舫，不知已經有多少詩人觸景生情發而為詩了，但是，給我印象最深的是土耳其大詩人希克梅特寫於一九五二年的〈昆明湖中的石船〉，我還是在少年時代讀到這首詩，它從那時起就銘刻在我的心版上，歲月的流水也無法將它沖刷：

昆明湖中有一隻船，
船身是石頭所雕成。

---

⑰ 引自《西方古典作家論創作》第二二五頁，春風文藝出版社一九八〇年版。

中國所有的風帆
都充滿了風，
只有這隻船感覺得孤淒——
它走不動。

寥寥數行，內涵飽滿深厚，富於張力，詩人對這異國風光的創造性審美體驗，通過他自己創造性的絕不與別人雷同的想像表現出來。後來中國詩人寫這一題材的詩作不少，但似乎都未能後來居上。這樣，寫昆明湖石舫的詩的光榮，在相當長的時間裡恐怕不得不歸於這位外國歌手了。

李賀，是中國古典詩歌史上最富於想像力的詩人，也是想像最富於創造性的詩人，如他的〈夢天〉：

老兔寒蟾泣天色，雲樓半開壁斜白。玉輪軋露濕團光，鸞珮相逢桂香陌。
黃塵清水三山下，更變千年如走馬。遙望齊州九點煙，一泓海水杯中瀉。

一千多年前，這位短命的天才詩人就乘坐「想像」這一阿波羅飛船登月了，比現代科技創造的登月飛船早了十個多世紀。這種關於月的想像，在中國古代詩人中，恐怕只有屈原〈離騷〉的「前望舒使先驅兮，後飛廉使奔屬」，李白〈天臺曉望〉的「門標赤城霜，樓棲滄島月。憑高遠登覽，直下見溟渤」，蘇東坡〈水調歌頭〉的「明月幾時有？把酒問青天。不知天上宮闕，今夕是何年」，才可以一起參加評比，因為這些大詩人的想像都是富於創造性而各有千秋的。克里斯蒂娜・羅塞蒂是英國十九世紀維多利亞王朝時期著名女詩人，和另一位女詩人白朗寧夫人齊名。她的〈幸福的女郎〉一詩，也有從天上俯瞰人間的描繪：

那是上帝之居的巍巍城樓，
她立在城樓之上；
上帝樓臨無底的深淵，
清虛此下白茫茫；
那樣高，從樓頭向下看，
她難以覷見太陽。

樓倚九霄，像一座長橋，
橫跨浩浩的太虛。
下視晝來夜去如浪潮，
光焰與陰影交替
於空際。最低處的地球，
疾轉如侏儒生氣。

羅塞蒂寫這首詩時，異國而不同時，她不可能與李賀交流創作經驗，也不可能讀到李賀的〈夢天〉而受到什麼啟發，但是，他們卻異曲而同工，從比較欣賞中，可以看到審美想像的創造特色。

不同的詩人寫同一題材，可以表現出他們想像力的強弱和想像的創造性程度的高下，同一詩人寫同一對象，哪怕是用同一個字，也更是對自己的想像力的考驗，因為獨立性很強的富於創造性的詩人，不僅應該要求自己不重複別人而顯示創造性，也要力求不重複自己而顯示創造性。李賀，除了喜歡用「鬼」字、「泣」字、「死」字、「血」字之外，還特別喜歡用「白」字，這些字所表現的各各不同的幽冷怪艷的境界，充分表現了李賀的頗具特色的創造性想像力。如「雄雞一聲天下白」、「吟詩一夜東方白」、「薊門白於水」、「一夜綠房迎白曉」、「小白長紅越女腮」、「紅纓不動白馬驕」、「涼苑虛庭空澹白」、「雲樓半開壁斜白」、「太行青草上白衫」、「河上無梁空白波」、「還家白筆未上頭」、「玉煙青濕白如幢」、「藍溪水氣無清白」、「一山唯白曉」、「秋白鮮紅死」、「杯池白魚小」、「九月大野白」等等。他之喜用「白」字，如同溫庭筠喜用「紅」字，杜牧喜用「碧」字一樣。李賀的題材不夠寬廣，格局也不夠宏大，這和他的早夭以及生活視野的局限性分不開，但他確實是一個想像力得天獨厚的詩人。從上面引述的這些詩句來看，可以借用俄國大批評家別林斯基的一句名言：「真正的詩人的每一首詩都是一個自成一體的獨特的世界，他的作品儘管如何多種多樣，他在任何一部作品或任何一筆線條上都不會重複自己。」⑱而那些缺乏想像的創造性的作品，自然就難免「百首如一首，卷初如卷終」的譏評了。又如明代詩人鄭之玄的〈代懊儂曲〉：

> 儂如女蘿根，歡如松柏枝。纏綿為君死，何況生棄離！

---

⑱《別林斯基論文學》，上海文藝出版社一九五八年版。

歡如南山石，儂如北海泥。相去一何遠，泥弱不可提！
歡如天上月，儂如海上水。般勤幸相照，焉能及海底！
儂如縑與帛，歡如刀與尺。一雙交藤花，剪斷不復惜！
歡如轆轤瓶，儂如轆轤井。風吹轆轤索，銀瓶去無影！
歡如大海潮，儂如大海汐。往來空有信，相對無時日！
儂如門前柳，歡如門前鴉。不嫌鴉翅重，寧厭柳條斜！
儂如銜蘆雁，歡如銜燕泥。氣味兩相知，溫涼時自變！

鄭之玄的〈代懊儂曲〉一共八首，以「歡」代「你」，以「儂」代「我」，顛之倒之，反覆其比，八首詩首首相通，卻沒有一首相仿。從這一位知名度不高的詩人的佳作中，可以看到創造性想像有多麼廣闊自由的天地。

在議論想像的創造性的時候，我不能不談到詩的構思。詩的構思，是詩歌創作中最富有創造性的關鍵階段，一首好詩必然有出色的構思，而出色的構思，本質上是創造性想像，特別是想像中的創造性聯想的表現。陸游認為：「詩無傑思知才盡。」普希金曾經說過：「有一種最高的創造性：發明創造的獨創性，其創作構思寓於宏偉的結構中——莎士比亞、但丁、彌爾頓、歌德的《浮士德》、莫里哀的《達爾杜弗》的獨創性就是如此。」⑲陸游所說的「傑思」，就是由創造性的聯想所形成的構思，普希金則論述了獨創性與構思的關係。

---

⑲《普希金論文學》第一一九頁，漓江出版社一九八三年版。

任何藝術都要講究構思，不平凡的藝術作品，都有不平凡的藝術構思。畫史上傳為美談的宋代畫院試題「深山藏古寺」、「踏花歸去馬蹄香」，這是讀者所熟知的了，老舍擬題、齊白石作畫的〈蛙聲十里出山泉〉，也是構思的範例。據說，北宋畫家李公麟畫李廣奪胡馬突圍的故事，他不畫李廣在敵陣上馳騁，也不畫敵人如何紛紛中箭，而是畫李廣在急馳的馬上返身張弓，「引而不發，躍如也」，箭在弦上將發而未發之際，後面追擊的胡人卻已經翻身落馬。張弓未射與翻身落馬，是畫面的構思體現，也是自由聯想的結果，這種奇妙的聯想所形成的構思，多麼不落陳套的表現了這位歷史名將勇敢善射的赫赫神威！畫是這樣，詩亦如之。在詩歌創作中，構思的傑出或者平庸，直接影響到詩的成功或失敗。一首成功的詩，它對生活必然有新穎而正確的解釋，對生活的美必然有自己獨到的體驗和發現，也必然會有新的角度、語言和表現方法，而這一切，都離不開創造性的審美聯想和想像，離不開聯想的彩線所編織成的美學構思。試比較下面這兩首詩：

荷葉羅裙一色裁，芙蓉向臉兩邊開。
亂入池中看不見，聞歌始覺有人來。（王昌齡：〈採蓮曲〉）

採蓮女，採蓮舟，春日春江碧水流。蓮衣承玉釧，蓮刺挂銀勾。
薄暮斂容歌一曲，氛氳香氣滿汀洲。（閻朝隱：〈採蓮女〉）

王昌齡不愧是「詩家天子」、「七絕聖手」，他的構思聯想的線索是極為奇妙的：他獨出心裁地把夏日荷花與採蓮少女聯繫在一起，荷葉恍似羅裙，芙蓉有如笑靨，新穎的聯想構成妙喻，而寫景即是寫人，寫景即是寫情，在前面兩句的靜態描繪之後，後兩句化美為媚，繼續展開美妙的想像；少女們亂入荷塘，人花莫辨，直到歌聲清揚，才發現她們又來到了眼前。鍾惺《唐詩歸》說：「從『亂』字、『看』字、『覺』字，耳目心三處參錯說出情來，若直作容貌衣服相誇示，則失之遠矣。」而瞿佑在《歸田詩話》中曾惋惜這首詩「用意之妙，讀者皆草草看過了」，並指出「詩意謂葉與裙同色，花與臉同色，故棹入花間不能辨，及聞歌聲，方知有人來也。」讚美之辭，可以說不絕於詩評史。閻朝隱生活的年代較王昌齡為晚，除王昌齡之詩外，前代還有許多同類題材的詩作可資借鑒。可是，他的〈採蓮女〉卻見一寫一，平實板滯，毫無聯想之妙，缺乏構思之美，沒有一點詩的靈氣。《全唐詩》收錄閻朝隱的詩共三十首，〈採蓮女〉尚是其中的佼佼者。由此可見，缺乏創造性聯想與想像的才華的人，他們如果從事詩歌創作，失敗的陰影早就在前頭等待著他。

除了無花果之外，自然界的植物都要開花才能結果，如果把已經完成的詩的構思比做果實，那麼，創造性的聯想和想像就是結果之前的花。清新獨創是好的構思的主要標誌，而只有清新獨創的聯想才能保證構思的完美展開與成功：

那一年去放風箏
搖頭擺尾那條百足蟲
一晃已在白雲堆裡
我身邊的童年一高興
也攀著繩線上青天

那一年去郊遊
山坡上野花朵朵
盡談著陽光的故事
我身邊的童年入夢了
從此不再醒過來

那一年去爬樹
窩裡幾隻小黃鳥
分明在呼喊媽媽　媽媽
我身邊的童年一失足
登時跌了個粉身碎骨

那一年去捉魚
蒲光呵藻影呵
隨綠水流向遠方
我身邊的童年昏了頭
也迷迷糊糊跟著去〈周粲：〈那一年的事〉〉

新加坡作家周粲，在小說、散文、詩歌與評論方面均有頗為可觀的成績，其中尤其是他的詩作，在港臺星馬詩壇有相當影響。上述這首〈那一年的事〉寫人人都經歷過的童年，出之以詠嘆調的旋律，從「放風箏」、「郊遊」、「爬樹」、「捉魚」這些兒時趣事生發開去，聯想美妙，富有童心，使每一個成年的讀者都不禁悠然回首。可以設想，如果沒有巧妙的聯想和構思，這首詩就不可能獲得如此雋永的美的情趣。

奇異性，是詩的想像的第三個美學特徵，也是詩的想像美所必備的第三個身分證。

奇異與平庸是相對立的。平庸，是文藝創作特別是詩歌創作的誓不兩立的敵人，是我們當前詩歌創作中一個泛濫成災的弊病。古羅馬的文藝批評家賀拉斯早就說過：「世界上只有某些事物犯了平庸的毛病還可以勉強容忍。……唯獨詩人若只能達到平庸，無論天、人或柱石都不能容忍。」⑳平庸表現在想像方面主要的徵候，一是「俗」，二是「熟」。所謂「俗」，就是一般化，平實乏味，平淡無奇，多的是匠氣，少的是有才氣的詩作所必不可少的空靈之趣，看不到靈感的閃光，想像的飛翔。所謂「熟」，就是雷同化，千人一面，千部一腔，內容與手法因無數次重複而令人疲憊，對讀者的審美感官已經沒有任何刺激作用。「俗」與「熟」雖然有所不同，但它們卻像一對孿生兄弟，共同的特徵是令人望而生厭，聽而生憎，都不能激發讀者或聽眾的美感。從詩歌史來看，「俗」與「熟」的詩大量存在，而沙裡淘金的優秀詩作並不很多，每個時代的大部分詩作者都是在水平線上下浮沉，而「弄潮兒向濤頭立，手把紅旗旗不濕」的詩人，在任何時代都不可多得。我以為，傑出的詩人是有出奇制勝的藝術想像力的，優秀的詩作的想像，常常是「清人心神，

---

⑳《詩藝》第一五六頁。

驚人魂魄」（任華：〈雜言寄李白〉）的。要掃除詩界的「俗」與「熟」的平庸之風，詩歌就必須生生不已地革新和創造。而要真正做到革新和創造，除了敏銳地感應時代的脈搏和人民的呼吸，加深拓廣對生活的審美體驗之外，在詩歌藝術上也要立足於民族的深厚傳統，同時又要有開放的胸襟，古今中外廣收博採，融於一爐而煥發出嶄新的生機，而在詩的想像方面，則要出奇制勝，將奇異性作為自己追逐的目標之一。

喜新厭舊，好奇務新，是文學藝術特別是詩歌的一條審美基本規律，也是欣賞者所普遍具有的一種審美心理。想像的奇異性，就是與平庸作鬥爭，就是力求脫俗與去俗，就是詩作者對生活有獨特的甚至奇特的發現與表現，它絕不是毫無靈心的一般化，也不是毫無個性的雷同化。書，各色各種，其中一種人們稱之為「奇書」；計謀，層出不窮，其中一種人們稱之為「奇計」；人才，形形色色，其中一種人們稱之為「奇才」；詩品，多種多樣，其中一種人們稱之為「奇品」。因此，李白詩歌的風格特徵是「奇矯橫逸」，李商隱所撰〈李長吉小傳〉稱李賀為「才而奇者」，蘇東坡提出「詩以奇趣為宗，反常合道為趣」的詩美原則，陳與義是「盡取微涼供穩睡，急搜奇句報新晴」（〈雨晴〉），趙翼《甌北詩話》認為「中唐詩以韓孟元白為最，韓孟尚奇警，務言人所不敢言」，敦誠稱許曹雪芹是「愛君詩筆有奇氣，直追昌谷披樊籬」，他們所稱道的「奇」，毫無疑問都包括了想像的奇異性。義大利文藝復興時期的哲學家尼佐尼，在《神曲的辯護》一書中說：「詩的目的在於教益。現在我覺得可以補充一句：作為一種理性的功能，詩的目的在於產生驚奇感。」法國十八世紀啟蒙主義運動的創始人伏爾泰，在《論美》中也說：「要用『美』這個詞來稱呼一件東西。這件東西就須引起你的驚讚和快樂。」㉑由此可見，詩人和美學家都主張追求和創造一種奇妙的詩的境界，這種境界，能夠引起欣賞者的驚奇與愉悅的美感。

想像的奇異性，從根本上說就是想像富於獨立性與獨創性，標新立異而不與別人雷同。它的具體表現形式也是多種多樣的，其中兩種值得特別注意的美學形式，就是「變形」和「無理而妙」。

雪萊在〈為詩辯護〉中說：「詩使它所觸及的一切都變形，每一形相走入它的光輝之下，都由於一種神奇的同感，變成了它所呼出的靈氣之化身；它那祕密的煉金術能夠把從死流過的毒液化為可飲的金汁。」㉒這裡，雪萊將奇異的想像以及想像中的變形，形象地比擬為「煉金術」。西方現代派繪畫強調變形，西方現代派文學中也有相當多的變形描寫，如荒誕派作家卡夫卡的《鄉村醫生》即是。但是，西方現代派文學藝術有些作品的變形，帶有主觀隨意性，將客觀事物扭曲變形來表現主觀，而不是立足於怎樣更深刻動人地來表現生活，因而往往流於怪誕不經，不可思議，如「麵包裡的太陽打了上帝一記耳光」、「口袋裡裝著藍色的太陽」等等，這是不足為訓的。我們所說的詩的奇異想像所形成的變形，是指詩的意象與事物本來的自然形態有很大的不同，具有強烈的詩人主觀色彩，但它卻是為了更動人地抒情，更深刻地表現生活，即所謂「離形得似」、「妙在似與不似之間」，遵循的是美的造型法則，而不是隨心所欲，為變形而變形。詩歌不僅遠遠不同於科學論文，科學要求毫髮不爽的精確，它不允許哪怕是肉眼也看不出的變形。詩歌的形象塑造，也大大不同於小說、戲劇、散文等文學樣式中形象的塑造，由於抒情的特別強烈，特別是在強調表現而不強調再現的創作思想指導之下，詩的想像常常對生活作變形的反映，這種反映是

㉑《西方美學家論美和美感》第一二四頁，商務印書館一九八〇年版。

㉒《西方古典作家談文藝創作》第二二八頁。

寫意式的而不是工筆式的，它表面看來似乎不太符合事物的外部形象，不合事物的原型和常態，但它卻有深度有魅力地表現了客觀事物與主觀感情的本質。真正美妙的詩的變形，是奇異的想像，而不是荒誕不經的歪曲，它往往可以獲得不合理而又更合理的藝術效果，而且能夠極大地增強詩的新奇之美。

歐陽修曾經寫詩讚美李白說：「李白落筆生雲煙，千奇萬險不可攀。」他也看到了李白詩境之奇的特點。李白的詩境，由於想像的奇異而使形象變形，已經大大不同於生活中的實境了：

一風三日吹倒山，白浪高於瓦官閣。（〈橫江詞〉）

山從人面起，雲傍馬頭生。（〈送友人入蜀〉）

狂風吹我心，西掛咸陽樹。（〈金鄉送韋八之西京〉）

白髮三千丈，緣愁似箇長。（〈秋浦歌〉）

燕山雪花大如席，片片吹落軒轅臺。（〈北風行〉）

或寫客觀的事物，或寫主觀的「我」，奇異的想像結果，都使得審美對象從空間上變形。這些變形意象，或從空間的高度著筆，或從空間的長度落墨，或從空間的幅度著眼，或從空間的距離落想，如果以生活的本來面貌與形態去要求，它們都是「反常」的。但它們雖然反常變形，卻能征服讀者，就是因為它們「合道」——以真情實感作基礎，合於感情的邏輯，以詩所特有的而不是以散文的方式表現和歌唱了生活。以下將李白的兩句詩與愛爾蘭詩人葉慈的兩句詩作一比較：

青天何歷歷，明星如白石。
黃姑與織女，相去不盈尺。（李白：〈擬古〉）

……在天空顫動的青藍裡，
一個月亮，像貝殼一樣殘舊。
時間的大水，在星辰的四周
起落，碎成歲月，把它沖洗。（葉慈：〈阿當之咒〉）

正如同香港詩人、學者黃國彬在《中國三大詩人新論》中所說：「〈擬古〉十二首其一把明星比作白石，給讀者意外的喜悅，遙呼千多年後愛爾蘭詩人葉慈〈阿當之咒〉的拔俗的意象。」㉓李白的這一比喻之所以能給讀者「意外的喜悅」，就是因為有前人未曾表現過的變形的奇想——將明星想像為牛郎織女之間那條銀河裡的白石，能給讀者以新鮮與驚奇的美感。而葉慈的詩之被譽為有「拔俗的意象」，也是因為比喻所造成的變形，能給人以豐富的聯想和美的感受。其實，這種反常合道的變形想像，我們在新詩中也可以到處尋找到它的蹤跡：

㉓ 《中國三大詩人新論》第一七九頁。

像張收著樂句的唱片，
把旋律播向廣大空間。
像個多彩的句號，
劃在條條馬路終端。

好一面嫵媚的平湖，
四周聳立著建築美的群山。
人的江河向這裡匯流，
人的浪花又開向西北東南。（李汝倫：〈廣場〉）

啊，祖國，我是你眼中第一滴淚，
我是你心頭的第一滴血（林希：〈無名河〉）

我是中國的傷口，
我認得那把匕首，
舔著傷口的是人，
製造傷口的是獸！

我還沒有癒合呢，
碰一碰就鮮血直流；
這是中國的血啊，
不是你們的酒！（公劉：〈傷口〉）

前一例是以物為主體的變形，後二例是以「我」為主體的變形。李汝倫將廣場喻為「唱片」和「句號」，是由大而小的變形，而且在「唱片」與「句號」之間，是又一重變形關係，從中可見詩人機敏的詩心。遭逢不幸的「我」竟變成了「一滴淚」與「一滴血」，「我」竟是「中國的傷口」，這是林希〈無名河〉與公劉〈傷口〉中的警句，這種由大而小與由小而大的自我變形，包孕了深刻的內涵。

在想像的奇異性的領域中，「無理而妙」的出奇聯想有十分重要的地位。如前所述，聯想，是由生活中此一表象聯想到彼一表象的想像活動。沒有聯想，就沒有詩，沒有才情橫溢的聯想，也就沒有出色的才情橫溢的詩。在我國古典詩歌中，聯想和想像非常豐富，表現形態也多種多樣，屬於反常合道範疇的是那種無理而妙的奇想。如同迎春花報道春天來臨的訊息，無理而妙的奇想，常常給詩帶來令人流連玩賞的春光。

在西方的詩論中，雖然找不到諸如「無理而妙」的字眼，但卻有類似的看法。例如莎士比亞就曾說過：「最真的詩就是最假的詩。」而奧地利劇作家、詩人格利爾巴澤也認為：「邏輯不配裁判文藝。」在中國詩論史上，最早提出「無理而妙」的觀點的，是清初的賀裳，他在《載酒園詩話》卷一中說：「詩又有以無理而妙者，如李益『早知潮有信，嫁與弄潮兒』，此可以理求乎？然自是妙語。至於義山『八駿日行三萬里，穆王何事不重來』，則又無理之理，更進一塵。總之詩不可執一而論。」他在《皺水軒詞筌》中又再一次說：「唐李益詞云：『嫁得瞿塘賈，朝朝誤妾期。早知潮有信，嫁與弄潮兒。』子野〈一叢花〉末句云：『沉思細恨，不如桃杏，猶解嫁東風。』此皆無理而妙。」中國詩史上無理而妙的詩句和詩篇雖然早已有之，但從理論上加以探討和總結的，還得首推賀裳，他提出的「無理之理」、「無理而妙」的觀點，是對中國詩美藝術的可貴貢獻。「實事求是」，本來是為人行事的一個準則，但有時在「愈無理而愈妙」的詩中，卻不能也不必遵循。例如李義山有首題為〈東阿王〉的詩：「國事分明屬灌均，西陵魂斷夜來人。君王不得為天子，半為當時賦洛神。」詩意說曹植不能為天子而只能封王，是因為當年寫了〈洛神賦〉。而事實上〈洛神賦〉寫於曹丕登基已久的黃初三年，曹植做天子與否和〈洛神賦〉並無關係。因此鄧廷楨在《雙硯齋筆記》中說：「此蓋詩人緣情綺靡，有托而言，正不必實事求是。」不必實事求是，就是稱道「無理而妙」。對於「無理而妙」的詩，袁枚稱之為「孩子語」，他在《隨園詩話》中說：「余常謂詩人者，不失其赤子之心者也。……僧維茂詩云：『四面峰巒翠入雲，一溪流水漱山根。老僧只恐雲飛去，日午先教掩寺門。』近人陳楚南〈題背面美人圖〉云：『美人背倚玉欄杆，惆悵花容一見難。幾度喚他他不轉，癡心欲掉畫圖看。』妙在皆孩子語也。」商人婦因賈客無情而江湖有信，早知如此，悔不當初嫁與弄潮兒而免得空房獨守，這種無理而妙的想像，很可能啟發了舒婷〈神女峰〉中「與其在懸崖上展覽千年，不如在愛人肩頭痛哭一晚」的詩思。張子野詞寫閨中少婦傷離念遠，觸景生愁，在情懷無可排遣之時，逼出了桃杏嫁東風的無理而妙的結句。上引其他作品，也是出自同一機杼。

可以看出，無理而妙的美學目標仍在於動人地抒情，而且是抒發那種情深一往的癡情，所謂意似無理，翻見情癡，因無端之事，作有關之想，在表面的無理中刻骨三分地表現詩中人物和作者的癡情，把實際上可以理喻的豐富雋永的意義內容，蘊含於表面上看來不可理喻的矛盾的語言形式之中，使欣賞者感到詩的意象不是平板地模擬生活的常態，而有無理之理，奇趣無窮，正如同「脂硯齋」批點《紅樓夢》時所說的「極不通極胡說中，寫出絕代情癡」、「愈不通愈妙，愈錯會意愈奇」。在我國古典詩歌中，這種無理而妙的奇想是美不勝收的，唐宋詩詞中的妙例俯拾即是，我只從明清兩代中引述若干詩作略加申說：

郎君幾載客三秦，好憶儂家漢水濱。
門外兩株烏桕樹，叮嚀說向寄書人。（明・謝榛：〈送別曲〉）

春風送客翻客愁，客路逢春不當春。
寄語鶯聲休便老，天涯猶有未歸人。（明・徐熥：〈寄弟〉）

露齒白骨滿疆場，萬死孤忠未肯降。
寄語行人休掩鼻，活人不及死人香。（明・閻應元：〈題七里廟壁〉）

片片浮雲去，愁人正望鄉。
東風吹送汝，幾日到咸陽。（清・李念慈：〈雲〉）

芳草青青送馬蹄，垂陽深處畫樓西。
流鶯自惜春將去，銜住飛花不忍啼。（清・舒瞻：〈偶占〉）

千枝紅雨萬重煙，畫出詩人得意天。
山上春雲知我懶，日高猶宿翠微巔。（清・袁枚：〈遣興〉）

清明連日雨瀟瀟，看送春痕上柳條。
明月有情還約我，夜來相見杏花梢。（同上）

讀上述這些詩篇，就會感到它們不同於流俗老套的板俗之作，而富於曲徑通幽的美感。詩人們違反常情、常理、常事，擺脫陳舊的句式和陳舊的想像的羈絆，對客觀的事物予以主觀想像的改造，運用純主觀的假定與推理，變無情為有情，看似無理，卻生妙意，使得讀者的審美感受被一種新的美感聯想所刺激，從而獲得耳目一新的強烈美感。從這裡可以看到，無理而妙的審美規律，是建立在不但真實而且有深度的感情的基礎之上的，它往往由於審美感情的真摰性與強烈性而產生「移情」作用。「感情移入說」，是由德國哲學家費肖爾提出，德國美學家李普斯確立，再由美學家谷魯斯進一步發展的美學體系。中國古典詩論雖無「移情」一詞，但也有類似的理論，如劉勰《文心雕龍》中所說的「登山則情滿於山，觀海則意溢於海」，吳喬《圍爐詩話》中所說的「夫詩以情為主，景為賓，景物無自生，惟情所化」等等，就是有關移情的議論。這種審美對象與審美主體的感情完全「合二為一」的移情作用，在中國古典詩歌中表現得十分廣泛而突出。移情在詩中並不都表現為「無理而妙」，「無理而妙」的移情雖然使得詩的意象違反科學的邏輯，但它卻使生活中的不可能成為可能，深刻地表現了感情的邏輯，而且，對這種「無理而妙」的奇想的欣賞，實際上也離不開正確地運用邏輯思維的能力和智慧。

美國詩人丁尼生有詩說：「在這個世界上，每一秒鐘都有一個人死亡，也有一個人誕生。」有一位數學家建議改為：「每一秒鐘有一個人死亡，有一個多一點的人誕生。」如果寫詩也都按照數學家的嚴密計算與邏輯推理，那麼，李白的「白髮三千丈」就不可理解了，閻應元說：「活人不及死人香」也是違反起碼衛生常識的了，幸虧想像中的「無理而妙」是詩人的特權，這樣，我們才可以讀到古今中外許多美妙的詩篇。如臧克家一九四九年為紀念魯迅而作的〈有的人〉，是所有悼念魯迅的詩章中最出色的一篇，到現在還無人能出其右。這首詩的開篇是奇異不凡的：「有的人活著，他已經死了；有的人死了，他還活著。」詩人借無理而生妙意，乖常違俗的出奇想像和不同凡俗的「矛盾語」，精妙的表現了詩人對生命價值的審美判斷。又如向明〈馬尼拉灣的落日〉：

還來不及呼痛
久待在馬尼拉半空的那枚烈日

黃昏的鐘響一催
便從濱海那棵椰子樹頂
躍入海天相割的那片銳利刀鋒
火辣的血
把整個馬尼拉灣
煮得通紅

多麼壯烈的一種結束呵
我想起沿路習見的
手執長刀的菲律賓人
也是以這麼犀利的刀鋒
立時割下滾落在地的
一顆顆熟透如落日的椰子
也是這麼突然得
來不及呼痛

向明藝術感覺敏銳，想像奇妙，「海天相割」之處，竟然是一片「銳利刀鋒」，而落日竟然來不及「呼痛」，而它的血竟然把整個海灣「煮得通紅」，這種「無理而妙」的奇異想像，以深刻的抒情為其審美目的，創造了一個令人遐想的藝術世界。正如曹雪芹在《紅樓夢》中借學詩的香菱之口所說：「似無理的，想去竟是有情有理的。」否則，詩的風帆就真會在無理性的大海上迷失方向了。

想像是能動的，但卻不是純主觀性的。《莊子．逍遙遊》中的大鵬，搏扶搖而直上者九萬里，但它畢竟是從陸地上起飛，而且在「怒而飛」之後，還是要降落到陸地上。詩的想像也是如此。詩的想像，植根於生活的沃土，是生活的土壤上開放的活色生香的鮮花。有些詩作者缺乏深廣的對生活的審美體驗，沒有由生活所觸發的靈感，他們為想像而想像，把想像純粹作為內心的遊戲，這種想像，只能是缺乏生命力的紙花。

想像是自由的，但卻不是排斥理性指引的。雨果說得好：「想像就是深度。」這種深度就是表現生活與表現思想感情的深度。十八世紀義大利法學家與歷史學家維柯在《新科學》一書中主張：「推理力愈弱，想像力也就愈強。由於人類推理力的欠缺，崇高的詩人才產生出來。」這顯然是不無道理的片面之辭。完全排斥邏輯思維，放逐理性，想像就會變成不可思議的怪物，而中外詩苑都不乏怪誕不經的苦果。

想像是飛躍的，但絕不是與感情絕緣的。生活是想像的基地，理性是想像導航的指針，而感情，則是想像起飛的發動機。沒有真摯強烈的審美感情，就沒有想像，審美感情愈真摯愈強烈，想像就愈活躍愈有生氣。登山則情滿於山，觀海則意溢於海，真摯強烈的詩情，使得想像在藝術的天空振翅高翔。

巴爾扎克在《論藝術家》中說得好：「他的心靈始終飛翔在高空。他的雙腳在大地上行進，他的腦袋卻在騰雲駕霧。他既是赤子又是巨人。」㉔確實，美的想像飛臨之處，就是一片開花的國土，讓我們奮力追求想像之美吧！

㉔《古典文藝理論譯叢》第十冊第一〇〇頁，人民文學出版社一九六五年版。

第七章　觀古今於須臾，撫四海於一瞬

——論詩的時空美

永不復返的過去，一縱即逝的現在，無窮無盡的將來，時間，是沒有開始的江河源，也是沒有歸宿之大海的河流。

覆載萬物的天地，心事浩茫的廣宇，「點起萬古不滅的盞盞燈光」（郭小川）的星空，是任何計算尺也無法衡量的世界。

時間與空間，與萬物之靈的人結下了不解之緣，也與詩歌訂下了千古不磨的盟約。詩歌，這一枝永不凋謝的藝術的奇葩，只有在時間和空間裡才能盛開，只有在時間與空間之中，才流溢它的芬芳，閃耀它的異彩。

劉勰說：「思接千載，視通萬里。」（《文心雕龍》）陸機說：「觀古今於須臾，撫四海於一瞬。」（《文賦》）讓我漫遊於中外詩歌的國土，去採擷一掬詩的時空美的豔彩與清芬。

一

中國兩千多年前的哲人孔子，他下臨逝川而發出深沉的浩嘆：「逝者如斯夫，不舍晝夜！」他從哲理的角度所探詢的，是無始無終的時間之流；中國兩千多年前的詩人屈原，他以〈天問〉叩問蒼茫的天地：「曰：遂古之初，誰傳道之？上下未形，何由考之？」他從文學的角度所探求的，不僅包括了時間，也包括了無邊無際的空間。在後代的詩人們接踵而來之前，這兩位思想界的先驅，就曾經鼓起沉思與想像的金色羽翼，在浩漫的時空裡作他們最初的逍遙遊。

對時間與空間這種哲人式的思索，是不分國界的。在西方，人們對時間之無盡與宇宙之無窮，也曾在長嘆息之餘，不倦地上下而求索。例如：在時空觀的發展史上，就出現過亞理斯多德的時間理論，形成過牛頓的「絕對時間」的思想，而在愛因斯坦的「相對論」產生之前，人們一般是將時空分開的，認為二者彼此獨立而無聯繫，而愛因斯坦卻將時空聯繫起來考察，提出了「四維時空」的學說，他在《相對論》中寫道：「我們所居住的世界，是一個四維時空的連續區，再沒有比這更通俗的說法了。」在西方，時空的確是哲學家、科學家研究的重要命題，但是，西方古今的詩人們對時空也曾經不斷擲去他們的疑問號。二千年前羅馬的盧克萊修，在他的詩篇〈物性論〉中，就曾經描繪了時間與空間的無限性：

整個宇宙之外，再沒有別物存在，

所以它沒有什麼外邊，
因此它也沒有終點，
宇宙向各方伸展，絕無止境。
……
什麼是許久以前發生的，
什麼是現在存在著，
什麼是將跟著來：
應該承認，離開了事物的動靜，
人們就不能感覺到時間本身。❶

而德國的哲學家康德，在他的《宇宙發展史概論》中，也曾經引用過十八世紀詩人馮・哈勒讚美無限和永恆的詩句：

無限無窮！誰能把你權衡？
在你面前，世界好比一天，人類猶如瞬間。
也許第一個太陽正在轉動，
還有幾千個太陽正在後面。
鐘要擺使它自己走個不停，

❶ 轉引自陳元暉著：《康德的時空觀》第四四、四五頁，中國社會科學出版社一九八二年版。

太陽也要上帝的力來推動。
它的工作完成，另一個又照耀天空，
可是你呀，超乎數序，無始無終。❷

英國的偉大詩人莎士比亞，在他著名的十四行詩中，對時間的易逝與詩章的不朽，也作了他詩人與哲人的思考，如下引的片斷：

時間會刺破青春表面的彩飾，
會在美人的額上掘深溝淺槽；
會吃掉稀世之珍，天生麗質，
什麼都逃不過他那橫掃的鐮刀。
可是，去它的毒手吧！我這詩章
將屹立在未來，永遠地把你頌揚。

由此可見，時空二大不僅是古今中外的哲學家與科學家所探索的重要領域，也是中外古今的詩人們所要表現的審美藝術對象。「去時與今時／兩者／許是將來之現時／來時複涵於去時／設若／所有的時光皆為永恆的現在／所有的時光亦棄我不可追」，這是艾略特〈焚毀的諾頓〉一詩開始的名句，不也表現了他對於時間觀念的理解嗎？

❷ 轉引自陳元暉著：《康德的時空觀》第四四、四五頁，中國社會科學出版社一九八二年版。

然而，什麼是時間與空間呢？它們的關係如何呢？我們可以看到，現實的物質運動總是同時間與空間相聯繫的，世界上一切事物的存在和發展，都要以時空作為自己運動的存在形式，也就是說，都必須經歷一定的時間同時也占有一定的空間。因此，古代詩人如李白所慨嘆的「大江流日夜，客心悲未央」的時間，外國詩人如德國席勒所說的「時間的步伐有三種：未來姍姍來遲，現在像箭一般飛逝，過去永遠靜立不動」的時間，就是指物質運動的順序性——事物及運動過程先後出現的順序，間隔性——事物運動過程的間隔距離的長短，持續性——事物運動過程進行的持續性的久暫；而古代詩人如陳子昂所悲歌慷慨的「念天地之悠悠，獨愴然而涕下」的空間，則是指運動著的物質的伸張性和廣延性。空間有伸張性，因為任何物體都據有一定的方位、距離、體積、形態和排列次序，即由長、寬、高三個方向所構成的三維空間，空間有廣延性，是因為空間三維的延展是無限的，從物體的任何一點向前後、上下、左右延伸，都會無盡無窮。從上面所引述的李白與陳子昂的詩句看來，這兩位詩壇高手似乎都藝術地表現了時空的上述特點。

時間與空間表面看來分屬兩個不同的範疇，實際上它們緊密聯繫在一起而不可分割。時間，以物質在空間的運動來度量和認識，空間，以物質在時間中的運動來度量和認識。愛因斯坦《相對論》中的「四維時空結合體」的提出，是對時空觀的劃時代的革命。愛因斯坦認為所謂絕對時間與絕對空間，只是人們一種純屬虛構的想像而已，在時空連續區裡，單一的時間與單一的空間是不存在的。也就是說，既沒有脫離時間而存在的空間，也沒有脫離空間而存在的時間，時間是空間的內在形態，空間是時間的外在表現，如同蘇聯電影理論家查希里揚所說：「時間彷彿是以一種潛在的形態存在於一切空間展開的結構之中。」❸是的，科學的理論是對客觀規律的正確概括與反映，而事實上詩人們在寫時間的發展時，自然離不開空間，而寫到空間的情景時，自然同樣也離不開時間，因為時間的流水，畢竟是在空間的河床中運行，而浩茫的空間，也無時無刻不受到時間流水的洗禮。這裡，我們不妨從中外詩歌中任擇一例來說明，如中國唐代的杜牧和十九世紀美國女詩人狄瑾蓀的作品：

李白題詩水西寺，古木回巖樓閣風。
半醒半醉遊三日，紅白花開煙雨中。〈杜牧：〈念昔遊〉〉

夕陽西返時沒有人看見，
只有我一人和大地
參觀這壯麗無比的盛典，
看他凱旋歸去。

旭日湧現時沒有人看見，
只有我一人和大地
還有幾隻無名的陌生小鳥，
躬逢這加冕典禮。〈狄瑾蓀：〈日落和日出〉〉

---

❸ 查希里揚：《銀幕的造型世界》第二十七頁，中國電影出版社一九八三年版。

杜牧詩中所寫的「水西寺」，在安徽涇縣西南之水西山上，生於杜牧一百多年前的李白，在唐玄宗天寶十三年（七五四年）時，以及唐肅宗上元二年（七六四年）以後，曾經數度往遊。他在水西寺所作的〈別山僧〉一詩中，就曾有「騰身轉覺三天近，舉足回看萬嶺低」的豪句。而杜牧也曾經兩度宦遊宣州，其時是唐文宗太和四年（八三〇年）至六年，以及開成二年（八三七年）至三年。杜牧上述這首〈念昔遊〉絕句，就是追懷第一次宣州水西寺之遊的作品。可以看到，這首詩採取的是時空夾寫的方式，第一句寫時間，第二句寫空間，第三句再寫時間，第四句再寫空間，時空對映而交融，分明而錯綜。詩歌，是生活的藝術反映和表現，客觀存在的時空之不可分割，從這首詩中可以具見。狄瑾蓀（一八三〇——一八八六年），她生前隱名發表的作品不超過七首，直到著名詩人艾肯所編的《狄瑾蓀詩選》於一九二四年出版後，她才在英美詩壇聲名鵲起。上述她這首詩寫日落和日出，體式雖然是美國傳統的一段四行的「童謠」體裁，格局不大，但卻筆力概括，意象突出，一反這位女詩人大多數作品的輕柔風格。「夕陽西返」、「旭日湧現」寫的是千古如斯的時間景象，而長天大地則是萬世不磨的空間景象，二者相互交織，表現時光與永恆這一頗富哲學意味的主題，構成了一個和諧的時空連續區的藝術整體。

是的，時間與空間是密切聯繫在一起的，有如兩朵並蒂連枝的花。作為客觀實在的時間與空間，有它們的直接現實性、感性具體性和客觀規律性，總而言之，因為它們同物質及其運動不可分離，所以就決定了它們具有客觀實在性。相反，主觀唯心主義者和客觀唯心主義者都否定這一點，如康德就認為時空是人類感性直觀中的先天形式，人們通過這種先驗的知性形式去感知事物，才賦予事物以時間性和空間性，這是主觀唯心主義者的觀點；而黑格爾認為時間與空間是絕對觀念的產物，自然界只有在空間中的展開而沒有在時間中的發展，這是客觀唯心主義者的觀點。我認為，正因為時空是客觀存在的，所以它就能為人們所感知，在人的知覺上反映出客觀存在的時間—空間關係。一般神經正常的人都具備空間知覺和時間知覺。空間知覺，就是感知事物的空間屬性的能力，包括對象的大小、遠近、高下、形狀、立體等等的知覺；時間知覺，就是對客觀事物運動和變化的順序性與連續性的反映。這兩種感覺，雖然都為常人所共同具有，但是，詩人的審美感受力應該更為敏銳和深刻。蘇聯優秀詩人馬雅可夫斯基說：「善於創造距離和組織時間（而不是『揚步』和『合列』），這應該作為基本規則放到一切詩歌的教科書裡面去。」縱觀中國古典詩歌發展史，時空感表現得最為強烈和突出的，應該數屈原、李白和杜甫三大家：

曰：遂古之初，誰傳道之？上下未形，何由考之？冥昭瞢暗，誰能極之？馮翼惟像，何以識之？明明暗暗，惟時何為？陰陽之合，何本所化？（屈原：〈天問〉）

朝發軔於蒼梧兮，夕余至乎縣圃。欲少留此靈瑣兮，日忽忽其將暮。吾令羲和弭節兮，望崦嵫而勿迫。路漫漫其修遠兮，吾將上下而求索。（屈原：〈離騷〉）

明月出天山，蒼茫雲海間。長風幾萬里，吹度玉門關。（李白：〈關山月〉）

白日何短短，百年苦易滿。蒼穹浩茫茫，萬劫太極長。

麻姑垂兩鬢，一半已成霜。天公見玉女，大笑億千場。
吾欲攬六龍，迴車掛扶桑。北斗酌美酒，勸龍各一觴。
富貴非所願，與人駐顏光。（李白：〈短歌行〉）

兩個黃鸝鳴翠柳，一行白鷺上青天。
窗含西嶺千秋雪，門泊東吳萬里船。（杜甫〈絕句四首〉之三）

江山有巴蜀，棟宇自齊梁。（杜甫：〈上兜率寺〉）

在《詩經》之後，屈原以他的如椽之筆，在中國詩歌史上書寫了星光燦爛的第一章。〈離騷〉是中國古典詩史上最長的抒情詩，詩人上天下地，周流四極，時空幅度極其廣闊，有震古鑠今的氣魄，完全是古希臘郎吉努斯所激賞的崇高之美（見《論崇高》），而他的三百七十四句、一千五百五十三字的〈天問〉，更是集神話、傳說、地理、歷史於一爐，他的想像如搏扶搖而直上者九萬里的大鵬鳥，在廣袤深遠的時空中作永恆的逍遙遊。李白的時空觀念也十分強烈，〈關山月〉重在寫空間，一丸明月被他寫得意象飛動，空間壯闊，陰柔之景充滿了陽剛之美。〈短歌行〉重在寫時間，一輪紅日被他寫得閃射著哲理光芒，字裡行間洋溢著浩茫遼遠的宇宙感。杜甫，是一位兼得雄豪與細膩之美的詩人，他既善於寫時間的一瞬，也善於寫時間的久遠，既善於對細小的空間精描細摹，也善於對闊大的空間縱筆揮灑。放之六合，斂之方寸，能粗亦能細，能大亦能小，具有極為深遠闊大的歷史感和宇宙感。在這一方面，他所敬重的詩仙李白，似乎都應該向他遜讓三分。例如上述人所熟知的絕句，從繪畫的眼光看來，「兩個黃鸝」是兩個圓點，「一行白鷺」是一條斜線，所占空間不大而點劃分明，下面寫到推窗可見的雪與開門即見的船，卻烘托以「千秋」的時間與「萬里」的空間，一筆宕開之後，神遊於永恆中和宇宙裡，引發讀者極為豐富的美感聯想。「錦江春色來天地，玉壘浮雲變古今」（〈登樓〉），「悵望千秋一灑淚，蕭條異代不同時」（〈咏懷古跡〉），「昆明池水漢時功，武帝旌旗在眼中。織女機絲虛夜月，石鯨鱗甲動秋風」（〈秋興〉），「無邊落木蕭蕭下，不盡長江滾滾來。萬里悲秋常作客，百年多病獨登臺」（〈登高〉），其中所包容的深閎的歷史感和宇宙感，使一般作手只能瞠乎其後地遠望詩聖的背影。至於〈上兜率寺〉中的兩句，宋代葉夢得早在《石林詩話》中就曾經說過：「詩人以一字為工，世固知之，唯老杜變化開闔，出奇無窮，殆不可以形跡捕。如『江山有巴蜀，棟宇自齊梁』，遠近數千里，上下數百年，只在『有』與『自』兩字間，而吞納山川之氣，俯仰古今之懷，皆見於言外。」❹所謂「遠近數千里，上下數百年」，不正是讚美詩人有敏銳而廣闊的美學時空感知嗎？「乾坤萬里眼，時序百年心」（〈春日江村〉五首之一），在中國古典詩人中，僅僅就歷史感和宇宙感而言，杜甫，也是最有希望的冠軍候選人之一。

二

❹ 何文煥輯：《歷代詩話》（上冊）第四二〇頁，中華書局一九八一年版。

包括詩歌在內的藝術，不僅是客觀現實生活的再現，而且也是作者主觀審美心理的表現，因為藝術不是一般的如哲學、邏輯學、倫理學等社會意識形態，它不是對客觀現實生活作機械的照相式的反映，或是原封不動的複製，它是一種特殊的審美意識形態，是藝術家對客觀現實生活的主觀能動的審美反映，是客觀現實生活的再現與主觀審美體驗的表現的統一，是審美對象和審美主體的統一。生活，經過藝術家主觀審美的三稜鏡的折射，並經過文字具象化之後，才煥發出藝術的虹彩。生活的時空化為藝術的時空也是這樣，生活的時空是客觀存在的，它的質的規定性及其規律已如前所述，但是，藝術的時空畢竟不等同於生活的時空，藝術的時空，也是對客觀現實生活時空的再現與藝術家主觀審美表現的統一。

藝術時空，是藝術家對客觀現實時空的審美反映，而不是脫離現實時空的制約與規範的純粹自我表現，或者不顧客觀再現因素的隨心所欲的想入非非。這，可以說是藝術時空的第一性。這樣，在藝術時空中，必然要表現現實時空的客觀實在性、感性具體性、合規律性這三種質的規定性，也就是說，藝術時空是以現實時空作為表現的客觀依據，以現實時空作為它實在的內涵。同時，它並非揚棄現實時空的生動具體的時空形式作抽象概念的演繹，如同哲學教科書中論時空所作的科學表述一般，而是保留現實時空的相鄰並列關係和相繼持續關係的具體表象和形式。此外，藝術時空還要符合現實時空的必然規律，如時間單向前進、一去不返的一維性，空間所具有的長、寬、高三個方向的三維性。他山之石，可以攻玉，西方現代派文學對時空的處理，既有它們可資借鑒的藝術經驗，可以用來豐富我們的藝術手段，但有的作品在時間方面不受制約地放任意識流，在空間方面任意地進行切割和組合，使得作品結構紊亂，意旨難明，這卻不足為訓。即使是詩仙李白，在詩的國度之中他固然像一匹行空的天馬，驤騰於空間的九霄之上，像一條弄水的游龍，遨遊於時間的長河之中，但是，他詩中的時空，畢竟是現實時空的一種藝術反映和表現，哪怕是一些時空表現不同常態的作品：

天臺一萬八千丈，對此欲倒東南傾。（〈夢遊天姥吟留別〉）

大鵬一日從風起，扶搖直上九萬里。（〈上李邕〉）

爾來四萬八千歲，不與秦塞通人煙。（〈蜀道難〉）

百年三萬六千日，一日須傾三百杯。（〈襄陽歌〉）

李白有極為廣闊的空間視境和深遠的時間感知，他在渺茫無邊的長空飛騰揚厲，在長遠無涯的時間中出古入今，但他的詩作中的時空，仍然是與物質（天臺、大鵬、秦塞、太陽等等）及其運動聯繫在一起的，仍然是現實時空形式的一種審美反映。

然而，如同蜂蜜來自百花而形態、質地又不同於百花一樣，藝術時空是現實時空的反映，但又不完全同於現實的時空，因為藝術時空是經過藝術家審美觀照和審美處理之後的時空，是客觀再現與主觀表現對立統一的審美時空，簡而言之就是一種美學的時空。在藝術時空中，因為時空是藝術家審美心理活動的產物，浸透了藝術家的審美感情，所以它一方面具有實在的客觀現實性，另一方面又具有強烈的主觀審美性，這種藝術時空的主觀審美性，主要表現為審美心理活動所構成的心理時空。

心理時空，是從現代心理學借用來的一個專門術語，它的原意是說在不同的心態之中，時間的長短和空間的幅度可以變化，與生活中實際的長短與幅度不同，雖然心理時空仍然不失生活的客觀依據，但卻具有強烈的主觀心理色彩。法國哲學家柏格森（一八五九——一九四一年），首先提出了「空間時間」和「心理時間」這兩個概念，英國構造派心理學家鐵欽納（一八六七——一九二七年），也把時間分為「物理時間」和「心理時間」。這種理論，在生活中和作品中都可以找到它們的根據，而從審美的角度看來，心理時間與心理空間都可以說是一種「審美錯覺」。在現實生活中，所謂「度日如年」，不是說一天二十四小時有了如同一年的長度嗎？（一本外國小說就名為《短促生命中漫長的一天》）所謂「咫尺天涯」，不是說空間距離原來很短由於心理原因擴大為千里萬里之遙嗎？生活中本來有此情此理，經過藝術家感情過濾和改造之後的時空，當然更可以呈現出與常態不同的變態，在藝術的各個門類之中，都可以看到心理時空的美麗幻影。在盆景藝術中，所謂「一峰則太華千尋，一勺則江湖萬里」，也是心理時空在幅員狹窄的盆景構圖中的折光，達到了方寸之中可以彷彿雄偉的自然的美學境界。在繪畫藝術中，運用「以大觀小」和「以小觀大」的方法，突破有限的畫面上時間與空間的局限性，所謂「團扇之上卷千里雲煙，咫尺之中有萬里之勢」，就是通過心理時空的審美作用，寸箇尺幅也可以描繪壯闊的河山。例如宋代張擇端的〈清明上河圖〉，在十一米長的橫幅之中，從時間上表現了連續的複雜完整的運動過程，從空間上表現了汴京內外以及五百多個人物。在舞臺藝術中，舞臺的時空極為有限，而中國的傳統戲曲藝術卻善於運用時空的虛擬性，人物在臺上用幾秒鐘跑個圓場，就是千百里之遙，幾個龍套過場就象徵著千軍萬馬，簡單的幾個身段動作，不過三五分鐘，卻可以使人有通宵達旦之感。關漢卿筆下的竇娥的奇冤大恨，竟然可以使炎炎六月中天降大雪，而孫悟空的一個跟斗，居然遠達十萬八千里。在小說藝術中，二十世紀以前的小說，雖然基本上都是按照常規的時間即「太陽時」來敘述故事，但在時空的剪裁上就已經變化萬千。如狄更斯《雙城記》的時空分割和組合，就是如此。而安娜・卡列尼娜自殺的一日，托爾斯泰就作了濃墨重彩的渲染，中譯本就長達二十四頁之多。現代西方的小說家根據柏格森和鐵欽納的「心理時間說」的理論，突破以時間為敘述順序的傳統的敘述故事方式，而讓過去、現在和未來互相顛倒，彼此滲透，從而出現了所謂新潮派的心理時間小說。詩，是一種重在抒情而且要求動人以情的文學樣式，和其他所有的藝術門類比較起來，它的藝術時空形式中融入了更為飽滿強烈的詩人的主觀審美情感，使得詩的藝術時空具有更為鮮明突出的審美感情性，構成時空的所謂「審美錯覺」，突破生活中的常規時空的限制，而呈現出異樣的光彩。

早於柏拉圖之前，希臘哲人赫拉克利特雖然有「人不能兩次涉足同一河流」的名句，以表示時間的流逝不居，象徵世上萬物之流動與變易。但自柏拉圖之後，西方哲學思辨偏於追求不變的「抽象理念」，科學的發展，又加強了對「物理時間」的探索，因而對於「心理時間」的體驗和表現，直到近代文學中才比較看重。在中國則不然，我國遠古的詩作者對「心理時間」早就有深刻的體驗了。我們不妨從中國最古老的古典詩歌中援引兩個例子，像從深海中撈取兩顆至今仍閃閃發光的珍珠：

彼采葛兮！一日不見，如三月兮！
彼采蕭兮！一日不見，如三秋兮！
彼采艾兮！一日不見，如三歲兮！（《詩經・王風・采葛》）

誰謂河廣？一葦杭之。誰謂宋遠？跂予望之。
誰謂河廣？曾不容刀。誰謂宋遠？曾不崇朝。（《詩經・衛風・河廣》）

前一首，是東周王畿方六百里內（相當於現在洛陽一帶）的作品。在詩中，「一日」是一個固定的時間量，也是現實生活中客觀存在的時間。但是，在有情人熱切相戀的心理中，一日卻如同不斷遞增的「三月」、「三秋」、「三年」，這裡「三月」、「三秋」、「三年」是心理時間，而不是實實在在可以度量的物理時間。正是這種藝術化的心理時間，不一般化地表現了人物的內心世界，給人們以豐富的美的感受。後一首詩，一般人認為是宋人而僑居衛國者的思鄉之作，衛國在戴公以前建都於朝歌（今河南淇縣），與宋國隔黃河而相望。黃河本來是寬廣的，在汛期更是一片汪洋，但作者每段都是以「誰謂河廣」的呼告與反問領起，先是說用一片小小的葦葉就可以渡過莽莽的黃河，這種空間大小映照的藝術就已經是頗為高明的了，其中也隱然包含了藝術上的心理時間。「刀」，字書作「舠」，即小舟之意，「曾不容刀」，就是說浩闊的黃河竟然容不下一只小小的輕舟，這可以說是極言黃河之狹，但從詩的時空觀看來，這種將空間的闊大縮為狹小，則是詩人的審美感情作用的結果。這樣將現實的空間轉位為藝術的空間，就深切動人地表現了主人公對故鄉的憶念之切，想望之殷。如果沒有這種審美過程中的空間轉位，而只是以實寫實，詩之美神也就可能會遠走高飛而無影無蹤了。

廣義地說，經過詩人審美感情浸透了的想像中的時空，也是一種詩化的心理時空。這種心理時空，雖然必然要受到客觀時空規律的制約，但它卻更是一種藝術想像的產物，它表面上不大符合生活中如實存在的時空真實，但它卻創造了一個忠實於審美感情的時空情境，比生活真實的時空更富於美的色彩。如同香港的詩評家璧華在〈心靈映照的空間〉一文中所說：「經過人的心靈映照出的空間——人化或藝術化了的空間，它跳躍著生命的律動，煥發出斑駁陸離的光彩，充滿了詩意的美。」❺如李商隱的名作〈錦瑟〉，是一首身世如謎之作，從古以來的解釋就人言殊，我以為理解為義山自傷生命與理想成空之作，也未嘗不可。只是因為義山是中國古典詩史上最富於現代手法與色彩的詩人，他給自己的詩篇平添了一種朦朧而神祕的氛圍。在詩中，詩人將自己對生命的感受和神話、傳說以及遼遠的時空融匯在一起，現實的時空與心理的時空相交織，構成了提供許多美感聯想線索的詩化情境。學者張淑香稱此為「遠徵情境」（見《李義山詩析論》），另一位學者陳世驤在〈時間和律度在中國詩中的示意作用〉一文中說，這首詩在「境界擴到無窮的宇宙時空無限的變幻之後，終歸一個情字直感」，「詩人的心靈由有限的時間年華，變化經歷擴大到宇宙無限時間的感覺，終不離情，愛之情亦生之情。然後又回到有限時間之頃，時空感覺擴大了，而執著於情的透視也擴大了。」❻他們都是從審美感情與心理時空的關係著眼，對認識這首

---

❺ 璧華：《意境的探尋》第二二頁，香港天地圖書公司一九八四年版。

❻ 《陳世驤文存》第一一二頁，臺灣志文出版社一九七二年版。

古典詩提供了一些新見解。又如當代幾位新詩人的作品：

假如，我有五千魔指
我將把世界縮成一個地球儀
我尋你，如尋巴黎和倫敦
在一回轉動中，就能尋著你（覃子豪：〈距離〉）

早晨出門時
妻走在我後面驚慌的說
你的髮梢
醞釀著秋後葦花的變局
我說，那有這種糗事
現正彈足糧豐
它們未經一戰
怎可擅自
就把白旗挑出（向明：〈生活六帖〉之一）

覃子豪的〈距離〉這首愛情詩先以地球與月亮「有無數定期的約會」及「兩岸的山峰終日凝望」，

來烘托戀人分袂後無由相聚的痛苦，然後神思飛越，「把世界縮成一個地球儀」，物理的空間與時間化為了心理時空。向明的〈生活六帖〉之一，頗富生活情趣和美的想像。白髮初生是客觀的事實，「怎可擅自／就把白旗挑出」是主觀的豪情與想像，後者這種心理時空，雖然不符合生活表象的真實，卻符合「烈士暮年，壯心不已」的感情的真實，可以激發欣賞者豐富而蔥蘢的美學聯想，讓想像的翅膀振羽而飛。

三

詩的時空，雖然有它不同於文學藝術其他樣式中的時空的特色，它豐富的美學組合的具體方式，我們將留在後面去作萬花筒式的觀賞，但它畢竟屬於藝術時空這個大的範疇。作為藝術時空範疇內的詩的時空，它究竟具有怎樣的美學作用，或者說，它究竟具有怎樣的美學效果呢？

詩的時空的巧妙安排與運用，可以大大增強詩的美感，形成美好而多樣的詩的意境。美感問題，歷來是美學上一個爭論紛紜的問題。美感到底是什麼？以前的美學家提供了各式各樣的答卷。一種是「形象的直覺說」，從邦格騰到康德以至克羅齊，這一派美學家關於美感的基本觀點，可以用「美感經驗就是形象的直覺」來概括。一種是由形象的直覺說引申和派生的「美感的態度說」，這一派的學說認為世界是分成三元的，即實際的世界、科學的世界、美的世界，而所謂美的世界，就存在於美感態度之中。例如陶淵明的「採菊東籬下，悠然見南山」，按照這一派的觀點看來，南山的美與否，「悠然見」是決定性的，由於詩人的這種悠然的態度，才產生了美感。一種是瑞士心理學家、美學家布洛的「心理距離說」，這一派美學家認為，我與物的關係，應該由實用變為欣賞，我與物之間保持一定的距離，就可以產生美感。一種是「感情移入說」，這一派的代表人物李普斯以為，由於人把生命和感情移注於客觀的外物，使本來只具有物理的外物獲得了人情，無生命的東西具有了生命，於是就產生了美的感覺。此外，還有人試圖用生理學的觀點來解釋美感，這就是谷魯斯的「內模仿說」，這種學派認為，人們在內心中對外物的形態動作的象徵模仿，就是美感產生的泉源。關於美感的產生，還有一些其他說法，此處不一一贅述。

我認為，審美活動的過程是由審美主體和審美客體兩個方面構成的，缺少任何一個方面，審美活動就無法進行。因此，正如有了荷花，才有楊萬里的「畢竟西湖六月中，風光不與四時同。接天蓮葉無窮碧，映日荷花別樣紅」一樣，美感是美的反映，美感必須依賴美的存在而存在，它以客觀世界中審美客體所存在的美為第一位的條件。同時，美感的產生也離不開對美的對象的反映和欣賞，離不開人在審美過程中特殊的心理感受，即審美的愉悅感和驚奇感。如同法國伏爾泰在《論美》中所說：「要用『美』這個詞來稱呼一件東西，這件東西就須引起你的驚讚和快樂。」伏爾泰認為，客觀的外物在「心裡引起了這兩種情感，這就是美」❼。從審美活動的主客觀統一的觀點出發，可以看到詩中的時空美之所以為美，一方面是因為詩的時空不是抽象而不可捉摸的時空，而是由語言文字所具象化與定型化的表現了一定社會生活與思想感情內容的時空。作為審美對象，它具有形象性，也就是美感的直覺性，而那種巧妙的時空安排，則不但使欣賞者對它內在生活內容和外在藝術形式產生一般的美感，同時更能引起一種愉悅和驚奇的感覺，而能否引起

❼《西方美學家論美和美感》第一二四頁，商務印書館一九八〇年版。

欣賞者的愉悅感和驚奇感，而不是平庸感與抗拒感，常常是詩與非詩乃至一般之作與優秀之作的重要分野。如果我們漫步於古今佳作的花的原野，我們就會面對美不勝收的景色而流連忘返。以下是我隨手採擷的花朵與花枝：

江間波浪兼天湧，塞上風雲接地陰。（杜甫：〈秋興〉八首之一）

山河扶繡戶，日月近雕梁。（杜甫：〈冬日洛城北謁玄元皇帝廟〉）

夜宿峰頂寺，舉手捫星辰。不敢高聲語，恐驚天上人。（李白：〈題峰頂寺〉）

黃河之水天上來，奔流到海不復回。
高堂明鏡悲白髮，朝如青絲暮成雪。（李白：〈將進酒〉）

江上晴樓翠靄間，滿簾春水滿窗山。
青楓綠草將愁去，遠入吳雲冥不還。（李群玉：〈漢陽太白樓〉）

何人半夜推山去？四面浮雲猜是汝。常時相對兩山峰，走遍溪頭無覓處。西風瞥起雲橫度，
忽見東南天一柱。老僧拍手笑相誇，且喜青山依舊住。（辛棄疾：〈玉樓春・戲賦雲山〉）

從上面掛一漏萬的舉例可以看出，奇妙的時空描寫是怎樣大大加強了詩美和詩的美感，使詩脫離平庸的窪地而向美的意境飛升。杜甫的詩著重寫壯闊的空間意象，他極大地縮短了「波浪」與「天」、「風雲」與「地」、「山河」與「繡戶」、「日月」與「雕梁」的空間距離，給人以一種匪夷所思的審美的驚奇之感。李白的〈題峰頂寺〉也是出自同一機杼，而所引〈將進酒〉中的四句，兩句寫空間，兩句寫時間，空間的表現有如一個快速而空間闊大的蒙太奇鏡頭，按一般的常態，人的頭髮要從青絲變成霜雪，至少也要幾十年的時間，而李白寫時間的一聯詩，則是將漫長的一生壓縮在從「朝」到「暮」的短促一天裡，詩化地表現了自己的愁情和憤懣，它給人的美感是那樣的豐富和強烈，難怪它會成為傳誦不衰的名篇名句了。魏晉詩人阮籍〈詠懷〉詩中也有「朝為媚少年，夕暮成醜老」之句，較之李白詩則相去遠矣。現代著名畫家豐子愷，曾著有《繪畫與文學》一書，其中的〈文學的遠近法〉一文，對李群玉詩中的「江上晴樓翠靄間，滿簾春水滿窗山」之句極為讚賞，他說：「實際，簾與窗是直立的，春水是橫鋪在地上的。但取消其間的距離，不管橫直的方向……竟把『春水』扶起來立在地上，又拉起來貼在太白樓的窗上。」❽我以為，這種空間關係的奇妙變形組合，正是詩作之獲得美感與形成意境的重要原因。辛棄疾的〈玉樓春〉詞，通過浮雲遮不住青山的描寫，寄寓了某種人生的哲理，但如果沒有空間上的虛虛實實的變化，就不可能湧現如此出奇之趣與空靈之美。下面所引的兩首新詩也是這樣：

阿祖的兩輪前是阿公　拖載日本仔

❽ 豐子愷：《繪畫與文學》第九一一一頁，開明書店一九三四年版。

拖不掉侮辱　倒在血地
阿公的兩輪後是阿媽　推賣熱甘薯
推不離艱苦　倒在半路
阿爸的三輪上是阿爸　踏踏踏踏踏
踏不出希望　倒在街上
別人的四輪上是我啦　趕趕趕趕趕
趕不開驚險　活爭時間（許達然：〈路〉）

誰在遠方哭泣呀
為什麼那麼傷心呀
騎上金馬看看去
那是昔日

誰在遠方哭泣呀
為什麼那麼傷心呀

騎上灰馬看看去
那是明日

誰在遠方哭泣呀
為什麼那麼傷心呀
騎上白馬看看去
那是戀

誰在遠方哭泣呀
為什麼那麼傷心呀
騎上黑馬看看去
那是死（瘂弦：〈歌〉）

在許達然的詩中，被濃縮的訴之於讀者想像的時空，動情地表現了詩的內涵，創造了詩的深遠意境。瘂弦的〈歌〉這首詩，由此及彼，以騎馬「看看去」的「遠方」為空間背景，以「昔日」、「明日」、生命之「戀」與永恆之「死」為時間線索，以頗具象徵意義的「金馬」、「灰馬」、「白馬」、「黑馬」穿插其間，這四個時空片段與層次，圍繞「歌」而構成了令人尋索的意境。由此可以看到，由審美想像所構成的藝術時空，給詩創作帶來的是多麼綺麗的春光！

詩的時空的美學作用，還在於它可以使作品獲得鮮明的時代感，深遠的歷史感與遼闊的宇宙感。反過來說，時代感、歷史感與宇宙感，如果脫離了詩中藝術時空的設計和表現，則是無所附麗的，那將只會流於概念的說明和抽象的表述，那樣也許可以成為一篇出色的哲學或科學論文，卻遠遠地離開了詩的國土。文學作品是有時間性和空間性的，詩歌作品尤其如此。當代美國著名詩人和學者艾略特，儘管他的某些觀點為我們所不能同意，但他卻十分強調詩的歷史感，他在一九一七年寫成的〈傳統與個人才能〉一文中說：「我們可以明確地說，任何一個二十五歲以上，還想繼續做詩人的人，歷史感對於他，簡直是不可或缺的；歷史感還牽涉到不僅要意識到過去之已成為過去，而且要意識到過去依然存在；這種歷史感迫使一個人寫作時，不僅要想到自己的時代，還要想到自荷馬以來的整個歐洲文學，以及包括於其中的他本國的整個文學是同時並存的，而又構成同時並存的秩序。」艾略特所說的歷史感，是與時代不可分割的，因此他接著指出：「正是這種歷史感使得一個作家能夠最敏銳地意識到他在時間中的地位，意識到他自己的同時代。」❾時代，是一定歷史發展階段上的時代，它不是游離於歷史進程之外的孤立現象，歷史，是一個特定的時代的歷史，它必然打上某一特定時代的深刻印記。《淮南子・齊俗訓》：「往古來今謂之宇，四方上下謂之宙。」而宇宙，則是從古以來的哲人、詩人和科學家所不斷探索的更為廣遠的時空領域。時代感、歷史感與宇宙感的融合，就能使得詩作既具有廣度也具有深度，而不至於走向一眼見底的淺薄，有如淺水沙灘，也不會導致貧血的蒼白，好似象牙塔中不食人間煙火者的低吟淺唱。一篇傑出的作品，一位優秀的詩人，一首不平凡的時代的詩，總是要追求一種博大的橫向時

---

❾《托・史・艾略特論文選》第三頁，上海文藝出版社一九六二年版。

代感、深宏的縱向歷史感，以及縱橫交織深邃廣遠的宇宙感。是的，從宏觀的意義上來說，如上三者以及它們在新穎獨特的藝術形象中的水乳交融，是詩史上第一流的詩人才可能具有的標記，也是中國古典詩歌史與新詩史上那些最優秀的作品的突出標誌。

歷史感離不開縱的時間線，即過去、現在和未來，時代感離不開橫的空間面，即由自然界構成的地理環境和由社會生活構成的人文環境，因此，詩人敏銳而深宏的時空感知與出色的時空藝術表現，就往往可以獲致並加強詩作的歷史感、時代感與宇宙感。「陶公戰艦空灘雨，賈傅承塵破廟風」，是李商隱寫於長沙的〈潭州〉一詩中的名句，而在這一聯之中，「陶公戰艦」與「賈傅承塵」是古的時空，「空灘雨」和「破廟風」是今的時空，因此，顏元叔在《文學經驗》一書中說：「使過去與現在兩種時空形成對比或對立，加強了時空流變的感受，也使他的詩不僅有橫斷面的寬度，更有歷史的縱深。」⑩在這裡，應該提到已故詩人郭小川的〈望星空〉。〈望星空〉，是充分地表現了郭小川的藝術個性與詩的才華的作品，詩人著意表現了他個人對於歷史、時代以及宇宙的獨特藝術感受：

星星呀，
亮又亮，
在浩大無比的太空裡，
點起萬古不滅的盞盞燈光。

---

⑩顏元叔：《文學經驗》第二六一頁，臺灣志文出版社一九七七年版。

銀河呀，
長又長，
在沒有涯際的宇宙中，
架起沒有盡頭的橋樑。
啊，星空，
只有你，
稱得起萬壽無疆！

從哲學上說，這是唯物主義的而不是唯心主義的，因為真正「萬壽無疆」的不是任何個人而是宇宙，從詩情的深廣與獨特而言，這是同時代的詩人當時都不曾也不敢抒發的。詩人面對浩茫的星宇，讚美的是人間將要比星光還要燦爛的燈光，時空闊大地抒寫了他的美學理想：

我們要把長安街的燈火，
延伸到遠方；
讓萬里無雲的夜空，
出現千千萬萬個太陽。
我們要把廣漠的穹窿，
變成繁華的天安門廣場。

這首詩在《人民文學》一九五九年十一月發表以後，得到的是極不公正的待遇。「文革」期間飛黃騰達的關鋒，當時就誣指這首詩「表現了作者虛無主義掩蓋下的個人主義靈魂」，叫嚷對這首「壞詩」必須「剝去它的衣裳，暴露它的醜態，以便儘早把它埋葬」。一九六四年四月，詩人嚴陣陪郭小川遊黃山，談到〈望星空〉時，郭小川對嚴陣說：「我不知道這些所謂的批評家手裡的鞭子，究竟要把詩驅趕到什麼地方？不過，這首詩的確也有它的缺點，這個缺點，不是在於從星空看的東西太多，而是看的太少，尤其不夠的是，沒有更加深刻地認真地望一望我們的大地。」（見〈牡丹園記〉）從郭小川的詩作本身和他的回顧之辭裡，我們可以看到他藝術地追求的，正是一種深閎博大的時代感、歷史感和宇宙感，他的〈望星空〉的時空藝術感知，突出地表現了這種並不容易獲致的可貴的美學特色。可以預言，在新詩的群星燦爛的天宇中，〈望星空〉將是一個永遠也不會失色的星座！

中國古典詩歌的黃金時代的唐詩，按照傳統的即明代高棅在《唐詩品匯》中的提法，有初、盛、中、晚之分，過去，人們常常褒盛唐之詩而貶晚唐之詩。我認為，一個時代有一個時代的文學，我們可以實事求是地總結一個時代詩歌創作的得失，而卻不能過分地揚此抑彼。晚唐詩壇確實還是湧現了許多優秀詩人和作品，而且在題材、風格與技巧上確實也比前代有所發展和豐富。但是，盛唐詩歌時空壯美的美學特色，卻是前代詩歌包括晚唐詩歌在內的後世詩歌所不能比並的。盛唐時代許多詩人都具有深遠的歷史感的時間觀念，和遼闊的宇宙感的空間觀念。前人評價盛唐之詩，雖然也看到詩人們各具風格，但是，他們卻常常用「雄渾」一語，來比況盛唐詩的總的風格特徵，來形容盛唐詩那種浩瀚無邊的空間和渺茫無際的時間交織在一起所呈現的美學特色，有如長江大河，縱然有許多風光各異的支流，但它的主流卻總是氣概不凡，聲威浩蕩。對於晚唐詩，文學史家卻愛用「纖巧」來說明它的風貌。一般來說，晚唐詩人較之盛唐詩人的時空感，的確是狹窄得多了。這裡，我們不妨引述一些作品予以對比：

白日依山盡，黃河入海流。
欲窮千里目，更上一層樓！（王之渙：〈登鸛雀樓〉）

秦時明月漢時關，萬里長征人未還。
但使龍城飛將在，不教胡馬度陰山！（王昌齡：〈出塞〉）

一雙幽色出凡塵，數粒秋煙二尺鱗。
從此靜窗聞細韻，琴聲長伴讀書人。（李群玉：〈書院二小松〉）

小院無人夜，煙霞月轉明。
清宵易惆悵，不必有離情。（唐彥謙：〈小院〉）

這也許是一些絕對化的例子。但是，我們從中也分別可以看出盛唐詩人與晚唐詩人時空審美感知的不同特色。如近世學者俞陛雲在《詩境淺說續篇》中說王之渙詩：「前二句寫山河勝概，雄偉闊遠，兼而有之；後二句復餘勁穿甲。二十字中，有尺幅千里之勢。」我以為不僅如此，王之渙的詩還表現了一種遼闊無垠深遠不盡的時空感，顯示了一種在精神上登高望遠的審美心態，這是王之渙詩有永久的藝術魅力的重要原因之一。至於王昌齡詩，俯仰千載，縱橫萬里，漫長的歷史和寥廓的宇宙相交會，時代感和歷史感十分強烈。而李群玉和唐彥謙的詩，雖然自有它們的詩味，有它們另一範疇內的時空之美，但西下的夕陽畢竟不能和方升的朝日爭一日之短長，它們的氣象和格局畢竟狹小得多了。

中國古典詩史上傑出的詩人杜甫，是一位時空感知極為強烈而極具時代感、歷史感和宇宙感的詩人。杜甫的詩號為「詩史」，這在唐代就已經有了公論。唐代的孟棨，在《本事詩》中就說杜甫「推見至隱，殆無遺事，故當時號為詩史」。所謂「詩史」，強烈的時代感與深閎的歷史感，恐怕是一個必具的重要標誌吧。在這一方面，可以和他並肩而立或握手言歡的，大約也只有屈原、李白、蘇軾、陸游、辛棄疾等不多的幾位詩人。杜甫的詩筆，固然能剛能柔，能粗能細，能意能工，能彌於六合，也能斂於方寸，能宏觀也能微觀（西方文學批評有所謂宏觀世界和微觀世界，前者指宇宙萬物，後者指個人，但二者的關係卻不可分割，微觀世界是宏觀世界的反映和縮影，宏觀世界是微觀世界的體現和外射），然而，他卻是一位歷史感、宇宙感、個人感（詩人敏銳而細微獨特的審美感受）十分強烈而融為一體的歌手。「萬里悲秋常作客，百年多病獨登臺」（〈登高〉），「飄飄何所似？天地一沙鷗」（〈旅夜書懷〉），「江漢曾為客，乾坤一腐儒」（〈江漢〉），他每一歌吟，總是以廣闊的空間地平線和深遠的歷史煙雲作自己的背景。如果說，「郊寒島瘦」的孟郊在中進士而「一日看盡長安花」之前的困頓境遇中，發出的是「出門即有礙，誰謂天地寬」（〈贈崔純亮〉）的秋蟲之聲，時空逼仄，表現了作者靈魂的「小宇宙」的窄與淺，那麼，杜甫在坎坷窮愁的遭遇裡，發出的卻仍然是「不眠憂戰伐，無力正乾坤」的浩嘆，和「吳楚東南坼，乾坤日夜浮」的高歌，從這裡，我們也可以探測到杜甫靈魂的深度和廣度！正因為如此，所以北宋孫光憲《北夢瑣言》談到晚唐詩人唐求時，曾說：「唐求〈臨池洗硯詩〉云：『恰似有龍深處臥，被人驚起黑雲生。』又云：『漸寒沙上路，欲暝水邊村。』〈早行〉云：『沙上鳥猶睡，渡頭人已行。』詩思不出二百里間。」⓫所謂「詩思不出二百里間」，固然是說他的詩境界狹窄，不也是說時代感和歷史感都不強嗎？杜甫則不然，他既能夠「或看翡翠蘭苕上」，也絕不會「未掣鯨魚碧海中」，他的深宏的時空審美感知和高明的時空表現藝術，使他的作品閃耀著時代感、歷史感與宇宙感的強光，照耀著詩史，也照耀著後代詩人長途跋涉的詩的道路。

四

藝術作品的時間與空間，是作者的審美時空意識通過藝術手段的物態化和具象化。時間與空間，既然是物質及其運動所賴以存在的基本形式，因此，在藝術作品中，它們也就成為藝術形象賴以存在和表現的兩種基本形式了。

任何藝術作品都必然會有它的空間結構形式，也就是同一藝術形象內部或諸多藝術形象之間的相鄰並列關係的藝術呈現。這種空間結構形式主要表現為橫向性，如實體性的三度空間的雕塑，就是用體積和姿勢來征服空間，如米開朗基羅就喜用四分之三的扇形空間結構形式；繪畫，是在

⓫《詩人玉屑》（上冊）第二一四頁，上海古典文學出版社一九五八年版。

平面上表現出虛擬性的三度空間形象，其主要構圖框架是橫幅與立軸；短篇小說多為生活的橫斷面的空間結構，長篇小說多為縱剖面的縱橫交織的空間結構；戲劇的空間雖然有許多變化，特別是在現代戲劇之中，但它的基本空間仍是鏡框式的舞臺；音樂，由不同樂音的多種組合的關係構成空間結構。沒有一定的空間結構的藝術品，是不可想像的。同樣，任何藝術作品都必然會有一定的時間結構方式，也就是同一藝術形象或諸多藝術形象之間的相繼持續關係的藝術表現。這種時間結構形式主要表現為縱向性，如音樂和舞蹈的時間結構，主要通過旋律的發展、節奏的進行來顯示，而文學、戲劇、電影等門類的時間結構，則主要是通過情節的發展、環境的變化、人物的成長來呈現。早在我國古代的文論和畫論中，對藝術作品的時空結構就曾有過許多論述。劉勰《文心雕龍・附會》篇，專門議論作品的時空結構。他說：「何謂附會？謂總文理，統首尾，定予奪，合涯際，彌綸一篇，使雜而不越者也。若築室之須基構，裁衣之待縫緝矣。」他以「基構」來比喻藝術作品的時空形式，後代的文論家們對此作了許多發揮。南齊時謝赫的《古畫品錄》，提出了著名的「六法」，其中的「經營位置」一法，實際上談的就是作品的時空結構，而現代繪畫理論的構圖學，則從古典的「經營位置」發展到「經營空間」，更加講究空間的虛實結合，這種構圖上的「空間組合」，是現代繪畫構圖形式美的重要美學原則。

詩的時空結構，是詩的藝術形象整體賴以完美顯示的形式和必要條件，較之其他文學藝術門類的作品的時空結構，除了許多共通點之外，它具有更強烈的感情性和更豐富的想像性。激情與奇想，可以突破與改變生活中的時空形態，而作變態不窮的組合。詩的時空結構的變化多姿，有如秋日晴空之上變幻萬端的雲朵，不可能用幾個固定的模式來規範。我們只能從眾多的優秀作品中，去追蹤它飛騰變化的一些基本規律。這裡，且讓我們從詩的天空摘幾朵雲彩，來描繪它們變幻不居的美的形態吧：

典型時空。凡是優秀的詩作，都會像目標確定的征人遵循道旁的路標一樣，遵循一個共同的美學原則，這就是「以少總多」或者說「以一概萬」。杜甫有句詩：「尤工遠勢古莫比，咫尺應須論萬里。」（〈戲題王宰畫山水圖歌〉）他雖然說的是繪畫，其實何嘗不是說詩歌？何嘗不可看作是他的夫子自道之辭？詩歌，要做到語言精煉而內涵豐富，字句的緊凝與篇幅的壓縮都是必要的，但關鍵還是詩作者在對生活強烈而深刻的美感體驗的基礎上，熔鑄新穎獨特而高度概括的生活場景，寄深意於一瞬之中，寓豐富於片斷之內，以個別表現一般，用局部顯示全體，創造出有限中見無限的廣闊深遠的藝術天地。但是，詩歌要獲得所寫者少、所見者多，所寫為一、所指在萬的美學效果，重要的常常在於選擇、提煉、熔鑄現實的時空，藝術地化為典型的詩的時空。這種時空，不是有見必錄未加美學選擇的，不是言盡意亦盡的，而是時間的縱向結構與空間的橫向結構都經過匠心組織，既有鮮明的獨特性，同時又有深廣的概括性。總之，這種典型時空，是一種有特色的、有深厚美學容量的時空。如：

松下柴門閑綠苔，只有蝴蝶雙飛來。
蜜蜂兩股大如繭，應是前山花已開。（饒節：〈偶成〉）

淚痕滴透綠苔香，回首宮中已夕陽。

萬里河山天不管，只留一井屬君王。（陳孚：〈胭脂井〉）

在古典詩歌中，描寫春天的詩篇不計其數，即使是表現早春美好風物之作，也是可以編成一部諸如《早春詩萃》之類的專書的了。那些膾炙人口的作品，如朱熹的「勝日尋芳泗水濱，無邊光景一時新；等閑識得東風面，萬紫千紅總是春」（〈春日〉），楊巨源的「詩家清景在新春，綠柳才黃半未勻；若待上林花似錦，出門俱是看花人」（〈城東早春〉）等等，我們且不去說它，這裡，讓我們談談知名度不高的饒節的〈偶成〉吧。饒節是北宋撫州（今江西省）人，後來出家做了和尚，頗能吟詠，陸游曾稱他為當時詩僧第一。他這首詩，時空格局並不十分闊大，在時間上，他只寫了早春時節的某一時刻，在空間上，他只實寫了「松下柴門」之前後左右，虛寫了沒有直接出現的「前山」。但是，這首詩對於表現早春郊野的美景和抒發人所普遍共有的審美感情來說，它的時空卻是典型的，因為它不僅表現了此時此地的美景與此時此地詩作者的審美體驗，具有時空的不可移易的獨特性，也不僅是因為「應是前山花已開」的寫法，如同唐代劉慎虛〈缺題〉中的「時有落花至，遠隨流水香」，或是如同北宋梅堯臣〈魯山山行〉中的「人家在何許，雲外一聲雞」一樣，是景外寫景之筆，大大加強了詩的空間感，而且是因為它有超越詩中特定時空的概括性，讓不同時代的讀者都能獲得美的享受。元代詩人陳孚的〈胭脂井〉，似乎更能說明詩的典型時空這一美學原則的重要性。史籍記載，韓擒虎統率的隋兵已破城而入，荒淫的陳後主和寵妃張麗華走投無路，倉皇躲進景陽宮的井中而終於被俘。陳孚詩中的「夕陽」，頗具時間的典型性，它一方面是現實生活中日落黃昏的時刻，也有中國古典詩歌中「夕陽」的傳統色彩，這一原型意象，是隋朝和陳後主日暮途窮的一種詩的暗示，它能喚起讀者多方面的聯想；在空間方面，陳孚只選取了「胭脂井」這一個點，這一個不大的空間，但這個空間曾經演出過亡國之君那一幕歷史的故事，沉澱著深厚的歷史的內涵，它本身就是具有典型性的，同時，它又和天所不管的「萬里河山」聯繫起來，大小相形，更是形象警絕而發人深省。

在新詩創作中，時空具有典型意義而包舉深厚的作品，如覃子豪《海洋詩抄》中的〈追求〉：

大海中的落日
悲壯得像英雄的感嘆
一顆星追過去
向遙遠的天邊

黑夜的海風
颳起了黃沙
在蒼茫的夜裡
一個健偉的靈魂
跨上了時間的駿馬

東臨碣石，以觀滄海，建安時代曹操的〈步出夏門行〉，大約是中國詩史上對於海洋最早最完整的描寫了。雄渾博大的「海洋交響曲」，自從曹孟德抒寫了第一個樂音之後，歷代不知有多少詩人接踵而來，一試他們的身手。大海是浩瀚的，永恆的，如何去描摹它的風采呢？覃子豪的這首〈追求〉，雖然創作於一九五〇年，但至今仍然傳唱不衰，主要就是因為詩人分別從黃昏與黑夜落筆，抒寫了高天與海洋這一闊大深遠的典型時空，寄寓了有志者不甘屈服的意志，和永遠向前與向上的人格精神，總之，典型時空和典型情感的交融，使得這一詩篇獲得了長青的生命。

時空變形。時空變形的藝術手段，在現代派文學中運用得很頻繁，以致它成了現代派文學藝術表現的一個主要特徵。現代派作家在塑造形象時，他們從文學是作者的「自我表現」這一理論出發，一般都主張「變形」，即改變生活原型的本來面貌，按照自己的主觀意圖來加以組織和處理。現代派文學這種「變形」處理並非一無是處，應以具體問題作具體分析。有的現代派文學作品完全否定外部世界的客觀規律性，作家筆下的形象只是主觀隨意性的「經驗符號」，這是不足為訓的。同時，我們還應該看到，從對生活的審美體驗出發的「變形」，從來就是文學創作的一種美學手段，按照美的規律，而對生活作變形的處理，只要是符合「美的規律」的，都應該是美的。變形，從審美者的美感體驗來說，也可以被認為是一種「審美錯覺」，它使藝術形象與所依據生發的自然形態常常呈現出很大的不同，而且具有更強烈的主觀色彩。而詩歌由於本身重在抒情和富於想像的特色，就更是經常有求於變形這一美學手段。因此，雪萊也曾經說過：「詩使它觸及的一切變形。」⑫這大約就是指廣義的變形而言的吧。我這裡所說的「時空變形」，是指時間與空間外形上的變化而言的，大約包括如下數端：

時間的壓縮。客觀現實生活中比較長的時間，在動人地抒情的前提下，常常可以在詩人的主

⑫《西方古典作家談文藝創作》第二二八頁。

觀想像中將其縮短，這是對時間的審美錯覺。如陸龜蒙的〈子夜變歌〉：「歲月如流邁，春盡秋已至。熒熒條上花，零落何乃駛？」省略了春與秋之間的長夏，壓縮了整整一季的漫長時間，加上不落常套地描狀花謝的「駛」字，就更形象地表現了被壓縮之後的時光的高速，有如電光石火，這樣，詩化地顯示了對生命的留戀和珍惜。唐代李益〈同崔邠登鸛雀樓〉詩說：「事去千年猶恨速，愁來一日即為長。」時間的壓縮，是有它深刻的心理依據的。又如：

洞房昨夜春風起，故人尚隔湘江水。
枕上片時春夢中，行盡江南數千里。（岑參：〈春夢〉）

越王句踐破吳歸，義士還家盡錦衣。
宮女如花滿春殿，只今惟有鷓鴣飛！（李白：〈越中覽古〉）

岑參，是盛唐頗負盛名的邊塞詩人，他的詩中，飛揚的是金戈鐵馬的音響和節奏，但是，這位壯聲英概的詩人的〈春夢〉，吹奏的卻是一管清音裊裊的洞簫。他寫閨中少婦懷念遠方的遊子，全詩就妙在時間的壓縮。「江南數千里」之遙而要「行盡」，在古代的交通條件下是要累月經年的，但岑參卻將其壓縮在「枕上片時春夢」之中，詩的美感也就由此油然而生了。〈越中覽古〉一詩，是李白在會稽（今浙江紹興縣）懷古而作。從越王句踐攻滅吳國到李白寫此詩之時，時間已過去將近一千二百年。李白這首絕句前三句極力渲染越王破吳歸來後的盛況，真是極盡鮮花著錦、烈火烹油之盛，最後一句「只今惟有鷓鴣飛」，卻一筆勒回到眼前，壓縮了長遠的時間，如清越的晨鐘，如悲沉的暮鼓，含思綿邈而發人警醒。以後，陸游〈楚城〉的「江上荒城猿鳥悲，隔江便是屈原祠。一千五百年前事，唯有灘聲似舊時」，其時間壓縮的藝術，也許傳承了李白的一瓣心香吧？又如李商隱的〈咏史〉：

北湖南埭水漫漫，一片降旗百尺竿。
三百年間同曉夢，鍾山何處有龍盤？

「六朝文物草連空，天淡雲開今古同」，這是杜牧〈題宣州開元寺水閣閣下宛溪夾溪居人〉一詩的起句，他也是寫吳、東晉、宋、齊、梁、陳六朝三百年間的歷史，感時傷昔，筆力概括，不失「小杜」的清新俊逸的詩家風範。李商隱的〈咏史〉，也是這位才子擅長的詠史詩的上選之篇。在絕句寫作中，第三句是非常重要的一環，肩負著承上啟下頓挫生情而別開妙境的任務。李商隱的這首絕句，在前兩句形象化的描寫和第四句形象警闢的議論之間，就是「三百年間同曉夢」這一妙句，它從北朝庾信〈哀江南賦〉中「將非江表王氣終於三百年乎」一語中衍化昇華而出，綿長的三百年，竟然有如早晨的一場春夢，這種時間的壓縮，不是更有力地表現了全詩的悲劇性主題嗎？

時間的擴張。為了詩化而不是散文化地表現詩人的審美感情，為了有藝術感染力地表現題旨，詩人常常將較短促的現實時間加以擴展，造成一種主觀外射的詩的時間，從而創造出不一般化的美學境界。前面引述的李益〈同崔邠登鸛雀樓〉詩，在「事去千年猶恨速」之後，接著的對句就是「愁來一日即為長」，「一日為長」的時間，就是一種擴張了的心理時間，而不是原來面貌的現實時間。如白居易〈燕子樓〉詩的「滿簾明月滿簾霜，被冷燈殘拂臥床。燕子樓中霜月夜，秋來只為一人長」，寫唐代張盼盼在丈夫張建封死後念舊不嫁，於燕子樓舊居中獨守十年而度日如年的心態，可謂入骨三分。又如《詩經》中的〈采葛〉篇，「一日不見」而「如三月兮，如三秋兮，如三歲兮」，就是如幾何級數般遞增與擴展的心理時間，與此同一機杼的，是唐代無名氏湘驛女子的〈題玉泉溪〉：

紅樹醉秋色，碧溪彈夜弦。佳期不可再，風雨杳如年！

根據《全唐詩》記載，這首詩是湖南一個驛站的一無名女子所作。這是一首深婉而帶悲劇色彩的愛情詩，全詩抒寫佳期難再的惆悵和悲傷。前二句點染玉泉溪的秋光秋色，「醉」字與「彈」字既是寫景，又是對昔日歡會的象徵與暗示。撫今追昔，情何以堪！詩的抒情主人公自然不禁感到那淒風苦雨的懷人之夜，竟然比整整一年還要漫長。這種時間的擴張，深層次地表現了人物的心理世界。

空間的壓縮。出於時間壓縮與時間擴張同樣的美學原理，詩人們常常壓縮現實的空間成為詩的空間。這種詩的空間，或者是它的整體比原有的實際生活的空間為小，或是原有空間中諸事物之間的實際距離被大大縮小，這種空間的審美錯覺，雖違反生活的常態常情，卻往往能創造出新美的詩境，獲得不同一般的美學效果。李白〈送友人入蜀〉中的「山從人面起，雲傍馬頭生」，縮小了山與人面、雲與馬頭的空間距離，從而傳神地表現了蜀道的險峻難行，以及他獨具的審美感受與審美發現，使人想起他的〈蜀道難〉中「連峰去天不盈尺」之句，也是出自空間壓縮的同一詩心。杜甫〈絕句〉的「窗含西嶺千秋雪，門泊東吳萬里船」，也是壓縮了「窗」與「西嶺千秋雪」

之間、「門」與「東吳萬里船」之間的空間距離，才成為富於美感的名句。李賀〈夢天〉中「遙望齊州九點煙，一泓海水杯中瀉」，也同樣是化大為小的空間壓縮，而王安石〈思王逢原〉詩中的「廬山南墜當書案，湓水東流入酒卮」，也是運用空間方位性的審美錯覺，獨特地抒寫了自己的審美感受。又如陸游的絕句〈過靈石三峰〉二首：

曉日曈曨雪未殘，三峰傑立插雲間。
老夫合是征西將，胸次先收一華山。

奇峰迎馬駭衰翁，蜀嶺吳山一洗空。
拔地青蒼五千仞，勞渠蟠屈小詩中。

靈石山，又稱江郎山，在浙江江山縣之南，山峰巨石高數十丈。陸游寫這首詩是從四川東歸之後，在從山陽去福建任建安通判途中，時年五十餘歲。他面對靈石山而聯想到淪陷在敵人之手的華山。這兩首絕句不僅寫出了江山勝狀，而且也抒發了愛國豪情。在詩美學上，它們也別有一番風采：華山是巨大的，而詩人的胸廓是小的，但偌大一座華山，卻被收復在詩人的「胸次」之中，青蒼拔地的靈石山傑立雲間，令吳蜀兩地的奇山峻嶺都相形失色，如被洗一空。絕句這種形式本來極為短小，但詩人卻讓靈石山「蟠屈」在自己的絕句「小詩」之中。如此將山所占有的巨大空間大加壓縮，出奇制勝，於是就獲得了詩所特有的靈趣。

在新詩創作中，公劉的詩集《在北方》及其代序〈嗩吶和葉笛〉，我在二十多年前初讀時就留下了深刻印象，其中的空間壓縮的詩句尤其使我動心：

我乃登上臺階般的長城，
望黃河猶如門前一灣流水。

長城矗立於萬山之上，綿延磅礴，如今卻縮小為「臺階」；黃河之水天上來，奔騰東去，如今卻縮小為門前的「一灣流水」，這種空間縮小的藝術，正是極大地表現了詩人與時代的勝概豪情，具有極強的詩的外張力。假若不強調主觀審美感情的表現，出之以凡庸之筆，對生活如實照錄一番，那詩作必然就要黯然失色了。

空間的擴展。在美學的原理與效果方面，它與空間的壓縮是相同的，但在表現形態上卻恰恰相反，它是現實生活中事物的原有空間的擴大，或是諸事物之間原有空間距離的擴大，這種美學形態，與杜甫的「日月籠中鳥，乾坤水上萍」（〈衡州送李大夫七丈赴廣州〉），以及李商隱的「永憶江湖歸白髮，欲迴天地入扁舟」（〈安定城樓〉），正是作反向的或稱逆向的展示。如杜牧的〈題宣州元處士〉詩：

陵陽北郭隱，身世兩忘者。蓬蒿三畝居，寬於一天下。
樽酒對不酌，默與玄相話。人生自不足，愛嘆遭逢寡。

詩中所說的「蓬蒿三畝居」，是指宣州元處士隱居之所空間的大小。「三畝」，這是一個明確定量的現實空間，「寬於一天下」，卻是誇飾元處士「三畝居」之大，比整個天下還要寬廣。這是空間的擴展，是一個虛擬性的詩的空間，而正是由於這種空間的擴展，才使得被讚揚的人物閃耀著詩意的光彩。清代洪亮吉在《北江詩話》中指出：「孟東野：『出門即有礙，誰謂天地寬！』非世路之窄，天地之窄也。即十字，而跼天蹐地之形已畢露紙上矣。杜牧之詩：『蓬蒿三畝居，寬於一天下。』非天地之寬，胸次之寬也。即十字，而幕天席地之概已畢露紙上矣。一號為詩囚，一號為詩豪，有以哉！」洪亮吉這一段品評大體上還是公允的，但卻不能一概而論，同是孟東野，還有一首氣魄不小的〈遊終南山〉詩：

南山塞天地，日月石上生。高峰留夜景，深谷晝未明。
山中人自正，路險心亦平。長風驅松柏，聲拂萬壑清。
即此悔讀書，朝朝近浮名。

全詩體現的風格，就是韓愈〈薦士〉詩中讚揚孟郊的「橫空盤硬語，妥貼力排奡」。在中國古典詩歌中，從《詩經．大雅．嵩高》中的「嵩高維岳，峻極於天」以來，寫山的詩多得不可勝數，名篇傑構有如夜空中閃爍的星斗。但是，孟郊的「南山塞天地，日月石上生」，列於寫山的佳作之林或佳句之林，卻毫無愧色。很明顯，它的驚人藝術效果的獲得，與將終南山所占有的實際空間予以極大地擴展分不開。在這方面，詩中的範例還多，曹操〈步出夏門行〉中的「秋風蕭瑟，洪波湧起。日月之行，若出其中，星漢燦爛，若出其裡」，就是擴大滄海的實際空間，以表現其汪洋浩瀚的氣魄。至於李白寫愁情的「白髮三千丈，緣愁似箇長」（〈秋浦歌〉），杜甫寫洞庭湖壯觀的「吳楚東南坼，乾坤日夜浮」（〈登岳陽樓〉），白髮竟長達三千丈之長，整個天地都沉浸在洞庭湖之中，這不正是由於大大地擴展了原有物的空間量，才創造了歷久不磨的詩的妙境嗎？

時空變化。時空變化的含意，與時空變形不同。時間，有長有短，有過去、現在以及未來之分；空間，有前後、左右、高下、遠近、大小等幾種基本的方位和形態，因此，古今優秀詩人在將對生活美的再現與對主觀審美體驗的表現統一起來，而從中去尋求和追逐詩美的時候，他們十分注意根據時空的上述形態去設計詩的架構。然而，雖然同是時空設計，但由於詩人們的慧眼靈心，卻有著許多美妙的變化。秋空的白雲，雖然同是雲朵，雖然同是在天空中跳著輕盈的芭蕾舞，它們的舞姿不也是層出不窮嗎？何況是詩人們自覺的藝術創造的時空設計呢？詩的時空變化是無窮的，但對它們的基本形態，我這裡且試圖作並非一網而盡的追捕：

時間由長而短。如：

少小離家老大回，鄉音無改鬢毛衰。
兒童相見不相識，笑問客從何處來？（賀知章：〈回鄉偶書〉）

在這首古典名篇中，空間是詩人故里的一個未經指明的地點，時間線索的安排卻極見匠心。「少小」離家而「老大」才返回故里，鄉音沒有改變而「鬢毛」已衰，這兩句的時間幅度極大，概括了詩人自己漫長的一生。第三句抒寫的是兒童相見而不相識的片刻，與前一句相對而言，時間已經是較短了，結句寫兒童的笑問，那更是人生長河的剎那之間。如此由一生而片斷、由片斷而剎那的遞減的層遞式時間安排，步步生花地表現了詩人老大回鄉、百感交集的心態。

時間由短而長。如：

雲母屏風燭影深，長河漸落曉星沉。
嫦娥應悔偷靈藥，碧海青天夜夜心。（李商隱：〈嫦娥〉）

這首詩，歷代詩論家解說紛紜，說明它的題旨義有多解而非單解，但抒寫流落不遇之感，卻是人們大致相同的看法。從時間安排上來看，它與賀知章上述那首詩運行的完全是相反的軌道，第一句通過寫主人公居室內的燭影，表明夜已深沉，時間較短；第二句寫長夜將盡，天將明而未明，時間距離較長；第三句追溯神話傳說中嫦娥偷長生不老之藥的故事，時間宕開很遠；第四句的「碧海青天」說明空間無盡，而「夜夜心」則暗示時間之無窮。這種由短到長而永無際涯的另一種層遞式的時間設計，更富於美感層次地表現了那一齣悲劇的永恆性。

時間由慢而快。如：

劍外忽傳收薊北，初聞涕淚滿衣裳。
卻看妻子愁何在，漫卷詩書喜欲狂。
白日放歌須縱酒，青春作伴好還鄉。
即從巴峽穿巫峽，便下襄陽向洛陽。（杜甫：〈聞官軍收河南河北〉）

「薊北」的收復，為連續八年的安史之亂打下了一個結束的句號。漂泊西南天地間的杜甫，在梓州（今四川三臺縣）聽到了這一喜訊後，一揮而就了上述這首詩。王嗣奭在《杜臆》中說：「此詩句句有喜躍意，一氣流注，而曲折盡情，絕無妝點，愈樸愈真，他人決不能道。」而浦起龍在

《讀杜心解》中則讚之為老杜「生平第一首快詩也」，並說它「其疾如飛」，更是獨具見地。前人所謂「快詩」，主要是說詩人心情之喜悅愉快，這裡卻要賦予新意而新解之：也表現了時間之快。由「忽傳」到「初聞」，由「卻看」到「漫卷」，由「白日放歌」到「青春作伴」，由「即從」、「穿」、「便向」、「向」的動作，節奏愈來愈急，時間的速率也愈來愈快，有如電影中快速的蒙太奇鏡頭，有如音樂中的快板。正是由於這種急遽發展的時間節奏，才聲情並作地表現了詩人的歡快之情。書法家書寫這首詩時，如果用規行矩步的楷書，那是與詩意不協調的，明代書法家詹景風寫這首詩時，全用狂草，筆走龍蛇，因為只有那樣，才能傳達詩的意緒及其時間的節律。

時間由快而慢。如：

寥落古行宮，宮花寂寞紅。白頭宮女在，閒坐說玄宗。（元稹：〈行宮〉）

對元稹這首五言絕句的讚美之辭，「前人之述備矣」，可以變換一個角度，即從時間的節律這一角度來作美的欣賞。前二句，一句分寫一個鏡頭，首先映入眼簾的是一座有些破敗的古老行宮的外景，其次是宮院中開放的紅而寂寞的花叢，先說「寥落」，次說「寂寞」，而鏡頭跳接之間，時間的流動還是較快的。第三、四句描繪三、五白頭宮女，日長多暇，圍坐在一起閒談著開元、天寶年間的舊事，時間的速率明顯地緩慢下來。李鍈在《詩法易簡錄》中說：「白頭宮女，閒說玄宗，不必寫出如何感傷，而哀情彌至。」哀情，原是深遠而悠長的，與詩情相適應的詩的時間，也是緩慢的，甚至都彷彿凝滯不流了。

時空的倒轉和超越。時間無始無終，空間無邊無際，陳子昂當年在幽州臺上登高一唱，「前不見古人，後不見來者」，就是站在現實時空這一立足點上，去追溯歷史的時空與展望未來的時空。在詩人的彩筆下，可以使時空從現在倒轉到過去，展現歷史的圖景，也可以使時空超越現在，直接表現未來的時空世界。在時空這一坐標上，詩人們可以作出許多奇妙的構思與處理。如人所熟知的李商隱的〈夜雨寄北〉：

君問歸期未有期，巴山夜雨漲秋池。
何當共剪西窗燭，卻話巴山夜雨時。

這首詩有許多妙處，其中最主要的一點就是時空的倒轉與超越。「君問歸期未有期」，這是回顧中所表現的過去的時空，「巴山夜雨漲秋池」，這是寫這首詩時的現實的時空，「何當共剪西窗燭」，這是想像中的未來的時空，即時空的超越，「卻話巴山夜雨時」，最後又回到現實的時空。但是，如果從將來西窗夜話的角度著眼，那麼，本來是時空超越的「卻話巴山夜雨時」，就又化為時空的倒轉了。總之，時空的倒轉和超越及其變化，從美學上構成了這首詩的多層結構或深層結構，包涵了深厚的容量，形成了深遠的美學境界。姚培謙在《李義山詩集箋》中評這首詩說：「『料得閨中夜深坐，多應說著遠行人』（白居易：〈邯鄲冬至夜思家〉），是魂飛到家裡去。此詩則又預飛到歸家後邊，奇絕！」桂馥在《札樸》中則認為：「眼前景反作日後懷想，此意更深。」他們也約略窺見了李商隱詩中時空超越的消息。至於時空的超越，在我國《詩經》中的〈豳風・東山〉篇裡就已經有精彩的表現，征人在「零雨其濛」的歸途上想像返家之後的種種景況，是時空超越的上品筆墨。電影中有所謂倒敘式蒙太奇，這種蒙太奇用於對未來的想像和對過去情景的敘述，如影片中由疊印、回憶、夢境、想像、夢想等構成的畫面就是如此。

空間的大小映照。詩歌，篇幅短小而概括深廣，有時需要描繪較大的空間景象以使境界開闊，氣魄雄偉，因此就要有天高海闊、力勁氣遒的意筆，以大筆寫出大的境界，即詩中大景，同時，文學通過具體鮮明的形象來表現生活，具象性是文學作品的基本條件之一，因此，詩有時又需要描繪較小的空間景象，以加強具體親切感，並和大的空間景象構成對照，這樣，詩中就有精細的工筆，以細毫繪出小的境界，即詩中小景。空間意象一味求大，就會走向浮泛與空疏，空間意象一味求小，就會流於瑣屑和狹窄。在詩人們以他們的實踐所創造的詩歌美學中，我們常常可以看到如下的美的表現，即：大中取小，小中見大，巨細結合，點面相映，這，可簡稱之為詩中空間大小的正面的映照。

在中國古典詩歌中，不乏正面的大小映照的範例。如孟浩然〈臨洞庭湖上張丞相〉一詩，「八月湖水平，涵虛混太清，氣蒸雲夢澤」三句，極寫洞庭湖涵混汪洋湖天相接的壯觀，是一個闊大的平面性空間，而第四句「波撼岳陽城」，卻著眼於一個較小的立體性空間，如此大小相形巨細映照的結果，巨因細而不致空無所依，小因大而精神飛動。盧綸的〈塞下曲〉：「鷲翎金僕姑，燕尾綉蝥弧。獨立揚新令，千營共一呼」，前三句寫箭、寫旗、寫威嚴之主將，都是較小的空間意象，而「千營共一呼」則是一個壯闊的場面，具體的細部描繪與宏闊的巨筆揮寫得到了較完美的統一，呈現出富於美感的詩的意境。這種由小而大的大小相形，與柳宗元〈江雪〉的由大而小的大小相形，路線相反而各有勝境。在新詩創作中，追逐空間的大小交融的詩美的作者也並不乏人，如新加坡詩人蔡欣的〈讓我斟一杯茅臺〉的前兩節：

讓我斟一杯茅臺
讓濃濃烈烈這酒
自我千尋喉頭
黃河般滔滔灌下
痛痛快快，澆我塊壘
拍我心房
慷慨歌唱
一個民族的悲壯

讓我斟一杯龍井
讓清清醇醇這茶
自我萬頃舌面
長江般娓娓流入
曲曲折折，繞我愁腸
撫我五臟
深沉吟詠
五千年盛衰興亡

「一杯茅臺」與「一杯龍井」的容量本來很小，詩人的「喉頭」與「舌面」的空間也不能算大，但在蔡欣的詩中，淺淺的一杯茅臺大而如「黃河般滔滔灌下」，小小的一杯龍井長而如「長江般娓娓流入」，而短短的喉頭變為「千尋」，窄窄的舌面也化為「萬頃」，如此大小變形而大小相形，就既奔放又沉鬱地表現了海外華人的尋根之情和故國之思，讀來慨當以慷，令壯士起舞！

在空間的大小映照中，還有另外一種美的形態，那就是大小反形，巨細映襯，相反相成，相得益彰。這種空間與空間的組合關係，不是側重於「大」與「小」的正面相互映照，而是著重於「巨」與「細」的反面的彼此襯托，不是著眼於它們之間的統一的因素，而是著眼於它們之間對立的因素。大小反襯，就是在對立而統一的美學中，使生活得到遠不是平庸的表現。郁達夫在《閒書・談詩》中曾說古典詩歌最為巧妙的詩美藝術之一就是「粗細對稱」，他認為「近代詩人中，唯龔定庵，最擅於用這祕法」，而「古人之中，杜工部就是用此法而成功的一個」。他曾對杜甫〈咏懷古跡・明妃村〉詳加分析：「頭一句詩是何等的粗雄浩大，第二句卻收小得只成一個村落。第三句又是紫臺朔漠，廣大無邊，第四句的黃昏青塚，又細小纖麗，像大建築物上的小雕刻。」⓭郁達夫作為一位寫舊體詩的高手，他看到了詩中空間大小結合的美，確實頗具藝術眼光，但他似乎還未拈出空間的大小反襯的美，這就有待我們去進一步作美的探索了。

詩聖杜甫，最喜歡也最擅於置小於大，即把較小的空間意象置於較大的空間意象之中，特別是把自己置於廣闊巨大的空間之中，來反映時代，表現性格，顯示出一種寥廓的宇宙感。在「殘杯與冷炙，到處潛悲辛」的長安時期，他在〈洗兵馬〉的結尾就唱出了「白鷗沒浩蕩，萬里誰能

⓭ 郁達夫：《閒書》第一〇九－一一〇頁，上海書店一九三六年版。

馴」的不和諧音，「白鷗」的空間意象之小，與「萬里」浩蕩煙波之大，構成了鮮明的反襯。在〈得舍弟消息〉一詩中，在「近有平陰信，遙憐舍弟存」之後，緊而承接「側身千里道，寄食一家村」一聯，「側身」於「千里道」，「寄食」於「一家村」，每句的上下兩部分已構成鮮明的反照，而「千里道」與「一家村」之間，在上下句中又形成「大」與「小」的反襯，安史亂中世亂年荒的景況，詩人對手足殷切的懸念，於此曲曲傳出。〈登高〉中的「萬里悲秋常作客，百年多病獨登臺」，是將一己置於無邊的空間和無盡的時間之中。〈詠懷古跡〉的「三分割據紆籌策，萬古雲霄一羽毛」，也是屬於同一顆詩心。他的〈江漢〉與〈登岳陽樓〉更是這樣。「江漢思歸客，乾坤一腐儒」，乾坤之「大」，腐儒之「小」，是多麼強烈的反照，它使我們想起杜甫的「乾坤一草亭」之句，不過前者的內蘊要豐富多了。而「吳楚東南坼，乾坤日夜浮」的闊大壯美，與「親朋無一字，老病有孤舟」的窄狹悲傷，更是一種具有悲劇美的反襯。清代的黃生說：「寫景如此闊大，自敘如此落寞，詩境闊狹頓異」⑭。浦起龍在《讀杜心解》中，對此作了進一步的解說：「不闊則狹處不苦，能狹則闊境愈空。」⑮杜甫詩中這種空間的反形藝術，詩意地而不是平淡地表現了生活，在詩史上留下了千古不磨的詩美。晚唐呂洞賓的「萬里西風一劍寒」，清代易順鼎的「萬山如墨一燈紅」，也許就從杜甫的「萬古雲霄一羽毛」得到過啟示吧？在新詩創作中，有的詩人也十分注意空間的大小反襯：

---

⑭ 浦起龍：《讀杜心解》第二冊第五八三頁，中華書局一九六一年版。

⑮ 同⑭。

這個島啊，恍惚不在天海之間；
當暮靄蒼茫時，它甚至不如一抹雲煙。

這個島啊，好似虛無縹緲的仙山；
在風雨依稀中，它簡直不留下跡痕一點。

這個島啊，你縱然看見也不好分辨；
在明亮的陽光下，它猶如一面褐色的風帆。

這個島啊，你縱然發現也不可輕下判斷；
在玫瑰色的霞光裡，它不過是一支火焰。（郭小川：〈茫茫大海中的一個小島〉）

你問這牧場有多大，
藍天多大它有多大；
片片雲彩都飄累了，
也沒找到碼頭休息一下。（李瑛：〈我們的牧場〉）

郭小川的〈茫茫大海中的一個小島〉，「大海」與「小島」用「矛盾語」（又名「抵觸法」、「矛盾修辭法」）組接在一起，空間意象相反而實相成，別饒情趣；李瑛這首詩的開篇新奇而富於美感，固然是將羊群暗喻為雲彩而又將雲彩作擬人化的藝術處理分不開，但詩人將「牧場」比為「藍天」，牧場的「大」與片片雲彩的「小」又構成反襯，這樣就增加了詩的美感的多樣性與豐富性。

空間的角度變化。空間，除了大與小之外，詩人的藝術表現還有仰觀、俯察、前瞻、後顧、遠視、近觀、左顧、右盼八種方位和角度。所以莎士比亞曾在《仲夏夜之夢》中說：「詩人的眼睛在神奇的狂放的一瞬中，便能從天上看到地下，從地下看到天上。」在具體作品中，詩人可以只從一個固定不變的角度，也即是從一個不移動的視點去表現空間景物，也可以採用中國傳統繪畫中的「散點透視」的方法（或稱「跑馬透視法」、「移動透視法」），也就是從空間角度的變換去表現空間景物。前者，可以稱為單一的角度，後者，可以稱為複合的角度。

單一的角度。如：

板橋人渡泉聲，茅檐日午雞鳴。
莫嗔焙茶煙暗，卻喜曬穀天晴。（顧況：〈過山農家〉）

借得東風一角天，平明來上渡江船。
浮雲變幻江潮漲，只有青山似舊年。（舒位：〈渡江望金山寺〉）

這兩首詩的角度都是單一的，都是採用「前瞻」的角度，只是由於前一首中詩人是「過」山農家，前瞻的空間畫面有由遠而近兩個層面，而後一首則是由一個固定的視點去「望」，空間畫面的層次是由近而遠。但不論由遠而近或由近而遠，視點雖有移動，方向卻一致而無變化。

複合的角度。如：

千山鳥飛絕，萬徑人蹤滅。孤舟蓑笠翁，獨釣寒江雪。（柳宗元：〈江雪〉）

來船桅竿高，去船櫓聲好。上水厭灘多，下水惜灘少。（查慎行：〈青溪口號〉）

歷數西南險，瞿塘自古聞。水從天上落，路向石中分。

如馬驚秋漲，哀猿叫夕曛。乘流千里疾，回首萬重雲。（張衍懿：〈瞿塘峽〉）

柳宗元的名篇〈江雪〉，空間角度有上下遠近的變化。清人查慎行的〈青溪口號〉，「來船」「上水」與「去船」「下水」的取景角度是兩兩相反的，它雖然有如繪畫中的橫幅，但畫面是靜止的，而他的詩中卻兼有前瞻與後顧兩個不同的運動著的視點。另一位清代詩人張衍懿的〈瞿塘峽〉，則完全運用了繪畫中的「散點透視法」，也就是把從多種視點出發所看到的空間景物，在一首詩中作複合的表現。宋代畫家郭熙，在〈林泉高致〉中提出山水畫處理空間有「三遠」之法，即仰視的「高遠」，俯視的「深遠」，平視的「平遠」，這「三遠」在〈瞿塘峽〉一詩中有綜合的顯示。「水從天上落」是仰視，「如馬驚秋漲」是俯察，「路向石中分」是前瞻的平視，而「哀猿叫夕曛」寫兩岸啼不住的猿聲，是左顧與右盼，而「回首萬重雲」，則是與「路向石中分」的前瞻相對的「後顧」。這種多角度的表現，詩人、學者葉維廉在《維廉詩話》中稱之為「全面視境」，它可以使詩作內涵豐厚而饒多立體感，即具有所謂「空間的深度」和「雕塑的意味」。卞之琳的早期詩作〈斷章〉，似乎也可從空間角度的變化來理解：

你在橋上看風景，
看風景的人在樓上看你。
明月裝飾了你的窗子，
你裝飾了別人的夢。

早在四十多年前，卞之琳自己就強調全詩的意思是在「相對」上，而劉西渭（李健吾）評論《魚目集》的文章，認為此詩「寓有無限的悲哀，著重在『裝飾』兩個字」，而有人還曾用近八萬字的篇幅給它作注釋，但不論如何解釋，都不能離開這首詩空間構成的二重複合關係。

時空的綜合。在現實生活中，時間與空間原是不可分割的，因此，在詩歌創作中，單純寫時間而不表現空間，或是單純寫空間而不表現時間，都是不可想像的。只能說在表現時間或空間方面，有的詩作有所側重而已。時間與空間，在詩歌作品中多為綜合的顯示與呈現。從一斑而可窺全豹，從一片落葉可以看到整個秋天，這裡略舉時空綜合藝術的數端，從而進一步想像與追蹤時空藝術的無窮奧祕吧：

時空分設。在詩的結構間架方面，不少詩作採用時間與空間分別設計而又互相對映的方式來進行組合，在中國古典詩歌中，雖然時間與空間的分設並不等量均衡，其中有許多錯綜複雜的變化，但一句說時間，一句說空間，或一聯說時間，一聯說空間，這種情況卻常常可以見到，如：

不喜秦淮水，生憎江上船。載兒夫婿去，經歲又經年。（劉采春：〈囉嗊曲〉六首之一）

水流花謝兩無情，送盡東風過楚城。
蝴蝶夢中家萬里，子規枝上月三更。
故園書動經年絕，華髮春唯滿鏡生。
自是不歸歸便得，五湖煙景有誰爭？（崔塗：〈春夕旅懷〉）

劉采春所唱的〈囉嗊曲〉，第一、二句寫空間，第三、四句寫時間，空間意象為實景，時間意象為虛景，虛實相生，方不板滯，也不致流於空泛。崔塗的詩，在時空安排上也是採取分設對映的形式。首句寫時間，水的流逝與花的凋謝這兩個意象，點明暮春時節；第二句寫空間，以「楚城」這個實詞點明春夕旅遊之所。中間兩聯是時空分設同時又注意錯綜對照，一句空間一句時間，一句時間一句空間，而且在時間的長短與空間的大小上，都運用了對比的手法。在最後一聯中，仍是一以表時間，一以表空間。這樣，全詩就獲得了一種美學上的統一與和諧。

時空交感。所謂「交感」，就是交相感應之意，詩中的時空，不是一句寫時間一句寫空間這樣兩兩分明地安排，而是在一句詩中和全首詩裡，時空難分彼此地綜合交揉在一起。這種時空交感地處理時空關係，在古典詩歌和新詩中最為常見。如：

早歲那知世事艱，中原北望氣如山。
樓船夜雪瓜洲渡，鐵馬秋風大散關。
塞上長城空自許，鏡中衰鬢已先斑。
〈出師〉一表真名世，千載誰堪伯仲間。（陸游：〈書憤〉）

這首詩的首尾兩聯，還可以分析每一句的時空各有側重之點，而中間兩聯則完全是時空交感的形態了。「瓜洲渡」與「大散關」是空間，而「夜雪」與「秋風」是指時間，時空壯闊而極具典型性；「塞上長城」與「鏡中衰鬢」是空間，而「空自許」與「已先斑」則是指時間。這種交感的方式，使得時空更具錯綜變化之美。

時空轉位。在有的詩作中，由於所描繪的空間場景在時間之流中變換，所以雖然就文字來看似乎是在寫空間，實際上也表現了時間的流動，這可以稱之為空間的時間化；相反，在有的詩作中，因為所描繪的時間意象的變換，是在空間之內進行，所以雖然就文字來看似乎是在寫時間，實際上也顯示了空間景象的變化，這可以稱之為時間的空間化。空間的時間化與時間的空間化，就是詩學中的時空換位，或稱時空轉位，這種時空的潛在的相互作用，可以促進詩的意境與結構的多樣性，增強詩的美感。

在我國最早的詩歌總集《詩經》裡，最早傳達以空間的轉換來表現時間的消息的，是〈周南〉中的〈小星〉以及〈唐風〉中的〈綢繆〉等篇。試看〈綢繆〉：

綢繆束薪，三星在天。今夕何夕？見此良人。子兮子兮！如此良人何！

綢繆束芻，三星在隅。今夕何夕？見此邂逅。子兮子兮！如此邂逅何！

綢繆束楚，三星在戶。今夕何夕？見此粲者。子兮子兮！如此粲者何！

這首詩寫洞房花燭夜的歡樂，詩人通過天空的星斗及其位置的變化來表現。「三星」即指天上的群星，「在天」、「在隅」以及「在戶」，雖然是描繪屬於空間景象的星移斗轉，卻從時間上表示了一夜時光的流逝。這種空間的時間化，使這首上古之作極具現代的詩心之妙。

以時間的轉換來顯示空間的詩，在《詩經》中也可以找到有說服力的例證，那就是〈豳風〉中的〈七月〉，它通過時序的抒寫，表現了農奴們一年到頭辛苦勞動而奴隸主們不勞而獲的情景。如果說這種時間空間化的藝術還比較樸素原始，那麼，在古典詩歌成熟期的唐宋詩詞中，就是屢見不鮮而光彩煥發的了。如宋代詞人蔣捷的〈虞美人〉：

少年聽雨歌樓上，紅燭昏羅帳。中年聽雨客舟中，江闊雲低斷雁叫西風。　而今聽雨僧廬下，鬢已星星也。悲歡離合總無情，一任階前點滴到天明！

「少年聽雨」、「中年聽雨」與「而今聽雨」，全詩各種典型空間意象，都是由時間領起並轉位而來，這種空間的時間化的藝術，概括了作者漫長一生的遭際，留給讀者的想像空間極為廣闊。

在新詩創作中，著意將時間空間化與空間時間化作綜合的表現，對時空的藝術處理十分動人之作，也是並不少見的。香港詩人舒巷城〈郵簡上的詩〉，就是頗值得借鏡的一例：

此時在遙遠的東邊

正是萬家燈火
這裡，客中的時間
已度過了昨夜的銀河

但你可曾想到，我的思念
竟像星光一樣飛奔
向著前一夜陸地上
擡頭與我共看星星的人

詩人應愛荷華「國際寫作中心」的邀請去美國，在離港經東京轉飛三藩市的飛機上寫下這首詩，寄給他所愛的人。由於時差關係，西半球已是清晨而香港卻是夜晚，這首詩就是運用時空轉位的藝術，將時間與空間表現得分外巧妙，別緒離愁也表現得格外纏綿動人。

時空疊映。疊映，顧名思義就是把兩個或兩個以上的不同時空意象在一起重疊映現，有如電影中的疊映式蒙太奇或積壘式蒙太奇。美國意象派詩人龐德的〈地鐵站上〉：「熙攘人群中這淡瑩臉龐的顯現/潤濕烏黑的樹枝上的花瓣。」既是比喻，又是重疊式空間意象。又如一位新加坡女詩人寫〈虞姬〉的開篇：

在那雙重瞳裡
她是一朵

開錯了季節的
海棠花
飲罷酒
舞罷劍
就遽然化作一堆
春泥

如此寫歷史人物虞姬，在新詩中可謂得未曾有，從這裡可見這位女詩人出色的詩才。項羽的「重瞳」本就是一種空間意象，妙就妙在詩人將虞姬比為「海棠花」與「春泥」，並且把這兩個疊映的意象，再疊映在「重瞳」之中，構思新巧，內涵深永，極具詩心之妙。

時空疊映，並不是外國詩歌的專利品，在中國古典詩壇上也曾有過時空疊映的精彩演出。「獨在異鄉為異客，每逢佳節倍思親。遙知兄弟登高處，遍插茱萸少一人」，王維的〈九月九日憶山東兄弟〉，就是從一個抒情的定點出發，把兩個不同時空的意象疊映在一起。陳陶〈隴西行〉中的「可憐無定河邊骨，猶是深閨夢裡人」，兩個對照鮮明的時空意象的疊映，使得這首詩的悲劇色彩更加濃重。李商隱的〈夜雨寄北〉，將此時此地的現實的時空與彼時彼地的虛擬的時空重疊在一起，時空疊映極為高明。自李商隱此作一出之後，王安石有「與公京口水雲間，問月『何時照我還？』邂逅我還還問月：『何時照我宿鍾山？』」（〈與寶覺宿龍華院〉），楊萬里有「歸舟昔歲宿嚴陵，雨打疏篷聽到明。昨夜茅檐疏雨作，夢中喚作打篷聲」（〈聽雨〉）。描紅之篇，雖然不如原作之精光四射，但也可以看到李商隱時空疊映的藝術對後人的啟示。

詩的時空，是詩美學中一個十分重要的領域。正如學者黃永武在《中國詩學》中所說：「研究詩的時空設計，在中國詩歌裡特別重要，因為詩的素材，不外時、空、情、理，中國詩裡的理，是一種『別趣』；中國詩裡的情，往往高度複雜而縱橫鉤貫於時空之中，借著自然時空的推移而忽隱忽現。人與自然時空是那樣奇妙地融合無間，情感與哲理，不喜歡脫離時空景象，去作純粹的摹情說理，每每透過時空實象的交互映射予以形象化。因此可以說，時空設計，是中國詩裡最重要的環節。」⑯黃永武在他的著作中，對於時空藝術有許多具體的論述，本文第四部分就從他的研究成果中得到許多啟發和教益，例如「時空分設」、「時空交感」、「時空變形」、「時空變化」等，就是直接運用了他的論點。但是，即使如此，我這粗疏的一章，怎麼可以期望窮盡詩的時空美的奧祕？時間不盡，宇宙無窮，思接千載，視通萬里，詩人們將在時空中繼續作他們永恆的逍遙遊，後來的詩論家們，也會繼續在這廣闊無邊的天地中去探訪詩美學的祕密！

⑯ 黃永武：《中國詩學・設計篇》第四三頁，臺灣巨流圖書公司一九七六年版。

第八章 白馬秋風塞上 杏花春雨江南

——論詩的陽剛美與陰柔美

很多年以前，由於一個偶然的機緣看到了著名畫家徐悲鴻手書的一副楹聯：「白馬秋風塞上，杏花春雨江南。」我只知道後一句是元代詩人虞集〈風入松・寄柯敬仲〉詞中的名句：「重重簾幕寒猶在，憑誰寄銀字泥緘。為報先生歸也，杏花春雨江南。」前一句查不到出處，也許是古典詩歌中的成句，或是後人自擬的吧，陸游〈書憤〉中有「樓船夜雪瓜洲渡，鐵馬秋風大散關」之句，朱光潛先生在《文藝心理學》中是寫作「駿馬秋風冀北」的。但是，畫家那種勁裂秋風而又潤含春雨的不凡筆力，那兩句詩所展示的壯麗與秀美兩種不同的藝術境界，卻像一股巨大的衝擊波，扣響了我的心弦，給我以深刻難忘的印象。多年來，吟詠起這兩句詩，常使我思索詩美學中一個十分重要的題目：陽剛美與陰柔美。

一

在大千世界裡，美是多種多樣的，我們不能要求春蘭與秋菊具有同樣的色彩與芬芳，也不能要求黃鸝與雄鷹具有同樣的歌喉和翅膀，但是，在生活美、自然美與藝術美之中，除了喜劇美與悲劇美之外，陽剛與陰柔就是兩種主要的形態，是美的兩種基本範疇。

美是客觀存在的，又有賴於人類的心靈去感應和捕捉。古羅馬人從秩序、權力與崇高中去發現美；古希臘人從音樂的節奏、雕刻的對稱、均衡中去發現美；古中國人則在和諧、適度、靜觀中去發現美。文藝復興時代的人在色彩中尋求美；現代人則在音樂、舞蹈、流線型、動態中去追逐美。在美學的理論概括上，美學範疇是美學中具有普遍意義的基本概念，是對審美經驗的科學歸納。客觀的審美範疇，是以「美」為中心，從審美客體方面研究美的種類，如悲劇、喜劇、崇高、優美的審美特徵；主觀的審美範疇，是以「美感」為中心，探討主觀的審美範疇的審美特徵，如悲劇美感、喜劇美感、崇高美感、優美美感等等。主客觀統一的審美範疇，則以「藝術形象」為中心，探討藝術美及藝術美感的種類。如以美存在的領域及與人的關係來區分，美的形態又可分為自然美、社會美、藝術美與生活之美。就像哲學中的存在、意識、運動、矛盾，經濟學中的商品、價值、生產、分配等範疇一樣，從客觀的審美範疇而言，美學家把美最常見、最突出的具體表現形態，分為崇高、優美、悲劇、喜劇等幾個不同的範疇。崇高，是美的最基本的表現形態之一，作為一種特殊的美學形態，也稱為壯美、剛性美、陽剛之美、白馬秋風塞上式的美；優美，與廣義的作為審美對象總稱的美不同，與廣義的美相比較，它是一種狹義的美。優美，是與崇高相對應的一個美學範疇，也是美的一種最普遍的現象形態，人們一般稱之為秀美、柔性美、陰柔之美、杏花春雨江南式的美。在自然界、社會生活和藝術創作的領域中，都可以看到崇高與優美的足跡，可以欣賞到它們開放的花朵。這裡，我們且作一番廣角鏡式的快速的掃描吧：

紅日出大海，能激勵壯士們乘風破浪的懷抱，月上柳梢頭，會孕育有情人海枯石爛的戀情；翠柏蒼松，激流飛瀑，「悲落葉於勁秋」，令人發凌雲勁節慨當以慷之思，平湖曲澗，綠柳紅桃「喜柔條於芳春」，使人作春意盎然心曠神怡之想。在我們祖國九百六十萬平方公里的大地上，「天蒼蒼，野茫茫」與「雜花生樹，群鶯亂飛」，雄渾的北國和秀麗的江南，不就是分別擅有陽剛與陰柔之美嗎？人體美不也如此？人是自然的一部分，人體美是自然美的高級形態，女子的秀麗溫柔，男子的英俊剛強，不也分別表現了陰柔之美與陽剛之美？陰柔與陽剛這美的二分法，在中外古今各種藝術門類中無處不在，在不同民族、地域的歷史文化背景中，都毫無例外地呈露出它們的美質。在中國書法美學的領域裡，素來就有顏（真卿）、柳（公權）與褚（遂良）、趙（孟頫）之異；在繪畫美學的天地中，歷來也有荊（浩）、關（同）與董（源）、巨（然）之分；即以國畫線描而言，游絲描柔美流暢，鐵絲描剛勁有力。在西方，米開朗基羅的作品如摩西、大衛的塑像，氣勢豪壯令人驚喜交集，達．芬奇的〈蒙娜麗莎的微笑〉，秀美含蓄，令人心情愉悅。在篆刻美學的範疇裡，陰柔的篆刻語言是圓形、曲線、精巧、光滑和細膩，陽剛的篆刻語言是方形、直線、銳角、粗礪與獷放；在舞蹈美學的門庭內，楊貴妃的「風吹仙袂飄飄舉，猶似霓裳羽衣舞」，和公孫大娘舞劍器時的「㸌如羿射九日落，矯如群帝驂龍翔，來如雷霆收震怒，罷如江海凝清光」，舞風是很有差別的，前者輕柔而後者豪蕩。在音樂美學的歌臺上，渾厚美如黃鍾大呂，婉轉美如牧笛清簫，伯牙鼓琴，志在高山，志在流水，巍巍乎而洋洋乎，是陽剛之美；韓娥唱歌，餘音繞樑，三日不絕，是陰柔之美，而貝多芬的《英雄交響曲》素稱浩瀚雄渾，德彪西的《月光曲》歷來被認為輕盈嫵媚。在戲劇美學的舞臺上，南調與北調的韻味是各不相同的，「南北二調，天若限之。北之沉雄，南之柔婉，可畫地而知也。」（見王驥德：《曲律》）論詩，李白、杜甫與王維、孟浩然同時活躍在唐代的詩壇上，他們的詩風迥異其趣；論詞，蘇軾、辛棄疾與柳永、周邦彥同時馳騁在宋代的詞場，他們的詞風各不相同。明代的張世文（綖），最早提出詞分為「豪放」派與「婉約」派的觀點，他在《張刻淮海集》中說：「詞體大約有二：一『婉約』，一『豪放』。蓋詞情蘊藉，氣象恢宏之謂耳。然亦存乎其人。如少游多『婉約』，東坡多『豪放』。東坡稱少游為今之詞手，大約以『婉約』為正也。」同時代而稍後的徐師曾在《文體明辨》中也認為：「論詞有婉約者，有豪放者。婉約者欲其詞情蘊藉，豪放者欲其氣象恢宏。」論文，同是屬於唐宋八大家，歐陽修、曾鞏的文章就偏於陰柔，韓愈、柳宗元的文章就偏於陽剛。在歐美，日神所孕育的阿波羅精神，代表明麗、和諧與寧靜的智慧，具有陰柔之美，古典風格的作家大都表現了這種精神。酒神所孕育的地奧尼蘇斯士精神，象徵豪放、激情和爆發的生命力，呈現出陽剛之美，浪漫風格的作家大都表現了這種狀態。即以中國傳統的武術而論吧，外家武功主陽剛，內家武功主陰柔，少林拳等拳種龍騰虎躍，太極拳等拳種真氣內斂，路數和風格也各不相同。——從上面簡略的述說可以看出，無論就自然美、生活美或藝術美而言，陽剛美與陰柔美在變化萬千的美的形態裡，是兩種主要的美的表現形態。

在我國古典詩歌史上，陽剛之美與陰柔之美早已在最初和早期的篇章裡閃耀過光芒。

在《詩經．大雅．烝民》中，就有「人亦有言，柔則茹之，剛則吐之」之語，它的含意雖然和我們今天所說的藝術上的「剛柔」不同，但從語言學的角度來看，它卻是「剛柔」一詞的詞源。

「蕭蕭馬鳴，悠悠旆旌」，〈小雅．車攻〉中的名句所描繪的軍容整肅的壯闊景象，是人所熟知的了，一千多年以後它甚至還啟發過杜甫的詩思，使詩聖發出「落日照大旗，馬鳴風蕭蕭」(〈後出塞〉)的豪壯的歌吟。但是，「巧笑倩兮，美目盼兮」，〈衛風．碩人〉中對美人的傳神描寫所呈現的嫵媚動人的風姿，卻也鼓舞過後代許多詩人靈感的羽翼。「斜偎寶鴨親香腮，眼波才動被人猜」，李清照的〈浣溪沙．閨情〉不也是從中得到過啟示嗎？屈原的〈離騷〉與〈天問〉上下而求索，沉雄博大，氣象萬千，激蕩著震古鑠今的氣魄：「朝發軔於天津兮，夕余至乎西極。鳳凰翼其承旂兮，高翱翔之翼翼。……屯余車其千乘兮，齊玉軑而併馳。駕八龍之蜿蜿兮，載雲旗之委蛇」(〈離騷〉)，「曰：遂古之初，誰傳道之？上下未形，何由考之？冥昭瞢暗，誰能極之？馮翼惟像，何以識之？明明暗暗，惟時何為？陰陽三合，何本何化？」(〈天問〉)而同樣出自他手筆的〈九歌〉，除其中的〈國殤〉之外，卻大都清新幽邈，搖曳著纏綿宛轉的風韻：「帝子降兮北渚，目眇眇兮愁予。嫋嫋兮秋風，洞庭波兮木葉下。登白薠兮騁望，與佳期兮夕張。鳥何萃兮蘋中，罾何為兮木上？」(〈湘夫人〉)，「秋蘭兮青青，綠葉兮紫莖。滿堂兮美人，忽獨與余兮目成。入不言兮出不辭，乘回風兮載雲旗。悲莫悲兮生別離，樂莫樂兮新相知」(〈少司命〉)，上天下地氣魄極為雄偉的豪放派的屈靈均，竟然同時又是輕歌微吟詩情極為幽遠的婉約派的大宗師。魏晉南北朝時期的樂府詩，北方的粗獷豪邁，如「健兒須快馬，快馬須健兒，跋涉黃塵下，然後別雄雌」(〈折楊柳歌〉)，南方的輕柔婉轉，如「聞歡下揚州，相送楚江頭。探手抱腰看，江水斷不流！」(〈莫愁樂〉)值得順便一提的是，唐代結束了為時幾百年的南北分裂的局面，形成了一個大統一大繁榮的時代，吸收和融化了南北朝幾百年各具民族、地方風格特色的詩歌精華而推陳出新，正是唐代詩歌大放異彩的重要原因之一，而陽剛與陰柔這兩條美的支流的匯聚，也使唐代詩歌的大江開放出更絢麗的浪花。

綜上所述，可見陽剛美與陰柔美是美的兩種最主要的表現形態，是審美的兩個基本範疇，也是詩歌之美的重要論題。

二

要深入理解詩中的陽剛美與陰柔美，有必要從中外藝術美學思想發展史的角度，對有關陽剛美與陰柔美的美學思想，作一番簡略的回顧與探討。

先看看陽剛陰柔的美學思想在中國土地上產生和發展的歷史。

如前所述，早在《詩經》中的〈大雅・烝民〉篇就有如下之句：「人亦有言，柔則茹之，剛則吐之。惟仲山甫，柔亦不茹，剛亦不吐，不侮矜寡，不畏強禦。」《左傳》提出過「清濁、大小、短長、疾徐、哀樂、剛柔、遲速、高下、出入、周疏以相濟」（昭公十二年）的觀點，《老子》（七十八章）也體認到「天下莫柔於水，而攻堅強者莫之能勝」的「柔弱勝剛強」的生活哲理，《孟子・公孫丑章句上》也發出過「善養吾浩然之氣」的議論，而這種「浩然之氣」，是「至大至剛，以直養而無害，則塞於天地之間」的。但是，論及剛柔美學思想的源頭，不能不提到《易傳》，這雖是儒家學者對古代占筮用的《周易》所作解釋的書，但其中包含了以陽剛陰柔的思想來認識社會現象與自然現象的努力，其中除「乾剛坤柔」、「剛柔有體」、「動靜有節，剛柔斷矣」、「剛柔相推而生變化」、「柔上而剛下，二氣感應以相與」之外，卷九〈說卦〉還有如下文字：

昔者聖人之作《易》也，將以順性命之理。是以立天之道，曰陰與陽；立地之道，曰柔與剛；立人之道，曰仁與義。兼三才而兩之。

天地人統合為一，並產生陰陽、剛柔與仁義三種對應關係，這是從宇宙天地的本體，推而及於人生的常規正道，表現的是我國古代樸素的自然哲學思想，也顯示了我們民族的思想綜合方式。這，對我國後代有關文藝美學思想的形成，對陽剛陰柔的美學範疇的確立，具有深遠的影響。

魏晉時期，純文學獲得了獨立的地位，隨著抒情文學特別是詩歌創作的發展，有關剛柔的美學思想也開始正式出現，沈約在《宋書．謝靈運傳》中說：「稟天地之靈，含五常之德，剛柔迭用，喜慍分情。」但是，明確地從作品的風格美角度提出剛柔之論這一創造性的美學見解，還是應該歸功於劉勰：

情理設位，文采行乎其中；剛柔以立本，變通以趨時。（〈鎔裁〉）

然才有庸俊，氣有剛柔……風趣剛柔，寧或改其氣？（〈體性〉）

剛柔雖殊，必隨時而適用，然文之有勢，勢有剛柔，不必壯言慷慨，乃稱勢也。（〈定勢〉）

劉勰從作家的才情氣質及藝術風格來論說剛柔這一對美學概念，顯示了從美學思想高度對剛柔說的重新認識。以後，唐代釋皎然的《詩式》、司空圖的《二十四詩品》、宋代嚴羽的《滄浪詩話》等理論著作，對此各有闡發。特別是司空圖，雖未標舉剛柔之說，但他實際上是從壯美與優美這兩個美學範疇來劃分詩的品類的。《二十四詩品》開卷第一品是「雄渾」，第二品是「沖淡」，一為陽剛，一為陰柔，這大約不是偶然吧，所以文學理論批評史家朱東潤，早就將司空圖《二十四詩品》分為陽剛之美與陰柔之美兩大類，「雄渾」、「悲慨」、「豪放」、「勁健」等品列為陽剛之美；「典雅」、「飄逸」、「綺麗」、「纖穠」等品列為陰柔之美❶。宋代大畫家米芾，他《續書評》中有一段不大為論家所引用但十分精彩的議論：

> 顏真卿書如項羽按劍，樊噲排突，硬弩欲張，鐵柱將立，昂然有不可犯之色。蔡襄書如少年女子，體態嬌嬈，行步緩慢，多飾鉛華。

顏真卿書法的雄健與蔡襄書法的婀娜，是陽剛美與陰柔美的強烈對照，米芾形中見理的議論，可以說開後來姚鼐、曾國藩論剛柔的先聲。

金元之交的詩人元遺山，在〈論詩絕句三十首〉中說：「『有情芍藥含春淚，無力薔薇臥晚枝』，拈出退之山石句，始知渠是女郎詩。」元遺山這裡對於不同風格的作品的褒貶，當然不盡恰當，清代詩評家薛雪在《一瓢詩話》中就批評他：「先生休訕女郎詩，山石拈來壓晚枝。千古杜陵佳句在，雲鬟玉臂也堪師。」薛雪的觀點比較持平，不揚此而抑彼，但元好問畢竟也看出了韓愈詩具有陽剛之美而秦觀詞具有陰柔之美。剛柔之說一脈相承，到清代姚鼐〈覆魯絜非書〉中得到了

❶ 朱東潤：《中國文學批評史論集》第一〇頁，開明書店一九四一年版。

連用十二個比喻的寓理於象的形象描寫：

其得於陽與剛之美者，則其文如霆，如電，如長風之出谷，如崇山峻崖，如決大川，如奔騏驥；其光也，如杲日，如火，如金鏐鐵；其於人也，如憑高視遠，如君而朝萬眾，如鼓萬勇士而戰之。其得於陰與柔之美者，則其文如升初日，如清風，如雲，如霞，如煙，如幽林曲澗，如淪如漾，如珠玉之輝，如鴻鵠之鳴而入寥廓；其如人也，漻乎其如嘆，邈乎其如有思，暖乎其如喜，愀乎其如悲。觀其文，諷其音，則為文者之性情形狀舉以殊焉。❷

這種如詩一樣情文並茂的論文，的確可以給我們以美學的享受，同時也激發我們對於陽剛美與陰柔美的思考和想像。但是，姚鼐的功績更在於：對從周代到清代兩千多年有關剛柔的美感經驗，第一次正式從美學上作了明確的歸納與肯定，提出了二者皆「美」以及美的種種形態，這，正是他對我國乃至世界的美學思想的重要貢獻。清代曾國藩就發揮了姚鼐的理論而有新的發展，他在〈聖哲畫像記〉一文內，遠承《易傳》，近宗〈覆魯絜非書〉，有如下議論：

西漢文章，如子雲、相如之雄偉，此天地遒勁之氣，得於陽與剛之美者也；此天地之義氣也。劉向、匡衡之淵懿，此天地溫厚之氣，得於陰與柔之美者也；此天地之仁氣也。東漢以還，淹博無慚於古，而風骨稍隤矣。韓、柳有作，盡取揚、馬之雄奇萬變，而內之於薄物小篇之中，豈不詭哉？歐陽氏、曾公皆法韓公，而體質於匡、劉為近。文章之變，莫可窮詰；要之，不出此二途，

---

❷ 嘉慶原刊本《惜抱軒文集》卷六。

雖百世可知也。❸

曾國藩認為陽剛美有「雄偉」、「遒勁」的特徵，有「雄奇多變」的動態，陰柔美則有「淵懿」、「溫厚」的特徵。（他雖沒有說明陰柔美具有柔婉清純的靜態，但也可令人連類而推及之了）聯繫到他有關剛柔之美的其他論點，我們不能不肯定曾國藩對前人的發展和超越之處。至於王國維《人間詞話》中的觀點，以及他的「美學上之區別美也，大率分為二種，曰優美，曰宏壯。自巴克（柏克）及漢德（康德）之書出，學者殆視此為精密之分類矣」（見〈古雅之在美學上之位置〉一文）的看法，已為人所熟知，此處不再贅述。

陽剛與陰柔是中國古典哲學——美學概念，在西方的文藝批評史上，沒有陽剛與陰柔這種用語，西方美學家稱前者為「崇高」或「雄偉」，稱後者為「優美」或「秀美」。對於它們在西方美學史上的發展軌跡，我試圖作一次粗疏的勾畫。

西方最早提出「崇高」這一美學概念的，是西元前三世紀雅典的朗吉弩斯。他在《論崇高》一書中說：「風格的莊嚴、恢宏和遒勁大多依靠恰當地運用形象……詩的形象以使人驚心動魄為目的。」「我已經說過，在這全部五種崇高的條件之中，最重要的是第一種，一種高尚的心胸。」❹朗吉弩斯強調詩人應該有崇高的心靈，但他主要是從修辭學的角度論述崇高。以後，法國古典主義者的布瓦洛也論述過崇高，他寫有〈朗吉弩斯《論崇高》的讀後感〉一文，把荷馬、柏拉圖、

---

❸ 見《曾文正公文集》卷二。

❹ 《西方文論選》（上卷）第一二五、一二八頁。

西塞羅等作家都歸入「崇高的行列之中」；英國十七世紀評論家愛迪森在《洛克的巧智的定義》中，也強調過崇高是「偉大之外又加上一種美或奇特」，十八世紀英國畫家、藝術理論家荷迦茲也曾說過：「宏大的形狀，縱使樣子難看，然而由於它們的巨大，無論如何會引起我們的注意，激起我們的讚嘆。」❺

在西方美學家中，真正將崇高與美作為一對審美範疇而詳加論說的，是十八世紀英國美學家博克（又譯柏克）。他著有《論崇高與美的觀念的根源的哲學探討》一書，將崇高與秀美區別開來考察，肯定自然界中存在著壯美，認為痛感與恐懼感是崇高感的基礎。他認為崇高與秀美的區別是：「崇高的對象在它們的體積方面是巨大的，而美的對象則比較小；美必須是平滑光亮的，而偉大的東西則是凹凸不平和奔放不羈的；美必須避開直線條，然而又必須緩慢地偏離直線，而偉大的東西則在許多情況下喜歡採用直線條，而它偏離直線時也往往作強烈的偏離；美必須不是朦朧模糊的，而偉大的東西則必須是陰暗朦朧的；美必須是輕巧而嬌柔的，而偉大的東西則必須是堅實的，笨重的。」❻隨後，在發表《判斷力批判》之前十餘年的一七六四年，德國的康德曾撰寫〈論秀美與雄偉的感覺〉一文，將崇高與優美並列為美學中的兩個重要範疇，認為秀美使人欣喜，雄偉使人感動。在《判斷力批判》中，他把崇高分為「數量的崇高」與「力量的崇高」兩種，前者的特點在於對象體積的無限大，後者的特點在於對象既引起恐懼又引起崇敬的那種巨大的力量或氣魄。博克認為崇高感是由崇高事物引起的，而康德則強調倫理道德觀念在崇高感中的作用，

---

❺ 荷迦茲：〈美的分析〉，《古典文藝理論譯叢》第五期第三三頁。

❻ 〈論崇高與美〉，《古典文藝理論譯叢》第五期第六五頁。

認為崇高感是道德精神力量的勝利。他認為「對於崇高的愉快不只是含著積極的快樂，更多的是感嘆或崇敬」❼，「真正的崇高只能在評判者的心情裡尋找，而不是在自然對象裡」❽，「這種愉快是對人自己的倫理道德的力量、尊嚴的勝利的喜悅和愉快。這就是崇高感。」❾康德在西方，司空圖在東方，他們生活在不同的歷史時期，但在美學思想上卻有許多相似之處，特別是康德一七九〇年刊行《判斷力批判》之時，正是姚鼐寫〈覆魯絜非書〉的前後，西方與東方兩顆探索美的心靈，隔著地球的緯線，在歷史的橫斷面上完成了他們美的二分法的感應，給後人留下了比較文學的有趣論題。（在康德之後，車爾尼雪夫斯基認為：「更大得多，更強得多——這就是崇高的顯著特點。」❿）同時，他還說明了「優美」的美感特性：「美的事物在人心中所喚起的感覺，是類似我們當著親愛的人面前洋溢於我們心中的那種愉悅。」⓫

西方有關「崇高」與「優美」的美學理論，當然有很多值得我們學習和借鑑之處，任何閉關自守與盲目排外，都早已被證明是一種歷史的錯誤，但是，我們畢竟也還應該自豪地看到，「陽剛美」與「陰柔美」，畢竟是中國美學思想對特定的審美範疇的特定表述，許多寓理於象的論說帶有直觀美感和直探本源的特色，同時，關於剛柔美的論說常常和詩歌創作實際結合在一起，以大量

---

❼ 康德：《判斷力批判》第八四、九五、一〇一頁，商務印書館一九六五年版。

❽ 同❼。

❾ 同❼。

❿ 《車爾尼雪夫斯基選集》（上卷）第一八頁。

⓫ 車爾尼雪夫斯基：《生活與美學》第六頁，人民出版社一九五七年版。

的詩歌作品作為分析論證的材料，這是為西方有關美學理論所不及的，因此，就格外值得我們重視。我們希望中西美學理論的比較研究，能使我們對陽剛美與陰柔美獲得視域更廣闊、角度更新穎的認識。

三

陽剛與陰柔，壯美與優美，是審美的兩個基本範疇，也是文藝創作特別是詩歌創作中十分重要的藝術課題。我們追溯了中外美學史的有關論述，然而，究竟什麼是詩中的陽剛美與陰柔美？它們是怎樣形成的呢？《文心雕龍》語焉不詳，我們古代的文論和詩論也沒有作出深入系統的論述。這裡，我不想對上述問題作孤立的論列，而只想從比較的角度，分別作一些粗淺的說明。我們看看兩首寫作時代相去不遠而又同是登臨攬勝的作品吧：

月冷龍沙，塵清虎落，今年漢酺初賜。新翻胡部曲，聽氈幕元戎歌吹。層樓高峙，看檻曲縈紅，檐牙飛翠。人姝麗，粉香吹下，夜寒風細。　此地宜有詞仙，擁素雲黃鶴，與君游戲。玉梯凝望久，嘆芳草萋萋千里。天涯情味，仗酒祓清愁，花銷英氣。西山外，晚來還卷，一簾秋霽。（姜夔：〈翠樓吟〉）

輪奐半天上，勝概壓南樓。籌邊獨坐，豈欲登臨豁雙眸？浪說胸吞雲夢，直把氣吞殘虜，西北望神州。百載好機會，人事恨悠悠！ 騎黃鶴，賦鸚鵡，謾風流。岳王祠畔，楊柳煙鎖古今愁。
整頓乾坤手段，指授英雄方略，雅志若為酬！杯酒不在手，雙鬢恐驚秋！（戴復古：〈水調歌頭·題李季允侍郎鄂州吞雲樓〉）

姜夔和戴復古同是生活於南宋末造，所詠的樓又同在武昌，姜夔所寫的安遠樓在黃鶴山上，即戴復古詞中所說的「勝概壓南樓」的「南樓」。但是，兩首詞的美的形態卻截然相異。姜夔詞呈陰柔之美，戴復古詞呈陽剛之美。陽剛美，又稱剛健美或剛性美，它在內容與形式相對應中表現為一種力量與氣概的美，它有昂揚奔放的情感，剛健雄渾的氣魄，闊大高遠的境界，在藝術風格上，呈現出壯美的豐姿，在美感效果上，它主要是使人驚心動魄，令人鼓舞，催人奮發，產生一種高遠感與雄偉感；陰柔美又稱秀婉美或柔性美，它在內容與形式相對應中表現為一種神韻與情致的美，感情細膩低迴，境界清新精緻，風格婉約含蓄，其美感作用主要是使人賞心悅目，讓人愉悅，啟人沉思，使人產生一種清純感與親切感。總之，它們的美的素質、表現形態和所引起的美感心理狀態，是各不相同的。

應該強調的是，陽剛之美由於能引起人們產生「崇敬」這樣一種美感心理狀態，與陰柔之美所引起的「喜愛」的美感心理狀態有所不同，它在激發人們積極向上、奮發進取方面，自然有其特殊的美學作用。從上述這兩首詞的比較中可以看出，這兩種不同形態的美的形成，和詩人所反映的生活內容以及所運用的筆法、語言是分不開的，同時，也和詩人的抒情個性的特點密切相關。《晉書·文苑傳論》：「剛柔本於情。」詩歌中的美，是客觀存在的自然美與社會生活美經詩人主觀審美觀照後的表現，姜夔與戴復古雖同是宋代的歌手，而且所抒寫的是同一地方的名樓，但前者的詞陰柔而後者的詞陽剛，這就是由於他們所具體表現的生活內容和感情內容畢竟有很大的差異，而這種差異性又和這兩位詞人的感情氣質與抒情個性有著內在的聯繫。姜夔雖然也有一些感時撫事之作，但他的生活圈子畢竟比較狹窄，缺乏豪放派詞人那種高昂的政治熱情和對生活積極進取的態度，張炎曾稱他的詞是「野雲孤飛，去留無跡」，這不僅是對他的詞的品評，也可以說是對他的人的寫照。戴復古則是一位具有「一片憂國丹心」的詩人，他的豪邁奔放的感情氣質表露在他的詩章之中，也決定了他在反映生活時有自己特殊的主要角度和方式，有自己獨特的審美體驗，因此，他的詞章就往往以「豪情壯彩」（《四庫全書》評語）見勝。

是的，陽剛美與陰柔美的形成，是客觀因素與主觀因素的統一，主觀上是作者所抒發的感情是豪情抑或是柔情，客觀上是作者所描繪的題材與生活圖景壯闊抑或纖細，然而，不僅如此，它還和與內容相適應的藝術表現手段有關。在藝術表現手段中，最重要的就是筆法和語言。正如一闋宏大的交響樂，必然要有多種不同音量和音色的樂器的合奏，正如浩蕩奔騰的江流，必然要有寬廣的河床才能運行。具有陽剛美的詩章，在筆法上往往是大筆勾勒，大開大合，相摩相蕩，構成波瀾起伏、氣勢磅礴的特色。而具有陰柔美的詩，運筆輕靈細巧，筆鋒跳動的幅度不大，往往給人以一種細膩精緻的美感。如同施補華在《峴傭說詩》中所論：「用剛筆則見魄力，用柔筆則出神韻。柔而含蓄之為神韻，柔而搖曳之為風緻。」⑫從姜夔和戴復古的這兩首詞，人們分明可以看到它們在筆法上各異其趣。同時，語言的色調和力度與美感直接密切相關，在語言上，陽剛

---

⑫《清詩話》（下冊）第九九三頁，上海古籍出版社一九六三年版。

美的形成得力於陽剛性的詞彙，陰柔美的形成得力於陰柔性的詞彙。詞彩豪壯，力度強烈，是陽剛性詞彙的特色；辭華秀潤，力度輕柔，是陰柔性詞彙的表徵。戴復古詞中的「輪奐半天上」、「胸吞雲夢」、「氣吞殘虜」、「整頓乾坤手段，指授英雄方略」等等，語語大聲鏜鎝，字字勁健有力，讀來真有風起雲湧、雷奔電掣的氣概，相形之下，姜詞則輕柔嫵媚，楚楚動人，他寫高聳的層樓也不過是「檻曲縈紅，檐牙飛翠」，更無論「人姝麗，粉香吹下，夜寒風細」和「酒祓清愁，花銷英氣」的幽婉之辭了。

四

從美的形態和美感作用來說，陽剛美與陰柔美的特色是不可混淆也不可彼此代替的。

清代沈宗騫在《芥舟學畫編》中曾經有生動形象的描繪，這是他筆下的陽剛美：「挾風雨雷霆之勢，挾鬼斧神工之奇，語其堅則千夫不易，論其銳則七札可穿。仍能出之於自然，運之於優柔，無跋扈飛揚之躁率，有沉著痛快之精能，如劍繡土花，中含堅質，鼎包翠碧，外耀光華。」這是他筆下的陰柔美：「柔如繞指，輕若兜羅，欲斷還連，似輕而重。氤氳生氣，含煙霏霧結之神；搖曳天風，具翔鳳盤龍之勢。既百出以盡緻，復萬變以隨機。恍惚無常，似驚蛇之入春草；翩翩百態，儼舞燕之掠平池。颺天外之游絲，未足方其逸；舞窗間之飛絮，不得比其輕。」陽剛美與陰柔美的美質、美形和美的效果的區別，是顯而易見的。例如，達·芬奇、米開朗基羅和拉斐爾，同是義大利文藝復興時期的三大著名畫家，但達·芬奇可以說是柔性美畫風的代表，而米開朗基羅則是剛性美畫風的代表。對達．芬奇的名作〈蒙娜麗莎的微笑〉，人們說世界上再沒有一幅畫的女性比蒙娜麗莎更具有柔性美，而米開朗基羅的名作〈大衛〉與〈創世紀〉，氣勢磅礴，雄健有力，人物極具力度，就連他所畫的女性〈夏娃〉也煥發出一種剛性之美。在《西廂記．崔鶯鶯聽琴》之中，作者形容張君瑞的琴音，也有「其聲壯，似鐵騎刀槍冗冗；其聲幽，似落花流水溶溶」的描寫，雖是比況琴聲，但從中也可看到剛性美與柔性美的不同特色。

然而，陽剛美與陰柔美卻可以互相融合而相得益彰。在大自然中，暴風雨之後也有清明的晴霽，群山萬壑之中也有潺潺流瀉的清溪，大海上不僅有奔騰的九級浪，而且也有波平如鏡的風光；湖南岳陽樓俯臨八百里洞庭，銜遠山，吞長江，洞庭汪洋，君山秀麗，所以明代詩人袁中道讚美岳陽樓「得水而壯，得山而妍」⓭，就是看到了壯美與秀美的交相為用。在人類社會生活中，有烈火狂飆般的英雄人物，有鐵馬金戈的戰鬥生涯，有燦如朝日的崇高理想，同時，也有花前月下的兒女柔情，也有登山臨水的閑情逸致，也有友朋之間的把袂談心。因此，作為現實的反映的文學作品，不僅有的以陽剛美取勝，有的以陰柔美見長，而且常常可以做到剛柔並濟。「文章之道，剛柔相濟。」（吳德旋：《初月樓古文緒論》）清代文學批評家毛宗崗評《三國演義》，就說這部小說有「笙簫夾鼓，琴瑟間鐘」之妙，他舉例而言說：「正敘黃巾擾亂，忽有何后、董后兩宮爭論一段文字，正敘董卓縱橫，忽有貂蟬鳳儀亭一段文字。……前卷方敘龍爭虎鬥，此卷忽寫燕語鶯聲，溫柔旖旎。真如鐃鈸之後，忽聽玉簫；疾雷之餘，忽觀好月。」⓮而我認為，剛柔並濟，正

⓭《中國美學史資料選編》（下冊）第一七二頁，中華書局一九八一年版。
⓮《中國美學史資料選編》（下冊）第二二三頁。

是詩歌創作中一個重要而有待深入探討的美學課題。

世界上的許多事物往往各有所長，同時又各有所短，陽剛美與陰柔美也同樣如此，它們各有自己的長處，也各有自己的不足。陽剛美的不足在於常常比較粗糙，陰柔美的不足在於往往比較纖弱。過剛則直，過柔則靡，偏陽則暴，偏陰則暗。在詩歌創作中，簡單地理解並因此而一味地追求剛性之美，片面地褒剛貶柔，那麼，這種作品常常就會流於直露和膚淺，缺乏令人回味的餘蘊，等而下之的則成了標語口號的排列和主觀意念的抽象說明，墮入淩雜叫囂之途，而導致對真正的陽剛美的破壞。例如，南宋的劉克莊，繼承蘇辛一派的詞風，他的詞頗多英爽之氣，但卻缺乏蘇辛詞的多樣性和豐富性，變化不多，某些作品慷慨豪邁而不耐細讀，前人說他「奔放跅弛，殊無含蘊」，的確是中肯的批評。在新詩創作中，由於長期以來極左思潮的影響，貶斥詩美、詩人的抒情個性和詩的風格的多樣化，「假、大、空」的詩作盛行一時，將空洞的大言壯語、赤裸裸的陳述與詩美等同起來的誤解，至今也沒有完全消除，放縱不休，直露無餘，圖解概念，熱衷說教，仍然是當前詩作中積重難返的弊病。另一方面，在詩歌創作中簡單地理解並因此而一味地追求陰柔之美，片面地褒柔貶剛，那麼，這種詩作也必然流於輕飄和柔弱，缺乏鼓舞人心的力量，那些走入極端的作品，更是墮於軟媚與晦澀，或者使人風雲氣短，或者使人不知所云，而導致對真正的陰柔美的破壞。在宋代的詞壇上，吳文英、周密、張炎和王沂孫等詞家的成就不能一筆抹煞，但情緒傷感，調子低沉，詞旨晦澀，卻不能不說是他們的許多作品的共同弊病。打倒「四人幫」以後的幾年來，新詩創作有了很大的進展，但是，由於種種原因，有的人誤將豪放剛健之作與「假、大、空」等量齊觀，有的人同時又將纏綿委婉之章捧到了不恰當的高度，在倡導詩中必須有「我」

和詩的藝術風格多樣化的同時，詩壇上也吹起了一股「畸柔」之風，一些詩作熱衷於「自我表現」地抒寫純屬個人的蒼白狹隘的情感，或晦澀難明有如天書，或瑣屑低微而令人難以卒讀，這也是不容忽視的事實。

從詩美學的角度來看，陽剛美與陰柔美是對立的又是統一的，它們互相區別，又互相依存，二者只可偏勝而不可絕無，即所謂「陰陽剛柔並行而不容偏廢，有其一端而絕亡其一，剛者至於僨強而拂戾，柔者至於頹廢而暗幽，則必無與於文者矣」（姚鼐：〈海愚詩抄序〉）。明清之交的文學家毛奇齡，在給朋友的信中寫道：「曾遊泰山，見奇峰怪崿，拔地倚天，然山澗中杜鵑紅艷，春蘭幽香，未嘗無倡條冶葉，動人春思，此泰山之所以為大也。大家之詩何以異此？」大自然尚且如此，何況是詩歌創作呢？從這一角度來看，朱夢泉之「淮海風流句亦仙，遺山創論我嫌偏。銅琶鐵綽關西漢，不及紅牙唱酒邊」（見于源：《燈窗瑣話》），批評元遺山論詩之「偏」固然不錯，但他自己褒柔貶剛，又走向了另一個極端。一個詩人的藝術個性或一首詩的藝術格調，可以以剛為主，也可以以柔為主，但從美學整體來看卻不能「畸剛」或「畸柔」。曾國藩曾說：「大抵陽剛者氣勢浩瀚，陰柔者韻味深美；浩瀚者噴薄而出之，深美者吞吐而出之。」「陽剛之美曰：雄、直、怪、麗；陰柔之美曰：茹、遠、潔、適。」（《求闕齋日記》）我以為，如果能剛中有柔，柔中有剛，剛健之中而情韻深長，柔美之中而風骨勁健，這樣，詩人的藝術個性和作品，就可能像多稜形的鑽石那樣閃耀著多面的絢麗光輝。

是的，一個詩人的藝術個性和風格，完全可以做到剛柔相濟，一個詩人完全可以寫出剛柔不同的或者偏剛或者偏柔的作品，如同德國現代著名詩人布萊希特所寫的那樣：

壞人懼怕你的利爪，
好人喜歡你的優美。
我願意聽人
這樣
談我的詩。（〈題一個中國的茶樹根獅子〉）

布萊希特所說的「利爪」與「優美」，並不完全是指我們所說的陽剛與陰柔之美，但卻可以引起我們的有關聯想。拜倫寫過〈普羅米修斯〉，也寫過〈雅典的少女〉，普希金的〈致大海〉浩瀚雄渾，他的〈致凱恩〉卻柔腸百轉。「起來，匈牙利人，祖國正在召喚！」裴多菲的愛國詩篇〈民族之歌〉燃燒著激情的火焰，擂動進軍的戰鼓。「我願是樹，如果你是樹上的花，我願是花，如果你是露水」，他的愛情之曲〈我願意是樹〉流散著素馨花的芬芳，鳴奏著月光曲似的旋律。在我國，同是六朝的江淹，他的〈恨賦〉不就是以激昂勝，他的〈別賦〉不就是以柔婉勝嗎？詩聖杜甫既有「楚天不斷四時雨，巫峽常吹萬里風」（〈暮春〉）、「莽莽萬重山，孤城山谷間」（〈秦州雜詩〉）的高唱，也有「泥融飛燕子，沙暖睡鴛鴦」（〈絕句〉）、「桃花細逐楊花落，黃鳥時兼白鳥飛」（〈曲江對酒〉）的輕歌；詩仙李白既有「黃河落天走東海，萬里寫入胸懷間」（〈贈裴十四〉）、「黃河西來決崑崙，咆哮萬里觸龍門」（〈公無渡河〉）的陽剛震撼力，也有「燕草如碧絲，秦桑低綠枝」（〈春思〉）、「桃花流水杳然去，別有天地非人間」（〈山中問答〉）的陰柔感染力。

在中國古典詩歌史上，李清照該是宋代的婉約派的絕妙琴師了。但是，「生當作人傑，死亦為鬼雄」(〈烏江〉)，「南渡衣冠少王導，北來消息欠劉琨」(〈失題〉)，「感月吟風多少事，如今老去無成。誰憐憔悴更彫零？試燈無意思，踏雪沒心情」(〈臨江仙〉)，時代的烈風畢竟也吹進了她的窗戶，她清婉的琴弦上也彈響過淒厲高昂的變奏。蘇軾和辛棄疾，這是北宋與南宋詞壇豪放派的旗手了，前人形象地稱譽他們是「詞中之龍」，但是，他們不僅有狂風暴雨的交響詩，也有如怨如訴的小夜曲。他們的作品激蕩著天風海浪，也展現著月夜花朝。當時就有人在蘇軾面前將他的「大江東去」和柳永的「曉風殘月」作了一番比較。俞文豹《吹劍錄續》記載：「東坡在玉堂日，有幕士善歌，因問：『我詞何如耆卿？』對曰：『郎中詞，只好十七八女子，執紅牙板，歌楊柳岸曉風殘月；學士詞，須關西大漢，綽鐵板，唱大江東去。』公為之絕倒。」明代徐軌《詞苑叢談》也說：「蘇子瞻有銅喉鐵板之譏，然〈浣溪沙〉春詞曰：『采索身輕常趁燕，紅窗睡重不聞鶯。』如此風調，令十八女郎歌之，豈在曉風殘月之下？」「枝上柳綿吹又少，天涯何處無芳草」，這是他的〈蝶戀花〉中的名句，清代詩人王士禎也曾說過：「『枝上細柳』，恐屯田（柳永）緣情綺靡，未必能過。孰謂東坡但解作『大江東去』耶？髯直是軼倫絕群。」(《花草蒙拾》) 辛棄疾，這位馳騁沙場與詞場的健將，寫出過許多虎擲龍騰的壯詞，但也寫過一些纏綿悱惻的情語，對此，前人曾經作過不少評論，宋代劉克莊在《後村詩話》中評論說：「公所作，大聲鏜鎝，小聲鏗鍧，橫絕六合，掃空萬古。其穠麗綿密處，亦不在小晏、秦郎之下。」清代沈謙在《填詞雜說》中也認為：「稼軒詞以激揚奮厲為工。至『寶釵分，桃葉渡』一曲，昵狎溫柔，魂銷意盡，才人伎倆，真不可測。」而張耒對賀鑄詞的看法則是：「方回樂府妙絕一世，盛麗如游金、張之堂，妖冶如攬嬙、施之祛，幽索如屈、宋，悲壯如蘇、李。」(〈東山詞序〉) 這就說明在詩歌史上堪稱為大家的詩人，他們的藝術個性和風格必然呈現出多樣統一的風格特色，他們有鮮明突出的不與別人雷同的主導風格，同時，他們的風格又是多樣化的，不斷發展的，他們兼有幾套不同筆墨。這正是詩壇大家和小家的一個重要分水嶺。

在當今的詩壇上，郭小川、賀敬之、公劉是豪放派的代表人物，他們的詩作在藝術上繼承了李白、蘇軾、辛棄疾的傳統而加以發展，以陽剛為主而雜以陰柔，使作品呈現出多樣的風姿而不是單一的色調。郭小川的名作〈望星空〉是宏放而幽遠的，賀敬之的〈桂林山水歌〉是剛健而嫵媚的，公劉的詩豪邁而間以柔婉，他早期的詩集《在北方》的代序就是〈嗩吶和葉笛〉一詩，詩人說：「於是在匆忙中，我失落了葉笛。但北方遞給我嗩吶，並且說：這是你的樂器。……但我仍然有夢幻和情思，因為我啜飲過南方的泉水。有一天，也許我會重新拾得那葉笛，而唇邊又將流出北方的乳的香味。」公劉的全部詩作，音色和音程雖然有所變化，但總是兼有嗩吶的高亢和葉笛的柔情。在當代詩人的行列裡，郭風、聞捷、嚴陣的詩是以柔婉見長的，郭風的〈葉笛〉的輕歌，聞捷的〈天山牧歌〉的曲調，嚴陣的〈江南曲〉的風情，都曾經得到過人們廣泛的歡迎，然而，「敢於從懸崖上傾瀉下來，一顆雄心使他成為萬丈飛瀑」（〈瀑布〉），笛韻之中忽然也有銅號的音響；「他那神奇的槍法百發百中，嘹亮的歌喉震蕩山川」（〈復仇的火焰〉），牧歌之後也有奮厲之聲；「這麼好的一枝筆，就在我們偉大民族的身邊，棄置不用，豈不是一個天大的笑話？筆走龍蛇，吞吐丹青，畫山繡水，現在正是時候，天上風雲，海底波瀾，高吟低唱，彩筆來自百家！」嚴陣新近出版的詩集《花海》，豪情與逸興齊飛，上面節引的〈夢筆生花〉一詩的片斷，就透露了他詩歌創作的新的訊息。在詩美的剛柔相濟方面，值得另行提出的是李瑛和邵燕祥，他們的作品似乎不是以陽剛為主，也不是以陰柔為主，和前面幾位詩人比較起來，他們的作品顯示出剛柔並重的特色。李瑛的詩有軍人的英武，「我們匆匆地策馬前行，迎著壯麗的一輪旭日，哈，彷彿只要再走幾步，就要撞進他的懷裡。」（〈戈壁日出〉）但是，「從你，我還聽見多了一百種鳥的歌聲，從你，我還看見多了一百種草的顏色，從你，我還聞見多了一百種花的香氣，亮晶晶光閃閃的小河水」（〈亮晶晶光閃閃的小河水〉），他的詩英武之中又柔情似水；邵燕祥的詩有勁健的腕力，但又有細膩的抒情，「好像長白山森林裡的百鳥復活在長江上，一隊風帆馱著滾滾的長江水，從天邊展翅飛來了」（〈長江上〉），「後來的日子，哪怕親人視同陌路，我堅信：我有無數陌生的親人。人民！在你們的門楣下，棲息過我流徙四方的靈魂」（〈致人民〉），他的前後相隔三十年的詩，儘管前者輕快而後者深沉，然而我們仍然可以看到那種剛健和柔婉相交融的特色。總之，對於陽剛之美與陰柔之美，上述詩人他們或許有所偏重，但他們決不偏廢或截然劃分，而常常是將二者結合在一起而煥發出新的異彩。即使是女詩人的作品，我們也常常可以看到剛柔之美這二原色的攜手合作，如柯岩的組詩《旅德詩抄》中的〈菩提樹大街的廢墟〉：

在菩提樹大街上
再也沒有了成行的菩提
菩提樹，菩提樹
你去到了哪裡

在櫛比鱗次的高樓間
頹然兀立著鐘樓的廢墟
彩色繽紛中一抹熏黑
是戰爭留下的足跡

寬闊的馬路上
漫步著一雙雙情侶
看得見是深情的流盼
聽不見的是喁喁私語

褐色黨徒的長靴
曾踢碎過他們童年的夢
但菩提樹的濃蔭
卻永遠綠在心底

為了那無影無踪的菩提
留下了觸目驚心的廢墟
永遠消逝的晨鐘

刻骨銘心的記憶
在菩提樹大街上
情侶們徘徊尋覓
菩提樹，菩提樹
你到底去了哪裡

女性詩人的作品，一般是以細膩柔婉見長的，柯岩的詩作，除了顯示出她獨特的藝術個性之外，也表現了女性詩人所共有的婉約風華。上述這首詩，它的基調是溫柔的，但是，由於它所表現的深層內涵以及主題的嚴峻，在「愛情奏鳴曲」的柔美旋律之中，也不時回響起剛健深沉的音調，在柔情如水裡，也不時照映出昔日納粹橫行鋼血交飛的嚴峻歷史圖景，這樣，她的婉約之篇也就具有了剛性的力度。

五

剛性美與柔性美的交融，不僅可以表現在同一個詩人的全部創作之中，同時，也許更有啟示意義的是表現在同一首詩作裡，即所謂「能於豪爽中著一二精緻語，綿婉中著一二激勵語，尤見錯綜」，也就是劉熙載在《藝概》中所說的「壯語要有韻，秀語要有骨」。

在美學上，多樣統一是美的一個重要法則，只有多樣而無統一，往往顯得駁雜零亂，只有統一而無多樣，則往往顯得單調呆板。古希臘哲人赫拉克利特早就指出：「互相排斥的東西結合在一起，不同的音調造成最美的和諧。」（《古希臘羅馬哲學》）尼可馬赫也認為：「和諧是雜多的統一，不協調因素的協調。」（《數學》）剛與柔正像藝術中虛與實、直與曲、正與反、疏與密、藏與露等等範疇一樣，既是對立的，又是統一的，陽剛與陰柔彼此相對相斥相反相剋，而又可以相對相協，相斥相吸，相剋相生，相反相成，如果能辯證地將它們運用在同一首詩中，為塑造美的形象服務，常常就能夠獲得較之單純的陽剛之美或陰柔之美更豐富多樣的美感。蘇軾與他的弟弟蘇子由論書法，就曾經提出過「端莊雜流麗，剛健含婀娜」（〈和子由論書〉）的重要藝術見解，唐代王嗣真議論王羲之的書法之美，一方面讚之為「撥雲睹日，芙蓉出水」，一方面又讚之為「清風出袖，明月入懷」（〈書後品〉）。清代劉熙載一脈相承，認為王羲之的書法「力屈萬夫，韻高千古」（《藝概》）。清代金聖嘆評論《水滸傳》，也指出這部作品注意壯美與優美的融合，如在寫「壯美」的武松後，隨之就寫「文秀」的花榮：「看他寫花榮文秀之極，傳武松後，定少不得此人。」金聖嘆以為就像在鐃吹之後，要接之以洞簫清囀，山搖地撼之後，要忽又柳絲花朵⑮。音樂也是如此，「間關鶯語花底滑，幽咽泉流水下灘」與「銀瓶乍破水漿迸，鐵騎突出刀槍鳴」，白居易不也正是以對立統一的美的法則，絕妙地描繪了剛柔並美的琵琶之聲麼？剛，是強烈的，宏壯的，警動的，動態的，有魄力的；柔，是雋永的，纖細的，秀潤的，靜態的，有神韻的，它們的特色和效果各不相同。在同一首詩裡，如果以剛濟柔，以柔濟剛，剛中有柔，柔中有剛，摧剛為柔，化

⑮ 參見葉朗：《中國小說美學》第一〇〇頁，北京大學出版社一九八二年版。

柔為剛，就能在藝術的對照中給人以多樣統一的美感。清詩人黃仲則〈將之京師雜別〉中說：「自嫌詩少幽燕氣，故作冰天躍馬行。」這位多才多病的詩人，祈求的是詩中的陽剛之力。「水聲粗悍如驕將，山色淒涼似病夫」（〈五月十五夜坐雨賦此〉），王國維的詩句一寫水聲，一寫山色，不也可以啟發我們對於詩中剛柔並濟的理解？近代詩人蘇曼殊，一九一二年從爪哇給柳亞子的信中也有如下的斷句：「壯士橫刀看草檄，美人挾瑟請題詩。」在一首詩中，如果既有「壯士橫刀」，同時又有「美人挾瑟」，美的素質可能更多樣、更豐富。明代的詩人兼詩論家李夢陽，曾經說過寫詩必須注意「疊景者意必二，闊大者半必細」，胡應麟在《詩藪》中兩次引用並表示贊成，他還以杜甫〈送翰林張司馬南海勒碑〉一詩為證，認為「前半闊大後半工細也」：

冠冕通南極，文章落上台。詔從三殿去，碑到百蠻開。
野館濃花發，春帆細雨來。不知滄海使，天遣幾時回？

頷聯概括了闊大的空間，氣象堂皇，是詩中剛筆，頸聯忽然別開一境，描摹細膩，情致綿邈，是詩中柔筆，這樣互相映照而又互為補充，就顯得壯闊而不空疏，婉約而不瑣碎，相反，如果一味陽剛或一味陰柔，走向極端則不免流於粗豪或者軟弱，而缺乏相映成文之美。除上引這首詩之外，杜甫的有名七絕「兩個黃鸝鳴翠柳，一行白鷺上青天。窗含西嶺千秋雪，門泊東吳萬里船」（〈絕句〉），前柔後剛。著名五絕「遲日江山麗，春風花鳥香。泥融飛燕子，沙暖睡鴛鴦」（〈絕句〉），前剛後柔，都是雄渾與細膩的結合。是的，杜甫〈戲為六絕句〉的「或看翡翠蘭苕上，未掣鯨魚碧海中」，未必不可以看作是對「畸柔」的詩風的一種批評。清代的袁枚曾經有如下精到的見解：

「詩雖奇偉，而不解揉磨入細，未免粗才；詩雖幽俊，而不能展拓開張，終窘邊幅。有作用人，放之則彌六合，收之則斂方寸。巨刃摩天，金針刺繡，一以貫之者也。」在談到同時代的蔣心餘的詩時，他批評說：「子氣壓九州矣，然能大而不能小，能放而不能斂，能剛而不能柔。」這種使得蔣心餘折服為「吾今日始得真師」的意見，對於我們今天的新詩創作也未嘗沒有借鑒的意義吧？

在當前的新詩創作中，我們可以讀到一些真力彌滿的頗具生活實感的作品，作者善於剛柔交綜，他們的詩筆在剛柔之間，雄句與婉句兼而有之，這樣，就使他們的作品光彩閃耀。新疆的詩人章德益是新時代邊塞詩派的代表人物之一，他以寫邊塞風光見長，詩風豪邁，想像奇瑰，音調高亢，如果說他以前的詩作豪放有餘而細膩不足，力度很強而韻味略差，有時不免顯得平板和單調，那麼，他的近作已經注意到以柔補剛，以柔筆寫豪情了。他的組詩〈天山的千泉萬瀑〉就是如此。「無形的風，卻有著有形的肖像，要不，我們怎能在大自然的編年史冊中，為它存一份檔案」，其中的〈風的肖像〉一詩，先以健筆濃墨，在紙上揚起大漠風塵：

從濃黃濁重的飛沙中，臨摹它的膚色；
從紛飛披垂的枝條中，描繪它的亂髮；
從轟然飛逝的沙霧中，勾勒它的背影；
從猙獰怪譎的亂雲中，想像它的臉相。
從急旋的衝天沙柱中，

勾勒出它自天垂落的袖管；
從遮天蔽雲的塵霧中，
速寫下它拂天而過的大氅。

詩人也許從《莊子．逍遙遊》裡對大鵬的描寫得到過啟發吧，如此獨特地描繪大漠風塵，辭采壯麗，筆力雄悍，即使置於唐代的邊塞詩中也無多讓。但是，「我們怎能用這樣的肖像，在地球的編年史中存檔」，於是，詩人摧剛為柔，「重新為它繪像」：

從渠水的漣漪中，臨摹它的笑紋；
從林帶的綠蓋裡，描繪它的裙衫；
從胭紅的秋果中，想像它的膚色；
從初春的花卉裡，勾勒它的臉相。

在豪壯奔放之中，忽然著一二綿麗婉約之語，肝腸似火而色貌如花，外柔內剛，在勁健之中透出嫵媚的風姿，故豪壯之情不失於粗獷，加強了而不是削弱了詩的美感。這不禁使我想起了毛晉所編《宋六十名家詞》例言中的一段話，那是評論辛棄疾的：「稼軒〈摸魚兒〉諸作，摧剛為柔，纏綿悱惻，尤與粗獷一派，判若秦越。」辛棄疾的詞，確不是「豪放」一詞所可概括的，這位大詩人，絕不讓他的風格之美囿於一隅或定於一尊。從詩美學的角度來看，辛詞對我們今天的新詩創作最具有啟示意義的一點，就是他豪壯而不流於粗厲的叫囂，而能於豪壯中蘊蓄雋永的境界，他淒美而不墮入頹唐的末路，而是在淒美中充沛著一派豪情。施補華在《峴傭說詩》中論及剛柔時，認為「少陵、退之、東坡三大家，皆不能作五絕，蓋才太大，筆太剛，施之二十字，反吃力不討好」[16]，「太白才逸，筆在剛柔之間，故亦能作五、七絕」[17]。他還指出：「七絕亦切忌用剛筆，剛則不韻。即邊塞之作，亦須斂剛於柔，使雄健之章，亦饒頓銼，乃不落粗豪。」[18]我以為，這一深知詩中三昧的藝術箴言，不獨是對於邊塞詩人，就是對於所有的詩歌作者，恐怕都是不無啟發的。試讀艾青的〈維也納〉吧，全詩如下：

英斯河谷的兩岸
是連綿雄偉的大山
每架大山像城堡似的莊嚴
山上的雲杉是千萬支寶劍
像披著甲冑的衛隊
整齊威武，戒備森嚴
群山環抱的盆地

---

[16]《清詩話》（下冊）第九九五、九九六頁。
[17]同[16]。
[18]同[16]。

是一個綠色的搖籃
美麗的維也納
是一個傳說中的公主
躺在溫柔的懷抱裡
但她卻不能真正的睡眠
老是眨著秀美的眼睛
不安地仰望天空
憂心忡忡地注意風雲變幻

前一節詩豪壯森嚴，後一節詩婉約秀美，豪壯之中蘊含的是對維也納的一脈深情，婉約之中透露的是對和平的渴望與對戰爭的警惕，剛柔相濟的結果，使得這首詩具有了更豐富的美的意蘊。

在詩歌創作中，除了剛柔調濟，以柔筆寫豪情之外，我們還看到另一種使人頗饒興味的情況，那就是剛柔並備，以健筆寫柔情。有的詩人，或者這些詩人的某些作品，所抒發的情感不是豪邁奔迸那一種類型，而更多地表現為沉摯深婉的情態，但是，他們卻偏要以剛筆出之，而主要不是運用那種與感情的狀態相一致的柔婉筆墨。這種以健筆寫柔情和以柔筆寫豪情，同樣具有相輔相成的效果，同時，以健筆寫柔情，較之以健筆表現那種本來是雄渾豪壯的情感，藝術的難度似乎更大，更需要詩人才情風發。文天祥的〈正氣歌〉的高風健筆是人所景慕的了，然而，「世態便如翻覆雨，妾身原是分明月」，他的〈滿江紅〉以深婉秀逸之筆抒堅貞激越之情，也覺分外動人。即以詞家三李而論，李白〈憶秦娥〉一闋，悲秋懷古，傷離念逝，但詞筆卻相當豪壯。王國維《人間詞話》就曾指出「西風殘照，漢家陵闕」一句，「遂關千古登臨之口」。李清照四十七歲之後，身逢家國巨創，她的風格由清麗婉約一變而為淒愴沉痛，如〈題八咏樓〉之「千古風流八咏樓，江山留與後人愁。水通南國三千里，氣壓江城十四州」，如〈武陵春〉中的「只恐雙溪舴艋舟，載不動，許多愁」，都是晚年流落浙江金華時所作，以健筆寫哀思，兼有婉約與豪放之長，所謂「墮情者醉其芳馨，飛想者賞其神駿」，「又淒婉，又勁直」，別是一番情味。前人曾說「易安倜儻有丈夫氣，乃閨閣之蘇辛，非秦柳也」，確是別具慧眼的妙評。李後主更是如此，他一生寫了四十多首詞，前後期的風格有很大的不同，轉折點當是四十歲被俘後追述辭廟北上的那首〈破陣子〉：「四十年來家國，三千里地山河。鳳閣龍樓連霄漢，玉樹瓊枝作煙蘿，幾曾識干戈？一旦歸為臣虜，沉腰潘鬢消磨。最是倉皇辭廟日，教坊猶奏別離歌，揮淚對宮娥！」這首詞，可以和他北上時船在長江中流而回首石頭城時所作的詩互參：

江南江北舊家鄉，三十年來夢一場。
吳苑宮闈今冷落，廣陵臺殿已荒涼。
雲籠遠岫愁千片，雨打歸舟淚萬行。
兄弟四人三百口，不堪閑坐細思量！（〈渡中江望石城泣下〉）

在詞中，「四十年」和「三千里」對舉，時空闊大，感情沉痛哀怨，然而卻以大筆濡染，以雄奇寫幽怨，以豪放表婉約，在五代詞中是絕無僅有的異響，對以後的蘇辛詞派也有重要的啟迪作用。

在新詩創作中，我們也可以看到一些以健筆寫柔情之作：

你有杏花春雨，
也有凜風烈雪。
　中國！中國！
你滋育了我，
也折磨了我。
　呵，我親愛的祖國！
你能翻江倒海，
也能重鑄日月。
　中國！中國！
你粉碎了我，
也揉合了我。
　呵，我親愛的祖國！
十年閉門造車，
重悟人心是轍。

中國！中國！
我為你沉吟，
我為你放歌。
呵，我親愛的祖國！（憶明珠：〈中國！中國！〉）

我們是樹，漫過山野，湧進峽谷——
風來呼嘯，雨來婆娑，雷來歡呼。
我們是溪上夾岸十里叢叢翠竹，
根根挺拔，節節光潔，寸寸碧綠。
我們是瀑布，挾雷藏電，飛流奔注，
直躍下懸崖峭壁，甘願粉身碎骨，
獻給江山鮫綃冰谷，水煙彩霧——
看澗底滾滾雪花，化碧波千頃東去……（朱健：〈大磨灘——給磨灘河的老戰友們〉）

憶明珠寫對祖國忠貞不貳的柔情，出之以健筆豪墨，節奏遒勁，極富力度，誦之如讀詩的誓言。如果說憶明珠不拘泥於具體細描而大筆揮灑，那麼，七月派老詩人朱健寫獻身的熱情和戰友的深情，卻是運用「具體呈現法」而筆走風雷，外剛內柔而意境壯美，讀之令人起舞。詩人弘征的〈榕樹〉也是如此：

分不清哪是幹，哪是根，
互相擁抱，擁抱得那樣緊！
萬縷相思垂向孿生的土地，
每一片葉子都在傾訴愛情。

沒有什麼力量能把你們分開，
是永遠堅貞不渝的見證；
生活，只要相互扶持在一起，
就能戰勝無情的暴雨颶風！

著名的福建詩人郭風常常寫到榕樹，但他往往以柔美的筆觸成篇，自成佳境。弘征的〈榕樹〉詞采剛勁，節奏有如音樂中的「快板」，健筆富於力度，然而，他抒寫的卻是死生不渝的脈脈柔情。李重華在《貞一齋詩話》中指出：「詩情要軟，詩筆要健，即手柔弓燥意。」這首詩，不也正是情軟筆健嗎？

白馬秋風塞上是美，杏花春雨江南是美，怒猊抉石、渴驥奔泉是美，翠嶺明霞、碧溪初日是美，在詩歌創作中，只要感情健康向上，內涵渾厚博大，以剛為主或以柔為主都可以構成美的風格，產生美的作品，剛柔並濟則更能增添美的光彩。清人沈祥龍在《論詞隨筆》中說：「詞有婉約，有豪放，二者不可偏廢，在施之各當耳。房中之奏，出以豪放，則情致絕少纏綿，塞下之曲，行以婉約，則氣象何能恢拓？蘇辛與秦柳，貴集其長也。」我以為，那種同時具有剛與柔之美的詩作，既不是美麗而缺乏骨力的山雞，也不是羽翅雄張而缺乏文采的鷹隼，而是高飛遠翔的光彩耀眼的鳳凰！

第九章　尊重讀者是一門藝術

——論詩的含蓄美

一望無際的平原，固然有闊大雄渾的氣派，但層巒疊翠的群山，似乎更有它引人入勝的風光；一平如鏡的湖面，雖然有靜謐舒展的風姿，但奔騰浩瀚的江海，似乎更有它搖人心旌的魅力。由自然界而文學藝術，於是，我聯想到詩美學中一個十分古老然而卻又像生活之樹一樣長青的論題——含蓄美。

一

含蓄，不單是詩歌所特有的，同時也是一切耐讀耐看的文藝作品所不可缺少的元素。繪畫，講究象外之趣，我國的畫論早就提出「畫應使人疑」的觀點，所謂「虛實相生，無畫處皆成妙境」、「常計白以黑，奇趣乃出」、「作畫令人驚，不如令人喜；令人喜，不如令人思」等等，都是這種觀點的印證和發揮，如果一幅畫將畫家的感受袒露無遺，讀者也因之一覽而盡，而不能由此及彼地「疑」——玩味和思索，這種畫多半不怎麼高明。音樂，追求弦外之音，音樂中的戛然的休止，所謂「別有幽愁暗恨生，此時無聲勝有聲」，正是指的這種餘韻悠遠的境界。小說，是不排斥含蓄的。果戈理說：「說教並不是我的職責。我的職責是用生動的形象，而不是用議論來說明事物」❶。而美國著名小說家海明威提出過所謂「冰山原則」或稱「八分之一原則」，他說「冰山在海裡移動很是威嚴壯觀，這是因為它只有八分之一露出水面」，而作家所依靠的是「水面下的八分之七，這並不是要求作家把這八分之七和盤托出，相反，應該把它深藏在水裡，以加強八分之一的基礎」。高爾基曾經批評富爾曼諾夫：「寫得不經濟，話太冗長，有很多的重複，還有很多的說明，這些說明是您對自己和讀者的智慧不信任的明顯表示。」（見《文學書簡》（上冊））可惜時至今日，這種不信任讀者智慧的說明，不僅沒有在我們的小說創作中消聲匿跡，反而以它的噪音不斷衝擊人們的耳膜。戲劇，是注意含蓄的，「靜場」即是含蓄，而具有潛臺詞的戲劇語言是概述明確和內容豐富的統一，是外延與壓縮相結合的結晶，演員不歡迎把話說盡而使自己沒有創造天地的劇作家，觀眾也討厭劇作家嘮嘮叨叨不留餘地。德國戲劇家布萊希特為《伽利略》寫的一句著名臺詞是：「思考是人類最大的快樂。」十八世紀德國著名戲劇家、藝術理論家萊辛也曾經說過，藝術家的作品「不是讓人一看了事，還要讓人玩索，而且長期地反復玩索」，要獲得這種美學效果，他認為應該選用「最能產生效果」的「那一頃刻」來表現，而「最能產生效果的只能是可以讓想像自由活動的那一頃刻了。我們愈看下去，就一定在它裡面愈能想出更多的東西來」❷。除此之外，電

❶ 轉引自布羅茨基主編：《俄國文學史》（中冊）第五一五頁，人民文學出版社一九五七年版。

❷ 萊辛：《拉奧孔》第一八－一九頁，人民文學出版社一九七九年版。

影中的空鏡頭，舞蹈中急速旋轉後的停歇，書法中「稀可走馬」，篆刻中的「殘破」，等等，都是藝術中含蓄美的具體表現。在文學藝術的廣闊天地裡，那種解說詞或說明書式的作品，都不能刺激人們欣賞的欲望，而藝術的含蓄，就是將豐富深廣的社會生活和思想感情的內容，熔鑄含蘊在鮮明生動的藝術形象之中，作者不笨拙地直接宣揚或解說自己的觀點，而是充分調動讀者的想像力，使讀者通過藝術形象的欣賞而得到思想感情的陶冶和美的享受。

含蓄，有人說是一種風格，有人說是一種技巧，我說兩者都是，但「天下之至文，莫妙於言有盡而意無窮」（蘇東坡語），因此，我以為它首先還是文學藝術所共同的一種藝術規律，一種普遍的藝術法則，它的美學內涵和美學價值遠遠超過一般意義上的風格和藝術手法。在我國古代美學理論中，含蓄常常被視為一種藝術手段，特別是詩歌抒情的一種手段。例如明代謝榛認為「詩乃模寫情景之具，情融乎內而深且長，景耀乎外而遠且大」（《四溟詩話》），清人王夫之《薑齋詩話》就進一步分析「情景名為二，而實不可離」，具體的含蓄方式有「情中景」與「景中情」兩種。清末梁啟超〈中國韻文裡頭所表現的情感〉是一篇著名的文章，他以「回蕩」、「奔迸」、「含蓄蘊藉」來區分詩歌抒情的方法，他說「回蕩」、「奔迸」的表情法「是有光芒的火焰」，「含蓄蘊藉」的表情法則是「拿灰蓋著的爐炭」。但是，從具體手法上來認識含蓄，我以為只是一種狹隘的至少是狹義的理解。此外，含蓄也常常被視為一種風格，劉勰《文心雕龍‧體性》篇，就以「味深」、「調遠」、「辭隱」等偏於含蓄的概念，來表述揚雄、阮籍、陸機等人作品的風格。清代葉燮《原詩》說「七言絕句創作，古今推李白、王昌齡。李俊爽，王含蓄」，這也是從風格的角度來處理含蓄這一美學概念，從而區分兩位七絕聖手風格的差異。這，也不能認為是對含蓄的廣義的理解。

如前所述，含蓄在某種意義上固然可以說是一種手法，或者一種風格，但從廣義上說，它更是文學藝術的一個共同的美學原則。「含蓄」一詞，韓愈〈題炭谷湫祠堂〉詩有「森沉固含蓄，本以儲陰奸」之句，但韓愈所說的「含蓄」，是包藏、容納之意，是對祠堂實景及自己的感受的描寫，並沒有藝術的指向性的內涵。到韓琦〈觀胡九齡員外畫牛〉一詩中「采摭諸家百餘狀，毫端古意多含蓄」，情況就發生了變化，「含蓄」就是指藝術品的內容豐富而含蘊不露了。中國古典詩論的美學思想，在魏晉以前純文學還沒有獨立存在的時候，強調的是詩歌的社會作用。雖然《列子》中記載韓娥的歌聲「餘音繞梁，三日不絕」，《孟子》中也記載孟子說過「充實之謂美」以及「言近而指遠者，善言也」的話，這些都與含蓄及其美感效果有關，但占絕對主導地位的還是孔子「興觀群怨」與「思無邪」的重社會作用的詩教。魏晉時代，文學與其他學術明確地分離而有了獨立的地位，對文學包括詩歌在內的美學特徵的探討就日漸發展和深入。陸機評價詩文，在〈文賦〉中提出了「或清虛以婉約，每除煩而去濫；闕大羹之遺味，同朱弦之清氾。雖一唱而三嘆，固既雅而不艷」的美學觀點。劉勰《文心雕龍》中也多次提到了詩文的耐人咀嚼的「味」，如「清典可味」、「志隱而味深」、「深文隱蔚，餘味曲包」等等，即觸及到了含蓄的美學內涵。在這一方面，梁代鍾嶸的《詩品》作出了更大的貢獻。在中國古典美學思想史上，他首先提出了「滋味」之說，並以之作為評價詩歌的審美標準，「使味之者無極，聞之者動心」，成了一面使後代詩論家都望鳳來儀的藝術旗幟。自唐代司空圖《二十四詩品》論含蓄之後，歷代許多詩論家雖然不可能像我們今天這麼明確地表述，但他們都不同程度地認為含蓄是詩歌創作的藝術原則和詩歌欣賞的美學特徵之一。這一點，只要我們略事檢視古代的詩歌理論著作，就能隨手拈來許多例證。

含蓄，對於中國詩歌創作具有特殊重要的美學意義，可以說，含蓄，是中國詩歌民族風格的一個主要特徵。

美和對美的欣賞是有民族性的。民族的共同心理素質和審美習慣，對審美心理的形成具有制約作用，不同的民族因此而具有不同的審美觀念。西方民族是性格比較外向的民族，也是長於邏輯思維的民族，西方民族的民族精神、思維特點和行動方式，對他們詩歌的風格當然有直接的影響，所以西方詩歌特別是浪漫主義詩歌，大都追求抒情的激烈奔迸，酣暢淋漓，詩人們直抒胸臆，揭示心靈的活動與隱祕，一般不講求委婉曲折，含吐不露。正如雨果評論拜倫時所說：「他的心扉，似乎每當一個思想從中噴射出來的時候，就要張開一下，猶如一座狂吐火焰的火山。」❸而歌德的有關看法是中國人「那裡一切都比我們這裡更明朗，更純潔，也更合乎道德。在他們那裡，一切都是可以理解的，平易近人的，沒有強烈的情欲和飛騰動蕩的詩興。」❹中西詩歌美學風格的差異，由此可見。

中國詩歌風格的基本特色，除中國古代詩歌理論作了許多形象的表述之外，聞一多曾用「蘊藉」，梁啟超曾用「含蓄蘊藉」來概括。錢鍾書在〈中國詩與中國畫〉一文裡，也曾指出西方一些批評家同樣持下述看法：「有人說，中國古詩『空靈』、『輕淡』、『意在言外』……中國古詩含蓄簡約……抒情從不明說，全憑暗示，不激動，不狂熱。」❺至於美國的新詩運動，更是受到中國

---

❸ 雨果：《論文學》第一六頁，上海譯文出版社一九八〇年版。
❹ 《歌德談話錄》第一一二頁，人民文學出版社一九七八年版。
❺ 錢鍾書：《舊文四篇》第一二—一三頁，上海古籍出版社一九七九年版。

古典詩歌重意象和暗示的影響。一九一五年，龐德就指出讀中國詩就可以明白什麼是意象派，蒙羅則把意象派看成是「對中國魔術的追尋」。總之，由於民族性格與意識的主客觀的制約，中華民族的心理氣質偏於內向，而中國儒家「溫柔敦厚」的詩教，對民族審美心理也有深遠的影響。因此，在我國人民長期的審美過程中，由於歷代詩人的苦心經營，含蓄，就成了歷代詩論家對詩歌創作的一個基本要求，成了我國民族的美學思想的一個重要內容，也成了中國詩歌突出的民族風格特徵之一。司空圖《二十四詩品》關於含蓄的名句是「不著一字，盡得風流」。詩海一瓢，我們且看看李商隱的兩首詩和詩評家們的議論吧：

遏雲歌響清，回雪舞腰輕。只要君流盼，君傾國自傾！（〈歌舞〉）

一笑相傾國便亡，何勞荊棘始堪傷。
小憐玉體橫陳夜，已報周師入晉陽！（〈北齊〉二首之一）

第一首詩的後兩句和第二首詩的前兩句，異曲而同調，都是抽象的議論和直接的說明，這裡，我們不去評論詩人這種論說是否正確，而只注意它的藝術效果。對於〈歌舞〉詩，清人紀曉嵐的批評可說一語中的：「殊乏蘊藉。」❻確實，這首詩前兩句雖描寫了歌舞的場面，點明了題目，但仍屬平平之筆而沒有包孕更多的東西，而後兩句詩論言直遂，把結論一眼見底地端給讀者，就更使人感到興味索然了。對〈北齊〉詩，諸家的評論則是一分為二的，紀曉嵐引廉衣的話道：「病

❻ 見《李義山詩集三色印本》，同治廣州萃文堂刊本。

只在前二句欠渾，後二句如此快寫，乃妙。」❼朱彝尊也只欣賞後兩句：「故用極褻昵語，末句接下，乃有力。」❽至於紀曉嵐，他對李商隱詩的批評相當苛刻，但對這首詩的後兩句也不得不表示心折：「議論以指點出之，神韻自遠。若但議論而乏神韻，則胡曾咏史，僅有『名論』矣，詩固有理足意正而不佳者。」❾所謂「欠渾」與「議論而乏神韻」，就是缺乏鮮明的形象和形象的含蓄性，作者的觀點以抽象直白的形式表述，而「議論以指點出之，神韻自遠」，就是強調對生活的認識和評價要通過「指點」——具體鮮明的形象的圖畫——含而不露地表現出來，那樣，才能引起讀者深遠廣闊的聯想。〈北齊〉詩的後兩句就是如此：馮淑妃名小蓮，「小憐」是雙關語。君王寵愛之夜，敵兵已破城而入，兩句詩，兩重情境對峙並相互撞擊，有如兩幅對比強烈的圖畫，彷彿兩個悲喜分攝的鏡頭，詩人不著一字而感喟無窮，情境的逆轉產生強烈的張力，讀者也自然地對詩的內蘊引起連翩的浮想。李商隱的詩，著意糾正韓愈、白居易詩風上發露質直的缺點，以婉曲含蓄見長，但他的某些過於直露的詩，也仍然受到批評家的指責。從上面引述的詩及詩評家的評論中，我們可以看到將深廣的內容寓於形象之中的含蓄，既是藝術的普遍法則，也是我國古典詩歌彌可珍貴的民族傳統藝術特色。

二

❼同❻。

❽同❻。

❾同❻。

謝冕是當今成績突出的詩評家，他的作品〈重獲春天的詩歌〉（《文藝報》一九八〇年六月號），頗具見地，文字清新。但下述看法我卻不敢完全表示同意：「應當看到，古典詩詞中那些田園情趣以及蘊藉含蓄的格調，與高速公路、電子計算機、氣墊船的流韻已經呈現出極大的不調和。」如果我沒有歪曲他的原意，那麼，他對「蘊藉含蓄」是有所貶斥的，這就未免失之片面了。今天，並沒有人提出要搬用「古典詩詞中那些田園情趣以及蘊藉含蓄的格調」，來表現當今的現代生活。但是，「蘊藉含蓄」固然有它的具體內涵，但作為一個普遍的適用於任何時代的美學原則，它卻不會過時。我以為，不論物質文明如何向現代化發展，廣義的作為藝術普遍規律的含蓄是永遠需要的，除非取消了藝術而只保留宣言書和報刊社論。即使只就詩歌領域而言，我國古典詩歌主要傳統藝術特色之一的含蓄，也值得今天的詩作者發揚，因為文學藝術有它的歷史繼承性，也有它的民族的作風和氣派，同時，只要不否認詩是最精煉最富於啟示力的表現生活和詩人心靈的文學樣式，只要承認拖沓冗長與平直淺露仍然是當代詩歌創作中兩種常見的弊病，我們就不能輕率地否定「含蓄」。即使如法國的存在主義哲學大家薩特，他也這樣說過：「今日許多青年不再考慮風格。他們以為只需簡明地寫出了要說的東西，就可以了。但風格，剛剛相反——我不是說它的簡明性不可以同時並有——是用一句話同時表達兩三種意思的一種方式。簡明的句子，有它明顯的意思，而同時可以有不同的深刻的含意。」⑩

對含蓄這個古老的命題，我們可以用現代的信息論美學的觀點給予新的解釋。

一九四八年，美國數學家申農發表了《通訊的數學理論》，創立了一般信息論也稱狹義信息論

---

⑩ 轉引自黃維樑：《中國詩學縱橫論》第一六八頁。

這門學科。屬於廣義信息論範疇的信息論美學，是運用信息論的觀點說明文藝創作中的審美現象，用信息論的方法解決創作與欣賞中的美學問題。信息論美學的代表人物、法國的莫爾斯在一九五八年出版了《信息論與審美感知》一書，另一位主要人物、德國的本澤也於五十年代後期開展了對於信息論的研究。莫爾斯認為：「所有的藝術作品——廣而言之，藝術表現的任何形式，都可以被視為一種信息。」（著重號原有——引者注）⓫信息，按日本最新出版的《現代用語的基礎知識》的定義是：「信息是生活主體同外部客體之間有關情況的消息。」⓬這可以說是信息論美學的基本觀點和出發點。在作者—作品—讀者這三重關係上，作者是信息發送者，作品被稱為信息源，它是由人類所特有的信息系統——文字所構成的，讀者是受體，是信息接收者，讀者最後的接受就達到了信宿，而讀者的視覺、聽覺等感官系統（傳感器）被稱為傳遞通道，也稱信道。藝術作品要為讀者更充分更合理地欣賞並且更積極地參與，而不是見一是一、見二是二的被動地接受，那麼，信息源就必須做到最優化。最優化的主要表徵之一，就是信息源本身必須具有較大的信息量，做到高度的精煉和濃縮，同時具有可傳達性，一眼見底的明瞭與百思不解的晦澀，一讀之下就為讀者全盤接受或百讀之下仍使讀者莫名其妙，這兩個極端都只能說明作品信息量極少或等於零。因此，我們所說的詩美學上的「含蓄」，所謂「有餘不盡」，所謂「令人於言外可想」等等，就是要求作為審美客體的作品儲備最可能充分的語義信息，這種信息本身具有多層結構，並且具有相當的多餘信息量，能激發作為審美主體的讀者在欣賞過程中積極的審美參與和思考，把

⓫ 轉引自姜莊國：〈信息論美學初探〉，《當代文藝思潮》一九八五年第一期。

⓬ 轉引自朱志堯、劉路沙編著：《信息世界》第三頁，北京出版社一九八五年版。

審美感知和信息量結合起來，從而在不斷運動的狀態中豐富和擴充信息量。也就是說，信息是審美主體與審美客體互為條件的結果，是主客體共同創造的美學內容，作品的含蓄，有助於和讀者共同創造好詩所必具之豐富的審美信息。

一切文藝作品都要求通過有限的描寫表達豐富的內容，但其他文學樣式大都還有相當廣闊的可供作者馳騁的天地，而詩歌則是最集中最凝煉的一字千金的文學樣式，它要求以最簡約的篇幅表現盡可能深廣的內涵，從有限中見無限，就必須高度講求含蓄。因此，真正的含蓄就是豐富，它能使作品具有豐富多樣的美學信息，它也是醫治詩作囉嗦冗長弊病的一劑良藥。「意蘊總是比直接顯現的形象更為深遠的東西」（黑格爾），以長為勝，貌似多而實少，無盡則有盡；引一概萬，貌似少而實多，不盡則無盡。含蓄的詩，把巨大的信息容量壓縮在凝煉的形式裡，直接形象單純，間接形象豐富。它凝煉，以內蘊深廣的寥寥數語勝過空洞浮泛的萬語千言；它含蓄，日月不居，它卻永遠能在新的陽光下煥發新的信息。我每讀元稹的〈行宮〉，總是為它的詩中有畫所驚嘆，也被言短意長的含蓄所征服。詩人描繪的空間不大：一座寥落的行宮，數株寂寞的宮花，幾個白頭的宮女。可是，詩人抒寫的時間與情事卻是悠長的，一句「閒坐說玄宗」，妙就妙在沒有點明說的什麼，卻使人由眼前的現實驀然回溯到遙遠的過去，安史亂前開元天寶時代的盛況，安史亂中動亂流離的社會生活，以及詩人撫今追昔的沉沉感慨，那廣闊深遠的內容一齊包容在這寥寥二十字之中，這真不能不令人嘆服於它的精煉！前人有見於此，清人潘德輿說：「『寂寞古行宮』二十字足賅〈連昌宮詞〉六百餘字，尤為妙境。」（《養一齋詩話》）⑬他認為這首短短的絕句可抵得上同

---

⑬ 郭紹虞編選：《清詩話續編》第四卷第二〇四七頁。

一作者的另一首長詩。在潘德輿之前，瞿佑將不同作者的長短不同的詩作了比較，「樂天〈長恨歌〉凡一百二十句，讀者不厭其長，元微之〈行宮〉詩才四句，讀者不覺其短，文章之妙也。」（《歸田詩話》）⑭言下之意，後者和前者各臻其妙。胡應麟更讚美這首詩「語意妙絕，王建七言〈宮詞〉百首，不易此二十字也。」⑮他竟認為元稹二十字可勝過頗有才華的王建的共二千二百字的一百首宮詞！如果說，簡潔是天才的姐妹，那麼，精煉可說是含蓄的子民了。我想，捨去含蓄而求精煉，那是難以做到的。許多新詩之所以在篇幅上競相比賽長度，意有窮而言不盡，不講含蓄該是重要原因之一吧？「好盡之病」，「好直之病」，無論是古代或今天，都是對詩美的破壞，都為詩美所忌諱。即使大詩人如白居易和蘇東坡，前人也曾分別批評他們，認為白居易的一些詩「言盡意盡，更無餘味」，認為蘇東坡一些作品「有好盡之病，少含蓄也」，因為白居易主張「通俗」，走到極端就容易流於直白淺露，像一眼見底的沙灘，而蘇東坡是北宋詞壇豪放派的領袖，他的作品縱橫鼓蕩，氣勢有如海雨天風，但有時也不免顯得過於發露而不夠內斂。古代大詩人尚且有為人詬病之處，何況作為新詩作者的我們？

中國詩歌講求含蓄，是為了攀登上充實之美的峰巒，而不滿足於在一目了然的平原上馳馬，西方詩人雖然不一定擁有並使用「含蓄」一詞，但有些作者，如象徵主義詩人特別是意象派詩人，他們倡導象徵、暗示與意象，反對明說和直陳，以馬拉美的「一語道破，則詩趣索然」為藝術信條，受到中國古典詩歌講求言外之意和意象經營的藝術觀念的影響，從某種意義上來說，他們所

⑭ 丁福保輯：《歷代詩話續篇》（下冊）第一二四五頁，中華書局一九八三年版。

⑮ 胡應麟：《詩藪》第一二二頁，上海古籍出版社一九五八年版。

追求的也就是含蓄。如意象派主將龐德的〈抒情曲〉：

我的愛人是深處的火焰
　躲藏在水底。
——我的愛人快樂而善良
我的愛人不容易找到
　就像水底的火焰。
風的手指
　迎著她的手指
送一個微弱的
　快速的敬禮。
我的愛人快樂
　而且善良
　　但是不容易
　　　遇見。

就像水底的火焰
不容易遇見。

〈抒情曲〉所要表現的是什麼，龐德並沒有直接說明，或者說，詩人的本意根本不在說明而在表現，他只是抒寫了躲藏在水底的火焰這樣一個矛盾的意象，作含而不露的暗示，這是符合他〈詩的幾條禁例〉中「不要用多餘的形容詞，不要將事物抽象化」的原則的。從龐德的作品可以看到，含蓄在象徵派與意象派詩歌中，不僅是作為形象創造的一種手段而歸屬於藝術手法或藝術風格的範疇，含蓄之美，在他們的形象系統中更是力求內蘊豐富與美感密度的重要美學法則。

「含蓄」這個古老的美學命題，從當代的接受美學的觀點來解釋，也可以恢復它的青春。

接受美學，又稱接受理論或接受研究。德國的漢斯・羅伯特・堯斯與沃爾夫崗・伊塞爾是這一學派的代表人物。堯斯於一九六〇年發表〈文學史作為文學科學的挑戰〉一文，奠定了接受美學的地位，而伊塞爾也有《閱讀過程的現象學研究》、《閱讀活動：審美反應理論》等重要論著。這種於六十年代在西方新興的文學研究的方法論，一反傳統的只將作者與作品作為研究對象的作法，著重將讀者作為文學研究的對象，充分肯定讀者在文學活動中的地位和作用，從而開擴了人們的文學視野與思維領域。這，正是接受美學對文學研究的重要貢獻。

接受美學認為，文學作品的社會意義與美學價值，只能通過讀者的欣賞這一審美再創造的活動才能得到呈現，而詩是讀者的體驗，在讀者的欣賞與接受之外，詩就不存在。照接受美學看來，作品的創作完成是「發生史」，讀者的接受過程是「影響史」，只有「發生史」與「影響史」的結合，也就是作品與欣賞的結合，作品才是最後的也才是真正意義的完成。作者的創作過程與讀者的接受過程，蘇聯的接受美學家稱之為「動力過程」，這就是說作者通過創作想像的境界而表現生活與心靈，讀者通過再創造想像的境界而體驗生活與心靈。因為接受美學主要是從讀者的觀點來考察文學作品的功用，所以法國當代美學家杜夫潤在《審美經驗的現象學》中說：「作者全力以赴的不是描寫或模仿某一預先存在的世界，而是喚起他的再創造的世界。」⑯他在《詩意》、《語言與哲學》等著作中一再強調：「只有當被讀者所認知，且被讀者的認識所神聖化(consecrated)時，一首詩才真正地存在。」⑰綜上所述，可見接受美學是以讀者在欣賞作品過程中的審美心理為主要研究對象的學問，在德國闡釋學與接受美學的基礎之上發展起來，是盛行於美國的「讀者反應批評」，它是更加注重讀者的積極參與和審美心理的理論。中國傳統詩美學中的「含蓄」，那所謂令人「玩味不盡」的含蓄，它一方面要求作品蘊含豐富的「不盡」的審美信息，同時它本身對讀者的審美想像又要有強烈的刺激作用，有較高層次與較深程度的「玩味」價值。因此，中國傳統的「含蓄」美學概念，從它內蘊的信息量可以用信息論美學的看法來理解，從它外射的對讀者審美想像的刺激則可以用接受美學的觀點來解釋。從這裡我們還應該看到，中西美學思想可以作比較研究，它們之間也不乏能夠匯通的地方，我們可以取長補短，互相印證發明，而不應盲目排斥，或妄自菲薄。

⑯ 轉引自劉若愚著：《中國文學理論》（杜國清譯）第三一一、三〇一頁，臺灣聯經出版事業公司一九八一年版。

⑰ 同上。

在所有的文學樣式中，詩歌是最富於啟示力的訴之於想像的藝術。鑒賞想像力，是審美感受的心理規律的一個重要方面，讀者的藝術欣賞也是藝術創造的同義語，而詩歌不僅本身要富於想像，而且要善於刺激和調動讀者的想像力，使讀者的思想感情在欣賞這一藝術再創造活動中潛移默化，同時又在讀者的想像活動中進一步延續與擴展詩的天地。所以英國作家王爾德曾說批評家「以藝術作品為起點，從事新的創造」，而巴爾扎克在《幻滅》中借人物之口說：「真正懂詩的人，會把作者詩句中只透露一星半點的東西拿到自己的心中去發展。」要做到這一點，在很大程度上有賴於「含蓄」。含蓄，以富於啟示力的形象刺激讀者的時空聯想，確是醫治一眼望穿絕無餘蘊的詩病的有效藥方，因為它將讀者的想像作為詩的形象與意境的外部構成因素納入創作過程，在讀者的審美再創造的過程中，加強作品的藝術感染力和擴大作品的美學容量。無視讀者的審美心理，就不可能有含蓄，含蓄之美，就是對欣賞者審美心理的尊重和肯定。我國優秀的古典詩歌之所以令人百讀不厭，其重要藝術奧祕之一就是光芒內斂，情在詞外，引而不發，激發讀者審美想像的積極性，讓他們根據各自的生活經驗去領略那無限風光。例如下面兩首詩：

平橋小陌雨初收，淡日穿雲翠靄浮。
楊柳不遮春色斷，一枝紅杏出牆頭。（陸游：〈馬上作〉）

應憐屐齒印蒼苔，小叩柴扉久不開。
春色滿園關不住，一枝紅杏出牆來。（葉紹翁：〈游園不值〉）

葉紹翁這首千古傳唱的絕句，其實脫胎自陸游的詩。陸游是七絕名手，但他這首詩卻遠不如葉詩有名，原因就是葉詩設置了一個特意尋春的情境，寫得蘊藉空靈，含蓄有致。葉紹翁的詩，第一句寫空間，第二句寫時間，點出叩門之久，心情之殷，為下文作了有力的鋪墊和蓄勢，第三句是絕句寫作中極重要的一環，他寫得形象飽滿而用意新警，「滿園」對下面的「一枝」作了強烈的映照，人們讀完餘韻悠然的結句，想像的羽翼自然會隨著「一枝」的指引而飛向那春色無邊的園中，飛向那廣闊遼遠的時空。比較起來，陸游詩景物雜然並陳，敘寫過於質實，吸引人的力量就差多了。為了充分說明含蓄與調動讀者想像力的關係，我們不妨再引述唐代吳融〈途中見杏花〉一詩，葉詩和陸詩，恐怕都從這一作品中得到過啟發：

一枝紅杏出牆頭，牆外行人正獨愁。
長得看來猶有恨，可堪逢處更難留。
林空色暝鶯先到，春淺香寒蝶未游。
更憶帝鄉千萬樹，澹煙籠日暗神州。

言情則「愁」、「恨」滿紙，描寫則密不透風，窒息了而不是刺激著讀者的想像，篇幅超過葉紹翁詩的一半，容量和藝術感染力則遠遠趕不上葉詩。從上述三首詩的比較中，我們是否可以得到某些藝術上的啟示呢？確實，由於長期以來沒有正確處理文藝和政治的關係，熱衷於把詩歌作為政治的單純的傳聲筒，不講究藝術技巧，以為隨便賦得五言八句就是詩，因此，新詩中那種唯恐讀者不懂的說教式作品，實在是太多了。這些無法激起人們美感聯想的東西，自然就敗壞了讀者的胃口，同時也敗壞了詩的名聲。

三

是的，一曲清歌，會有三日不絕的繞梁餘音；一幀名畫，其中必有廣闊的境界可供觀者「臥游」；一首好詩，自然也會有見於言外的令人尋繹不盡的深遠天地。然而，弦外之音，依靠弦上的彈奏；筆墨之外的情趣，仰仗筆墨之內的技巧來表現；言外之意，當然也有賴於言中的匠心安排。要做到詩的含蓄，藝術手段是多種多樣的，這裡，且讓我們在詩的海洋裡採擷幾顆珍珠，去領略它們含蓄藝術的光彩：

從側面落筆點染，力避正面直言說破，用意十分，下語三分，使言外含蘊無限。詩歌，當然不能沒有正面的敘事和議論，那種與形象相結合的飽含感情的精闢議論，會像繪畫中的異彩一樣使全篇熠熠生輝，同時，正面敘寫的筆墨又往往是交代情事所必須的，特別是在較長篇幅的作品裡。但是，詩歌畢竟拙於說理而長於抒情，拙於敘事而長於以一個瞬間或片斷反映生活。因此，在詩歌中特別是短小的抒情詩中，要做到有「事外遠致」，往往就需要從側面著筆，避開正面的直說，吞多吐少，欲放還收，以構成含蓄蘊藉的境界。清人吳喬在《圍爐詩話》中提出的一個見解很值得重視：「詩意大抵出側面。鄭仲賢〈送別〉云：『亭亭畫舸繫春潭，只待行人酒半酣；不管煙波與風雨，載將離恨過江南』。人自離別，卻怨畫舸，義山憶往事而怨錦瑟亦然。文出正面，詩出側面，其道果然。」⑱我以為，我們一些詩作者似乎還不很理解「詩意大抵出側面」的道理，他們的作品總是正面說破，傾箱倒篋，唯恐讀者低能而反覆其言，毫無詩的素質，使人不能卒讀。詩的形式雖有新舊之別，但詩心卻今古相通，新詩要提高藝術水平，必須從古典詩歌中吸收營養，含蓄就是其中一端。如上述鄭仲賢的〈送別〉詩（此詩又名〈闕題〉或〈絕句〉，作者亦作張耒），全詩無一處正面寫別離，全然從畫舸著筆，而那種難以言狀的離愁別緒，卻表現得那樣悱惻動人，而且化無形為有形，讀者彷彿可以感觸到載滿一船愁思的重量！臧克家在藝術表現方法上刻意學習古典詩歌，他曾說他特別重視學習古典詩歌「那種精煉、含蓄、真實、樸素的表現風格」。如他寫於一九三四年的〈生命的叫喊〉：

高上去又跌下來，
這叫賣的呼聲——
一支音標，沉浮著，
在測量這無底的五更。
深閨無眠的心，將把這
做成詩意的幽韻？
不，這是生命的叫喊，
一聲一口血，喊碎了這夜心。

⑱ 吳喬：《圍爐詩話》第七二頁，商務印書館一九三六年版。

詩人寫舊時代勞動人民的悲苦生涯，並沒有從正面作直敘式的繁瑣描寫，求助於那種意隨語竭的枯燥說明，而是從寒夜的叫賣聲著墨，從側面暗示，用語凝煉，動詞傳神，內涵豐厚，極富張力。正如同詩人自己所說：「我要求謹嚴、含蓄（親愛的讀者，千萬不要誤解了這兩個字）。因為，我尊重讀者，不把他們當傻子。謹嚴，就是應有盡有，不多也不少。含蓄就是力的內在。詩不是散文，應該讓讀者享受一點屬於他們的權利。」⑲又如高洪波的〈西湖遊艇〉：

不知吳越交兵
可曾有你的祖先？
不知范蠡泛舟
是否有你的伙伴？
你載一舟游子
掠過歷史的波瀾；
把漣漪般的思緒
送向無盡的雲天。
西湖上的小船，

⑲ 臧克家：〈十年詩選序〉，見《中國現代文論選》第一冊第二一三頁，貴州人民出版社一九八二年版。

像神話裡的舢板；
駕駛艙裡的姑娘，
更似幻境中的水仙。

小船，小船
繞向蓮叢柳岸，
卸下一地詩情，
任你俯拾挑撿……

詩人沒有正面去記敘那些興亡迭替的歷史往事，也沒有正面去描寫今天的生活進展歷程，他只是從「西湖遊艇」這一側面落筆，輕輕點染，但卻包容了比較深遠的歷史感，而且讓人尋索，這是那些直露而篇幅冗長的詩作所無法比並的。

詩的形象和其他文學樣式的形象有許多相同之處，但也有其相異之點。詩的形象特徵之一，就是切忌太實太死，要有讀者馳騁聯想的空白，要有可供讀者再創造迴旋的天地。充實，常常是和空白聯繫在一起的，過實過死，不僅不能刺激讀者的想像，而且只能走向充實的反面。假如戲劇中滿臺人歡馬叫，繪畫中滿紙煙雲不留餘地，音樂中一首樂曲全為急管繁弦，小說中一篇全是直敘加議論，那不僅是單調和貧乏的表現，而且也違反了讀者審美心理的規律。真正的「空白」，是「充實」的同義語，它不是空洞與空虛，不是空空如也，而是引人聯想的豐富，是「淺、露、直」的剋星。作品的審美意義與審美價值，與讀者的欣賞這一審美活動分不開。因此，正如德國「接受美學」的創始人沃爾夫崗·伊塞爾所說的那樣：「作者只有激發讀者的想像，才有希望使他全神貫注，從而實現作品本文的意圖。」「文學的本文也是這樣，我們只能想見本文中沒有的東西；本文寫出的部分給我們知識，但只有沒有寫出的部分才給我們想見事物的機會；的確，沒有未定成分，沒有本文中的空白，我們就不可能發揮想像。」⑳在中國古典詩歌中，許多詩作者運用「語不接而意接」（方東樹：《昭昧詹言》）的手法，多用實詞，省略其間的連接詞和轉折詞，讓構成整體形象的各個意象之間留下大量的空白，誘導讀者以自己想像去補充和豐富。杜甫很擅此法，如「吳楚東南坼，乾坤日夜浮」、「窗含西嶺千秋雪，門泊東吳萬里船」。李商隱有獨創之祕，如「暗暗淡淡紫，融融冶冶黃」、「階下青苔與紅樹，雨中寥落月中愁」、「迴廊四合掩寂寞，碧鸚鵡對紅薔薇」、「座中醉客延醒客，江上晴雲雜雨雲」。陸游也諳於此道，如「萬里關河孤枕夢，五更風雨四山秋」、「千艘沖雪魚關曉，萬竈連雲駱谷秋」、「孤舟鏡湖客，萬里玉關心」。馬致遠〈天淨沙〉前四句連用九個名詞，其中的關聯詞語一概省略，由結句的意念一線貫穿，構成一幅淒涼落寞而引人聯想的圖畫。詩人沙白的詩集題名為《杏花春雨江南》，其實，這六個字原是元代詩人虞集〈風入松〉詞中的名句，和另一名句「鐵馬秋風冀北」一樣，六個字三個意象，或秀美，或壯美，意象之間留有廣闊的可供自由想像的天地。又如：

在田野裡追逐，在水渠中歌唱，

⑳ 轉引自張隆溪：〈仁者見仁、智者見智——關於闡述學與接受美學〉，見《讀書》一九八四年第三期。

在綠葉間跳動，在枝頭上閃光。

呵，紅了荔枝，黃了菠蘿，綠了檳榔！
呵，熟了愛情，甜了生活，美了願望！

可愛的海南島為啥這般明亮，
天上一個太陽，河裡一萬個太陽……（傅天琳：〈太陽河〉）

宋代詞人蔣捷有「流光容易把人拋，紅了櫻桃，綠了芭蕉」的名句，傅天琳大約是受了他的啟示而自鑄新詞，詩句跳脫靈動，句與句之間，段與段之間留下了大片空白，讓讀者的審美想像去補充。潛心向民歌學習的詩人朱谷忠，他的〈水陸人家〉也擅於此道：

水也沾邊，
陸也沾邊，
一戶水陸人家，
進出兩張畫面。

一張畫，藍幽幽，
養魚、餵蝦划槳片；

一張畫，綠濛濛，
插秧、點豆斗笠編……

汗往河中落，
水向田裡灌；
小船撞起日幾輪？
鋤頭刨出月幾彎？

浪濕——稻花開，
稻熏——河水甜；
好種好收，
還得幾桶汗！

秋來算盤吧嗒響，
水上：增收；陸上：增產；
田歌漁歌隨口哼：
「金千籮喲，銀萬擔……」

雖是民歌風的詩，卻運用了中國古典詩歌特別是宋詞中「詞斷意連」的句法，字面上若接不接，若斷不斷，實斷而虛連，避免語窮意盡的平面直敘，給人以想像的餘地。

對於上面所說的詩中空白，中外詩家的說法各有不同。西方現代派詩宗艾略特稱之為「壓縮的方法」，葉維廉稱之為「意象並發」，而清代詩論家方東樹《昭昧詹言》對之論說最為充分和詳盡。他說：「古人文法之妙，一言以蔽之，曰『語不接而意接』，「大約詩章法，全在句句斷、筆筆斷，而真意貫注，一氣曲折頓挫，乃無直率、死句、合掌之病。」他十分讚賞「截斷」的手法，同時從反面指出：「凡絜接、平接、衍敘、太明白、太傾盡者，忌之。」我以為，從含蓄之美的角度來說，這種詩中空白可稱之為「意象空白」或「結構空白」，它並不僅僅限於名詞與名詞（或名詞片語與名詞片語）之間的組合，它同時顯示為如下的特色：不強調文法嚴密的句意聯屬，疏遠平鋪直敘的敘述方式，放逐散文式的步法，追求舞蹈式的步法，意象與意象之間和結構與結構之間，具有相當大幅度的轉折與跳躍，從而構成有待欣賞者的審美想像去充實的大片空白。如李商隱的〈錦瑟〉：

錦瑟無端五十弦，一弦一柱思華年。
莊生曉夢迷蝴蝶，望帝春心託杜鵑。
滄海月明珠有淚，藍田日暖玉生煙。
此情可待成追憶，只是當時已惘然。

這首詩，歷來的注家和詩論家解釋紛紜，莫衷一是，有代表性的看法至少在五、六種以上。「此悼亡詩也」（朱彝尊），「〈錦瑟〉乃是以古瑟自況」（汪師韓），「悼亡斥外之痛，皆於言外包之」（張爾田），「此篇乃自傷之詞，騷人所謂美人遲暮也」（何焯），「此詩統攝了義山詩整個遠征情境的各個層面的觀感」（張淑香：《李義山詩析論》），如此等等，莫可定詁。因此，元遺山早就發出過「詩家總愛西崑好，獨恨無人作鄭箋」的嘆息，王漁洋也有過「獺祭曾驚博奧殫，一篇〈錦瑟〉解人難」的回聲。——之所以這樣，就是因為這首詩在題旨與內容上十分含蓄，在藝術表現方面，各句之間互不連屬，橫亙截斷，意象呈切片式的演出，絕非平板直露的順序式記敘，所以意象與意象之間和結構與結構之間，就有了提供聯想線索但卻有待讀者想像去補充的廣闊空白。這種空白，正是詩的含蓄之美重要的表現形態之一。

詩的結句，和含蓄結下了不解之緣。我國古代詩人和古典詩論對於結句十分重視，詩人們作了多種多樣的探索，詩論家們作了各色各式的說明。結句多姿，但大致有兩種體式，一種是以議論煞住，斬釘截鐵，一種是如撞洪鐘，清音有餘。對於後一種結句，前人形象地稱之為有「曲終江上之致」。「曲終人不見，江上數峰青」，一曲既終，伊人不見，但江上不是虛空一片，而是湧出幾點餘音尚在繚繞的青山，這就是所謂無限性的意境。是的，一首詩如果開頭卓然不凡，中間也別饒情趣，而結尾卻不僅不能後來居上，而且十分平庸，那該是多麼大煞風景！相反，那種在結尾時宕開作收、言不盡意的結句，就像一個高明的導遊，在眼看已經山窮水盡之際，又把你引領向一個柳暗花明的新的境地，那該是怎樣地令人愜意爽心。

如前所述，含蓄，是為了激發欣賞者的想像之美，也是為了增強審美客體內在充實之美，而結句作為一首詩的終點同時又兼為欣賞者想像的起點，這種特殊的地位決定了它在含蓄美的創造方面的重要作用，此為時間藝術的詩歌與空間藝術的繪畫的不同之處。「意愜關飛動，篇終接混茫」！這是杜甫對那種收束時另闢新境的結句的讚美，也是詩家們苦心追求的境界。構成這種境界的具有普遍意義的一種藝術手段就是「實下虛成」。這一說法，最早見於宋代范公偁《過庭錄》所引晁以道的話。晁引杜甫詩〈縛雞行〉為例說：「如『小奴縛雞向市賣』，是實下也。末云：『雞蟲得失無了時，注目寒江倚山閣』，是虛成也。」所謂「實下」，是指一首詩前面所抒寫的實在的情事，而「虛成」，則是在結尾處「以景截情」（或稱「以景結情」），將讀者的想像引向一個無限性的時空，使他們去尋味那無窮的言外之意。對杜甫〈縛雞行〉的結句，除晁以道讚美之外，各家都稱頌備至，如「結語之妙，尤非思議所及」（洪邁），「注江倚閣，海闊天空」（浦起龍），「寫出一時情事如畫」（王嗣奭），「結句如江上青峰，秋波臨去，令人低迴，不能自已」（王有宗），等等。我們且看全詩：

> 小奴縛雞向市賣，雞被縛急相喧爭。
> 家中厭雞食蟲蟻，不知雞賣還遭烹。
> 蟲雞於人何厚薄？吾叱奴人解其縛。
> 雞蟲得失無了時，注目寒江倚山閣。

杜甫身處「山河破碎風飄絮」的時代，但很多人還在蠅營狗苟，奪利爭權，拘拘於雞蟲得失。他憂時傷世，不禁感慨橫生而託物寄情。不論是如實地記敘生活中實有的情事，還是虛構地寓言寫物，這首詩前面都是實寫，用的是實筆而不是虛筆。如果收束時仍然是這種質實的筆墨，那格局就會顯得狹窄，藝術的天地不廣，也無法更強烈地刺激讀者的想像，充實之美與想像之美都會受到相當的限制，但杜甫在結尾處卻以寫景來收束，不了了之，以有限表現無限，構成了一種煙波無際的美學境界。

實下虛成、餘味曲包的結句，在古典詩歌中燦若繁星，在新詩中也並不為少見。張默的〈驚晤〉：

從梧桐細雨的深處，她巍顫顫地走著
我以極度且近乎窒息的狂喜
希冀撫觸她每一寸乾澀的肌膚
三十八載未曾落淚的眼睛
一下子匯集成滔滔不絕的洪水
今夜，我習慣飄泊的靈魂已經回家

母親節那天，張默凝望遠在家鄉的老母的照片，他觸景傷懷，寫下〈驚晤〉一詩。寥寥六句之中，包孕了深沉的人生感喟和深厚的人性內涵。全詩在前幾句的如實描繪之後，「虛成」以「今夜，我習慣飄泊的靈魂已經回家」，言盡而意不絕，引人想像。又如匡國泰的〈月出〉：

透明又朦朧的鳥蛋
從黑色巢窩裡旋出

輕輕磕碰著山角
淡然的汁液
濡濕遍地懷想
綿延的群山陷入迷茫
刺蝟有些不安
小屋且比白天藏得更深
一個名人還家
像月亮一聲不響

〈月出〉本來是《詩經》中一首詩的題目，匡國泰卻借用來作了新的表現。他一開篇就對「月出」作了獨特的詩化描繪，結尾兩句，有如美國心理學家梅德尼克所說的「遙遠聯想」，實下而虛成，含蓄而出人意料地表現他對於「名利」的一種理解和態度，引人玩味。

四

含蓄的詩，使人回味再三，但是，率真豪放、汪洋恣肆的詩也別是一番滋味。

含蓄是美，明朗也是美。前人早就指出有些作品「亦有作決絕語而妙者」，「至真之情，由性靈肺腑中流出，不妨說盡而愈無盡」。但是，不能以為那些淋漓痛快的詩章就等於散文式的直說，就等於缺乏形象深度的空喊，而完全與含蓄無緣。我以為，那些真情沛然直抒胸臆的作品，在總的風格上確實和主要以含蓄取勝的作品不同，就像在原野上奔騰的江河與在群山間蜿蜒的溪水風姿各別一樣。但是，只求大放大暢而不注意含蓄有致，就一定會流於淺薄平直，而那些明朗雄放的優秀作品，它們也必然具有含蓄的某些因素，如內涵的豐富性、形象的啟示性、形象之中提供引人聯想的天地，等等，只有這樣，它們才可能「作決絕語而妙」。中國的即使是浪漫主義詩人，他們的抒情也和西方浪漫主義詩人的汪洋恣肆、不留餘地不同，他們大都仍然注意藝術的節制，注意飽滿激情與表現適度的美學統一，李白的詩就是如此。蘇東坡和辛棄疾，是宋詞豪放派的代表人物，蘇東坡的作品才情縱橫，詩風自由奔放，但他也有一些婉麗含蓄之作，即使他那些銅琶鐵板高唱大江東去的作品，也不是一瀉無餘而是內蘊深厚的。辛棄疾的詞也是如此，陳洵《海綃說詞》曾指出「雖以稼軒之縱橫，而不流於悍疾，則能留故也」，在分析辛的名作〈水龍吟〉(「楚天千里清秋，水隨天去秋無際」) 時，又再次指出「稼軒縱橫豪宕，而筆筆能留」。所謂「能留」，就是婉曲蘊藉。從這裡可以看到，豪放如辛詞，也仍然是豪放中有婉約，奔逸中有沉鬱，筆墨縱橫而又留有餘蘊的，因為劍拔弩張的結果是浮囂，一覽而盡的產物是乏味。在古典詩歌中，直述而無餘蘊的詩不為少見，但在新詩中尤其比比皆是。例如一首被視為優秀作品而轉載的詩〈遲到〉，寫一位年過三十的女工晚上去電視大學上課時遲到，並由此生發許多聯想，作者的題旨無可厚非，但內容有些生硬做作，寫法平鋪直敘，在五十九行的鋪寫之後，作者如此收束：

是的，我遲到了，又一次遲到！

但我還是七分慚愧，三分自豪，
因為我已經在生活線上起跑。
生活，不是一場短短的百米衝刺，
而是漫長的馬拉松賽跑。
我會咬緊牙關，奮起直追，
去追回這十分鐘、十個月、十年，
去追回寒夜裡失去的青春，
去追趕祖國如花似錦的明朝！

前面的大量篇幅就已經使人覺得過於浪費了，在結尾仍然以散文的筆法直言其事而直抒其情，詩作者或者以為這樣可以加強詩的思想性，但殊不知詩的思想性是要通過藝術來表現的，這種作品只能被認為是張口見喉、詩質稀薄的作品，缺少藝術的美感。

含蓄，既具有內涵的豐富性和暗示性，同時，又應具有明瞭性。因此，含蓄是藏與露、隱蔽與明朗的辯證統一，它不是含糊，而與隱晦更有著本質的區別。那些含蓄的優秀詩作，無一不是「象內」蘊蓄著旨趣，「弦內」包含著餘音，「言內」概括著深意，即鮮明地描繪了規定的情境，提供了聯想的線索，指示了想像的範圍，讓人們由此三分而聯想那七分。晦澀，則與此相反，它常常是內容淺薄混亂或不便明言而故弄玄虛的結果。在當前的詩歌創作中，大量存在的是那種淺露的一眼望穿的詩，但是，晦澀難懂的作品也日見其多，而且它們還得到了一些人的讚揚，這就不能不引起警惕。在我國，晦澀難明的作品古已有之，如李賀、李商隱的某些詩作，但他們的這種詩作並不值得今天的詩作者效法。元代的元遺山不是早就慨嘆過「詩家總愛西崑好，獨恨無人作鄭箋」嗎？有的人以二李詩中那些詩旨難明的作品為今天某些無法看懂的作品辯護，我以為在這一點上還不如前人。二十年代，中國象徵派的始祖李金髮的詩雖然流行一時，但許多都是不知所云的，時間和群眾是最權威的評判者，他的作品在中國新詩史上絕不可能占有重要的地位。在國外，法國象徵派詩人馬拉美說過「詩是謎語」，現代派遠祖、美國愛倫・坡的〈烏鴉〉，一百餘年來解說紛紜，至今還是天書莫測，那究竟有多大的社會價值和美學價值？當前我國的詩壇上，除個別老詩人也寫一些連知識分子也看不懂的詩之外，某些青年作者由於種種原因，在表現方法上盲目地搬用外國象徵派、現代派的手法，也偏愛於寫作此類謎語。朦朧，還可以霧裡看花，作為詩美的一種形態，在詩苑中當然應該備此一格，我國遠古時代的詩歌總集《詩經》中的〈蒹葭〉與〈月出〉二篇，不就是具有典型的朦朧之美而令人吟誦再三嗎？然而，以寫晦澀詩和鼓吹晦澀詩為高明，並責備看不懂這種詩的群眾「文化水平低」，卻不能不說是詩人和評詩人的悲劇。下面是北島的〈迷途〉：

沿著鴿子的哨音，
我尋找著你，
高高的森林擋住了天空，
小路上，

一棵迷途的蒲公英，
把我引向藍灰色的湖泊，
在微微搖晃的倒影中，
我找到了你，
那深不可測的眼睛。

這種詩，實在使人百思不得其解，雖然也曾有人解說得頭頭是道，但恐怕只有解說者能領悟此中玄機。含蓄，使人產生藝術的聯想，加深對於生活的認識和理解，獲得多方面的豐富的美的享受；晦澀，卻只能讓人胡猜，除了那猜不透的謎語之外，什麼也得不到。有人認為，「懂」或「不懂」不能作為評價詩的標準，這種理論實在缺乏科學的與事實的依據。我以為，思而能「懂」或百思「不懂」，雖不是評價詩的唯一標準，但至少也應該是尺度之一。一首詩，如果只能使人不知所云，那怎麼能進一步去判斷它的思想和美學的價值呢？淵博如魯迅，也說「李賀的詩做到別人看不懂」（《且介亭雜文．門外文談》），又說他「年輕時較愛讀唐朝李賀的詩。他的詩晦澀難懂。正因為難懂，才欽佩的。現在連這位李君也不欽佩了」（《魯迅書信集下卷．致山本初枝》）。我們對一些實在讀不懂的新詩何必自充解人？即以英國詩歌而論，鄧約翰、白朗寧、霍普金斯、艾略特、奧登等人的某些作品，就是十分難懂的，拜倫就曾經譏嘲華滋華斯的詩晦澀，他說只有愚妄的人才能說懂得華滋華斯的詩，而同是維多利亞時代的大詩人丁尼生與白朗寧，前者卻說對後者的長詩〈稜德羅〉只懂得開始和結尾兩句，後者在回答別人對他的一首詩的疑問時，則說：這首詩我自己原來是懂的，現在只有上帝能懂了。英國美學家鮑山葵在《美學三講》一書中認為美有「容易的美」與「艱難的美」兩種，我則以為「艱難的美」尚有美可以領略，晦澀則毫無美質可言。晦澀難懂並不是一種什麼光榮，它是古今中外都並不少見的一種流行病，我們不必諱疾忌醫。據我所知，中外許多優秀的詩人都是主張詩應讓人看得懂，——當然是思而得之的懂，而不是一覽便知的懂。列夫．托爾斯泰也曾經說過：「我們時常聽見人家提到冒充的藝術作品時這樣說，這些作品都很好，但是很難懂……而事實上，說一件藝術品很好但很難理解，就等於說一樣食物很好，可是人們不可能吃它。……反常的藝術可能是人民所不理解的，但是好的藝術永遠是所有的人都能理解的。」㉑謎語非詩，讓我們的詩都成為「好的藝術」吧。

真正的含蓄，是與晦澀無緣的。含蓄，是充滿生命力的含苞待放的花蕾，它洋溢著春天的生機和潛力，「好花看到半開時」，它又刺激讀者豐富的審美想像。晦澀，是空虛與封閉的同義語，是一塌糊塗的泥潭，是詩歌創作的歧途。

美的含蓄，是對讀者的理解和尊重，是詩人對讀者發出的請求共同創造的邀請書。否定了含蓄，就否定了讀者的參與和創造，從而也在根本上否定了詩作本身。不尊重讀者的作品，讀者也不會去欣賞和尊重它。

真正的含蓄，是與淺薄對立的。審美傳達論認為，作者的經驗完全不同，難以理解，則不能傳達，相反，經驗是人所共知，與讀者所體認的完全一致，則不必傳達。淺薄的作品，根本就是

㉑ 托爾斯泰：《藝術論》第一〇一頁，人民文學出版社一九五八年。

由於作者體驗的淺薄，為稍具文化的讀者一讀便知，無所謂藝術的傳達。含蓄，傳達的是豐富的審美信息，有待讀者的共感和交流。含蓄的作品是作者與讀者的想像力共同活躍的結果。美的含蓄，是詩歌國土上滋潤百花的雨露。

第十章 五官的開放與交感

——論詩的通感美

在我國詩歌美學的寶山裡，通感，似乎是一個有神祕色彩的同時又被冷落了的領域。長期以來，我們的詩人很少到這裡來探尋他們所需要的藝術珍寶，我們的理論家也很少到這塊土地上來開發和耕耘，於是，有的人一半出於盲目一半出於偏見，就一廂情願地在通感藝術的領地上插上一面西方現代派的旗幟，他們宣稱：通感，是西方現代詩歌所獨有的藝術殿堂，中國的新詩要有所革新和發展，就必須到那裡去補課。他們的高談雄辯，倒也真驚動了一些聽眾，特別是一些對我國詩歌的歷史和現狀不甚了然的愛好詩歌的青年。

二十多年前，錢鍾書先生的〈通感〉一文，為我們開啟了通感藝術的大門，此後，一些有心人也陸續前來造訪，但他們大都是從修辭學的角度，來探索通感藝術的奧祕。在這一章裡，我想以中國的古典詩歌和新詩為主，從詩歌美學的角度，對詩的通感美作一番遠不是登堂入室的探討。

一

我絕不是一個排外主義者。夜郎自大，閉關鎖國，過去已經給我們帶來了不少深刻的教訓。從詩歌藝術發展的歷史來看，唐代之所以成為我國古典詩歌的黃金時代，重要原因之一，就是唐代詩人不僅繼承了自《詩經》以來的源遠流長的民族詩歌傳統，同時也吸收了國內多民族的文化甚至外國文化的精華。中國新詩的產生和發展，更是直接受到外國詩歌的巨大影響。以詩的通感而論，我國古代詩論家雖然也看到了詩創作中這一重要現象，作了一些論述，但作為詩歌美學中的一種理論的雛型，確實也是西方首先提出來的。古希臘的亞理斯多德在《心靈論》（又譯為《論靈魂》）中就首先提到過通感現象，他認為聲音有「尖銳」與「鈍重」之分，那是與觸覺比照的結果，「因為聽覺與觸覺有相似之處」。柏克萊在《視覺新論》中，也看到了人的感覺領域中的相互關係，即通感現象，他說：「我們必須承認，借光和色的媒介，不但把空間、形相和運動等觀念暗示在心中，還可以把任何借文學表示出來的觀念提示於心中。」近代義大利美學家克羅齊也觸及到了藝術中的通感現象，他以繪畫為例說：「又有一種怪論，以為圖畫只能產生視覺印象。腮上的暈，少年人體膚的溫暖，利刃的鋒，果子的新鮮香甜，這些不也是可以從圖畫中得到的印象麼？它們是視覺的印象麼？假想一個人沒有聽、觸、嗅、味諸感覺，只有視覺感官，圖畫對於他的意味何如呢？我們所看到的而且相信只用眼睛看的那幅畫，在他的眼光中，就不過像畫家的塗過顏料的調色板了。」—[1]西方詩歌的創作，在荷馬的史詩《伊里亞特》之中，就有「像知了坐在森林中一棵樹上，傾瀉下百合花似的聲音」之句。十六、十七世紀歐洲的「奇崛詩派」和十九世紀前期的浪漫主義詩人，都喜歡運用這種手法，而十九世紀末葉的象徵主義詩人如法國的波特萊爾等人，更是將通感作為他們的一種主要的藝術手段，並從理論上發揮為「通感說」。早在一八四〇年，波特萊爾寫了一首十四行詩〈交感〉（又譯為〈呼應〉或〈對應〉），這是他的詩的宣言，他認為大自然的各種顏色、芳香、音響雖各具特質但卻互相呼應，甚至可以互相轉化，同時，外界的一切又可以與人的精神互相對應和昇華：

大自然是座宇宙，有生命的柱子
不時發出隱約的歌聲。
人走過那裡，穿越象徵的森林，
森林望著他，投以熟悉的眼神。

如同悠長的回聲，遠遠匯合在
一個幽暗深邃的統一體中，
廣闊得有如黑暗連接著光明，
香味、顏色和聲音交相呼應。

❶ 克羅齊：《美學原理》第二五─二六頁，外國文學出版社一九八三年版。

有的香味新鮮如兒童的肌膚
柔和有如洞簫，翠綠有如草場，
別的香味呢？腐敗、濃郁而不可抵禦。
　像無極無限的東西四處飛揚。
如龍涎香、麝香、安息香和乳香，
那應歌唱心靈和感應的熱狂。

這種「感官呼應論」，是象徵主義詩人的理論基礎，是他們的創作實踐的指針，它拓展了詩的領域，增強了詩的表現力，對法國現代詩歌的發展起了推動作用。波特萊爾的學生、另一位象徵主義詩人蘭波，他在《文字的煉金術》中說：「我發明母音的顏色——A黑色，E白色，I紅色，O藍色，U青色。我規定子音的形狀和行動。我企求有朝一日，以本能的節奏創造足以貫通任何感覺的詩文字。」❷但是，講求通感的表現技巧，並不等於這就是他們的發明或專利，二十年前，錢鍾書引進西方的這一理論概念分析中國古典詩歌，首次提出了「通感」的觀點，他在〈通感〉一文開門見山地指出：「中國詩文有一種描寫手法，古代批評家和修辭學家似乎都沒有拈出。」（見《文學評論》一九六二年第一期）❸他還認為：「尋常眼、耳、鼻三覺亦每通有無而忘彼此，所

❷ 程抱一譯：《法國七人詩選》第五五頁，湖南人民出版社一九八四年版。
❸ 錢鍾書：《舊文四篇》第五〇頁，上海古籍出版社一九七九年版。

調，感受之共產(Sinnegüter-gemeinschaft)；即如花，其入目之形色，觸鼻之氣息，均可移音響以揣稱之。」❹由此可見，通感這一美學現象在中國藝術中確實是古已有之，只是沒有從理論概念和體系上加以歸納與總結而已。我們既要看到西方在理論概括和闡述上的長處，也希望有心人能從中西方詩歌的比較研究中，說明中西方詩歌運用通感的異同，他山之石，可以攻玉，從而幫助詩人們吸收西方詩歌通感藝術中於我們適用的東西。但是，為了在中國的土地上發展中國的新詩，我們實在也沒有必要將中外共通的通感看成舶來品。

二

然而，通感是什麼？它具有何種獨特的美學效果？它有哪些表現形態？構成它的主客觀條件是怎樣的呢？這些，都是有待我們深入探討的問題。且讓我們遨遊於我國古典詩歌的廣袤的國土，並漫步在我國新詩的園林，對詩的通感美作一番簡略的巡視吧。

眼、耳、舌、鼻、身，是人體的五種主要感覺器官，又稱之為感覺分析器，分司視覺、聽覺、味覺、嗅覺和觸覺。人體的各個官能的單項性本來決定了它們有嚴格分工而各司其職，在一般情況下，既不能越俎代庖，也不能同時兼用，正如陸機在〈演連珠〉中所說：「臣聞目無賞音之察，耳無照景之神。」但是，在特殊的情況之下，它們卻可以互相聯繫，互相作用，互相轉化，互相溝通，這就構成了詩文中的所謂「通感」。我國的《列子・黃帝篇》中說：「眼如耳，耳如鼻，鼻

❹ 錢鍾書：《管錐編》第三卷第一〇七三頁，中華書局一九七九年版。

如口，無不同也，心凝形釋。」說法雖不免有些神祕色彩，但也看到了人的感官的交互作用，而〈樂記〉中「故歌者，上如抗，下如墜，止如槁木，倨中矩，勾中鉤，累累乎如貫珠」的對音樂的描寫，也運用了通感，所以唐代學者孔穎達解釋說：「聲音感動於人，令人心想形狀如比。」由此可見，「通感」就是人的各種感覺器官作用的溝通和轉換，即視覺、聽覺、味覺、嗅覺和觸覺的感應與交通。這在日常用語中是屢見不鮮的，如「食言」、「言談無味」、「耳食之誤」、「目所履歷」、「飽看青山」、「飽餐秀色」、「目擊」、「目逆」、「目語」、「目耕」、「睡得香」、「想得美」之類，不勝枚舉，表現在文學創作特別是詩歌創作中，就成了一種特殊的修辭手段和藝術技巧。

在日本十七世紀著名詩人松尾芭蕉的俳句中，就有許多妙用通感的詩句，如「松風落葉水聲涼」、「海邊暮靄色，野鴨聲微白」、「比起白山石，秋風色更白」、「殘暑午棚蚊聲暗」等，藝術地表現了不同感覺之間的交錯和匯通。在中國，「爾乃聽形類聲，狀似流水，又像飛鴻」，漢代馬融的〈長笛賦〉將樂聲比為迂迴的流水和高翔的飛鴻，是聽覺轉換為視覺，啟發了後來韓愈、白居易、李賀等人描寫音樂的詩思。「歌臺暖響，春光融融」，在杜牧的〈阿房宮賦〉裡，歌聲也令人有溫暖的感覺，這是聽覺轉換為溫度覺；清代的劉鶚寫《老殘遊記》時，正值西方象徵主義詩人風行通感之際，他當時大約也還不懂得什麼西方現代派文學，然而，這並不妨礙他運用通感去描寫王小玉美妙的難以形容的歌聲。老舍一九三〇年在〈濟南的冬天〉裡寫道：「濟南的秋天是響晴的。自然，在熱帶地方，日光永遠是那麼毒，響亮的天氣反有點叫人害怕。可是，在北中國的冬天，而能有溫晴的天氣，濟南真的算個寶地。」他稱濟南的冬天是「響晴的」，稱熱帶地方的天氣是「響亮的」，天氣也有了聲音和力度。至於朱自清〈荷塘月色〉中的「微風過處，送來縷縷清香，彷彿遠處高樓上渺茫的歌聲似的」，訴之於嗅覺的香氣通於訴之聽覺的歌聲，真不禁使人聯想起蘇州獅子林一個角門上所刻的「聽香」二字，從而頂禮知名作家與不知名藝術家的一瓣心香。也許是由於詩歌是最富於想像力與暗示力的藝術，而小說和散文則必須注意生活場景與人物性格的真實描繪吧，在詩歌創作中，通感的運用比在小說和散文中要廣泛得多。在我國，詩歌運用通感最早的大約是南北朝時的陸機，他在〈擬西北有高樓〉中寫道：「佳人撫琴瑟，纖手清且閒；芳氣隨風結，哀響馥若蘭。」在中國古典詩歌裡，蘭花素來是君子的象徵，陸機借美人以自喻，佳人弄琴，悲淒的琴聲居然也像蘭花的孤芳一樣馥郁。以後，隨著詩歌的繁榮和趨於成熟，在唐詩和宋詞中表現審美通感的詩句，就如同春天綠原上的花朵隨處可以採擷了。

以上，是對通感以及它在中國古典詩文中的歷史表現的粗線條表述。

通感的運用，可以使作品獲得新奇之美，使讀者得到新鮮奇特的美的感受。

三

文學創作最忌諱平庸而重創新，最忌諱一般化而重獨造。「好奇務新」與「喜新厭舊」，既是讀者所普遍具有的一種審美心理，也是文學藝術創作中一條審美基本規律，詩歌，則更是如此。化熟為新，化常為奇，總是體現了詩人對生活新穎獨到的發現和不同凡響的藝術創造，是詩人對於詩美學的貢獻；陳陳相因，眾喙一辭，必定是詩作者毫無自己的獨特感受與獨特藝術表現的結果。熟必生厭，俗必乏味，既「熟」且「俗」的作品是缺乏美學價值的，因此，蘇東坡早就提出

「詩以奇趣為宗」，英國十八世紀詩人愛德華．楊格在《論獨創性的寫作》中也認為獨創性的作品「擴大了文藝之國，給它的版圖增加了新的省份。摹仿者只是將早已存在的遠比它好的作品給我們複寫一下，所增加的不過是一些書籍的殘渣……有獨創性的作者的筆好像阿爾迷達（義大利女巫之名——引者）的魔杖，從不毛的荒野裡召喚出一個花香鳥語的春天。」❺而英國最傑出的詩人之一、「湖畔派」三詩人中第一人華滋華斯，也說過詩要「在這些事件和情境上加上一種想像力的色彩，使日常的東西在不平常的狀態下呈現在心靈面前。」❻審美通感，常常能獲得平中見奇的美學效果。「向前敲瘦骨，猶自帶銅聲」，這是李賀〈馬〉詩中的審美通感的名句，宋代劉辰翁對它的評價就是一個「奇」字。例如說「濕」吧，它是水的作用的結果，詞義是和「乾」、「燥」相反的，因此，王昌齡有「爭弄蓮舟水濕衣」，杜甫有「林花著雨胭脂濕」，韋應物有「細雨濕衣看不見」，李清照有「黃昏疏雨濕秋千」，它們雖然都不失為好句，但也都還只是按照生活本來的面貌和形態來刻劃事物，比較質實和平常，還不能給人以耳目一新的新奇之美的感受，下面所引的這些詩句卻召喚出一個引人入勝的新天地：

渡河光不濕。（庾信：〈月〉）

荊溪白石出，天寒紅葉稀。山路元無雨，空翠濕人衣。（王維：〈山中〉）

---

❺《西方文論選》（上冊）第四九六頁，上海譯文出版社一九七九年版。

❻《十九世紀英國詩人論詩》第五頁。

晨鐘雲外濕，勝地石堂煙。（杜甫：〈船下夔州廓宿，雨濕不得上岸〉）

春日在天涯，天涯日又斜。鶯啼如有淚，為濕最高花！（李商隱：〈天涯〉）

月浪衡天天宇濕，涼蟾落盡疏星入。（李商隱：〈燕臺四首・秋〉）

柳岸晚來船集，波底夕陽紅濕。（趙彥端：〈謁金門〉）

數間茅屋水邊村，楊柳依依綠映門。

渡口喚船人獨立，一蓑煙雨濕黃昏。（孫覿：〈吳門道中〉）

花怯曉風寒蝶夢，柳愁春雨濕鶯聲。（元・黃庚：〈俞景仁相過〉）

苦霧沉旗影，飛霜濕鼓聲。（明・林鴻：〈出塞〉）

至少在「濕」字的運用上，這些作品比較前面所引述的平實詩句，其藝術的高下判然立見。這些作品，都運用了通感的手法，然而又呈現出各各不同的美的形態。北周的庾信抒寫白露曖空、素月流天的景象，他說月光渡過了天上的銀河，它的光芒卻不曾沾濕，這種視覺與觸覺的審美通感是如此奇妙，杜甫後來曾讚美說「清新庾開府」、「庾信文章老更成」，景仰庾信的他，對於他的這句詩也一定是心折的吧？善於抒寫大自然的美妙景色的高手王維，他寫山中草樹繁茂，濃翠欲流，竟然沾濕了行人的衣裳，這也是極具美感的視覺通於觸覺的審美通感。杜甫船下夔州而宿於雲安廓外時，正逢苦雨，早晨的鐘聲穿空渡水而來，裊裊的餘音又消失在遙遠的天邊，他敏銳地捕捉了這剎那間特殊的美的感受，以脫俗去熟的手法把它定形在這一具有朦朧之美的詩句裡。按照現代物理學的常識看來，空氣的振動產生了聲音，聲音只有高低、強弱、遠近、大小之分，而沒有形狀和色澤，張繼〈楓橋夜泊〉的「夜半鐘聲到客船」，寫的正是夜半時分由遠而近的山寺鐘聲，但是，杜甫卻心裁別出，在他的生花彩筆之下，訴之於聽覺的聲音也有了訴之於溫度覺的濕度，這樣，不僅化無形為有形，具有形象的直觀性，同時，又出乎常理常情而又反常合道地抒寫了那種特定的氛圍與情境。從美學上來說，生動的形象感染，是使讀者產生美感體驗的必具條件，杜詩的這種奇特之境，給予讀者的自然是不同一般的美的感受了。清代詩論家葉燮在《原詩》中說得好：「俗儒如此必曰『晨鐘雲外度』，又必曰『晨鐘雲外發』，決無下濕字者。」一字之差，有時也可以作為詩匠和詩人的分水嶺吧？在這一方面，中唐一位不太知名的詩人薛逢的「壓樹早鴉飛不散，到窗寒鼓濕無聲」（〈長安夜雨〉），在詩藝的考場上，倒是可以向大詩人杜甫應戰。詩心古今相通，有才能的詩人必然能夠師承前人而有自己的新的創造，當代詩人李瑛在國外訪問時曾寫下〈謁托馬斯·曼墓〉一詩，表達了詩人對德國當代這位批判現實主義代表作家的懷念，開篇的一節是：

細雨剛停，細雨剛停，
雨水打濕了墓地的鐘聲；
最後一片雲掠過教堂的尖頂，
天上，露出皎潔的月明。

鐘聲都被雨水打濕了，景象迷濛，情思淒婉，一筆就渲染出那不無淒涼之感的氣氛和環境，細膩入微地傳達出詩人那種特殊的內心感受。師法古人而有自己的面目，從這裡可以看到詩才的閃光。無獨有偶的是，在新加坡華人詩人之中，王潤華的〈暮〉也寫了鐘聲：

寺院
金黃色的鐘聲
將夕陽擊落
野草叢中

訴之聽覺的「鐘聲」而具有訴之視覺的「金黃色」，這是第一重通感，而聽覺的不具形的鐘聲竟然有「擊落」夕陽的動作與力量，這種聽覺向觸覺的轉化是第二重通感。由於妙用通感，短短四句詩才曲折生情，獲得了長長的韻味。

上節所述的其他幾例，也都是由於妙用通感而獲得清奇之趣。李商隱寫〈天涯〉一詩之時，年止四十。那一年，他原來的和當時的府主鄭亞與盧弘，分別逝世於循州和徐州，徬徨無路的詩人從徐州返回長安，只得以詩文去請求中書侍郎兼禮部尚書令狐綯的援引。全詩全用喻體，構思巧妙，「最高花」即暗示令狐綯。最出色的是詩人由鶯的「啼鳴」而聯想到「啼哭」，聽覺形象的「啼」轉化為視覺形象的「淚」，視覺形象的「淚」再轉化為觸覺形象的「濕」，通感運用之深曲傳情，新美自然，真是一般作者所百思不到！李商隱是一位駕馭審美通感的高手，他的〈燕臺四首・冬〉的結句是「風車雨馬不持去，蠟燭啼紅怨天曙」，奔馳如雨的馬，飄忽似風的車，都無法載負自己去追尋已經杳然遠逝的戀人，而天河欲曙，燭淚啼紅，更是視覺移就於聽覺的通感，曲盡其致地表現了詩人內心纏綿悱惻的感受。而在〈燕臺四首〉之一的〈秋〉中，他把月光想像為波浪，而波浪在天空中洶湧，把天宇都打濕了，這也是視覺通於觸覺的審美通感的結果。寫江河落日，唐詩人王維曾有「日落江湖白」、「長河落日圓」的名句，可是，宋代詞人趙彥端〈謁金門〉寫夕陽西下時浮光躍金的景象，竟然在色彩調「紅」之外還用了一個「濕」字，真可以說靈思獨遠，一洗陳腔俗調，構成了一幅奪人心目的新奇的圖畫。這種水天絢麗落日熔金的奇境，出人意外而又在人意中，不正是通感這根魔杖所喚起的嗎？宋代的皇帝見到這首詞時，十分欣賞「波底夕陽紅濕」一句，問是何人所作，當他知道是趙彥端時，他極為高興地說：「我家裡人也會作此等語。」後來周密在〈聞鵲喜・吳山觀濤〉中有「數點煙鬟青滴，一杼霜綃紅濕」，也許受到過趙彥端的啟發。宋代孫覿的詩不怎麼為人所知，但他的「一蓑煙雨濕黃昏」，不能不說有一種奇妙的空靈之趣，因為前面所說的「花」和「夕陽」還有具體可感的形象，而表時間的「黃昏」卻是像表聲音的鐘聲一樣無可捉摸，但「黃昏」總是給人以迷茫暗淡的感覺，加之煙雨濛濛，空氣中充滿了水分，黃昏也就隨之而令人感到濕漉漉的了，這種視覺變換為觸覺的手法，仍然是通感的奇妙作用。無獨有偶的是，臧克家在他的〈送軍麥〉中也有以通感寫黃昏的筆墨：

牛，咀嚼著草香，
頸下的鈴鐺，
搖得黃昏響。

響的本來是鈴鐺，「黃昏」是不會響的，但詩人筆下的鈴鐺卻搖響了黃昏，屬於視覺的黃昏卻給人以聽覺的感受，這種寫法，和孫覿的詩有異曲同工之妙。此外，元代黃庚與明代林鴻的詩句，也是表現了視覺通於觸覺的審美通感，繼承前人而有自己的新的境界，慧心的讀者自可體味，不必我在這裡喋喋不休地解說了。

通感的運用，還可以使作品意境深曲，引發讀者豐富的聯想，加強美的多層性與豐富性。新奇，是指創新和奇趣；深曲，是指境界有深度，有層次，有曲折，即審美的幽深境界，而不是一覽無餘，即賞即盡。因為通感是一種「感覺挪移」現象，它不是平面的直述式的表達，而是曲徑通幽式的聯想的表現，所以它就不僅具有深婉的美感特色，而且能夠極大地刺激和啟發讀者想像的積極性。從美學的角度來說，想像和美是密不可分的，而「通感」則是一種以審美對象為基礎的主觀感情自由抒發的想像活動，甚至可以說是由某種特定的心境所造成的幻覺，因此，通感這種特殊形式的美感，本身就是主客觀交融而偏於主觀想像的產物，它能給人以豐富的聯想。例如，繪畫中的「雲漢圖」見之覺熱，「北風圖」則望而生寒；拉溫納是義大利東北部的名城，該城的鑲嵌圖案冠絕古今，盛名超過君士坦丁堡的同類型藝術，但丁稱之為「色彩交響樂」，無獨有偶，大音樂家貝多芬第一個而以後歌德也認為建築是「凝固的音樂」，而有的人則說大型建築物的「柱、窗、柱、窗」或「柱、窗、窗、柱、窗、窗」的排列，「頗富有圓舞曲的味兒」，故宮則是「一部大型的凝固了的樂章」，而頤和園長廊則是「一部狂想曲」。對貝多芬的《第四交響曲》，羅曼・羅蘭就評論說：「這是一朵精純的花，蘊藏著他的一生比較平靜的日子的香味。」對義大利「提琴之王」帕格尼尼的演奏，海涅說他「演奏時的提琴弓，猶如畫家的彩筆，在聽眾面前畫出了一道幻奇的情景」。貝多芬的樂曲和帕格尼尼的演奏原是聽覺形象，羅曼・羅蘭和海涅把它們轉化為視覺形象「花」與「畫」，化為訴諸嗅覺的「香味」，這是他們的感官開放馳騁想像的結果，但是，由於音樂與花、香味以及音樂與畫那種生活中難以想像而在想像中卻可以奇妙組合的聯繫，就使人覺得形象深邃、耐人聯想。關於星星，古代詩人之作多矣，「嘒彼小星，三五在東」，中國詩歌史上的星星，最早閃耀在〈召南・小星〉篇裡，但《詩經》中對它的描寫畢竟還是樸素的。在蘇軾的「天高夜氣嚴，列宿森就位。大星光相射，小星鬧若沸」（〈夜行觀星〉）裡，一「鬧」一「沸」，視覺移感於聽覺，寫秋夜天空繁星光芒閃爍的景象，不同凡俗，給人以新奇而豐富的美感，星星，因此而在中國詩歌中獲得了更高的美學價值。關於「夢」，在古典詩歌中也屢見不鮮，如李白的「我欲因之夢吳越，一夜飛渡鏡湖月」，如陸游的「雪曉清笳亂起，夢遊處，不知何地」等等，都不失為佳作，但如下的描寫卻別有一番美的情韻：

西風吹老洞庭波，一夜湘君白髮多。
醉後不知天在水，滿船清夢壓星河！（唐溫如：〈題龍陽縣青草湖〉）

夢魂欲渡蒼茫去，怕夢輕還被愁遮。（周密：〈高陽臺・寄越中諸友〉）

薰透愁人千里夢，卻無情。（李清照：〈攤破浣溪沙〉）

鄉夢窄，水天寬。（吳文英：〈鷓鴣天・化度寺〉）

夢本來是無形的，屬於意覺的範疇，一些詩人寫到它時都是採取平實的寫法，但從上述四例來看，這四位詩人都不僅化平實為具體，同時，也都運用了審美通感，他們借助於「移感」即感覺的轉換，把意覺轉位為觸覺，這樣，夢不僅有了具體可感的形象，而且分別有了重量和幅度。在晚唐詩人唐溫如的筆下，清夢有了「滿船」的形態，而且有了「壓」星河的重量，確是前所未有的特創；在周密的詞章裡，夢魂不僅可以飛舉，而且有「輕」的感觸，有的版本「夢輕」或作「夢驚」，豈僅是語言難通，而且頓然失去了這種奇幻淒迷的意韻；李清照詞寫桂花的清香飄進並且薰醒了愁人的夢，「千里」本已使「夢」有了可感的幅度，「薰透」則又使夢訴之於人們的嗅覺，於是更使情境深婉，芬芳悱惻。如果說李詞中的「千里夢」是形容夢境的遼遠，還不算是驚人之筆，那麼，吳文英的「鄉夢窄」的「窄」就十分新警巧妙了。詩人那種羈旅他鄉有家難返的愁緒，通過這個感覺挪移的「窄」本已有了不同一般的表現，再加上「水天寬」和它構成的大與小、實與虛的對比，就愈顯婉曲之妙而啟人遐思。別恨離愁，這是古典詩歌經常抒寫的主題，詩人們的有關名句不勝列舉，「欲識愁多少，高於灩澦堆」（白居易），「問君能有幾多愁，恰似一江春水向東流」

（李後主），「落紅萬點愁如海」（秦少游），「試問閒愁都幾許？一川煙草，滿城飛絮，梅子黃時雨」（賀方回），等等。他們狀寫愁情之多，愁緒之長，愁思之亂，愁懷之廣，極盡比喻之妙，然而，有的詩人卻是用通感的手法來表現的，這樣常常可以別開生面，在別人雜沓的腳印之後另行開闢一條新的道路，而且由於構思的非直線式而是曲線式的運行，就往往能夠構成深遠的詩境，具有想像和美感的豐富性：

亭亭畫舸繫寒潭，只待行人酒半酣；
不管煙波與風雨，載將離恨過江南。（張耒：〈絕句〉）

……聞道雙溪春尚好，也擬泛輕舟。只恐雙溪舴艋舟，載不動，許多愁！（李清照：〈武陵春〉）

前一首詩，亦作鄭文寶的作品，題目為〈闕題〉，這裡不必深究。在詩中，無形狀可求的「離恨」，被裝載在亭亭的「畫舸」裡，於是離恨便立即變成了可以觸摸的實體，在煙波和風雨之中，分外顯得淒愴而沉重！這種若即若離不黏不脫的意象，洋溢著一種略顯朦朧的想像之美，在抒情上又十分深曲細膩，它是那樣地使人傾服，好像競技場上一根高度不低的橫竿，後來的詩人都試圖跨越而一顯身手，但即使是最有才華的詩人，似乎都只是以不同的程度和形式重複張耒所創造的形象，如周邦彥的「無情畫舸，都不管，煙波隔前浦，等行人醉擁重衾，載得離恨歸去」，如蘇東坡的「無情汴水自東流，載得一船離恨向西州」，如王實甫《西廂記》的「遍人間煩惱添胸臆，量這些大小車兒如何載得起」等等，而明代陸娟的「津亭楊柳碧毿毿，人立東風酒半酣；萬點落花舟一葉，載將春色到江南」（〈送人還新安〉），更只是張耒〈絕句〉的依樣畫葫蘆了。然而，李清照的詞同樣是受了張耒的影響，但這位才情發越的女詞人卻仍然有自己的發展和創造，張耒寫的愁還是可以裝載運行的，而李清照則是只恐她的舴艋舟「載不動，許多愁」，她同是運用從意覺到視覺到觸覺的通感，但她卻是從與張耒相反的角度來表現的，更令人覺得愁情沉重，形象別具美的風采。

四

妙用通感，可以使形象鮮明生動，給人以新穎奇特的美的感受，同時，由於形象對審美主體產生多種感官刺激，因而能夠激發人們豐富的聯想和豐富的審美情感，這是通感所具有的特殊美學效果。至於通感的表現形態，主要的有如下幾種：

聽覺與視覺的通感。聽覺與視覺的通感現象，是通感中最常見和最主要的一種，這是因為在人的多種感官中，聽覺和視覺這兩種感覺最靈敏、最細緻、最豐富而又結合得最緊密，它們是感受客觀對象的審美屬性的生理、心理基礎，是人的感官中的高級感官，而嗅覺、味覺、觸覺則屬於低級感官。人的大腦中所貯存的經驗信息，一般來說，百分之八十五來自視覺，百分之十左右來自聽覺。因此，車爾尼雪夫斯基在《藝術對現實的審美關係》中說：「美感是和聽覺、視覺不可分離地結合在一起的。」視覺易於引發真切的形象感，它所感受的審美對象空間性比較鮮明，它往往間接地喚起美感，聽覺易於引發空靈的形象感，它所感受的審美對象的時間性比較突出，它往往直接地喚起美感，這，是視覺與聽覺的不同審美特徵。在審美通感中，最常見的是富於美學意味的視聽通感，即視覺美感與聽覺美感的流通和換位，使欣賞者從視覺中可以同時得到聽覺的感受，如同聽到聲音；從聽覺中同時得到視覺的感受，如同看到具象。俄國的作曲家索姆斯基－科薩柯夫關於「彩色聽覺」的理論和試驗，就是在音樂中運用視聽審美通感。他在《音樂隨筆》中說：「和聲——光與陰影……管弦樂法與一般音色：光芒、閃耀、透明、迷濛、閃爍、閃電、月光、落日、日出、暗淡、黑暗。」而法國象徵主義詩人魏爾倫的「白楊仍在訴無邊的悲哀，噴泉仍在吐銀白的呢喃」之句，波特萊爾的「回聲渺茫如黑夜，浩蕩如白天」之句，都是視覺與聽覺通感的著名例證。

在我國的古典詩歌中，對音樂藝術的描寫有許多運用視聽通感的範例，如李頎的〈聽董大彈胡笳弄兼寄語房給事〉、〈聽安萬善吹觱栗歌〉，白居易的〈琵琶行〉，韓愈的〈聽穎師彈琴〉。在韓愈〈聽穎師彈琴〉中，詩人對音樂的描寫有「喧啾百鳥群，忽見孤鳳凰」，是聽覺轉化為視覺；在西方的詩歌裡，貝利曾經如此形容鳥鳴的聲音：「一群雲雀兒明快流利地嘰嘰呱呱，在天空裡撒開了一顆顆珠子。」這也是聽覺向視覺的換位。清代詩人黃景仁寫星星，「隔竹擁珠簾，幾個明星切切如私語」，視覺感受轉換為聽覺感受，而義大利詩人巴斯古立則這樣描寫夜空中的群星：「碧空裡一簇星星嘖嘖喳喳，像小雞似的走動。」這是從視覺到聽覺再到視覺的審美通感。在我國古代的優秀詩人群中，李賀的藝術手法與現代派的詩歌表現藝術似乎有更多的相似之處，他是古典詩人中最擅長運用通感技巧的詩人，他的詩作常常將五官的感受力互換：「簫聲吹日色」（〈難忘曲〉），那伴隨著夜以繼日的歌舞的簫聲，竟然吹暗了天色，吹熄了日光，而且似乎連簫聲也染上了逐漸暗淡的白日的顏色，這真如英國著名音樂家馬利翁的名言：「聲音是聽得見的色彩，色彩是看得見的聲音。」（引自《齊魯學刊》一九八六年第二期〈色彩與音樂〉一文）；「露壓煙啼千萬枝」（〈昌谷北園新笋〉），詩人看到千萬枝竹上的露珠，在朝煙曉霧之中，他竟然聽到了有才而未能施展的竹子的啼哭。〈李憑箜篌引〉中的「芙蓉泣露香蘭笑」，聽覺挪移於視覺，〈惱公〉中的「歌聲春草露，門掩杏花叢」，視覺挪移於聽覺，至於「露光泣殘蕙」（〈秋涼〉）、「冷紅泣露嬌啼色」（〈南山田中行〉）等，都是視覺與聽覺的互通。他的〈天上謠〉中的「天河夜轉漂回星，銀浦流雲學水聲」，是人所熟知的了，「眾鳥高飛盡，孤雲獨去閒」（李白），「水流心不競，雲在意俱遲」（杜甫），「有時水畔看雲立，每日樓前信馬行」（元稹），前人寫雲都是「看雲」，而李賀寫雲卻是「聽雲」，流雲本來像流水一樣都具有流動的形態，詩人又將它放在銀河這個特定的環境裡，於是，流雲也學流水發出了潺湲的聲響，李賀這種異乎尋常的美妙的視聽通感，當然從杜甫詩「七星在北戶，河漢聲西流」（〈同諸公登慈恩寺塔〉）中得到過啟示，但它確實有出藍之美，曾經啟發過許多後來人的詩情，如宋代詩人孔武仲有一首七絕，題前小序是「五鼓乘風過洞庭，日高，已至廟下」，詩題是〈乘風過洞庭〉：

半掩船篷天淡明，飛帆已背岳陽城。
飄然一葉乘風渡，臥聽銀潢瀉月聲！

在詠洞庭的花團錦簇的詩作裡，這是一朵特異的奇葩！詩人寫五更時分在岳陽城下乘船過洞庭去君山的感受，前兩句重在寫實，後兩句重在想像。生活中原已有「月光如水」的用語，後來明清之交的詩人阮大鋮也曾有過「看月」而兼「聽月」的「視聽一歸月，幽喧莫辨心」之句，因此，在孔武仲的由於湖天一色、船行水響而觸發的聯覺裡，流照的月華之「色」，也就奇妙地具有了淙淙的流瀉之「聲」。「臥聽銀潢瀉月聲」，這種「以耳代目」的神來之筆，恍如夜空中一束閃亮的焰火，使全詩大放異彩奇光！

在新詩人中，如丁芒的〈月光，在林中喧響〉：

月光，發出金屬的響聲，
銅鈸般清脆，瀏亮，
夜鷩散了，化成輕煙
在樹枝間繚繞盤旋。
風也披上發亮的羽毛
低低地穿梭飛翔，
振響了滿樹銀鱗，
像琴手驟雨般的彈撥。
露珠兒保持著凝重
只按節奏，敲一敲池塘，

卻以銀鈴般的清越
給旋律注入飛躍的樂感。

誰在揮舞指揮棒？
那是枝影有節奏的婆娑。

月光，在林中的樂池
舉起了熱烈的秋的合唱。

這首詩，全部是運用通感藝術思維寫成的。視覺的月光竟然有動聽的響聲，而且與觸覺相通，舉起「秋的合唱」，而聽覺形象的風也披上了訴之視覺的「發亮的羽毛」。全詩妙用通感，構成了奇幻雋永的意境。下面，是英年早逝的香港詩人碧沛的兩首抒情短章：

她的聲音就是一片明朗的陽光，
只有夏天熱烈的性格才配得上她的歌唱，
但我更愛她在秋日的暮靄中，
給我彈奏那故鄉屋後楓葉飄零的哀傷……（〈蟬〉）

她塑造個無邊無際的夢，
誰知道這是人間還是天上？

> 我彷彿聽見銀河畔織女的喘息，
> 那聲音好比濕了的玫瑰花瓣……（〈霧〉）

以蟬聲比喻明朗的陽光，切合情境，活潑新創，是寫景狀物的傳神之筆，但它絕不是一個單純的比喻，而是從聽覺轉化為視覺的審美通感，表現了詩人敏銳的藝術感受，通感形象具有美感的豐富性；而銀河畔織女的喘息如濕了的玫瑰花瓣，也是聽覺感官與視覺感官乃至包括觸覺感官的交綜運用，這樣，通過感受力的交換和變位，所經營的意象就顯得新奇動人，富於朦朧之美及美感的深層性。我想，中國新詩人之善於運用視覺與聽覺的審美通感，原因之一是受到中國古典詩人的潛移默化的影響。「風吹聲如隔彩霞，不知牆外是誰家？重門深鎖無尋處，疑有碧桃無數花」，隨手拈來唐詩人郎士元的〈聽鄰家吹笙〉一詩，笙聲如花，不就顯示了美妙的聽覺移就於視覺的通感嗎？

視覺、聽覺與觸覺的通感。形象，不僅是作品的思想和感情的表現形式，也是藝術家為讀者所提供的審美對象，詩歌作為文學的一種樣式，它的形象是用文字來塑造的，詩的形象，是用文字表現出來的人生圖畫，一般只能作用於讀者的視覺，但是，為了加強形象的直觀性和可感受性，使形象更為鮮明生動，活潑新創，詩人們就常常讓視覺、聽覺與觸覺相溝通。

觸覺，主要指感觸物體的輕重、冷暖、厚薄、粗細、軟硬、寬窄、滑膩、乾濕等等。法國大雕刻家羅丹說過，他在撫摸古希臘的大理石雕像時，好像感到人的體溫；古希臘的一尊女神塑像，曾使克尼德地方的一位少年忘情地去擁抱它，這都是因為藝術品栩栩如生而產生的巨大魅力。用文字為材料所創造的詩歌形象，也應該努力追蹤這種境界。在中國古典詩歌中，如：

地白風色寒，雪花大如手。（李白：〈嘲王歷陽不肯飲酒〉）

曉看紅濕處，花重錦官城。（杜甫：〈春夜喜雨〉）

紅蕉花樣炎方識，瘴水溪邊色最深。
葉滿叢深殷似火，不唯燒眼更燒心。（李紳：〈紅蕉花〉）

楊花撲帳春雲熱，龜甲屏風醉眼纈。（李賀：〈蝴蝶飛〉）

促織燈下吟，燈光冷如水。（劉駕：〈秋夕〉）

蟲響燈光薄，宵寒藥氣濃。（李賀：〈昌谷讀書示巴童〉）

促織聲尖尖似針，聲聲刺著旅人心。
獨言獨語月明裡，驚覺眠童與宿禽。（賈島：〈客思〉）

玉輪軋露濕團光，鸞珮相逢桂香陌。（李賀：〈夢天〉）

石澗凍波聲，雞叫清寒晨。（李賀：〈自昌谷到洛後門〉）

月漉漉，波煙玉。（李賀：〈月漉漉篇〉）

一編香絲雲撒地，玉釵落處無聲膩。（李賀：〈美人梳頭歌〉）

冷翠燭，勞光彩。（李賀：〈蘇小小墓〉）

「地白風色寒」，是李白妙用通感的奇創之筆。風本身沒有色，除了繪畫上所說的主要是心理作用的熱色與冷色之外，色本身也無所謂寒與不寒，但由於北方豪雪，大地一片茫茫，在詩人的審美感受中，朔風彷彿也是白的，白色又給人以寒冷之感，於是，就產生了這一審美通感的妙句；一夜東風，林花著雨。杜甫的「花重」二字，寫出了紅花經雨後所具有的重量感，表現了詩人觀察的細緻和表現的敏銳，而且由「紅濕處」這一點推及「錦官城」這一個面，就愈益強化了那種春深如海的詩意，老杜的另一聯詩「漠漠帆來重，溟溟鳥去遲」，其中的「帆重」，也是出自同一機杼的審美通感；而李紳的〈紅蕉花〉一詩，由紅蕉花之「紅」而聯想到「燒眼」和「燒心」，是視覺通之於冷暖覺的審美通感。楊花撲帳，暮春日暖，李賀的「春雲熱」由視覺而換位為觸覺，傳神地表現了暮春三月那種蝶亂蜂忙的景象，清代丘象升雖讚美「『雲熱』二字，極雕而無跡」（《見六家辯注本》），但卻不可能像我們今天一樣指出美在通感；在劉駕的筆下，燈光也像清冷的水一樣有冷暖的溫度感，加上和促織的長吟動靜互映，更烘染了那種淒清寂寞的氛圍。其實，劉駕的這種描寫也是有所師承的，在他之前不久，李賀就有「蟲響燈光薄，宵寒藥氣濃」之句，那個「薄」字是下得十分奇警的，而和劉駕同時的李商隱，也曾有過「燈光冷如水」之句，這也可能是不謀而合吧？秋日蟋蟀的聲音是十分尖利的了，何況是在浪跡他鄉的深夜不眠之遊子的聽覺中呢？賈島將蟋蟀的鳴聲這一聽覺形象轉化為「針」的視覺形象，再換位為「刺」的觸覺，描摹深細而獨到。李賀夢中作天上之遊，天空中雨陣過後，玉輪般的月亮在露水上輾過，它的光芒都被打濕了，這位詩人真是善於洗去陳腔俗調。冬天山澗液體的水波被凍結為固體的冰棱，這是視覺與觸覺的換位，這種情景一般作者還是不難表現的，李賀的獨造之處就在於「凍波聲」，他運用聽覺與觸覺的奇妙通感，給人以訴之聽覺的波聲也被凍結這種觸覺上的新穎感受。在他的〈月漉漉篇〉之中，月亮都是濕漉漉的，它光芒迷茫如煙，寒涼如玉，這一多種感官的感受力的移就，使我想起他的〈江南弄〉的結句「吳歌越吟未終曲，江上團團貼寒玉」，團團的冷月有如寒玉，這種審美通感與「月漉漉，波煙玉」異曲而同工。在他的〈美人梳頭歌〉裡，玉釵落地無聲，「玉釵」的視覺，「無聲」的聽覺轉位為「膩」的觸覺，這樣，濃黑柔美的長髮垂落地上的美人形象，就如同紙上有人了，從這裡可見李賀的藝術感受力與審美通感力特別敏銳，而陸游〈烏夜啼〉中「金鴨餘香尚暖，綠窗斜日偏明。蘭膏香染雲鬟膩，釵墜滑無聲」的描寫，就只能算是對前人的追摹了。燭光本來是溫暖的、紅色的，但是在李賀筆下，卻開出了一朵寒冷的火焰，因為他所寫的，是冷綠色的燭光一般的鬼火。「冷翠燭，勞光彩」的審美通感，從一個側面顯示了李賀「哀艷荒怪」的風格。李賀，這位在藝術上極為「現代」的古典詩人，真是一位運用通感手法的高手，他之驅遣審美通感，比歐洲「奇崛詩派」的感覺移借早了七百多年，而通感作為一種藝術手段，成為西方象徵派詩人風格上的標誌，則已經是遲至十九世紀的事了。在這一點上，我們應該承認，李賀，他真是一位詩歌現代手法的天才的先驅！

在新詩創作中，也可見到視覺、聽覺與觸覺交互作用的例證：

綠蔭下
蟬聲如雨聲
淋得我們好潮濕（南子：〈白雲山聽蟬〉）

是這樣的黃昏
把四野圍困
消瘦了的清秋
彎在我的眉頭
……
雨——
網住行人的腳步

水花淺淺
濺濕了憂愁（上官予：〈秋風即興〉）

晚鐘
是遊客下山的小路
羊齒植物
沿著白色的石階
一路嚼了下去（洛夫：〈金龍禪寺〉）

樹上的蟬聲是聽覺形象，無形而不可把捉，現在竟然「如雨聲」而且「淋得」人「好潮濕」，這就使蟬聲有鮮明可感的形態和可觸可衡的重量，這是新加坡詩人南子視覺與觸覺溝通的妙想。在詩人上官予那裡，「清秋」是「消瘦了的」，而且「彎在我的眉頭」，不僅可視可感而且可觸，從中可以聽到李清照的「人比黃花瘦」的遺響。「憂愁」本是能想像得之的情意覺，但它卻被「濺濕」了，這也是訴之於觸覺的通感。宋代詞人孔光憲有句詩：「一庭疏雨濕春愁。」我們從這裡似乎可以窺見古今詩人通感的審美淵源關係。〈金龍禪寺〉一詩，是洛夫的一首精彩小品。「晚鐘/是遊客下山的小路」，是這首詩發語不凡的起句。「晚鐘」的聲音是聽覺形象，下山的「小路」是視覺形象，鐘聲悠揚，小路彎曲，它們可想和可見的外形有相似之處，於是洛夫便有了這一視、聽審美通感，如果寫成「遊客在晚鐘聲中沿小路下山」，那該是何等大煞風景！

視覺、聽覺與味覺、嗅覺的通感。詩的形象訴之視覺、聽覺，可以使讀者如見其形，如聞其聲，作用於觸覺、味覺和嗅覺，更可以使讀者如觸其物、如嘗其味、如嗅其氣。視覺與聽覺是五覺中的高級感官，觸覺、嗅覺雖然是五覺中的低級感官，但後者卻是不可缺少的輔助審美的感官。一九三〇年，一家出版社曾向高爾基提出如下的問題：「您常常根據什麼樣的感覺來構成形象：視覺的、聽覺的、觸覺的，等等？」高爾基的回答是：「當然是根據一切的感受。」高爾基在〈保爾·魏倫和頹廢派〉一文中還說：「你一面讀，一面想像色彩、氣味、聲音、感覺──非常鮮明地想像這一切，在一首詩裡體味許多活的形象。」❼確實，調動其他感官的審美積極性，可以強化視覺形象與聽覺形象，對審美對象作全面的立體的感知，這樣，詩的形象就不止於單一的美，而能具有複合的美，刺激讀者的多種感官，給人以更豐富的美感：

瑤臺雪花數千點，片片吹落春風香。（李白：〈酬殷明佐見贈五雲裘歌〉）

溪冷泉聲苦，山空木葉乾。（高適：〈使青夷軍入居庸〉）

香霧雲鬟濕，清輝玉臂寒。（杜甫：〈月夜〉）

數峰清苦，商略黃昏雨。（姜夔：〈點絳唇〉）

❼《高爾基論文學》（《續集》）第一二二頁，人民文學出版社一九七九年版。

雨過樹頭雲氣濕，風來花底鳥聲香。（賈唯孝：〈登螺峰四顧亭〉）

我躺在這裡，
咀嚼著太陽的香味；
在什麼別的天地，
雲雀在青空中高飛。（戴望舒：〈致螢火〉）

青色的夜流蕩在花陰如一張琴，
香氣是它飄散出的歌吟。（何其芳：〈祝福〉）

那年，你的長睫微啟，
我在早春雪融的天山，
窺見兩泓脈脈的碧潭，
破曉時靜候遠空的晨曦。

如今，你的長睫微啟，
我在溫暖的夏夜酡然，
看見一壜醇酒輕顫，

靜穆了千年後，酒光漓漓。（黃國彬：〈如今，我看見一罎醇酒〉）

從物理學的觀點看來，空氣的流動形成了風，風本身也無所謂香與不香，特別是將冬日的雪喻為「雪花」，也只是一種想像比擬，而且雪花是沒有香氣的，但詩人卻視覺與嗅覺相溝通，感到雪花芬芳，連吹花的冬風也化為春風，春風也是芳香的了。在高適的審美感受中，聽覺的「泉聲」通於味覺的「苦」，不凡庸地表現了北方的苦寒，和詩人特殊的審美心態，這位盛唐邊塞詩的代表人物，他詩風豪壯，藝術感觸卻十分細膩。杜甫在亂離中懷念遠在鄜州的妻兒，他遙想他的妻子也在久久地望月懷人，他周圍的輕霧也染上了一層淡淡的清香。「香霧」，視覺通於嗅覺，烘染了月夜相思的朦朧情境，給人以多樣的詩的美感；姜夔寫黃昏時雨中的山峰彷彿在商量什麼，顯得那樣「清苦」，視覺、聽覺通於味覺，曲曲傳達出自己內心的愁苦之情；明代的賈唯孝寫鳥聲被風從繁花下吹送過來，連鳥音都染上了花的芬香，聽覺通於嗅覺，情味悠然而令人遐想。在戴望舒的想像裡，有色而無味的陽光也有了可供咀嚼的香味；在何其芳的詩境中，視覺經驗、嗅覺印象和聽覺形象三者攜起手來，細膩柔美地表現了春夜懷人的情境。寫戀人眼睛的妙句，也是可以從何其芳早期詩作〈秋天〉中找到的：「誰的流盼的黑睛像牧人的笛聲／呼喚著馴服的羊群／我可憐的心？」這是視覺與聽覺的通感，在香港詩人黃國彬的愛情詩中，第一節將戀人的眼睛比為「碧潭」，第二節將戀人的眼睛喻為「醇酒」，前者是富於空靈之趣的視覺形象，後者發揮了審美通感的作用，將視覺移就於嗅覺和味覺（「石綠香煤淺淡間，多情長帶楚梅酸。小詩擬寫春愁樣，憶著分明下筆難」，元遺山的〈眉〉詩，由畫眉的黛綠色聯想到楚梅之酸，是色覺通於味覺的色味交綜的通感），使人從酒的芬芳醇美聯想開去，對審美對象展開全面的審美感受。——總之，上述這些詩句和篇章，都可以說是命意新奇而富於美感。

除如上所述之外，詩中的通感還有其他的表現形態，如意覺與顏色視覺的通感：「碧綠的天真，慘白的悲忿」（公劉：〈人之歌．看胡風芝主演的「李慧娘」後〉）；顏色視覺與溫度覺的通感（色溫現象）：「淨碧山光冷，圓明露點勻」（羅隱：〈秋霽後〉）、「寺多紅葉燒人眼，地足青苔染馬蹄」（王建：〈江陵即事〉）、「月寒秋竹冷，風切夜窗聲」（李後主：〈三臺令〉）；嗅覺與味覺的通感：「今朝香氣苦，珊瑚澀難枕」（李賀：〈賈公閭貴婿曲〉）、「松柏愁香澀，南原幾夜風」（李賀：〈王濬墓下作〉）；表現聽覺與顏色視覺的通感（色聽現象）：明清之交的李世熊崇尚屈原詩歌的奇瑰，他所作的「月涼夢破雞聲白，楓霽煙醒鳥話紅」（〈劍浦陸發次林守一〉）是極為出色的；表現聽覺與嗅覺的通感，清代李慈銘的「山氣花香無著處，今朝來向畫中聽」（〈叔雲為余畫湖南山桃花小景〉），是很能給人以啟發的。這裡，我還要著重提出通感中一種十分奇妙的現象，可以稱之為多級通感或多重通感，它比一般的兩種感官之間的互通來得複雜和曲折，它包含三個或三個以上的感覺挪移關係，更能造成西方詩學中所謂的「審美的幽深境界」，加強美感的多樣性和豐富性。如人所熟知的宋祁〈玉樓春〉中的名句：

綠楊煙外曉寒輕，紅杏枝頭春意鬧。

用一「輕」字而使曉寒有了重量，這本來就是視覺、溫度覺與觸覺的通感，但更妙的卻是下一句。只有從多重通感或多級通感的角度來看，「紅杏枝頭春意鬧」之所以分外動人才能得到最恰切的解釋。清人王士禎《花草蒙拾》說這一句是以「花間暖覺杏梢紅」為藍本點化而來，不論事實如何，這一說法可以給我們以啟示。從顏色學的觀點看來，紅色是熱色，我們可以設想枝頭繁茂的紅杏花先引起了詩人溫暖的感覺，這是顏色視覺與溫度覺的通感。在人的審美心理活動中，冷與靜是聯繫在一起的，習稱為「冷靜」，熱與鬧是關連在一起的，習稱為「熱鬧」，因此，詩人又自然地將溫度覺與聽覺溝通起來，紅杏花使人由溫暖的感覺而引起喧鬧的感覺，就是十分奇妙的了，到這裡，詩人又深入一重，化實為虛，集中表現屬於抽象意覺的「春意」，說春意在枝頭上喧鬧，如此回環深曲，感有多重，當然就使得這句詩成為靈秀雋永的千古絕唱！王國維否定了李漁《窺詞管見》中「紅杏鬧春，予實未之見也」的名副其實的「管見」，認為「著一『鬧』字，而境界全出」《人間詞話》），但我以為單純從煉字上還無法完全理解這句詩的美妙境界，而必須從多重通感這個角度去探討。在新詩創作中，如回族詩人丁文〈願望〉中的斷句：

炎炎烈日，我是一絲雲，
給人們以潮濕的希望。

在這兩行詩句裡，「希望」是詩的中心，屬於情意覺。為了表現這種炎炎烈日的環境中的希望，詩人找到了「一絲雲」的對比性形象，這是意覺通於視覺，而雲雖一絲，但在炎陽的照曬之下還能給人以潮濕之感，這是視覺通於觸覺，而「潮濕的」最終附麗在「希望」之上，抽象的意念具體可感而不可觸，這又是觸覺通於微妙的意覺了，如此婉曲移借，加強了美感的多面性與深層感，真是筆意清潤，妙趣橫生！

五

文學的活動是作者的審美創造與讀者的審美再創造的對立的統一，藝術家的全部技巧，就是創造引起讀者審美再創造的刺激物。通感，就是其中的重要技巧之一，也是藝術創造中重要的審美心理現象。通感並不神祕，十八世紀神祕主義者聖・馬丁說自己「聽見發聲的花朵，看見發光的音調」，給通感塗抹上一層神祕的色彩，與我國畫家所謂「耳中見色，眼裡聞聲」不無相似之處，而歐洲象徵詩派的一些詩人，更是熱衷於向宗教中的神祕主義去尋找通感的理論依據。我認為，從某種意義來說，通感並不單純是一個技巧問題，而可以從它所由產生的主客觀條件得到合理的解釋。

世界上的萬事萬物都不是孤立存在、互相絕緣的，而可以在一定的條件下彼此聯繫、互相溝通，這是通感產生的客觀現實基礎。詩人郭風在〈關於創作〉中說：「到生活中，要開放『五官』，要把視覺、聽覺、觸覺、味覺等方面的感覺器官統統開放起來，觀察周圍的人和物以至領略自然的各種聲、色、香、味。」由此可見，郭風是強調生活本身的聲、色、香、味的客觀存在性，並主張詩人應該有敏銳的對生活美的藝術感受力。黃國彬在詩集《地劫》中寫道：

讓黛色陽光和黑暗流入兩瞳，
濤聲風聲和寂靜流入兩耳，

花草和泥土的氣息流入鼻子，
舌尖交給葡萄醇酒，
肌膚交給風露陽光。（〈詩話〉之二）

他所說的也正是人的五官感覺，以及刺激人的五官感覺的現實生活的外部信息，人的五覺是不可能產生的。同時，客觀事物的某些特性一經人所認識之後，在一定的條件下它們就可以互相溝通。《世說新語．假譎》中所說「望梅止渴」的故事，也說明通感的產生，並不是純主觀的隨意性想像的結果，而是有其客觀現實生活的基礎。這樣，我們也就不難理解，唐代的草聖張旭在看了公孫大娘的劍器渾脫舞之後為什麼草書大進，唐代另一位草書大家懷素為什麼聽嘉陵江水聲而有悟於書法之道了，因為那正是藝術通感在發揮作用。又如法國早期象徵主義詩人蘭波的著名十四行詩〈母音〉（又譯為〈彩色十行詩〉）：

黑A，白E，紅I，綠U，藍O，母音們，
我幾天也說不完你們神祕的出身：
A是圍繞著惡臭垃圾嗡嗡叫的，
蒼蠅身上黑絨絨的緊身衣；
E是蒸氣和帳篷的潔白，高傲的冰峰，
白色的光線，傘形花微微的顫動；

I是咳出的鮮紅的血，怒火中燒
或深自懺悔時美麗雙唇的笑；
U是漣漪，綠海的神奇的顫動，
放牧著牛羊的草原上的安寧，
煉金術學者額上的皺紋的安詳；
O是號角的刺耳的奇怪的響聲
被天體和天使們劃破的寂靜，
她眼睛裡發出紫色的柔光。❽

有人說這首詩「成功地實踐了『有色聽覺』的理論」，我們也許會感到難以理解，但它對我們認識「通感」這一審美心理現象，確實提供了一種參照物。

審美通感的產生，還有其主觀的生理與心理的原因。人的各種感覺器官能夠互相溝通，是因為在各個感覺器官之間，具有某種生理上的內在聯繫。現代心理學研究的成果證明，人的五官雖然各司其職，它們各自感覺的是生活中的單項性映像，但在大腦這一分析器的中樞部分卻可以形成感覺的相互溝通，一種感覺可以借助於另一種感覺的興奮而興奮起來。這種「聯覺現象」的產

❽ 引自張英倫等主編：《外國名作家傳》（下冊）第三四三頁，中國社會科學出版社一九八〇年版。

生，亦即一種感覺兼有另一種感覺的心理現象的產生，根據美國湯普森主編的《生理心理學》的說法，是由於外界信息進入人的感官而向中樞輸送時，發生改轍換道現象的結果。例如聽覺形象轉換為視覺形象，在我國傳統美學中稱為「以耳為目」、「聽形類聲」，鍾子期聽伯牙彈琴，伯牙志在高山、志在流水，鍾子期的欣賞就達到了審美通感的境界，他讚嘆說：「美哉！巍巍乎若泰山。」「美哉！蕩蕩乎若江河。」這種建基於聯覺的基礎上的審美通感，是不分中外的，貝多芬寫完《F大調弦樂四重奏》的第二樂章之後，彈給朋友阿門達傾聽並詢問他的感受，阿門達的回答是：「我聽到了一對情人的離別。」貝多芬說：「對了，我在創作這個曲子時，心裡想的是羅密歐和朱麗葉的墳墓場面。」從生理學的角度看來，樂音這外界信息作用於人的聽覺感受器，經過某種傳遞和改道，轉送到大腦的視覺神經中樞，從而轉位為視覺形象。如果沒有生理上的某種奇妙的內在聯繫，沒有外界刺激物的能向神經活動過程的能的轉化，審美通感的產生是不可想像的。除此之外，審美通感的產生還有其心理上的原因，而且它和生理原因緊密聯繫在一起。心理學認為，通感，是一種條件反射現象，從一種感覺轉換為另一種感覺，是大腦皮層各區之間互相聯繫、互相作用的結果，是人的多種感覺在生活實踐與審美實踐中建立了特殊聯繫的結果。如同費歇爾所說：「一個感官響了，另一感官作為回憶、作為和聲、作為看不見的象徵，也就起了共鳴。」❾例如就溫度覺與聽覺的關係來說吧，人們在生活實踐中積累了大量的感覺經驗，通過語言給予概括，其中就有「熱鬧」與「冷靜」二詞，無論從自然界或日常生活來看，「熱」與「鬧」、「冷」與「靜」都是聯繫得很緊密的，於是，在作為人生經驗的藝術表現的詩賦中，就自然會有「歌臺暖響」（杜

❾〈美的主觀印象〉，見《古典文藝理論譯叢》第八冊。

牧：〈阿房宮賦〉）與「綠陰生晝靜，孤花表春餘」（韋應物：〈遊開元精舍〉）之類的有關通感的描寫。又如唐詩人劉長卿〈聽彈琴詩〉的開篇兩句：

泠泠七弦上，靜聽松風寒。

劉長卿在這裡也表現了聽覺與溫度覺的通感。「松風寒」是一語雙關的，它本來是一種琴調的名稱，因此，「靜聽松風寒」也可理解為聽彈琴者彈奏名為「松風寒」的曲調，但是，這句詩的多解性卻大大加強了它的美的內涵。「歲寒然後知松柏之後凋也」，人們在生活實踐與審美實踐中，總是把「松柏」與「歲寒」聯繫起來的，松風自然也象徵了一種傲霜鬥雪的堅貞節操，於是，「靜聽」的聽覺在心理上就通向了「松風寒」的溫度覺，表現了詩人對生活綜合的審美感知。

除上面所說的主客觀的依據之外，奇妙的通感體現在詩的藝術形象之中，還有賴於詩人基於主客觀基礎之上的創造性的聯想和想像，將自發的低級的通感，提升為自覺的高級的藝術通感。在詩歌創作中，對生活美與自然美的藝術敏感與新鮮活躍的想像，是通感產生和成長的搖籃。因此，我們也可以把通感看成一種藝術思維。心理學關於知覺組合的研究說明，在狀態上或性質上相似相同的事物之間固然可以引起感覺的轉移，在狀態、性質上不接近的甚至有相當距離的事物，也可以引起相關的聯想和想像，這樣，重要的就是詩作者對生活必須有深入細緻的獨到體驗，對生活中的各種事物能夠觸類旁通，在審美實踐中鍛鍊和提高自己合於「自然與巧妙」這一原則的感覺轉移的能力，對不同的事物進行美感的概括。在中國古典詩人之中，李賀表現了他十分活躍而突出的藝術通感的能力，在這一方面，其他的一般詩人固然無法與之相比，即使大詩人李白和杜甫也只能遜讓三分，如：

斫取青光寫楚辭，膩香春粉黑離離。
無情有恨何人見，露壓煙啼千萬枝！（〈昌谷北園新筍〉）

秦王騎虎遊八極，劍光照空天自碧，
羲和敲日玻璃聲，劫灰飛盡古今平。……（〈秦王飲酒〉）

與李白被稱為詩中的「仙才」相對，長吉真是不愧為詩中的「鬼才」。明代高棅《唐詩品匯》中說他「遠去筆墨畦徑」，這一點從他的特異的審美通感中也可以看到。〈昌谷北園新筍〉四首之二以「斫取青光寫楚辭」領起全篇，視覺形象的「青光」竟然如某些實在的物體一樣可以「斫取」，這是視覺感受與觸覺感受在自覺的藝術思維中的奇妙交感，而「露壓煙啼千萬枝」，則更是化視覺形象為聽覺形象的感覺移借了。〈秦王飲酒〉的開篇也是如此，「羲和敲日玻璃聲」，是視覺形象通於聽覺形象，詩人大約是首先有了日光如玻璃一樣光澤的感受，於是進一步產生了羲和敲日而發出玻璃般的響聲的通感，構成了這一奇詭非凡的形象。從這裡我們可以看到，成功的藝術通感是一種創造性的審美想像，也可以說是一種自覺的藝術思維，它可以通過審美主體自覺的藝術創造而得到訓練和加強。這裡，我們不妨再從唐詩中舉一例證：

裁成艷思偏應巧，分得春光最數多。

欲綻似含雙靨笑，正繁疑有一聲歌。〈溫庭筠：〈牡丹〉〉

這是溫庭筠的律詩〈牡丹〉的中間二聯，歷來是寫國色天香的牡丹的名句。在溫庭筠之前，王昌齡曾有一首〈採蓮曲〉：「荷葉羅裙一色裁，芙蓉向臉兩邊開。亂入池中看不見，聞歌始覺有人來。」王昌齡把芙蓉和採蓮少女合而為一，他聽到的歌聲畢竟不是芙蓉所唱，而是由亂入池中如芙蓉般的少女發出來的，溫庭筠，這位晚唐的詩思敏捷的才子卻不同了，他看到了牡丹含苞欲放時甜美的笑靨，當它們紛紛怒放而繁英似錦之時，他彷彿聽到了它們的一曲歡歌，這種由視覺而轉位為聽覺的奇妙的審美通感，大大加強了美的生動性和豐富性，是作為審美主體的詩人的自覺創造的結晶。朱自清〈荷塘月色〉中寫月下的荷花，有「微風過處，送來縷縷清香，彷彿遠處高樓上渺茫的歌聲似的」的通感描寫，這位嫻於中國古典詩詞的學者，在他的審美創造中，是否也從溫庭筠的作品中得到過審美通感的啟示呢？

審美通感，是以更美地表現生活與人的精神世界為指歸的，我們必須從中國古典詩歌和西方詩歌中吸收通感藝術的表現經驗，以豐富新詩的藝術表現手段，但是，西方有些現代詩人脫離生活和具體情境單純人為地濫用通感，卻並不可取，如西方詩人約翰・唐的「一陣響亮的香味迎著你父親的鼻子叫喚」之類；在我們當前的新詩創作中，某些缺乏充分的通感反應條件，矯揉造作故弄玄虛而使人不知所云不信所云的詩作，如「小草伸著懶腰，止不住地打起綠色的噴嚏」之類，實在也只能看作是對真正之詩的通感的誤解。

「繁花帶著音色唱出七彩，百鳥帶著光譜寫出歌吹。」（鄒荻帆：〈春天來了〉）審美通感，是為更動人地表現生活的美和美的思想感情服務的，讓我們探索通感藝術的奧祕，去努力地感受、發現和藝術地表現生活之美吧！

第十一章 語言的煉金術

——論詩的語言美

如果把文學的諸多樣式比為連綿起伏的群山，那麼，在山的家族之中，詩，就可以說是崛起於千山之上的峰巒，而真正的好詩，則是思想、激情、學識、才華集於一身的人才能攀援而上的峰頂。

語言，是各種不同的藝術門類的基本藝術手段。「繪畫語言」主要指線條、色彩和構圖，在平面上創造有立體感的形象，具有在二度空間描繪生活的鮮明的直接性；「音樂語言」主要是音響和旋律，它完全是依靠音響效果在人的聽覺反應中構成聽覺形象；「舞蹈語言」主要是人體的動作，有規律而多變化的舞蹈動作構成舞蹈的藝術形象，有些少數民族的看來簡單的舞蹈，其舞蹈語言也有二、三百種之多；篆刻，被海外人士稱之為中國藝術中最富有特色的一種，邊拒、殘破、陰陽、爭讓、銜連等等，就是它的主要語言。那麼，作為文學的最高樣式的詩呢？

以文字為手段的詩，是文學的最高樣式。詩的語言，是至精至純的文學語言，詩的語言藝術，是最高的語言藝術。其他任何文學樣式的作者都必須講究語言之美，詩人就更需要追求語言的美感。虎豹無文，鞟同犬羊，早在兩千多年前，我國的荀子就在〈大略〉中說過：「言語之美，穆穆皇皇。」俄國大詩人涅克拉索夫在〈形式〉一詩中寫道：「詩句，如像錢幣一樣，要鑄造得精確、清晰、真實。嚴格地遵守著規範：使用語言要緊密，思想——要廣闊。」而英美著名詩人、批評家艾略特也認為：「文學家的工作乃是和語文及意義之艱苦的纏鬥。」❶我以為，就像競技場上出色的射手們弓弦響處，他們的箭頭都奔向同一個紅心一樣，優秀的詩人在詩的競技場上，他們的語言之矢也都力圖射向一個美的紅心，這個紅心，是由具象美、密度美、彈性美、音樂美所構成的。

一

詩的語言美，首先是具象之美。

西方文藝理論批評史的第一章，是由古希臘的柏拉圖和他的學生亞理斯多德書寫的，亞理斯多德在他的名著《修辭學》中，把生動、對比和比喻作為修辭的三大原則，他說：「文字必須將景物置諸讀者眼前。」他評論荷馬的史詩《伊里亞特》與《奧德賽》時也認為：「荷馬常賦予無生命事物以生命……其出色之處，就在具體生動之效果，由彼傳出。」❷亞理斯多德關於語言的這一觀點，和歐陽修《六一詩話》記載的宋代詩人梅聖俞的看法大體一致，梅聖俞的說法是：「必

---

❶ 轉引自劉文潭：《現代美學》第一〇四頁，臺灣商務印書館印行。
❷ 轉引自黃維樑：《清通與多姿》第九七頁，香港文化事業有限公司一九八一年版。

能狀難寫之景，如在目前；含不盡之意，見於言外。」如同演奏同一首樂曲，一個用的是西方出產的小提琴，一個用的是東方古老的簫笛。實際上，他們都不約而同地說明了文學語言的首要美質和條件是「具象性」，而現代西方文學批評強調所謂「具體呈現法」，也就是指的「具象性」。科學以理服人，科學論文的語言手段是概念、判斷和推理，文學以情動人，文學訴之於文字的形象表現。詩是美文學，尤其要追逐那生動形象的具體呈現法，像牧人追尋那豐饒的草地和綠洲，要放逐枯燥說教的抽象直說法，如牧人遠避那貧瘠的荒原和沙漠。如果熱衷於純粹的理念和超出於具體之上的抽象，等待著詩人的除了失敗的結局就別無其他，而只有將抽象化為生動的具體，將審美觀照下的生活所激發的審美體驗化為新穎獨特的意象，才是詩人的英雄用武之地。正因為如此，用語言表現出來而可以具感的具有美學內涵的意象，就成了一首好詩的基本要素。如下面三聯詩句：

窗裡人將老，門前樹已秋。（韋應物：〈淮上遇洛陽李主簿〉）

樹初黃葉日，人欲白頭時。（白居易：〈途中感秋〉）

雨中黃葉樹，燈下白頭人。（司空曙：〈喜外弟盧綸見宿〉）

三位詩人所抒寫的，是大致相同的情境，他們寫景兼比喻的語言，也可以說都是相當生動的了。但是，明代的謝榛卻充當了他們異代不同時的裁判：「三詩同一機杼，司空為優：善狀目前之景，無限淒感，見乎言表。」（《四溟詩話》）司空曙雖是大曆十才子之一，但他的名聲和地位不及後來的韋應物，較白居易相差更遠，然而，在詩藝上謝榛卻不論資排輩，他的上述裁決，是他以公正的評論家身分和以嚴格的詩藝標尺來評斷的結果。他之所謂「見乎言表」，就是指司空曙詩出色的語言表現而言。白居易的詩比韋應物的詩生動，因為白詩的「黃葉」與「白頭」具有色彩感，但他們的詩同是單純的比況，而司空圖的詩不僅有白居易詩的優點，而且「雨中」和「燈下」，更是比中有「興」，有色彩而且有音響，環境和氣氛的渲染更勝一籌，能激發讀者更豐富的美感。而這一切，都是於言表可「見」的，也就是詩的語言具有鮮明的具象性，能通過讀者的想像活動獲得歷歷如見的視覺效果。

任何樣式的文學創作，語言都要求具象而非抽象，這是文學創作在語言藝術方面的共同規律，是所有文學創作的語言的共性，作為文學樣式之一的詩歌，當然也是如此，但是，詩歌語言與其他文學樣式的語言同而不同，它具有共性，也還有自己鮮明獨特的個性，即使是語言的具象性或具象之美，詩歌語言也有自己的特出之點，這就是：動態之美，色彩之美。

動態之美。詩歌語言的具象，不是對變動不居的生活作客觀的死板模擬，也不是對流動的審美情思作凝固化的處理，而是要以富於動態美感的語言，描繪出動態之「象」，簡言之，就是描繪事物的動態，或從動態中描繪事物。這樣，就構成了具象美中的一原色——動態美。詩的語言動態美的美學依據，一是根據作為審美客體的生活，一是符合讀者的審美心理狀態。因為根據唯物主義的美學觀看來，世界上的萬事萬物都處在不停息的運動之中，運動是絕對的而靜止則是相對的，春去秋來，花開花謝，日月升落，潮汐漲退，大千世界的事物都呈現出不同的運動之美，表現了生命的節奏律動和具有普遍性與永恆性的運動變化。繪畫語言，以線條和色彩在平面上描畫的是生活的靜止的形象，詩的語言則是顯示事物的運動和發展，表現的是動態的形象。同時，一首詩的最終完成必須依賴於讀者的審美想像活動，而讀者的審美聯想本身就不是凝滯的而是流動的。流動的運動的形象，在詩中較之靜態形象更富於生命感，更能調動讀者審美的積極性，激發讀者審美的愉悅，這就是詩的動態美在審美心理學上的依據。

文藝復興時代的義大利詩人阿里奧斯陀，在他的作品《瘋狂的羅蘭》裡刻劃了美女阿爾契娜的形象，詩人描寫她的眼睛：「她那雙眼睛給人的印象不在於黑和熱烈，而在於她的秋波流轉；她那嫣然一笑，瞬息間在人世展開了天堂。」萊辛對此表示極為欣賞，並在他的名著《拉奧孔》中提出了有關的重要美學見解，他分析了詩與畫的異同，說明「畫家只能暗示動態，而事實上他所畫的人物形象都是不動的」，而「詩想在描繪物體美時能和藝術爭勝，還可用另外一種方法，那就是化美為媚，媚就是動態中的美」，他認為：「在詩裡，媚卻保持住它的本色，它是一種一縱即逝而卻令人百看不厭的美。媚是飄來忽去的。因為我們回憶一種動態比起回憶一種單純的形狀或顏色，一般要容易得多，也生動得多，所以在這一點上，媚比起美來，所產生的效果更強烈。」❸其實，萊辛所說的美的「飄來忽去」的形態，以及由「回憶」這種動態美而產生的強烈的「效果」，正是包括了表現動態美的客觀生活依據與審美主觀心理這樣兩個方面。阿里奧斯陀對阿爾契娜形象的描寫，其語言是富於動態的具象之美的，然而，早在兩千多年前中國的《詩經》裡，就有這樣同工的異曲了：

---

❸ 萊辛：《拉奧孔》（朱光潛譯）第一二一頁，人民文學出版社一九七九年版。

手如柔荑，膚如凝脂，領如蝤蠐，齒如瓠犀，螓首蛾眉。巧笑倩兮，美目盼兮！（〈衛風・碩人〉）

全詩四章，這是其中的第二章，寫詩中女主人公的形象之美，前面五句，分別以五個比喻來比況人物的各個部位和肌膚色澤，雖然有形象，但全是以實比實地表現人物的靜態，或者說靜態的人物，語言顯然是不夠「生動」的，最後兩句卻以動態的語言寫人物的動態，遠渡重洋去借用萊辛的說法，就是「化美為媚」。一以寫巧笑倩麗，一以寫秋波欲流，這樣，人物就頓時顧盼神飛，雖然時隔兩千多年也仍然呼之欲出。

詩，是時間藝術，長於表現時間和運動，繪畫，是空間藝術，長於描繪靜態和物體。「若納水輨，如轉丸珠」（司空圖：《二十四詩品・流動》），詩，只有描繪事物的動態才能具象化，才能具有活生生的傳神的形象，因此，我們就不難理解我國傳統的詩歌美學為什麼那樣強調煉字，而且特別強調動詞的錘煉，而即使是名詞與形容詞，也常常讓它們兼有動詞的性質與作用，即語法學中所說的「詞的兼類」，以及其中的「名動用法」與「形動用法」。我國的古典詩歌，在漢魏以前雖然也有佳句可摘，也有如陶淵明「悠然見南山」中的「見」字可求，但那時的作品還只是注意全篇的自然渾樸，詩的藝術也還沒有發展到講究「煉字」與「煉句」的階段。「煉字」與「煉句」，畢竟是詩歌創作到了高度繁榮的唐代的自覺的產物。「語不驚人死不休」，是杜甫的自我期許，「吟安一個字，撚斷數莖鬚」，是盧延讓創作經驗的夫子自道，而「推敲」這一關於煉字的經典式佳話的創造者，也是唐代的韓愈和賈島。在唐代以前，我們確實沒有發現過上述詩歌美學的跡象。

在字的錘煉之中，煉動詞是最重要的一環。一首詩，是由一些詩的意象按照詩人的美學構思組合而成的，而真正能構成鮮明的化美為媚的意象的詞，主要是表動態的具象動詞。名詞，在詩句之中往往只是一個被陳述的對象，它本身並沒有表述發展中的情態的能力，而能給作主語的名詞以活色生香的情態的，主要就是常常充當謂語的動詞。動詞能夠構成「動態意象」，使意象鮮活飛動，這樣，具象動詞的提煉，就成了中國古典詩歌美學中煉字的主要內容，離開了煉動詞，煉字藝術就會大大地黯然失色，就如同燈火輝煌的大廳裡，熄滅了幾盞主要的燈光。

優秀的詩人，總是力圖避免平板的靜態的說明和敘述，在必不可免時，也要將這種文字裁減到最低限度，而努力將靜態敘述的形象，化為動態演示的化美為媚的意象，而原來本是動態表現的文字，就更要求它成為寫生妙語。如六朝時何遜〈入西塞示南府同僚〉詩中的「薄雲巖際出，初月波中上」，「出」與「上」本來已是動態的表現了，但杜甫的〈宿江邊閣〉詩卻化為「薄雲巖際宿，孤月浪中翻」。仇兆鰲在《杜詩詳注》中評論說：「何詩尚在實處摹景，此用前人成句，只轉換一二字間，便覺點睛欲飛。」所謂「點睛欲飛」，關鍵就是杜甫的動態演示更為傳神出色。杜甫的「四更山吐月，殘夜水明樓」（〈月〉）也是這樣，「明」本來是表示光亮的形容詞，杜甫在這裡之所以用得分外出色，就是「明」字這一形容詞在這裡兼攝了動詞的作用，使得樓臺燈火在暗夜和水波的反襯之下，更富於動態之美。此外，杜甫這一聯詩中的「吐」字也是下得極妙的，曾啟發過後代許多詩人的靈心，下面舉例加以比較：

四年風露侵遊子，十月江湖吐亂洲。（陳與義：〈巴丘書事〉）

滿城鐘磬初生月，隔水帘櫳漸吐燈。（查慎行：〈移居道院納涼〉）

霧裡山疑失，雷鳴雨未休。夕陽開一半，吐出望江樓。（鄭板橋：〈江樓〉）

酒入豪腸，七分釀成了月光
餘下的三分嘯成劍氣
繡口一吐就半個盛唐（余光中：〈尋李白〉）

一二三四五
我們在練大字
六七八九十
我們在演算術
一架噴射機把天空吐得那麼髒
弟弟抓起一把雲來擦
（高射炮彈開黑花
孩子們快回家）（洛夫：〈高空的雁行〉）

宋代詩人陳與義對杜甫的詩心儀已久，他在國破時艱之中渡江南來後，於湖南岳陽寫下的〈巴丘書事〉一詩，也嘗試著用了一個「吐」字，清代高步瀛在《唐宋詩舉要》中讚美說：「言水落而洲出也，吐字下得奇警。」與杜甫詩比較起來，陳與義的詩句雖未能獲得出藍之譽，但也可以說有所師承而又頗具創造精神。清初詩人查慎行大約於此也未能忘情，不然就是因為熟讀前人詩句而形成一種詩的潛意識，他寫華燈初上燈水交輝的夜景時，也用了一個「吐」字，化靜為動，造語新奇，這個富於動態美的「吐」字的運用，可以說真是不讓杜甫與陳與義專美於前。在上述這些著名詩人之後，揚州八怪之一的畫家兼詩人鄭板橋又接踵而來，他雖然同是用一個「吐」字，卻是表現不同的情境而又別開妙境。如果說，這些詩作都是古典詩人的創造，那麼余光中的〈尋李白〉，就是一曲新歌了。李白，中國詩史上的這位曠代奇才，是中華民族永恆的驕傲，他和酒結下的是不解之緣，他喜愛天上的明月，寫下了許多詠月的篇章，同時，他的性格與作風的重要內容之一就是任俠，「撫劍夜吟嘯，雄心日千里」，他不止一次地謳歌那閃閃發光的寶劍，而他那豪邁恣肆的詩篇，反映了他所處的那個時代的面貌，今人評論他的詩是「盛唐之音」，因此，余光中的「繡口一吐就半個盛唐」，就是以匪夷所思的奇思妙句，為我們民族的這位詩仙造像傳神。〈高空的雁行〉在洛夫的作品中，是首別具風格與韻味的詩。詩分四節，每節均以「一二三四五」和「六七八九十」的數字領起，頗具兒歌風。在以上所引一節中，「吐」字用得不僅富於動態，而且十分新警，前人從來沒有如此用過，純屬洛夫的戛戛獨造。在語言學上，英國倫敦學派的創始人弗斯有所謂「情境意義」的理論，他認為「情境意義」的產生，不能脫離「典型參與者」和「情境上下文」，從上引詩句可以看到，「吐」字本來是一個普通的動詞，單獨看來並沒有什麼奇警與平凡之分，但是，在有才華有歷史感的詩人的筆下，在具體的語言情境中，它卻顯示了語言的具象性，表現了不同凡俗的動態之美，如同一顆寶石，使全句乃至全詩熠熠生輝。

詩的語言的具象性，不僅要表現出事物的輪廓及其動態，使得意象觸手可及，呼之欲出，而且要表現出事物的色彩。色彩，本來屬於繪畫美的範疇。在我國新詩史上，詩人聞一多最早提出並再三強調詩的繪畫美，他寫於一九二六年的〈詩的格律〉一文，就提出了新詩要有「音樂的美」、「繪畫的美」和「建築的美」的主張。他說：「在我們中國文學裡，尤其不應當忽略視覺一層，因為我們的文字是象形的，我們中國人鑒賞文藝的時候，至少有一半的印象是要靠眼睛來傳達的。原來文學本是佔時間又佔空間的一種藝術。既然佔了空間，卻又不能在視覺上引起一種具體印象——這是歐洲文字的一個缺陷。我們的文字有引起這種印象的可能，如果我們不去利用它，真是可惜了。」❹聞一多所說的訴之於視覺的具體印象，就是中國文字摹形繪色的功能。在我國古典詩論史上，可以追溯到聞一多具有民族特色的「繪畫的美」這一理論的源頭，那就是詩書畫三絕集於一身的蘇軾的觀點。他在評王維的〈藍田煙雨圖〉時說：「味摩詰之詩，詩中有畫；觀摩詰之畫，畫中有詩。」在〈韓幹馬〉一詩裡，他讚許「少陵翰墨無形畫，韓幹丹青未語詩」，他認為杜甫的詩是無形的畫，韓幹的畫是無聲的詩。以後，方薰在〈山靜居畫論〉中也稱讚杜甫「此老使筆如畫」，王嗣奭在《杜臆》中還特別提出過杜甫的「以畫法為詩法」的藝術。在西方的文藝理論批評中，古羅馬詩人兼批評家賀拉斯和古希臘詩人艾德門茨，就分別提出過「詩歌就像圖畫」、「畫為不語詩，詩是能言畫」的看法，但那是從廣義的詩畫關係來立論的。從中國語言文字的特

---

❹《聞一多論詩》第八四頁。

殊性以及詩畫藝術緊密結合的民族傳統來考察，詩的繪畫美，應該說是中國詩歌獨有的民族藝術傳統，是西方其他語系的文字所不能相比的。

作為空間藝術的繪畫，在平面上表現靜態的視覺形象，其基本藝術手段是線條、色彩與構圖，在近代的攝影機發明以前，它是唯一的可以為生活中各種形象錄相的藝術，即晉代陸機所說的「存形莫善於畫」。「畫」，本來的意義是以線勾取物形，著重於物體的「形」。「繪」，本來的意義是以顏色渲染物象，著重於「色」，孔子所說的「繪事後素」，就是這個意思。繪畫的色彩，直接以不同的顏色訴之於觀眾的視覺，而詩的語言的色彩感，則以文字作間接的描摹，而通過讀者的審美聯想活動來完成。生活中的萬類萬物都有不同的色彩，我國古代繪畫理論如六朝齊代謝赫《六法》中所說的「隨類賦彩」，就是根據被描繪對象的不同顏色而予以色彩的表現，正如同宋代蔡絛在《西京詩話》中所說的：「丹青吟咏，妙處相資。昔人謂詩中有畫，畫中有詩者，蓋畫手能狀而詩人能言之。」❺詩是語言藝術，雖不能如同繪畫直接地以色彩描繪客觀事物，但卻可以用表示或者暗示色彩的文字的虛摹，來引起讀者對於色彩的美感聯想。

是的，詩人不是丹青妙手，他不能像畫家一樣擁有一個五顏六色的調色板，但是，作為一個詩人，畢竟不能成為語言的色盲，他也應該有一個語言的彩色碟，具有對色彩敏銳的藝術感覺，善於發揮文字的訴之於讀者想像的潛在功能。詩人臧克家作為聞一多的學生，他曾經回憶說，聞一多對色彩的感覺特別敏銳。確實，如果說王維是詩人而兼畫家，那麼聞一多也是。聞一多一九二二年去美國留學，就讀芝加哥藝術學院，他攻讀的是繪畫，直到晚年，他還保持了對繪畫的濃

❺《中國歷代詩話選》第三五三頁，岳麓書社一九八五年版。

烈興趣。他的詩作的語言很注意色彩的呈現：

這燈光漂白了的四壁。〈靜夜〉

拾起來，還有珊瑚色的一串心跳。〈收回〉

也許銅的要綠成翡翠，
鐵罐上銹出幾瓣桃花；
再讓油膩織一層羅綺，
霉菌給他蒸出些雲霞。

讓死水酵成一溝綠酒，
飄滿了珍珠似的白沫；
小珠們笑聲變成大珠，
又被偷酒的花蚊咬破。〈死水〉

在上述詩的片斷中，詩人就充分發揮了對語言的色彩的敏感，使描繪的物象得到色彩的呈現。〈死水〉一詩，是以「死水」來象徵半封建半殖民地的舊中國，這首詩被認為是完美地體現了聞一多「音樂的美」、「繪畫的美」、「建築的美」主張的作品。上面所引的是第二、三兩節，那些能引起多方面色彩聯想的字眼，既是對一潭死水的如實描摹，也是對腐敗而光怪陸離的舊中國的間接暗喻。在當代詩人中，阮章競的名作〈漳河水〉那如出色的風景畫一樣的開篇，是叫人難以忘情的：

漳河水，九十九道灣，
層層樹，重重山，
層層綠樹重重霧，
重重高山雲斷路。

清晨天，雲霞紅紅艷，
艷艷紅天掉在河裡面，
漳水染成桃花片，
唱一道小曲過漳河沿。

前一節寫山，畫面是由綠色、乳白色兩種色調構成的，後一節寫水，畫面是由紅霞、碧水兩種景物構成的。一九八三年九月在新疆的一次詩會期間，我看到阮章競背著畫板，在山谷流泉邊揮毫作畫，我突然想到他的〈漳河水〉的開篇，難怪有如從畫家的調色碟中渲染出來的一幅水彩。

談到語言的色彩感，我們自然不免要提到煉字中的煉形容詞，特別是形容詞中的表色彩的詞。詩歌，是社會生活的主觀化的表現，少不了繪景摹狀，除了化抽象為具體、變無形為有形之外，還必須表現出事物的色彩，豐富讀者美的感受。這一任務，相當大的部分由形容詞來擔當，或由形容詞中表色彩的形容詞來承負。在古典詩歌中，可以看到這樣一種令人饒有興味的美學現象，即表顏色的形容詞除了用在詩句中的各不相同的位置，如杜甫的「老身倦馬河堤永，踏盡黃榆綠槐影」，如王安石「春風過柳綠如繰，晴日蒸紅出小桃」，此外，還有一種特殊的用法，那就是醒目地用於句首或句末：

青惜峰巒過，黃知橘柚來。（〈放船〉）

魂來楓林青，魂返關塞黑。（〈夢李白〉）

遠岸秋沙白，連山晚照紅。（〈秋野〉）

紫崖奔處黑，白鳥去邊明。（〈雨〉）

碧知湖外草，紅見海東雲。（〈晴〉）

波漂菰米沉雲黑，露冷蓮房墜粉紅。（〈秋興〉）

（以上杜甫）

綠筠遺粉籜，紅藥綻香苞。〈《自喜》〉

暗暗淡淡紫，融融冶冶黃。〈《菊》〉

金輿不返傾城色，玉殿猶分下苑波。〈《曲江》〉

紅露花房白蜜脾，黃蜂紫蝶兩參差。〈《閨情》〉

曾是寂寥金燼暗，斷無消息石榴紅。〈《無題》〉

（以上李商隱）

日落江湖白，潮來天地青。〈王維：〈送邢桂州〉〉

鬢從今夜添新白，花似去年依舊黃。〈李後主：〈九日〉〉

殘暑一窗風不動，秋陽入竹碎青紅。〈范成大：〈晚思〉〉

守著窗兒，獨自怎生得黑！〈李清照：〈聲聲慢〉〉

宋代的范晞文，早就在《對床夜話》中說：「老杜多以顏色字置第一字，卻引實字來。」老杜這種詩法，很有點像西方的印象派繪畫，印象派繪畫注重表現「瞬間印象」，此派畫家對大自然的光色變化的色彩感覺十分銳敏，如印象派的中心人物、法國畫家莫奈的〈日出〉、〈海濱〉等名作就是如此。上引杜甫等人的詩句，強調捕捉的是色彩鮮明的印象，詩句首先激發欣賞者鮮明而豐富的色彩美感，然後再去深入感知色彩之後所描繪的事物。表色彩的形容詞煉於句末的方式則恰恰相反，它首先讓欣賞者感知所描繪的事物，然後再讓欣賞者的想像在純然是色彩的世界中飛翔，並進一步體味所描繪的事物的美質。在學習古典詩人這種詩的美學而有所創新方面，我們可以看到一些新詩人的苦心和努力。

詩的語言的具象性，為什麼能構成美感呢？因為語言是生活的直接現實，是思維的物質外殼，同時，在文學作品包括詩歌作品中，它又是作品的藝術世界與讀者的主觀審美感知的中介。在人的審美感知中，視覺與美的關係最為密切，因為在生活中和在文學作品中都是一樣，美總是具體可感的形象，不具形象的美是很難想像的。作為審美對象的形象，主要有視覺形象與聽覺形象兩類。視覺形象，由事物的形狀、動態、線條、色彩等因素構成，具有形態的實感，能夠引發欣賞者的視覺美感。因此，德國大詩人歌德稱視覺為「最清澈的感覺」，車爾尼雪夫斯基也早已說過「美感是和聽覺、視覺不可分離地結合在一起的」。正如「原型批評」的權威加拿大的弗萊所說：「文學似乎是介於音樂和繪畫二者之間：文學的語言一方面形成節奏，近於一串樂音，而在另一方面則形成圖案，近於象形文字或圖畫的意象。」❻正因為如此，以動態之美與色彩之美為主要呈示

❻ 轉引自張淑香：《李義山詩析論》第一一頁，臺灣藝文印書館一九七四年版。

形態的漢語詩，語言的具象之美，就更能使欣賞者獲得充分的美感享受了。

二

在詩的語言美的領土上，除了具象美這面旗幟之外，還有其他的旗幟飄揚，其中之一就是「密度美」這面悠悠旆旌。

密度，原是物理學的專有名詞，指物體的質量及其體積的比值，在同一個體積之中，所包含的質量愈高，那麼它的密度就愈大。後來西方現代文學批評借用來作為詩歌批評的用語，認為詩歌要講究語言密度。依照我的理解，密度，不是指文字的繁多與篇幅的冗長，恰恰相反，其基本含意就是指在有限的文字和篇幅中包孕盡可能稠密的內涵，表現盡可能豐富的生活與思想感情的美學內容，引發讀者盡可能豐富多樣的美感。詩歌講究密度，必須通過語言文字來表現，因為語言是人類社會的一種特有的信息系統，語言的密度愈高，它所包容和觸發的信息量就愈大愈多，如果說一首詩作就是一個信息儲存器，那麼，這個儲存器就是由語言文字建構而成的。詩，特別講求信息的豐富，也特別講求作為信息接收者的讀者的反饋作用。因此，詩的語言的密度美，就成為了詩歌語言的顯著美學特色之一。我國宋代的吳沆，在《環溪詩話》中就曾引用張右丞對杜甫的評論：

杜甫妙處，人罕能知。凡人作詩，一句只說得一件物事，多說得兩件；杜詩一句能說得三件、四件、五件物事。常人作詩，但說得眼前，遠不過數十里內，杜詩一句能說數百里，能說兩軍州，能說滿天下。此其所以為妙。且如「重露成涓滴，稀星乍有無」，也是好句，然「露」與「星」只是一件事。如「孤城返照紅將斂，近市浮煙翠且重」，也是好句，然有「孤城」，也有「返照」即是兩件事。又如「鼉吼風奔浪，魚跳日映沙」，有「鼉」也、「風」也、「浪」也，即是一句說三件事。如「絕壁過雲開錦繡，疏松夾水奏笙簧」，即是一句說了四件事。至於「旌旗日暖龍蛇動，宮殿風微燕雀高」，即是一句說五件事。❼

他將別人的詩與杜甫的詩對比，認為別人一句只說得一件至二件事物，而杜甫一句則說得三至五件事物，雖然吳沆沒有可能使用「密度」這個現代的批評用語，但他所說的，實質上也就是詩的語言密度問題。如果我們承認所謂「密度」可以用一句簡潔的話來概括，那就是「文字簡約，內涵豐富」，那麼，我們就會驚喜地發現，「密度美」這一枚獎章固然可以佩戴在外國優秀詩人的胸前，但它的光榮似乎應該更多地屬於中國古典詩人以及中國古典詩歌語言。

是的，所有可以稱為文學作品的作品，都應該講究語言的密度，任何忠實於藝術生命的作家都不會去浪費語言，像不知稼穡之艱難的紈袴子弟，揮霍他們得來容易的錢幣。然而，由於篇幅遠較其他的文學樣式來得簡短，也由於主要不是作用於讀者的知性和推理，而是作用於讀者的美感體驗與美感想像，語言簡約，講求密度，就成了中外詩歌語言美的共同標記。確實，中外古今的詩人不論他們的藝術觀點如何不同，也不論他們實際的藝術成就怎樣，語言的密度，畢竟是他

❼《歷代詩話論作家》第二六七頁，湖南人民出版社一九八四年版。

們在詩的競技場上共同追逐的一個目標。經日本十七世紀詩人松尾芭蕉提倡而成為獨立詩體的「俳句」，一般是以三句十七音組成一首短詩。而另一種詩體「柔巴依」，則出自波斯與塔吉克的民間口頭創作，並由波斯語古典文學代表作家魯達基定型，它在古波斯又名「塔蘭涅」(Taraneh)，即「絕句」之意。這種四行一首的短詩，以不同的譯文風行世界，如同美國詩人兼評論家洛厄爾的一首小詩所說：「波斯灣孕育了這些思想之珠——一顆顆閃著滿月的柔和光輝——奧馬爾掰蚌剖貝把珠兒採出，菲茨傑拉德用英語一線串住。」英美意象派主將龐德的〈地鐵站上〉，初稿為三十行，六個月後改為十五行，一年之後壓縮為二行，至今仍不失為名作，至少在如何講究密度這個問題上，可以給我們特別是動輒數十百行的詩作者以某種藝術的教益。詩人佛靈特的〈天鵝〉，原來一共有六十九行之多，龐德在將它收入意象派詩選時，大約是和自己以身作則不無關係吧，他毫不留情地將它壓縮為十二行，這，至今也是西方詩壇於我們也不無啟示的佳話。確實，外國詩人特別是現代英美意象派詩人，也是講究詩的語言密度的，意象派六原則之一就是不用無益的形容詞，以上所引的詩例就是明證。

不錯，語言的「密度美」是詩歌語言美的共同規律，而並不是中國詩歌所獨有的「國粹」。但是，我們畢竟要不無自豪之感地看到，中國的古典詩歌更有講求語言密度美的美學傳統，積累了豐富的有關美學經驗，有如一座蘊藏豐富的寶山，有待詩學的勘探隊員們前去作更廣泛、更深入的探測和開掘，等待著我們的是一個效益可觀而浩大艱巨的工程。中國的古典詩歌，有古體詩和近體詩之分，形式也多種多樣，但近體詩中的絕句與律詩，卻是兩種主要的成就也是最大的詩體，五絕二十個字，七絕二十八個字，五律四十個字，七律五十六個字，世界上其他國家的詩歌體式，除了日本的和歌、俳句、波斯的柔巴依之外，像如此之精煉的恐怕也不為多見吧？詩成珠玉在揮毫，中國古典詩歌的律絕，經過唐宋兩代詩人的艱苦經營，留下了許多精美如珠玉的篇章。元明清三代有才華而又不甘心株守前人遺產的作者，雖然在整體成就上已經無法趕上乃至超越昔日的光榮，但也還是有不少可讀可誦的清辭麗句，只要我們不因為泰山岳峙於天而對眾山視而不見。因此，我們完全可以實事求是而心平氣和地說，密度美，是中國詩歌語言美最突出的表徵，是中國古典詩歌語言最可寶貴的民族傳統特色之一。

語言，是思想的直接現實，也是一種信息系統。詩中的語言密度，歸根結柢，是由信息源的詩人對生活的美感體驗的深廣，以及對作為信息儲存器的語言的敏感與功力所決定的。對生活淺嘗輒止，沒有經過淨化與昇華的人生經驗，對語言本身缺乏藝術的敏感和調遣自如的功力，不可能追逐到語言的密度之美。日本學者濱田正秀在他所著的《文藝學概論》中論及語言時，發表了如下的意見：「語言具有客觀示意性和主觀表義性這樣雙重含義。也就是說，語言處在主觀同客觀的切點上，它既是理論性的工具，又是表述感情的手段。……而最能充分地運用語言的切點機能的，要算是詩的語言了。」❽他所謂「作為切點的語言」，不失為新穎之論。照我看來，主觀上的表義性是指作為審美主體的詩人對作為審美客體的生活的主觀體驗，而客觀的示意性則是這種美學體驗形諸語言文字之後的物態化。二十世紀以來，人們從不同的角度去探討語言現象，在現代語言學的家族之中，有心理語言學、社會語言學、教育語言學、歷史語言學、地理語言學等等旁系分支。而詩的美學，則是從美學的角度來探討詩的藝術規律與藝術世界的學問，詩的語言學，

---

❽ 濱田正秀：《文藝學概論》第五二頁，中國戲劇出版社一九八五年版。

也同樣是探討語言在詩中或云詩中語言的獨特表現的科學。因此，我們且在詩的海洋上揚起探求者的風帆，看看是否能在金銀島上探索到一些詩的語言密度美的珍寶。

詩的語言密度美的獲致，從消極方面來說，需要濃縮和壓縮。在美的領域中，單純而豐富的形象能給人以更多的美感，或者說能更多地引發欣賞者對美的想像，與此相反，如同一棵樹上有過多的枯枝敗葉而削弱了觀賞者的美感一樣，蕪雜與臃腫的形象，也不能不損害和諧之美與充實之美。因此，所有的文學大家都十分注意美學中的「一」與「多」的統一，力求語言簡潔而內涵豐富。例如契訶夫就曾說「簡潔是天才的姐妹」，而當代美國著名作家、諾貝爾獎金獲得者海明威則被稱為一個「拿著一把板斧的人」，意謂他對十九世紀後半葉以來美國文學中文風蕪雜的弊病，曾大加攻伐。他的名作〈永別了，武器〉的末頁，就修改刪削了三十多遍，而《老人與海》的手稿，也刪改了近二百遍才付印。小說尚且如此，何況是詩？詩對創作者來說是時間的藝術，對欣賞者而言也是時間的藝術，欣賞者讀詩，在極為短暫的時間中如能獲得深刻而豐富的美的印象，即是由於詩本身具有形式「少量」而內涵「密質」的特色的結果。而這種美學效果的獲得，則和語言的濃縮與壓縮分不開。如同馬雅可夫斯基在〈和財務檢查員談詩〉中所說：

作詩——
和鐳的提煉一樣。
一年的勞動，
一克的產量。

為了提煉僅僅一個詞兒，
要耗費
幾千噸
語言的礦藏。

善哉斯言！龐德也有大致相似的見解：「偉大的文學，無非是意義濃縮到了極點的語言。」⑨這大約是所謂「英雄所見略同」吧？

濃縮和壓縮，就是文字最大限度地向內凝縮，涵蘊最大限度的向外延展。向內凝縮，即做到沒有任何多餘的字、詞、句、段，像鐵匠打鐵一樣，去掉任何多餘的雜質；向外延展，即在文字的高度濃縮和簡約之後，詩的容量具有極大的文字之外的空間延展性。《王直方詩話》曾經記載說，有人寫有詠松之句是「影搖千尺龍蛇動，聲撼半天風雨寒」，一位和尚認為不如「雲影亂鋪地，濤聲寒在空」。別人用以去請教詩人梅聖俞，梅聖俞的裁判是：「言簡而意不遺，當以僧語為優。」獲得詩的語言密度美的這種「言簡而意不遺」的方法，謝榛在《四溟詩話》中稱之為「縮銀法」，他是這樣說明的：「成皐王傳易及子弦易問作詩有『縮銀法』，何如？予因舉李建封詩：『未有一夜夢，不歸千里家。』此聯字繁辭拙，能為一句，即縮銀法也。限以炷香，香及半，弦易曰：『歸夢無虛夜』，香幾盡，傳易曰：『夜夜鄉山夢寐中。』予曰：一速而簡切，一遲而流暢。」李建勛的詩原為十個字，且純為知性的解說，讀來索然無味，別人壓縮為五字或七字，刪減了字數，意

⑨ 轉引自黃國彬：《中國三大詩人新論》第四五頁，香港學津書店一九八一年版。

思不僅保留了，而且詩味也較原作為佳。與此相反，杜牧〈山行〉中的「霜葉紅於二月花」，本來是膾炙人口的名句，可是後代有個叫做李中的詩作者，卻拙劣地模仿為「好是經霜葉，紅於帶露花」，文字增多而詩質稀薄，他自然只能得到佛頭著糞或是點金成鐵的譏評。白居易曾寫有〈晚歲〉一詩：「壯歲忽已去，浮雲何足論。身為百口長，官是一州尊。不覺白雙鬢，徒言朱兩幡。病難施郡政，老未答君恩。歲暮別兄弟，年衰無子孫。惹愁諳世網，治苦賴空門。攬帶知腰瘦，看燈覺眼昏，不緣衣食繫，尋合返丘園。」對這首十六句的作品，謝榛不懾於白居易的鼎鼎大名，他認為可以刪去一半，剩八句即可。英國著名詩人雪萊在一封書信中曾經說過：「緊凝（intensity）是每種藝術的極致。能緊凝，則一切雜沓可厭之物，皆煙消雲散，而與美和真接壤。」❿從這一標尺出發，我們衡量下面的詩例：

玉樹歌殘王氣終，景陽兵合戍樓空。
松楸遠近千官冢，禾黍高低百代官。
石燕拂雲晴復雨，江豚吹浪夜還風。
英雄一去豪華盡，唯有青山似洛中。（許渾：〈金陵懷古〉）

玉樹歌殘王氣終，景陽兵合戍樓空。

❿ 轉引自黃維樑編著：《火浴的鳳凰——余光中作品評論集》第二八三頁，臺灣純文學出版社一九七九年版。

> 英雄一去豪華盡，唯有青山似洛中。（謝榛壓縮）

對許渾〈金陵懷古〉詩的中間兩聯，前人還是有稱道的。但是，如果不是從局部而是從整體的美學效果來看，我還是同意謝榛在《四溟詩話》中的看法，他以為刪去中間四句，「則氣象雄張不下太白絕句」。我要補充說明的是，字數整整減少了一半，但全詩卻呈現出淨化之後的透明狀態，詩質達到飽和點，能引發欣賞者更豐富的審美聯想。如果打一個跛腳的比喻，那就如同有雜質的毛鐵在經過千錘百煉之後，成為密度極高的百煉精鋼，更具寸鐵殺人的威力。

在新詩創作中，經壓縮而字數減少意義卻不減少的例證也並不稀見。如果說，宋玉在〈登徒子好色賦〉中讚美「東家之子」身材適度，「增之一分則太長」，那麼，在真正的詩作中，哪怕是多一個字也應視為贅疣，有損詩的語言密度之美。如公劉〈五月一日的夜晚〉中的後一節：

> 整個世界站在陽臺上觀看，
> 中國在笑！中國在跳舞！中國在狂歡！
> 羨慕吧，生活多麼好，多麼令人愛戀，
> 為了享受這一夜，我們戰鬥了一生！

引文中打了著重號的「跳舞」的「跳」字，是公劉寄往《人民文學》的原稿中曾有的，發表時，負責編輯的詩人呂劍刪去了這個「跳」字。這個「跳」字顯然無益於「中國在舞」這個美好的意象，而且就詩的音樂感來說，也顯然是一個純屬多餘的不和諧音。古代流傳的「一字師」的詩壇佳話，一般都是改易一個字，呂劍卻是刪去一個字，這並不妨礙公劉後來稱呂劍為他的「一字師」。的確，這一字之刪，嚴於斧鉞，淨化了文字，也圓融和稠密了詩意。即使如詩聖杜甫，他的〈送王十五判官扶侍還黔中〉有句云「離別不堪無限意」，前人就因為它語意重複而譏之為「無聊之極」(朱瀚)，何況是我們？舉一隅而三隅反，我們的詩作者不是可以從中得到有益的啟示嗎？

追求詩的語言的密度美，從積極的意義上來說，就有賴於在煉意的前提下，將煉字、煉句、煉意統一起來。一個部門要提高辦事效率，就必須裁汰冗員，合併或精減不必要的機構，充分發揮每一個工作人員的潛力，詩也彷彿如此。詩的寫作，也要從字、句、篇這三個基本核算單位出發，盡量裁減冗員，合併詩句，刪去一切贅疣，同時，除了消極地刪削之外，重要的是還必須積極地煉，而講究煉字、煉句、煉意及其結合，是中國古典詩歌的民族傳統之一，也是中國古典詩美學的一個突出特色。西方的詩人們雖然也有這方面的見解和實踐，但卻沒有像中國詩人這樣以之作為自覺的美學追求，在理論上也缺乏這方面系統的概括。我國古典詩歌講究煉字，除了每一個字都必須千錘百煉外，還很注意「詩眼」，即一句詩或一首詩中最為精煉傳神的一個字。「一字未安姑棄置」，大詩人陸游就是這樣表述過他的藝術責任心。而「詩要煉字，字者眼也」，「工在一字，謂之句眼」，仇兆鰲在《杜少陵集詳注》中再三強調了「詩眼」之說。可以看出，所謂煉字是有自己的美學目標的，這就是：一方面要求對整首詩的語言作美學淨化，做到去掉一切可有可無的文字雜質，達到語言洗煉而內涵豐厚的境界，另一方面還要錘煉出精妙動人的傳統美學稱之為「詩眼」的字，更動人地表現生活，給人以更豐富的美感。煉句，是中國詩歌美學的重要環節，在實踐與理論方面都給我們留下了寶貴的遺產。杜甫說自己「為人性僻耽佳句，語不驚人死不休」，這早已成為歷代詩人望鳳來儀的一面藝術旗幟了。更值得注意的是他的美學思想，杜甫在評論前代或同代詩人的詩作時，固然著重其人與其整個作品，但也有很多時候是從「句」的評價著眼的，而談到自己的作品時，對「句」在詩中的地位也給予了足夠的重視。「賦詩新句穩，不覺自長吟」（〈長吟〉），「不薄今人愛古人，清辭麗句必為鄰」（〈戲為六絕句〉），「詞人取佳句，刻畫竟誰傳」（〈白鹽山〉），「覓句新知律」（〈又示宗武〉），這是自己的創作經驗談，而評論別人的則更多了，道李白是「李侯有佳句，往往似陰鏗」（〈與李白同尋範隱居〉），說高適是「美名人不及，佳句法如何」（〈寄高三十五〉），讚美孟浩然是「吾愛襄陽孟浩然，清詩句句盡堪傳」（〈解悶十二首・孟浩然〉），稱美王維是「最傳秀句寰區滿，未解風流相國能」（〈解悶十二首・王維〉）。對名家如此，對非名家他也提出過同樣的審美要求：「近來海內為長句，汝與山東李白好」（〈蘇端薛復筵簡薛華醉歌〉），「清詩句句好，應任老夫傳」（〈贈嚴武〉），「史閣行人在，詩家秀句傳」（〈哭李之芳〉）。煉字與煉句，在詩創作中有其獨立的美學意義和價值，但它們又絕不是一個孤立的存在，就像一排迅跑的運動員奔向終點線一樣，煉字和煉句都是向煉意這一條終點線衝刺的。杜甫重視字句，但更十分重視煉意與完整的全篇：「庾信文章老更成，淩雲健筆意縱橫」（〈戲為六絕句〉），這不是讚美庾信的縱橫之「意」嗎？「謝朓每篇堪諷咏」（〈寄岑嘉州〉），這不是讚美謝朓的完整之「篇」嗎？是的，正如同一個戰士、一個班組要在統一號令之下才能充分發揮戰鬥力一樣，煉字與煉句也必須以煉意為前提才具有美的價值。因此，有字無句固然不足取，有字有句而無篇，那也只具有單一的美，而缺乏複合的整體美，在詩美學中，複合美是遠較單一美為高的美學層次。只有篇中煉句，句中煉字，煉字不單是煉形、煉聲、煉色彩，同時也是煉意，煉句也不單是煉佳句、秀句、奇句、豪句、警句、驚人句等等，同時也是為了煉美的全篇，這樣才能達到美的勝境。以我們今天的語言來表述，為了求得詩的語言的密度美，就必須將煉字、煉句、煉意統一起來，使「意」——作者主觀的審美情思和所表現的客觀社會生活內容，通過簡煉的語言不僅得到具體化、生動化的顯示，而且得到深廣化、美學化的表現。

中國古典詩歌錘煉語言以求密度之美的美學傳統，被許多新詩人繼承並發揚光大。新詩史上的聞一多，在這一方面也頗為突出，這位曾經遠渡重洋去西方取經並嫻於西方詩歌的詩人，在創作中他也曾經在西方詩歌的藝術殿堂裡燃起過他的一炷心香，他強調向西方詩歌特別是它們的藝術技巧學習，但是，在詩的內容和靈魂上，他始終屬於東方和中國，他承繼了中國古典詩歌的傳統而加以發揚，語言的錘煉就是其中之一。他在〈英譯李太白詩〉一文中說：「中國的文字尤其中國詩的文字，是一種緊湊非常——緊湊到了最高限度的文字。」他還認為：一個字要當幾個字用，隻字半詞都是珍貴的，字不虛設，然後辭簡意密，情重味雋。——這，完全是中國詩歌傳統美學思想的闡述和發展。例如寫於一九二五年春的名作〈洗衣歌〉，詩人在完稿之後還修改過三次之多，他還給梁實秋寫信徵詢有關字句的修改意見。他的長女立瑛不幸夭逝，他先後寫了三首悼亡詩，除〈忘掉她〉、〈我要回來〉之外，就是每節四行的〈也許〉。這首詩，一九二五年發表時共為六節，一九二八年《死水》出版時刪成四節。剛發表時其中三節如下：

也不要讓星星睜眼，
也不要讓蜘蛛牽絲……

一切的都該讓你酣眠，
一切的都應該服從你！

也許這荒山的風霜，
真能安慰你，休息你。
我讓你休息，讓你休息；
我吩咐山靈別驚動你。

也許聽著蚯蚓翻泥，
聽細草的根兒吸水。
也許聽著這般的音樂，
比那咒罵的人聲更美。

收入詩集《死水》時，這三節詩改為如下兩節：

不許蒼鷺撥你的眼簾，
不許清風刷上你的眉，
無論誰都不許驚醒你，
我吩咐山靈保護你睡。

也許你聽著蚯蚓翻泥，
聽那細草的根兒吸水，
也許你聽這般的音樂，
比那咒罵的人聲更美。

十五年後，聞一多在編選《中國新詩選》時，對上述這八句詩又作了精心的修改：

不許陽光撥你的眼簾，
不許清風刷上你的眉，
無論誰都不能驚醒你，
撐一傘松陰庇護你睡。

也許你聽這蚯蚓翻泥，
聽這小草的根鬚吸水，
也許你聽這般的音樂，
比那咒罵的人聲更美。

可以看出，詩人不斷錘煉的結果，爐火是更純青了，不僅詩的意象更為鮮明和豐盈，而且達到了字無可削、句無可刪的詩美的高難境界，語言向內凝縮，全詩好似純粹透明的晶體，即使在善於挑剔者的放大鏡下，也難有一絲可以再挑剔的雜質；全篇富於張力，飽和狀態的詩意向外延展，如同多棱形高密度的金剛鑽，面面生輝，引發讀者豐富的聯想。

詩歌語言的密度之美，還和詩的語言的暗示性有關。一座園林，按曹雪芹的說法是該藏的要藏，該露的要露。因為只有露中有藏，藏中有露，才會峰迴路轉，曲徑通幽，使得實際上的天地與遊賞者審美心理的天地結合起來，才顯得園林的深邃和豐富。而一覽無餘，一眼洞穿，即使地域寬大，也會因為堵塞了讀者想像的通路而感到格局狹窄。詩歌，則更是如此。文字，作為信息符號或信息系統，本來有兩種主要的功能，一是說明意義，即指示性，一是作出啟發，即暗示性。廣義上的散文家重前者，而詩人卻看重後者。詩人要力避平直的敘述和抽象的說明，而要追求啟發與暗示。指示性的文字，一般說來內涵明確，密度反而較小，暗示性的文字，內涵具有伸縮性和延展性，能在作為信息接收者的讀者的審美活動中，釋放和產生更多的信息，這樣密度反而較大。我國的古典詩歌美學自司空圖《二十四詩品》倡導「不著一字，盡得風流」以來，不論詩人們分屬於哪一個流派，觀點如何不同，但大都異口同聲地贊同司空圖的這一主張，或變換說法加以引申發展。這，和西方浪漫主義詩歌喜歡放縱主觀感情而偏於直說是不同的。詩歌，不是歷史的大事記，不是事物的說明文，也不是某種教義的教科書，它的語言，不同於說明式、鑒定式、訓誡式的語言。詩歌雖絕不排斥真誠的直抒胸臆，絕不疏遠精闢而飽含感情的和形象相結合的議論，但就整體說來，詩歌是遠離直敘而重在表現的，是不輕易說明而重在暗示的。詩的語言，應該是刺激和促使信息接受者思考的語言，應該是使信息接受者同時參與信息創造的語言。對於不思考文字的信息接受者，任何好詩都幾乎毫無作用，相反，一首不能刺激信息接受者思考的詩，也絕不會是出色的作品。因此，真正的詩歌語言，不是以直接向讀者灌輸多少內容見長，而是以間接地啟發讀者深廣久遠的思考取勝。中國古典詩歌美學要求詩的語言「一語百情」、「片言明百意」、「以少少許勝多多許」等等，就是看到並高度評價了語言的暗示性。西方詩歌包括現代派詩歌，在這方面和中國古典詩歌美學有不少共通之處。例如，法國象徵派詩歌的旗手馬拉美雖然說過「詩是謎語」之類的荒唐言，但幸虧他的荒唐言還不至於「滿紙」，他也還是有一些頗可以借鑒的見解。他曾經說過：「一語道破，則詩趣索然；品詩之樂，在於慢猜細忖」。後來，塞蒙思把馬拉美的這一名言意譯為：「直說即破壞，暗示才是創造。」（轉引自黃維樑：《中國詩學縱橫論》）這，和中國傳統詩歌美學思想不也有許多通似之處嗎？

詩的語言重在暗示，以加強密度和詩質，是中國古典詩歌的具有民族特色的美學傳統。中國古典詩學批評強調詩的暗示，除司空圖之外，由宋代嚴羽所開創而由王士禎、王夫之、王國維所發展的「妙悟主義」的批評論也是如此。如同美籍華人學者劉若愚在《中國詩學》中所說：「妙悟主義者的另一個論點是，詩應該使用暗示而不是直接的陳述或描寫以產生它的效果。」⓫是的，明說則密度低，暗示則密度高。用不著繁瑣地舉例，讓我們回到一千二百年前，去叩問唐代大曆十才子之一的錢起的門扉，他會欣然捧出他的名篇〈歸雁〉以供品賞：

瀟湘何事等閑回，水碧沙明兩岸苔。
二十五弦彈夜月，不勝清怨卻飛來！

⓫ 劉若愚原著、杜國清中譯：《中國詩學》第一三四頁，臺灣幼獅文化事業公司一九七七年版。

你也許會說這首詩的風格是屬於「含蓄」一類，但是，你也不能不承認它的語言的暗示性在古典詩歌中是有典型意義的。正因為暗示，所以含蘊很深，密度相應地擴大和加強。我們且溫習幾位詩家的評論：鍾惺《唐詩歸》說：「悠緩意似瑟中彈出。」唐汝詢《唐詩解》認為：「瑟中有〈歸雁操〉，仲文所賦〈湘靈鼓瑟〉為當時所稱，蓋托意歸雁而自矜其作，謂可泣鬼神、感飛鳥也。」何焯《唐三體詩評》：「托意於遷客也。禽鳥猶畏卑而卻歸，況旅人乎？」看來各家的體會與解釋均有所不同，鍾惺所謂的「悠緩意」，尤其無所確指，頗相當於西方現代文學批評中所說的「模棱語」。上述這種富於啟示性的多層暗示的美學效果的獲得，和錢起詩作本身語言的暗示性分不開。在當代新詩人之中，也有許多人是入於傳統而又出於傳統的，入於傳統，是對民族傳統中的美學思想與藝術技巧作了批判的繼承，出於傳統，是指在新的生活與藝術積累的基礎上作了新的創造。如鄭愁予的〈錯誤〉：

我打江南走過
那等在季節裡的容顏如蓮花的開落

東風不來，三月的柳絮不飛
你底心如小小的寂寞的城
恰若青石的街道向晚
跫音不響，三月的春帷不揭

你底心是小小的窗扉緊掩

我達達的馬蹄是美麗的錯誤
我不是歸人，是個過客……

這是一首情調纏綿的愛情詩。它構思奇妙，選取作為匆匆過客的「我」的角度，去寫思婦對意中的「歸人」的期待與懷念，語言變化多姿，而又極富古典風味，韻味悠長，達到了暗示性的飽和狀態。讀這首詩，明智的讀者自會獲得一種審美的愉悅，我這裡只想指出它的語言的暗示性。詩中有比喻：「那等在季節裡的容顏如蓮花的開落」，有暗喻：「你底心如小小的寂寞的城」「你底心是小小的窗扉緊掩」但均未一語道破，內涵蘊藉。而「東風」之「不來」，「柳絮」之「不飛」，「春帷」之「不揭」各指什麼，詩人也沒有挑明。很清楚，詩人有意避開了語言的說明性的功能，而將語言的暗示作用發揮到了極致。至於結尾的「美麗的錯誤」，雖然是西方現代詩論所艷稱的「矛盾語」，實際上它是從何其芳早期詩作〈花環〉末句「你有更美麗的夭亡」脫胎而來，含意雋永，可謂淵源有自。

詩人、學者楊牧在〈鄭愁予傳奇〉一文中曾評論說：「『青石的街道向晚』絕不是『向晚的青石街道』，前者以飽和的音響收煞，後者句法完整，但失去了詩的漸進性和暗示性。」⑫由此可見，在水一方的美麗島上的中國詩人，也是欣賞詩的語言的暗示性的。讀鄭愁予這首詩而議及詩的暗

⑫《傳統的與現代的》第一六一頁，臺灣志文出版社一九七四年版。

示性與密度美的關係，我不禁想到當年胡適所寫〈談談「胡適之體」的詩〉一文。胡適說他的詩的第一個原則，就是「說話要明白清楚」，而他的《嘗試集》正是如此。我們雖然不能一筆抹煞前人，但從今天的詩美學的角度看來，這種說法只能說是新詩襁褓期的語言了。

三

彈性美，是飄揚在詩歌語言美領地上的又一面旗幟。

彈性，本來是物理學的一個專門術語。它是指下述這種物理現象：材料或物體在外力作用下產生變形，除去外力後變形隨即消失，而恢復到原來的狀態。在物理學的領域內，與彈性有關的物質或學問，有彈性體、彈性紙、彈性波、彈性纖維、彈性力學等等。現代詩學論及詩歌的彈性，也許是走出詩學的門戶，從物理學的門庭借用而來的。黑格爾早在《美學》中就說過：「適合於詩的對象是精神的無限領域。它所用的語文這種彈性最大的材料（媒介）也是直接屬於精神的，是最有能力掌握精神的旨趣與活動，並且顯現出它們在內心中那種生動鮮明模樣的。」⑬不過，黑格爾老人所說的語言的「彈性」，似乎還只是指詩的語言一般的表情達意的功能，他還來不及對詩的語言的彈性問題作出具體的闡述。在中國新詩史上，最早提出詩的語言彈性的是詩人兼學者的聞一多與朱自清。聞一多在〈文學的歷史動向〉一文中說：「詩這東西的長處就在它有無限度的彈性，變得出無窮的花樣，裝得進無限的內容。」如果這還只是就詩的整體而言，那麼，在〈怎

⑬ 黑格爾：《美學》第三卷（下冊）第一九頁，商務印書館一九八一年版。

樣讀九歌〉這篇文章中，他就是直接地議論詩的語言的彈性了。他說：「本來『詩的語言』之異於散文，在其彈性，而彈性的獲得，端在虛字的節省。」這真是一語破的之論。與這段話互相發明的，是他的學生的課堂聽課實錄：「按詩的語言與散文的語言的差異，在文句有無彈性。虛詞減少則彈性增加，可是彈性增加以後，則文句意義的迷離性，遊移性也隨著增多。」⓮時下一般介紹詩歌知識的書籍，以及談論詩的語言的文章，絕大多數根本沒有涉及詩歌語言的彈性或彈性美的問題。我想，詩界的前賢華路藍縷以啟山林，儘管他們還沒有來得及在這方面開闢出一條現代化的公路，但已經為我們豎立了前進的路標，我們是不應該就此止步而不奮勇向前的。

詩歌語言的彈性，其基本涵義是指語言的伸縮自如和變化多方。高度藝術化的彈性詩歌語言，文字的意象經營是彈力結構式的，有極大的伸縮性和延展性，以精煉的文字表現的各個意象之間，有大量的可供讀者聯想和想像的空白。總之，它能從另一角度表現出生活之美與詩人思想感情之美。因此，追尋和提煉具有彈性美的詩歌語言，可以極大地提高語言的表現力和美學價值。

在詩歌創作中，語言彈性美的舞姿是多種多樣的，翩若驚鴻，矯若遊龍，我們只能追蹤它主要的幾種美的形態，並試圖在下面作一些粗疏的描述。

如前所說，聞一多認為「彈性的獲得，端在虛字的節省」，這是頗有見地的。我以為，詩人在組詞成句時，根據漢字「六書」中的象形原則和一字一意的特色，在不妨礙詩意表現的前提下，省略可有可無的虛詞和關連詞語，而將實詞特別是其中的名詞組合在一起，可以有助於獲得語言的彈性美。在中國漢語文字中，關係詞、連接詞的有無，可以有很大的伸縮性，這是語法關係十

⓮《聞一多論古典文學》第五九頁，重慶出版社一九八四年版。

分明確的印歐語系語言所無法做到的，在印歐語系中，有關係詞的地方絕不能省略，否則就影響語意的清晰表達。中國古典詩人深知中國漢民族這種語言彈性美的奧妙，他們或在組詞成句之時，或在句與句、聯與聯之間，作仍然有詩意線索貫穿的「省略」和「跳躍」，省去許多關連的詞語，主要運用實體性而非抽象性的名詞，讓它們之間構成一種特殊的美的秩序，這樣，就大大擴展了詩句之內與詩句之間的天地，繁富了詩意，增強了密度。學者張淑香在談到李商隱「滯雨長安夜，殘燈獨客愁」（〈滯雨〉）、「昨夜星辰昨夜風，畫堂西畔桂堂東」（〈無題〉）等詩句時，曾說：「這些詩句的意象，都是由名詞或名詞片語的孤立或併列而產生的，意象之間，語法散漫，省略了任何聯繫的媒介。這種呈露的方式，就是艾略特所謂的『壓縮的方法』。」⑮正是因為語言的某些環節可以被省略和壓縮，所以就更具張力和彈性。岑參〈白雪歌送武判官歸京〉詩中有「中軍置酒飲歸客，胡琴琵琶與羌笛」之句，王夫之在《唐詩評選》中說：「胡琴琵琶與羌笛，但用柏梁體，神采驚飛。」吳沆在《環溪詩話》中也說過：「韓愈之妙，在用疊句，如『黃簾綠幕朱戶間』是一句能疊三物。如『洗妝拭面著冠帔，白咽紅顏長眉清』，是兩句疊六物。唯其疊多，故事實而語健。」他們都看到了省略關係詞而多用實詞在增強語言彈性方面的作用。

在上述語言彈性方面所取得的成功，我以為還是應該首推杜甫。這並非震於他的詩名而盲目崇拜，而實在因為他確實是一位集大成的承先啟後的大詩人。六朝的庾信在〈周祀宗廟歌〉中有「終封三尺劍，長卷一戎衣」之句，杜甫於〈重經昭陵〉中化用為「風塵三尺劍，社稷一戎衣」，全用實體性名詞構句，一句之內大小相形，大大增強了詩的彈性。他在衡陽送人去廣州的詩中的

⑮《李義山詩析論》第一四頁。

名句「日月籠中鳥，乾坤水上萍」（〈衡州送李大夫七丈赴廣州〉），也是語言富於彈性的範例。此外，如「水落魚龍夜，山空鳥鼠秋」、「風煙巫峽遠，古榭楚宮虛」、「白狗黃牛峽，朝雲暮雨祠」、「水闊蒼梧野，天高白帝秋」、「西山白雪三城戍，南浦清江萬里橋」、「細草微風岸，危檣獨夜舟」等等，都是同一個天空上所變幻的不同的雲朵。對於杜甫〈夜雨更題〉中的「直怕巫山雨，真傷白帝秋；群公蒼玉佩，王子翠雲裘」這兩聯，清代的黃生表示極為讚賞，提出了頗有創造性的見解，他說：「五六句中，不用虛詞，謂之實裝句。蒼玉佩，翠雲裘，點簇濃至，與三四寥落之景反照，此古文中傳神寫照之妙。」（見仇兆鰲：《杜詩詳注》）魚龍川和鳥鼠谷本是秦州地名，杜甫卻以之入詩，在〈秦州雜詩〉二十首其一中寫為「水落魚龍夜，山空鳥鼠秋」，當代學者黃國彬分析後一句，見解頗為精彩：「五個字進入讀者的思維，會同時引發下列的意念或聯想：山空，鳥鼠，秋，鳥鼠秋，秋鼠，秋山（山秋）秋空（空秋），在讀者的腦中交疊成一組難以分析的印象或感覺，已經有同時呈現的效果了。但丁和莎士比亞，恐怕也沒有如此繁富濃縮的句子。義大利語以省略主語為常態，英語有簡潔體，但義語和英語的句法不像古漢語（尤其不像杜詩的漢語）那麼靈活。在杜詩的句法中，讀者的想像可以自由舒展。但丁和莎士比亞濃縮意義的本領驚人，但因為受義語和英語的先天限制，結果在這方面比不上杜甫。杜詩許多詭祕繁複得難以分析的句子，都像『山空鳥鼠秋』一樣，把漢語句法的特色發揮淨盡。」⑯是的，在杜甫之後，許多異代不同時的詩人都紛紛前來成都杜甫草堂聽課，繼承了他們的老師「實裝句」的藝術，發揚了中國詩歌語言的彈性美。如李商隱的「陶公戰艦空灘雨，賈傅承塵破廟風」（〈潭州〉），「江海三年客，

---

⑯《中國三大詩人新論》第四五頁。

乾坤百戰場」（〈夜飲〉），如溫庭筠的「雞聲茅店月，人跡板橋霜」（〈商山早行〉），「高風漢陽渡，初日郢門山」（〈送人東遊〉），如黃山谷的「春風春雨花經眼，江北江南水拍天」（〈次元明韻寄子由〉），「桃李春風一杯酒，江湖夜雨十年燈」（〈寄黃幾復〉），如陸游「樓船夜雪瓜洲渡，鐵馬秋風大散關」（〈書憤〉），如元遺山「嚴城鐘鼓月清曉，老馬風沙人白頭」（〈甲辰秋留別丹陽〉），馬致遠「枯藤老樹昏鴉，小橋流水人家，古道西風瘦馬」（〈天淨沙〉），虞集「為報先生歸也，杏花春雨江南」（〈風入松〉），都是中國詩歌天空上的盞盞星光，它們的光輝永遠不會熄滅。

中國古典詩歌語言的這種彈性之美，連西方的碧眼黃髯兒都讚嘆不已。英美意象派的祭酒龐德，從翻譯中朝拜了我國的唐詩，他雖身不能至卻心嚮往之。他翻譯李白〈古風〉第六和第十四中的「驚沙亂海日」與「荒城空大漠」兩句，就譯為：

驚奇，沙漠的混亂，大海的太陽。
荒涼的城堡，天空，廣袤的沙漠。

他的名作〈地鐵站上〉發表時，分行及行內的形式是這樣的：

人群中　出現的　那些臉龐
潮濕黝黑　樹枝上的　花瓣

龐德稱唐詩的這種語言藝術為「意象脫節」，所謂「脫節」，就是與彈性分不開的。西方的詩人，都尚且如此賞識並追求中國方塊字的彈性之美，這不是足以引起我們的詩人，特別是那些否定「縱的繼承」而只主張「橫的移植」的作者深長思之嗎？其實，對於這種富於彈性之美的語言藝術，中國古典詩論也作過一些探索和總結，如明代李東陽《麓堂詩話》認為這是「不用一二閒字，止提掇出緊關物色字樣，而音韻鏗鏘，意象俱足」，清代黃生對此擬名「實裝句」，而清代的方東樹在《昭昧詹言》說得更為透徹，他多次分析唐宋詩人如杜甫、黃山谷的優秀作品，充分發揮了他所理解的有關彈性美的看法。他認為「文法以斷為貴」，要運用「蹊徑絕而風雲通」的組詞成句的方式，提出「凡紮接、平接、衍敘、太明白、太傾盡者，忌之」，主張「大約詩章法，全在句句斷，筆筆斷，而真意貫注，一氣曲折頓挫，乃無直率、死句、合掌之病」，而他概括得最精當的說法，則是「語不接而意接」，見《昭昧詹言》卷一：「古人文法之妙，一言以蔽之，曰：語不接而意接。……俗人接則平順騃蹇，不接則直是不通。韓公曰：口前截斷第二句。太白云：雲臺閣道連窈冥。須於此會之。」⑰是的，散文的語言，講究明白暢達，語意連屬，合於語法的一般規範，更接近生活中語言表現的常態和現狀，不容許有過多的省略和跳躍，因此，法國現代大詩人梵樂希就曾經如此說過：「把散文比作走路，把詩歌比作跳舞」（見梵樂希：〈詩〉），這真是絕妙的比喻，有助於我們對詩歌語言彈性的理解。

使我們不免感到遺憾的是，儘管古今漢語有所變遷，但中國詩歌語言的這種彈性之美，卻還沒有被新詩作者所充分認識和大力發揚，當今新詩中有太多的散文語言和散文句法，散文的步兵大舉進犯，兵鋒所至，大片的詩所舞蹈的國土都淪陷了。早在四十年代之初，臧克家曾寫有一首〈三代〉，三句詩，是三個時間不同而空間相同的蒙太奇鏡頭的跳接，頗得語言彈性美的神髓。又

---

⑰《昭昧詹言》第二八頁，人民文學出版社一九六一年版。

如楊里昂的〈太湖平原〉：

堆金。疊翠。湧碧。回黃。
九月的江南好一塊調色板。
雨後的長虹從它頭頂跨過，
也染得遍體七彩斑斕。

飄香。溢脂。流酸。透鮮。
九月的江南好一座五味間。
連湖水也醉得渾身酥軟，
彷彿已載不動結隊的糧船。

這是一首相當精煉和精彩的詩，詩的詞法和句法是富於彈性美的，特別是每段的第一行，使人想到作者是否得到了馬致遠〈天淨沙．秋思〉的真傳。在語詞截斷、語意銜接而追逐語言的彈性美方面，白萩作了自覺的努力，如他的〈鷺鷥〉：

一顆星闖進黃昏裡
放哨，還見你
悠哉悠哉

獨自飛著你的天空

有時
順風一瀉
有時
逆流鼓翼

有時
對夕陽說一句
無關痛癢的輓詞
有時
落在土地
將頭伸進時間的水流
測度地球的冷暖

詩句之內，詩句之間，不是用平鋪直敘順序寫來的散文詞法與句法，或者說，省去了散文中必不可少的連接和轉折，而是欲斷還連，欲連還斷，這種斷片式的詩化語言表現，避免了平順板滯的連接，跳開了繁冗文辭的泥濘之途，不僅使得語勢跳脫而勁健，加強了語言的彈性美，而且能引發欣賞者更豐富的自由聯想。如同白萩自己所說：「詩語言的本質，我認為是存在於語言的斷與連。」「理想的語言處理方式是：既能斷又能連——即語斷而意不斷。」（見白萩詩集《詩廣場》）

義有多解，是詩歌語言彈性的重要表徵之一。一般說來，自然科學以及社會科學方面的論述，其基本要求是準確恰切，不能游移不定，不能模稜兩可，概念及其表述具有無懈可擊的邏輯性與科學性，至於其他文學樣式如小說、散文之類，準確、鮮明、生動，也是對它們的語言的具有普遍意義的要求。然而，情況也不盡然。在大千世界中，尤其是在信息系統中，有大量「模糊」的存在形式與「精確」的存在形式分庭抗禮，這樣，現代的新型分支學科，如「模糊數學」、「模糊集合」、「模糊邏輯」等等，就應運而生。現代的語言學家充分注意到了語言信息中的「模糊性」現象，如倫敦學派的瓊斯就曾經指出：「我們大家，包括那些追求『精確無誤』的人，在說話和寫作時往往使用不精確的、模糊的、難於下定義的術語和原則……但仍然互相了解。」（轉引自陳明遠編著：《語言學和現代科學》）「模糊語言」以及「模糊修辭」的理論，早已越過了精確語法所戒備森嚴的邊境，深入到了小說、散文和戲劇的國土，一些分析小說或散文、戲劇中模糊語言的文章，就是這一理論的戰果。詩的語言，具有更強烈的感情投射的主觀色彩，詩的語言過程，不僅包括了信息的產生和輸送，也包括了信息的接收和加工處理，用信息論的術語，後者就是信息接受者（讀者）對信息的「反饋」（又譯為「回授」），這種反饋作用對於詩的欣賞有十分重要的意義。一般說來，詩的語言也應該講求確定性，如果沒有內涵的確定性，使人無從索解，「茫如墜煙霧」（李白），那一首詩就會變成雲霧充塞的天地，或是不知所云的謎語，作者的美感經驗不能得到明確的表現而與欣賞者交流，欣賞者自然也就不可能對應地產生美的喜悅了。但是，這僅僅只是事情的一面，或者說主要的一面。詩的語言常常也要講求不確定性，即模糊性，也就是義有多解，而不是只有單解。作者提供聯想的線索，使欣賞者有多種美的體味與探尋，使他們可以作出多樣然而合理的解釋。這種明確與模糊的統一，單義與多義的統一，確定性與不確定性的統一，就有助於在有限中見無限，即在有限的文字和篇幅中，包孕無限的意蘊，同時，又能充分調動讀者欣賞的積極性，使他們在審美活動中獲得不是單一的而是豐富的美感，這樣，詩作本身也在讀者的積極反饋狀態中擴展了它外在的信息量。

語言的多義性或多解性，這是西方現代文學的批評用語。一九三〇年，英國年輕的詩人、學者、批評家威廉・燕卜蓀寫了一部有名的論著，中譯有的譯為《論含混》，有的譯為《模稜七型》，有的譯為《七種暗昧類型》或《七類晦澀》，朱自清譯為《多義七式》，似乎比較允當。燕卜蓀在他這部至今仍是英、美大學英文系師生研究詩學和批評的必讀著作中，認為「模稜的作用是詩歌的基本要素之一」，他還說：「『模稜』本身可以意味著你意思不肯定，意味著有意說好幾種意義，意味著可能指二者之一或二者皆指。」燕卜蓀的這本論著一出，「模稜語」、「多義語」便盛行於西方，是現代西方文學批評中頗具影響的「新批評派」的重要用語。即使如存在主義者薩特，他在〈薩特七十歲自寫像〉一文中，也表示欣賞「用一句話同時表達兩三種意思」，他強調說：「簡明的句子，有它明顯的意思，而同時可以有不同的深刻的含意。如果我們無法實現語言給予我們的多樣性，實無寫作的必要。文學與科學的區別，可以說是因為文學不是單調的。」⓲這和燕卜蓀的看法有頗多相同之處。後來，有人認為「模稜」之類的詞有欠妥當，於是威瑞特就改用「多義

⓲ 轉引自黃維樑：《中國詩學縱橫論》第一六八頁。

語」（又譯「多種解釋」）來指代這種詩歌語言現象。我們可以而且應該借鑒西方文學批評包括現代、當代文學批評中有益的東西。用西方現、當代文學批評中的某些理論，來合理地解釋中國文學特別是中國古典文學的某些現象，常常可以開闢一些研究的新領域，找到新的角度而有所發現。但是，我們在借鑒西方而表現出應有的開放精神之時，卻不可以冷落我們民族的傳統。關於語言的多義性或多解性，我國古代文論和詩論措辭與西方雖然有別，但也早已表述過許多有益的見解。劉勰在《文心雕龍．隱秀》篇中早就說過：「隱也者，文外之重旨者也；……隱以復意為工。……隱之為體，義生文外；……深文隱蔚，餘味曲色。」他所說的「重旨」與「復意」，實際上就是一言多意的同義語。在唐代，皎然《詩式》認為「兩重意以上，皆文外之旨」，他所說的「兩重意」，發揮的就是劉勰關於「重旨」的見解。宋代魏慶之的《詩人玉屑》，曾引蘇軾「論畫以形似，見與兒童鄰。作詩必此詩，定知非詩人」的詩句，蘇軾以為寫一首詩，它的含意就只是文字的表層所表現的單一的意義，而沒有多方面的含蘊，這種寫詩的人是稱不上詩人的，這，不也可以看作是對詩的多種解釋的讚美嗎？由此可見，在詩歌藝術的很多問題上，我們可以作中國與西方的美學的比較和匯通，以豐富和發展我們中國的富有民族特色的詩學理論，並促進詩歌創造的繁榮。美籍華人學者劉若愚，曾寫過李商隱詩的英文譯著以及題為〈李商隱詩中的模稜〉的文章，他認為李商隱的某些作品是「翻譯者的夢魘，也是模稜獵者的樂園」，加拿大籍華人學者葉嘉瑩的《杜甫秋興八首集解》，搜集了前人對〈秋興〉的諸多解釋，也可視為以多義語的理論來論杜詩的著作，而海外學人梅祖麟與高友工合寫的《分析杜甫的秋興》，也是以新批評的方法探討杜詩的一言多意之妙的。這些著述啟示我們，要借鑒西方的文學理論，進一步發揚中國文學包括詩學批評的優良傳統，而詩的多義語對於大陸的詩歌理論工作者來說，還是一塊有待開發的處女地。

香港學者黃維樑〈中國詩學史上的言外之意說〉一文，對多義語作了多方面的探討。他認為：「詩篇中，一字，一句，甚或全篇可作多種解釋，而諸意並行不悖，不但無傷詩意之美，而且有益其多姿之趣，其得力處，在一言多意。常人以為一言當只有一意，如今一言可有多意，這些多出來的意義，就是言外之意了。」（見《中國詩學縱橫論》）他以中國傳統的「一言多意說」去解釋西方的「多義語」，並且認為多義語可以增強詩的內蘊和美感，這可以說是用比較文學的方法研究理論得出的創見。而我還以為，多義語正是詩的語言的彈性表現，語有多義，給欣賞者提供多方面的理解線索，而不是非理性的不可知，或是一汪泥潭的晦澀，這樣，語言就富於伸展衍變的彈性。而語言只有一義或單解，連廣義上的欣賞者審美想像的餘地都沒有，這種語言是絕無彈性美可言的。

在中國古典詩歌中，有不少一言多意或多義語的作品，有些詩作甚至是詩歌史上聚訟紛紜的對象，直到現在筆墨官司還沒有了結。由於詩的語言的多義彈性，事實上有些官司是無法結案的。從欣賞者有更充分的審美自由這個角度來說，確實不必定於一解，因此也無須結案。例如，漢代無名氏的《古詩十九首》，近人隋樹森的《古詩十九首集釋》與今人馬茂元的《古詩十九首新探》，就有多種不同的說法，可謂見仁見智，因人而異。前文所述葉嘉瑩的《秋興八首集說》，也收集解說達數十家之多。至於對李商隱的許多無題詩、失題詩和採取首句前二字為題的篇什，元遺山慨嘆「獨恨無人作鄭箋」於前，王漁洋表示「一篇〈錦瑟〉解人難」於後，其過於深曲令人索解為難的地方是不可取的，但它的語言具有多義之美，使欣賞者有博通之趣，像一個儀態萬方的美人，吸引人們欣賞她多方面豐富而不單調的永不凋蔽的美質，也是可以給我們今天的新詩作者以啟示的吧？如〈錦瑟〉一詩，歷來就解說紛紜，說法在十種以上而莫衷一是，這種不能定歸於「一是」的多解，也許就是這首詩美的魅力之所在。梁啟超在〈中國韻文裡所表現的情感〉一文中曾說，如果將這首詩拆開來要他逐句解釋，他連文義也無法貫通，雖然如此，他還是覺得這首詩很美，他的解釋是：「須知美是多方面的，美是含有神祕性的。」「神祕性」的說法也許不夠科學，「美是多方面的」的觀點我則以為庶幾近之。又如李賀，他和李商隱一樣，是中國古典詩歌史上在藝術方面最具「現代感覺」和「現代手法」的詩人，研究李賀的專家清人方扶南說其詩的特色之一，就是「所喻止一緒，而百靈奔赴」，妙哉此言！照我的理解，這就是說詩人寫一首詩，卻可以讓人作多方面的美的欣賞，作多方面可通的解釋。李賀詩的總數，根據清人王琦《李長吉歌詩匯解》的統計，共有二百四十首，可以看到，李賀對馬特別偏愛，除了寫到馬的有六十首之外，還有專門詠馬的絕句《馬詩二十三首》，為李賀詩集作評注的從明代以來不下十餘家之多，對李賀〈馬詩〉的評論也不少，各有會心而並未有一統之見，這確實是一個令人思索的美學現象。再如李後主〈浪淘沙〉的結句：

流水落花春去也，天上人間！

詞意是什麼呢？俞平伯在《讀詞偶得》中認為可以有四種解釋，一是說春歸何處，應該標點如下：「天上？人間？」一是表感嘆之意，春天去到了天上和人間，如此則標點為：「天上！人間！」一是對比之意，從前是天上，現在是人間；一是說「流水落花」指別時的容易，「春去也」指相見時的艱難。上述這些解釋都是靈活可通的，當然並不排除更切近情理的解釋。這，也證明詩的多義性常常可以獲致美的多樣性。

在外國詩歌中，有的詩人注意發揮語言的模棱其語的彈性功能，突破語言表現的非此即彼、非甲即乙的單一性，而使語言的表現獲得多義性的美學效果。如現代德國著名詩人里爾克副題為「在巴黎動物園」的〈豹〉：

掃視柵欄的他的視線，
逐漸疲乏得視而不見。
他覺得柵欄似乎有千條，
千條柵欄外不存在世界。

老在極小的圈子裡打轉，
壯健的跨步變成步態蹣跚。
猶如力的舞蹈，環繞中心
偉大的意志在那裡口呆目驚。

當眼瞼偶爾悄悄地撩起，
就有個影像進入到裡面，

通過四肢的緊張的寂靜，
將會要停留在他的心田。

〈豹〉，是里爾克的代表作之一。但他雖然寫的是豹，卻又不止於豹，不能按一般的欣賞習慣去尋求一種固定的答案，不同的讀者固然會獲得不同的美的感受，就是同一個讀者，也可以對它作出多種合理的解釋，這，正是與詩的語言的整體彈性結構分不開的。從王兟生的〈老虎〉中，人們也許可以窺見里爾克上述作品所投射的影子，但它絕不是描紅捕影之作，而充分表現了屬於王兟生自己的創造性：

大山般巍峨的身軀
坍塌了
如秋雨泡軟的泥團
不是敗於浴血的拼搏
（至今不曾遇見真正的對手）
不是突然的一擊
射穿了支撐生命的信念
不！甚至不曾有過

被囚進鐵籠
任人觀賞的羞辱
連獵人長著眼睛的子彈
見它也會逃遁

它光榮的旗幟上
從未沾過一絲污痕

垂下的額頭上
深刻的那個「王」字
仍閃著威嚴的寒光
二十隻伏地的指爪
仍如出鞘的不銹利劍

……

唉！要是響起獵槍多好
它還會以響於三倍的吼聲

重震整個山林
墜地的尾巴
還會像豎起的旗杆
猛撲向前的風聲
會刮走衰病和怯懦

然而，只有沉寂
這難耐的死一樣的沉寂

常青的群峰聳立著
看時間漸漸聚攏的網口
怎樣合成一個完整的句號

詩人寫的是山林中昔日聲威遠播而今天已垂垂老矣的「老」虎，詩的結構以過去與現實的對比作主線而展開。然而，詩人這首詩肖物而又不泥於物，他寫的是自然界中的老虎，但又不完全是，而是一象多意而且一語多義。老虎，在中國詩文中也是一個傳統象徵，或者說一個「基型」，西方文學以百合花象徵貞潔，以玫瑰花象徵愛情，以老虎象徵基督。中國詩文中對老虎褒貶參半，但王燕生筆下的老虎的象徵意義顯然屬於褒義。可是，詩中富於彈性的語言卻不是表示一種確切的鑒定表式的褒義，而是義有多解：它是象徵著生活中的某種人？是暗喻著某種哲理的意義？是寄寓著英雄末路的悲哀？是含蘊著對戰鬥生活的追念？似乎都是，但又很難於以一言來明確界定，非此即彼不容多解的法則在這裡好像此路不通。由此可見，一象一意而一看即懂的單純明朗，自然不乏好詩，可是，一象多意而且能讓讀者因象悟意，義有多解而且能讓讀者思而得之，這種詩也應該稱為好詩，這種詩美也是一種並不容易追求到的詩美吧？

詩歌語言的彈性，還包括特殊的詞法與句法，即詩歌中詞性的變化與活用，詞語組合的詩化方式以及句式的伸縮變化，它們可以有助於詩歌化陳為新，化常為奇，化平庸俗套為別開生面，有助於詩歌獲得新創多姿之美。

在日常的生活語言和散文語言中，應該遵守語法的規律和約定俗成的語言規範，可是也不盡然，詩尤其如此。對語言現象及其規律作概括的語法，本就已經有「詞的兼類」與「詞類活用」的表述，何況是具有更大的美的自由的詩歌？在詩歌創作中，為了更動人地表現「外象」的生活之美和「內情」的感情之美，而且考慮到與欣賞者的審美活動能夠匯通，不致造成生澀難明或語意不通的「隔」的現象，詞性是可以變化的，而最主要的變化，包括形容詞作動詞、名詞作形容詞以及名詞作動詞三個方面。這裡，借用「花開兩朵，各表一枝」的陳辭，分別縷述如下：

形容詞作動詞，前人稱之為「實詞活用」。這種語言現象，在其他樣式的文學創作中也可以見到，如魯迅〈社戲〉中的「月色便朦朧在這水氣裡」，形容詞「朦朧」一經動化，便平添了一種生動活潑的情趣，如改為「月色在這水氣裡顯得很朦朧」的正常敘述，便會令人覺得板直乏味了。在同一篇文章中，表現看戲的擁擠之狀，有這樣的描繪：「我同時便機械地擰轉身子，用力往外一擠，覺得背後便已滿滿的，大約那彈性的胖紳士早在我的空處胖開了他的右半身了。」這裡，形容詞「胖」也是運用了動化的用法，其藝術效果顯而易見。但是，我以為現代散文、小說中的形容詞用作動詞，還是從中國古典詩歌借鑒、衍化而來的，如王維〈鳥鳴澗〉中的「月出驚山鳥」之「驚」，〈觀獵〉中的「雪盡馬蹄輕」之「盡」與「輕」，均是。這種形動用法，是中國古典詩歌之所獨擅。南宋詞人蔣捷〈一剪梅・舟過吳江〉的結句是膾炙人口的，「流光容易把人拋，紅了櫻桃，綠了芭蕉」，「紅」與「綠」這兩個近於俗的形容詞，別出心裁地表現了靜態事物的動態化，以櫻桃由淺紅到深紅、芭蕉由淺綠到深綠的發展，表現韶光飛逝之意，獲得了去俗生新的美學意趣。其實，早在蔣捷登場之前，杜甫就已經有很精彩的示範演出了。流寓四川梓州時，他寫有一首題為〈客夜〉的詩：

客睡何曾著，秋天不肯明。入簾殘月影，高枕遠江聲。
計拙無衣食，窮途仗友生。老妻書數紙，應悉未歸情。

吳曾在《能改齋漫錄》中說過，初唐張說〈深渡驛〉有句是「洞房懸月影，高枕聽江流」，杜甫這首詩的頷聯是化用其意。我認為吳曾只見到了杜甫的繼承，而未見到杜甫的發展。這首詩中「高枕」之「高」，本來是形容詞，在這裡與出句的「入簾」相對，就改變了形容詞的語法特點而動化了。仇兆鰲在《杜詩詳注》中，引述了洪仲的有關看法：「高枕對入簾，謂江聲高於枕上，此以實字作活字用。」很明顯，「高枕遠江聲」之「高」，與杜甫寫於同時同地的〈客亭〉中的「秋窗猶曙色，落木更高風」之「高」，以及〈悲秋〉中之「愁窺高鳥過，老逐眾人行」中之「高」，它們的意趣情味是有所不同的。後者仍是形容詞，而前者則彈性地轉化為動詞了。其實，「秋天不肯明」中的「明」，本來也是形容詞，這裡化為動詞，並作感情移入，這樣就平添了一番詩的動感。

對於形容詞的動詞化，洪仲認為是「實字活用」，王嗣奭的說法稍有不同，他稱之為「死字活用」，此說見於他的《杜臆》。他談到杜甫〈陪鄭公秋晚北池臨眺〉一詩，其中有如下一聯：

異方初艷菊，故里亦高桐。

王嗣奭在《杜臆》中說：「桐葉落則枝挺起，故云『高桐』。『艷菊』、『高桐』，皆死字活用。」仇兆鰲《杜詩詳注》所引《杜臆》，文字與今本略有不同，一併援引於此以資參照：「菊花開而吐艷，桐葉脫而枝高，艷、高二字，死字活用。」照他看來，「艷」、「高」這兩個形容詞，在這首詩的具體語言環境中都動態化了。其實，這種彈性用法，在杜詩中屢見不鮮，如〈曉望〉中的「高峰寒上日，疊嶺宿霾雲」，這裡的「宿」是動詞，不同於上述詩中的「萋萋宿草碧」中的「宿」是形容詞，同樣，出句的「高峰寒上日」的「寒」字，也轉變了本來的形容詞的詞性，而成為使動用法的動詞。又如他的「綠垂風折筍，紅綻雨肥梅」（〈何將軍山林〉），「肥」本來是形容詞，這裡卻妙用為動詞了。而清代女詩人吳藻的「目送飛鴻，陣陣過南樓，猛覺尖風寒翠袖」（〈江城梅花引〉），「和煙和月寫生難，定寒了玉人翠袖」（〈鵲橋仙〉），其中的「寒」字，都是彈性的動化用法。

在新詩創作中，有的詩人繼承了古典詩歌的藝術遺產，注意了詞性的活用，這樣，就加強了語言的彈性之美。如黃河浪有「山依然青在湖上/水一樣五里平鋪」之辭，如張健就有「茉莉花芬芳了清晨，你的溫柔寧靜了夜」之句，而另一位詩人瘂弦也有「海水，藍給他自己看」之語。

下面是兩首詩的片斷：

進入蘇州
進入一幅立軸小小
小小的立軸
小小的江南
江南的
小小的水鄉
玲玲瓏瓏著
這道那道
小小的橋樑
牧童的笛聲永遠嘹亮〈蔡欣：〈姑蘇行〉〉

呵，琴師，你獨坐高岩，
有多少悲歡汪在心底？
不然，從你指尖流出的泉水，
怎麼會錚鏦不絕？〈丁芒：〈泉韻〉〉

「玲瓏」本是形容詞，如寫成「小橋玲瓏」或「玲瓏的小橋」，則是一般習見的常態用法，缺乏新意，現在一經蔡欣轉化為動詞，便覺風情無限。「汪」本來是形容詞，在丁芒的詩中也動態化了。詩人把山泉比為琴師，「汪」字從水，切合情境，形象具體而豐滿，同時因為詞性轉化，更有去俗生新之妙。在王維的「大漠孤煙直，長河落日圓」（〈使至塞上〉）裡，「圓」是形容詞，而在杜甫的「隴月向人圓」（〈宿贊公房〉）中，「圓」則富於動態與動感。宋代黃山谷的「心猶未死杯中物，春不能朱鏡裡顏」（〈次韻柳通叟寄王文通〉），清代趙翼的「峭寒催換木棉裘，倚杖郊原作近游。最是秋風管閒事，紅它楓葉白人頭」（〈野步〉），其中的「朱」、「紅」、「白」是老牌形容詞，而一旦用如動詞，便覺分外新警，充分顯示了語言的彈性功能。我們當代的詩人，是否有識寶的慧眼和化腐朽為神奇的才華呢？

名詞轉化為動詞，或者說名詞動態化，這也顯示了詩歌語言的彈性之美。名詞與動詞的語法功能有別，它們各司本職，一般來說不能匯通，但是，漢語表情達意的最基本的句型是動詞謂語句，作者一般都是在動詞上努力錘煉和出新，力求創造美的效果，這樣，在選用原來本身為動詞的動詞之外，人們在口頭語言或書面語言中，有時還把名詞活用為動詞，以收到獨特的修辭效果，產生新奇而豐富的美感，這種語言美學現象，在詩歌之外的文體中也可以看到，如《左傳・曹劌論戰》中之「齊人三鼓」之「鼓」，《左傳・秦晉殽之戰》中「秦軍遂東」之「東」，《史記・項羽本紀》中「范增數目項王」之「目」，都是人所熟知的例證。在中國古典詩歌中，我們可以找到許多名詞動化的例證：

洎回京師，日詣豐樂樓以觀西湖。因誦友人「東南嫵媚，雌了男兒」之句，嘆息者久之。（南宋・

陳人傑：〈沁園春・小序〉

不是斯文擲筆驕，牽連姓氏本寥寥。
夕陽忽下中原去，笑咏風花殿六朝。（龔自珍：〈夢中作〉）

漫說春愁浣酒紅，江南二月最多風。
梨花雪後楊花雪，人在重簾短夢中。（厲鶚：〈春寒〉）

在上述諸詩中，「雌」、「殿」、「雪」本為名詞，但在各自的語言環境中均化為動詞，靈丹一粒，通體生輝。又如「秋」字本來是名詞，但在某種規定的語境中也可兼攝動詞的意義和作用，杜甫就有「風江颯颯亂帆秋」之句，本來是「秋帆亂」，倒用為「亂帆秋」，本來作動詞用的「亂」轉化為形容詞，而本為名詞的「秋」卻向動詞轉化了。與杜甫這一「秋」字異曲同工的，有唐代女詩人薛濤的〈籌邊樓〉：

平臨雲鳥八窗秋，壯壓西川四十州。
諸將莫貪羌族馬，最高層處見邊頭。

薛濤本來是說秋色秋光入窗，但倒用為「八窗秋」之後，既與全詩協韻，避免了平鋪直敘的弊病，又使名詞「秋」兼有了動詞的意味和動態感，美的內涵也就隨之豐富得多了。「悲哀，秋之為氣也，蕭瑟兮草木搖落而變衰」，自宋玉在〈九辯〉中為秋一唱之後，秋似乎更易於引發「秋士多悲」的詩人的感興。鄭愁予〈右邊的人〉一詩，是對堅貞愛情與有限生命的感嘆，如詩的開始兩節：

月光流著，已秋了，已秋得很久很久了
乳的河上，正凝為長又長的寒街

冥然間，兒時雙連船的紙藝挽臂飄來
莫是要接我們回去，去到最初的居地

在詩中，「乳」字固然是名詞作形容詞用，而首句中的兩個「秋」字也變化了詞性，即從名詞轉化為動詞，不僅表示秋深，也表示生命的成熟，一詞雙關，有創造性所帶來的新穎之美。

在詞性的活用方面，在詩歌創作中名詞作形容詞也是可以見到的，前人稱之為「實字虛用」，北宋楊萬里《誠齋詩話》說：「詩有實字，而善用之者以實為虛。」如杜甫晚年流落湖南時所寫的〈入喬口〉：

漠漠舊京遠，遲遲歸路賒。殘年傍水國，落日對春華。
樹蜜早蜂亂，江泥輕燕斜。賈生骨已朽，淒惻近長沙。

頸聯中的「樹蜜」應該如何解釋？崔豹《古今注》說：「木蜜生南方，合體皆甜，嫩枝及葉皆可生噉，味如蜜。」陶隱居說：「木蜜懸樹枝作之，色青白，樹蜜即木蜜也。」黃希說：「言早蜂而及樹蜜，言輕蕪而及江泥，皆取其類。」他們都是把樹蜜作為一個整體名詞看待。不錯，「蜜」與「泥」本來都是名詞，但它們在這裡都表現了詞性的轉化與兼攝作用。黃永武在《中國詩學》中說得好：「『蜜』字、『泥』字都是名詞，在這裡都轉作形容詞用，說樹像蜜一般的甜，江像泥一般的濁，蜜與泥還兼攝動詞的意味，說樹被蜜化了，江被泥化了，蜜泥二字的詞性極不固定。詞性不固定，在文法上講或許是一種缺點，在詩歌上講，卻是一種優點，一種趣味。用字簡潔，含義豐盈，句子乃生峭可喜。」⑲由此可見，名詞作形容詞，是詩歌語言彈性美的一個重要方面，這裡有著廣闊的有待探詢的天地。

詩歌語言的彈性，除了詞語的詞性變化與活用之外，還包括詞語與詞語之間的組合關係，也就是詞語之間的配合、修飾等等的關聯。

詩的語言彈性，當然與單個的詞的運用有關，但又不能只孤立地看待個別的詞語，更重要的是，要注意詞與詞之間的關聯所構成的美的語境。進行一個戰役，不僅需要每個戰士的勇敢戰鬥，也需要彼此之間的協同作戰，需要各個兵種之間的互相配合，詩的語言彈性與此有些相似，聞一多論詩的彈性所說的「變得出無窮的花樣」，應該包括文字與文字之間的關連所呈現的新面貌。現代語言學中的結構主義語言學派認為，每種語言都有一套獨特的關係結構，不僅如此，每種語言的個別單位都不是孤立存在的，而是在彼此的對立和聯繫中存在的。這種語言和語境的關係，我們以戰士、兵種與戰役的關係說明，而結構主義學派的鼻祖、瑞士的語言大師索緒爾，則將語言結構比喻為象棋的結構關係。我以為，並非所有的語言關連構成都能表現出語意的彈性美，那些

---

⑲ 黃永武：《中國詩學·設計篇》第二五七頁。

一般化的相沿成習的語言組織，不能給人以美感，因為重複刺激的結果，必然導致欣賞者大腦皮層的疲勞，因之也導致新鮮感的喪失和美感的消亡。例如「多麼豪邁的氣勢，何等響亮的號召，攀登吧，讓我們採取古老文化的瑰寶，攀登吧，讓我們獲得奮勇前進的動力」之類。只有那種切合特定語言情境並且表現了新美的秩序的語言關連，才具有詩意之美與彈性之美。對於具有這種美質的語言關連和組織，我稱之為詩化的彈性組合方式。這種組合方式，有如萬花筒一樣變幻無窮，我下面所捕捉的，只是它的幾類圖案而已。

名詞與數量詞的關連組合。

量詞是表示事物單位的詞，包括物量詞和動量詞兩種，而數量詞是數詞與量詞的合稱，它們結合在一起構成合成詞。在唐代以前，量詞特別是其中的動量詞不多，運用得也較少，唐宋時代，量詞有了很大發展，在詩文中經常運用，它常常和數詞攜手，去與名詞聯姻。我們可以看到，許多數量詞與名詞的組合是處在一種常態之中，但是，只要這種常態具有詩意，它也就不失為是美的。如王建「樹頭樹底覓殘紅，一片西飛一片東。自是桃花貪結子，錯教人恨五更風」（〈宮詞〉）；如陳玉蘭「夫戍邊關妾在吳，西風吹妾妾憂夫。一行書寄千行淚，寒到君邊衣到無」（〈寄夫〉），如此等等，不勝枚舉。但是，數量詞與名詞的關連有兩種情況，一種是常態的，一種是非常態的。非常態然而是合理的成功的組合，就更能充分表現詩歌語言的彈性，獲得如蘇東坡所說的「反常合道，奇趣橫生」的美學效果。這裡略引數例：

蕭娘臉下難勝淚，桃葉眉頭易得愁。

天下三分明月夜，二分無賴是揚州。（徐凝：〈憶揚州〉）

春色三分，二分塵土，一分流水。細看來，不是楊花，點點是離人淚。（蘇東坡：〈水龍吟・次韻章質夫咏楊花詞〉）

無端天與娉婷，夜月一簾幽夢，春風十里柔情。（秦觀：〈八六子〉）

記取樓前流水，應念我終日凝眸。凝眸處，從今又添，一段新愁。（李清照：〈鳳凰臺上憶吹簫〉）

舊恨春江流不盡，新恨雲山千疊。（辛棄疾：〈念奴嬌・書東流村壁〉）

滿載一船明月，平鋪千里秋江。波神留我看斜陽，喚起鱗鱗細浪。（張孝祥：〈西江月・黃陵廟〉）

笑問嫦娥靈藥幾時偷？圓缺陰晴天不管，誰管得，古今來，萬斛愁！（吳藻：〈江城梅花引〉）

「天下三分有其二」，本來是《論語》中有關議論的散文句式，「天下三分」也是中國歷史演義小說中的習見之辭，它本身並不具備詩意。但徐凝的詩卻奇思噴湧，異彩怒發，他把屬於普天下的皎皎明月也劃為三等分，其中的二分卻竟然讓揚州給占去了。數量詞與名詞的奇異結合，誕生了何等美妙的詩的寧馨兒。蘇東坡〈水龍吟〉中的詞句，曾受到徐凝〈憶揚州〉詩的影響並有所創造，是顯而易見的。在蘇軾的詞中，「三分」、「二分」、「一分」這些數量詞分別與「春色」、「塵土」、「流水」關連，別是一番風情。在秦觀的詞中，數量詞「一簾」與「十里」，分別置於「夜月」與「幽夢」、「春風」與「柔情」之間，承上而關下，既可以修飾前者，又可以修飾後者，似乎具有更大的彈性。在古典詩詞中，寫愁的名句很多，如李後主的「問君能有幾多愁，恰似一江春水向東流」(〈虞美人〉)，如賀鑄的「試問閒愁都幾許？一川煙草，滿城飛絮，梅子黃時雨」(〈青玉案〉)，但是，對於本來無可名狀的抽象的「愁」情，李清照說是「一段」，辛棄疾道是「千疊」，而吳藻以為是「萬斛」，他們分別從長度、從厚度、從容量來表現愁情，名詞與數量詞脫俗的組合，自然就獲得了脫俗的詩美。

就像燧石與燧石相撞擊而迸發出火花一樣，在新詩創作中，名詞與數詞或量詞的奇妙關連，也常常能煥發出新穎獨特的美的光彩。新加坡詩人喀秋莎有一組詩題名〈夜樹意象〉，其中的一首是：

在夜的黑鏡前
你披髮而坐
一面靜靜地梳理月光
一面構思著
把哪朵星插在鬢上

以量詞「朵」來形容「星」這個名詞，這恐怕是這位海外詩人的獨創吧？洛夫善於營造意象，在名詞與數量詞的組合方面，也頗見功夫，如寫水田鷺鷥的「偶然回首——便銜住水面的一片雲」之類。又如〈隨雨聲入山而不見雨〉的結尾：

下山
仍不見雨
三粒苦松子
沿著路標一直滾到我的腳前
伸手抓起
竟是一把鳥聲

這是一首寫遊山聽雨的詩，輕倩可喜，特別是上述結尾，寫得很是空靈漂亮。「苦松子」變為「鳥聲」，這中間詩的聯想的飛躍都省略了，但鳥和樹不可分離，因此，詩人的聯想仍是合理的，有生活情境作為依據，其中省略的空白，讀者完全可以用自己的審美想像去補充。特別是「鳥聲」本來沒有具體形狀，無可把捉，而現在詩人不僅「抓起」了「鳥聲」，而鳥聲居然盈握，被冠以數量詞「一把」，這個數量詞用得十分新奇獨到，給人以過目不忘的印象，因為它不僅形象地補足了抓起苦松子的動作，而且不具形的聲音具有了可感可觸的形象，誘人遐思，給人以豐富的美的享受。

動詞與名詞的關連組合。

漢語中最基本的詞類，就是名詞、動詞、形容詞這三大主力軍。據統計，它們的兵力占漢語詞類總數的百分之九十以上，是漢語構句的基本成分。因此，如果說一個詩作者就是一位將領，那麼，他所擁有的詞就是他的士兵，而名詞、動詞、形容詞就是他的主要兵種。士兵的善戰與否，除本身的素質之外，還在於將領是否指揮有方，詩人的出色或平庸，在很大程度上也決定於他調動與驅遣語言的功力和才力。在語言的關連組合方面，能構成並增強詩美的，主要是動詞與名詞的連結。名詞是表示事物的詞類，動詞是表示動作或變化的詞類，詩中動詞與名詞的連結所顯示的彈性之美，主要是無形可指的抽象名詞以及專有名詞與動作動詞之間關連的結果。在詩句中，抽象名詞所表示的不是有形可指的具體事物，是虛的；動作動詞所表示的是具體的動作及其變化，是實的。實的動詞與表具體事物的普通名詞之間的聯結，固然也能產生詩意，但實的動詞與虛的名詞之間的關連，經過詩人藝術美的處理，能夠將虛與實、實感和空靈結合在一起，構成一種全新的詩意的關連，形成新美的詩的語言秩序，更能獲得詩之所以為詩的美感。例如下列古典詩歌中的例子：

草色引開盤馬路，簫聲吹暖賣餳天。（宋祁：〈寒食〉）

小廊茶熟已無煙，折取寒花瘦可憐。
寂寂柴門秋水闊，亂鴉揉碎夕陽天。（鄭板橋：〈小廊〉）

「天」，是一個與「地」相對的專有名詞，但這個名詞所包容的內涵，無論是它客觀具有的或是人們所想像的，都比較虛，不像負載萬物的「地」那麼實在，在上引詩句中，表具體動作的「吹」、

「揉」等動詞，和抽象的「賣餳天」、「夕陽天」連結在一起，而「賣餳天」如何被簫聲「吹暖」？「夕陽天」如何被「亂鴉」揉碎？現在它們卻關連在一起，實以虛之，虛以實之，在虛實互參之中，呈現出好詩所必具的空靈之美。

讀古人的上述這些詩句，我不禁想起老詩人臧克家的「不曾有人來此憑弔，朝夕鴉陣煽黑了天」(〈刑場〉)，以及辛笛「看一行大雁馱起金色的秋天」(〈金色的秋天〉)之句，異代不同時的詩人，他們的詩心往往是相通的。在新詩創作中，這種動作動詞與抽象名詞的富於彈性的組合，也常常能帶來盎然的詩趣，創造出空靈的詩境。我們有理由相信，當虛實互轉、實感與空靈相參的詩美學法則體現在詞語組合之中，構成一種新而且美的詩的語言秩序時，它的美學效果就不是「說明式」或「描敘式」的散文語序所可以比並的了：

雪壓著枝葉
冰凍著根
冬天的霜齒
咬得好深
一直咬進
年輪

而受傷的森林

仍固執的舉起
億萬枝松針
在白茫茫中
刺繡著
不老的青春（黃河浪：〈冬景〉）

牽也牽不住的小雨絲哪
總在我心深處
挑著，刺繡著
纏綿的鄉愁（亞微：〈故鄉的雨〉）

雪展在他面前很廣，他無法把雪地
走遍而後回來，似乎他已滿足，而後
又手捧一把雪像是手捧故鄉（彭邦楨：〈悲雪〉）

呵！誰說中秋月圓
佳節中盡是殘缺
——每回西風走過

總踩痛我思鄉的弦（蓉子：〈晚秋的鄉愁〉）

「刺繡」這個及物動詞一般是和具體物象聯結在一起，「青春」則是不具形的抽象名詞，森林「刺繡」是由「松針」聯想及「繡針」的結果，而「刺繡」的竟然是「不老的青春」，香港詩人黃河浪就這樣通過具象與抽象結合，從平凡的景色中寫出了不平凡的詩意。其他三個詩例分別引自三位詩人的作品，他們表現「鄉愁」這一共同的主題，寫法各不相同，但是，小雨在亞微的心中「挑著，刺繡著」他的「鄉愁」，彭邦楨「手捧」他的「故鄉」，秋風「踩痛」蓉子的「思鄉的弦」，在詞句組合上他們卻又顯示了共同的美學特徵，這就是動詞與抽象名詞的結合，正是這種結合，表現了詩人們的妙想奇思，平添了一番詩美，否則，全詩將會失色不少。

詩歌語言的彈性，除了詞法之外，也與句法分不開。詩歌的句法與散文的句法有共同之處，但詩是一種具有鮮明的獨立性的文學樣式，由於它本身內在的特點所決定，它的句法有許多地方也有異於散文，其最突出的特點就是句法的彈性，這種彈性，主要表現在句式的跳躍、句式的倒裝等方面。

詩歌，要求語言凝煉而容量深廣，同時，和音樂一樣，它又是一種重在主觀抒情的藝術，它不是說明生活或是敘述生活，而是表現生活與歌唱生活。法國現代詩人梵樂希，曾借用作家馬萊爾勃的譬喻來說明詩與散文的區別：「詩是跳舞，散文是走路。」這，也可以用來描寫詩的語言與散文語言的不同。如果說句式相當於「步法」，那麼，詩用的是舞蹈步法，散文用的是走路步法，雖然詩有時也可以漫步，散文有時也可以舞蹈，但舞步畢竟是詩之所擅與詩之所長。因此，詩在處理句式與句式之間的「連」與「斷」的關係時，它著重處理的是抒情意念上的「連」，而不看重語法上嚴密的邏輯關係，像一般散文那樣講究行文的表層秩序，它苦心經營的，更在於句式與句式之間的「斷」，也就是合理的有抒情線索連貫的跳躍和省略，在富於彈性的跳躍和省略之間，留下廣闊的供欣賞者自由聯想的時間與空間。詩的這種句式結構，不妨借用物理學上的一個名詞，稱之為「彈力結構」。是的，散文的句式有如漫步，一路行來，按部就班，如果跳躍過多則顯得空疏無當。而詩的句式則好似騰舞，掣電驚風，飛雲回雪，如果改用散文的步法，那就無異於要飄飄而舞的詩神規行矩步了。

在我國最古老的詩歌總集《詩經》裡，第一篇詩是〈關雎〉，在句式方面，它就是用舞蹈步伐向後代作出示範動作的，由「窈窕淑女，君子好逑」到「窈窕淑女，鐘鼓樂之」，省略了很多過程，有如一闋跳躍幅度很大的「幻想奏鳴曲」，用西方現代詩歌所津津樂道的「自由聯想」來衡量，它也是很合於標準的。確實，詩歌的長處不在敘述而在表現，在抒情詩中，應該將敘述壓縮到最低限度，而著重表現生活的一個或幾個片斷，以及它在詩人心境上所激起的美的閃光。在句式方面，則要求連中之「跳」和連中之「斷」，如：

銀甲彈冰五十弦，海門風急雁行偏。
故人情怨知多少？揚子江頭月滿船！（薩都剌：〈贈彈箏者〉）

六朝文物草連空，天淡雲開今古同。

鳥去鳥來山色裡，人歌人哭水聲中。
深秋簾幕千家雨，落日樓臺一笛風。
惆悵無因見范蠡，參差烟樹五湖東。（杜牧：〈題宣州開元寺水閣閣下宛溪夾溪居人〉）

把
一個苦難
兩個苦難
百十個苦難
億萬個苦難
一古腦兒傾入
這古老的河
使它渾濁
使它泛濫
使它在午夜與黎明間
枕面遼闊的版圖上
改道又改道
改道又改道（非馬：〈黃河〉）

上面引述了形式各不相同的古今三首詩，為的是說明：詩的語言彈性表現在句式上，就是有很大的跳躍性，句與句之間有大片由於省略所形成的空白。元代薩都剌的七絕贈給彈箏的藝人，讚揚他的技藝，詩的抒情意旨是鮮明的，四句詩，四個意象，但句與句之間有大幅度的跳躍和省略。如果打一個不夠準確的比喻，一篇散文鋪設的是合乎規格的水泥路面，而這四句詩有如四個橋墩，架設的卻是全詩抒情的橋梁。杜牧的七律也是如此，儘管律詩講究開合照應，「鳥去鳥來山色裡」的自然景色，緊承「天淡雲開今古同」，而「人歌人哭水聲中」的世情描寫，遙接「六朝文物草連空」的歷史回顧。此外，「深秋簾幕千家雨」與「人哭」有關，「落日樓臺一笛風」也與「人歌」有緣，但全詩的句法仍然十分靈活，騰挪跳宕，不板不滯，所以王有宗在《評注十八家詩抄》中說：「空靈如蜻蜓點水，不著痕跡。」蜻蜓，這位得到許多古典詩人垂青的大自然的使者，它的「點水」就完全是舞蹈式的，用以比況杜牧的跳躍句法，是再恰當不過的了。非馬的詩，素以詩思深刻，構思新巧和語言警煉見長，他的〈黃河〉寫民族的滄桑歷史與深重苦難，筆力概括，句法的跳躍性極大，具有強烈的心靈撞擊的力度。這裡需要說明的是，詩的彈性句法講究跳躍和省略，但也要注意意念的連接和貫穿。詩的跳躍，腳還是要點地的，不是從懸崖上跳入沒頂的深淵，詩的省略，也還是要有所暗示，不是留給人們伸手不見五指的漆黑。西方現代詩歌所提倡的「聯想切斷」、「自由聯結」等等，我們應當借鑒，用以來豐富我們的詩藝，幫助作者克服詩的語言聯結過實過死的弊病，但是，我們卻不可以因為強調語言的句式的飛躍性，而去欣賞甚至建造那詩的迷宮。法國象徵主義詩人馬拉美規定，詩「必須堅持把寫出的東西首尾切斷，以便讓人摸不著頭腦」，這不可不信，也不可盡信。

詩的語言組合的彈性，還表現在句式的倒裝。倒裝，是詩歌語言藝術中一種變常為奇的藝術，指的是變化語言的常態性的秩序。詩的語言倒裝，不出下面這三種情況：或者是顛倒詩句中文字的先後，或是顛倒詩篇中詩句的次第，或是顛倒全詩的時間順序結構。詩的倒裝的美學效果，是為了增強語言的彈性和變化，也是為了使詩句化平直為曲折，化平板為勁健。宋代陳善在《捫蝨詩話》中記載，王安石曾把杜荀鶴〈雪〉詩中的「江湖不見飛禽影，岩谷惟聞折竹聲」，改為「江湖不見禽飛影，岩谷惟聞竹折聲」，把王仲至〈試館職〉詩中的「月斜奏罷長楊賦，閒拂塵埃看畫牆」，改為「月斜奏賦長楊罷」。陳善對王安石改筆的評價是：「如此語乃健」。這是頗有道理的，從這裡可以看到詩歌語言的善於變化的彈性，以及變化之後所產生的力度。杜甫在四川曾寫有〈奉濟驛重送嚴公〉一詩，前四句是：「遠送從此別，青山空復情。幾時杯重把？昨夜月同行。」按照時間順序的過去、現在、未來的常態，後兩句應該是作「昨夜月同行，幾時杯重把」，但杜甫卻顛之倒之，因此，吳瞻泰稱之為「交互句」（《杜詩提要》），申涵光則說：「三四別緒淒然，若下句意在前，則索然矣。」（《杜詩集評》）而仇兆鰲也認為：「三四言後會無期，而往事難再，語用倒挽，方見曲折。若提昨夜句在前，便直而少致矣。」（《杜詩詳注》）他們都從不同的角度，看到了彈性語言藝術的倒裝在詩中的作用。

在《詩經》裡，就可以尋覓到倒裝在中國詩歌中留下的最初的足跡。我們從〈風〉、〈雅〉、〈頌〉中可各舉一例。〈魯頌・閟宮〉中有「戎狄是膺，荊舒是懲」之句，意思是「去打擊狄、戎，又對荊舒嚴懲」，按正常語序是「膺戎狄，懲荊舒」，現在卻顛倒了詞序；〈鄭風・褰裳〉中說：「子不我思，豈無他人？狂童之狂也且！」「子不我思」，就是「子不思我」，是漢語語法中動賓關係的倒置，譯成現代漢語就是「你如果不思念我」；〈小雅・節南山〉中有句是：「赫赫師尹，民具爾瞻。」「民具爾瞻」的正常語序應該是「民具瞻爾」，意思是「太師尹氏威風凜凜，人們都在側目看著你」。但是，《詩經》中的這種倒裝，主要是由當時所通行的語法來決定的，可以說是一種「隨言倒裝」，也就是自然成文的結果，而不是刻意經營的一種美學追求。作為語言藝術的一種自覺追求的倒裝，作為顯示語言彈性之美的詩的倒裝，是先秦以後特別是從唐代開始的詩人們努力的結果。最為人們所艷稱的，是杜甫〈秋興〉中「香稻啄餘鸚鵡粒，碧梧棲老鳳凰枝」一聯。宋代沈括早就在《夢溪筆談》中說：「古人多用此格，蓋欲相錯成文，則語勢矯健耳。……此亦語反而意全」。所謂「語反」，就是倒裝，假若按常規平順的寫法，應該是「鸚鵡啄餘香稻粒，鳳凰棲老碧梧枝」，也就是說，香稻是鸚鵡啄食之餘的顆粒，碧梧是鳳凰棲息而老的樹木，這樣構句當然也無不可，只是語言平直，缺乏彈性，遠不如倒裝之後的新奇勁健，伸縮自如。老杜大約是深諳此中奧妙，因此，前人就盛讚「子美善用故事及常語，多顛倒用之，語峻而體健」（王彥輔語）。詩仙李白〈秋浦歌〉之一的「白髮三千丈，緣愁似箇長。不知明鏡裡，何處得秋霜」，人們驚嘆於詩的誇張，但卻很少注意它的倒裝。其實，乾隆在《唐宋詩醇》中早就說過「突然而起，四句三折，格力極健，要是倒裝法也」。黃叔燦《唐詩箋注》也認為：「因照鏡而生白髮，忽然生感，倒裝說入，便如此突兀，所謂逆則成丹也。唐人五絕用此法多，太白落筆便超。」他們都指出李白詩的倒裝之妙。此外，如普通說法的「家書隔年到」，杜牧〈旅宿〉中倒裝為「家書到隔年」，一般習慣用法的「費聲恨徒勞」，李商隱在〈蟬〉中倒裝為「徒勞費恨聲」，如此等等，不勝枚舉。作為詩的語言彈性美的倒裝，可視為唐代詩人對詩美學的又一突出貢獻。

詩的語言之具有美學意義的倒裝，與「隨言倒裝」相對，稱之為「變言倒裝」。可分詞序的倒裝、句式的倒裝以及全詩整體結構的倒裝三類。

詞序的倒裝。這種字詞的倒裝，在古典詩歌中極為常見，因為古漢語多一字一音一義，便於獨立驅遣。如杜甫〈江漢〉的「片雲天共遠，永夜月同孤」，便是「片雲共天遠，永夜同月孤」的倒裝。王維〈山居秋暝〉的「竹喧歸浣女，蓮動下漁舟」，是「竹喧浣女歸，蓮動漁舟下」的倒裝。王之渙〈登鸛雀樓〉的「白日依山盡，黃河入海流」，是「白日依山盡，黃河流入海」的倒裝。著名的〈望岳〉，是杜甫青年時代的大作，其中「蕩胸生層雲，決眦入歸鳥」寫極目遠望，對它奇特不凡的句法，有的人認為難以分析。如宋代劉辰翁就說「蕩胸句不必可解，登高意豁，自見其趣」，其實，詩人在這裡運用的正是「字的倒裝」的技巧。本來，詩人的意思是「望層雲之生而胸為之蕩，望歸鳥之入而眦為之裂」（吳瞻泰：《杜詩提要》），可按常規的說法寫成「層雲生蕩胸，歸鳥入決眦」，但這樣雖順達卻較平庸，會喪失許多詩的美質，現在分別將「蕩胸」與「決眦」分別倒裝在一句之首，語用倒挽，頓覺筆勢曲折勁健而富於張力。在新詩中的詞序倒裝，如：

是不是可握住的，如溫情的手？
可看見的，如亮著愛憐的眼光？
會不會使心靈微微地顫抖，
或者靜靜地流淚，如同悲傷？（何其芳：〈歡樂〉）

按一般語序，上述詩節應該寫成：「是不是如可握住的溫情的手？如可看見的亮著愛憐的目光？

會不會如同悲傷，使人心靈微微地顫抖，或者靜靜地流淚。」但是，在何其芳的早期之作的這節詩裡，詩人於四句之中三句用了倒裝，或倒裝於前，或倒裝於後，這樣，詩的語言就顯得富於變化和彈性了。

句的倒裝。這種倒裝，是由字詞的語序擴大到整個句子，是以句子為單位的倒裝。明代李東陽在《麓堂詩話》中，曾以杜甫「風簾自上鉤」、「風窗展書卷」、「風鴛藏近渚」、「風江颯颯亂帆秋」為例，說明「詩用倒字倒句法，乃覺勁健」。而談到韓愈〈雉帶箭〉的「將軍大笑官吏賀，五色離披馬前墮」，以及杜甫〈冬狩行〉的「草中狐兔盡何益？天子不在咸陽宮」時，清代洪亮吉在《北江詩話》中說：「詩家例用倒句法，方覺奇峭生動。……使上下句各倒轉，則平率已甚，夫人能為之，不必韓杜矣。」洪亮吉所說的，也正是句的倒裝的美學效果。「此日六軍同駐馬，當時七夕笑牽牛」，這是李商隱〈馬嵬驛〉詩的名句，按時間發展順序，本來應先說「當時」，再說「此日」，現在卻上下倒裝，便覺變化多方，頗具張力。「李白登舟將欲行，忽聞岸上踏歌聲。桃花潭水深千尺，不及汪倫送我情」，這是李白的名篇〈贈汪倫〉，人們一般只是欣賞其比喻的巧妙，很少注意它的倒裝，而沈德潛《唐詩別裁》卻認為：「若說汪倫之情，比於潭水千尺，便是凡語，妙境只在一轉換間。」他所說的「轉換」，我理解至少包括了倒裝這一含意。不是嗎？如果出於凡庸之手，也許會寫成「汪倫送我情何限，勝過潭水千尺深」，那將是何等拙劣的筆墨，而現在一經倒裝轉換，就好像童話中的仙笛一吹，便出現了一個不同凡俗的美的世界。

在新詩創作中，也可看到彈性倒裝句的影蹤：

趁夜色，我傳下悲戚的「將軍令」
自琴弦……（鄭愁予：〈殘堡〉）

滑落過長空的下坡，
我是熄了燈的流星。（鄭愁予：〈生命〉）

曾嬉戲於透明的大森林，
曾濯足於無水的小溪，
——那是，擠滿著蓮葉燈的河床呵，
是有著牽牛和鵲橋的故事
遺落在那裡的……（鄭愁予：〈雨絲〉）

鄭愁予的詩，風格典麗而清新，他吸收了西方詩歌的許多長處，又植根於深厚的民族傳統。他的詩，很喜歡運用倒裝句法，以上三首詩的片斷都是由倒裝構成，平順的詩句一經倒裝之後，便顯得曲折有致，平添了一番詩的韻味。詩人、學者楊牧在〈鄭愁予傳奇〉一文中談到〈殘堡〉的倒裝時，他指出：「倒裝句法的使用，造成懸疑落合的效果。」（見《傳統的與現代的》一書）他所說的「懸疑落合」，不就是詩的語言彈性的效果嗎？

從倒裝角度去看詩歌語言的彈性，我們還可以從全詩的藝術構思的整體去探討。晚唐的詞家兼詩家溫庭筠，流寓湖北時曾寫有〈碧澗驛曉思〉：

香燈伴殘夢，楚國在天涯。月落子規歇，滿庭山杏花。

根據生活本身的時間順序，這首詩寫詩人黎明時醒來之後，在碧澗驛的庭院中閑步，夜月已經西沉，曾經挑動他滿懷離愁別緒的杜鵑鳥，也已經停歇了它們帶血的啼囀，環顧四周，滿庭的山杏花正在開放，而房中的殘燈還在搖曳。斯時斯地，這位籍貫山西的詩人才清醒地意識到自己是作客他鄉，置身於遠在天涯的楚國！——按照生活中實有的先後發生的情態，這首詩原本應該寫成：

月落子規歇，滿庭山杏花。香燈伴殘夢，楚國在天涯！

如此結撰也未嘗不可，可是令人感到有些平板熟套，以「楚國在天涯」的直敘收束，也相當枯澀乏味。現在將「月落子規歇，滿庭山杏花」倒裝在後，立即就化板為峻，變熟為新，而且這種以景截情的結句，也留給了讀者思之不盡的餘地。在新詩創作中，從一首詩的全局來設計語言倒裝的還不多見，但還是可以從何其芳三十年代的詩集《預言》中找到：

震落了清晨披滿的露珠，
伐木聲丁丁地飄出幽谷。
放下飽食過稻香的鐮刀，
用背簍來裝竹籬間肥碩的瓜果。

秋天棲息在農家裡。
向江面的冷霧撒下圓圓的網，
收起青鯿魚似的烏桕樹的影子。
篷上滿載著白霜，
輕輕地搖著歸泊的小槳。
秋天游戲在漁船上。
草野在蟋蟀聲中更寥闊了。
溪水因枯涸見石更清冽了。
牛背上的笛聲何處去了，
那滿流著夏夜的香與熱的笛孔？
秋天夢寐在牧羊女的眼裡。（〈秋天（二）〉）

三節詩中的第五句本來都是起句，現在都倒裝在每節的最後，詩人是從全詩的藝術整體布局來處理詩的倒裝的，正是這種排比式的倒裝結構，使得全詩跳脫空靈而唱嘆有情。創世紀詩社主將瘂弦的〈山神〉一詩，每節分別以倒裝的「春天，呵春天，我在菩提樹下為一個流浪客餵馬」，「夏天，呵夏天，我在敲一家病人的銹門環」、「秋天，呵秋天，我在煙雨的小河裡幫一個漁漢撒網」、

「冬天，呵冬天，我在古寺的裂鐘下同一個丐兒烤火」收束，在語言的彈性和結構上頗見創意，雖然明顯地受到何其芳〈秋天〉一詩的影響。

四

在詩的語言的旗幟上，還大書著如下三個字：音樂美。

詩歌，是繪畫的姐妹，也是音樂的比鄰。無論中外，詩歌都是講求音樂之美的。德國的與歌德齊名的傑出詩人海涅，他的詩不僅為廣大讀者所誦讀諷詠，同時還被之樂章，供人歌唱。據有關資料統計，海涅的詩譜成樂曲的，至少在三千闋以上，而早在一八八七年，僅是以海涅的詩製譜的獨唱歌曲，就已經有二千五百闋之數。試想，如果不是詩人的作品本身音樂感強，怎麼可以這樣被廣為傳唱？匈牙利的偉大愛國詩人裴多菲，得到過海涅的賞識，海涅曾經託人向裴多菲致意。在裴多菲戰死之後，他寫信給匈牙利的德語作家、翻譯家凱爾特伯尼・卡洛依說：「裴多菲是一個詩人，只有彭斯和貝朗瑞才能與他相比……我自己只有少許這樣自然的聲籟，這個農家子富有自然的聲籟有如一隻夜鶯。」[20] 海涅評價裴多菲，其中一個重要方面就是對他的作品的音樂美之肯定。因為十八世紀英國詩人彭斯的詩受到民歌的薰陶，富於音樂性，許多都譜成了歌曲，而貝朗瑞這位十九世紀前半葉的法國詩人，被稱為「不朽的貝朗瑞」，也是一位人民歌手，他的許多作品和樂曲結緣之後，在廣大的群眾中更是不翼而飛。

[20] 轉引自興萬生著：《裴多菲評傳》第三五二頁，上海文藝出版社一九八一年版。

西方現代和當代的詩人之中，大多數也還是主張詩應有音樂之美的。英國詩人浩司曼在〈詩的名與實〉一文中，曾經說明詩對他的作用，是生理超過心智。英美意象派的詩人強調詩的音樂美，這是眾所周知的了，法國象徵派詩人魏爾倫甚至說：「詩是音樂，其聲調需和諧，並由此和諧之聲調，織成一曲交響樂。」他還主張「音樂在一切事物之先」，「詩，不過是音樂罷了」。在美國，愛侖坡被詩人愛默森稱為「叮噹詩人」，因為他說過「文字的詩可以簡單界說為美的有韻律的創造」，而在創作實踐中他嘗試將詩與音樂再次結合起來。林賽誦詩用樂器伴奏，桑德堡用吉他來自彈自誦。現代派宗師艾略特在明尼蘇達大學誦詩，聽眾多達一萬三千餘人。佛洛斯特誦詩，一般也都有二千以上的聽眾，他是注意詩的音樂美的，他的詩集《心靈的科尼島》，在八年中印了十四版，印數在二十萬冊以上。名詩人沙比洛在〈什麼不是詩〉一文中說：「一切好詩對於聽眾皆有直接的震撼力……現代詩之為病，便是與一切活生生的聽眾脫節之病。」在美國，市場上不僅出售詩人的詩集，而且發售成名詩人自誦作品的唱片和錄音帶。英國詩人狄倫・湯默斯和美國詩人佛洛斯特的唱片銷數，都突破了十萬大關㉑。這些例證都說明，無論中國或西方，詩和音樂的關係原來都是很密切的，而現在詩與音樂的分家雖然是一種世界性的潮流，但許多詩人還是希望詩歌不僅要訴之於讀者的眼睛，而且要訴之於聽眾的耳朵，不僅要美視，而且要美聽，從視與聽兩方面充分發揮詩歌的美感作用。

在中國，詩歌、音樂、舞蹈在遠古時原來就是三位一體的。在中國古典詩歌史上，詩歌與音樂更是難解難分，有一種特殊的親緣關係。我們古典的繆斯，不僅有善於捕捉形象的慧眼，而且

㉑ 參見余光中《望鄉的牧神》一書，臺灣純文學月刊社一九六八年版。

有美妙的歌喉。《詩經》又被稱為《樂經》，因為其中的詩章，和舞蹈相配合而又可以歌唱，其中的十五〈國風〉，就是各國具有地方特色的可以歌唱的民歌。以屈原的作品為代表的楚辭，當時也是可以歌唱的，〈九歌〉就是由民間祭神的樂歌加工改寫而成，〈九章〉也可以被之音律，其中的「少歌曰」、「倡曰」其實就是樂章音節的名稱。而即使是〈離騷〉這種由屈原所首創的中國詩歌史上最長的抒情詩，當時也是可供歌唱的樂歌。「大風起兮雲飛揚，威加海內兮歸故鄉，安得猛士兮守四方」，劉邦衣錦還鄉時所作的〈大風歌〉，史籍記載是「令沛中兒童百二十人，皆而歌之」，這是一種巨型的罕見的大合唱，其規模不僅遠遠超過了我們今天的詩歌集體朗誦，而且也為今天一般大合唱的人數所不及。漢魏六朝的樂府，與音樂的關係更為密切，從合樂的角度看，漢代樂府就是當時合諸新樂的樂章。唐代詩歌中的絕句，與新吸收的外民族的音樂「胡樂」相配合而歌唱。萌於隋、興於唐而盛於宋的詞，它在萌芽之初就是作為一種配合樂調歌唱的文學形式，所謂「依聲填詞」，說明它是一種不僅訴之於視覺同時也訴之於聽覺的以供弦歌的音樂文學。宋詞以後，南北曲次第興起，那被稱為「散曲」的曲詞，也是可以合於管弦而歌唱的。

從上面簡略的敘述可以看出，中國古典詩歌有著與音樂密切結合的傳統，可視而且可聽，不但具有視覺美，而且具有聽覺美，這是中國古典詩歌十分可貴的民族傳統特色，一些西方國家的詩歌難以與之比擬。但是，由於詩歌與音樂分家，它們各自獨立門戶，關係也就日形疏遠。在對待詩歌格律的問題上，過去有兩種極端的觀點，一種是墨守古法，另一種則是全盤否定。清代末期詩界革命的倡導者黃遵憲，提出寫詩要有「新思想」和「現代的語言」，這是進步的，但他卻又主張用舊格律，對古典詩歌的格律全盤照搬。五四運動時期，某些人不滿於新詩的產生，他們從復古主義出發，說什麼「駢文律詩，既准音署，修短相侔；兩句之中，又復聲分陰陽，義取對比，可謂美之極致。」（謝无量：《中國大文學史》）這種開歷史倒車的說法，自然是行不通的。除此之外，當時有一派人主張「文當廢駢，詩當廢律」，否定對古典詩歌優秀傳統包括其中音樂美傳統的繼承，這一派以胡適為代表。胡適自有他的歷史功績，這另當別論，但他在寫於一九一九年的〈談新詩〉一文中提出了「廢除押韻」的主張，流風所及，五四以後一個時期內的「自由詩」，很多歐化氣息濃重而不注意音韻。時至今日，許多作者或對詩的音樂美仍然毫不重視，或強調所謂詩的內在韻律，而否定對詩的音樂美的追求，他們的作品，閱讀起來尚且無法悅之於目動之於心，更不要說背誦和歌唱。

在中國新詩史上，對音樂美提倡最力的是聞一多。他繼承中國詩論的精華，意在發揚中國民族詩歌音樂美的傳統，同時又企圖針砭新詩中忽視音韻格律的弊病。早在一九二六年，他就發表〈詩的格律〉一文，提倡詩的「音樂之美」，提出了許多卓越的見解，直到今天仍然值得我們去「溫故而知新」。對當前的許多新詩作品，當然不能要求能「唱」，但起碼要求的能「吟」也無法做到，因為它們毫無音韻之美，難以「卒讀」。由於五十年代與六十年代極端西化之風盛吹，內容的虛無、表現的晦澀、語言的歐化成了臺灣現代派詩歌的不治之症。如同黃維樑所指出的：「文字要扭曲、想像要離奇，題旨要隱晦、結果是超現實和潛意識的魑魅魍魎，四出驚人嚇人惑人。」黃維樑還認為：「五四以來的新詩，也應與音樂配合。新詩不但應該可以朗誦，還應該可以用歌的形式唱出來。不過，六十年來，新詩而入樂成歌者，一直不多。劉半農作詞、趙元任譜曲的〈教我如何不想她〉是少數的例子之一。」（以上均引自《怎樣讀新詩》）加拿大詩壇的情況也是可以借鑒的，從六十年代以來，加拿大詩歌的地位和影響超過了其他的文學樣式，一些重要的出版社都以出版詩集起家，主要原因之一，就是咖啡館詩歌朗誦會活動頻繁，使詩歌從書齋走向了群眾和社會，詩人也成為了公共場所的表演者和活躍人物。這，不也是可以給我們的新詩創作以某種有益的啟示嗎？

詩的音樂美，除了詩人感情的狀態和律動所形成的內在韻律之外，其外在的表現就是語言的音樂美。詩的語言音樂美，主要表現在韻、節奏和音調三個方面。

儘管有的人主張寫詩純任自由，不必押韻，我卻不能贊同。雖然押韻可寬可窄，可嚴格或不嚴格，但我卻堅持認為韻是中國民族詩歌格律的一條基本規律，也是詩歌音樂美的第一要素。我國的古典詩歌，從《詩經》到清末的作品，除了極少數的例外，不論押韻的寬嚴與否，絕大部分都是押韻的，這一經過了幾千年時間考驗而不衰的美的法則，我們難道可以輕易地棄置嗎？《許彥周詩話》說：「作詩押韻是一巧。」沈德潛《說詩晬語》也認為：「詩中韻腳，如大廈之有柱石，此處不牢，傾折立見。」如果說，蘇聯詩人馬雅可夫斯基為了一首詩的幾處韻腳，曾經把一首詩的幾行改了六十次之多，那麼，我們以優美的漢語作為語言手段並有深厚音樂美傳統的詩歌，就更應該重視「韻」這一語言的審美特質了。

從音樂美感的角度去考察漢語語音，可以看到漢語中元音特多。漢語大多數音節是以元音結尾的，而在元音之中，占多數的又是樂音。這樣，漢語語音就是最富於音樂美感的語音，具有極強的審美表現力。作為漢語語音的韻，又稱韻腳，即同一韻母的字，在句末最後一字的位置上重複出現，迴旋往復以造成和聲。押韻的方式是多種多樣的，有規律可尋的押韻方式有隔句韻、連句韻、奇句韻、逗韻、雙句與雙句、單句與單句錯綜互韻的交錯韻（又名「抱韻」），起首一韻，中間轉入他韻，最後復與首韻相和的遙韻，轉換韻腳的轉韻等等。韻的重要作用之一，就是充分利用漢語語音的審美特質，通過韻腳的關連，關上連下，把跳躍式的單獨的詩行構成一個審美整體，使詩作具有抑揚頓挫、流暢迴環的韻律美，順口動聽，易記能唱。一九二〇年，詩人徐志摩從美國到英國康橋（今譯劍橋），在劍橋大學皇家書院當特別生。他寫過有名的〈再別康橋〉一詩及散文〈我所知道的康橋〉，詩全引、散文節引如下：

輕輕的我走了，
　正如我輕輕的來；
我輕輕的招手，
　作別西天的雲彩。
那河畔的金柳，
　是夕陽中的新娘；
波光裡的艷影，
　在我的心頭蕩漾。
軟泥的青荇，

油油的在水底招搖；
在康河的柔波裡，
我甘心做一條水草！

那榆蔭下的一潭，
不是清泉，是天上的虹，
揉碎在浮藻間，
沉澱著彩虹似的夢。

尋夢？撐一支長篙，
向青草更青處漫溯，
滿載一船清輝，
在星輝斑斕裡放歌。

但我不能放歌，
悄悄是別離的笙簫；
夏蟲也為我沉默，
沉默是今晚的康橋！

悄悄的我走了，
　正如我悄悄的來；
我揮一揮衣袖，
　不帶走一片雲彩。〈再別康橋〉

我在康橋還只是個陌生人，誰都不認識……我知道的只是一個圖書館，幾個課室，和兩三個吃便宜飯的茶食鋪子。〈我所知道的康橋〉

詩與文的題材與主題大致相同，但從押韻的詩和不押韻的散文的比較，可以看出韻在詩中所起的作用。〈再別康橋〉之所以至今能為讀者所熟知和吟唱，原因之一就是它的包括押韻在內的語言的音樂美。徐志摩也是格律詩派的音樂美的倡導者，〈再別康橋〉一詩，用的是首尾呼應而中間多次變換韻部的遙韻，音韻和諧而柔美，宛如一闋「夢幻曲」，在早期的新詩創作中，也許只有朱湘的〈采蓮曲〉可以和它比美。僅僅從美韻而言，散文〈我所知道的康橋〉也是無法和〈再別康橋〉比並的，詩人的另一同題異奏的詩〈康橋，再會吧〉，也因為不及前作而不大為人所知了。

中國文字從始創之初，就是音、形、義三位一體，文字繁衍的法則之一乃是「聲義同源」，文字學家所指出的「義本於聲，聲即是義」、「形在而聲在焉，形聲在而義在焉」，說明了漢語字義與音響的微妙關連。漢字的音響不但常常與意義有關，而且與感情的狀態也很有關係。清代的周濟就看到了這一點，他在〈宋四家詞選目錄序論〉中說：「東真韻寬平，支先韻細膩，魚歌韻纏綿，蕭尤韻感慨，各有聲響，莫草草亂用。」同時代的陳統在《哀碧齋詞話》中也說：「學填詞先知選韻，琴調尤不可亂填，如水龍吟之宏放，相思引之淒清，仙流劍客，思婦勞人，宮商各有所宜，則知塞翁吟，只能用東鐘韻矣。」現代聲韻學根據聲響的不同程度，把十三轍分為洪亮級、柔和級與細微級，中東、人辰、江陽、言前，發花轍共鳴強度大，發音洪亮；懷來、灰堆、遙條、梭波轍收音比較柔和舒緩；一七、姑蘇、七斜轍口形微張，收音不響亮，它們分別表現了不同韻轍的字之音色音響與思想感情的內在關係。抒發歡快明朗、熱烈奔放的感情，一般宜用聲音響亮的韻轍，傾吐哀切沉痛的情思，一般宜用聲調迫促低沉的韻轍。因此，詩人用韻時注意聲情相切，隨情選韻，因情變聲，就能夠有助於思想感情的詩意表現，烘染詩的情調和氣氛，加強抒情的強烈性和激動性，獲得聲義相諧之美。

在古典詩人中，杜甫是自許「晚節漸於詩律細」的，他從陝西流落到四川，世亂時艱，路途險峻，情懷愁苦，他這時寫的詩大都用的是細微級的韻轍，並多用迫促的仄韻，如「貧病轉零落，故鄉不可思。常恐死道路，永為高人嗤」（〈赤谷〉）、「水寒長冰橫，我馬骨正折。……飄蓬逾三年，回首肝肺熱！」（〈鐵堂峽〉）等等即是。而「劍外忽傳收薊北，初聞涕淚滿衣裳」（〈聞官軍收河南河北〉），詩人這生平第一首快詩，卻是用的洪亮級的韻轍，押江陽韻，從這裡可見隨情選韻、聲義相生的音韻美學原則的作用。又如秦觀的辭情兼勝的〈滿庭芳〉：

山抹微雲，天粘衰草，畫角聲斷譙門。暫停征棹，聊共引離尊。多少蓬萊舊事，空回首烟靄紛紛。斜陽外，寒鴉數點，流水繞孤村。　消魂，當此際，香囊暗解，羅帶輕分。漫贏得青樓薄倖名存。此去何時見也，襟袖上，空惹啼痕。傷情處，高城望斷，燈火已黃昏。

這首詞既傷離別，又感慨自己的坎坷不遇，用的是低沉而淒厲的韻腳，與落寞傷感的詩情音義相生，情由聲出。據有關記載，在西湖的遊船上，有人唱這首詞時，將第三句誤唱成「畫角聲斷斜陽」，一位名叫琴操的歌女予以糾正，誤唱者向她提出，是否可將錯就錯，依「陽」字韻將整首詞的韻腳改過來，琴操略加思索，就吟唱起來：

山抹微雲，天粘衰草，畫角聲斷斜陽。暫停征轡，聊共飲離觴。多少蓬萊舊侶，空回首烟霧茫茫。孤村里，寒鴉萬點，流水繞空牆。　魂傷，當此際，輕分羅帶，暗解香囊。漫贏得青樓薄倖名狂。此去何時見也，襟袖上，空有餘香。傷心處，高城望斷，燈火已昏黃。

據說秦觀的好友蘇東坡聽後，讚賞不置。我想，蘇東坡讚嘆的該只是歌女的才藝和隨機應變的本領吧，因為這位詩詞大家不會不懂得，歌女改後的詞韻屬「江陽」韻，這是宜於表達高昂激越的感情的韻部，用這種韻來表達秦觀詞中的內容和感情，形式與內容顯然有尖銳的矛盾。〈樂記〉說：「其哀心感者，其聲噍以殺；其樂心感者，其聲嘽以緩；其喜心感者，其聲發以散；其怒心感者，其聲粗以厲；其散心感者，其聲直以廉；其愛心感者，其聲柔以和。」從上述三首詩還可以看到，音韻中自有「壯士聲情」與「美人音節」，有「鐘呂之音」與「箏琵之響」，而「纖細題用不著黃鐘大呂，宏偉題用不著密管繁弦」（李重華：《貞一齋詩說》），如果新詩作者無視於聲韻的美學，而片面強調所謂「自由」和「散文化」，那受到懲罰的難道不正是他們自己嗎？

恩格斯曾經從審美的角度來形容他所通曉的語言之美。他說義大利語「像和風一樣清新而舒暢」，西班牙語「像林間的清風」，葡萄牙語「宛如滿是芳草鮮花的海邊的浪濤聲」，法語「像小河一樣發出淙淙的流水聲」，這些比喻都離不開惠風與流水，表現了這些國度的包括節奏美感在內的語言之美。詩人郭小川也很主張語言的音樂性，詩人李瑛一九七七年八月在北京告訴我，郭小川曾經擬拜王力先生為師，鑽研漢語詩律學。在郭小川〈關於詩歌的一封信〉和〈談詩〉這兩篇文章中，詩人著重論述了「詩是最有音樂性的語言藝術」、「音樂性是詩的形式的主要特徵」、「詩是文學樣式中最有音樂性的一種形式」，有趣的是，他對漢語詩的音樂美也以流水為喻，認為「詩應當是叮噹作響的流水」。這流水的「叮噹作響」，自然也就包括了詩的節奏。節奏，是大千世界萬事萬物有規律的律動，是詩的語言音樂美的必具條件。鮮明諧美的節奏，是詩區別於其他文學樣式的形式美的主要特徵，沒有諧美的節奏而能獲得語言的音樂美感，就像沒有泥土而期望樹木開花一樣虛妄。

構成詩的節奏的因素，在不同民族以至不同時代的詩歌中是並不一致的。從節奏的角度來看，漢語語音美的特質之一，就是以音節為基本單位，而且音與義諧，音節單位和意義單位基本上一致，這與英語、俄語節奏單位與意義單位常不一致頗不相同。正因為漢語的這種音義雙關的特點，就為內容之美與形式之美的統一提供了極大的客觀可能性，而漢語多單音節與雙音節的特色，又十分有利於表現美的節奏。在印歐語系的詩歌中，節奏主要是由「輕重律」所構成的，在漢語詩歌中，節奏，主要是由有規律的「音節」（一義多名，或稱為「頓」、「音步」、「音組」）所形成的。有規律的音節的和諧配合，是構成節奏美感的最主要的起決定作用的因素，除此之外，也不排除語音的強弱高低（「重讀」與「輕讀」），是否可以說，在詩句的組織上從時間方面大體整齊地安排音節，在力度方面適當注意語言的抑揚頓挫，就能形成漢語詩歌鮮明諧美的節奏感。

中國古典詩歌的律詩和絕句，每句字數相等，音節配合的格式相對固定，一般是七言四頓，五言三頓，每一行詩音節數量必須相等。如李商隱五律〈晚晴〉中的「天意憐幽草，人間重晚晴」，是「二——一——二」格式。同題中的「並添高閣迥，微注小窗明」，是「二——二——一」格式。而賀知章〈回鄉偶書〉中的「少小離家老大回，鄉音無改鬢毛衰」，則是「二——二——二——一」的格式。詩人劉大白在《中詩外形律詳說》中認為，五言詩三音節，七言詩四音節，五比三與七比四，比較接近形式美中的「黃金分割律」，這是頗有見地的。音節均齊，加上平仄調諧，節奏自然就鏗鏘悅耳。新詩的形式，大體上是沿著「自由詩」與「格律詩」的雙行道向前發展，如同古代既有約束較少的古風和歌行，也有詩法精嚴的絕句和律詩一樣，而新詩的節奏，遠比古典詩歌的節奏自由，但是，新詩也仍然應該講求時間的節奏感和力度的節奏感。聞一多和郭小川在這方面的實驗和貢獻，這是大家所熟知的了，不必贅述。且以戴望舒的名作〈雨巷〉的片斷為例：

撐著油紙傘，獨自
彷徨在悠長，悠長，
又寂寥的雨巷，
我希望逢著
一個丁香一樣地

結著愁怨的姑娘。

她是有
丁香一樣的顏色，
丁香一樣的芬芳，
丁香一樣的憂愁，
在雨中哀怨
哀怨又徬徨。

戴望舒由於這首詩而獲得「雨巷詩人」的美稱。〈雨巷〉一詩寫於一九二五年以前，是詩人二十餘歲時的作品，葉聖陶予以發表時，讚賞它給「新詩的音節開了一個新紀元」。這首詩在新詩的草創時期，藝術上確是成功的嘗試，自有不可忽視的貢獻。它每節六行，每行的音節大體勻稱，又注意了平仄的協調和反覆詠唱，所以不僅具有諧美的節奏感，而且這種舒緩柔美的節奏，與內在感情的宛轉低迴又取得了表裡一致的諧和。戴望舒後期的詩在內涵上由個人的抒情轉向時代的歌唱，這應該肯定，但他後來卻反對詩的音樂美，主張只是在「詩的情緒的抑揚頓挫上」表現詩歌韻律，在〈論詩零札〉一文中甚至說「詩不能借重音樂，它應該去了音樂的成分」㉒，這就未免失之偏頗了，因此，他後期的作品，在音樂之美上也就再也沒有達到〈雨巷〉所達到的高度。

㉒《戴望舒詩選》第七七頁，人民文學出版社一九五八年版。

新詩語言的節奏，不能用一種死板的程式來固定，它的天地與形式遠比古典詩歌廣闊繁富。但是，新詩的語言節奏要做到聲情兼美，客觀上還是有美的規律可尋，借用王勃〈滕王閣序〉中的一句話就是「四美具」，即：整齊的美，錯綜的美，抑揚的美，迴旋的美。整齊，能在一致中形成和諧；錯綜，能在參差中構成變化；抑揚，能在輕重中造成起伏；迴旋，能在重覆中強化情韻。只有整齊，容易流於呆板；只有錯綜，容易流於零亂；只有抑揚，容易流於沉悶；只有迴旋，容易流於單調。因此，要去短揚長，將四美統一起來，交相為用，才能構成一闋美的交響樂。在這一方面，徐志摩和戴望舒的下列作品還是值得稱道的：

最是那一低頭的溫柔，
　像一朵水蓮花不勝涼風的嬌羞，
道一聲珍重，道一聲珍重
那一聲珍重裡有蜜甜的憂愁——
　沙揚娜拉！（徐志摩：〈沙揚娜拉．致日本女郎〉）

說是寂寞的秋的清愁，
說是遼遠的海的相思，
假如有人問我的煩憂，
我不敢說出你的名字。

我不敢說出你的名字，
假如有人問我的煩憂。
說是遼遠的海的相思，
說是寂寞的秋的清愁。（戴望舒：〈煩憂〉）

誦讀徐志摩和戴望舒的這兩首詩，可以感受到那種音樂之美如柴可夫斯基的「如歌的行板」。它們大致上都符合「整齊、錯綜、抑揚、迴旋」的美的原則。如徐志摩的詩，詩行大體整齊，但一、三、五是短句，二、四是長句，整齊中有錯綜，同時，一句之中平聲字與仄聲字分布均勻，抑揚有致，此外，第三行全句與第四行開始的重覆，加強了全詩一唱三嘆的情韻。還值得稱道的是，它的語言音樂美和它所表現的特定內容，是十分協調的。戴望舒的詩同樣具有這些優點，讀者也許認為它每行的字數過於統一，其實，這也是詩的形式美的一格，同時，全詩又錯綜迴旋，從另一角度豐富了它的表現力。第二段等於是第一段的倒排，句法有如古典詩歌中的「回文」詩體，但回文詩多數只是文字的技巧競賽，而戴望舒在技巧之外，顯然是為了渲染那一唱三嘆的情緒。在新詩創作中，一些作者丟棄了我國詩歌民族傳統中的音樂美，在建行分節方面，自由得毫無節制和規律，看來不順眼，讀來不悅耳。一首詩，如果不能美於目而悅於耳，怎麼能夠期望動於心？因為目與耳，是通往心的殿堂的兩條通道，兩條通道堵塞而此路不通，怎麼可以令人心為之動？

詩語言的音樂美，還包括音調，而音調，則是由韻轍、平仄協調、雙聲疊韻、重言覆唱等幾個方面構成的。

韻轍，就是押韻時所選擇的韻腳，以及換韻時韻腳的變化，不同的韻轍，它的音響效果是不同的，這就自然影響到全詩的音調。這一問題，前面已經作過論說，這裡就不再贅述。

在漢語詩歌中，平仄協調與否，在程度上很大影響到一首詩音樂美感的強弱。在漢語音韻學中，音高與音長的變化差異構成「字調」。漢語的「字調」在古代分為四聲，四聲是由聲調的起伏，也就漢語語音的調值變化所決定。具體地說，漢語的聲調變化以音節為單位。漢字是一字一音，也就是一個字代表一個音節，因此所謂「調值」，就是音節的相對音高及其升降變化。在現代漢語中，陰平與陽平屬於起伏在三度以內的，稱平聲，上聲與去聲屬於起伏在三度以外的，稱仄聲。古漢語中有所謂「平聲柔而長，上聲厲而舉，去聲清而遠，入聲短而促」的說法，又有「平聲平道莫低昂，上聲高呼猛烈強，去聲分明哀道遠，入聲短促急收藏」的形象描寫。現代漢語雖然沒有了入聲，但這種描寫大體上還是適用的。

詩的語言的音樂美感如果說是「叮噹作響的流水」，那麼，以流水的波浪為喻，平聲就有如波峰，仄聲就有如波谷，將平聲與仄聲和諧地交織起來，平仄協調，輕重相間，就有助於形成詩歌語言的抑揚頓挫的聲調美。清人沈德潛在《說詩晬語》中說：「詩以聲為用者也，其微妙在抑揚抗墜之間。讀者靜心按節，密咏恬吟，覺前人聲中難寫、響外別傳之妙，一齊俱出。」所謂「抑揚抗墜之間」，主要就是指的平仄的調和配合。唐代的絕句與律詩，宋代的詞，每個字的平仄都有統一的規定，詩詞的格式都有許多定式，這種規定和定式，不是任何權威強制的結果，從音樂美看來，這是許多年中經過許多詩人反覆試驗的美的結晶。唐絕唐律以及宋詞均可合樂歌唱，即使後來音樂與文字分道揚鑣，今天大多數樂譜已經失傳，但我們現在朗讀起來，仍然可以享受到語言的一些音樂之美，而這種美感相當大的程度上來自平仄。正因為如此，當有的人不顧漢語詩律的這一特點，或者說忽視漢語語音的這一優點而企圖另闢蹊徑的時候，失敗，就在歧路上臉色冰冷地等待著他們。如皮日休，這位小品文曾經得到魯迅的讚賞的詩人，他也有一些優秀詩作，如〈金錢花〉等篇，但他的〈奉酬魯望夏日四聲四首〉，卻使人不敢恭維；晚唐的陸龜蒙，有〈夏日閒居作四聲詩寄襲美〉，他寫了四首詩給襲美（皮日休），一首名「平聲」，即所有的字都是平聲；一首名「平上聲」，即一句全是平聲，一句全是上聲；一首名「平去聲」，即一句全是平聲，一句全是仄聲，一首名「平入聲」，即一句全是平聲，一句全是入聲。茲分別各引二首：

塘平芙蓉低，庭閑梧桐高。
清煙埋陽烏，藍空含秋毫。
冠傾慵移簪，杯干將餔糟。
翛然非隨時，夫君真吾曹。（皮日休）

怡神時高吟，快意乍四顧。
村深啼愁鵑，浪霽醒睡鷺。
書疲行終朝，罩困臥至暮。
吁嗟當今交，暫貴便異路。（皮日休）

荒池菰蒲深，閑階莓苔平。
—————，—————
江邊松篁多，人家簾櫳清。
—————，—————
為書淩遺篇，調弦夸新聲。
—————，—————
求歡雖殊途，探幽聊怡情。（陸龜蒙）
—————，—————

新開窗猶偏，自種蕙未遍。
—————，｜｜｜｜｜
書籤風遙聞，釣榭霧破見。
—————，｜｜｜｜｜
耕耘閑之資，嘯咏性最便。
—————，｜｜｜｜｜
希夷全天真，詎要問貴賤。（陸龜蒙）
—————，｜｜｜｜｜

我們以「—」代表平聲，以「｜」代表仄聲，如此全平全仄，截然分割，毫無聲調之美，充其量不過是文字試驗而已，也許還只能算是一種文字遊戲。從古典律絕的平仄規律看來，平仄安排的原則主要是一句之中的相間和上下句之間的相對，從而反覆迴旋，構成抑揚頓挫的音韻之美。我們從五、七絕中信手拈來兩例：

趙氏連城璧，由來天下傳。
｜｜——｜，———｜—
送君還舊府，明月滿前川。（楊炯：〈夜送趙縱〉）
｜——｜｜，—｜｜——

行多有病住無糧，萬里還鄉未到鄉。
——｜｜｜——，｜｜——｜｜—
蓬鬢哀吟古城下，不堪秋氣入金瘡。（盧綸：〈逢病軍人〉）
—｜——｜—｜，｜——｜｜——

由此可見，漢語語音的調值變化所形成的四聲，表現了漢語語音的特點和美質，善於運用，可以在音調上形成一種音樂般的旋律，我們的新詩創作實在不應該忽視這種美質，而不去充分發揮它的審美表現力，否則，那將是不小的損失。

新詩對於平仄的安排，當然不可能也不必像古典詩歌那樣嚴格和規範化，但適當注意平仄的相間相對，確有益於聲調的悠揚悅耳。如前面所引述的徐志摩的〈沙揚娜拉〉及戴望舒的〈煩憂〉就是如此。在音樂美方面，〈祝酒歌〉是郭小川自己比較滿意的，下引二節略作分析：

三伏天下雨喲，
　雷對雷；
朱仙鎮交戰喲，
　錘對錘；
今兒晚上喲，
　咱們杯對杯！
舒心的酒，
　千杯不醉；
知心的話，
　萬言不贅；

今兒晚上喲，

咱這是瑞雪豐年祝捷的會！——

前一節的韻腳為三平聲，後一節的韻腳則對之以三仄聲，這種「韻位」的安排，合於平仄調諧的音樂美感的基本法則，讀來抑揚有致，而絕不平板單調。因為平聲為高調和長調，仄聲為低調和短調，平聲長而平，仄聲短而促，平仄長短相間，高低相重，互相生發，相得益彰，音調就自然諧和動聽了。

雙聲疊韻，是漢語語音不同於印歐語系語音的又一突出審美特徵，是漢語音樂美感一個可供今天的新詩作者開發的領域。漢語語音的音節結構，是由聲、韻、調三個方面組成的，兩個字同一聲母，此為雙聲，形成聲的和諧；兩個字同一韻母，此為疊韻，構成韻的和諧。李重華《貞一齋詩說》所說的「疊韻如兩玉相扣，取其鏗鏘；雙聲如貫珠，取其宛轉」，就是對雙聲疊韻之美的形象描寫。漢語中的連綿詞特多，前人就編寫過巨冊的連綿詞詞典，它們不是雙聲，就是疊韻，如「合體連語」的「芳菲」、「鴛鴦」，如「並行連語」的「晨昏」，如「相屬連語」的「高歌」等等。即使不是連綿詞的許多其他的詞，也有許多是雙聲疊韻的。因此，從《詩經》、楚辭開始，雙聲疊韻早就存在於我國古代詩文之中，到六朝時由沈約等文人從聲律上加以總結，就更廣泛地運用到創作中來。如同王國維在《人間詞話》中所說的：「雙聲疊韻之說，盛於六朝，唐人尤多用之。」綜上所述，可以看到雙聲疊韻是中國語言的美質之一，對詩歌創作尤其有重要的作用。

雙聲疊韻的美學效能，如同平仄一樣，不可以濫用。如全句雙聲的「清秋青且翠，冬到凍到凋」（姚合），全句疊韻的「屋北鹿獨宿，溪西雞齊啼」（蘇軾），就是適得其反的毫無音律之美的例子。晚唐詩人陸龜蒙，除作了上述所謂「四聲詩」之外，還有如下不足為訓的篇章：

瓊英輕明生，石脈滴瀝碧。玄鉛仙偏怜，白幘客亦惜。（〈疊韻山中吟〉）

溪空唯容雲，木密不隕雨。迎漁隱映間，安問謳鴉櫓。（〈雙聲溪上思〉）

一詩之中，全是疊韻或全是雙聲，那就勢必單調，單調就不可能產生美感。由此可見，雙聲疊韻在詩中也要做到聲義相切，即利用聲音來更好地表現詩作內涵的情狀與意義，而不能流於純粹的文字玩弄。同時，從聲律美而言，雙聲疊韻的單用固然悅耳動聽，但如果作適當的間隔和呼應，就會更富於美的和聲效果。在杜甫的詩中，雙聲疊韻極盡變化之能事，清人周春在《杜詩雙聲疊韻譜括略》作過專門的研究。我另舉數例（。代表雙聲，·代表疊韻）：

雙聲對雙聲：

美名人不及，佳句法如何；

疊韻對疊韻：

悵望千秋一灑淚，蕭條異代不同時；

疊韻對雙聲：

磊落星月高，蒼茫雲霧浮；

雙聲對疊韻：

一去紫臺連朔漠，獨留青塚向黃昏。

如此相間而相對，不僅聲義相諧，由聲見義，而且遙相呼應而成和聲，音調就登上了美的高峰，頗有意盡言中，音流弦外的美感，達到了我國古代詩論家所說的「聲由情出，響外別傳」的美學境界。

表現了雙聲疊韻之美的作品，在新詩中也並不少見，如郭小川的詩作：

可不在肅穆的山林呀，可不是縹渺的仙境。（〈廈門風姿〉）

這個島啊，恍惚不在天海之間；
當暮靄蒼茫時，它甚至不如一抹雲煙。

這個島啊，好似虛無縹緲的仙山；
在風雨依稀中，它簡直不留下跡痕一點。（〈茫茫大海中的一個小島〉）

北方的青紗帳喲，常常滿懷凜冽的白霜；

南方的甘蔗林呢，只有大氣的芬芳！
北方的青紗帳喲，常常充溢炮火的寒光；
南方的甘蔗林呢，只有朝霧的蒼茫！（〈青紗帳——甘蔗林〉）

郭小川是講究句法章法的整齊以及回環錯綜之美的，上述詩篇本來就具有和諧的節奏與優美的旋律，加上雙聲疊韻的巧妙運用，金聲而玉振，鏗鏘而和鳴，讀者就不僅因為聲中見義而想像時眉睫之前卷舒風雲之色，同時，也因為義載於聲而吟誦時吐納珠玉之聲。是的，郭小川的優秀作品，是益人心智陶冶靈魂的詩的教科書，也是使人聆聽再三欲罷不能的詩的協奏曲。

重言覆唱又稱「類疊」，即疊字和疊句，也就是音節的接連重覆和間隔重覆。它有六種情況：

一種是接連重覆的疊字，如：

河水洋洋，北流活活，施罛濊濊，鱣鮪發發，葭菼揭揭，庶姜孽孽，庶士有朅。（〈衛風・碩人〉）

青青河畔草，鬱鬱園中柳。盈盈樓上女，皎皎當窗牖，蛾蛾紅粉妝，纖纖出素手。（《古詩十九首》）

紛容容之無經兮，罔芒芒之無紀。軋洋洋之無從兮，馳逶迤之焉止。漂翻翻其上下兮，翼遙遙其左右。氾潏潏其前後兮，伴張弛之信期。（屈原：〈悲回風〉）

一種是接連重覆的疊句，如：

殷其雷，在南山之陽。何斯違斯？莫敢或遑。振振君子，歸哉歸哉！〈召南・殷其雷〉

胡馬，胡馬，遠放燕支山下。跑沙跑雪獨嘶，東望西望路迷。迷路，迷路，邊草無窮日暮。〈韋應物：〈調笑令〉〉

少年不識愁滋味，愛上層樓，愛上層樓，為賦新詩強說愁。　而今識盡愁滋味，欲說還休，欲說還休，卻道「天涼好個秋」。〈辛棄疾：〈醜奴兒・書博山道中壁〉〉

一種是間隔重覆的疊字，如：

父兮生我，母兮鞠我。拊我畜我，長我育我，顧我復我，出入腹我。欲報之德，昊天罔極！〈小雅・蓼莪〉

知子之來之，雜佩以贈之；知子之順之，雜佩以問之；知子之好之，雜佩以報之。〈鄭風・女曰雞鳴〉

或連若相從，或蹙若相斗，或妥若弭伏，或竦若驚雊，或散若瓦解，或赴若輻輳，或翩若船游，或快若馬驟，或背若相惡，或向若相佑。〈韓愈：〈南山〉〉

一種是間隔重覆的疊句，如：

采采芣苢，薄言采之。采采芣苢，薄言有之。
采采芣苢，薄言掇之。采采芣苢，薄言捋之。
采采芣苢，薄言袺之。采采芣苢，薄言襭之。（〈周南・芣苢〉）

隴頭流水，流離山下。念吾一身，飄然曠野。
朝發欣城，暮宿隴頭；寒不能語，舌卷入喉。
隴頭流水，鳴聲嗚咽；遙望秦川，心肝斷絕。（〈漢樂府・隴頭歌辭〉）

朝辭爹娘去，暮宿黃河邊。不聞爹娘喚女聲，但聞黃河流水鳴濺濺！旦辭黃河去，暮至黑山頭。
不聞爹娘喚女聲，但聞燕山胡騎聲啾啾！（〈木蘭辭〉）

一種是對偶式的疊字，如：

娟娟戲蝶過閑幔，片片輕鷗下急湍。
信宿漁人還泛泛，清秋燕子故飛飛。
江天漠漠鳥飛去，風雨時時龍一吟。
穿花蛺蝶深深見，點水蜻蜓款款飛。（以上杜甫）

一種是首尾照應重覆的疊句，就每句看，它們是相同的，就整體看，它們分別置於開篇和結尾，構成了段落的反覆詠唱，如：

南方的甘蔗林哪，南方的甘蔗林！
你為什麼這樣香甜，又為什麼那樣嚴峻？
北方的青紗帳啊，北方的青紗帳！
你為什麼那樣遙遠，又為什麼這樣親近？（郭小川：〈甘蔗林——青紗帳〉）

迎著四月的天空，明媚得像成熟的麥穗的天空，在故鄉的廣闊的平原上，我走到哪裡，我都聽見麥笛在吹著，吹出花一般的音樂。

故鄉的歌手啊，四月來了。果園像一頂花冠，龍眼樹開放著米黃色的小花，橙花散發著醇酒一般的濃香。故鄉的歌手啊，四月來了。麥田像一座天空，裡面注滿陽光和流動的風。啊，故鄉的歌手，我聽見麥笛在吹著，吹出花一般的音樂，吹出陽光一般的音樂。

把勞動的歡情，從那小小的笛管裡吹出來吧。吹出勞動的歡情，吹出夢和收穫的甘美。一往情深的，把音樂的陽光和花瓣，灑在我們自己的土地上，灑在我們自己勞動又由自己收割的土地上，灑在我們自由的國土上。

四月來了，在故鄉的廣闊的平原上。我走到哪裡，我都聽見麥笛在吹著，吹出花一般的音樂，吹出南方的陽光一般明媚的音樂。（郭風：〈麥笛〉）

從以上六種類疊的情況可以看出，漢語音節審美表現力的一個重要方面，就是音節的重疊。音節的重疊不論是哪一種方式，它們的共同美學效果，除了借「音感」的作用來表現景物的特色，顯示人物的動態和心理，烘染環境和氣氛以外，重要的還在於形成一種音樂的旋律，加強抒情的感染力，激發欣賞者審美的情緒。中國詩歌中很多這種由音節的重疊所構成的重言覆唱，更是因為中國詩歌與音樂歷來有著密切結合的傳統，而反覆則是音樂旋律所借以構成的重要美學手段。朱自清早在〈詩的形式〉一文中指出：「覆沓是詩的節奏的主要的成分，詩歌起源時就如此，從現在的歌謠和《詩經》的〈國風〉都可看出。韻腳跟雙聲疊韻也都是覆沓的表現，詩的特性似乎就在回環覆沓，所謂兜圈子，說來說去，只說那一點兒。覆沓不是為了要說得少，是為了要說得少而強烈些。」㉓他看到了詩歌中重言覆唱的強調與抒情的作用。曹雪芹，本質上是一位傑出的詩人，他的《紅樓夢》就可以說是一部長篇敘事詩。「情切切良宵花解語，意綿綿靜日玉生香」，「只見鳳尾森森，龍吟細細，舉目望門上一看，只見匾上寫著瀟湘館三字」，在《紅樓夢》中，不乏這種精彩的具有美學意義的音節重疊之筆，它們給作品平添了許多韻味，喚起欣賞者豐富的美感經驗。具有詩質的小說尚且如此，何況是詩？因此，李清照〈聲聲慢〉連下十四疊字的「尋尋覓覓，冷冷清清，淒淒慘慘戚戚」，由於義恰聲諧，合則雙美，離則兩傷，所以成為千古絕唱，為歷代的讀者所艷稱，被認為是「出奇制勝，匪夷所思」，而元代散曲家喬吉〈天淨沙〉的「鶯鶯燕燕春春，花花柳柳真真，事事風風韻韻，嬌嬌嫩嫩，停停當當人人」，全部由疊字成篇，但由於缺乏內容美作為前提，就不免流於文字的玩弄了。

㉓ 朱自清：《新詩雜話》第九七頁，香港港青出版社一九七八年版。

當今的新詩創作，完全有必要繼承和發揚古典詩歌重言覆唱的藝術傳統，以求聲調之美，做到可讀、可誦甚至可唱。詩人，可以向音樂的殿堂去取經，何妨與音樂家攜手？新詩草創時期的劉半農的〈教我如何不想她〉，就由趙元任譜曲而傳唱至今。劉半農一九二〇年去歐洲攻讀，時年二十歲，他於當年九月寫了上述這首詩。它抒發了海外遊子對所愛的人和祖國的懷念，詩中的「她」，內涵原是可有多解而不是只有單解的。全詩音韻諧美，節奏柔婉，流蕩著「鄉愁曲」似的旋律，那「教我如何不想她」的間隔重覆的疊句，使全詩讀來更是盪氣迴腸，這就難怪一經譜曲就傳唱不衰了。是的，光未然的〈黃河大合唱〉固然是上品的詩，但如果沒有洗星海譜曲，恐怕也不會這樣廣被人口。美麗島某些優美的民歌和校園歌曲，它們的詞（詩）與曲不就是相得益彰嗎？的確，詩的語言與散文語言的主要分水嶺之一，就是音樂性。如果說小說、劇本、散文之類主要是訴之於視覺的文學樣式，那麼，詩就不僅是美視的而且是美聽的文學樣式了。詩，訴之於心靈，也訴之於聽覺，詩所培育的審美主體，不僅是開啟自己的視力的讀者，也應該是開啟自己的聽力和心靈的聽眾。在香港，張明敏的《中華民族》獲得了「黃金唱片獎」，《我的中國心》銷售量已經超過二十萬張，獲得一九八三年「白金唱片」最高榮譽獎，這對我們的新詩創作，不也可以提供某些有益的啟示嗎？德國詩人席勒說過：「詩是蘊蓄於文字中的音樂，而音樂則是聲音中的詩。」我想，我們的詩人何不與音樂家結成詩與音樂的聯盟，合力去開創詩的新局面？

詩，是文學的最高形式，是最高的語言藝術。

詩的語言美的標誌是：具象美、密度美、彈性美、音樂美。與具象美背道而馳的，是語言抽象蒼白的「概念化」；與密度美相去不可以道里計的，是語言空疏散漫的「散文化」；與彈性美唱不和諧的調子的，是語言平板單薄的「平面化」；與音樂美相比而妍媸立見的，是「嘔啞嘲哳難為聽」的「非音樂化」。在當今的詩壇上，語言的「概念化」、「散文化」、「平面化」和「非音樂化」屢見不鮮，如同漶漫的風沙，包圍和侵蝕著真正的詩的綠洲，使我們不禁要大聲疾呼，為了抗拒那非詩的語言風沙的侵襲，我們要提煉和淨化詩的語言，我們要讓具象美、密度美、彈性美和音樂美攜起手來，建造一道道語言的防風林。

詩人，應該是語言的出色的冶煉手，或者說是語言的出眾的魔術師。驅遣語言，又應該如同良將用精兵一樣指揮如意，兵不多而強，要打勝仗是難以想像的，兵強而將領無用兵之才，同樣也會每役皆北。你如果想成為一個真正的詩人，你也必須是擁有千軍萬馬而又調遣有方的良將！

第十二章　高山流水　寫照傳神

——論詩中的自然美

山水詩，是我國詩苑中風姿獨具的一枝。「秩秩斯干，幽幽南山。如竹苞矣，如松茂矣」（〈斯干〉），「漢之廣矣，不可泳思。江之永矣，不可方思」（〈漢廣〉），這枝花，在《詩經》對山水自然景色的描繪裡，萌生了它的第一片嫩葉；「帝子降兮北渚，目眇眇兮愁予。嫋嫋兮秋風，洞庭波兮木葉下」（〈湘夫人〉），「采三秀兮於山間，石磊磊兮葛蔓蔓。怨公子兮悵忘歸，君思我兮不得閒」（〈山鬼〉），這枝花，在屈原對洞庭和巫山的吟唱中，流溢著它早播的第一縷芬芳。而後，經過幾百年的時間的孕育，「東臨碣石，以觀滄海。水何澹澹，山島竦峙。樹木叢生，百草豐茂，秋風蕭瑟，洪波湧起。日月之行，若出其中；星漢燦爛，若出其裡」，在我國山水詩第一枝報春的早梅——曹操〈步出夏門行〉中的第一章〈觀滄海〉開放之後，由於陶淵明以及中國最早的山水詩人謝靈運、謝朓的著意栽培，在漢魏六朝時期的晉宋之際，山水詩在詩苑裡開始占有了一隅之地，而隨著盛唐詩歌的百花齊放，山水詩也出現了姹紫嫣紅的景象。雖然宋代以後還有不少出色的山水詩，但唐代畢竟是中國古典詩歌山水詩的全盛時期，以致一千多年後的今天，當我們在詩苑中流連欣賞的時候，仍傾心於唐代山水詩艷麗的色彩與馥郁的芬芳。

新詩，已經有了六十餘年的歷史，作為對古典詩歌傳統的繼承與革新，新詩中的山水詩之花，也仍然在新的土壤上和新的季候風中開放，儘管它似乎還遠不如在盛唐時那樣繁茂和多彩，也還沒有足夠的名篇傑構讓人們背誦傳唱。自然美是「美」的一個重要方面，而詩對自然美的表現，主要是在山水詩中，為了促進新時代的山水詩這一品種的發展和繁榮，這裡，且讓我從審美的角度，對當代山水詩的美學特徵作一個粗略的輪廓式的描畫。

一

山，是自然界中一種最普遍的景象，水，是自然界中一種最普遍的物質。英國作家拉斯金說：「造化為了愉悅人，在自然美景的安排上，用心最多，希望由美麗的景色來教化我們，並和我們對話。」山水之美，就是自然美景的一個重要組成部分，也是人類生活中重要的審美對象。在我國最古老的詩歌總集《詩經》裡，寫山的詩句不少，寫水的詩句更多。美國的華生在《中國抒情詩歌》中，對《唐詩三百首》中的作品作了一個統計：寫山的有一五〇處，山與風共寫的有一一五處；寫水的有七十九處，河八十一處，海三十六處，浪二十一處，泉十八處，湖與池十七處。他所說的雖不全是嚴格意義上的山水詩，而著重指的是山與水這自然界兩個重要的元素在三百多首唐詩中出現的次數，但我們也可由此看到山水在自然界以及在人類生活中的地位。車爾尼雪夫斯基不是從美學的角度讚美過水嗎？他說：「水，由於它的形狀而顯出美。遼闊的、一平如鏡的、寧靜的水在我們心裡產生宏偉的形象。奔騰的瀑布，它的氣勢是令人震驚的，它的奇怪突出的形象也是令人神往的，水，還由於它的燦爛透明，它的淡青色的光輝而令人迷戀；水把周圍的一切如畫地反映出來，把這一切屈曲地搖曳著，我們看到水是第一流的寫生畫家。」（〈論崇高與滑稽〉）❶從這裡可以看到，山水之美，是自然美的主要的範疇。

所謂山水詩，即直接並主要是以山水為審美對象的詩作。在中國，《詩經》、楚辭以及漢魏樂府和文人詩作中，都有不少描寫山水的部分，在外國，在荷馬的史詩與羅馬帝國時期的敘事詩裡，也有大幅的山川的描繪，但是，在上述這些中外詩作中，山水並沒有占主要的地位，還不曾具有獨立的美學價值，它們只是一種背景的烘托，環境的渲染，題旨的陪襯，在詩中只是起襯托的次要的作用。而山水詩，則是山水在詩中不復處於陪襯的地位，而成為全詩獨立的美感觀照的主體對象。自然美，我以為一是指山水的普遍意義的自然美，一是指山水的特殊意義的自然美，而一首優秀的山水詩所表現的自然美，正是上述兩種美的形態在新穎的富於美學意義的形象中的融合，而力圖感受、捕捉和表現山水的這種自然之美，正是當代山水詩的一個重要美學特徵。

在一般意義上來說，自然美，不論是指經過人類加工改造過後的自然美，還是天球未琢的原始狀態的自然美，都是指自然事物的美。藝術作品中自然事物的美，一方面包括了自然事物的客觀自然屬性，也就是美的自然形式和自然形象，如線條、色彩、形體的均衡、對稱、變化統一等等自然質料與自然規律，這是構成自然美的客觀基礎，否定了這一點，認為自然美僅僅是人們的主觀情感和意識外射於自然物象的結果，如克羅齊所說「美不是物理的事實，它不屬於事物，而

❶《車爾尼雪夫斯基論文學》（中卷）第一〇三頁，人民文學出版社一九六五年版。

屬於人的活動，屬於心靈的力量」❷，這就否定了自然美的質的規定性和客觀存在性，就會陷入主觀唯心主義的泥沼。在我國，晉代文學家嵇康不是早就說過「嘉魚龍之逸豫，樂百卉之榮滋」（〈琴賦〉），清代散文家方苞不也說過「凡山川之明媚者，能使遊者欣然而樂」（〈遊雁蕩山記〉）嗎？另一方面，承認自然的美是第一性的東西，但不能排斥人對自然的感受和認識的第二性。自然事物之所以成為人的審美對象，是和人對它的主觀審美評價分不開的，是人的思想意識與主觀感情對自然美作審美觀照後的結果。如詩人彭浩蕩的〈桂林的山〉：

一萬匹天國的駱駝，
遛出了籬門，
自由地徜徉在灕江之濱。
盛怒的神，
一夜之間將它們化成了岩石，
於是，平地崛起了
山的一支奇特的家族！

從古到今，詠唱桂林山水的詩作多得有如天上的星斗。自從唐代杜甫在浣花溪畔寫出「五嶺皆炎熱，宜人獨桂林」的暢想曲之後，「山如碧玉簪」（韓愈），「地窄山將壓」（李商隱），「桂嶺環城如

❷ 轉引自《西方美學家論美和美感》第二九一頁。

雁蕩，平地蒼玉忽嶒峨。李成不在郭熙死，奈此百嶂千峰何！」（黃庭堅），「桂林山水甲天下，絕妙灕江秋泛圖」（清人金武祥），這些描寫桂林的山的詩句，儘管角度不同，但都重在表現桂林的山的自然之美。彭浩蕩〈桂林的山〉抒寫的雖然是和前人相同的自然對象，而且這一對象本身千百年來並沒有多少變化，但詩人卻能有自己獨特的不與別人雷同的藝術感受，同時又能通過自己的獨特藝術感受的抒發，來不一般化地表現桂林的山的自然美。在這首詩中，主要形象一是「駱駝」，一是「岩石」，主要手法是對駱駝作動態描寫，對岩石作靜態刻畫，以虛比實，動靜相生，而貫穿其中的則是詩人對桂林的山的線條、形態與氣韻的審美感受，是詩人對於祖國山河的熱愛之情。在詠桂林的山的新詩之林中，彭浩蕩的〈桂林的山〉無疑是出類拔萃之作，我們不必強求它蘊含多麼深厚的思想意義，或有其他象徵暗示的作用，它只是偏於主觀審美感受地表現了自然本身固有之美而給人以賞心悅目的美的享受，給人以向上的精神的愉悅。正所謂「對自然美的悠然神往的欣賞，趕走我們的一切回憶；我們簡直沒有想到什麼，只想到眼前欣賞的對象而已」（車爾尼雪夫斯基：《當代美學概念批判》）❸。擅長寫山水的詩人蔡其矯在《回聲續集》的〈後記〉中，談到他所寫的關於桂林山水的詩，他說這些詩「在意境上得到舊詩詞的啟發，但又自覺把古典山水詩中的出世思想，變為現代人心理上必然具有的欣賞山水和熱愛山水生活的天然聯繫」，如〈灕江〉一詩的片斷：

上面是青色的長縷的雲

---

❸ 見《美學論文選》，人民文學出版社一九五七年版。

左右是陡立的綠色的山
下面一條淺藍的江透明如水晶
而水底閃爍著彩色的卵石
彷彿為這青綠色的世界
鋪就一條鮮花的大道

一葉扁舟悄悄地划過
把倒映在水裡的晴嵐翠色
散作萬千的金圈和銀絲
顫動在藍天裡

是的，自然美的特點之一就是形式勝於內容，而自然界的山水主要也是以它們的形式美取悅於人，因此，藝術地富於美感地表現了山水的形式之美，就可能成為好作品。中國傳統畫中有在唐代為吳道子所正式創立的山水畫，西方現代畫中有產生於十六、七世紀之交的荷蘭而後在法國與義大利得到發展的風景畫，有的山水畫與風景畫雖然也有寄託，但很多卻只是自然美的再現和表現，如達·芬奇所說的「第二自然」，然而，其中卻有不少佳作被人們視為珍品。如擅長寫山水的詩人孔孚的〈海上日落〉：「青蒼蒼的海上，鋪條瑪瑙路。太陽走了，像喝多了酒。果然跌倒了，在天的盡頭。」詩人傳神地寫出了海上日落的美景，給人以美的享受，這種詩當然也是好詩。因此，對於山水詩我們也不能一律要求它們具有深厚的思想意義，並以此作為衡量山水詩的高下的唯一標尺。

在特殊的意義上來說，自然美是指特定的時間、地點和條件之下的自然事物之美。任何自然美，都不是一個脫離特定時間與特定空間的抽象的存在，它既具有美之所以為美的美的普遍性，表現出自然事物的美的本質，也具有美之所以為美的獨特性，顯示出自然事物的「這一個」的個性。「天之任山也無窮」（石濤語），同是四川的山，民間就流傳著「劍閣天下雄，夔門天下險，峨嵋天下秀，青城天下幽」的諺語，這「雄」、「險」、「秀」、「幽」，就是人們對不同之山的獨特自然美的獨特審美發現。而宋代畫家郭熙在他的《林泉高致．山水訓》中，不也早就說過「真山水之烟嵐，四時不同：春山艷冶而如笑，夏山蒼翠而如滴，秋山明淨而如妝，冬山慘澹而如睡」❹嗎？同是桂林的山，其豐姿美態也是同中有異的，客觀上給詩人們提供了美的創造的廣闊天地，如「孤峰不與眾山儔，直入青雲勢未休。會得乾坤融結意，擎天一柱在南州」（唐．張固：〈登獨秀峰詩〉），獨秀峰既是桂林的山，它有桂林的山的美的普遍性，獨秀峰又是桂林的山中的獨秀之峰，它又有作為桂林的山的「這一個」的獨特性。張固的詩感受、把握並表現了這種美的獨特性，這就是開篇所說的「孤峰不與眾山儔」吧？它獨特地表現了獨秀峰的獨特之美，絕不可能移易於別處來形容其他的山。是的，「風格即人」，這是十八世紀著名評論家布封《論風格》中的名句。然而，詩人表現自然美，何嘗不也要求表現作為審美對象的自然美的獨特美質？「滿天風雨是蘇州」，「流

❹《歷代論畫名著匯編》第六七頁，文物出版社一九八二年版。

將春夢過杭州」，「二分無賴是揚州」，「風聲壯岳州」，「澹煙喬木隔綿州」，「曠野見秦州」，「黃雲畫角見并州」，如果說，前人的詩句都是如此風情獨至地表現了不同地域之風物的美的特徵，對於自然美的表現當然更要講求美在獨特，顯示出自然形象的具體性與獨異性，而不能訴之於概念化和類型化。例如桂林山水，唐代韓愈〈送桂州嚴大夫〉中的「江作青羅帶，山如碧玉簪」，歷來被稱為寫真的名句，但是，韓愈實際上並沒有到過桂林，缺乏對桂林山水獨到的美的體驗，因此，這兩句詩美則美矣，然而卻不免浮泛。郭沫若有見及此，一九六三年三月他在遊陽朔時就曾說過：「羅帶玉簪笑退之，青山綠水復何奇？」這裡，我們且欣賞艾青作於一九五三年的〈西湖〉：

月宮裡的明鏡
不幸失落人間
一個完整的圓形
被分成了三片

人們用金邊鑲裏
裂縫以漆泥膠成
敷上翡翠、塗上赤金
恢復它的原形

晴天，白雲拂抹
使之明潔
照見上空的顏色
在清澈的水底
桃花如人面
是彩色繽紛的記憶

「水光瀲灩晴方好，山色空濛雨亦奇。欲把西湖比西子，淡妝濃抹總相宜」，蘇東坡的〈飲湖上初晴後雨〉是古典詩歌中寫西湖山水的冠軍之作，艾青的〈西湖〉恐怕也是目前詩歌中詠西湖的上乘之篇了。蘇東坡以西湖喻人，他以靈心獨絕的比喻，寫出了未經人工的山水所獨具的自然美；艾青以西湖比物，月宮明鏡，地上西湖，上下輝映，交融莫辨，他以他獨特的審美感受和空靈華美的意象，表現了經過人工改造後的西湖的獨特自然美。兩位大詩人時隔千年，他們在西子湖邊不期而遇，握手言歡，共同向中國詩歌的寶庫，也向人間天上的西湖，貢獻出他們的詩的雙璧。

二

永州（今湖南零陵縣），是唐代柳宗元度過十年貶謫歲月的地方。「千山鳥飛絕，萬徑人蹤滅。

孤舟蓑笠翁，獨釣寒江雪」，他的〈江雪〉所表現的那種冷峻淒清的境界，所渲染的那種寒冷寂寥的氛圍，固然是他政治上失意後孤標傲世的心情的反映，但也不能不說是他所處的那個時代的某種折光。除了〈江雪〉等名篇之外，他還有一首〈漁翁〉：「漁翁夜傍西巖宿，曉汲清湘燃楚竹。煙消日出不見人，欸乃一聲山水綠。迴看天際下中流，巖上無心雲相逐。」「西巖」，即流經縣城的瀟水之西岸的朝陽岩。這首詩的意象和〈江雪〉雖有所不同，但大體上是〈江雪〉的主調的變奏。這裡，我們不妨一讀姚天元的組詩〈湘南印象〉中的〈朝陽岩〉：

一架別緻的鋼琴
借浪花的手指
彈奏出迷人的旋律

河上架電纜的
河裡開輪船的
他們都是漁翁的後裔

難怪朝陽岩告訴我——
柳司馬夜夜來此
醞釀新的構思、新的立意

物換星移幾度秋！時間的流水已經逝去了一千多年，如果詩人柳宗元魂兮歸來，那他的山水詩也會呈現出新的面貌，而不會只是重複過去時代的意境了，何況是我們今天的山水詩的作者呢？我們可以看到，當代新詩創作中的許多山水詩，不僅藝術地表現了山水的自然之美，使欣賞者產生賞心悅目的美感，同時，在山水詩的藝術形象之中，還顯示出由於審美的時代差異而帶來的時代精神和時代特色。

美，不僅包容了審美客體本身的美質，而且也包含了審美主體對客體的認識和評價。山水詩在審美上的時代特徵，是由如下兩個方面的原因形成的。一方面，山水之美不僅有自然屬性，而且有社會屬性。未經人類加工改造過的山水是這樣，經過人類加工改造過的山水更是如此。因為自然美和人類社會實踐是不可分割的，自然美之所以成為人們的審美對象，除了它本身的本質屬性之外，還由於它是人的本質力量的對象化，是在人類長期的社會實踐與人們長期的審美過程中形成起來的。所以，自然美就是自然屬性和社會屬性的統一，它必然會帶上或深或淺、或明或暗的時代的印記。另一方面，如同藝術美不同於自然美一樣，藝術中的自然形象與自然界中的自然形象也有不同。「每一種藝術都屬於它的時代和民族」（黑格爾：《美學》），作為自然美的藝術表現的山水詩，它必然要顯示出一定時代的作者的審美意識，表現出一定時代的、民族的甚至是階級的審美趣味、審美觀念和審美理想。同時，審美意識並非一成不變的凝固化的東西，而是隨著不同時代的社會實踐的發展而發展，隨著不同時代的社會理想而呈現出新的面貌。總之，山水詩的時代特色，歸根結柢由自然與人類社會生活中的美學關係或稱審美關係所決定。那麼，當代山水詩對時代精神或時代特色的顯示，究竟有哪些途徑呢？

充分顯示情景的時代色彩。山水詩描繪的是自然界的山水，有的山水還處於未經加工的原始狀態，有的則是人類直接改造過的對象，不管怎樣，在今天，整個自然正處在從「人化的自然」到「自然的人化」的過程之中，反映著特定時代的人與自然的關係。同時，山水本身雖然是無意識的，但山水詩卻飽含著特定時代的作者的審美情感，它不同於一般的拙劣的風景照片，而是一個時代的作者的審美創造。我以為，時代色彩不十分鮮明的山水詩，只要它具備了其他的作為詩所必須具有的素質，只要它表現了山水的美質，能使人產生喜悅和愉快的美感，它仍不失為一首好詩，我們絕不能用過於狹隘的標尺去否定它；相反，對於那些具有鮮明的時代色彩和強烈的時代精神同時又具備了詩之特質的山水詩，我們卻也應該予以充分的肯定，那種反對在山水詩中反映時代精神的觀點，至少是片面的。這裡，我要著重提出的是賀敬之的〈桂林山水歌〉與郭小川的〈伊犁河〉。逝者如斯夫，不舍晝夜，二十多年過去了，但我仍然以為它們是新時代山水詩的代表作品，時間的波浪，並未能沖淡它們的光彩。「雲中的神呵，霧中的仙，神姿仙態桂林的山！情一樣深呵，夢一樣美，如情似夢灕江的水！水幾重呵，山幾重，水繞山環桂林城……是山城呵，是水城，都在青山綠水中……」，在這種「幻想交響曲」一般的動情的起調之後，詩人回敘了戰士在戎馬倥偬的歲月中對桂林山水的渴慕懷想，描繪了桂林山水在新時代新的風姿，他不禁化實為虛，想像飛騰而壯懷激烈：

呵！桂林的山來灕江的水——
祖國的笑容這樣美！

桂林山水入胸襟，
此情此景戰士的心——
江山多嬌人多情，
使我白髮永不生！
對此江山人自豪，
使我青春永不老！

詩中表現了為桂林山水所特有的美，並洋溢著青春奮發的時代情感，這就遠不是那種客觀地模山範水之作所可能比擬的了。這種在山水詩中所閃射的時代光輝，在郭小川的〈伊犁河〉中輝耀著另一番異彩。「想那春寒時——」，「當陽春到來」，「想那初夏時」，「當盛夏來臨」，「想那早秋日——」，「當深秋到來」，「而此時——嚴冬已至」，詩人寫於一九六三年的這首詩，將想像中與現實中伊犁河的景象兩兩分寫，有如高明的畫家在他的調色板上渲染之後，繪出一幅幅伊犁河的美景。而在開篇和結尾，詩人反覆詠唱的是：

天地不沉，
生命不已，
太陽不滅，

時光不止；
天山不倒，
源頭不死，
伊犁河喲，
長流不息！……

王之渙的〈登鸛雀樓〉，在「白日依山盡，黃河入海流」的寫景後，生發出「欲窮千里目，更上一層樓」的豪句，鮮明地顯示了詩人自己的藝術個性，也反映了封建社會上升時期的盛唐時代精神。孟子說：「觀水有術，必觀其瀾。」在富於哲理的〈伊犁河〉裡，郭小川肝腸似火，浩氣如虹，陽剛性的力度很強而時空闊大的詞彙，更加有力地譜出了這一闋豪放雄渾的時代曲！

山水之美是時代社會生活與人的品德的一種象徵和暗示，是時代精神的一種特殊形式的表現。自然美之所以成為美，除了它的其他自然屬性之外，還往往是由於自然美具有多面性，它和人類社會生活有多方面的聯繫，具有和人類社會生活的美相似的特徵，可以賦予某種暗示、象徵和寓意。「智者樂水，仁者樂山」，更多地充分地肯定自然物的象徵意義，這是中國古代美學思想的一個顯著特點，也是中國古代美學不同於西方古代美學的一個重要方面。例如萌發於先秦美學中的「比德」說，就是把自然美看成為生活美的一種象徵，它著眼於自然美與人類社會生活的關係，認為自然物象可以和社會生活中的人「比德」，通過由此及彼、以此喻彼的美感聯想，由審美客體的自然美暗示審美主體的品德美，這樣，將自然美與生活美聯繫起來，從而擴展了山水詩的審美領域。正因為如此，我們也就不難理解在我國古典詩歌中，松、竹、梅這些自然景物何以得到歷代詩人熱情永不衰竭的歌頌，而成為某種人物與某種品質的美的象徵了。在百花之中，梅花，由於得到詩人的青睞最多而居於絕對冠軍的地位。「折花逢驛吏，寄與隴頭人。江南無所有，聊寄一枝春」，我國最早的詠梅詩應該是南北朝時期宋代陸凱的〈贈范蔚宗〉，這「一枝春」的美色之中就是有所暗示的。「亭亭山上松，瑟瑟谷中風。風聲一何盛，松枝一何勁。冰霜正慘淒，終歲常端正。豈不罹凝寒？松柏有本性。」（魏・劉楨：〈贈從弟〉）「竹生空野外，梢雲聳百尋。無人賞高節，徒自抱貞心。恥染湘妃淚，羞入上宮琴。誰能制長笛，當為吐龍吟。」（梁・劉孝先：〈竹〉）在中國詩史最早的詠松、竹的詩篇裡，詩人們早就把自然之美與人們的社會生活、道德觀念通過「比德」而聯繫起來，成為他們那個時代的一種善的象徵。在當代的山水詩中，可以看到這一思想藝術傳統得到了繼承和發展，如香港詩人傅天虹的〈玉印山〉：

四面懸崖
猶如刀削斧砍
玉印山　一顆
長方形的大印
平躺江邊
等待著
第一個舉得動它的

人物

他在表現山的自然屬性與形態的同時，對自然物的象徵意義也作了美學的思考，在自然形象與人類社會生活之間，架起了一道美學聯想的彩虹，這樣，詩篇就富於時代與思想的內蘊，也能引發讀者的美的想像。山水之美作為時代精神的一種特殊形式的表現，在洛夫的〈蒹葭蒼蒼〉一詩中卻又是一番風采：

假如隔著一層雨去聽
蕭瑟未必就是一種聲音
悲涼畢竟是被秋風逼成的
很遠就發現一叢蘆荻蹲在江邊
將滿頭白髮交給流水
鄉愁如雲，我們的故居
依然懸在秋天最高最冷的地方
所以，我們又何苦去追究
雁群在天空寫的那個人字
是你
或是我

「蒹葭蒼蒼」，這本是《詩經》中的名篇，寫的是抒情主人公對「伊人」的追求和求之不得的心情。洛夫巧用這一詩題，並化用蒼蒼蒹葭這一原型意象，突破原詩的個人抒情的小格局，表現一代人尋根念舊的情結，創造了一種具有時代感的情境，「秋風」、「蘆荻」和「流水」，都成了蘊含社會意義的象徵，給人以歷史與現實交織的美學暗示。

從對歷史感與傳統感的現實表現中顯示時代特色，也是當代山水詩反映時代風貌的一個方面。我國有古老悠久的歷史，有豐富而深厚的文化傳統，而這種歷史和傳統往往與名山勝水結下了不解之緣，詩人們寫到長江黃河，自然會緬懷中華民族與黃河長江一樣流長源遠的歷史。由於中國有深厚久遠的文化與歷史的傳統，有民族生存與發展的特定自然條件與地理環境，因此，在長期的歷史發展過程中，即使對山水的審美欣賞，也就形成了民族的共同心態和審美的民族差異，形成了一種深厚的傳統感與歷史感，具有深厚的民族審美心理的沉澱。在當代山水詩的創作中，我們看到許多詩人在描山繪水抒情言志之時，常常不是孤立地去寫山水，而往往以當代詩人的審美觀點對山水作歷史的傳統的透視，將時代感、歷史感與傳統感融合起來，使山水詩獲得一種民族心理的深度與時代的新的光彩。如余光中的〈大江東去〉：

大江東去，浪濤騰躍成千古
太陽升火，月亮沉珠
哪一波是捉月人？
哪一浪是溺水的大夫？

赤壁下，人弔蘇髯猶似蘇髯在弔古
聽，魚龍東去，擾擾多少水族
當我年老，千尺白髮飄
該讓我曳著離騷
蝺蝺離騷曳我歸去
……
源源不絕五千載的灌溉
永不斷奶的聖液這乳房
每一滴，都甘美也都悲辛
每一滴都從崑崙山頂
風裡霜裡和霧裡
荒荒曠曠神話裡流來
大江東去，龍勢矯矯向太陽
龍尾黃昏，龍首探入晨光
龍鱗翻動歷史，一鱗鱗
一頁頁，滾不盡的水聲

在長江裡，實在有太多的歷史傳統文化的沉積，即使只從上面摘引的片斷，讀者也可以看到詩人對大江富於奇思妙想的詠唱，是和歷史的回顧以及詩人自己現實的抒情結合起來的，詩的意象壯美而洋溢著傳統文化的芬芳，表現了龍的傳人的一種具有歷史深層意識的時代感情，在歌詠長江的眾多詩作中，可謂獨具一格。湖北秭歸的昭君村，是漢代王昭君的故里，昭君村下明亮清碧的香溪，向遊人娓娓地訴說著千百年來的古老故事，傾吐著她新的心思。在詩人任洪淵的〈香溪〉裡，香溪說：

我從月亮裡流來
我從星星上流來
流自白雪，綠葉，長青的山色
流自山花山鳥自開自謝的芳菲
　無人領會的啼囀
我怎麼會只流成淚滴
打濕遠方墳上青青的草
我怎麼會只是琵琶上的流響
流著一根不斷的哀弦
我怎麼會只流在爭吵的歷史裡
譴責，憐惜，惋嘆，

甚至長過我的漪漣
愛我的人們，再不要
用我去洗塞上的沙風
去洗你們的干戈攪起的煙塵
就讓我這樣清清地流吧
我再也不會流進
你們那有時是渾濁的回憶裡面

我從哪裡流來
我就流向哪裡
我流成月光，流成星光
流成青山，藍天，花瓣的繽紛
　和鳥翅的飛旋
流成一雙雙彎彎的眉
連著雲中，雨中
　遠遠近近、隱隱約約的山巒
流成兩岸一對對清澈的少女的眼睛
閃爍著明天

全詩固然落想空靈，雋語俊句層見疊山，表現了香溪獨特的自然之美，但是，香溪和其他溪流的不同之處，就是它畢竟是一條奔流在特殊的時空與歷史往事中的溪水，詩人把歷史、現實和未來巧妙地交融起來，展示了山水詩的一種新境界。一般的外國讀者也許需要通過注釋才能了解這首詩的意趣，但略有文化歷史知識的中國讀者，定然會感到它不同於習見的就山水寫山水的山水詩，而會從中聽到歷史的回聲和現實的脈跳，看到時代在香溪的波光上那明亮的投影。

三

我國當代山水詩的藝術，是我國古典詩歌和新詩史上山水詩的藝術在新時代的發展。山水詩，既要表現山水獨具的美的自然特性，又要表現詩人主觀的審美感情，當代山水詩在審美主體與審美客體的藝術關係上，它最引人矚目的美學特色，就是以形寫神、以景傳情與以神寫形、以情寫景。

以形寫神，以景傳情。「以形寫神」，是東晉大畫家顧愷之提出的富於首創意義的美學主張，自此以後，它一直就是中國畫創作特別是中國山水畫創作的中心美學命題，歷代畫家和詩人都紛紛表示贊成顧愷之的見解。對於那些機械呆板地模擬自然和生活表象的作品，唐代的張彥遠在《論畫》中就批評說：「至於傳移模寫，乃畫家末事。然今之畫人，粗善寫貌，得其形似，則無其氣韻……豈曰畫也。」❺宋代羅大經《畫說》也指出：「繪雪者不能繪其清，繪月者不能繪其明，

❺《歷代論畫名著匯編》第三六、一二三頁。

繪花者不能繪其馨，繪泉者不能繪其聲，繪人者不能繪其情，此亦未知道妙云爾。」❻蘇軾更在他的詩中指出「論畫以形似，見與兒童鄰」。文學藝術的各個門類既有其獨立存在的特殊性，但也有它們的通似之處，而在文學藝術的大家族裡，詩和畫有著更親密的血緣關係。清人許槤在《六朝文絜》中選謝莊的〈月賦〉而未選謝朓的〈雪賦〉，他曾作如下的說明：「此賦假陳王、仲宣之局，與小謝〈雪賦〉同意。茲刻遺〈雪〉寫〈月〉者，以〈雪〉描寫著跡，〈月〉則意趣灑然。所謂寫神則生，寫貌則死。」好一個「寫神則生，寫貌則死」！這正是中國古代美學思想的精華。中國古典山水詩的發軔之作，如南朝謝靈運的作品，鍾嶸在《詩品》中就曾批評其「故尚形似」，「頗以繁富為累」，也就是偏於山水外貌的細緻刻畫，有繁冗堆垛的弊病。而被稱「小謝」的謝朓的山水詩作，雖然風格流麗清新，較之謝靈運有所提高和發展，但仍不免「微傷細密」，「意銳而才弱」（《詩品》）。只有到了唐代，山水詩才天高地廣，異彩紛呈，出現前所未有的嶄新面貌。例如謝靈運的〈從斤竹澗越嶺溪行〉寫山中的自然景色：「巖下雲方合，花上露猶泫。逶迤傍隈隩，迢遞陟陘峴。過澗既厲急，登棧亦陵緬。川渚屢經復，乘流翫迴轉。蘋萍泛沉深，菰蒲冒清淺。企石挹飛泉，攀林摘葉卷。」描繪作直線式地進行，專在刻意形容，力圖窮形盡相，比起王維〈山中〉的「荊溪白石出，天寒紅葉稀。山路元無雨，空翠濕人衣」，這位詩人雖有「清水出芙蓉」的美譽，但也會要自愧不如。因此，以形寫神不僅是為唐代山水詩所確立的中國古典山水詩的美學原則，所謂「會景而生心，體物而得神」（王夫之：《薑齋詩話》），而且也為當代的山水詩所廣泛運用並有新的發展。

---

❻ 同❺。

在山水詩中，所謂「形」，就是山水獨特的外部形態和特徵，而「世徒知人之有神，而不知物之有神」❼（鄧椿：《畫繼》），所謂「神」，就是山水的內在精神、氣韻以及詩人在對山水作審美觀照時獨特的審美感情。一般說來，形似是神似的基礎，沒有「形似」這一外形描寫的具象，「神」也就無從附麗。而「神似」則是形似的內在，無神而只有形，就有如樹木失落了紛披的綠葉，河床乾涸了奔騰的流水。因此，以形寫神，以景傳情，就成為山水詩意象造型的主要美學手段之一。在形與神、情與景這一矛盾統一的美學範疇中，古典山水詩固然強調以形寫神，情景交融，但應該看到，新詩畢竟已經變革了古典詩歌某些傳統的審美因素，就整體的比較而言，古典山水詩似乎更著重山水外形的客觀的刻畫，詩人對山水的態度也比較偏於客觀的欣賞，而當代山水詩更注重詩人的主觀審美感情的滲透，主觀與客體在更高的程度上融為一體，它突破了古典詩歌習見的借自然某一客觀之物以抒發某一主觀之情的程式，而表現出經過感情過濾了的比自然美更高的美。這裡，可以借用法國大畫家塞尚的一句話：「他畫風景不是描寫自然而是表現自然。」「表現自然」，當然就是審美主體與審美客體在山水意象中的統一。如白靈的長詩〈大黃河〉的「序詩」：

有一條河
血液屬於黃色系統
彩度比金淡
性情比火焰安定

❼《歷代論畫名著匯編》第一二九頁。

這種顏色，與廟宇的琉璃瓦
新春的長龍，類似
與兩岸泥土，相當接近
與你我的皮膚，幾乎雷同
一條河，幾萬年來一直堅持
黃種

一條河
一條四千六百公里的長河
在多少前輩的記憶裡
壯闊著奔流著低吟著
日日夜夜吟成一支長歌
多少夢裡喚他回去
一條河，在多少
我不能晤面的兄弟跟前
幾億隻眼睛排在兩岸的跟前
壯闊著，奔流著，咆哮著
日日夜夜流成一條希望

多少夢裡安撫著他們的委屈

一條河

一條在對岸不在我跟前

屬於歷史不屬於我的記憶

一條沒有水依然潤濕我

沒有顏色依然輝煌我

沒有聲音依然澎湃我的長河啊

在黑綿綿的一大片土地上

躲著，不敢看我

自我出生開始就躲著

就縮成半尺長

萎萎縮縮，曲在地圖上

祖籍福建惠安的詩人白靈，一九五一年出生於臺北萬華，他歌唱黃河的序曲分為三節，第一節是對黃河的概括描繪，第二節著重寫遠離故土的老一輩懷想黃河時的情懷，第三節抒發沒有見過黃河的自己展現地圖時的感慨。詩人從人文、人種以及地貌諸方面，極寫黃河之「黃」，「有一條河／血液屬於黃色系統」，「一條河，幾萬年來一直堅持／黃種」，這是以形寫神，以景傳情的筆墨，也是可圈可點的佳句。黃河是中國的母親河，如同恆河之於印度，伏爾加河之於俄羅斯，密西西比河之於美國，未曾朝拜過黃河的白靈對黃河的想望與謳歌，那「潤濕我」、「輝煌我」與「澎湃我」的內心獨白，更是主觀審美地表現了黃河的精神與力量。

以形寫神，以景傳情，是中國詩畫美學中富有價值和民族特色的美學思想，它有如不竭的水泉，催放了當代山水詩中的許多花朵。相對說來，以形寫神的重心還是在形，首先，它要求從形出發，經過形似的途徑而達到神似的殿堂；其次，既然「為神之故，則又不離乎形」（清・沈宗騫：《芥學舟畫編》），它就還必須以相當的筆力，對客觀事物的外形作必要的刻畫。藝術的美學法則總是不斷發展和豐富的，我們沒有必要也不可能去區分不同的藝術美學法則的高下，但是，在重在抒情的偏於主觀化的詩的天地裡，特別是重在抒情寫意的當代山水詩的天地裡，我們確實也可以看到以神寫形、以情寫景的廣闊的英雄用武之地。

以神寫形，以情寫景。藝術形象，是主觀與客觀的統一，是客觀的現實生活與作者主觀的審美情思的統一。詩的藝術形象，較之於小說、戲劇、散文的藝術形象，又有著強烈得多的主觀抒情性，詩人往往不像小說家、戲劇家、散文家那樣必須對生活的外在形態作如實的描寫，他們有著更充分地抒發審美感情和更多地追求空靈之美的自由，而在山水詩的創作中，這種自由又比在其他內容的抒情詩作中更為天地開闊，這樣，就產生了以神寫形、以情寫景的美學法則。真、善、美的藝術情感，是藝術的生命，而真、善、美的詩的情感，則更是詩的生命。如果說藝術不可無我，那麼，詩尤其不可無我。詩是詩人審美感情的表現，詩既把主體感情對象化，也常常把對象化的感情作為所表現的直接而主要的內容，而詩的藝術魅力的強弱，總是與詩人在描繪對象中傾注了多少自己獨特而又能引起廣大讀者共鳴的美學感情有關。如前所述，在山水詩中，「神」固然是指山水通過形體、動勢所表現出來的氣質與個性，但更是指詩人對作為藝術對象的山水所產生的特定的審美情思。因此，所謂以神寫形，以情寫景，就是以表現詩人對客體的藝術對象的審美情思為主，使詩中的「自我」上升到主宰的、統攝的地位，使形似與外景居於次要的被影響的地位，甚至在外部形態上產生不同於生活原型的變化——即變形，這樣，物我感應而物我神交，在詩人的心靈裡，我可以化為物，物也可以化為我，不寸步不遺於抒情對象的自然屬性，而偏重於對象的主觀化。這種山水詩，雖然有更為強烈的主觀色彩，但卻絕不同於主觀臆造的唯心主義的幻影，因為詩人的情思還是由客觀之物所激發的，而且又不排斥對客觀之物的形態的描繪，只是被描繪的事物更感情化而已。同時，這種山水詩因為突出了「神」與「情」，就能避免對山水的外部形貌作亦步亦趨的模擬，防止陷入過實過死的簡單複製的自然主義。我們經常可以看到一些羅列現象的山水詩，其令人厭倦的重要原因就在於它們是缺乏激情地描摹山容水態。「眾鳥高飛盡，孤雲獨去閒。相看兩不厭，只有敬亭山」，這是李白的〈獨坐敬亭山〉，在古典山水詩中，這首詩傳揚著一種獨特的美學音調；「西風吹老洞庭波，一夜湘君白髮多。醉後不知天在水，滿船清夢壓星河」，晚唐不知名的詩人唐溫如寫於洞庭湖邊的〈題龍陽縣青草湖〉，不就是在一千多年以前傳遞了以神寫形、以情寫景的信息嗎？「一松一竹真朋友，山鳥山花好弟兄」（〈鷓鴣天〉），「我見青山多嫵媚，料青山，見我應如是。情與貌，略相似」（〈賀新郎〉），在辛棄疾的歌吟裡，我們也看到了這種美學思想的形象表現。在西方，擅長於描寫大自然的英國「湖畔派」詩人威廉・華滋華斯說過：「無法賦給（意義）的智心，將無法感應外物。物象的影響力的來源，並非來自固有的物性，亦非其本身之所以然，而是來自與外物相交往受外物所感染的智心所賦出的。所以詩……應該由人的靈魂出發，將其創造力傳達給外在世界的意象。」❽在我國古代的詩論與畫論裡，也有以神寫形、以情寫景的美學思想的明確表述，如蘇軾論文與可畫竹，就說他「其身與竹化，無窮出清新」；明代畫家唐志契主張山水畫要達到「山性即我性，山情即我情」的境界（見《繪事微言》）。清初大畫家石濤認為：「山川使予代山川而言也，山川脫胎於予也，予脫胎於山川也，搜盡奇峰打草稿也。山川與予神遇而跡化也，所以終歸之於大滌也。」（見《中國畫論類編》）而王國維在《人間詞話》中也指出：「詩人對宇宙人生，須入乎其內，又須出乎其外。入乎其內，故能寫之；出乎其外，故能觀之。入乎其內，故有生氣；出乎其外，故有高致。」——這些，都是中國古典美學重「寫意」而不專事「寫實」，重表現而輕模仿的美學思想的閃光。

桂林，大約是因為有「山水甲天下」的美譽吧，在當代山水詩創作中，寫桂林山水的詩為數不少，前面引述的賀敬之〈桂林山水歌〉與彭浩蕩〈桂林的山〉，就是其中的佳構。這裡，我們不妨再援引旅美老詩人周策縱的〈灕江〉：

> 碧玉的水裡寫了幾筆山，
> 一篙掀起冷翠的牧歌。
> 我小時那湘妃的影子浸得濕濕的。
> 船輕輕掠過她的鬢髮，

---

❽ 轉引自葉維廉：《比較詩學》第一五八頁，臺灣東大圖書公司一九八三年版。

是出沒在雲裡的鳳凰，
駕著我去叩蒼天門，
瑤殿裡嫦娥的細腰蕩漾，
舞我如水藻。
這一泓永恆的自沉，
向瀟湘，向汨羅，向洞庭。

詩的開篇，就是以神寫形，以情寫景的妙筆。目遇神飛於灕江的美景，這位出生於湖南的老詩人，竟然別具慧眼地從江水中看到了故鄉的湘妃的倩影，也別具慧心地想到了沉江於自己的故鄉的屈原，他詩思飛天，又移情於水，狀自然之「實」，更寫胸中之「意」，獨具風神地表現了自己對於灕江獨特的審美體驗，完成了這一於他的年齡堪稱老樹著花的詩篇。

在當代山水詩創作中，寫瀑布的詩不少。有的主要在以奇特的想像表現自然之美，如李仙生的〈瀑布〉：

一條拉鏈
嘩啦啦拉開兩山翠綠

有的則在表現瀑布的自然屬性與形態的同時，對自然物的象徵意義作美學的思索，如郭風的〈瀑布〉：

敢於從懸崖上傾瀉下來
一顆雄心使它成為萬丈飛瀑

上面兩位詩人寫的都是看瀑，與李白〈望廬山瀑布〉的題材大體相同。李白的詩當然是千古名作，後來者想在詩仙的大作之旁「飛流濺沫」，真是談何容易！但是，在審美主體與審美客體的關係上，郭風卻更直接地傾注了自己的審美感情，更強烈地披露了自己的主觀世界，他著重表現的已經不是作為藝術對象的客觀的瀑布本身，而是由瀑布所觸發的主觀情思。且讓我們再看看詩人丁芒的〈聽瀑〉吧，這是一首格調高昂而以神取形、以情馭景的頗有藝術光彩的詩篇。詩人不是從視覺而是從聽覺的角度來寫瀑布，他先以博喻寫瀑聲所給予他的美的感受：

難道是瀑布的聲音
飛成了一谷的雲霧？
我覺得似許多槌
擂響了岩壁的鼓；

也許是行雨的雷電
疲倦了，來這兒洗沐？
還是東海的波濤
竟在叢山中走迷了路？

他沒有如許多常見的山水詩那樣，過多地去模擬山水的外在形態，而是以「莎士比亞式」的比喻和出奇的想像，去寫山中瀑布的聲音，去寫瀑布傾瀉在他心上所掀起的感情的波濤。這，已經是以情寫景的筆墨了。不僅此也，詩人不僅是一般地為自己的主觀情思捕捉一個所謂的「感情對應物」，他還不禁將自己與山合而為一，將自己的熱血與瀑布匯流在一起，亦山亦人，亦瀑亦血：

陣陣急風撲面而來，
吹動了我一腔情愫，
於是，我也想山一般俯身
向大地暢快地傾吐：
是膏血，就把縫隙填充，
是情思，就把損破縫補，
即使只有拙劣的詩句
也要響作催春的鼙鼓！

「我也想山一般俯身」，在移情於物的飛動的神思中，詩人化為了山，「是膏血，是情思」，在對象的主觀化裡，瀑布和熱血交融在一起，這種以神寫形、以情寫景的造型藝術，偏於藝術對象的主觀化，它不是山水外形的消極的複製，也不是習見的外加的比附，而是以深刻的激情和鮮明的個性去理解自然，山水成了詩人的心靈的外化、對象化，這樣，就突破了如實地描繪自然的局限，避免描寫什麼使人感受的依然是什麼的弊病，構成新鮮奇特的意象，使詩有更豐富深厚的思想與生活的內蘊，也更富於詩之所以為詩的詩質。正如歌德所說：「藝術家對於自然有著雙重關係：他既是自然的主宰，又是自然的奴隸。他是自然的奴隸，因為他必須用人世間的材料進行工作，才能使人理解；同時他又是自然的主宰，因為他使這種人世間的材料服從他的較高的意旨，並且為這較高的意旨服務。」❾我們可以看到，在山水詩的寫作中，藝術內涵與倫理道德的「善」聯繫得愈為自然、緊密和深切，詩有可能顯得更美，丁芒的這首詩就是如此。同時，在他這首詩中所表現的重在「寫意」、「寫心」的美學追求，正是山水詩美學進程中必然的也是可喜的現象。

題材、體裁、風格、流派及手法的多樣化，是包括詩歌在內的文學繁榮昌盛的重要標誌，山水詩雖不可能它也不會奢望去成為詩的百花園中的牡丹芍藥，但它確實也是詩苑中不可缺少的令人賞心悅目的異草奇花。面對祖國的壯麗山河，人們不能滿足於只去吟誦古人的詩句，而要求更多地聽到時代的美妙的新聲。同時，優秀的山水詩是對人們進行愛國主義教育、提高人們的民族自豪感的形象教材。祖國的大自然既然有這麼多山水傑作，讀者不也要求新詩中有與之相應的佳篇嗎？如果祖國的每一處旅遊勝地，都有讀者爭相傳誦的為河山增色的新詩，不是更有利於他們對於美的領略嗎？

由於種種歷史的原因，新詩中山水詩這一枝花的家族的門庭是冷落的，很多詩人在門前匆匆而過，也不肯少駐他們忙碌的車馬，而大都已人到中年的詩歌評論家們，正騎著周穆王的八駿馬

❾ 愛克曼輯錄：《歌德談話錄》第一三七頁，人民文學出版社一九七八年版。

去追趕那已經失落得太多的時間，似乎也沒有多少閑暇對它投以青睞，於是，我匆匆忙忙地寫下這一章粗糙的文字，權當一瓣心香，去供奉山水詩這位有些被冷落了的花神。

第十三章 以中為主 中西合璧

——論詩藝的中西交融之美

對於一個國家而言，它的民族的詩歌傳統，猶如一條浩蕩的江河，而其他國家詩歌的影響，則像大地上許多遠道而來的萬千溪流，或是從空中飛落而下的異國的八方霖雨，使得江河更加波瀾壯闊而氣象萬千。江河，如果拒絕了地上的溪流和天上的雨水，它就會河床窄狹，水量有限甚至呈枯竭之狀，但是，如果溪流暴漲，淫雨霏霏，江河也許就會橫溢，淹沒了原來的河床，迷失了原有的河道。

這，僅僅只是一個比喻而已，或者說，是將中國古典詩歌以比興起的傳統手法運用到論文中來。我在這一章中所論述的，是對本民族詩歌傳統的繼承，對外國詩歌的借鑒，以及繼承與借鑒之間的關係。我的中心論點是：要堅定地立足於本民族的傳統，同時又要以開放的心胸和眼光博採廣收，以中為主，以西為輔，縱橫結合，中西合璧，力求詩歌藝術的中西交融之美。

且讓我就從這一比喻出發，繼續我的詩美學的長途跋涉吧。

一

近年來，有的新詩論者的共同傾向之一，就是不同程度地忽視或否定傳統而強調效法外國詩歌。他們認為傳統已經僵化，主張用西方現代派的詩歌藝術來「革新」和「改造」我們的新詩。有的人甚至說：「中國古典詩歌的傳統不行了，要學習外國詩歌，中國新詩至少可以部分『全盤歐化』」。

這種意見，使我不禁聯想到五四時代新文化運動之初一些相似的觀點。五四運動，是反帝反封建的政治大革命，「五四」文學革命運動開拓了詩歌革命運動的道路。當時，在反帝反封建的革命潮流的鼓動之下，加之新詩要突破舊詩的枷鎖而贏得自己生存的權利，所以在新詩倡導者的言論中，自然不免有許多「矯枉過正」之處。有的人一律把古典詩歌傳統視為已經過時的「國粹」，他們在主張「打倒孔家店」的同時也提出「打倒舊詩」。而對於西方詩歌，則一律加以鼓吹。詩歌方面如此，廣義的語文方面也是這樣。如錢玄同在〈中國今後文字問題〉一文中就說：「中國文字，論其字形，則非拼音而為象形文字之末流，不便於識，不便於寫；論其字義，則意義含糊，文法極不精密；論其在今日學問上之應用，則新理新事新物之名詞，一無所有；論其過去之歷史，則千分之九百九十九為記載孔門學說及道教妖言之記號。欲使中國不亡，欲使中國民族為二十世紀文明之民族，必以廢孔學、滅道教為根本之解決，而廢記載孔門學說及道教妖言之漢文，尤為根本解決之根本解決。」基於此，他又主張：「從中學起，除國文及本國史地外，其餘科目，悉讀西文原書，如此，則舊文字之勢力，既用種種方法力求減殺，而其毒焰亦可大減。」——六十多年後的今天重讀這些議論，一方面可以令人想見當時的革命精神以及它們在特定歷史條件下的進步意義，一方面也令人深感先行者的偏激近乎天真。五四時期的新詩革命者宣稱要「打倒舊詩」而「全盤西化」，這固然是有進步意義的，但即使就是在當時也存在片面性。時至今日，有的人竟然不同程度地重彈歷史的老調，除了可以認為是對新詩要以古典詩歌與民歌為發展基礎這一不無褊狹的理論的反彈之外，實在可以被看成是一種缺乏常識和歷史感的偏見。

文學發展過程中民族範圍的歷史繼承性，是文學發展的客觀規律之一。文學的發展，除了作為文學所反映的內容——社會生活及其發展這一外在的主要條件之外，還有內在的本身的條件，這就是文學自身的繼承、革新和發展。換言之，繼承民族傳統是詩歌發展的內在規律。各個時代的文學，都是繼承了前代優秀文學的傳統，在吸收了其中的營養之後發展起來的。只有這樣，也才能使文學具有為民族的審美心理所樂於接受的民族形式、民族風格和民族氣派。文學發展的歷史長河之中，新時代的文學有如後浪，它是前浪的延續和革新，同時，對於未來時代的文學，它本身又是前浪了。從詩歌美學這一特殊角度來看，對詩歌民族傳統的繼承，還關係到對美感的民族性的傳承問題。一個民族在長期的共同文化生活中，形成了美感的民族性，這種美感的民族性，是民族的共同文化所培養的共同心理素質，在審美感受和審美活動中的反映。美感的民族差異性，表現為審美趣味、審美習慣和審美對象的不同，在藝術的內容與形式以及風格上，也有許多差異，而這些美學上的差異又體現為不同的民族作風和民族氣派。因此，中國詩歌創作中對於民族傳統的繼承，固然是詩歌本身發展的需要，也是為了保持和發揚美感的民族性，珍重民族的審美習慣和美學趣味，使作品為中國人民所喜聞樂見。

我們先從詩歌史作縱的考察，看看不同時代詩歌的美學繼承關係。中國的詩歌史，在《詩經》中眾多的無名詩人群星閃耀之後，終於出現了第一顆光華燦爛的星斗，這就是屈原。我們應該承認，楚國的學識淵博的屈原，當時確實是大量吸收了北方中原文化的精華，但是，在戰國紛爭的時代，以屈原作品為代表的「書楚語、作楚聲、記楚地、名楚物」的楚辭，卻是在楚國本身詩歌藝術的基礎上發展起來的。〈招魂〉中就曾經描述：「陳鐘按鼓，造新歌些；涉江採菱，發陽荷些。」根據《文選》李善的注釋，「陽荷」、「涉江」與「採菱」，都是楚國當時流行的民間歌曲，即所謂「新歌」。屈原的作品如〈離騷〉與〈九章〉，就是從楚國民歌中吸收了豐富的養料而經詩人匠心熔鑄之後所結出的黃金果，從〈九章〉的〈涉江〉篇與楚地民歌〈涉江〉同名，我們也依稀可以聽到一些遠古的消息。屈原的另一些作品如〈九歌〉，更是直接以楚國南部民間的祭神歌曲為藍本，予以加工改寫而成，如果沒有楚國的那些豐富的民間樂曲，如果沒有屈原這樣一位含英咀華的一代才人，可以斷言，中國詩歌史的早期篇章就會改寫，也就不會出現楚辭這一代表一代文學的專有名詞了。如果說，《詩經》中的〈漢廣〉和〈江有汜〉是楚地的民歌，但《詩經》畢竟是北方文學的代表，那麼，以屈原作品為代表的楚辭，顯然就是南方文學的象徵了。從屈原的作品可以看出，如果沒有對於本民族本地區的文學傳統的繼承，文學的發展是不可想像的。美國現代詩人愛默森說：「藝術最深刻的美質都是植根在祖國文化的故土裡。」以之來證明屈原的作品，這位兩千年後外國詩人的見解，表述的是異代、異國不同時卻是發人深思的美學原理。至於現在為許多人經常提到的艾略特，他實際上也強調「傳統」和「歷史感」，他在〈傳統與個人才能〉一文中說：

「正是這種歷史感才使得一個作家成為傳統主義者，他感覺到遠古，也感覺到現在，而且感覺到遠古與現在是同時存在的。同時，正是這種歷史感使得一個作家能夠敏銳地意識到他在時間中的地位，意識到他自己的同時代。」❶

從廣義而言，中國古典詩歌史經歷了《詩經》、楚辭、漢魏樂府、魏晉南北朝詩歌、唐詩、宋詞、元曲以及明清詩歌這樣幾個階段。一代有一代之文學，一代有一代之詩歌，但它們之間的傳承與發展的關係卻是歷歷分明的。唐代，是中國古典詩歌的黃金時代，唐代詩歌，是中國古典詩歌史最為光華燦爛的一章，以致民間有「唐詩漢字晉文章」這樣的諺語。唐詩的繁榮，自然有其多方面的原因，它鼎盛的依據是多元的而不是單元的，例如政治上的以賦取士；對外開放；南北文化交流；唐代的君主都提倡或自己也寫作詩歌；經濟上的發展提供了相當的物質基礎，等等。但是，其中的最重要的原因之一，即是文學本身發展的內在規律。從《詩經》到隋代詩歌，中國詩歌的發展已經有一千六百多年的歷史，經過歷代詩人的創造，在語言形式、表現藝術和音律協和等方面，已經積累了十分豐富的經驗，就如同早霞的儀仗隊已經布滿天空，金色的太陽就要噴薄而出，就如同千百條河流已經匯集到海岸的出口處，尾閭東注就要聚合成浩蕩的海洋。唐代的詩壇，由於有了以前千餘年的詩藝積累，加上其他方面的條件，風雲聚會，自然就成了許多優秀或傑出的詩人競試歌喉之有聲有色的舞臺。

唐代優秀的或傑出的詩人，對於傳統的詩美都是有所承傳而又有所發展的，沒有發展，就只能抱殘守缺，株守固有的田園，但是，如果沒有承傳，卻也就沒有開疆拓土的基地。對唐代的也

❶ 周煦良等譯：《托・史・艾略特論文選》第三頁，上海文藝出版社一九六二年版。

是中國的偉大詩人杜甫，元稹在〈唐故工部員外郎杜君墓系銘並序〉中曾經如此讚美：「至於子美，蓋所謂上薄風、騷，下該沈、宋，言奪蘇、李，氣吞曹、劉，掩顏、謝之孤高，雜徐、庾之流麗，盡得古人之體勢，而兼人人之所獨專矣，……詩人以來，未有如子美者。」❷那麼，杜甫為什麼能獲得如此巨大的成就呢？重要原因之一，就是因為他是一位正確地處理了文學的繼承與發展的關係的詩人，是一位集大成而又有才力加以發展創造的詩人。如同宋代詞人宋祁在《新唐書》中所說的：「然恃華者質反，好麗者壯違，人得一概，皆自鳴所長，至甫，渾涵汪茫，千匯萬狀，兼古今而有之。」這種「兼古今而有之」，就是批判地繼承了前代的文學遺產而加以發展，而絕不是一無依傍地憑空創造，或故步自封地僵化保守。杜甫的〈戲為六絕句〉，是詩歌史上的格調獨特之作，它是以絕句形式寫成的文學批評論文，在具體內容上它雖然是針對論敵否定近代的齊梁文學和現代的初唐文學而發，但議論的中心還是對文學遺產是繼承或是否定的問題。在這六首絕句中，杜甫旗幟鮮明地提出了自己關於傳統的主張：「不薄今人愛古人，清詞麗句必為鄰。」「別裁偽體親風雅，轉益多師是汝師。」那麼，他自己是怎樣實踐的呢？他在〈奉贈韋左丞丈〉一詩中說：「讀書破萬卷，下筆如有神。」杜甫，他是把「讀書破萬卷」的繼承傳統，和「下筆如有神」的發展創造聯繫起來的。他繼承了前人的成就，但是，他又如運動場上傑出的跳高選手一樣，跳過了一個個更高的高度，我這裡略舉幾例吧：

野鳥繁弦轉，山花焰火燃。（庾信：〈奉和趙王隱士詩〉）

---

❷《中國歷代文論選》第二冊第六五頁。

江碧鳥逾白，山青花欲燃。（杜甫：〈絕句二首〉之一）

薄雲巖際出，初月波中上。（何遜：〈入西塞示南府同僚〉）

薄雲巖際宿，孤月浪中翻。（杜甫：〈宿江邊閣〉）

棠枯絳雲盡，蘆凍白花輕。（陰鏗：〈和傅郎歲暮還湘州〉）

青惜峰巒過，黃知橘柚來。（杜甫：〈放船〉）

這裡，僅僅只是從遣詞造句這一個側面，探究杜甫詩歌創作的淵源關係，意在說明他的作品之所以有「出藍之美」，首先還是因為他是「青出於藍」，正確地對待和富於才力地解決了繼承傳統的問題。杜甫的詩繼承了《詩經》所確立的現實主義傳統，繼承和發展了楚辭到初唐各家在藝術上的長處，源遠流長而取精用宏，這樣才成為了一代甚至百代的詩宗。而那些否定繼承傳統的人，是絕不可能有可觀的成就的。世界上哪有無源之水、無本之木呢？那些對王楊盧駱都「哂未休」的「輕薄為文」之輩，不早就如杜甫所預言的那樣「爾曹身與名俱滅」了嗎？

杜甫，是一位像海洋容納百川一樣全面地繼承了前代詩歌成就的詩人。詩歌史上的事實雄辯地說明，對傳統的繼承，哪怕是專精獨詣於一個方面，也可能取得令人矚目的成績。例如元稹、白居易、張籍、王建等人，受到杜甫新樂府的啟發，繼承了杜甫詩歌的現實主義精神，他們創作了許多新樂府詩篇，形成了詩史上的「新樂府運動」。中唐的韓愈、孟郊、賈島等人，他們繼承了杜甫峭拔的詩風，形成和發展了奇險怪僻的風格。晚唐李商隱效法杜甫的七律，在七律的寫作上獲得了顯著的成就，成為在杜甫之後對律詩貢獻至巨的詩人。總之，從中唐開始到元明清各代，杜甫的影響，綿綿不絕，「殘膏剩馥，沾溉後人多矣」（宋祁語）。從這裡可以看出，沒有對傳統的繼承就沒有發展，這是文學創作包括詩歌創作的鐵的美學法則。

二

對待本民族的文學傳統的態度，大致上可以歸納成為三種：一種是對傳統的全盤否定，數典忘祖；一種是對傳統的全盤肯定，僵化保守；一種是批判繼承，努力發展，不斷創新。

在中國古典詩歌史上，沒有出現過對傳統全盤否定的偏向。由唐詩而宋詞，由宋詞而元曲，語言形式的由四言而五言，由五言而七言，都是在有所繼承有所革新的辯證運動中進行，即使如清末黃遵憲等改良派詩人所發動的「詩界革命」，主張「獨闢新界而淵含古聲」、「熔鑄新理想以入舊風格」、「以風格含新意境」（梁啟超：《飲冰室詩話》）❸，以「我手寫吾口」（黃遵憲：〈雜感〉），表現「古人未有之物，未闢之境」（黃遵憲：〈人境廬詩草自序〉），對舊體詩有所革新，但並沒有導致對傳統的全盤否定。在中國新詩史上，對民族詩歌傳統的全盤否定論出現過三次：一是在「五

❸ 梁啟超：《飲冰室詩話》第一、二、五一頁，人民文學出版社一九六三年版。

四」新文學運動初期，一是臺灣的五十年代和六十年代，一是在大陸門戶開放之後的一九八二年左右至現在。這裡，我且在水之一涯，對臺灣詩壇當年否定傳統之風略加回顧和審視。

由於政治的、經濟的、文化的和地理的種種原因，從五十年代初期起到六十年代末期，臺灣許多詩人在朝向西方的高速公路上爭先恐後地賽跑，揚起了一陣到七十年代才逐漸落定的塵土。五十年代前期，臺灣成立了三個詩社，一九五三年初創而於一九五六年正式宣告成立的是紀弦為掌門人的「現代派詩社」，一九五四年三月以覃子豪、余光中、鍾鼎文為主創立「藍星詩社」，一九五四年十月由瘂弦、洛夫、張默三人創辦「創世紀詩社」。這三個詩社的共同旗幟是現代主義，當時都不同程度地存在反傳統的傾向，尤以「現代派詩社」倡導最力。直到一九六一年，紀弦在〈從自由詩的現代化到現代詩的古典化〉一文中，還以「司令部」、「大本營」的姿態自詡說：「新詩的再革命這一響亮的口號，是由我們首先喊出來的。新詩的再革命這一偉大的運動，是由我們首先發起了的。」❹他們以新詩的再革命為己任。然而，什麼是他們的新詩再革命的主要內容呢？這就是「現代派詩社」成立時所發表的「現代派信條釋義」六條，其中一條就是：「我們認為新詩乃是橫的移植，而非縱的繼承。這是一個總的看法，一個基本的出發點，無論是理論的建立和創作的實踐。」❺在上面引述的紀弦寫於一九六一年的那篇文章中，紀弦仍然堅持他這種徹底反傳統的觀點，他說：「現代詩是徹底反傳統的，其野心在於一曠古所未有的全新的文學之創造。」對於臺灣反傳統的虛無主義詩風與詩論，港臺文壇的有識之士紛紛給予針砭。香港學者、詩人黃

❹ 張漢良、蕭蕭編選：《現代詩導讀》第一卷第二三頁，臺灣故鄉出版社一九七九年版。

❺ 《現代詩導讀》第一卷第三八七頁。

國彬在〈舊調重彈〉一文中說：「任何文學，必須有深厚的傳統才能『多元』，才能『無限』，才能『豐富』、『堅實』、『遼闊』、『廣大』，否則便會流於單調貧瘠。只事橫移而否定縱繼的作者，恐怕只能寫出平面而非立體的作品。臺灣早期部分詩人，便犯了這毛病。他們要拋棄傳統，就如坐在樹丫而要鋸斷樹丫一樣愚蠢；樹丫一斷，即使不粉身碎骨也會摔得滿天星斗。」❻而另一位香港學者、評論家黃維樑，他在〈論詩的新和舊〉中回顧了新詩發展六十餘年的歷史，他認為：「詩是應該新的，但舊詩值得新詩作者學習的地方很多，新詩絕對不應該與傳統隔絕。舊詩與新詩的關係，是母與子的、源與流的關係。」❼在臺灣文壇，對反傳統的觀點批駁得最有力的，是詩人而兼學者的余光中，這位臺灣現代派詩歌初期的健將，在五十年代末期反正之後，就不僅以他的創作實踐表明他對傳統的回歸，而且寫了一系列的文章，對現代派的「反傳統」的觀點進行了持久而有力的火力轟擊。余光中認為「唯有真正屬於民族的，才能真正成為國際的」（《冷戰的年代》後記）。早在一九六一年，他就在〈幼稚的「現代病」〉一文中指出：「一個作家要是不了解傳統，或者，更加危險，不了解傳統而要反傳統，那他必然會要受到傳統的懲罰。所謂傳統，不過是一個民族的先人的最耐久、最優秀的智慧的結晶，流在後人的血管裡，出入於後人的呼吸系統之中。我們能夠登報和父親脫離父子關係，卻無法改變父親給我們的血型，否則我們一定死亡。」他告誡那些患了幼稚的「現代病」的詩作者，在「徹底反傳統（或者被傳統消滅）之前，多認識一點傳統。」❽詩人洛夫早期詩作深受法國超現實主義詩歌的影響，詩觀也相當激進，後來他也作了

---

❻ 黃國彬：《從蓍草與貝葉》第四二頁，香港詩風社一九七六年版。

❼ 黃維樑：《怎樣讀新詩》第二九頁，香港學津書店一九八二年版。

調適與修正。他在〈中國現代詩的成長〉一文中說：「六大信條過於強調西化，特意標出中國新詩乃『橫的移植』為其基本出發點，致無法在本土上根深蒂固，繼續發揚。」❾在〈請為中國詩壇保留一分純淨〉中他又指出：「無論如何，回到民族文學傳統的浩浩長河中來，是一個詩人必然的歸向，實無爭論的必要。」❿這，確實是發人深省的箴言。

與對傳統虛無主義的全盤否定的態度相反，另一種態度就是國粹主義的僵化保守。傳統，本來是一個流動的美學範疇，但是，在這些人的心目中，傳統卻是一團凝固體，是一種只能全盤接受和以供仿效的模式，絕不能加以革新、豐富和發展。

在中國詩歌史上，對傳統持極端保守姿態的是明代詩歌，特別是明代的前後七子。前七子，是明代弘治、正德年間的李夢陽、何景明、徐禎卿、邊貢、康海、王九思、王廷相；後七子，是明代嘉靖、隆慶年間的王世貞、謝榛、李攀龍、宋臣、梁有譽、徐中行、吳國倫。明代的前後七子，他們反對明初以楊士奇、楊榮、楊溥為代表的「臺閣體」詩派，反對這一詩派從內容到形式都毫無生氣的作品，在這一點上他們是有功績的。同時他們自己的創作也並非一無可取。但是，前後七子的共同文學主張是「復古」，他們所領導的文學復古運動，就是以古為法式、以尊古為正統的復古運動。從這裡，就可見明代詩壇復古風氣之盛。的確，明代二百七十餘年的詩壇，除了明初高啟、明末陳子龍等少數幾位比較出色的詩人而外，傑出的詩人見不到蹤影，倒是末流詩人

❽ 余光中：《掌上雨》第一六二、一六四頁。
❾ 洛夫：《詩的探險》第三五、一四〇頁，臺灣黎明文化事業公司一九七九年版。
❿ 同上。

不少，有價值的作品不多。關鍵的原因，是復古模擬之風橫掃了詩壇，使得詩作者們都望風而靡。這一代的詩人，或仿盛唐，或擬中唐，或效晚唐，但他們都遺落了唐代詩人那種積極進取勇於創造的精神，而只是斤斤於字句聲調上求形似。後人譏嘲明代復古派的詩作是優孟衣冠，毫不足取，這固然不免有失偏頗，但也自有相當道理。總之，明代詩壇從整體看是一個復古的詩壇，在詩創作繼承與革新的關係方面，它的態度是保守的，缺乏獨創精神，因此，明代雖長達近三百年，本來有足夠的時間去孕育詩的奇才，但卻沒有能夠向中國詩歌史貢獻傑出的詩人和作品，成就根本無法與以前的唐代相提並論，也不及以後的清代很遠。這一歷史事實，值得後來的我們深思。

中國的新詩，在一九一八年一月《新青年》雜誌四卷一期上呱呱墜地，開始了它的第一聲呼喚。五四前夜，在文學革命的旗幟之下，新詩是新文學大軍中一支銳氣方剛的先鋒部隊。在胡適、沈尹默、劉半農登高一唱之後，各界有代表性的人物如魯迅、李大釗、陳獨秀、宗白華、謝冰心、汪靜之等人紛紛寫作新詩，詩壇出版了《新詩集》和《分類白話詩選》。一九二〇年和一九二一年，胡適的《嘗試集》與郭沫若的《女神》先後出版。但是，詩歌革命以及在詩歌革命中產生的新詩，卻遭到了傳統的保守派的懷疑、不滿和攻擊。例如黃侃，因為胡適詩中有「兩個黃蝴蝶」之句，就稱胡適為「黃蝴蝶」而不稱其名，而在其所著的《文心雕龍札記》中則咒罵新詩為「驢鳴狗吠」。而「學衡派」的主將胡先驌、吳宓、梅光迪等人，他們反對以白話寫詩，而主張照搬傳統，所謂以舊瓶裝新酒。如胡先驌在《中國文學改良論》中說：「……其他唐宋名家指不勝屈，豈皆不能言情達意，而必俟今日之白話詩乎？如劉半農〈相隔一層紙〉一詩，何如杜工部之『朱門酒肉臭，路有凍死骨』之寫得盡致。至於沈尹默之〈月夜〉詩：『霜風呼呼的吹著，月光朗朗的照著，我和一株頂高的樹並排立著，卻沒有靠著』，與其〈鴿子〉、〈宰羊〉之詩，直毫無詩意存於其間，其可復黜矣。……不此之辨，徒以白話為貴，又何必作詩乎？」胡先驌，曾經寫過一萬二千字的題為〈評《嘗試集》〉的洋洋大文攻擊胡適的創作，他的上述觀點，集中表現了「五四」時期文學上的新老復古主義者對傳統的守成不變的株守，對創新和革命的反對。「五四」時期新老復古主義者們反對新文學和新詩，自有他們政治上的原因，我這裡所涉及的，只是他們在傳統與創新的態度上的關係而已。

明代詩壇的復古主義者，是全盤效法唐代詩歌而缺乏創新精神。五四時期的復古主義者是根本反對詩的革命和社會革命而死守舊的傳統，它們性質不同但守舊則一。這些歷史的教訓啟示我們，在新詩的發展與變革的過程中，我們既要反對否定傳統的全盤西化，也要反對盲目排外無所作為的保守僵化。

對待本民族的詩歌傳統，正確的態度應該是：一是要批判地繼承，二是要革新和發展。

中國民族的詩歌傳統，廣義地說，應該包括古典詩歌的傳統，五四以來新詩的傳統，各民族民歌的傳統，我在這裡所要論列的是狹義的傳統，即中國古典詩歌的傳統。中國古典詩歌遺產，除了其中必須批判揚棄的封建性糟粕之外，是一座有著豐富珍奇的寶山，有待我們去尋幽探勝，等待有識見有才華的詩人去深入開採，讓它們在新時代的日照下發出更燦爛的光輝。

傳統，是一個流動的美學範疇。活的有生命力的傳統，它不僅僅是指藝術形式和表現方法，首先它是指代代承傳而不斷發揚的思想和精神。以中國古典詩歌的傳統而論，我以為首先應該繼承的，就是中國古代詩人那種時代的責任感和使命感，那種憂國憂民的襟懷，那種對國家和民族的熱切關注。這，才是傳統的本質和靈魂。試想，如果否認或取消了這些，那我們的傳統不就沒有了思想美和靈魂美的承傳，而只成了純粹的技藝的延續了嗎？如果那樣，只能被認為是對傳統的片面理解，甚至是對傳統的貶低和抹殺。中國詩歌史自遠古的屈原到清末的譚嗣同、秋瑾等詩人，一以貫之不斷發揚光大的，根本上就是那種對生命、國家和民族的歷史感和使命感，那種莊嚴而深沉的民族憂患意識，這，正是中國古典詩歌傳統的內核。屈原，是我國詩史上第一個有鮮明的藝術個性同時又具有強烈時代感的詩人，他熱愛祖國，關懷人民，堅持美政理想，憎惡黑暗現實。〈哀郢〉的開篇，他不是悲嘆個人的苦難，而是抒發了對人民的深厚同情：「皇天之不純命兮，何百姓之震愆。民離散而相失兮，方仲春而東遷！」在〈抽思〉中，他在流亡途中所懷念的仍然是他的祖國：「望孟夏之短夜兮，何晦明之若歲！唯郢路之遼遠兮，魂一夕而九逝。曾不知路之曲直兮，南指月與列星。願徑逝而未得兮，魂識路之營營。」屈原，是以他的藝術，但更是以他的藝術所表現的思想和人格，奠定了中國民族詩歌的思想傳統，給後世詩人以極為深遠的影響。漢代淮南王劉安在〈離騷傳敘〉中評價屈原的〈離騷〉，曾經說「推此志也，雖與日月爭光可也」，這句話後來又被司馬遷在〈屈原賈生列傳〉中引來評價屈原的作品。我認為，這種可與日月爭光之「志」，正是中國古典詩歌傳統的重要美學內涵。唐代李白〈江上吟〉說「屈平辭賦懸日月，楚王臺榭空山丘」，杜甫在〈戲為六絕句〉中說「竊攀屈宋宜方駕，恐與齊梁作後塵」，他們都表示了對於屈原的人格美的景仰，而在國家民族危機深重的南宋，愛國詩人陸游不就在〈哀郢二章〉、〈塔子磯〉等詩篇中，悲歌「〈離騷〉未盡靈均恨，志士千秋淚滿裳」、「七澤蒼茫非故國，〈九歌〉哀怨有遺聲」嗎？中國古典詩歌的這種思想傳統，如光焰熾烈的火炬，由一代代的詩人接力傳遞下來，一直傳送到晚清的詩人志士如譚嗣同、秋瑾等人手中，在他們的「世間無物抵春愁，合向蒼冥一哭休。四萬萬人齊下淚，天涯何處是神州」（譚嗣同：〈有感一章〉）、「濁酒不銷憂國淚，救時應仗出群才。拚將十萬頭顱血，須把乾坤力挽回」（秋瑾：〈黃海舟中日人索句並見日俄戰爭地圖〉）等詩章中，燃燒著熊熊的烈焰。

中國古典詩歌的傳統之美，除了思想和精神美，就是藝術之美，詩藝之美。我們今天的新詩所要繼承的，還包括古典詩歌傳統中的創作方法、藝術風格、藝術技巧、語言藝術等四個重要方面。

以創作方法而言，遠古的詩歌總集《詩經》，是中國詩歌現實主義的源頭，而屈原的作品則是中國詩歌浪漫主義的源頭。由它們發源，現實主義和浪漫主義兩條巨流，在中國詩歌史上洶湧澎湃，流經唐代，兩條巨流都湧現了它們的高潮，弄潮兒向濤頭立，這就是杜甫和李白，他們揚波擊浪，構成了中國詩歌史上使人讚嘆的勝景奇觀。除了現實主義和浪漫主義兩大潮流之外，中國詩史上的創作方法，也還有一些波瀾雖不浩闊，但也可稱之為支流的流派。例如晚唐的李商隱和李賀。這兩位詩國的奇才，你說他們的創作方法是現實主義的還是浪漫主義的，或者是什麼別的主義的？雖然創作方法是現代文藝學的理論和專有名詞，但我們還是可以用來區別李商隱和李賀的創作不同於他人之處。張淑香曾提出如下看法：「由熾熱的生命情愫出發，經過現實世界、愛情世界、自然世界、歷史世界與神話世界的追尋歷程，從現實到超現實，在感覺上，我們彷彿看見詩人如何上天下地，徬徨無依於宇宙之間，苦苦不休地追尋又追尋。所以，義山詩所表現的這種心靈歷程與生命基型，是一個『遠征情境』。」⓫在談到李商隱的〈錦瑟〉詩時，張淑香說：「正由於全詩是以情的冥思回想為貫串，故詩人的意識能超乎一切而運用於一個超越時間的大宇宙，頗顯示了意識流與超現實主義的寫作技巧，表現了中國抒情詩中最大的境界。」⓬這就可以看出，在創作方法上，李商隱現存約六百首詩似乎可以歸到象徵主義範疇，雖然一般人認為象徵主義是起源於法國十九世紀後期的一種創作方法，但我們何妨從中國的實際出發，何必套用外國的模式？至於李賀，杜牧為他的集子作敘，稱之為「蓋亦騷之苗裔」。我們可以看到他確實繼承了屈原作品的某些遺韻，但他和屈原以及李白都很不相同，前人稱之為「鬼才」（馬端臨：《文獻通考》），「瑰詭」（嚴羽：《滄浪詩話》）、「離絕凡近，遠去筆墨畦徑」（高啟：《唐詩品匯》）、「李長吉語奇而入怪」（周紫芝：〈古今諸家樂府序〉），可見他是不能以現實主義更不能以浪漫主義的創作方法來衡量的。黃永武認為，李賀的作品可以用「哀豔荒怪」四字來形容。他說：「二十世紀的『現代詩人』，喜歡表現與日常經驗完全脫節的『心象』，在『心象』的造型方面，儘量避開普遍的結合，這一點，和李賀的構思遣詞，是約略相似的。」⓭而另外一些研究者，則說李賀是中國古代一位運用現代詩歌手法的高手。由此可見，中國古典詩歌的創作方法，還有許多有待我們深入探究的領域。

藝術風格的多樣化，是中國古典詩歌的寶貴傳統之一。在古典詩史上，集大成的詩人正是繼承了各家藝術風格之長而又加以融化，從而形成了自己獨特的風格的。「祖風騷，宗漢魏，下至鮑

⓫ 張淑香：《李義山詩析論》第一八八、一九七頁。

⓬ 同⓫。

⓭ 黃永武：《詩心》第一二七頁，臺灣三民書局一九七八年版。

照、徐、庾，亦時用之」（元稹），這樣才構成李白獨特的藝術風格。秦觀在〈進論〉中說：「杜子美之詩，實積眾流之長，恰當其時而已。昔蘇武李陵之詩，長於高妙；曹植劉公幹之詩，長於豪逸；陶潛阮籍之詩，長於沖淡；謝靈運鮑照之詩，長於峻潔；徐陵庾信之詩，長於藻麗，於是子美窮高妙之格，極豪逸之氣，包沖淡之趣，兼峻潔之姿，備藻麗之態，而諸家之作，所不及焉。然不集諸家之長，子美亦不能獨至於斯也。」他認為杜甫「集詩之大成」，這樣才兼有眾長同時又形成自己「沉鬱頓挫」的獨特風格。這一見解論及杜甫在藝術風格上的繼承與發展的關係，是頗有見地的。

從個人的藝術風格來看，大詩人都是繼承與集合前人藝術風格之長，而融鑄出自己獨特的風格，在詩歌的黃金時代，詩人的藝術風格更是多彩多姿。例如對唐代詩歌，前人就有許多形象的描述，明代王世貞的《藝苑卮言》，就是一部詩學的特別是有關詩的風格論的著作，有不少獨到之處。他談到唐代詩歌風格多樣化時，轉引了敖陶孫如下精彩的詩化描述：「王右丞如『秋水芙蓉，依風自笑』；韋蘇州如『園客獨繭，暗合音徽』；孟浩然如『洞庭始波，木葉微脫』；杜牧之如『銅丸走坂，駿馬注坡』；白樂天如『山東父老課農桑，事事言言皆著實』；元微之如『龜年說天寶遺事，貌悴而神不傷』；劉夢得如『鏤冰雕瓊，流光自照』；李太白如『劉安雞犬，遺響白雲』，『覈其歸存，恍無定處』；韓退之如『囊沙背水，唯韓信獨能』；李長吉如『武帝食露盤，無補多欲』；孟東野如『埋泉斷劍，臥壑寒松』；張籍如『優工行鄉飲，醻獻秩如，時有詼氣』；柳子厚如『高秋獨眺，霽晚孤吹』；李義山如『百寶流蘇，千絲鐵網，綺密環妍，要非適用』。」形象的描述雖不如科學的論說那麼精確深入，但卻能啟發讀者的想像。新詩六十多年來的歷史上，有獨特藝術風格的詩人不是很多，共性有餘而個性不夠鮮明突出，即使如新月派、晉察冀派和七月詩派，作為流派的共性是鮮明的，但風格獨標的詩人卻仍感寥寥。可以說，這是由於我們對獨特藝術風格的倡導不力，而對古典詩歌傳統藝術風格的多樣，在繼承和發揚上還沒有下足夠的功夫。

中國歷時幾千年的古典詩歌，在藝術表現手法方面有極為豐富的積累，有待今天的新詩人去認真學習和化舊為新地繼承發展。詩歌藝術當然是不斷更新的，表現手法也會隨著現代詩歌的發展而日益豐富，但是，由於中國古典詩歌歷史悠久，成就燦爛，可以說詩歌藝術表現的基本手段，在中國古典詩歌中都已經產生了。如果認為中國古典詩歌的藝術表現手段主要就是賦比興，那恐怕是狹隘的片面的理解。即如現代詩歌理論中所熱衷談論的移情、通感、象徵、張力、密度、蒙太奇、時空變化等等，在中國古典詩歌中早已屢見不鮮，只是在中國古代還沒有這種現代的名詞和現代的邏輯歸納，也沒有上升到當代詩人這種自覺運用的高度。

只要簡略地回顧詩歌發展的歷史，就可以看到這樣一條美學規律，歷史上任何有成就的詩人，都毫無例外地繼承和豐富了包容在傳統之中的藝術積累。例如杜甫的名篇〈三吏〉、〈三別〉，固然是杜甫這位詩國天才的傑出創造，但是，它並不是杜甫的憑空杜撰，從文學淵源上看，它們都是對於傳統的繼承和革新。〈三吏〉與〈三別〉，都是「即事名篇」的新樂府詩，它們是盛唐詩歌幾朵眩目的浪花，但它的源頭卻可以遠溯到漢魏樂府，甚至逆流而上，一直到達中國詩歌的江河源的《詩經》。〈新婚別〉中的「自嗟貧家女，久致羅襦裳。羅襦不復施，對君洗紅妝」的人物描寫，不是會令我們想起「自伯之東，首如飛蓬。豈無膏沐，誰適為容」（《詩經・衛風・伯兮》）嗎？〈無家別〉中的「久行見空巷，日瘦氣慘淒。但對狐與狸，豎毛怒我啼」的環境渲染，我們不是會想起「遙望是君家，松柏冢累累。兔從狗竇入，雉從梁上飛」（〈十五從軍征〉）嗎？在貧瘠的土地上，長不出豐碩的果實，在窄小的航道上，揚不起直趨滄海的雲帆，如果沒有前人和前代豐厚的藝術積累，也絕不可能產生後代的詩的名家和大家。

中國古典詩歌中的月亮，是從《詩經・陳風・月出》篇中升起來的，它橫過漢魏六朝的天空，到唐代更加流光溢彩，終於在詩歌中取得了和太陽同等的地位。自從初盛唐之交張若虛在〈春江花月夜〉中擷取過它的清光之後，唐代不知有多少人描繪過那一輪光景常新的明月。而李白，是古代詩人中對月亮情有獨鍾的了，如同米芾有「崇石狂」，李白則有「崇月狂」，李白寫月亮的詩篇，集中起來可以開一個月光詩的展覽會。但是，這並不妨礙南宋詩人楊萬里寫出同樣出色的詩篇。楊萬里，是有「小李白」的美譽的，難怪他多次跟蹤李白，多次向月神獻上他的詩的祭禮了。如下面這首七古，題為〈重九後二日同徐克章登萬花川谷月下傳觴〉：

老夫渴急月更急，酒落杯中月先入！
領取青天並入來，和月和天都蘸濕。
天既愛酒自古傳，月不解飲真浪言；
舉杯將月一口吞，舉頭見月猶在天！
老夫大笑問客道：「月是一團還兩團？」
酒入詩腸風火發，月入詩腸冰雪潑。

一杯未盡詩已成，誦詩向天天亦驚。
焉知萬古一骸骨，酌酒更吞一團月！

在筆致的活躍和層次的曲折方面，楊萬里無疑繼承了唐代七古和歌行的藝術成就，而「和月和天都蘸濕」，訴之於視覺的月光與青天，獲得了訴之於觸覺的「濕」的通感之美，這是對前代詩人通感手法的繼承和發展。杜甫有「鐘聲雲外濕」之句，北宋孔武仲有「半掩船篷天淡明，飛帆已背岳陽城。飄然一葉乘風渡，臥聽銀潢瀉月聲」（〈乘風過洞庭〉）之詩。至於「舉杯將月一口吞」，那更是驚世駭俗之句了，我們從這種現代詩學稱之為「創造性聯想」的想像中，可以感到李白詩學的神韻，雖然天縱奇才如詩仙李白，他也不至於奇想飛騰到如此去冒犯月神，但可以斷言的是，如果沒有李白那些出色的寫月詩篇的啟發，楊萬里就絕不可能有如此精彩的演出。繼承了古代詩人藝術遺產的詩人，他們是努力不讓前賢專美於前的，於是，我們在當代詩人的作品中，就讀到了這樣似曾相識但卻又令人耳目一新的寫月的詩句：

十字架上漆著
和相思一般蒼白的月色（周夢蝶：〈十月〉）

好一片柔靜無波
圓月的利齒
咬住我重重心事

我站著
在陽臺的一列盆栽旁
如果我是那海棠
我當如何
濕了眼
把臉仰起
交給天空（辛鬱：〈月圓十行〉）

我們用一杯炒米茶
把月色和脆豆
徐徐送下（葉維廉：〈觀稼亭〉）

大約是中國詩人對月情有獨鍾吧，遠古的「嫦娥奔月」、「吳剛伐桂」等芬芳綺麗的神話傳說，就表現了中華民族的審美心態。從《詩經》開始，月就成了詩歌美學的審美對象，對月的描寫和抒情，也積累了特別豐富的藝術經驗，因此，當代詩人寫月特別出色，也就不是偶然的了。上述詩人寫月的作品，都各呈其妙，而葉維廉的詩句，似乎更是從楊萬里的作品中脫胎而出。西方神話中的愛神是從海洋的波浪中誕生的，詩神卻不可能在波浪中誕生，從這些例句中我們會深切感到，他們的出色作品，無一不是吸取了傳統的乳汁。

中國古典詩歌，是世界上罕見的以精煉見長的詩歌。中國古典詩歌中眾多的優秀作品，其語言的精煉、彈性和富於表現力，是無與倫比的。今天的新詩的語言成分，不外由三個方面所構成：一是活色生香的白話口語，這應該是新詩語言的基幹，就像一座大廈的架構一樣；一是生活中外來的即一般所謂「歐化」詞語和句法，這可以增加大廈的新意和時代色彩；再一個方面，那就是古典詩歌中尚有生命力的語言和有表現力的組合方式了。繼承古典詩歌的傳統，在很大的程度上說就是繼承古典詩歌語言藝術的傳統。關於古典詩歌的語言藝術，我在〈詩的語言美〉那一章中已經詳細地說明了我的看法，這裡只作若干簡略的補充。香港學者黃維樑在〈詩中異品：戲劇化獨白〉一文中，曾經說過「戲劇性獨白是詩中異品」，而「戲劇化獨白的特色，是治詩與戲劇於一爐。既是詩，它具有詩的精煉經濟；又是戲劇，它具有戲劇的故事性和生動真實」，據他介紹，英國詩中戲劇化獨白這一體裁，是由白朗寧確立的，白朗寧的〈頗菲莉亞的情人〉和〈亡妻公爵夫人〉就是這種作品。黃維樑還舉出聞一多的〈天安門〉和卞之琳的〈酸梅湯〉為證，說明它們是新詩中的「戲劇化獨白」（見《怎樣讀新詩》）。但是，黃維樑認為「我國古典詩中，並無此類體裁」，我以為這卻值得商榷。先看唐詩人崔顥的〈長干行〉二首：

君家何處住？妾住在橫塘。停船暫借問，或恐是同鄉。

家臨九江水，來去九江側。同是長干人，生小不相識。

全詩所描繪的，是長江上一個青年女子與鄰船一個青年男子對話的情景，在一問一答之中，壓縮了長遠的時間和闊大的空間，包含了單純而引人入勝的情節，同時又有豐富的意在言外的潛臺詞。全詩一共只有四十個字，其語言的容量和表現力的高超十分驚人。王夫之早在《薑齋詩話》中讚美過：「墨氣四射，四表無窮，無字處皆其意也。」這兩首詩，合二為一則是對白，一分為二則也可以說是獨白。如果這還不算典型的獨白，那麼，辛棄疾的〈西江月・遣興〉，則是中國古典詩詞中別具一格的戲劇化獨白了：

醉裡且貪歡笑，要愁那得功夫。近來始覺古人書，信著全無是處。　昨日松邊醉倒，問松我醉何如？只疑松動要來扶，以手推之曰：去！

這首詞，以第一人稱的獨白語言方式，描繪作者借酒澆愁的狂態，表現他對黑暗現實的激憤和壯志不酬的苦悶，語言的提煉和表現力均臻上乘之境。聞一多在美國留學時曾經修讀過白朗寧的詩，卞之琳攻讀的是外文系，又曾是新月派詩人，以聞一多為師，他們寫出戲劇化獨白的詩作，均受到外國詩歌的影響，但是否也可以從中國古典詩詞中尋索到它們的淵源呢？我這裡所舉述的僅只是古典詩歌語言藝術的一端，中國古典詩歌的語言藝術，是一座遠遠沒有得到開採的寶山，可以肯定的是，中國當代的新詩人如果不誠心低首地去朝山並力爭滿載而歸，他們絕對不能取得可觀的成就。

對待傳統，除了要批判地繼承之外，還必須破除保守心理和保守思想，不能把傳統看成固定的僵化的不能發展的存在物，而要認為傳統也是一個流動的美學範疇，它應該得到革新、豐富和發展。因此，對傳統，我們既要向心，也要離心。首先是向心，然後才是離心，向心是為了不失傳統之美的離心，離心是為了有更高美學層次的向心。我們要繼承，也需要反叛，首先是繼承，然後是反叛，繼承是為了不流失祖先血液的反叛，反叛是為了更新換代生生不已的繼承。總之，我所說的離心和反叛，絕不是要拋棄傳統，而是要革新和超越傳統，要豐富和發展傳統之美。傳統，如同一條波瀾壯闊的長河，它流到了我們這個時代，我們時代的詩人就要開拓新的河道，引入新的潮流，讓傳統的長河湧動新的浪花。

從中外詩歌發展的歷史來考察，傳統作為一個美學範疇，它從來就是流動發展的，而不是固定不變的，它處在不斷地「現代化」的進程之中。「現代」，既是一個現實性的概念，也是一個歷史性的概念。《詩經》對於楚辭是傳統，但楚辭繼承了《詩經》的傳統而有所發展，就楚辭的時代來說，它較之《詩經》又是「現代」的。唐代之前的詩歌，對於唐代詩人來說是傳統，唐代詩人繼承了前人的成就而有了長足的發展，它革新、豐富了原有的傳統，唐詩較之前代詩歌，在當時來說它就是「現代」的。同理，宋詞是對唐詩及其以前的詩歌傳統的發展，元曲又是對宋詞及其以前的詩歌傳統的發展。明清兩代的詩歌特別是清代的詩歌，還是有不少優秀的作品，但一般地說，中國古典詩歌在明清兩代是處於相對停滯的狀態，這一方面是因為明清兩代的詩人特別是明代詩人，缺乏創造的勇氣和發展的雄心，明代詩壇更是籠罩在復古的陰影之中，以模仿古人為能事，怎麼能創造出許多富於新意和生氣的作品？另一方面，也是因為古典詩詞這種藝術在唐詩宋詞登峰造極之後，已經無法提供更多創造和發展的客觀可能性。從對傳統的繼承與革新這一角度來看，五四時代新詩的產生及其以後的發展，本質上是對傳統的劃時代的革新和突破，沒有這種突破，就不可能有今天的新詩。

縱向地考察中國詩史，可以看到革新和發展的精神對於傳統之美的重要性，從橫斷面來觀察，歷史上許多詩人和詩論家都反對株守傳統，而強調發展和革新。真正的繼承傳統，從來就不是原封不動地承襲照搬，而是要有所承傳同時更要有所革新和創造，這樣，傳統才不是死的而是活的，不是僵化的而是運動的，不是一成不變的而是生生不已的。那種認為傳統就是祖先遺留下來的固定遺產的看法，是對傳統的形而上學的誤解。傳統，是一個歷史性的範疇，同時也是一個現實性的範疇。因此，歷史上有識見的詩人和詩論家都強調創新。創新，從傳統的意義上來看，就是豐富和發展傳統，給傳統帶來新的因素和新的活力。

的確，如同高爾基所說：「保守是舒服的產物。」墨守成規，故步自封，只知坐吃山空祖傳的家業而不思進取，那當然是最省力氣的了，但是，祖先家業也許會被紈袴子弟揮霍殆盡，文學事業也會看不到振興的曙光。有生命的有美學力量的詩歌，對於前代的思想藝術積累，都是既有肯定也有否定而力圖創新的，從宏觀來看是如此，從微觀來說也是如此。即以我國古典詩詞的「點化」來說吧，這就是詩歌創作中繼承與創新的手段之一。點化，不是原封不動地照搬，也不是亦步亦趨地模仿，它雖然借鑒了前人的作品，或者還保留了前人作品的某些語言形式，但它卻是在新的生活與新的構思的基礎上予典故以改造，含英咀華，煥發出新的意蘊與意境，艾略特稱此為「同存結構」，我卻比之為一顆陳年的明珠，拂拭了時間的塵封，經過新的日光的照耀，更顯得光輝照眼。以文章而論，在初唐四傑中名列第四的駱賓王，他的文章也頗為可讀，如〈討武曌檄〉：「暗鳴則山岳崩頹，叱咤則風雲變色，以此制敵，何敵不摧？以此圖功，何功不克？」駱賓王此文，可以說篇是名篇，句是名句了，但它卻是從祖君彥〈為李密討煬帝檄〉點化而來：「呼吸則河渭絕流，叱吒則嵩華自拔。以此攻城，何城不陷？以此擊陣，何陣不克？」很明顯，駱賓王在境界、意義和語言上都有所推陳出新。杜牧〈阿房宮賦〉開篇的「六王畢，四海一，蜀山兀，阿房出」，知名度是很高的了，但它卻也是從前人〈長城賦〉中的「千城絕，長城列；秦民竭，秦君滅」點化而來。杜甫〈同諸公登慈恩寺塔〉中有「七星在北戶，河漢聲西流」之句，晚唐的李賀則點化為「天河夜轉漂回星，銀浦流雲學水聲」（〈天上謠〉），喜歡獎掖後進的杜甫有知，一定會讚揚李賀革新和創造的精神吧？陸游〈遊山西村〉的「山重水複疑無路，柳暗花明又一村」，其哲理境界是耐人尋味的了，但它卻也是點化前人而自鑄新辭並自出新意的，與陸游同時的周煇《清波雜志》載強彥文的詩就有「遠山初見疑無路，曲徑徐行漸有村」之句；而王維〈藍田山石白精舍〉也有「遙愛雲木秀，初疑路不同，安知清流轉，忽與前山通」的描寫。讓我再舉貫通古今之一例：

君不見黃河之水天上來，
奔流到海不復回！（李白：〈將進酒〉）

望三門，門不在，
明日要看水閘開。
責令李白改詩句：

「黃河之水『手中』來！」

銀河星光落天下，
清水清風走東海。（賀敬之：〈三門峽——梳妝臺〉）

你曾是黃河之水天上來
　　陰山動
　　龍門開
而今黃河反從你的句中來
　　驚濤與豪笑
　　萬里滔滔入海（余光中：〈戲李白〉）

古人與古人的作品之間，今人與古人的作品之間，都有一種繼承與革新的關係。從上述詩例我們也可以看到，前人的遺產只是我們出發的基地，但是，基地並不是我們原地踏步的臺階，任何一代的詩歌，最富於美學價值和藝術意義的是革新和發展，革新和發展才是前進的跑道。前面所引賀敬之、余光中的詩句，既是借鑒了古人詩作的思想和語言形式，卻都各有自己的革新和創造。從這裡可以悟出：具有傳統感、民族感同時又富於新意的即當代意識的好詩，是繼承與革新聯姻之後才會呱呱墜地的驕子！不敢開拓，怯於革新，那是保守思想的表現，而任何形態的保守思想，只能導致詩歌走向僵化和沒落的窮途。

中國的誕生於五四時期的新詩，就是革新的產物。因為傳統既是我們的寶貴財產，同時它又有保守和僵化的一面，傳統的歷史愈久，積累愈深厚，因襲的力量也愈大。中國古典詩歌發展到清代末期，在形式和語言上已經到達了極限，已經呈現出極大的僵化狀態，很難再作較大的開拓，從整體上看已經無法表現新的時代與新的生活。在時代的革命思潮的衝擊之下，新詩人們紛紛舉起反傳統的旗幟，在詩歌領域內發動了一場革命，從而促進了新詩的誕生。今天看來，五四初期的作者雖然高倡打倒舊詩之說，不免過於偏激，缺乏一種歷史唯物主義的態度，即使是最早寫作新詩的胡適，他的新詩也不能脫離「舊詩」的語言和情調。如他在《嘗試集．再版自序》中自許為「白話新詩」的〈老鴉〉：

一

我大清早起
站在人家屋角啞啞的啼。
人家討嫌我，說我不吉利；
我不能呢呢喃喃討人家的歡喜！

二

天寒風緊，無枝可棲。
我整日裡飛去飛回，整日裡又寒又飢。

我不能帶著鞘兒，翁翁央央的替人家飛，
不能讓人家繫在竹竿頭，賺一把黃小米！

我們從中不難感受到古典詩詞的語言和韻味，但是，它畢竟透露了對傳統的劃時代革新的最初的消息。中國的新詩，正是從五四時代起突破了幾千年傳統所築成的某種堤防，才翻波湧浪，匯成了今天浩浩蕩蕩的江流。

粉碎四人幫以後，中國的奄奄一息的詩神也從長達十年的噩夢中甦醒，從人民的狂歡和時代的巨潮中吸取了再生的力量，重新開始了它的歌唱。幾年來，隨著閉關鎖國的政策的結束和對外開放的方針的實行，在詩壇也吹起了一股頗為強大的革新之風。在詩壇關於革新的種種議論之中，有些觀點我是不能同意的，如對中國古典詩歌傳統的否定，對五四以來的新詩成就的否定；如認為新詩要發展，就是要用西方詩歌的美學原則來作為衡量新詩的唯一準則；如認定所謂「朦朧詩」是中國新詩發展的主流等等。但是，有一種有共同傾向的看法卻應該肯定，這就是：中國的新詩應該革新和發展。這不僅因為革新和發展是世界上所有事物包括詩歌獲得新的生命的必具內在條件，也是因為長期以來對詩歌藝術的相對忽視，對外國詩歌特別是對西方詩歌的盲目排斥，以及假、大、空詩歌的盛行，使廣大讀者和作者對詩歌的革新有了痛切的感受和迫切的要求。

僵化的模式永遠是發展的障礙，革新永遠是前進的動力。我們只有繼承傳統而又革新傳統，才能使傳統得到豐富、提升和發展。死守傳統不思發展是沒有出息的孝子，否定傳統離家出走是六親不認的浪子，只有立足傳統而又借鑒西方開拓前進的，才是有所作為或大有作為的詩國的驕子！

三

一個國家、一個民族的文學的發展，除了繼承與創新這一內在的原因之外，還有一個重要的原因，這就是各個國家、各個民族的文學的互相影響和滲透，這是文學發展的外部規律，也是文學發展的重要美學規律之一。

在中國古代，不同民族和地域之間的文學，就是互相影響和吸收的。《詩經》，絕大部分是北方民族的文學，它剛健質樸，是北方各民族和各個國家的民間口頭文學。楚辭，是南方民族的文學，它典麗闊大，源於南方的民間祭神樂曲和民歌，是詩人文士的個人創作，它吸收了北方文學《詩經》的精華，而加以創造性的發展。又如〈敕勒歌〉，這是中國詩歌史上頗負盛名的作品：

敕勒川，陰山下。天似穹廬，籠蓋四野。天蒼蒼，野茫茫，風吹草低見牛羊。

歷來對這首詩的評論頗多，我只想從各民族文學之間的相互影響來略加論說。敕勒，是我國北方的一個強大的民族，先秦兩漢時代稱「丁零」，魏晉南北朝時期稱「敕勒」。〈敕勒歌〉約產生於北魏，它本是敕勒族的民歌，卻又可以用鮮卑語來唱，從這裡可以看到敕勒族與鮮卑族之間的文學影響。不僅如此，這首歌又被譯成了漢語，因此，它又可以說是中國詩歌史上最早的「翻譯作品」。中國古代人民和評論者並沒有對它採取「排外」的態度。宋人王灼在《碧雞漫志》中，就認為兩漢之後只有「〈敕勒歌〉暨韓退之〈十琴操〉近古」；而沈德潛的讚美至少有兩次，一見於《唐詩別裁集》：「〈哥舒歌〉與〈敕勒歌〉同是天籟」，一見於《古詩源》：「莽莽而來，自然高古，漢人遺響也。」所謂「漢人遺響」，就是以為它在風格和情調上與漢代高古質樸的作品頗為相近。而祖先為鮮卑族的金代著名詩人元好問，在〈論詩絕句三十首〉中也說：「慷慨歌謠絕不傳，穹廬一曲本無然。中州萬古英雄氣，也到陰山敕勒川。」宗廷輔〈古今論詩絕句〉認為元好問之所以極力讚頌這首詩，是因為它「極莽蒼，又本是北音」，而我以為除此之外，從這首詩也可以見到我國古代民族文學的相互滲透和影響，「中州萬古英雄氣，也到陰山敕勒川」，不也就是說〈敕勒歌〉的產生和風格，也受到中原文化包括漢族古典詩歌的影響嗎？而根據日本當代學者小川環樹〈敕勒之歌——它原來語言在文學史上的意義〉一文的見解，此歌的形式對唐代七絕的形成也很有影響，這就更可證明不同民族之間文學的匯通了。

唐代詩歌之所以成為中國古典詩歌的驕傲，重要原因之一，就是唐代是一個開放的時代。唐代是中國封建社會的上升和全盛時期，它有足夠闊大的胸襟和容納多方的氣魄，使唐代的文化藝術包括音樂、詩歌、舞蹈、繪畫等等，呈現出萬紫千紅的大國景象。印度的佛學，音樂方面的龜茲樂、天竺樂、高麗樂，西域各國的舞蹈，都沿著開放的邊界源源進入大唐帝國。如果沒有外來文化的影響，唐代的文學藝術就不可能如此繁榮，吳道子、王維的繪畫和楊惠之的雕塑等等，也許就會減色。例如唐代的絕句，就與從西域傳入的胡樂的影響和配合分不開，因為唐代的絕句可以入樂和歌唱，而中國原來的古樂比較板重，無法與絕句這種短小輕倩的形式相適應，這樣，活潑流動的「胡樂」就和絕句相配合，促進了唐代絕句的形成、傳播和繁榮。此外，從詩歌發展史的軌跡來看，南北朝時代北方民族的詩歌以雄渾豪放為其特色，如「遙看孟津河，楊柳鬱婆娑。我是虜家兒，不解漢兒歌」（〈折楊柳歌〉），「李波小妹字雍容，褰裳逐馬如轉蓬。左射右射必疊雙。女子尚如此，男子安可逢？」（〈李波小妹歌〉），雄放飛揚，與南方漢族民歌的風格情調完全不同。「春林花多媚，春鳥意多哀。春風復多情，吹我羅裳開」（〈子夜四時歌〉），「朝發襄陽城，暮至大堤宿。大堤諸女兒，花艷驚郎目」（〈襄陽樂〉），南朝的民歌自然而輕柔，這裡僅舉兩例就可以窺見一斑了。如果說，北朝兄弟民族的民歌飛揚著漠野的雄風，那麼，南朝各民族的民歌主要則流蕩著山泉的幽韻。而一統天下的唐代，結束了近兩百年南北朝對立的局面，使南北不同民族性的詩歌得到了交流和融會，發揚南北之長，從而產生出全新的氣象。梁啟超在〈中國韻文裡頭所表現的情感〉一文中說：「經南北朝幾百年民族的化學作用，到唐朝算是告一段落。唐朝的文學，用溫柔敦厚的底子，加入許多慷慨悲歌的新成分，不知不覺，便產生出一種異彩來。盛唐各大家，為什麼能在文學史上占很重要位置呢？他們的價值，在能洗卻南朝的鉛華靡曼，參以伉爽真率，卻又不是北朝粗獷一路。拿歐洲來比，好像古代希臘羅馬文明，摻入些森林裡頭日耳曼蠻人色彩，便開闢一個新天地。」⑭以今天的眼光來看，就是說文學的發展既要立足於本民族的傳統，同時又要勇於借鑒和善於借鑒其他國家的文學藝術的精華，做到中西美學的匯通和融合，這樣，才有可能促進文學藝術的更大發展和繁榮。

中國五四時期的新詩，就是直接在外國詩歌的影響下產生的，如果沒有借鑒，新詩就不可能產生。不錯，五四時期的思想革命和文化革命，可以說是新詩誕生的搖籃，但是，外國詩歌的直

⑭ 轉引自胡雲翼：《唐詩研究》第二五—二六頁，商務印書館一九三〇年版。

接影響，也應該是新詩的必不可少的乳汁。我們只要檢視新詩發展的道路，特別是早期新詩的情況，就可以看到這樣一個事實：外國詩歌的引進對新詩的發展，特別是對新詩藝術形式的確立和表現手段的豐富，有決定性的作用和深遠的影響。

中國新詩最早和最有影響的作者是胡適和郭沫若。胡適創作白話詩的最早嘗試是在一九一六年。從一九一六年到一九一九年，胡適的白話詩如他自己在《嘗試集・自序》中所說，「實在不過是一些洗刷過的舊詩」，例如〈蝴蝶〉：

兩個黃蝴蝶，雙雙飛上天，
不知為什麼，一個忽飛還。
剩下那一個，孤單怪可憐，
也無心上天，天上太孤單。

這種作品，還不能說是新詩。它雖然也運用了一些口語，甚至還採取了分行的形式，但它實際上是古典五言詩的解放體，還不能獲得「新詩」的美名。在《嘗試集・再版自序》裡，胡適稱一首外國譯詩為他新詩創作的「成立的紀元」，這就是他在一九一九年二月所譯一位美國詩人題為〈關不住了〉的詩，他從中悟出了要建立中國的新詩，就必須突破古典詩詞僵化的格律和形式這一道理，從而創立了四行一節、二四押韻的新詩體式，一直到一九三一年徐志摩遇難後他寫的一首副題為「悼志摩」的〈獅子〉，也仍然運用了這種體式：

獅子蜷伏在我的背後，
軟綿綿的他總不肯走。
我正要推他下去，
忽然想起了死去的朋友。
一隻手拍著打呼的貓，
兩滴眼淚濕了衣袖；
「獅子，你好好的睡吧——
你也失掉了一個好朋友。」

徐志摩住在胡適家時，最喜歡以「獅子」命名的一隻貓。胡適睹物懷人，寫下了這首悼詩。以今天的詩藝水平衡量，它當然相當幼稚。這一方面使我們感到新詩已經有了飛躍的發展，另一方面使我們確認：在搖籃中的新詩，用的確實是外國詩歌的襁褓。

在新詩史上，和胡適同時創作新詩，但成就和影響遠遠超過胡適的是郭沫若。一九一三年，嫻習古典詩詞的郭沫若在英文課本上第一次讀到外國詩歌。據他在〈我的作詩經過〉中說，美國詩人朗費羅的〈箭與歌〉，使他產生了像「第一次才和詩見了面一樣」的印象。自此之後，郭沫若廣泛閱讀了外國詩人的作品，其中著名的有海涅、歌德、拜倫、雪萊、泰戈爾等人，這些異國的詩人給東方的青年郭沫若以豐富的外來營養。正因為有五四狂飆突進的時代精神的激蕩，加上外國詩人的影響，郭沫若才可能開一代詩風，寫出新詩史的奠基之作的〈女神〉。郭沫若在〈我的作和詩風〈詩經過〉一文中談到〈女神〉的寫作，他說：「惠特曼的那種把一切的舊套擺脫乾淨了的詩風和「五四」時代暴飆突進的精神十分合拍，我是徹底地為他那雄渾的豪放的宏朗的調子所動蕩了。」⑮郭沫若早期的新詩作品，在內容上是五四時期反帝反封建的時代精神的產物，在藝術上，則是衝破古典詩歌傳統的某些束縛和惰性，力求創造新的形式的結果。可以說，整個「五四」新文學運動，在思想方面特別是藝術方面，都受到了如潮水般湧來的外國文學的影響，詩歌創作尤其如此。沒有「五四」時代開放和進取的精神，積極學習和借鑒外國詩歌之美，能夠有今天新詩百花的芳馨嗎？

一個國家，一個民族，一個時代，如果能具有開放的眼光，有容納眾川的氣魄，就能夠取彼之長，補己之短，不斷地注入新鮮的活力，促進自己的發展和繁榮。閉關自守，夜郎自大，拒絕一切外來的新鮮事物，採取封閉式而不是開放式的態度，則只能說是目光短淺，胸襟狹窄，思維處於封閉內斂和單向定勢的狀態，結果不利於自己的發展。社會生活如此，文學藝術包括其中的詩歌創作，也同樣如此。中外詩史的許多事實證明：勇於吸收外國詩歌中一切有益的營養，是有並非短視的眼光和並非狹隘的胸襟的表現。

據歷史記載，中日文化交流自隋代就開始了，日本當時就派遣了「遣隋使」、「遣唐使」。日本的文化包括詩歌所受中國的影響可稱至巨，如詩人北川冬彥就說他從杜甫詩中得到了很大的好處，學者吉川幸次郎在他所著《我的杜甫研究》一書中，就說杜甫詩的藝術性「可以傲視萬邦」，杜甫的詩不像西方作品那樣「往往為英雄之文學，為神之文學」，而是「人之文學」。一八八二年七月，

⑮《沫若文集》第一一卷第一四三頁。

東京大學幾位教授翻譯出版了《新體詩抄》，包括莎士比亞、金斯利、丁尼生等英國詩人的詩，並附譯者創作的詩歌五首。這部詩集，被稱為日本近代詩的序幕，正如同井上哲次郎在詩集的序言中所說的：「生活在新日本澎湃潮流中的國民，要抒發其情懷，就不能不採取以當代日語寫作的歐化詩形。」「明治的詩應為明治的詩，而不應為古詩或漢詩。」⑯一八八九年，日本近代文學的鉅子森鷗外主持翻譯的詩集《面影》出版，這部詩集包括拜倫、歌德、海涅、莎士比亞等詩人作品的譯文，其內容遠較《新體詩抄》完整和豐富，影響也較後者巨大。總之，從上述兩部譯介的詩集開始，許多日本詩人紛紛寫作近代詩，日本詩史就開始了近代詩的新時期。近代詩登上日本詩壇之後到第二次世界大戰時為止，順序作了諸如浪漫主義、象徵主義、唯美主義、印象主義、神祕主義、理想主義、現實主義等等流派的演出，情況和我國五四以後的新詩興起有些相似。可以看到，日本現、當代詩歌的萌生和發展，是和外國詩歌的引進分不開的，在國家與國家、民族與民族之間的交流愈加頻繁密切的現代，不同民族文化之間的相互吸收，更是一個普遍的國際性的現象。對於中國古典詩歌的藝術殿堂，外國詩人或遠越關山，或遠渡重洋前來頂禮。阿赫瑪托娃是蘇聯詩壇脫胎於象徵派的阿克梅派代表人物之一，其詩短小精緻，善於抒寫內心情緒，被蘇聯評論界稱為「室內抒情詩的典型」，「二十世紀俄羅斯詩壇屈指可數的詩人」，她就曾翻譯許多中國古典詩歌，並深受影響。本世紀之初，美國意象派詩歌的領袖龐德，也曾再三說明中國古典詩歌之於美國新詩運動，就如同希臘之於文藝復興。五十年代末期，艾略特對美國詩壇影響逐漸消歇，美國詩人又轉而崇尚中國古典詩歌的簡約美學和明朗而含蓄的詩風。我們可以由此而進一步

⑯ 轉引自《日本現代詩選·前言》，青海人民出版社一九八三年版。

認識到，任何一個積極向上的有希望的民族，任何一代有蓬勃朝氣的詩歌，絕不是故步自封而是心靈開放的，他們必然勇於和善於吸收外國詩歌中一切有益的營養，以促進本民族詩歌的發展和繁榮。在我們這個開拓與創造的時代，我們中華民族的詩歌，更必須有恢宏的胸襟和萬物皆備於我的氣魄，立足傳統，借鑒西方，力求中西詩學的美學的匯通，以中為主，中西合璧，融合東方之美與西方之美，讓當代的中國新詩出現如盛唐詩歌一樣的壯觀景象。

對待外國詩歌包括西方的現代詩歌，歷來也有兩種截然相反的態度，一種是出於保守主義的排斥，一種是出於投降主義的全盤接受。從新詩誕生以後直至今天，這兩種態度或同時並有，或交錯出現，或者這種態度占據上風，或者那種態度占據上風，成為風行一時的季候風。

從保守方面而言，「五四」時代的「國粹派」們，他們出於政治上對抗反帝反封建革命潮流的需要，抱殘守缺，反對改革，反對吸收西方新鮮的思想和事物，把一切西方的東西都視之為洪水猛獸。在向西方詩歌學習借鑒的過程中，如同南極之與北極，與保守傾向相對的就是全盤西化。在保守的心態下，事物不可能得到發展，任何革新和創造都可能會被視為異端。中國是一個詩的泱泱大國，詩的傳統特別久遠和深厚，這是一個得天獨厚的優點。但是，優點往往又有缺點伴隨而行。傳統深厚，但一般人卻又容易偏於保守，因為按部就班、墨守成規，總是阻力最小的路線，而創新發展，卻不僅需要膽識，也需要出眾的才情和藝術家的勇氣。相反，在全盤西化的心態下，事物也得不到正常的發展，任何對傳統的尊重和回歸，都可能被視為保守和僵化，歷史上和現實生活中的一些詩作者，他們無視傳統，最後受到的卻是傳統的懲罰，他們拋掉了自己的船帆，在西方詩歌的大洋裡去乘風逐浪，最後卻回不了故國的海岸，變成了沒有祖國誰也不會收留的浪子。

新詩史上全盤西化最典型者是李金髮。在二十年代，中國詩歌出現了不同格調的流派，按照朱自清在《新文學大系・詩集》導言中的說法，可分為寫實派、浪漫派、象徵派，在象徵派的陣容中，主將是李金髮，爾後有「現代派」的戴望舒加盟，「新月派」後期的何其芳、卞之琳也曾前來顯示過他們的身手。象徵主義，是十九世紀末葉在法國興起的詩歌流派，其代表人物是波特萊爾、馬拉美、蘭波、魏爾倫等人。他們的作品自有其社會意義，在詩歌藝術上強調「象徵」和「暗示」，也值得我們借鑒。但頹廢沒落的思想感情，晦澀神祕的詩風，卻是象徵主義詩人的不治之症。在李金髮之前，「新月派」詩人、二十年代的于庚虞開象徵派的先聲，他嚮往西方現代派的先驅、法國詩人波特萊爾，先後出過《晨曦之前》、《幽靈》等詩集，今天已經全部被人遺忘。留學法國的李金髮，更直接更充分地受到法國象徵詩派的影響，他對中國古典文學缺乏必要的修養，甚至中文都有些不通，然而卻要全盤效法西方的現代派，他曾經出版過《微雨》、《食客與凶年》、《為幸福而歌》等詩集，許多作品內容頹廢沒落，充滿陰鬱絕望的情調，在藝術表現上半文半白，半中半西，追求所謂語言的「非邏輯性」，神祕幽幻而使人無法卒讀，如「我有一切的憂愁，無端的恐怖」（〈琴的哀〉），「我們折了靈魂的花，所以痛哭在暗室裡」（〈不幸〉），等等。此外，在他的詩中，「憂愁」、「慟哭」、「悲哀」、「恐怖」等字樣不勝枚舉。如果單句讀來尚可意會，那麼，他的全篇就會使你「恍如墜煙霧」了：

即月眠江底
還能與紫色之林微笑

耶穌教徒之靈
吁，太多情了
感謝這手與足
雖然太少
但既覺夠了。
昔日武士披著甲
力能縛虎！
我麼，害點羞。
熱如皎日
灰白如新月在雲裡
我有革履僅能走世界之角
生羽麼，太多事了呵！〈自題畫像〉

因為這首詩有題目提示，所以它在李金髮的詩作中還是勉強能懂的一首，其他就可想而知。早在三十年代之初，學者蘇雪林在〈論李金髮〉一文中，就曾經指出李金髮詩的四大特點，一是「行文朦朧恍惚，驟難了解，這是象徵派的作品的特色。李金髮的詩沒有一首可以完全教人了解」，二是「表現神經藝術的本色」，三是「有感傷頹廢的色彩」，四是「富於異國的情調」。臺灣一九八〇年出版的《中國新詩賞析》（林明德等編著，長安出版社印行），也說他「文句生硬，無法精確的表達，故時常導致詩意晦澀」。下面的這些材料，也頗能引人思索：「盲目西化和肢解語言的所謂『現代派』新詩的鼻祖，當推李金髮。但李金髮晚年時卻頗有悔意的自稱他那些詩只是『弱冠時的文字遊戲』。有人問他：你對目前新詩的這種『蓬勃』的情況有什麼看法時，他回說：『輒不忍讀下去，因為又是丈二和尚。』」⑰全盤效法西方象徵詩派的七十年代初客死於美國的李金髮，就是中國詩壇曾經出現過的這樣一顆怪異的彗星！

四

新詩創作上有眼光有出息的詩人，他們絕不數典忘祖地背棄本民族詩歌的深厚傳統，也不目光短淺地拒絕吸收外國詩歌的營養，包括外國現代派詩歌中的精華，而是立足傳統，借鑒西方，以中為主，中西結合，力求匯通中西詩歌美學，將東方詩學之美與西方詩學之美融於一爐，創造出中國的新時代的新詩歌，創造出中國民族化、現代化、藝術化、多元化的新詩歌。我認為，這正是當代中國新詩在藝術上一條廣闊的發展道路。

毫無疑問，新詩藝術是應該現代化的。一部文學發展史，就是一部文學不斷現代化的歷史，即所謂一代有一代的文學之意。這裡，我們不可將現代化與現代派混為一談。現代派是十九世紀

⑰ 轉引自陳鼓應著：《這樣的「詩人」余光中》第一七頁，臺灣大漢出版社一九七九年版。

末產生於西方的包括各種文學流派的統稱，而「現代化」則是指「現代性」之現代，「民族性」之現代。當代新詩，在空間上一定要強調民族性，只有在空間上強調民族性，讓自己的血管和遠古的汨羅江相連，和博大的黃河、長江相通，才能具有鮮明的民族作風和民族氣派，符合中華民族的審美心理和審美要求，為讀者所喜聞樂見。同時，愈是民族的才愈是國際的，只有占有民族的空間，才能躋身於國際的空間，只有具備強烈的民族美學特色的作品，才能得到其他國家和民族的欣賞。除此之外，當代的新詩在時間上要強調時代性，這種時代性，在美學內容上是指作品所表現的時代精神和時代生活，在藝術上則是富於時代特徵的不斷創新的精神。要使詩歌藝術具有時代性，關鍵就是要正確處理傳統與現代的關係，做到既是傳統的，又是現代的，既是現代的，又是傳統的。它是傳統的，但卻不是古色古香的古董，而是閃耀著新時代光彩的傳統美，它是現代的，但卻不是全盤歐化的舶來品，而是今天中國的新詩，閃耀著傳統的光輝。真正的繼承傳統，從來就不是原封不動地承襲照搬，而是要有所承傳，同時更要有所革新和創造；真正的借鑒西方，從來就不是缺乏民族自尊心地寄人籬下，而是吸收消化為我所用。只有優秀的詩人，才能溝通時間與空間，才能在傳統與現代的兩岸之間，架設起民族化和現代化攜手的詩的橋樑。

外國詩歌包括現代派詩歌，值得中國新詩借鑒的主要是如下三個方面：題材、藝術形式、表現手法和語言運用。外國詩歌的題材廣闊而多樣，社會生活之美和自然之美的各個領域，都無一不可以入詩，較少清規戒律；藝術形式也豐富多彩，有韻體、無韻體、十四行詩、樓梯式、散文詩、俳句、和歌、長篇史詩等等，這些藝術形式往往為中國新詩所直接借用；表現手法也相當豐富，諸如各種形態的意象組合、象徵與暗示、彈力與密度、自由聯想等等，和中國傳統詩法同中有異或異中有同處甚多。至於語言運用，並不是說如艾略特一般在詩中插入許多除英文之外的他國文字，或如某些詩人一樣在詩中插入英文，而是適當吸收其詞法和句法的優點，在語言的組合方式上有所借益。中國新詩史上成功的借鑒，都是在傳統的基礎上，將外來的東西和本民族的特色結合起來，開拓出新的局面和道路。例如新詩史上的重鎮聞一多，當年就反對那種「太沒有時代精神」的「好像吃了長生不老的金丹似的」陳舊詩作，同時，他又反對「歐化」的傾向，即使對大名鼎鼎的新詩的開山之作的〈女神〉，他一面肯定它「不愧為時代的一個肖子」，也敢於指出它「不獨形式十分歐化，而且精神也十分歐化的了」。他在美國學習時曾寫有〈女神之地方色彩〉一文，他早就指出：「我總以為新詩徑直是『新』的，不但新於中國固有的詩，而且新於西方固有的詩，換言之，它不要作純粹的本地詩，但還要保存本地的色彩，它不要做純粹的外洋詩，但又盡量地吸收外洋的長處，他要做中西藝術結婚後產生的寧馨兒。」⓲這，正是以中為主、中西結合的詩歌美學思想的最早的表述。這裡，我且從宏觀與微觀的角度，對新詩創作中西美學的匯通作一些簡略的探索。

從新詩體來考察。自新詩產生以來，出現了相當多樣的新詩體式，其一是「自由詩」，有篇無段，或有篇而無定段，段無定句，甚至不注意押韻。最早提出自由詩的是胡適、劉半農、郭沫若等人，這種詩歌形式當然是直接在外國詩歌的影響下產生的，迄今仍是新詩的一種主要形式。與自由詩恰成對照的，是「格律詩」，它的創導者是「新月詩派」的聞一多、徐志摩、朱湘、饒孟侃、劉孟葦等人，這些作者對中國古典詩詞都有深厚的根基，同時又著重從英國浪漫主義詩人如布萊

⓲《聞一多論新詩》第六四頁。

克、華滋華斯、拜倫、雪萊、濟慈等人作品中借來他山之石，作外國詩歌體制的輸入與試驗。聞一多的詩集《紅燭》和《死水》，是格律詩理論的實踐，他在〈詩的格律〉一文中所提出的「音樂的美」、「繪畫的美」、「建築的美」的主張，既是建基於民族的傳統，又明顯地受到西方浪漫派詩人的影響。在二十年代，「小詩」風行一時，作者甚多，宗白華的《流雲小集》和冰心的兩本小詩合集《繁星》與《春水》，就是比較突出的實績。這種小詩，雖然有中國絕句為其淵源，但主要還是在日本的短歌和俳句以及印度泰戈爾作品的影響下產生的。至於散文詩，更是一種外來的詩歌體裁，「五四」以後，波特萊爾、屠格涅夫、王爾德、泰戈爾等人的散文詩作被介紹到中國，魯迅的散文詩集《野草》就曾經受到上述詩人特別是屠格涅夫散文詩的影響。如香港作家陶然的〈紅豆〉：

> 通紅身軀露出黑色圓點，難道那就是精靈的眼睛？
> 我就要出發了，你送我兩顆堅硬燦爛的紅豆，相思如果可以縮短空間，我的口袋就應該讓它盛滿。
> 我就要出發了，放下珍重的祝願，雖然我將踽踽獨行在邊陲，但思念仍保存在你懷裡。我會傾聽波浪的呼吸，就像你在我耳畔喁喁的細語。
> 迢遙的路途，把兩顆心隔絕在天南地北，我在遠方能夠感應到你跳動的節拍，儘管當中橫著海潮在喧騰。紅豆貼心相依偎，頑強地滲出燙人的熱量。
> 帶上兩顆紅豆，任何身外之物都成了累贅。滿腹的思念凝聚成紅色的顆粒，艷麗的光華放射在晴日與白天、白晝和夜晚。

呵！通紅身軀的黑色圓點，卻原來就是情人的眼淚……

「紅豆生南國，春來發幾枝？願君多採擷，此物最相思」，一千二百多年以前，王維早已吟唱過紅豆之歌了。陶然的詩，在題材上是王維詩的變奏，紅豆作為富於民族審美感情的象徵物，在陶然詩中激發讀者的是一種源遠流長的美感。但是，詩人用的完全是外來的散文詩形式，外來的形式，傳統的題材和新的審美感情，交融在一起而呈現出動人的風貌。

從流派上來考察。在《新文學大系．導言》的末尾，朱自清曾說：「若要強立名目，這十年來的詩壇就不妨分為三派：自由詩派，格律詩派，象徵詩派。」香港文評家璧華在〈中國現代詩歌流派簡介〉一文中，將新詩發展過程中的重要流派分為寫實派、浪漫派、象徵派（現代派）⑲。還有人將新詩分為五大派，即在朱自清所分三大流派之外，再加上民歌詩派和散文詩派。民歌詩派是土生土長的詩花，受外國詩歌的影響不顯著，其他各派詩歌，無一不是直接受到外國詩歌的影響。

在寫實主義或稱現實主義詩歌中，不能忽略蘇聯詩歌的作用。在二十年代，中國對蘇聯文學就已經有所譯介，三十年代與四十年代，蘇聯文學包括蘇聯詩歌作品，就大量地越過北方的邊界而湧入中國的領土，如勃洛克、葉賽寧、馬雅可夫斯基等人之作，對中國詩人就影響甚巨。早期如殷夫、蔣光慈、蒲風，中期如田間，後期如郭小川、賀敬之，他們的作品從題材、精神到形式，都從蘇聯詩歌中得到過教益。例如賀敬之的〈放聲歌唱〉，那強烈的抒情就和馬雅可夫斯基的格調

---

⑲ 參見璧華：《中國現代抒情詩一百首》第二四八頁，香港天地圖書有限公司一九八二年版。

相通。而賀敬之所運用的「樓梯式」這種詩歌體式，就是由義大利立體未來派的詩人所首創，而由馬雅可夫斯基所發展起來的。但是，賀敬之並不是生搬硬套，他在借鑒這種體式時又繼承了中國古典詩歌中的古風、歌行與律詩中的對偶的長處，予這種外來的形式以改造和發展，這樣，哪怕是形式感本來極強的形式，也就具有中國民族審美心理的投影了。在中國的象徵派詩歌中，戴望舒是一位代表人物，他在二十年代末和三十年代上半期，介紹引進法國象徵主義的詩歌，給詩壇吹進了一股海外的風，同時也形成了他自己的作品的獨特風格。可以看到，詩人如果立足於傳統，對民族傳統有較深厚的修養，同時又能吸收融化外國詩歌的長處，是可以開出絢麗的新花來的。戴望舒的代表作〈雨巷〉就是如此。法國象徵派詩人魏爾倫在《詩的藝術》中，說「萬般事物中，音樂位居第一」，詩的意象應該是「模糊和精確緊密結合」，像「面紗後面美麗的雙眼」、「正午時分顫慄的太陽」，也就是說，法國象徵派詩歌的基本特點就是「象徵」，強調詩的「幻覺」和「直覺」，它們追求的就是象徵與暗示的詩境，同時講求詩的音樂性和雕塑美，那種思想的「客觀對應物」和「情緒方程式」。這些特點和優點，許多都被戴望舒吸收過來，並且和自己深厚的古典詩詞章的修養相結合，構成了〈雨巷〉等篇章東西詩藝匯通之美。在當代詩歌創作中，如流沙河的〈黃昏遊馬其頓古堡〉：

斷墻殘堞
九百年，風吹又雨打
剩周圍這一環峨峨岈岈

古堡無聲吠晚
缺齒咬痛落日
噴灑一天血霞

斑鳩飛來繞箭樓
咕咕
咕咕
咕咕
召喚馬其頓戰士的靈魂
回歸於地下
回歸於疏疏離離的秋草
回歸於星星點點的黃花

今日的寂寥
當年的廝殺
默哀的旅客
驚叫的暮鴉

從這首詩可以看到流沙河近年來詩風的變化，它不同於頗具民謠風的〈故園六咏〉，而是更多地吸收了西方象徵主義和意象派詩歌的長處，更講求意象的新奇和內蘊的暗示，詞法與句法更具自由流動之美。

從表現手法和語言上考察。中國傳統詩歌的表現方法是十分多樣的，語言及其運用方式也豐富多彩，但並非天下之至美盡於此矣，而需要在吸收外來營養的過程中，進一步豐富和發展。例如徐志摩的〈偶然〉：

我是天空裡的一片雲，
偶而投影在你的波心——
　你不必訝異，
　更無須歡喜——
在轉瞬間消滅了踪影。

你我相逢在黑夜的海上，
你有你的，我有我的方向，
　你記得也好，
　最好你忘掉，
在這交會時互放的光亮。

在這首詩中，「你有你的，我有我的方向」，是融化西方語法的名句。如按照常態性的句法，此句一般應寫成「你有你的方向，我有我的方向」，如此一來，雖然交代清楚，敘述明白，但卻成了散文句，有蕪蔓平板之累，而無張力之勁和鏗鏘之韻。由此可見，只要不是由於不通或故弄玄虛而破壞文法，語言適當地歐化，吸收西方某些詞法和句法，只能增加新詩的多元化之美。這裡，我們不妨將美國女詩人黛絲蒂兒的〈忘掉它〉和聞一多的〈忘掉她〉作一番對讀：

忘掉它，像忘掉一朵花，
　像忘掉煉過純金的火焰，
忘掉它，永遠，永遠；時間是良友，
他會使我們變成老年。

如果有人問起，就說已忘記，
　在很久，很久的往昔，
像朵花，像把火，像只無聲的腳印，
　在早被遺忘的雪裡。（黛絲蒂兒：〈忘掉它〉）

忘掉她，像一朵忘掉的花！
　那朝霞在花瓣上，

忘掉她，像一朵忘掉的花！
那花心的一縷香——
忘掉她，像一朵忘掉的花！
像春風裡一齣夢，
像夢裡的一聲鐘，
忘掉她，像一朵忘掉的花！
忘掉她，像一朵忘掉的花！
聽蟋蟀唱得多好，
看墓草長得多高，
忘掉她，像一朵忘掉的花！
忘掉她，像一朵忘掉的花！
她已經忘記了你，
她什麼都記不起；
忘掉她，像一朵忘掉的花！

忘掉她，像一朵忘掉的花！
年華那朋友真好，
他明天就教你老；
忘掉她，像一朵忘掉的花！

忘掉她，像一朵忘掉的花！
如果是有人要問，
就說沒有那個人；
忘掉她，像一朵忘掉的花！

忘掉她，像一朵忘掉的花！
像春風裡一齣夢，
像夢裡的一聲鐘，
忘掉她，像一朵忘掉的花！（聞一多：〈忘掉她〉）

聞一多的中國古典文學的造詣，有他的許多學術著作為證。他在西方文學方面的修養，也具有登堂入室的水平。一九一三年，聞一多進北京清華學校之後，就直接閱讀英詩原著如《英詩精選寶庫》之類。一九二一年，他在清華文學社作過英文的〈詩的音節的研究〉的報告。一九二二年七月至一九二五年夏天，他在美國留學三年之久，和美國著名詩人桑德堡、羅威爾等人都有交遊，跟梁實秋去旁聽英國「近代詩」，以及有關維多利亞時代詩人丁尼生與白朗寧的課程，他喜歡吉伯齡的節奏，哈代的力量，郝士曼的感情深度和史雲朋的音節重覆使用。據梁實秋的回憶，《死水》的一些技巧，就很得力於這些詩人。我們也可以看到，他的〈秋色〉就受到濟慈的啟迪，而〈靜夜〉的形式則是從十四行詩體變化而來。然而，聞一多畢竟又是一位對中國幾千年的文化傳統有深厚修養的學者，他力主縱的繼承，也主張橫的借鑒。他說「我們要的是明察的鑒賞，不是盲目的崇拜。」（《泰戈爾批評》）從上述所引兩首詩可以看出，聞一多寫於一九二六年末的悼念亡女的〈忘掉她〉，借鑒了黛絲蒂兒〈忘掉它〉的詩題與四行體的形式，以及後者的比喻意象的表現方法，但是，從聞一多詩的東方式醇美感情的抒發、煉字煉句的功夫和反覆詠唱的格調，仍然可以感到他的詩流蕩的畢竟是中國的血液，傳揚的畢竟是不斷發展中的中國的詩風。是的，像聞一多這樣出色地處理了傳統與現代，古典與西方的關係的詩人，在中國的現代詩人之中並不多見，而聞一多自己也早就再三說過：「我要時時刻刻想著我是個中國人，我要做新詩，但是中國的新詩。」「我們的作品既不同於今日以前的舊藝術，又不同於中國以外的洋藝術。」（《女神之地方色彩》）他的這些見解，幾十年後仍然可以作為我們詩學的箴言，給我們今天的詩作者如何正確處理繼承與借鑒的關係以啟示。

閉關鎖國，不利於民族的生存和發展，也不利於詩歌的發展。頭腦僵化的人以為傳統是一成不變的東西，是可以以不變應萬變的萬應靈丹，他們拒絕變革和創新，拒絕接受外來的新鮮事物，彷彿開啟一扇窗戶就會得西方的流行性疾病，這是一種短視的表現，是一種唐·吉訶德式的或阿Q式的心理和態度。這些人在古代的神龕前晨昏叩首，而不力求在傳統的基礎上廣收博採、革故鼎新，充其量只是一個盡職的保管員，而不是有膽有識開一代風氣的革新家。

崇洋媚外，同樣不利於民族的生存和發展，也不利於詩歌的發展。頭腦西化的人，對傳統一無所知或若明若暗，以為傳統是僵死的過時的東西，他們唯西方的馬首是瞻，以為只有橫的移植才是中國新詩發展的前途。這些人在外國的教堂裡頂禮膜拜，而不願回歸自己的傳統和國土，這些人，可以說是失落了民族魂的文學上的「假洋鬼子」。

傳統，是一個流動的生生不已的美學範疇，是一個有待不斷革新、豐富和發展的美學範疇。為了新詩的發展與繁榮，對於西方的珍奇，是完全應該去採集的，作為一位中國詩人，應該有開放的胸襟和容納眾長的氣魄，只要他不忘記自己是炎黃的子孫，只要他立足於民族的傳統和自己的國土，只要他的詩魂在東方。我以為，立足於縱的繼承，著眼於橫的借鑒，以中為主，中西合璧，力求新詩的民族化、現代化、藝術化與多元化，應該是當代中國新詩發展的一條寬廣的道路，只有那些與時代和人民緊密聯繫的學貫中西才華出眾的詩人，才有希望建立起我們時代的詩的凱旋門！

第十四章 作者與讀者的盟約

——論詩的創作與鑒賞的美學

一株樹木，如果想枝繁葉茂，花開照眼，就離不開泥土、水分和陽光；一道江流，如果想奔騰向前，而不致泛濫無依，就離不開容載它的河床；一隻鵬鳥，如果想一飛衝天，摶扶搖而直上者九萬里，就離不開作為它的道路的長天，和扶持它的雙翼的空氣。以此為喻，優秀的詩歌作品，固然可以培養和提高讀者的審美能力，反過來，詩歌創作也離不開它所賴以接受和生存的讀者，讀者的審美鑒賞，又可以鼓舞與促進詩歌創作的繁榮。

創作與鑒賞之間的美學關係，是美學中的一個重要問題。「讀者美學」或稱「接受美學」，是過去我們的詩歌美學理論中的一個薄弱環節。因此，當我在詩美學崎嶇難行的長途上艱難地跋涉，把一個個路程碑抛在身後，舉目前瞻，我預定的終點線已經撲入眼簾的時候，我不禁精神為之一振，在詩歌創作與鑒賞的美學這一節路程上作最後的衝刺，也許我的步伐是無力而歪斜的，但終點線畢竟可望而又可即了。

一

從完整的嚴格的意義上來說，文學活動應該包括創作與鑒賞這樣兩個不可分割的內容（真正的審美批評其實也是另一種形式的美學鑒賞），創作與鑒賞這一對互為對象的美學範疇之間的關係，用一句最簡潔的語言來描寫，那就是：互相依存，彼此促進。

創作，無論是作者主觀的意圖和目的，或是作為已經創作完成的藝術品這一審美客體，它們都不能離開讀者這個鑒賞的審美主體而存在。可以說，否認了讀者的鑒賞，也就否認了創作自己本身，那樣一來，創作除了真正成為名副其實的「孤芳自賞」之外，就完全失去了它存在的意義，更不論其社會價值和美學價值了。在中外詩歌史上，有各種各樣的詩人，也有各種各樣的詩歌流派和主張，但是，多數詩人都不同程度地認識到創作的宣傳和感化作用。例如在中國最古老的詩歌總集《詩經》裡，那些知名或不知名的詩人，都不隱晦他們創作的目的，這裡，我們且隨手錄放一些兩千多年前的聲音：

> 維是偏心，是以為刺。（〈魏風．葛屨〉）（心地狹窄沒有氣量，諷刺他我寫下這篇詩章）
>
> 夫也不良，歌以訊之。（〈陳風．墓門〉）（這傢伙品行不好，寫首詩將他誡告）

楊園之道，猗於畝丘。寺人孟子，作為此詩。凡百君子，敬而聽之。（〈小雅・巷伯〉）（楊園有條大路，通向高高的畝丘。我是寺人名叫孟子，寫這詩嫉惡如仇。各位君子都請傾聽，把我的話銘記心頭）

由此可見，即使是初民的原始形態的民歌，除了情動於中而形於言的自我抒情之外，都有著將詩的內容傳達給聽眾或讀者的目的，有「美」與「刺」的社會作用，而不是絕對以自我表現為指歸的自彈自唱，自得其樂。這樣，我們也就不難理解孔子為什麼那樣重視詩的社會作用了，他說：「小子何莫學乎《詩》？《詩》可以興，可以觀，可以群，可以怨；邇之事父，遠之事君；多識於鳥獸草木之名。」（《論語・陽貨》）他的詩教，雖然是從為當時的統治階級服務的儒家立場出發的，但他著名的影響後世的「興」、「觀」、「群」、「怨」之說，卻也是對《詩經》中所表現的詩歌美學思想的總結。而無論是「興」與「觀」，或者是「群」與「怨」，離開了讀者的鑒賞和接受，則只能是詩人和理論家的單相思。

《詩經》，是中國古典詩歌現實主義的源頭，以屈原的作品為代表的楚辭，則是中國古典詩歌浪漫主義的源頭。《詩經》絕大部分是無名氏的創作，屈原則是中國詩歌史上第一次出現的有鮮明藝術個性的大詩人。在屈原的創作思想中，對於創作與欣賞的關係的認識，提升到了更為自覺的高度：

亂曰：已矣哉！國無人莫我知兮，又何懷乎故都？既莫足與為美政兮，吾將從彭咸之所居。（〈離騷〉）

惜誦以致愍兮，發憤以抒情。所非忠而言之兮，指蒼天以為正。（〈惜誦〉）

詩歌創作，對詩作者而言是抒情言志，對讀者而言，是交流情感、溝通思想。屈原由於大悲巨痛才寫下他的〈離騷〉和〈九章〉，他當然也希望「哲王」和「國人」對他的忠言有所了解與鑒察。在因家國巨創而悲憤地呼天告地之時，屈原並沒有忘記他的作品的讀者。

在作者與讀者、創作與鑒賞這一問題上，中國詩歌自《詩經》與楚辭所奠定的美學思想，在歷代詩人和詩論家中都得到了繼承發展和傳揚。在這一方面，有明確而系統的主張並付諸實踐的是白居易，除〈與元九書〉闡明了他一系列現實主義的文學觀點，表明了他的詩歌綱領之外，早在〈新樂府序〉中他就寫道：「其辭質而徑，欲見之者易諭也；其言直而切，欲聞之者深誡也；其事覈而實，使採之者傳信也；其體順而律，可以播於樂章歌曲也。總而言之，為君、為臣、為民、為物、為事而作，不為文而作也。」他的「見之」、「聞之」、「採之」，他的「為君」、「為臣」、「為民」，就是從讀者的鑒賞著想的。古詩中早有「不惜歌者苦，但傷知音稀」之句，杜甫晚年流落湖南，預感到自己「千秋萬歲名」而「寂寞身後事」，他在〈南征〉裡也發出過關於「知音」的嘆息：

春岸桃花水，雲帆楓樹林。偷生長避地，適遠更霑襟。
老病南征日，君恩北望心。百年歌自苦，未見有知音。

像杜甫這樣呼吸著盛唐時代前後的空氣，關心國難民瘼的詩人，他自然會希望同時代人傾聽和理解他的歌唱，即使是被蘇東坡稱為「郊寒島瘦」的苦吟詩人賈島，他也並不希望只有自己才是自己的作品的唯一讀者：

丈夫未得意，行行且低眉。素琴彈復彈，會有知音知。〈送別〉

二句三年得，一吟雙淚流。知音如不賞，歸臥故山秋。〈題詩後〉

兩首詩都提到了「知音」，也就是讀者的鑒賞。以「推敲」著名的賈島，曾經用三年時間吟成「獨行潭底影，數息樹邊身」兩句，他的「自我感覺」是進入了最佳狀態的，因為他「一吟」就「雙淚流」了。但他畢竟不能以自我感動為滿足，他的詩的信息需要傳達和接受，也就是還希望得到朋友的賞識，如果知音不賞，他甚至要回家山去隱居。照我看來，賈島上述兩句詩在鍛字煉句方面頗費苦心，但境界畢竟相當逼仄，即使如此，詩人仍希望得到知音的鑒賞和共鳴，由此可見，作者以讀者為其依存的條件，創作與鑒賞在審美關係中互相成為對象的對方。

創作不能離開鑒賞而絕緣地存在。當然，沒有對生活作審美觀照的藝術創作，也就沒有對它作審美感受與美學評價的藝術鑒賞，然而，在作品與鑒賞者之間，沒有作為審美主體的欣賞者的藝術鑒賞，藝術創作也就失去了它賴以存在的根據，喪失其作為藝術品存在的意義。在西方的批評史和詩歌史上，雖然有些走向極端的作者，他們聲稱創作完全可以置讀者於不顧。如詩人彌爾說：「一切的詩，都是屬於自言自語式的。詩所表現的特性，就是詩人對於讀者的存在的全無感覺。」❶但是，即使是在西方，在創作與欣賞的關係上，絕大部分詩人和批評家並不持上述這種觀點。古希臘哲人柏拉圖雖然在《柏拉圖對話錄》中否定文學對讀者的價值，要求把文學趕出他的「理想國」，但他畢竟是從他的角度研討了作品與讀者的關係。隨後，他的學生亞理斯多德撰寫《詩學》一書。《詩學》的內容是豐富的，但亞理斯多德撰寫此書的目的之一，就是反對他的老師的主張。亞理斯多德認為文學是模仿的藝術，文學由模仿提供並協助讀者獲得真知識，同時，他還認為悲劇對讀者能發生感情的「淨化」與「清滌」作用。可以說，與柏拉圖相反，他的學生是從肯定的角度探討作品與讀者的關係。羅馬古典主義的理論家賀拉斯，繼亞理斯多德之後書寫了西方文學批評史的第三章，他在〈致佛羅拉斯書〉中說：「能寫出可讀的詩，詩人律己多嚴肅。」❷他之所謂「可讀」，就是能為讀者所欣賞和接受。下面引自《詩之藝術》的這一段話說得更明白：「一個詩人給讀者好的勸告，或者給讀者快樂的感覺——或者，他能兼顧雙方……樂趣與教誨同時混合表現，每一位讀者都會歡迎——說教與娛樂攜手並進。」❸這就是說，他認為詩有雙重的目的和功用，既給讀者以樂趣，又給讀者以教益。如果說，文學批評著重於文學作品本身，如西方現代的「新批評派」之重在評析作品的結構和文字，那是處理文學的內緣關係，那麼，文學批評著重研究作家與作品、作品與讀者、讀者與作家等等範疇，那就是處理文學的外緣關係。可以看出，踵武柏拉圖和亞理斯多德之後，賀拉斯進一步考察了創作與鑒賞這一文學的外部關係。在西方詩人中，我們可以引用許多例證，說明他們對於創作與鑒賞的關係的重視，即使是西方的現

---

❶ 轉引自江曾培：《藝術鑒賞漫筆》第三頁，浙江人民出版社一九八一年版。

❷ 衛姆塞特、布魯克斯著，顏元叔譯：《西洋文學批評史》第七七頁，臺灣志文出版社一九七二年版。

❸ 同上書第八二頁。

代派詩人，如法國現代象徵派大詩人梵樂希（又譯瓦雷里），他雖然接受了他的前驅馬拉美、蘭波等人的深刻影響，因而他的作品時有晦澀難解之處，但是，他也並不同意馬拉美的「詩是謎語」的說法。他在本世紀初寫的題為〈詩〉的文章中，就曾經有如下的箴言：「寫了一首沒人讀的十四行詩，就有退休十年的資格。」❹儘管他的詩不一定都為讀者所理解，但是，他也是著眼於作品的有沒有人讀，即是否能為人所鑒賞。這就充分說明，包括詩歌在內的文學創作是一種精神生產，生產者不僅要在本身的產品上傾注全部的心血，而且要十分重視作為接受者的讀者鑒賞的需求與可能性，將創作與鑒賞結合起來，這是文學創作的客觀藝術規律，也是詩歌的美學法則之一。違反了這一規律和法則的人，他們必然會要受到規律和法則的懲罰。

詩歌創作，不能離開讀者的審美鑒賞而存在，讀者審美鑒賞能力的提高，能夠極大地促進創作水準的提升。如果把創作比做船，把讀者的鑒賞力比做水，在這裡就用得上水漲船高之喻。廣大讀者高水平的鑒賞力又像篩子，它肯定和保留了那些好的作品，否定和篩掉了那些水平不高和格調低下的作品。但是，另一方面我們又要看到，創作與鑒賞的關係，不是一種單邊關係，而是一種雙邊的活動，它們的力量要各自作用於構成統一體的對方，換言之，它們互相促進，互相創造。

具有高度審美價值的藝術品，能夠提升鑒賞者的審美素質和審美水平，甚至能夠形成一種時代的審美風尚，這在中外詩歌史上都是不爭的事實。唐代，是中國封建社會的全盛時期，也是中國古典詩歌史上的黃金時代。以《詩經》為源頭的詩的江流，經過屈原在楚國的群山和原野上的

---

❹ 引自曹葆華譯：《現代詩論》，商務印書館一九三七年版。

開拓，再經過漢魏六朝眾多有名和無名的詩人的發展，到唐代就呈現出波瀾壯闊、氣象萬千的壯觀。詩歌是那樣普及和深入人心，那些高級的詩的藝術品，薰陶和培養了我們整個民族的審美心理和審美素質，創造出「懂得藝術的主體和能夠欣賞美的大眾」，這種詩的盛況和光榮，在我們民族世代相傳的記憶裡永遠也不會磨滅。事實上，唐代讀者詩欣賞的水平，就一個時代的整體而言，在中國古典詩歌史上是無出其右的，由此我們也不難想見，讀者閱讀興趣的濃烈和鑒賞水平的提高，也應該是唐代詩歌發展繁榮的重要原因之一，這一點過去似乎很少為論者所提及。因為高度繁榮而豐富多彩的詩歌作品，培養了一代讀者的審美興味，創造了具有相當高的審美感受力的欣賞者，所以我不禁由此而聯想到，要改變新詩的某些不景氣的情況，要使新詩爭取到更多更廣的讀者層面，要使新詩也能重溫大唐時代盛極一時的好夢，關鍵還在於提高新詩創作的質量，使新詩作品達到更高的美學水平。在創作與欣賞這一對矛盾統一體中，矛盾的主要方面還是在於創作本身。

在外國詩歌史上，我們也可以看到那些傑出詩人按照美的尺度而寫出的作品，是怎樣以崇高的思想、優美的感情和強大的藝術魅力，影響了廣大讀者和一個民族的審美感受能力，顯示出藝術鑒賞的一條重要規律：真正的藝術品創造出它的具有較高審美水平的鑒賞者。同時，我還要著重地指出，從對一個民族審美心態的影響力來看，在許多國家，詩人的影響要超過其他文體的作家的影響，這不能不說是一個令人深思的現象。在俄國，普希金被稱為「俄羅斯文學之父」，是「為俄羅斯語言開一新紀元」的天才人物。他的作品不僅像甘泉一樣灌溉了後代許多著名作家的心田，也提高了整個俄羅斯人民的審美鑒賞水平。正如同批評家別林斯基所說的：「和普希金一起，俄羅斯詩歌由幼小的學生一變而為天資穎悟、精煉圓熟的大師……普希金的詩歌是充實的，它的充滿內容，正像多棱形的水晶充滿陽光一樣。」在英國，莎士比亞的出生，比拜倫、雪萊、濟慈遙遙領先二百多年，因此，他是英國早期的一位詩人，同時又是最偉大的一位詩人。他寫有三十六部如詩一樣的劇本，一百五十四首十四行詩和兩首長篇敘事詩。他的十四行詩，是英國古典文學的重要組成部分，是英文詩的典範之作，它極大地豐富了英國民族的語言，同時又成為英國人民的驕傲。因此，英國有一句諺語說：「寧願失掉整個印度，也不願失掉莎士比亞。」德國的海涅不也是如此嗎？海涅，與他的同胞歌德一樣，其作品不僅影響了整個德意志民族的審美心智，而且他們的影響遠遠超出了國境之外，詩，就是他們通行無阻的護照。有關的資料說明，在一切羅馬種族和斯拉夫種族的國家中，沒有一家圖書館和書店沒有海涅的作品，而英國的書目，照例是九十本英國書，十本外國書，然而，就在這十本外國書中，必然有海涅的作品。由此可見，傑出的藝術品所創造的鑒賞者，是不分國籍，也無論膚色的，這也正是傑出的藝術品之所以傑出的緣故。美國的第一位詩人惠特曼，有人將他對美國文學和讀者的影響，和莎士比亞之對英國、歌德與海涅之對德國相比，這實在並非過譽之辭。

詩歌創作與鑒賞的美學，有著寬廣的可供探討的天地。如同美學的各個分支和細流一樣，有心人可以寫出例如「鑒賞美學」或「鑒賞心理美學」之類的專著來。我這裡所論的創作與鑒賞的美學，只是詩歌美學中的一章，因此我只能從原則上簡括地說明作品與鑒賞者，也就是審美對象與審美主體之間的關係，有如在短時間內遊覽一座多姿多彩的園林，在入口處走馬看花之後，我們又要匆匆前行了。

二

從創作與鑒賞的美學關係來說，我們的詩歌作者有三種亟待克服的弊病，這就是：晦澀，說教，說盡。要想克服這些弊病，就必須反其道而行之，這就是：傳達，表現，讓讀者參與創造。

晦澀，是詩歌創作中一種古已有之的現象，尤其是現代派詩歌的頑症。

先說古已有之。在我國的中唐詩壇，有所謂「奇僻詩派」，他們反對元稹和白居易的平淺真切，在思想、手法、語言風格等方面，常常著眼於冷僻，著手於險峭。這詩派的代表人物如韓愈、孟郊、賈島等人，他們雖然也有橫空盤硬、意旨難明的詩，但他們畢竟還有一些優秀作品。而降至這一詩派的盧仝、馬異、劉叉之流，就完全走入歧途，他們的作品後世稱之為「怪詩」。晚唐詩壇，有一位繼承了韓、孟之奇僻詩風的短命才子，這就是李賀。高爾基曾說二十七歲而被害的萊蒙托夫「是一首沒有唱完的歌」，終年也正是二十七歲的李賀，也只唱了歌的一半就飛升到白玉樓去了，把餘音留在了雲端。李賀是中國詩史上一個極具奇才和獨特風格的詩人，他力求在藝術上有所創新和突破，並注重藝術的含蓄和容量。但是，生活層面的窄狹，對標新立異的過分熱衷，所以他的一部分作品是隱晦難懂的。淵博深厚如魯迅，就曾說過「李賀的詩做到別人看不懂」（《且介亭雜文・門外文談》❺，如果以為這所謂「別人」並不包括魯迅自己，那麼，他在一九三五年〈致山本初枝〉的信中還說過：「年輕時較愛讀唐朝李賀的詩。他的詩晦澀難懂，正因為難懂，才欽

❺《魯迅全集》第六卷第九三頁，人民文學出版社一九八一年版。

佩的。現在連對這位李君也不欽佩了。」❻同為晚唐詩人的李商隱，是位才華發越、風格獨標的詩人，元代大詩家元遺山不也曾在〈論詩絕句三十首〉中說過「詩家總愛西崑好，獨恨無人作鄭箋」嗎？

晦澀，也是西方現代派詩歌的一個突出病症。西方現代派文學，是一個國際性的文學現象，有非常豐富而又複雜的內涵，我們要實行拿來主義，吸收其中有益的東西，而不可作簡單化的全盤否定，歷史已經證明過去的閉關鎖國、盲目排外的作法是錯誤的。但是，反理性主義，絕對化地強調潛意識，片面鼓吹自我表現，確實是相當多的現代派詩歌作者的創作信條，他們的作品的通病之一，就是表現的晦澀。法國象徵主義詩人波特萊爾的作品，當然有其現實意義，在藝術上有可資借鑒之處，但是，他的某些詩不僅我們難以理解，而且連他的同胞、法國的格蘭吉斯在所著《法國文學史》中，也都指出「極其曖昧難懂」。詩人蘭波，繼波特萊爾之後被稱為象徵主義的「怪傑」，他以別人不懂得他的「徹悟」為榮耀，如〈沉醉的船〉的片斷：

於是，我洗身於滿注乳色星辰
吞食綠色天涯——
灰白歡樂的吃水線——的海的詩中
在那裡，一個正在思索的浮屍有時下沉……
但是，真的，我哭得太厲害了。黎明是悲慘的

---

❻《魯迅全集》第一三卷第六一二頁。

月亮是殘酷的，太陽是辛酸的

劇的愛情使我充滿了醉人的麻痺

呀！只希望我的船骨爆裂！呀，只望我跌入海裡？

蘭波的作品，大都於他十六歲至十九歲時寫成，〈沉醉的船〉也是如此。我們從中只能看到支離破碎的形象的堆積，感到法國象徵派詩歌所特有的神祕主義氣氛，至於它的含意，卻很難得知。西方現代主義詩宗艾略特，他的代表作是《荒原》，前些年有人鼓吹中國人看不懂《荒原》，「是因為我們的文化水平太低」，其實，就是獲得美國的文學博士學位的香港學者黃維樑，也說「《荒原》出了名深奧艱澀，即使有注釋之助，我還是讀得十分吃力」❼，其中的一些句子，多年之後連艾略特自己也不知所云了，何況是異國而又不同時的我們？

從創作與鑒賞的關係來說，晦澀，是由於作品本身具有不可鑒賞性和不可接受性。從美學角度而言，創作，是一種美感經驗的傳播或者傳達，除了像英國作家塞繆爾・皮普斯那樣，他的文學性質的日記全用密碼寫成，決心不讓讀者看懂，一般說來，作者都是希望有所傳播或傳達，使讀者「感而遂通」的。美國學者傑勒特說：「由於一個藝術家表現的目的不僅是為他自己，而且為了別人，他必須要傳達。也就是他必須設法傳達到其他的某些人。他的作品必須是可了解的，能領悟的，它不能只是一些艱澀與紊亂。傳達(communication)當然不是一個簡單的是與否的問題，而是具有不同的範圍與程度。此間所謂範圍係指可傳達的人數，所謂程度係指某一藝術品對某一

❼ 黃維樑：《怎樣讀新詩》第二四五頁。

鑒賞者所可理解的程度。」❽創作既然是美感經驗的傳達，那就包括了「傳達者—美感信息的可鑒賞性—接受者」這樣一種三重關係。接受者當然應該具有接受信息的能力，哪怕這種能力因時因地而異，各各不同，具有複雜的差異性。但是，從傳達者而言，他要使自己所傳達的不是一堆無理性的囈語，或是一潭無價值的泥漿，而是既具有獨特性又具有普遍性的美感經驗的信息，同時，他還必須使這些信息通過語言的過濾和結晶之後，具有使一般讀者能夠理解和接受的可鑒賞性和可接受性，這樣，創造者的心靈和鑒賞者的心靈之間就獲得互感和溝通，鑒賞者與被鑒賞的藝術對象獲得一種詩意的和諧。藝術品從本質上來說，是讓鑒賞者鑒賞而存在的，因此，由創作者注意美感經驗的傳達而帶來的可鑒賞性，是指藝術品能得到欣賞者的理解和共鳴，這是任何真正的藝術品所必具的素質。不具可鑒賞性的作品，除了在創作者本人的自我意識中認為有價值以外，實際上不具任何存在的價值，晦澀的作品一般就是如此。中唐有位文人名叫陳商，唐懿宗咸通初年前後在世，著有文集七卷，以第一名進士及第。他在未及第以前，曾經拿自己的文章向韓愈請教。韓愈是文起八代之衰的文宗，在再三拜讀他的大作之後，居然感到「語高而旨深，三四讀尚不能通曉，茫然增愧怍」，韓愈尚且如此，其他的讀者就可想而知。

需要說明的是，我反對詩歌創作中使鑒賞者不可理解的「晦澀」，但並不等於提倡一覽無餘張口見喉式的大白話，這一點我在後文中將要涉及，此處不贅述。同時，我並不排斥那些「難懂」但卻是終於可解或可多解的藝術品，它們的「難懂」，也許是因為詞旨含蓄過深，也許是因為藝術手段新穎而奇特，也許是因為讀者在生活、學識和審美心理與審美想像上缺乏應有的充分準備。

❽ 轉引自姚一葦：《藝術的奧祕》第一—二頁。

但當鑒賞者克服困難終於「思」而「得之」之後，就能獲得一種不同一般的藝術的喜悅。例如李賀和李商隱部分難懂然而優秀之作，它們雖然比較「難懂」，但讀者作更多的準備和努力，卻可能領會其中的奧妙，那並不失為真正的藝術品。

在簡略地檢視了中外詩壇的晦澀之病以後，我以為我們當代的詩歌作者要力戒此症，而不能舊病復發。晦澀，就詩作者自己來說，猶如心肌梗塞以致不治，對鑒賞者而言，就好比泥沙堵塞了河道一樣，堵塞了信息傳達的通路。詩史上的優秀之作，大都有一個共同的美學特徵，就是明朗而含蓄。明朗，就是提供美學聯想的線索，規定審美想像的範圍和方向，詩篇呈現出透明或半透明的狀態。含蓄，就是概括了比較深廣的具有普遍意義的美感經驗，有深度而又不和盤托出。明朗而又含蓄，有如白雲舒捲的藍天，它明淨寬廣，又深遠莫測。「床前明月光，疑是地上霜。舉頭望明月，低頭思故鄉」，李白的〈靜夜思〉是明朗的，略識之無的讀者也能出口成誦，過目不忘。它同時又是含蓄的，時間已經飛逝了一千二百多年，但它卻並沒有絲毫減弱它的魅力，有如多棱形的鑽石，千載之下仍然面面生輝，如果高爾基在陽光下照看巴爾扎克的小說，希圖從中看到這位法蘭西書記官成功的奧祕，那麼，我們也可以說在李白的〈靜夜思〉裡，也隱藏著詩的不朽的祕密。是的，晦澀，是一個不見天日沒有出口的隧道，而觀之耐看、詠之耐聽、誦之耐讀、思之耐想的詩篇，才能在創作者的心和鑒賞者的心之間，架設起經得住時間風雨吹打的永恆的橋梁。

說教，是一種由來已久的流行病，在當今的詩歌創作中，也是亟待治療的重症之一。

在相當長時期以來的詩歌創作中，下述這樣一種現象是普遍存在的：許多作者過低地估計了讀者理解和接受的審美力，同時，對於詩之所以為詩的素質和條件還缺乏必要的認識，於是，他們就熱衷於在作品中直接陳述一些人所熟知的政治常識，赤裸裸地去宣傳一些口號和概念，或圖解一些思想意念，其實，這種訴之於概念和直敘而不講究詩藝的作品，完全不能稱之為詩，充其量只能說是詩的贗品，它不但不能發揮詩的教育作用，反而敗壞了讀者的胃口和詩的名聲。是的，我有必要在這裡不厭重複地提出，很多詩作者不是去抒寫內心真實的不吐不快的感受，力求創造優美或壯美的詩的意象，而往往是從一種現成的概念或題旨出發，令人望而生厭地把自己一點膚淺的看法和認識，通過直敘式的文字和盤端出，急不可耐地去對讀者進行宣說。詩是主情的，在他們的作品裡卻感受不到多少真情，多的是枯燥的概念和結論，以及連作者自己也未必感動的冷冰冰的說教；詩是要有美的意象的，在他們的詩裡卻只有一些觀念的表述，多的是一般化的意念和圖解。如「聽，在神州的大地上，正飛揚著振興中華的凱歌聲」，「他有一顆熱愛祖國的赤心，在四化的征途上奮勇前進」，「勇敢勤勞，永遠是中華民族的精神，進取不息，永遠是炎黃子孫的信念」，「呵，史無前例的文化大革命，真是一場浩劫」等等，這在報刊上隨處可見。它們徒具詩形而無詩質，只是一些生活現象的羅列和說明，只是一些人所熟知的教言的演繹，這種作品頂多只能說是快板或順口溜，自然就只能令人感到枯燥乏味了。確實，在詩歌創作中，哪怕是正確的思想，如果不是飽和著真摯的感情和自己獨到的體驗，同時又以新穎獨創富於美感的意象表現出來，那並不能保證它就可以得到詩的稱號，分行排列自然也無濟於事。

要有效地克服詩歌創作中說教的弊病，途徑之一就是要正確地處理詩教與詩藝的關係。我以為，求得詩教與詩藝的和諧統一，實在是詩歌創作一個值得十分重視的問題，也是詩歌讀者美學必不可少的內容。

如果對中國詩歌理論批評史作一番簡略的回顧，我們就可以看到中國古代的詩歌理論和批評，不僅一開始就重視詩教，而且隨著詩歌創作的發展，逐漸將詩藝提到它應有的位置，同時強調二者的結合和統一。在中國詩論史上，首先應該提到的是孔子，雖然他主要是思想家和教育家，而不是文學批評家或詩歌理論家，但是，由於中國古代社會是儒家思想占統治地位的社會，而孔子又是儒家學說的先師，相傳他又親自刪削編定了《詩經》，因此，在《論語》中所記載的有關他對於詩的評論，雖然也並不完整，缺乏系統，卻對後代的詩歌理論和批評產生了極為深遠的影響。他的主要觀點如下：

小子何莫學乎《詩》？《詩》可以興，可以觀，可以群，可以怨；邇之事父，遠之事君；多識於鳥獸草木之名。（《陽貨》第十七）

入其國，其教可知也。其為人也，溫柔敦厚，詩教也。（《禮記・經解》）

合而觀之，孔子的詩觀極端強調詩的教育作用和社會作用，他把詩視為達到政治、社會、道德的某種目的的手段，充分肯定它道德的和社會的功能，這和西方亞理斯多德提出的文學的「淨化」作用，不無相似之處。「詩教」一詞，就是由孔子提出來的，在中國傳統文學批評中，具有深遠的影響。在孔子之後，上述這種重詩教的觀點，在中國詩歌批評史上薪傳不絕，一直到清代，詩論家葉燮的學生、另一位詩論家沈德潛，仍然在響應二千年前孔子遙遠的呼聲：「詩之為道，可以理性情，善倫物，感鬼神，設教邦國，應對諸侯，用如此其重也。」（《說詩晬語》）——從上面速寫式的描述中可以看出，孔子以及傳承者的「詩教」觀，自然有其特定的時代與階級的內容，他們宣揚這種「詩教」觀也有其明確的政治目的。在這種「詩教」的影響之下，許多作者只是把詩作為一種宣傳封建儒家思想的工具，如漢代班固的〈咏史詩〉、東方朔的〈戒子詩〉，被宋人劉克莊在《後村詩話》中稱為「率是語錄講義之押韻者」的宋代道學家、理學家的作品，都是宣揚儒家教義的勸世歌，語言無味而面目可憎。但是，中國詩歌理論批評傳統的這種「詩教」觀，重視詩的教育作用和社會效果，不主張為藝術而藝術（這種西方觀點是近幾十年才移民到中國來的，中國古代詩論沒有這種觀點，哪怕是近似的表述，這也是和儒家的「詩教」觀占統治地位分不開的），雖然它不可能認識詩的多種審美功能和美感作用，這樣就未免失之過偏，但是從原則上看，它還是有其積極意義。

在詩歌發展的歷程上，當詩還處於不十分成熟的階段時，理論批評還不可能從純文學的角度提出詩藝方面的要求。提出和強調詩歌藝術本身的重要性，是詩歌藝術發展到相當成熟的階段的產物。魏晉南北朝時代，是文學已進入自覺狀態的時代。這時，中國文學批評史的天空先後升起了兩顆星辰，這就是梁代的劉勰和晉代的鍾嶸，前者以《文心雕龍》、後者以《詩品》光耀於世。鍾嶸的《詩品》，對詩歌藝術的許多方面作了開創性的探討，這是前所未有的現象。例如他論述傳統詩法中的「賦」、「比」、「興」問題，確立了它們在詩歌創作中的地位。「故詩有三義焉：一曰興，二曰比，三曰賦。文已盡而意有餘，興也；因物喻志，比也；直書其事，寓言寫物，賦也。」他的看法承襲前人而有所創新，特別是「文已盡而意有餘」，不僅是詩藝上對作者的高度規範，同時也從欣賞美學的角度，提出了讀者的藝術再創造的問題。他批評了晉宋之間盛行的「說」道家之

「教」的玄言詩，他對於詩的音樂美也有所論及：「余謂文制，本需諷讀，不可蹇礙，但令清濁通流，口吻調利，斯為足矣。」同時，他反對以學識典故取代詩人所必不可少的才情，主張直抒胸臆的白描：「至於吟咏性情，亦何貴於用事？『思君如流水』，既是即目；『高臺多悲風』，亦惟所見；『清晨登隴首』，羌無故實；『明月照積雪』，詎出經史？觀古今勝語，多非補假，皆由直尋。」在以搬弄詞章典故為詩的風氣中，鍾嶸對抒情詩美學特徵的這種見解，給沉悶的詩壇吹來了一股清新的風。值得特別重視的是，鍾嶸還提出了「詩美」和「詩味」的美學觀。他說：「三賢或貴公子孫，幼有文辨，於是士流景慕，務為精密，襞積細微，專相陵架，故使文多拘忌，傷其真美。」這裡的所謂「真美」，主要就是詩的內質之美和自然之美。這一理論的提出，確實表現了鍾嶸詩論的遠見卓識。至於「滋味」說，雖然也包括了詩的內涵，但也更是指表現內涵的藝術及其美感作用，他批評永嘉之時的玄言詩使詩作淪為「道德論」一類的枯燥無味的哲學講義，「理過其辭，淡乎寡味」，同時，他又分析了五言詩比四言詩有更豐富的藝術表現力，重申了「滋味」的觀點：

> 夫四言文約意廣，取效風騷，便可多得。每苦文繁而意少，故世罕習焉。五言居文辭之要，是眾作之有滋味者也，故云會於流俗。豈不以指事造形，窮情寫物，最為詳切者焉？⑨

講求詩的「滋味」，這是鍾嶸對詩藝的卓越貢獻，也是對讀者審美活動的充分尊重。後代許多詩論家，都繼承和發揮了鍾嶸的這一觀點，把它作為品評詩的美學素質的一個重要標準。

⑨《詩品注》第二頁，人民文學出版社一九八〇年版。

唐代，古典詩歌藝術發展到了極其豐富和相當完美的階段，詩人們潛心於詩藝，對詩美作自覺的追求，如絢麗的早霞，如開屏的孔雀羽，許多作品經得起千百年來讀者的觀賞而不衰。如果不是追求、豐富和大大發展了詩歌藝術，唐詩也就不會這樣能經受得起空間與時間毫不容情的考驗了。「語不驚人死不休」（杜甫），「文章分得鳳凰毛」（元稹），「文鋒未鈍老猶爭」（劉禹錫），「卷裡詩裁白雪高」（羅隱），「好景采抛詩句裡」（白居易），「搜神得句題紅葉」（胡曾），「變化縱橫出新意」（權德輿），「夢筆深藏五色毫」（李商隱），「共憐詩興轉清新」（韓翃），「欲清詩思更焚香」（皮日休），「一字知音不易求」（僧齊己），「筆頭灑起風雷力」（伊用昌），「惟向詩中得珠玉」，「一句能令萬古傳」（鄭谷），——唐代這些知名或不知名的詩人，他們或自詡自己的詩，或讚美他人之作，差不多都是把詩作為一種高難度的藝術來看待，從這些摘引的以詩論詩的隻言片語裡，我們可以看到詩人們那一顆活躍的詩心，而這些詩人之論，在前代詩人的作品中是得未曾見的，這是時代的追求，也是詩的藝術的自覺和自信。在唐代，以藝術的筆墨專門探討詩歌藝術的重要理論著作，是晚唐詩人司空圖的《二十四詩品》，這部本身就是藝術品的理論著作，它除了集中探討詩的各種風格之外，還廣泛地接觸了詩歌創作中的許多藝術問題。除了《二十四詩品》之外，司空圖還有三篇重要的詩論著作，這就是〈與李生論詩書〉、〈與王駕評詩書〉以及〈與極浦書〉，這些文章接觸了詩藝的許多方面，其中之一就是詩的「味」和「美」的問題。

文之難，而詩之難尤難。古今之喻多矣，而愚以為辨於味，而後可以言詩也。江嶺之南，凡足資於適口者，若醯，非不酸也，止於酸而已；若鹺，非不鹹也，止於鹹而已；華之人以充飢而遽輟

者，知其鹹酸之外，醇美者有所乏耳。（〈與李生論詩書〉）⑩

司空圖把詩境的醇美以及由此產生的詩味，作為論詩的極則，他不僅僅是從作家與作品的關係著眼，更是從作品與作為鑒賞者的讀者著眼，從中可見自鍾嶸之後的詩歌審美理論的進一步發展。司空圖的這種詩美觀念，對後世講求詩美的詩人和批評家的影響很大。例如宋代的蘇軾和歐陽修等人，就都曾經對司空圖的觀點表示讚賞。歐陽修比喻他的朋友梅堯臣的詩，不就是說「初如含橄欖，真味久愈在」嗎？唐代詩歌之所以高度繁榮，其中的精品至今仍然膾炙人口，重要原因之一就是唐詩人十分講究詩歌藝術，他們的優秀作品，是在藝術化地歌唱生活和表現生活，包括自己的內心審美經驗，而不是去製造一些令人頭痛的枯燥無味的教言。自唐代以後日益發展和豐富的詩歌理論，那以歐陽修《六一詩話》為開端、以王國維《人間詞話》為收束的層見疊出的詞話和詩話，對詩歌藝術作了愈來愈廣泛和深入的探討。雖然限於審美習慣和行文體例，它們大都是一些印象式的點到即止的審美批評，但從中可以分明地看到對於詩藝的高度重視。

是的，如果它叫做海洋，它就必須有海洋的聲威，如果它名為雲彩，它就必須有雲彩的形態，如果它的芳名是花朵，它就必須有花朵的色彩和芬芳。同樣的道理，假設它的名字被肯定為詩，那它就應該具有詩之所以為詩的素質。可以理直氣壯地說，詩之所以不同於家訓教言、報紙社論、哲學講義以及勸世文書，就首先因為它是詩。詩，應該有益於世道人心，應該有助於提升人們的精神世界，應該幫助人們具有高尚的審美情操和崇高的審美理想，這是毫無疑義的。但是，詩又

⑩《中國歷代文論選》第二冊第一九六頁。

絕不是板著臉孔的教訓，或是冷若冰霜的訓詞的分行排列，它首先應該是藝術品，它給予人的教益不是耳提面命式的，而是潛移默化式的，它必須美視而且美聽，在藝術上有獨立存在的價值。我們所說的詩，是審美的詩，是審美感情與審美理想相結合而孕育於新而且美的意象中的詩，而不是十九世紀西方唯美主義者所提倡的「為藝術而藝術」的產物。英國唯美主義作家王爾德宣稱一切藝術都是非道德的或不道德的，我並不同意這種見解，我所主張的，是審美的詩教與審美的詩藝的和諧的融合。

在中外文學批評史上，有許多批評家表述過詩教與詩藝相融合的見解，這是值得十分珍貴的美學思想。中國詩學的有關美學思想，前面已簡略引述。在西方，首倡「寓教育於娛樂」的學說的，是古羅馬批評家賀拉斯，在他的詩體書信《詩藝》裡，他強調教誨和娛樂相結合，用我們今天的文學術語，就是強調思想性與藝術性的結合。賀拉斯說：「詩人的願望應該是給人以益處和樂趣，他寫的東西應該給人以快感，同時對生活有幫助。在你教育人的時候，話要說得簡短，使聽的人容易接受，容易牢固地記在心頭。……寓教於樂，既勸諭讀者，又使他喜愛，才能符合眾望。」在這段「寓教於樂」的名言之後，賀拉斯又說：「有人問，寫一首好詩，是靠天才呢，還是靠藝術？我的看法是：苦學而沒有豐富的天才，有天才而沒有訓練，都歸無用；兩者應該相互為用，相互結合。」⓫他這裡雖然是議論天才與藝術的關係，但也將詩藝放在了十分重要的位置。賀拉斯的這封詩體書信原本無題，發表後不到百年，就被羅馬修辭學家、演說學家昆提利阿努斯名之為《詩藝》，這一題名遂沿襲至今。顧名思義，從賀拉斯的這一書名中，我們可見西方古典文

⓫ 賀拉斯：《詩藝》第一五五頁、一五八頁，人民文學出版社一九六二年版。

學批評家對詩歌藝術的重視。十八世紀英國浪漫主義詩人雪萊強調思想，認為詩人是人間未經公認的立法者，而濟慈則強調美和藝術，他說：「對於一個偉大的詩人來說，美感足以壓倒一切考慮，或者說，取消所有的考慮。」⓬他還認為：「詩的妙處要到十分，要使讀者心滿意足而不止於是屏息瞠目。」⓭在給雪萊的信中，他勸雪萊多在詩藝上下些功夫，這種意見還是可取的。

詩人的作品完成以後，它對於鑒賞者就是一個客觀存在的審美對象，而鑒賞者實際上就是審美者，詩歌創作中要放逐說教，要追求詩教與詩藝的和諧統一，這有其深刻的美學上的原因，我們可以從審美對象與審美者的關係方面，對這些原因作進一步的深入探究。

讀者對藝術品的鑒賞和接受，本質上是一種積極的審美活動。形象思維，是人類主要思維方式之一，同時又是審美認識所獨有的思維方式。形象思維固然也存在於日常生活之中，但更重要的是表現在創作與鑒賞這一審美認識活動之中。創作，作為藝術家對生活的審美活動，是依靠形象思維來完成的；鑒賞，作為讀者對藝術品的審美活動，何嘗不也是如此？在藝術品包括詩歌作品的創作中，作者必須通過新穎獨特的富於美感的形象來反映和表現生活，來抒寫自己對生活的審美認識和美學評價，同時，也要讓鑒賞者通過對自己所創造的形象的審美，來獲得美的感受與愉悅。在藝術品中，美是附麗於形象而存在的，脫離了形象的表現而求助於直陳式的思想說明，美就會消失得無影無蹤。在詩歌作品中，且不說抽象的直說會使美望而生畏，即使是一般的形象，也無法召喚美神的光臨。所謂一般的形象，就是那種以「熟」和「俗」為表徵的形象，「熟」，就

⓬ 轉引自朱炯強、姚暨榮著：《濟慈》第一四六頁，遼寧人民出版社一九八四年版。

⓭ 《十九世紀英國詩人論詩》第一七七頁。

是人云亦云，或重覆自己、或重覆他人的形象，是那種因千百次重覆而在讀者的審美感受力上不再能產生刺激作用的形象，「俗」，就是那種平庸的形象，那種毫無創造力與生命力的俗氣的形象，它們對讀者的審美心態也毫無激發作用。詩，呼喚的是一種獨創性的具有高層次美學感情的形象，只有這種形象，才能打動和征服讀者，也才能使「詩教」在讀者的審美活動中如鹽入水般地潛移默化。

一件藝術品想獲得成功，它就必須迅速地給鑒賞者以美的印象，激發鑒賞者強烈的美感，而決不是相反。從鑒賞者審美過程的這一特點來看，詩歌也應該將枯燥乏味的說教放逐到沙漠中去，而要講究詩歌藝術，營造詩意盎然的綠洲。

鑒賞，既然是一種審美活動，或者說審美認識，它就離不開審美對象作用於審美主體產生的美感。正如格羅塞在《藝術的起源》中所說：「我們所謂審美的或藝術的活動，在它的過程中或直接結果中，有著一種感情因素——藝術裡所具有的情感大半是愉快的。」⓮美感，是審美者對客觀的美的對象的主觀感情體驗，是人們在審美過程中的心理感受狀態，是一種高層次的情感。美感除了愉悅性的特徵之外，還有直覺性的特徵，也就是說，審美者對客觀存在的美，通過自己的視聽感官能直接而迅速地感知其美的特性，在美感萌發的瞬間，幾乎來不及進行邏輯思維活動，而美感就像泉水般湧流迸發了。當然，我們也說審美直覺，但並不等於完全同意西方學者如意大利美學家克羅齊所倡導的「直覺主義」，他認為美感的直覺特點，是一種與世隔絕否定理性作用的生理本能，這當然是我們所不能接受的。但是，審美心理學說明，審美直覺是存在的，它是對審

⓮《藝術的起源》，商務印書館一九三七年版。

美對象的外在形象的直接感知，是審美觀照中的一剎那的知覺，而包含著理智作用的高一級的直覺，建立在理智的、邏輯判斷的基礎上，就更能深切地感受審美對象的形象之美的內蘊。在詩歌創作中，只有那種既具有積極的美學內容同時又有高明詩藝表現的作品，才能在甫一進入鑒賞者的視聽之區時，就能使鑒賞者立即產生一種以「驚訝」與「激動」為特徵的美感，並進而獲得愉快與喜悅的感受。相反，那些直陳式、說教式的詩作，不管它們的觀點如何正確，卻不但無法使鑒賞者產生如上所述的美學感情，反而在鑒賞者的直覺中產生一種以「厭憎」為特徵的情緒。我們常常說的「不堪卒讀」、「味同嚼蠟」，指的大概就是鑒賞活動中的這種感情狀態吧？試看楊喚的〈鄉愁〉：

在從前，我是王，是快樂而富有的，
鄰家的公主是我美麗的妻。
我們收穫高粱的珍珠，玉蜀黍的寶石，
還有那掛滿在老榆樹上的金幣。

如今呢？如今我一貧如洗，
流行歌曲和霓虹燈使我的思想貧血。
站在神經錯亂的街頭，
我不知道該走向哪裡。

詩人以「鄉愁」為題的詩多如繁星，但楊喚這一顆卻頗為明亮。詩題為「鄉愁」，但詩中卻沒有任何文字直接去笨拙地點明，詩人對家鄉的深切眷戀，對所生活的現實環境的不滿，都是通過優美的形象和對比的詩藝表現出來的，即使鑒賞者還來不及以理智去思索它的內涵，但它早就在鑒賞者的審美直感中，以美的「第一印象」而使人一見難忘了。覃子豪在〈論楊喚的詩〉中說：「最值得讚美的，應該是楊喚作品優美的風格吧。他表現思想，而不故弄玄虛，表現意識，而不流於枯燥無味的說教……他的詩，格調新鮮，但不歐化；音節和諧，但不陳舊。其形象生動，比喻深刻。」⓯這一段話頗為中肯，不但可以有助於我們理解楊喚的詩，而且對於我們的詩創作遠說教而重詩藝，將思想與藝術和諧地交融起來，也不是沒有益處的。

除了「晦澀」與「說教」之外，詩歌創作中還有一種流行已久的通病，從「接受美學」的觀點看來，這種通病也是不尊重讀者的審美力的產物，那就是「說盡」。所謂「說盡」，就是許多作者一方面缺乏將生活與思想感情作不平庸的藝術表現的能力，只好求助於不厭其煩和一覽無餘的說盡，一方面也是自以為高明，不尊重鑒賞者所應有的對作品進行再創造的能力與權力。詩歌創作從完全的意義而言，本來是作者與讀者雙邊合作的活動，「說盡」的結果，就變成了作者單邊的自彈自唱甚至於自鳴得意了。因此，要克服張口見喉式的「說盡」之弊，就必須深刻理解和正確處理作者的創作與鑒賞者的再創造之間的辯證關係。

審美心理學認為，任何一種藝術品在它的作者完成它以後，就脫離了它的母體而依賴鑒賞者而存在，若無鑒賞者的參與和鑒賞，任何藝術品都沒有抽象架空的獨立存在的意義。可以說，作

⓯ 見《楊喚詩集》，臺灣光啟社一九六四年版。

者完成了一個作品，這個完成僅僅是對作者本身而言，至於作品的真正意義的完成，還有賴於不同時代不同讀者的藝術再創造。一個作品，應該是作者與鑒賞者共同創造的結果。沒有藝術創作，就無法提供審美對象以供藝術鑒賞，沒有藝術鑒賞，藝術創作就失去了它賴以依存的對象。因此，應該充分認識藝術創作的外延性這一特點，從而對鑒賞者的再創造予以足夠的尊重。以戲劇創作而論，讓觀眾欣賞戲劇，編導演就要準確地把握觀眾的假定心理的作用，即所謂「頃刻間千秋事業，方丈地萬里江山」，使觀眾以「假」為「真」，如果過於誇大或完全忽略了觀眾的假定心理，演出就會失敗。詩歌創作，也應充分理解與尊重讀者的審美心理。許多作者只顧自己滔滔不絕，一瀉無餘，自以為這樣就可以達到內容的豐富和充實，殊不知效果適得其反。作者與鑒賞者的關係，不是灌輸與被灌輸的關係，不是訓導與被訓導的關係，而應該是你中有我、我中有你的戀愛關係。作者心目中念念不忘鑒賞者，在創作中注意留有餘地，讓鑒賞者憑藉他們的審美經驗和審美想像，去補充和豐富自己所創造的藝術形象，進行藝術的「再創造」與「再評價」，同時，鑒賞者對藝術品也絕不是被動的消極的接受，他應該表現出極大的主動性和積極性，對作品積極地投入和參與，去尋索和理解創作者的一番苦心，按照中國傳統美學的說法就是「以意逆志」。西諺所云「有一千個讀者，就有一千個漢姆雷特」，就形象地說明了創作與鑒賞之間的互存互補的關係。達·芬奇創作的名畫〈蒙娜麗莎的微笑〉，四百年來不同的觀賞者作出了不同的解釋，以致蒙娜麗莎的微笑被稱之為「謎樣的微笑」。杜勃羅留波夫在讀了奧斯特羅夫斯基的《大雷雨》以後，曾撰有〈黑暗王國的一線光明〉一文，劇作家讀了這篇文章，認為卡捷琳娜這一美的藝術形象，是杜勃羅留波夫和他共同創作出來的。曹雪芹的《紅樓夢》，內容是那樣豐富、深邃和富於啟示性，以致問世二百多年以來，不同時代的讀者作出了這樣那樣的解釋，寫出的文章著作不知比原作長多少倍，以致研究和鑒賞《紅樓夢》成了一個專門學問，人們稱之為「紅學」。莎士比亞的著作也是如此，西方研究莎士比亞早在十九世紀就成立了專門學會，如「新莎士比亞協會」、「莎士比亞學會」等等。研究莎士比亞的專門學問被稱為「莎學」。其他的專門研究且不說，而歌德當年評論莎士比亞，竟然就以「說不盡的莎士比亞」為題。試想，如果莎士比亞淺薄地把什麼都和盤托出，說盡說絕，沒有鑒賞者再創造與再評價的可能性和多樣性，文學大師如歌德，還能夠說「說不盡」嗎？繪畫、小說、戲劇尚且如此，何況是在文學的所有樣式中最富於想像力與啟示力的詩歌？

藝術創作所表現的，應該是一種具有啟示性的美感經驗。啟示，而不是強制性的訓誨，啟示，而不是直露無遺的說明，啟示，而不是代替鑒賞者的思考和包辦鑒賞者的結論，這應該是一個真正的藝術家的職責，也是一個高明的藝術家的高明之處。縱觀中國的古典詩論史，我們就不難發現，重在對讀者的啟示，反對不留餘地的說盡，正是中國詩歌美學思想的寶貴特色。在這方面，我們有足夠的美學思想礦藏，值得我們努力去探問和發掘。

中國的美學思想，歷來重視鑒賞者的再創造與再評價，強調「言外之意」，把這一點置於十分重要和突出的地位，而且構成了一個源遠流長的傳統，這，不能不說是中國美學思想的優勝之處，是中國傳統美學思想對美學的具有世界意義的重要貢獻。在中國文學批評史上，首先發現並提出文學應該有「言外之意」的，是《文心雕龍》的作者劉勰和《詩品》的作者鍾嶸，劉勰讚賞「餘味曲包」，並在〈隱秀〉篇中說：「隱也者，文外之重旨也；……隱以復意為工。……隱之為體，義生文外。」「重旨」，就是多重的含意，而且這種含意是在文字之外，需要鑒賞者去尋索和創造；

而鍾嶸則提出了「文已盡而意有餘」、「可使味之者無極，聞之者動心」的高論，他所說的「有餘」和「無極」，對舉成文，完全是從鑒賞者的審美活動來立論的。鍾嶸的發現，有如一顆啟明星，照耀著中國的詩壇，後代有不少論者，都從它的光芒裡得到過啟示。在唐代，釋皎然著有《詩式》，他在其中的〈重意詩例〉一節中寫道：「兩重意以上，皆文外之旨，若遇高手如康樂公，覽而察之，但見情性，不睹文字，蓋詣道之極也。」⓰他認為作者應該有所暗示，鑒賞者也應該有所發現。他的看法，可以說是溝通劉勰、鍾嶸與唐代傑出詩論家司空圖之間的橋樑。司空圖的詩論，對中國詩歌美學有多方面的貢獻，除前面已經舉述過的「詩味」和「詩美」之外，他還特別重視鑒賞者審美的能動性和創造性，認為藝術品應該給鑒賞者留下審美活動的廣闊餘地：

象外之象，景外之景，豈容易可譚哉？（〈與極浦書〉）

近而不浮，遠而不盡，然後可以言韻外之致耳。今足下之詩，時輩固有難色，倘復以全美為工，即知味外之旨矣。（〈與李生論詩書〉）

司空圖所謂的「象外之象，景外之景」以及「韻外之致」和「味外之旨」，一方面說明了創作者應該是以啟示性的藝術手段，提供啟示性的美感經驗，不可說足說透，甚至把結論都硬塞給讀者，另一方面，也強調了鑒賞者參與美感創造的能力和權力，或者說重要性與必要性，因為排斥了鑒賞者的參與，那些言外的「象、景、致、旨」都是不可想像的。如果說，鍾嶸的觀點還是中國詩

⓰ 何文煥輯：《歷代詩話》（上冊）第三〇頁，中華書局一九八一年版。

歌美學黎明時分的啟明星，那麼，到司空圖時期，就已經是曙光初照了。

自司空圖以後，中國古典詩歌美學就呈現出雲蒸霞蔚的景象。在言外之意的美學觀方面，也有了進一步的發展。宋代的梅聖俞認為詩的最高境界，是「狀難寫之景，如在目前；含不盡之意，見於言外」，這句話成了後代詩歌評論中頗有權威性的一種法則。我想著重指出的是，他的這段話前一句主要是指創作者的審美活動，後一句則主要是指鑒賞者的審美過程，他是將作者與讀者、讀者與作品聯繫起來認識詩的美學的。而他所說的「作者得於心，覽者會以意」，可以視為對二者的美學關係的更明白的表述。在梅聖俞之後，歷代的詩歌美學論者都繼承了前賢的一脈心香：

古歌辭語短意長，有一句兩句者，含意何止十韻百韻。後世作者，愈長愈淺。麓堂〈題竹〉曰：「莫將畫竹論難易，剛道繁難簡更難。君看蕭蕭只數竹，滿堂風雨不勝寒。」以畫法通詩法。（薛雪：《一瓢詩話》）

倘質直敷陳，而無蘊蓄，以無情之語而欲動人之情，難矣。只眼前景，口頭語，而有弦外音，味外味，使人神遠。（沈德潛：《說詩晬語》）

詩緣情而生，而不欲直致其情；其蘊含只在言中，其妙會更在言外。（李重華：《貞一齋詩說》）

工部七律，蘊藉最深，有餘地，有餘情，情中有景，景外含情，一咏三嘆，味之不盡。（陸時雍：

《詩境總論》

清代的學術很有成就，詩歌理論也不例外，那眾多的不乏精闢見解的詩話詞話，為我們留下了豐富而寶貴的詩學遺產。從上面摘引的清代詩論中，可以看到清代詩論家論詩的一個共同特點，就是從創作與鑒賞的美學關係，從二者的互為作用來考察與評論詩歌創作。他們所謂的「妙會」、「味之不盡」、「使人自得其於言外」，都是在論及作者要講求言短意長、言簡意深的詩藝的同時，充分地估計和肯定鑒賞者的主觀能動作用。他們認為只有這樣，才能使詩寫得精煉而不冗長，情韻濃至而不索然寡味，富於生命力而不致誕生便是夭亡。在詩的美學中，我們常常談論作品本身的藝術辯證法，例如直與曲、隱與藏、巧與拙、剛與柔、工與拙等等，但對於作品與鑒賞的辯證法的奧祕，卻探討得不夠，而正是在這一方面，我國的古典詩論有許多尚待開掘的寶藏。

從強調鑒賞者的參與和領悟這個角度來看，港臺和西方的一些詩歌美學觀點，很值得參考。詩人和學者葉維廉，也很重視詩的「弦外之音」，他的《維廉詩話》，就再三稱美了中國古典詩歌的「弦外的表現」。在〈中國古典詩與英美現代詩——語言、美學的匯通〉一文中，葉維廉說：「孟詩（指孟浩然——引者注）和大部分的唐詩中的意象，在一種互立並存的空間關係之下，形成一種氣氛、一種環境、一種只喚起某種感受但並不將之說明的境界，任讀者移入、出現，作一瞬間的停駐，然後溶入境中，並參與完成這強烈感受的一瞬之美感經驗。」⑰可以說，「參與美感經驗」，是這位詩論家在《飲之太和》一書中所表述的對鑒賞美學的總的看法，在《秩序的生長》一書裡，

⑰ 葉維廉：《飲之太和》第三九頁，臺灣時報出版公司一九七〇年版。

葉維廉更將讀者的鑑賞提到了十分突出的地位，如「濫調無法成為藝術，無法產生美感。讀者不須開導而需參與美感創造」、「要求讀者做主動的參與者而非被動的接受者（或受教者）」、「帶領讀者活用想像去建立意象間的關係」等等⑱，他多次闡述了他這些大致相似的見解。香港學者、文學批評家黃維樑著有多種詩學著作，其中之一就是功力深厚的《中國詩學縱橫論》，他在其中的題為〈中國詩學史上的言外之意說〉一文中寫道：

創作固然需要想像力，鑑賞也需要想像力。想像力的作用有二：一是歸納，一是演繹。鑑賞者應把雞聲、茅店、月、人跡、板橋、霜這六樣物象歸納成一可感的「境」，然後得知其「意」；他也應能演而繹之，把此意境和其它現象、經驗聯綴起來，比較其異同，觀賞其趣致。……一首有言外之意的詩，對鑑賞者是個很大的挑戰。詩人含蓄其詞，模棱其語，欲露不露，半吞半吐，把鑑賞者引進一個謎樣的神祕境界，要他去猜去解。所以，鑑賞者必須聚精會神，投入作品的世界中。⑲

黃維樑縱觀中國詩論史，橫論外國有關詩論，分析溫庭筠的名作〈商山早行〉及中外詩人的其他著作，發揮了他的上述見解，在創作與鑑賞的審美關係方面，可謂採驪得珠之論。至於法國象徵派的詩人馬拉美，他的詩歌美學觀的核心就是輕直說，重暗示，他以為「一語道破，則詩趣索然，品詩之樂，端在慢猜細忖」⑳，所謂「猜」與「忖」，都是指鑑賞者玩味和思索的審美過程。意象

---

⑱ 參見葉維廉：《秩序的生長》，臺灣志文出版社一九七一年版。

⑲ 《中國詩學縱橫論》第一六七頁。

派的詩人龐德，也曾經說過詩「乃一種靈感的數學，予人一列等式，這些等式非為抽象的形體、三角形、平面等而設，乃為人類感情而設」㉑。他所說的「為人類感情而設」，當然也意味著作為作品的依存對象的鑒賞者的審美活動。艾略特在他的一篇未發表的演講稿中說：

> 讀（詩）時應專心一志於詩之所指，非詩之本身；這似乎是我們應該經營的。要超出詩之外，一如貝多芬後期作品之超出音樂之外。㉒

很明顯，他強調的是鑒賞活動的「讀詩」，他認為鑒賞活動應該從作品所提供的條件出發，去「經營」詩外的意象世界，而不能局限於作品本身來就詩論詩。艾略特的這一見解，無論是對於創作或是鑒賞，都頗有意義。梵薩特說：「詩的意義就是文字的意義，但它並不存在於文字裡。……它存在於文字以外。」㉓這種說法，正是對艾略特的觀點的師承和發展。而西方的接受美學（或稱讀者美學、文藝消費美學），也有許多值得我們吸收的現代美學思想。接受美學認為，在由作者到作品的創作過程中，作者要賦予作品發揮某種功能的潛力，而在由作品到讀者的接受過程中，要由讀者來實現這種功能的潛力，實現這些功能的過程，是作品最後完成並獲得生命力的過程，蘇聯的接受美學理論家稱之為「動力過程」。由此可見，中西方古今美學思想之間，有許多互通之

---

⑳ 轉引自上書第一三七、一四〇頁。

㉑ 同⑳。

㉒ 見《中國現代文學批評選集》第三五六頁，臺灣聯經出版事業公司一九七六年版。

㉓ 轉引自《中國現代文學批評選集》第三五六頁。

處。例如，認為鑒賞絕不僅僅只是被動的接受，而應該是一種主動的積極的創造，如果以此為議題開一個學術討論會，中外許多異代不同時的詩家都會欣然赴會，並且會發現他們並不是沒有共同語言，就如同我在上面簡略地引述的那樣。

在當代的詩歌創作中，不講求意象之美的直說與傾箱倒篋的說盡，以及由此俱來的冗長乏味，已成了積重難返眾所公認的弊病。正如格羅塞在《藝術的起源》一書中所指出的「沒有想到詩的讀者，這是一個大錯誤。」要治癒這一重症，創作者尊重鑒賞者的主觀能動性，讓鑒賞者積極參與美感創造，是一帖行之有效的藥方。「千里之山，不能盡奇；萬里之水，豈能盡秀？……一概畫之，版圖何異？」（郭熙：〈林泉高致〉），詩畫同理，我們可以說，古往今來一切優秀詩作，也許它們有許多之所以優秀的理由，但絕不說盡道絕，絕不簡單化和直線化，而是具有審美的豐富性和多樣性，啟迪鑒賞者的心智，給鑒賞者以極大的審美享受和再創造的可能性，卻是必具的條件。讓我們從詩歌的海洋裡，撈取兩顆閃光的珠貝：

各式各樣的煙囪
重重疊疊的
在空中競相書寫
各種新發明的化學方程式
把天空寫得昏頭脹腦
幾乎無法呼吸

於是天空開始忽冷忽熱扭曲變形
有如一塊巨大無比的壓克利玻璃
在要落未落將碎未碎之際
卻隱約反映出
一輪誤入工業園區的月亮
正急急忙忙
翻出高高的鐵絲網
落荒而逃（羅青：〈逃獄的月亮〉）

暮色蒼老
暮色很久以前就老了
一根七歲的牛絢
牽著古老的群山在蹣跚
牧歌沒有家
牧歌在永遠的歸途
歲月的慢鏡頭
緩緩地搖動

蹄窩里的歷史很深
犄角挑出新月（匡國泰：〈暮歸〉）

一首寫城市，一首寫農村。前者寫現代工業對於環境的污染，這是一個極具現實感的嚴峻主題，後者寫古老的山村中牧童放牛歸來，是一幅頗具田園情調的牧歸圖。它們不像某些作品那樣作笨拙的說明與解釋，令讀者興味索然，也不像某些作品那樣陷入一場糊塗的晦澀，令讀者望而生厭或者生畏。它們單純而豐富，明朗而含蓄，能強烈地刺激讀者的審美想像去參與再創造。

是的，優秀的詩作總是去晦澀，遠說教，忌說盡。它們具有美和美感的多元性以及藝術表現的啟示性，刺激鑒賞者去「思而得之」，雖然不同的讀者的「思」與「得」並不會完全一致，也不必強求一致。可以說，一首詩如果使人一見傾心而欲罷不能，就正說明它具有啟示與征服讀者的強大的美的魅力。

三

創作，離不開鑒賞，作者應該充分估計鑒賞者的審美主動性，他的作品對於鑒賞者應該是美的刺激和誘導，同時，鑒賞者也離不開創作，鑒賞者的審美能力和審美興趣，對於理解作品和促進創作，也有十分重要的意義。在當代的美學理論中，「接受美學」是六十年代以來盛行於西方文學研究中一種新興的方法論，也是美學理論的新發展和新建樹。一九六七年，聯邦德國教授漢斯·

羅伯特・堯斯發表〈文學史作為文學科學的挑戰〉一文，是接受美學學派的宣言書，民主德國的瑙烏曼、蘇聯的梅拉赫等人，對此都作了許多研究。接受美學的基本出發點，就是在傳統的對作家作品的研究之外，也將讀者作為文學研究的重點對象。照接受美學看來，文學作為一個過程，是由兩個不可或缺的部分構成的，一個過程是作者——作品，一個過程是作品——讀者，前者名為「創作過程」，後者名為「接受過程」。例如堯斯就認為：文學研究不能單純以作品為對象，應該也把讀者作為文學科學的對象，並由此出發，克服關於文學藝術「獨立性」的主張，恢復文學與歷史（現實）的聯繫。我以為，接受美學的基本觀點，固然是針對一般意義上的文學創作與讀者的關係而發，但對於詩歌的創作與鑒賞，詩人與詩讀者，有著更為直接的現實意義。在這一節中，我想著重從讀者的角度，對創作與鑒賞的關係作進一步的探討。

伯牙鼓琴，知音善賞的鍾子期聽琴音而知雅意，知道伯牙巍巍乎志在高山，洋洋乎志在流水，作者與鑒賞者心心相印、審美者與審美對象之間達到默契無間的美妙的和諧，此之謂「知音」。鍾子期死後，伯牙因恨無知音賞而斷琴不復再奏，但「知音」一詞卻隨著伯牙不絕如縷的琴音流傳到今天。《紅樓夢》第二十三回，寫林黛玉在梨香院牆角外聽牆內十二個女孩子演唱《牡丹亭》，「原來姹紫嫣紅開遍，似這般，都付與斷井頹垣」，黛玉聽了，「倒也十分感慨纏綿」，當唱到「良辰美景奈何天，賞心樂事誰家院」時，黛玉「不覺點頭嘆息，心下自思：『原來戲上也有好文章，可惜世人只知看戲，未必能領略其中的趣味』」。可見，對於一件藝術品，重要的是鑒賞者善於領略它的「趣味」。「白髮三千丈，緣愁似箇長，不知明鏡裡，何處得秋霜」，這是李白〈秋浦歌〉十七首之一，是千百年來傳唱不衰的名詩，「白髮三千丈」更是名詩中的名句，以極度誇張和變形的手法，表現了李白那不同一般的愁情和憤懣。但是，清人王相選注的《五言千家詩箋注》卻解釋說：

太白流寓池陽有感而作也。言吾髮因愁而白，若以莖計之，應有三千餘丈，而離人之愁思，又比白髮猶長也。

他以為「白髮三千丈」不應作滿頭有三千丈長的白髮解，而是「以莖計之」，也就是以一根為單位，滿頭白髮之和等於三千丈。其實，詩有「愈無理而妙者」，它的本質在於抒情而不在於坐實，如果這樣精確地考證和計算，李白的頭上竟飄著一根長達三千丈的白髮，或滿頭白髮僅只三尺長，那就都未免過於大煞風景了。在近幾年的新詩評論中，有的人對於內容並不能給人以美感、手法也並不新穎的詩作的評價，也是令人瞠目結舌的。這就不能不使人感到，鑒賞者由於缺乏審美力，或由於審美判斷的失誤，很可能把珍珠當成了魚目，把魚目當成了珍珠，把黃鐘視為瓦釜，把瓦釜視為黃鐘。由此可見，鑒賞者要能正確地審美地理解作品，必須自己首先具有相當的思想水平、知識準備和健康的審美趣味，只有這樣才能作出真正的藝術再創造。

鑒賞，是非常複雜的審美現象，它帶有鮮明的時代、民族有時甚至是階級的烙印，同時，「口之於味，有同嗜焉」，在不同的時代、不同的民族、不同的階級之間，又存在著共同美，因而也就存在著共同的審美趣味和審美標準，即審美共性。藝術鑒賞常常因人而異，其中的個性差異是非常鮮明的。對詩歌作品的鑒賞也是如此。艾略特曾說只有詩人才能批評詩，這顯然是一偏之見，從廣義上說，讀者也就是批評家。但是，艾略特下述的看法卻是可取的，他說：「為了分析一首好詩的享受和評價，批評家必須具有享受的經驗，而且他必須使我們信服他的鑒賞力。」這裡，我想對詩歌審美鑒賞的共同規律，作一些初步的探索。

以抒情為主的詩，也是以抒情動人的，詩歌創作是一種具有美感意義的創作活動，詩歌鑒賞與詩歌創作的共同之處是，鑒賞不同於詩的字義和文義的訓詁，也不僅是作者生平和詩的時代背景資料的考證，而同樣首先是一種美感體驗的心靈活動。詩的考證和訓詁訴之於理性分析，對詩的內在意義的理解，主要也是依靠分析、判斷、推理等理性活動，而詩的鑒賞，或者說詩的鑒賞的第一步，首先不是理智的投入，而是在理智指引之下的感情的投入。「美人之光，可以養目；詩人之詩，可以養心」，鑒賞一首好詩的過程，首先是一個由感受而感動的過程，鑒賞者在對審美對象的「情感反應」和「情感交流」中，使自己的內在精神向美的境界潛移默化，心靈境界也向美的高度提升，這才是鑒賞的「初境」，也是鑒賞的妙境。詩的鑒賞，首先是以感情移入與感情交流為先決條件的。讀詩時如果無動於衷，心湖上風平浪靜，甚至微波不興，或者首先就作純理智的分析批評，得出乾巴巴的幾條結論，那不是缺乏欣賞的能力，無法構成心靈與心靈之間的感應，就是完全以文藝法官或純學者的心理來代替藝術品的鑒賞。

我們先來看看違背詩歌創作的藝術特點，非感情地對待詩歌藝術品的著名案例，如唐代詩人杜牧的〈江南春〉：

千里鶯啼綠映紅，水村山郭酒旗風。
南朝四百八十寺，多少樓臺煙雨中。

中國古典詩歌的藝術特徵之一，就是善於驅遣數詞和量詞，用以表現藝術的時空，烘托意境，獲得奇妙的藝術效果。可是，明代的楊慎卻在《升庵詩話》中說：「千里鶯啼，誰人聽得？千里綠映紅，誰人見得？若作十里，則鶯啼綠紅之景，村郭、樓臺、僧寺、酒旗皆在其中矣。」魯迅曾經認為，詩歌「最要緊的是精神的熾烈的擴大」，是「熱烈的感情的奔迸」，他指出：「詩歌不能憑仗了哲學和智力來認識，所以感情已經冰結的思想家，即對於詩人往往有謬誤的判斷和隔膜的揶揄。」（《集外集拾遺・詩歌之敵》）如果照楊慎的改法，一字之易，點金成鐵，杜牧這首詩就要大為失色了。楊慎是明代著名的詩文家，他的上述數學式的評論，可能是一時失察而失手吧？而沈括與黃朝英對杜甫〈蜀相〉詩的評論之所以見笑於千載，那就應該是由於「感情已經冰結」的結果了。

是的，詩的鑒賞也是一種藝術，首先是一種感受的藝術，感情體驗的藝術，是對審美對象的感情之體驗和領悟。陶淵明在〈五柳先生傳〉中說：「閑靜少言，不慕榮利。好讀書，不求甚解，每有會意，便欣然忘食。」陶淵明讀的書中，應該有不少是詩吧？他的「欣然忘食」，就是鑒賞中一種心理美感狀態，和孔子在齊國聽到韶樂而「三月不知肉味」的感情體驗大致相同。林黛玉在梨香院的牆外聽演唱《牡丹亭》，當她聽到「只為你如花美眷，似水流年」時，「不覺心動神搖」。聽到「你在幽閨自憐」時，曹雪芹描繪她的感情共鳴是「越發如醉如癡」。由於《牡丹亭》的有關情境和林黛玉的遭遇有許多共通之處，所以才引起林黛玉如此強烈的美感共振。但是，從林黛玉聽曲的心路歷程，我們也可以看到對詩的真正鑒賞，是一個從直感的體驗到深入地品味的「感動」過程，感情在這裡起著酵母素的作用。如果說這還只是文學作品中的描寫，那麼，詩歌史上著名的佳話，如顧況的欣賞青年白居易的詩，韓愈欣賞少年李賀的詩，都說明了詩歌鑒賞中的感情作用。

明代「三袁」之一的袁宏道，與其兄袁宗道、弟袁中道的作品被稱為「公安體」。徐文長，是稍長於袁宏道的一位在文學藝術方面多才多藝的人物。袁宏道和徐文長並不曾謀面，他對於初讀徐文長作品時的美感心態，在〈徐文長傳〉中有一段傳神的記敘：

余一夕坐陶太史樓。隨意抽架上書，得闕編詩一帙。惡楮毛書，煙煤敗黑，微有字形。稍就燈間讀之。讀未數首，不覺驚躍。急呼周望：「闕編何人作者？今邪？古邪？」周望曰：「此余鄉徐文長先生書也。」兩人躍起，燈影下讀復叫，叫復讀。僮僕睡者皆驚起。蓋不佞生三十年，而始知海內有文長先生。噫！是何相識之晚也。

詩作者本身要有動人以情的力量，這是作為審美客體的詩應該具備的內在條件，但鑒賞者作為審美主體，要能夠與客體發生感應和交流，自己也要具備審美的慧眼，對好作品能夠作出強烈的「感情反應」。袁宏道讀徐文長作品時那種觸電般的「驚躍」，那種不能自己的「讀復叫，叫復讀」的情態，雖然不一定要求所有的鑒賞者奉為法式，否則就會被認為是鑒賞的客觀主義的態度，但它的確可以給我們以啟示：在詩歌的鑒賞中，不論是新詩或古典詩歌，如果作品本身是優秀的而鑒賞者本身沒有強烈的美感激動，那就只能被認為是鑒賞者缺乏應有的美的素養的表現，那種對好詩無動於衷而不能使自己的精神昇華的鑒賞，算不得真正的鑒賞！

詩，是最富於想像力的，一首好詩，有如一道特殊的試題，是對鑒賞者想像力的考驗；有如一個技藝超群的勇士，是對於鑒賞者想像力的挑戰。

詩作為藝術品，它與鑒賞者的關係是一種審美關係。優秀的詩作，除了文字所表現的直接形象之外，它還有蘊含於文字之內與外延於文字之外的豐富的間接形象。一首詩作的最後完成，有賴於鑒賞者積極的審美活動共同合作，有賴於鑒賞者的慧眼靈心。因此，對於創作者，鑒賞者應該要求他所寫的稱為「詩」的作品，首先應該是詩，應該具有詩的素質，而不是徒有詩形而無詩質的贗品，如同市場上常可以見到的欺騙顧客的冒牌貨一樣。同理，對於鑒賞者，創作者也有充分理由要求他們的審美力不能低落在水平線以下。對於新詩始終抱著冷漠的態度的人，對於新詩完全是門外漢而鄙夷新詩的人，他們可以說是「詩盲」，對他們談新詩的鑒賞，自然可以說「問道於盲」了，他們不在鑒賞者之列，並無損於詩本身的光彩。但是，對於新詩的讀者，我們卻應該提出對於鑒賞者的要求：鑒賞者是詩的知音，出色的鑒賞者是出色的詩的知音。「音實難知，知實難逢」，正因為鑒賞必須具備相當的主觀條件，詩的鑒賞又具有更高的難度，所以古代詩人才常有「知音其難哉」的慨嘆，「百年歌自苦，未見有知音」，這不是一千二百年前詩聖在湘江上的長嘆息嗎？《紅樓夢》也可以說是一部傑出的敘事長詩，「都云作者癡，誰解其中味」，這不是三百年前曹雪芹對後世讀者的一紙挑戰書嗎？詩的鑒賞，除了要飽含審美感情之外，還必須有較高水平的審美心理活動，那就是包括審美注意、審美聯想、審美發現在內的鑒賞想像力。

鑒賞想像力，是審美感受的心理規律的一個重要方面，而審美想像是以審美注意為起點的。一首優秀的詩作，總是具有使人一新耳目的美學內涵和美學手段，「對牛彈琴」雖是一個值得分析的貶義詞，但如果不膠著於字面的意義，也不妨理解為要能領略琴聲之美，必須要有一雙音樂的耳朵。在對詩歌的鑒賞中，對鑒賞者的考驗，首先在於對審美對象能否集中聽覺與視覺這兩方面的審美注意，讓審美對象激起自己的大腦皮層的興奮波，做到一聽傾心和一見鍾情。對美是一見或一聽就欲罷不能，還是腦神經總是處於抑制或麻木的狀態，這就是衡量鑒賞者審美感受力敏銳與否的標尺了。初唐四傑之首的王勃，幼小時就顯露了如黎明的霞光一樣閃光的才華。杜甫的叔祖杜易簡，是王勃的父親王福疇的朋友，他看了王勃和他的哥哥王勔、王勮的文章，不禁讚嘆說：「此王氏三珠樹也。」這種讚嘆，無疑包括了杜易簡的審美注意在內，至少是王勃後來的成就，證明了他的眼力——即審美注意的正確性。王勃去交趾省親時，路經江西南昌，都督閻伯嶼在滕王閣上大宴賓客，意在讓他的女婿寫一篇序文而顯示才學。客人們明知其意而紛紛推謝，但王勃卻當仁不讓。閻伯嶼一氣之下退入後堂，叫小吏隨時報告王勃寫些什麼。「南昌故郡，洪都新府」，小吏第一次來報時，閻說這不過是老生常談。接著又報「星分翼軫，地接衡廬」，閻聽後沉吟不語。待至聽到「落霞與孤鶩齊飛，秋水共長天一色」時，在這一千古不朽的名句之前，閻伯嶼驚嘆不已，這說明他也還是頗具鑒賞力的。閻伯嶼以前聽通報的注意只是出於利害關係的一般性注意，而對佳句的欣賞就一變而提升為強烈的審美注意了，他連聲讚嘆王勃為難得的天才，並馬上出來以禮相待。這就是世所艷稱的關於〈滕王閣序〉的佳話，說明了鑒賞中審美注意的作用和重要性。

審美注意是審美聯想的起點，它還啟示我們認識詩歌創作起句的重要。我國古典詩歌講究煉句，其中就包括了起句的錘煉。關於起句，我國古典詩論也作了許多精到的闡述，但古代詩論家卻不可能從審美心理學的角度來看這個問題。讀者看一首詩，最早進入他的審美視野的就是起句。起句新穎不凡，富於美的新異性和刺激性，就能一觸即發地抓住鑒賞者的審美注意力，顧況讀白居易〈賦得古草原送別〉的起句的心態，韓愈讀李賀〈雁門太守行〉的起句的感受，千載之下我們還不難想見。謝榛在《四溟詩話》中說：「起句當如爆竹。」平地一聲雷，難道還不能抓住人們的審美注意嗎？如果對於爆竹之響的起句，鑒賞者還不能迅即集中自己的審美注意，並展開聯想的翅膀，那鑒賞者委實也就太過於天聾地啞了。

對於一首好詩，鑒賞者通過最初的審美注意獲得的藝術初感，往往還是處於一種藝術直覺的階段，深入的鑒賞，也就是審美的聯想和想像，對藝術品的創造性的再現，是隨著審美注意的轉移而展開的。創作，離不開詩人的聯想和想像，鑒賞，也離不開鑒賞者的聯想和想像。我們常常有這樣的經驗，在觀賞一件真正的藝術品時，總是首先為藝術品之美所驚嘆，審美注意力高度集中，在作飽含感情的審美觀照從而獲得強烈的藝術初感之後，靜觀默察的審美理智就上升到重要的位置，審美想像在活躍的感情和明晰的理智指揮下，在鑒賞者的生活經驗與藝術修養的基礎之上，開始了「視通萬里」的空間聯想和「思接千載」的時間聯想，再現和擴大藝術品的形象內涵，在融會貫通之中深化與展拓對作品的理解，從而獲得更多的審美發現與喜悅。

審美聯想，對於任何樣式的藝術品的鑒賞都是必要的，鑒賞者缺乏活躍積極的審美聯想的能力，就有如飛鳥折斷了奮飛萬里藍天的翅膀。比較明朗的好詩雖然也許一看就懂，但仍然需要鑒賞者審美聯想的積極參與，那些並非晦澀而讀起來卻有些困難的好詩，則更需要鑒賞者有較高的審美聯想與想像的能力。法朗士有一句名言：「文藝批評是靈魂在傑作中的冒險。」（有的譯者譯為「文藝批評是靈魂在傑作中的尋幽訪勝」）文藝鑒賞也是文藝批評的一種方式，而無論是「冒險」或「尋幽訪勝」，都是傳神之譯筆，它說明藝術鑒賞並不像大熱天吃冰淇淋那麼容易和痛快，有時需要克服一些困難，讓審美聯想去賦予詩的意象以可解的內涵，溝通意象與意象間的美學聯繫，從而去領略它的「幽勝」。如鄭愁予的名作〈如霧起時〉：

我從海上來，帶回航海的二十二顆星。
你問我航海的事兒，我仰天笑了……
如霧起時，
敲叮叮的耳環，在濃密的髮叢找航路；
用最細最細的噓息，吹開睫毛引燈塔的光。
赤道是一痕潤紅的線，你笑時不見。
子午線是一串暗藍的珍珠，
當你思念時即為時間的分隔而滴落。
我從海上來，你有海上的珍奇太多了……
迎人的編貝，嗔人的晚雲，
和使我不敢輕易近航的珊瑚的礁區。

五代詞人牛希濟說：「記得綠羅裙，處處憐芳草。」在詞人的想像裡，本來不相干的羅裙與芳草之間竟然有了某種動人的美的聯繫。欣賞鄭愁予這首別具一格的愛情詩有一定的難度，因為它不是一覽之下就可以洞悉底蘊的那種作品，恐怕需要審美聯想進行一番「冒險」活動，才能達到「尋幽訪勝」的審美目標。這首詩妙用比喻，切合詩的抒情主人公航海水手的身分，而且總是把他和戀人以及海上的珍奇聯繫起來，他的對戀人的審美心理，頗有些像牛希濟詞中人物的心理：遠行在外，也時時記得戀人的「綠羅裙」而憐愛天涯何處沒有的芳草。鑒賞這首詩，讀者的想像力也必須順著這條聯想的線索，在海上景物與詩中戀人之間的相似之處鼓翼迴翔，才能逐漸領略其中的美的祕密。

我以為，對優秀的作品來說，鑒賞的最高境界，就是在感性與思辨交互作用下（甚至要在歷史參與之下）的審美發現。

詩的審美發現有廣義和狹義兩種。對一位富於潛在力的詩人及其作品，有的在詩人生時就有大致相當的評價，而在後世則是不斷地擴大和加深，這是藝術發現；有的在生時由於種種原因就已獲盛名，儼然詩壇泰斗，但在身後地位卻一落千丈，原來是盛名之下，其實難副，這也是藝術發現；有的在生時或身後相當一段時期內都不被看重，沒有得到應有的賞識，而是經過歷史的無情選擇後，才得到應有的地位，這種地位的被確認，也同樣是審美發現的結果。——上述這三種審美發現，可以說是廣義的審美發現。在三種發現之中，第一種不必贅述，第二種情況在中外詩歌史上都大有人在，例如中國南朝的梁陳兩代，以徐摛、徐陵父子以及庾肩吾為代表的宮體詩派，他們所作的「宮體詩」極一時之盛，北宋時以楊億、劉筠、錢惟演三人為代表的「西崑派」，其形式主義的詩風竟然風靡一代，這些作者也儼然詩壇盟主，流風甚至在他們身後還影響了四十多年；明初以楊士奇、楊榮、楊溥為代表的「臺閣體」，為封建統治者粉飾太平，歌功頌德，其形式主義詩風壟斷了明代詩壇近一百年。然而，大浪淘沙的規律對詩壇仍是起作用的，經過時間浪花的沖刷，上述詩派和人物的顯赫都已成為了蒼白的歷史陳跡，這不就是歷史老人審美發現的結果嗎？在英國，於十七世紀起曾經由宮廷評定所謂「桂冠詩人」，從朱艾敦開始，歷屆共評定十五位。但是，根據當今學者的看法，其中至少有十位是在次要詩人的行列中也沒有立足之地的，即使是專攻英國文學的學生，對他們的作品也往往茫然無知。至於審美發現的第三種情況，中外詩史都可以推出一些明證，如聲名赫赫的莎士比亞，生時得不到應有的重視，某些名著在他死後被認為是別人的作品，他誕生至今不過四百年，許多史實已湮沒無聞，與他生平有關的材料，大部分都是有待證明的「傳說」。美國大詩人惠特曼，他的《草葉集》初版時遭到書商的拒絕，一本也售賣不出，二十五年後的一八八二年再一次出版後，又遭到官方的取締，直到惠特曼逝世前幾年，《草葉集》才引起人們廣泛的注意，那一版的三千冊才全數銷出。英美的現代派詩宗艾略特，自以為是除了寫詩的人是不能評詩的，但他在本世紀中葉以前寫的文章，居然還忽略了他的同胞惠特曼。在中國，杜甫生時和身後一段時間的遭遇，也是頗令人感慨係之的了。他「千秋萬歲名」的地位，在中唐以後才逐漸為歷史所承認。我以為，晚唐詩人唐溫如的作品，也能說明歷史的審美發現這一課題。這位詩人的生平行狀至今已無可查考，離唐代不遠的南宋人洪邁所編的《唐人萬首絕句》，就沒有選錄他的作品，明代趙宧光、黃習遠在洪邁原本基礎上整理、增刪的《萬首唐人絕句》，也不見採錄。直到清代曹寅主持的《全唐詩》，才收錄他的〈題龍陽縣青草湖〉一首：

西風吹老洞庭波，一夜湘君白髮多。
醉後不知天在水，滿船清夢壓星河！

唐溫如的這一絕句，與李白、王昌齡這兩位七絕聖手的作品相較，也絕無遜色。他流傳至今的作品雖只一首，但孤篇橫絕，意境獨造，有如明珠一顆，使萬千平庸之作更加暗淡無光，真應該感謝《全唐詩》編者的打撈之功，他們的審美發現，免除了後人的滄海遺珠之嘆。但是，《全唐詩》雖已收錄，但多年來詩學專家們卻視而不見，直到近年來才有人著文推介，這可以說是審美發現向深度發展的結果。

藝術發現是一種審美認識和審美判斷，狹義的審美發現，是指鑒賞者在欣賞有強烈生命力的形象大於思想的好詩時，能夠不滿足於作者在字面上所提供的東西，而是積極和作者一起參與共同創造，能夠不只是重複作者自己的發現，而是有鑒賞者自己獨到的美感體驗和審美創造，如同陶淵明所說的「每有會心」，這才是審美鑒賞的高層境界。可以說，越具有審美能力的人，他的審美發現的能力就愈強，反過來，審美發現的有無和深淺，也就成了測定鑒賞者審美能力高下的大體無誤的標尺。我國古典詩論的民族特色之一，就是作者往往是從鑒賞的角度，對作品作印象式的點到即止的評論，雖然系統性不強，沒有西方理論那種重在邏輯闡述的宏大架構，但卻有足可珍貴的吉光片羽，而且引人思索。在清代，如沈德潛的《說詩晬語》、袁枚的《隨園詩話》、金聖嘆所批點的杜甫詩和唐人律詩，就是這方面的頗為可觀的著作，其中不乏作者的審美發現。紅學家俞平伯的父親俞陛雲的《詩境淺說》，或賞析唐人整首五律和七律，或賞析唐人五、七律中的聯句，文字典麗，時出新見，不是前人詩境的亦步亦趨的解說，有自己的藝術發現。

在審美鑒賞中還可以看到這樣一種情況，港臺或西方的中國學者，在他們的有關詩歌的論著中，常常能夠繼承中國傳統的批評與鑒賞的方法，同時，他們又能吸收西方的批評方法和詩歌理論，這樣，他們在鑑賞作品時，便可以有更多更新的角度，在欣賞中國古典詩歌時，也能夠說古而出新，有許多新的審美發現。黃國彬在他所著的論屈原、李白、杜甫的《中國三大詩人新論》中，便時出新意，有如滿樹繁英，這裡只能匆匆摘取其中的一枝：

此外，杜甫還善於利用對仗在時空中作大幅度的移動，增加句與句之間的張力：

早行石上水，暮宿天邊煙（〈彭衙行〉）

南菊再逢人臥病，北書不至雁無情（〈夜〉）

窗含西嶺千秋雪，門泊東吳萬里船（〈絕句〉四首其三）

關塞極天惟鳥道，江湖滿地一漁翁（〈秋興〉八首其七）

叢菊兩開他日淚，孤舟一繫故園心（〈秋興〉八首其一）

前四聯的張力在空間，後一聯的張力在時間。有時，張力不在時間也不在空間，卻在讀者的心裡：「但覺高歌有鬼神，焉知餓死填溝壑？」從上句的昂揚到下句的悲涼，讀者在心理上急升陡降，兩句的張力不下於「關塞極天惟鳥道，江湖滿地一漁翁」，是傳統的批評所謂「頓挫」的一種。㉔

黃國彬將中國詩鑑賞傳統中的「頓挫」，和西方現代新批評派的「張力」理論結合起來，使對古典詩歌的鑑賞呈現出新的面貌，這就是他的審美發現，而這種發現往往是原作者本人都未曾意識到的。一般讀者對於詩的鑑賞，我們當然不能提出過高的要求，但專家學者們對作品的體會，卻可以幫助我們提高審美鑑賞的能力，啟示一般讀者在鑑賞中如何才能有新的審美發現。

㉔ 黃國彬：《中國三大詩人新論》第五一一—五二一頁。

英國哲學家培根說：「知識就是力量。」詩歌的審美鑒賞，與鑒賞者的生活經驗和知識準備有密切的關係，因為經驗與知識，是鑒賞者必備的主觀條件，這一條件的充分具備，有助於鑒賞指向的正確，也有助於鑒賞力的敏銳和深刻。

缺乏必要的知識，或缺乏有關的生活經驗，常常易於導致對詩的誤解，作吹毛求疵而實際上並不是疵的批評。如張繼的名作〈楓橋夜泊〉：

月落烏啼霜滿天，江楓漁火對愁眠。
姑蘇城外寒山寺，夜半鐘聲到客船。

唐宋八大家之一的歐陽修，他在《六一詩話》中批評這首詩說：「唐人貪求好句，而理有不通，亦語病也。……說者亦云，句則佳矣，其如三更不是打鐘時。」從「說者亦云」看來，批評者還不止歐陽修一個，他們都認為「夜半鐘聲」違反生活的真實。其實，夜半鐘聲回響在很多唐人的詩句裡，至今我們都能聽到那裊裊的餘音，如「秋深臨水月，夜半隔山鐘」（皇甫冉）、「杳杳疏鐘發，中宵獨聽時」（司空文明）、「新秋松影下，半夜鐘聲後」（白居易）、「未臥嘗聞半夜鐘」（王建）、「月照千山半夜鐘」（許渾）、「隔水悠悠午夜鐘」（陳羽）、「定知別後家中伴，遙聽維山半夜鐘」（于鵠）、「悠然旅榜頻回首，無復松窗半夜鐘」（溫庭筠）等等，可見在唐代夜半敲鐘的地域之廣，並不獨以姑蘇為然，理由之一，就是上述作者之中，有一些人的創作活動的時間還在張繼之前，因此不能把他們有關夜半鐘聲之句，都看成是襲用張繼的詩意。即僅僅以姑蘇一帶而論，事實上也有夜半打鐘的習慣，清人孫濤編的《全唐詩話續篇》引計有功的話，說寒山寺有夜半鐘，叫做

「無常鐘」。宋代的葉夢得離唐不遠，他說：「歐陽文忠公曾病其夜半非打鐘時，蓋公無嘗至吳中。今吳中山寺，實以夜半打鐘。」（《石林詩話》）可見直到葉夢得之時，吳中山寺的夜半鐘聲還不絕於耳。同是宋代的陳巖肖，在《庚溪詩話》中也現身說法，指出了歐陽修的誤評：「然余昔官姑蘇，每三鼓盡而四鼓初，即諸寺鐘皆鳴，想自唐時已然也。」由此可見，有實地生活的體驗，自然就更有助於對詩境的鑒賞，如果缺乏有關生活經歷，又只是從想當然出發，那就難免不鬧笑話了。

有直接的或間接的生活體驗，又有為進行鑒賞所必不可少的知識準備，可以幫助讀者深入地領會詩境，並在和作者心靈的交感中參與美的創造。對同一作品的鑒賞，常常因為鑒賞者閱歷的加深而得到新的更深入的領會。小時候讀李白的「床前明月光，疑是地上霜。舉頭望明月，低頭思故鄉。」（〈靜夜思〉）讀孟郊的「慈母手中線，遊子身上衣，臨行密密縫，意恐遲遲歸，誰言寸草心，報得三春暉」，和長大後有了離鄉別井的生活體驗再來欣賞，那美感體驗絕不可能相同。正因為生活閱歷的豐富和人生體驗的複雜，對鑒賞作品深入化極具作用，所以老托爾斯泰說他少年時讀司湯達的作品不甚了了，而四十年後重溫時才明白作者的匠心，才有了「清楚的理解」。北宋的黃山谷人到中年時為陶淵明詩卷作跋，也談到了他在這方面的體會，他說他年輕時讀陶詩「如嚼枯木」，待至年歲已長，歷練加深，才解陶詩的其中味。宋代周紫竹的《竹坡詩話》和明代洪亮吉的《北江詩話》，也有鑒賞的經驗之談：

> 余晚年游蔣山，夜上寶公塔，時天已昏黑而月猶未出，前臨大江，下視佛屋崢嶸，時聞風鈴鏗然

有聲，忽記杜少陵詩：「夜深殿突兀，風動金琅璫」，恍然如己語也。又嘗獨行山間，古木夾道交蔭，惟聞子規相應林間，乃知「兩邊山木合，終日子規啼」為佳句也。又暑中瀕溪，與客納涼，時夕陽在山，蟬聲滿樹，觀二人洗馬於溪中。曰：此少陵所謂「晚涼看洗馬，森木亂鳴蟬」者也。此詩平日誦之，不見其工，唯當所見處，乃知其妙。（《竹坡詩話》）

余嘗以己未冬杪，謫戍出關祁連雪山，日在馬首，又晝夜行戈壁中，沙石赫人，沒及髁膝，而後知岑（參）詩之「一川碎石大如斗，隨風滿地石亂走」之奇而實確也。大抵讀古人之詩，又必身歷其地，身歷其險，而後知心驚魄動者，實由於耳聞目見得之，非妄語也。（《北江詩話》）

他們的體會都有力地說明，鑒賞者欣賞一首詩時，雖然詩中的情境他不一定必須親身經歷才能理解，但鑒賞活動總離不開鑒賞者直接的或間接的生活經驗，如果能有直接的生活經驗，那就更能感同身受，能更深層次地參與美感創造了。

對詩歌深入的美學鑒賞，還有賴於學識。欣賞詩歌，比欣賞其他樣式的文學作品對讀者提出的要求為高。有些讀者也許能認識一篇小說的佳處，但卻不一定能領悟一首好詩的妙境，也許能對一個劇本談出自己許多看法，但對於一首好詩卻不能說明它美在哪裡，這，固然有許多原因，可是，有關詩學的學識準備充分與否，卻不能不說是原因之一。

嚴羽《滄浪詩話》中說詩歌創作是「詩有別才，非關書也」，他強調詩才的重要性，並不是否認詩作者應該窮搜博覽。其實，歷史上的大詩人如屈原、李白、杜甫、白居易、蘇東坡、辛棄疾、陸游等等，無一不學富五車，劉勰《文心雕龍》所說的「積學以儲寶」的原則，在他們的創作中可以得到充分的印證。同樣，鑒賞者如果沒有相當的歷史知識與詩歌知識的素養，自然就難作進一步的美學鑒賞，而詩人們也就只好慨嘆「妙處難與君說」了。明代李沂在《秋星閣詩話》中說：「讀書非為詩也，而學詩不可不讀書，詩須識高，而非讀書則識不高；詩須力學，而非讀書則力不厚，詩須學富，而非讀書則學不富。」——這對作者的創作來說是如此，對讀者的鑒賞而言何嘗不是這樣呢？例如，李賀〈金銅仙人辭漢歌〉一開篇就說：

茂陵劉郎秋風客，夜聞馬嘶曉無迹。

清代的王琦，是研究李賀的專家，他的《匯解李長吉歌詩》，在李賀研究方面頗有貢獻，但是，他卻對此詩評道：「然以古之帝王而渺稱之曰劉郎，又曰秋風客，亦是長吉欠理處。」我們且看看王琦的批評是否正確。「茂陵」，在京兆府興平縣東北十七里處，是漢武帝的陵墓；「秋風客」，其意是說即使雄才大略如漢武帝，也同為秋風中之過客。自然辯證法的規律就是如此，並沒有什麼「欠理」之處，反倒可以看出李賀的思想相當先進，而晚於他近一千年的王琦，思想卻頗為「僵化」。此點姑且勿論，關鍵在於他批評李賀稱漢武帝為「劉郎」對帝王不免失敬，這卻是屬於知識上的欠缺而造成的錯誤了。程式金說：「不知唐人稱父為郎，皇帝亦曰郎，謂明皇為三郎，此其風俗，不以為非。」（見程鴻詔：《有恆心齋集》）唐玄宗李隆基排行第三，故稱為三郎。《唐詩紀事》引鄭嵎〈津陽門〉詩：「三郎紫笛弄煙月，怨如別鶴呼羈雌。」鄭嵎自注說：「內中皆以上為三郎。」由此可見，年輕的李賀完全是運用唐代約定俗成的稱謂，並沒有「渺稱」和「欠理」

之處。王琦曾幫助趙殿成注《王右丞集》，自己還有《李太白詩集注》三十六卷行世，但博學多識如他，尚免不了對於詩意的誤解，何況是一般讀者呢？所以，知識貧乏的讀者，恐怕只能徘徊在詩的門牆之外，更談不上登堂入室窺其堂奧了。

對中國古典詩歌的鑒賞，是需要相當的學識素養的，原因之一是中國古典詩人大都有較深厚的學養，他們的作品講求師承中的變化，無論是點化或是翻用，如果鑒賞者了解它淵源有自，在比較式的鑒賞中就會獲得對詩美更深切的體認與把握。例如杜甫〈羌村三首〉中有句是「夜闌更秉燭，相對如夢寐」，到了晏殊的兒子晏幾道的〈鷓鴣天〉中，就化成了「今宵賸把銀釭照，猶恐相逢是夢中」。杜甫的詩自是大家手筆，但晏幾道的詞卻更有出藍之美，如果讀者不知道其中的來龍去脈，就很難在審美比較中領略其中的意趣。宋代石曼卿的詩「水盡天不盡，人在天盡頭」，本來就令人想到李白的「孤帆遠影碧空盡，唯見長江天際流」了，而他的朋友歐陽修，卻在詞中化用為「平蕪盡處是春山，行人更在春山外」，讀者如能明白其中的變化，當然就會別有會心，美感經驗就會不致停留在絕緣的平面，而會向歷史的縱深拓展。杜甫的詩，被黃山谷說成是「無一字無來歷」，這未免是黃山谷宣傳自己「點鐵成金」詩學的張大之辭，但是，杜甫是位讀書破萬卷的學力深厚的大詩人，要很好地鑒賞杜詩，讀者的知識水平確實恐怕不能過低。克羅齊在其名著《美學原理》中說：「要判斷但丁，我們就必須把自己提升到但丁的水平，從經驗方面說，我們當然不是但丁，但丁也不是我們；但是在觀照和判斷那一頃刻，我們的心靈和那位詩人的心靈就必須一致，就在那一頃刻，我們和他就是二而一。」㉕如果不作絕對化的理解，那麼這句話還是說得

㉕ 克羅齊：《美學原理》第一三二頁。

頗為中肯的。如王逸少〈鏡湖〉有「山陰路上行，如在鏡中遊」，宋人所見沈佺期〈釣竿〉詩變為「船如天上坐，人似鏡中行」，李白〈入青溪山〉變為「人行明鏡中，鳥度屏風裡」，而杜甫晚年的〈小寒食舟中作〉，則又變為「春水船如天上坐，老年花似霧中看」，清理出這一條詩的驛道，我們就可以更好地欣賞不同的路程上不同騎者的風姿。

鑒賞中國古典詩歌，需要一定的學識修養和生活經驗，讀中國當代的新詩，雖然文字方面的障礙要少得多，但基本要求也還是相同的。以前，有詩人讚美海防戰士「蘸著海水磨刺刀」，有詩人讚美「煉鋼爐前的鋼花是工人心中盛開的花朵」，就分別有讀者提出批評，原因是用有鹽分的海水磨刀，刀會生鏽，而所謂「鋼花」，實際上是鋼的雜質在揮發，在煉鋼工人心目中並無多少美感，這些例證，都說明鑒賞新詩也需要生活經驗和學識。在郭小川的〈祝酒歌〉中，有如下激蕩人心的豪句：

且飲酒，
莫停杯！
七杯酒，
豪情與大雪齊飛；
十杯酒，
紅心和朝日同輝。

一般地說，讀者讀到上述詩句時，會受到詩人的豪情勝概的感染，也會感到詩的音韻流美，鏗鏘可誦。但是，如果有一定的文化素養，就可超越表面的層次而進一步尋幽探勝。就會看出，在「且飲酒，莫停杯」裡，有李白「將進酒，杯莫停」的遺韻，而六朝庾信〈華林園馬射賦〉中有「落花與芝蓋同飛，楊柳共春旗一色」之句。初唐王勃〈滕王閣序〉中的名句「落霞與孤鶩齊飛，秋水共長天一色」就是由此點化出來。郭小川的詩呢？明顯地是有所師承，同時也有他新的創造。是的，繼承傳統而又刻意創新，師法前賢而又力求出藍之譽，這原應是詩人在詩的競技場上追逐的目標，而讀者的鑒賞眼光也是和他的文化修養成正比的，在這裡同樣用得著「水漲船高」這一俗語。

詩的創作需要創造與發現，詩的鑒賞也需要創造和發現，前者是以生活作為審美對象，後者是以作品作為審美對象，因此，創作者心目中要有鑒賞者，他要給鑒賞者提供值得鑒賞和可以鑒賞的審美對象。值得鑒賞，是指作品的思想內涵和藝術價值；可以鑒賞，是指能為鑒賞者理解和接受，並且給鑒賞者提供參與和介入的廣闊天地。同時，鑒賞者也要有審美的能力和眼光，固然不能把魚目當成珍珠，把珍珠當成魚目，把芳草視為蕭艾，或把蕭艾視為芳草，更要給一代文學以強烈的反作用力，促進一代文學作品素質的提升。

詩的創作與鑒賞，都要以對方作為自己的對象，創作者以鑒賞者為「知音」，鑒賞者以創作者為「知己」，互相都「知己知彼」，才有助於詩歌的發展、繁榮和深入人心。詩人的創作和讀者的鑒賞是繆斯女神的兩翼翅膀，缺少了任何一翼都無法在詩國的長天飛翔！

後記

當一輪旭日為我的《詩美學》打上最後一個句號的時候，我像一個參加馬拉松賽跑的運動員，把一個個里程碑拋在身後，終於達到了在出發時感到頗為遙遠的終點線，雖然不免有些氣喘吁吁，但更多的卻是如釋重負的愉快，和創造了自己的新紀錄的喜悅。

從一九八四年四月開筆到今天竣工，這本書整整寫了兩年。兩年中，除了本職工作和其他種種雜務之外，我蟄居斗室，向屈原請教，與李白、杜甫為伴，和西方詩人談心；我思接千載，視通萬里，敲叩古今中外許多詩人、詩論家和美學家的門環，向他們請益。朝於斯而夕於斯，時間，它運斤成風，時間，它也日琢月磨，終於將我的兩載生命斫削鏤刻成這本遠不是成熟的著作。

這是我的第六本書。在過去的文章中，我多次表述了我的詩歌觀，用簡明的語言來概括，那就是：中國的新詩應該縱向地繼承傳統，橫向地向西方借鑒，以中為主，中西合璧；解決好社會學與美學，小我與大我，傳統與現代，中國與西方，再現與表現，作者的創造與讀者的再創造的辯證關係；力求民族化、現代化、藝術化和多樣化。在這本《詩美學》裡，我試圖從美學的高度解釋詩歌創作這一文學現象，我從詩的審美主體的美學心理機制出發，探討詩歌美學中一系列重要問題，最後歸結到詩人與讀者的共同審美創造。我吸收了海內外詩學研究的一些成果，但也要求有自己的體系和發現。就我見聞所及，雖然有前賢與同輩在撰寫此類書稿，但目前還沒有詩美學的專著出版，因此，我的這本書就權當引同代人之玉的一塊敲門磚，或聊充後代人煌煌大著的一顆鋪路的雨花石。

從「小小少年」時起，我和詩相親相戀已有四十年。繆斯待我不薄，腹有詩書氣自華，她贈我以高尚的情趣和瑰麗的世界；我行近知天命之年，但鬢角猶青青，心中仍沸沸，在未來的日子裡，我將更加努力不負繆斯，我和她，訂的是永遠也不會解除的白頭偕老的盟約。

感謝所有給我以勇氣與鼓勵的友人；感謝江蘇文藝出版社，是它催促和幫助我，使我總算跑完了《詩美學》的艱難的長途。

作者　一九八六年四月二十日，紅日東升之晨於長沙

至感東大圖書公司的美意，此岸的拙著《詩美學》能成為彼岸的「隔水書」。我對原作略加增刪修改，也更換了一些詩例。在水一方，暫時無緣渡海而東，請讓我先向每一位買它讀它的朋友致意，請指教。

李元洛　一九八九年十月十四日於湖南高秋之日

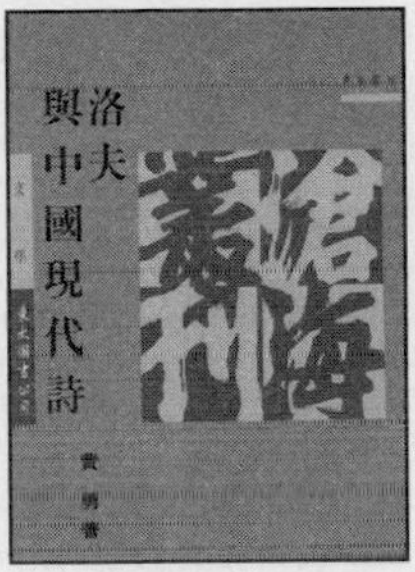

◎魚川讀詩　梅　新著

作者梅新身為詩人、編者兼文學愛好者，在《魚川讀詩》中，他藉由不鬆不緊、從容不迫的談論，從多角度的觀察，引領更多讀者產生閱讀新詩的興趣，並刺激詩壇煥發出另一番美景。

◎拒絕與再造——兩岸現代漢詩論評　沈　奇著

在人云亦云的詩歌思潮與觀念外，不斷跟蹤和尋找新的詩學命題，堅持從兩岸具體的詩歌現實出發，作不失歷史情懷的個性言說，使灰色的理論之門掛滿綠色的長青藤，好讀有味。

◎洛夫與中國現代詩　費　勇著

本書全面展現當代重要詩人洛夫的心路歷程及其精湛的詩藝。從語言、意象、悲劇意識、莊與禪、歷史題材諸方面，闡述洛夫詩歌的美學意義及歷史價值；既有感悟式的具體解析，更有縱橫式的整體把握。

◎瘂弦評傳　龍彼德著

瘂弦以一本《深淵》享譽詩壇三、四十年，至今仍然具有廣泛而深遠的影響力，在五四以來的新文學史上，一時似乎尚無他例。本書以詩為線索，以人為中心，以評為重點，用宏闊的時代背景、強烈的歷史意識、先進的藝術觀念，解讀了瘂弦及其作品。其中，關於「火山爆發」與藝術生命節律的關係、如何在東西方詩藝間尋找共同點，實現「國際、民族、本土的快速融合」、對今日詩壇一些重大問題的回答，尤富創意。